MAMBA POINT BLUES

Christophe Naigeon

MAMBA POINT BLUES

Roman

Les Presses de la Cité

92, avenue de France – 75013 Paris
ISBN 978-2-258-19545-5
Dépôt légal : août 2021

A Djinn et nos souvenirs cachés dans toutes les pages

A Marion, ma fille, ma fierté

Mes frères et mes sœurs, Noirs et Noires d'Amérique, d'Afrique, de n'importe où, si je vous admire ou si je vous blâme, ce n'est ni pour votre couleur ni à cause d'elle, mais parce que vous êtes des humains comme les autres, merveilleux et méchants.

Julius WASHINGTON

Sommaire

Avertissement

Cette histoire se déroule entre 1918 et 1980, dans des milieux anglophones et francophones d'Europe, d'Amérique et d'Afrique. Cela rend nécessaires certaines précautions dans la transposition de termes d'une langue à l'autre, d'un lieu à l'autre, d'un temps à l'autre.

Dans l'univers anglophone, on pouvait alors employer plusieurs termes pour désigner les Africains ou les Américains d'origine africaine. Le plus neutre, *coloured*, était utilisé par les abolitionnistes et les antiracistes, mais aussi par les ségrégationnistes sur les pancartes *Coloured only*. Très longtemps employé par les Noirs eux-mêmes, *negro* n'était pas une injure mais commençait à tomber en désuétude bien que couramment employé dans des expressions aussi populaires que *Negro spirituals*, chants d'églises noires, ou encore dans le nom du mouvement nationaliste noir, l'Universal Negro Improvement Association. L'injure raciste était et est toujours *nigger*, qui se dirait en français *négro.* Ainsi, le titre de la comptine *Ten Little Niggers* reprise par Agatha Christie n'a pas été traduit en 1939 par *Dix petits négros*, mais déjà corrigé en *Dix petits nègres*, terme acceptable à l'époque où Picasso et d'autres artistes valorisaient l'art nègre. En raison d'un glissement de sens par l'usage qui en est fait, le mot est devenu aujourd'hui objet de censure.

Dans la francophonie, on ne disait pas *black* comme aujourd'hui pour désigner sans la dévaloriser une personne dite « noire ». Alors que le racisme et l'antisémitisme montaient en Europe, des intellectuels et militants noirs d'Afrique et des Antilles créaient le concept et le mot de *négritude*, prenant le contre-pied de la tendance française – sous influence américaine – à la dévalorisation du terme *nègre*, l'affirmant au contraire comme porteur des valeurs, de la culture, des arts et de l'héritage africains, et, surtout, de l'anticolonialisme.

Dans ce texte, j'emploie le mot *nègre* dans le sens de l'époque et des lieux où se déroule cette aventure. Il est mis dans la bouche de mes personnages dont la plupart sont des Africains, des Afro-Américains ou un Noir français, mon héros. Il est aussi présent dans le corps du texte, soit pour en souligner au premier degré l'injure sous-jacente, soit avec l'ironie ou la distance du second degré.

De même, il est fréquemment question d'*Indiens*, que personne n'appelait alors *Amérindiens*, et encore moins *Premières Nations*.

C. N.

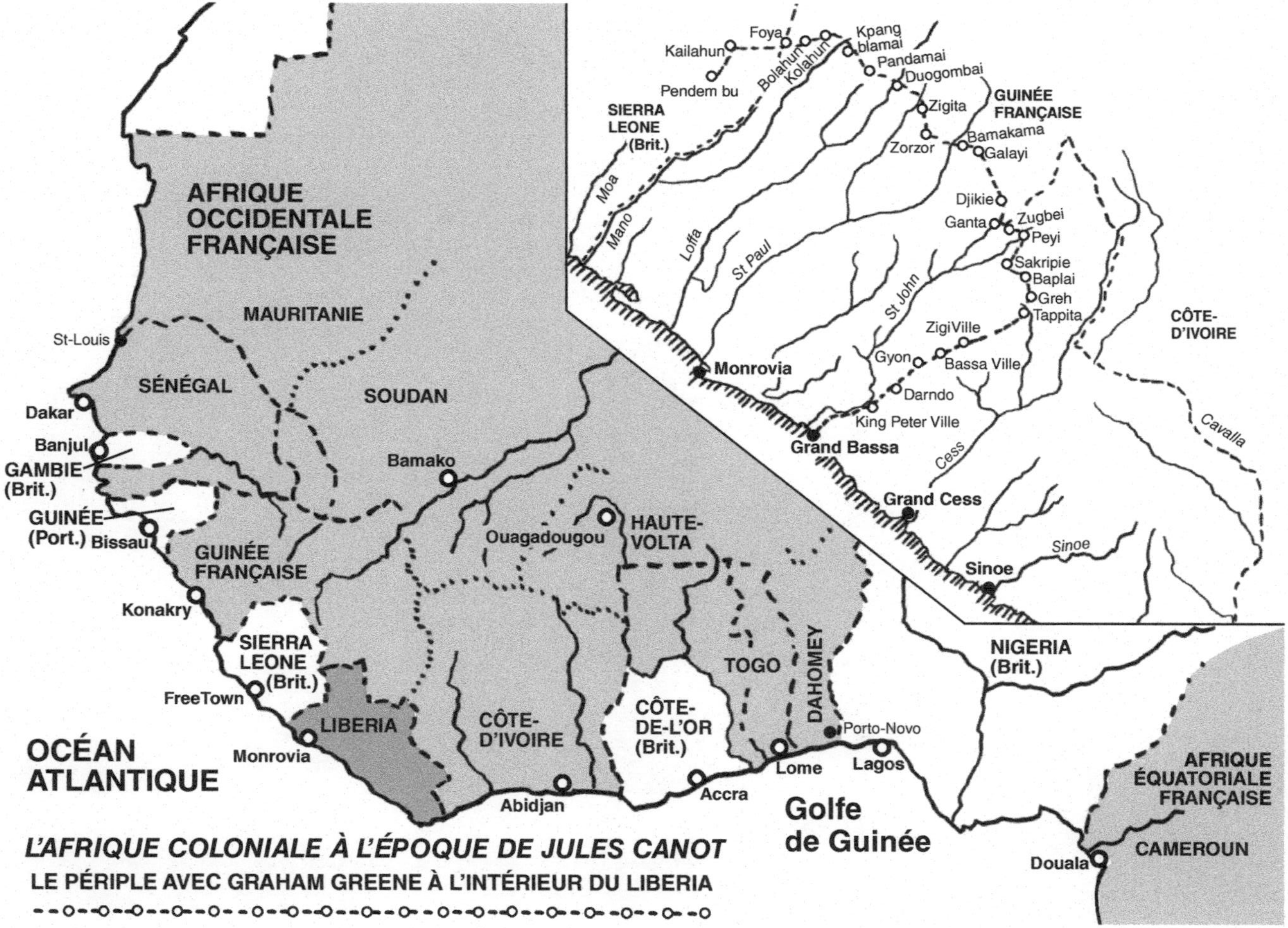

AFRIQUE OCCIDENTALE FRANÇAISE
MAURITANIE
SÉNÉGAL
SOUDAN
St-Louis
Dakar
Banjul
GAMBIE (Brit.)
GUINÉE (Port.)
Bissau
GUINÉE FRANÇAISE
Konakry
SIERRA LEONE (Brit.)
FreeTown
LIBERIA
Monrovia
Bamako
Ouagadougou
HAUTE-VOLTA
CÔTE-D'IVOIRE
Abidjan
CÔTE-DE-L'OR (Brit.)
Accra
TOGO
Lome
DAHOMEY
Porto-Novo
Lagos
NIGERIA (Brit.)
AFRIQUE ÉQUATORIALE FRANÇAISE
CAMEROUN
Douala
OCÉAN ATLANTIQUE
Golfe de Guinée
Kailahun
Foya
Kpang blamai
Pendem bu
Bolahun
Kolahun
Pandamai
Duogombai
Zigita
Zorzor
Bamakama
Galayi
GUINÉE FRANÇAISE
SIERRA LEONE (Brit.)
Moa
Mano
Loffa
St Paul
St John
Djikie
Ganta
Zugbei
Peyi
Sakripie
Baplai
Greh
Tappita
ZigiVille
Gyon
Bassa Ville
Darndo
King Peter Ville
Monrovia
Grand Bassa
Cess
Grand Cess
Sinoe
Sinoe
Cavalla
CÔTE-D'IVOIRE
L'AFRIQUE COLONIALE À L'ÉPOQUE DE JULES CANOT
LE PÉRIPLE AVEC GRAHAM GREENE À L'INTÉRIEUR DU LIBERIA

PREMIÈRE ÉPOQUE

1918-1925

Sigrid et Hermann Zacher

1

Aveugle. Sourd. Sans corps. Juste un battement primaire, quelque part au-dedans. *Dundumba, dundumba.* Un tronc vide qui résonne. Tronçon d'arbre creux sans branches ni racines, afzelia dont on fait ces tambours wolofs aux noms sonores qui tapent fort dans sa tête. Qui frappe ? *Mbëng-mbëng, mbëng-mbëng.* Il est un sabar sur la plage de N'Gor. La musique, la bière de sorgho, les barques peintes. Plonger dans les vagues, se courir après, faire des roues, des sauts périlleux, jouer à s'enterrer dans le sable. C'est cela. Enterré dans le sable. Mais où est le soleil ? Où est l'océan ? Où sont les rires ? Il fait nuit. Ni chaud ni froid. Insensible. Pourtant pas mort. Toujours ce *tam-tam* intérieur. De plus en plus fort, de plus en plus vite jusqu'à la transe. Il perd connaissance.

Combien de temps ? A un moment, il revient. Des femmes pilent le mil dans sa poitrine. Elles fredonnent en rythme pour ne pas écraser les doigts de la petite fille qui ramène le grain au centre du mortier, sa petite main, brune dessus rose dessous, se faufile entre les coups des pilons. Elle rit. Il repart. Puis, comme une bulle, un mot de son rêve remonte. Mortier ? Non, les crapouillots des tranchées se sont tus. Les rires sont ceux des corbeaux. *Merde, pas mort.* Les songes sont dissipés. Il n'est plus une musique d'Afrique, il est un homme broyé sous un éboulis, au bord d'un trou d'obus, sans bras ni jambes, un sac mou avec, dedans, un cœur qui s'acharne à battre la mesure. A quoi peut bien servir cette grosse caisse si ce n'est à donner le tempo à un corps tout entier qui joue, qui danse ? Plus de mains, plus de doigts, plus de paumes, plus de poings, plus de bâtons, de baguettes, de mailloches pour faire sonner les peaux, tinter les kenkeni, parler les tama, chanter les balafons.

Merde, pas mort. Dans les assauts, sous les orages de bombes, dans les nuages de gaz, il espérait une fin bien nette ou une blessure bien propre. D'une manière ou d'une autre, une issue à cette guerre de rats moisis. La mort est partout, les vivants perdent la raison, les rescapés ne seront plus jamais humains. Abandonner une jambe à la bête pouvait être un espoir fou. Comme les lézards qu'enfant il essayait d'attraper sur le mur brûlant de la résidence du gouverneur pour voir s'il est vrai qu'ils abandonnent leur queue. Dans sa tranchée, quand tous ses frères de couleur et de combat pouvaient enfin dormir une heure, quand, pendant les rotations de dix jours à l'arrière, il voyait arriver les soldats en charpie, spectres aux poumons brûlés, il se rêvait sur les remparts de Gorée avec une jambe de bois taillée dans le tronc dur d'un lingué. *Tac, tac, tac.* Il y aurait ajouté quelques grelots comme les *drummers* en attachent à leurs poignets. Tous les sons résonnent dans sa tête. Ça ferait *tac-gling, tac-gling.* Il l'aurait strié pour en faire un frottoir, un *washboard* comme s'en fabriquent les bluesmen du régiment. *Tchicka, tchick-tchick.* Faire de la musique simplement en marchant. L'idée lui plaisait de rentrer au pays comme Long John Silver dans *L'Ile au trésor* de Stevenson. Une décoration de soldat pour l'honneur de Professeur-papa, une pension d'invalide pour ne jamais avoir à travailler, un nouvel instrument, une *rattle leg*, jambe-crécelle, ajouté à ses percussions pour gagner le respect des mourides, ses maîtres à l'université du djembé. *Merde, pas mort.* Il aurait préféré cela, plutôt qu'être vivant et devoir renoncer à tout cela. Puis le poilu enseveli s'est rendormi. Ce qui lui restait de vivant a éteint toute fonction inutile, mis fin à toute spéculation. Survivre exige de s'en tenir à l'essentiel.

Est-il réveillé par le premier rayon de soleil qui se lève sous les nuages, dans le camp ennemi, au-delà de la Champagne ravagée ? Est-ce l'odeur putride et familière du champ de bataille que la brise d'est apporte avec la fumée d'un incendie, quelque part ? Est-ce le froid de la terre mouillée qui l'enveloppe ou la chaleur de son urine qui se libère contre sa cuisse ? Sont-ce les chuchotements du groupe d'hommes qui passent furtivement en jetant alentour des regards apeurés, silhouettes pâles, maigres dans leurs uniformes de cendre, presque désarmés, sans leurs casques, blessés soutenus par les valides ? Ils fuient, les terribles Huns du Kaiser Wilhelm, fragiles, si jeunes. Vingt ans, comme lui. Ils ne remarquent pas sa tête qui dépasse à peine de l'amas en bordure du cône creusé par la bombe, visage à la peau noire couverte de sang et de boue.

Voir, entendre, sentir, penser, tout cela lui revient en même temps. Il n'éprouve pas de douleur. Il s'en inquiète. Il n'ose tourner la tête. Il balaie des yeux tout le possible champ de vision. A un demi-mètre, une main et un avant-bras sortent de terre. Au poignet, le revers à deux boutons des fusiliers prussiens. Ce membre n'est pas le sien. Peut-être appartient-il à celui qui voulait l'embrocher quand l'explosion a interrompu leur corps-à-corps… Faut-il que le commandement allemand soit en déroute pour faire donner le canon quand les fantassins en sont aux mains ? A gauche, une mule d'ambulance éventrée, charrette renversée et brancard encore attaché, le cadavre encore dans la couverture. Repas d'oiseaux noirs. Et cet horizon chaotique, ce relief chaque fois remodelé par des jours entiers de bombardements, cette forêt déjà rasée dix fois dont les moignons d'arbres ont encore été réduits, cette église, sur la butte, dont il ne reste qu'un pan d'abside. Ses yeux piquent. A contre-jour, il distingue les ombres chinoises des six Allemands en déroute cherchant à s'y abriter. Trois autres ombres surgissent. Aucun coup de feu n'est tiré. Les fugitifs, éreintés, résistent à peine. Ils tombent pêle-mêle, tués rapidement à l'arme blanche. Pas par les baïonnettes au bout des Lebel réglementaires. De longs couteaux précis. Il reconnaît le style. Les gars de New York, le régiment de Nègres, les voyous, les boxeurs, les dockers, les boutiquiers, les ouvriers, les gamins de la rue, les jazzmen de Harlem qui combattent sous le nom et la bannière du serpent à sonnettes, le *Rattle Snake*. Les Allemands les ont surnommés *Hellfighters,* les Soldats de l'Enfer, tant ils les redoutent. Son cœur reprend un swing endiablé.

— *Hey, guys, Black Frog's here ! Djioul !*

Le major Barney Hodges est le premier à le reconnaître. Ils l'avaient perdu dans la débandade, quand le canonnier prussien dément s'était mis à tirer dans le tas. Au petit jour, sur le chemin du retour vers leurs positions protégées, ils ont ramassé quelques trophées, casques à pointe, insignes, couteaux gravés, glané quelques rations dans les sacs abandonnés, cherché des blessés de leur camp. Et ils ont trouvé Jules « Grenouille noire », leur interprète, seul Français, seul Africain de la troupe d'Américains, leur mascotte, ce type qui joue si bien de la batterie avec ses mains mais qui ne connaît rien du tout à leur musique, au blues, au cake-walk, au ragtime, au dixieland. Alors pour le jazz... Génial et ignare virtuose. Le tambour du régiment est mort dès les premiers jours, Jules fait l'affaire.

— *Hey, Djioul*, tu sais que chez moi aussi, en Louisiane, les crapauds se cachent dans la boue ? Un jour, je te montrerai ça, mais on va déjà te sortir de ce bayou, *froggie.*

Hodges s'agenouille à côté de ce qui émerge de Jules, essuie son visage. Les deux autres attaquent le tas de terre molle à la pelle-bêche. La pluie froide du matin arrive. Jules frémit quand elle lui ruisselle dans le cou. Enfin de l'eau propre à boire. De quoi faire passer les *kriegskeks*, les coriaces biscuits de guerre pris aux Allemands que le sergent lui met par petits bouts dans la bouche ouverte sous l'averse.

— Tu sais qu'on a repris Séchault ? Non, bien sûr. Tu faisais la sieste. Tu veux une autre bonne nouvelle ? La 163e division française va arriver en relève. Il faut qu'on se barre, l'artillerie va préparer le terrain. Les boches sont à moins d'un kilomètre. On se grouille, ça va péter.

Hodges se joint aux deux autres. Ils finissent de dégager Jules à mains nues, inquiets de ce qu'ils vont trouver. Peu à peu, ils sortent le corps de sa gangue. Alors, toutes ses douleurs se réveillent en même temps. Les jambes, les bras, le dos, la nuque, la tête, partout. Pas mort. C'est la vie qui fait mal.

Ainsi, le caporal Jules Canot, de nationalité française, auxiliaire du 369e régiment d'infanterie US, le RIUS, anciennement 15e régiment de la Garde nationale de New York, entièrement composé de Noirs volontaires sous commandement, uniforme et armement français, est évacué sur la base arrière de Maffrécourt, avec les sept cent vingt-cinq survivants des Crotales, les Rattlers de Harlem. Ils avaient été deux mille à débarquer du navire *Pocahontas* à Brest, le 1er janvier 1918. Ils étaient en première ligne depuis six mois et dix jours. Aucune unité blanche américaine n'aura tenu aussi longtemps.

2

— *Gosh !* Je savais pas qu'en France les arbres avaient des branches !

C'est la phrase historique de Barney Hodges quand il saute du camion bâché. Evidemment, tous les autres se marrent et le mot d'esprit du major se répand dans le convoi. Rire, taper des pieds, se frapper les épaules, tout est bon pour dégourdir les corps malmenés par une nuit entre les nids-de-poule et les virages de la route Joffre dans des camions surpeuplés. Douze heures, pannes comprises, pour moins de trois cents kilomètres dans les Packard flambant neufs fournis par les USA. Les barbes givrent. De la vapeur blanche sort des bouches et des narines et de la fumée grise des pots d'échappement des vingt-deux véhicules alignés en haut du col. Les hommes se rassemblent devant les capots, y posent les mains comme si c'était une bonne flambée. L'air sent l'huile chaude et la résine de sapin.

Les officiers se regroupent autour du colonel William « Big Bill » Hayward, avocat du Nebraska et seul Blanc de l'aventure depuis le départ de New York. Ils tiennent conseil, carte d'état-major dépliée sur une ridelle. « C'est là, c'est Bitschwiller. » Bien sûr, prononcé par un Américain, le toponyme provoque quelques sourires. Mais, surtout, les hommes regardent la vallée de la Thur, des champs qui ne sont pas labourés par des bombes, des arbres debout, une rivière avec un pont intact, un village qui n'est pas un tas de cailloux. C'est beau. Des volutes verticales montent des cheminées. Ils rêvent d'une salle de ferme, d'un gros pain à la mie lourde, d'un bouillon gras. Certains font quelques pas dans le sous-bois serré où il fait encore nuit, leur pisse jaune creuse des sillons fumants sur la première neige, ils frissonnent de cette bonne chaleur qui se perd.

Pour se réchauffer, Jules pose sa canne, commence à taper doucement sur les morceaux de carrosserie, qui rendent des sons différents. Un soldat chantonne, d'autres reprennent avec lui « Oh, How I Hate to Get up in the Morning », parodie du clairon matinal réglementaire, depuis des mois chaque jour un peu plus détesté. Encore épuisés malgré la brève pause de Maffrécourt, les Rattlers relâchent un peu. La peur s'éloigne. L'hiver précoce annonce Noël. *Christmas.* Vient le mal du pays.

— Caporal Canot !

Le major Arthur Little met fin au concert. Combattant inapte mais indispensable traducteur, Jules est envoyé en repérage avec le colonel et deux gardes à bord de l'automitrailleuse de tête de convoi. Il faut trouver de quoi accueillir sept cents soldats au bout du rouleau pour qui la guerre n'est pas encore finie.

Dans la descente de la route Joffre, défoncée par les convois qui ont soutenu pendant quatre ans le front d'Alsace, Jules ne trouve rien d'autre à dire que :

— C'est beau !

William Hayward, carte sur les genoux, montre à Jules une suite de sommets soulignés par un banc de brume, de l'autre côté de la vallée.

— Oui, c'est beau. Mais ce versant-là seulement. Celui qu'on ne voit pas doit ressembler à Séchault, en plus pentu. Ils se sont battus pendant un an pour s'approprier les hauteurs où on a la vue sur toute la plaine d'Alsace, jusqu'au Rhin, là-bas, où nous devons repousser les derniers Allemands et finir le job.

En s'approchant du village, Jules remarque quelques maisons détruites, d'autres rafistolées. Si les Allemands avaient pu installer de l'artillerie là-haut sur la crête, il ne resterait rien de Bitschwiller-lès-Thann.

Le petit blindé se gare devant la mairie à la toiture protégée par des bâches. Des gens sont sortis aux fenêtres, méfiants, en entendant arriver l'engin. Le macaron tricolore rassure, le serpent à sonnette sur le fanion interroge. Jules descend, claudique jusqu'à la porte de l'hôtel de ville, frappe du pommeau de sa canne. Après plusieurs essais, une fenêtre s'ouvre au premier étage, un buste d'homme apparaît.

— *Bouchour ! Wer sen er ? Wàs wann er ?*[1]

Jules reste interdit. Il ne comprend rien d'autre que les points d'interrogation. Il improvise :

— Bonjour ! Nous sommes l'avant-garde d'un convoi de troupes franco-américaines !

Grand silence. L'homme à sa fenêtre se demande s'il rêve. Il fait signe d'attendre et disparaît. Quelques minutes après, il ouvre à Jules la porte de la mairie.

— Caporal Jules Canot, combattant français affecté au 369e régiment d'infanterie des Etats-Unis. Vous êtes le maire ? Vous comprenez ?

— *Fràntzosse ? Àmericàner ? Sén er numa met eim auto kuma ?*[2]

1. « Bonjour ! Qui êtes-vous ? Que voulez-vous ? »

2. « Français ? Américains ? Vous êtes venus avec une seule voiture ? »

Comme le bourgmestre désigne le *command car* d'un air interrogateur, Jules répond à la question qu'il imagine en tendant le bras en direction de l'ouest et tente de lui faire prendre la mesure du problème logistique.

— Américains. Nous sommes plus de sept cents dans vingt-deux camions.

Comme le maire n'a pas l'air de comprendre, Jules reprend lentement en détachant ses mots, en français puis en anglais, on ne sait jamais :

— Sept… cents… hommes. *Seven… hundred… men.*

— *Séwe hundert Manner ?*

Miracle ! L'anglais semble plus proche que le français du parler local.

— *Twenty… two… trucks.* Vingt… deux… camions.

Deux fois les dix doigts ouverts plus deux, le mime d'un volant en main et les bras écartés pour dire que les camions sont grands, l'édile réalise l'énormité de la demande, surtout quand Jules ajoute les gestes universels de *manger* et *dormir*. La libération de sa commune commence par un méchant embarras. Le maire a pourtant d'autant moins l'occasion d'hésiter que le colonel Hayward, impressionnant par sa taille et ses cinq barrettes sur chaque épaule, s'approche, prend la main de l'homme en robe de chambre et la secoue avec chaleur.

— *Thank you, thank you so much !*

Moins d'une heure après, les véhicules de transport de troupe et leurs remorques de matériel sont rangés le long de la rue principale, moteurs coupés. Le calme revient après le tremblement de terre. Les gens s'agglutinent sans oser trop s'approcher. Les couleurs françaises flottent aux antennes mais les véhicules portent sur les flancs le drapeau étasunien. Les plus malins le remarquent. « Les Américains sont noirs ! » Ici, on n'en avait jamais vu ailleurs que dans *L'Illustration*. Les voici en foule.

Quant aux poilus de Harlem, s'ils le montrent moins et gardent leurs commentaires pour leurs murmures privés, ils ne sont pas moins étonnés à la vue des autochtones, paysans et bourgeois en tenue du dimanche. Une sorte d'uniforme, à quelques détails de près. Les hommes : chapeau et cravate-ficelle nouée à la manière du Far West, gilet rouge et spencer noir totalisant au moins cinquante boutons. Les femmes : longue jupe rouge serrée à la taille avec, par-dessus, un grand tablier noir prolongé par un corset, chemisier et dentelles blanches, châle sur les épaules. Toute une population en rouge, noir, blanc. Et le plus étonnant est cette sorte de nœud papillon géant, noir, posé sur la tête des Alsaciennes. Maire et adjoints ceints de l'écharpe tricolore, curé en soutane, garde champêtre en képi, pétoire en bandoulière, quelques notables, une délégation est là, en grand apparat. Jules s'approche.

— Quelqu'un parle français ou anglais ?

Un petit homme aux soixante-dix ans bien sonnés s'avance et tend la main.

— Bonjour, Raymond Gumbinger, maître d'école à la retraite. J'ai enseigné ici à mes débuts, du temps où la région était française. Je parle le français de Paris.

Jules n'a pas idée de ce qu'est le français de Paris, mais cette langue-ci lui convient.

— Je suis le caporal Jules Canot, interprète du régiment. Je peux vous réquisitionner comme interprète de l'interprète ? Bon. Merci. Pouvez-vous demander au maire…

— … monsieur le bourgmestre Weiss. Walter Weiss.

— … au bourgmestre Weiss s'il a pu…

Walter Weiss a l'air aussi renfrogné qu'à son réveil, mais ses troupes se sont remuées. L'instituteur francophone sort un papier de sa veste et le lit. Jules traduit :

— Mon colonel, le maire dit que vous êtes son invité personnel. Il y a aussi parmi les habitants des volontaires pour accueillir les officiers chez eux. Si vous avez des lits de camp, les deux classes de l'école seront déménagées pour y loger les sous-officiers. La troupe pourra dormir dans le foin des granges ici et là. On trouvera des couvertures s'il vous en manque. Pour la toilette, l'usine textile dispose d'un moulin sur la Thur et de fours pour chauffer l'eau de rinçage des toiles. Pour les autres besoins sanitaires, ceux qui seront dans les granges devront se contenter des tas de fumier.

Hayward pose la main sur l'épaule du maire.

— *Wonderful !* Vous avez pensé à tout ! Et pour la nourriture ? Ce que nous avons avec nous ne sera peut-être pas suffisant...

Raymond Gumbinger répond à sa place :

— On va s'organiser. Laissez-nous un peu de temps. On va faire un réfectoire dans la salle des fêtes avec plusieurs services. Il ne faudra pas être trop difficiles, mon colonel.

— Tout est *magnificent* ! Cap'rol, twadouisez.

— Monsieur le maire, j'accepte l'honneur qui m'est fait d'être reçu chez vous. Mais ne soyez pas fâché si nous prenons pour le reste des dispositions différentes. Nous ne sommes pas l'armée du roi de Prusse. Nous sommes tous des frères de couleur de New York. Notre groupe a été soudé par six mois de combats intenses sur le front. Depuis notre départ d'Amérique, il y a neuf mois, nous avons perdu mille trois cents hommes, des frères, des amis. Pendant les opérations militaires, les grades et la chaîne de commandement sont respectés de tous. Mais lorsque nous faisons relâche, officiers, sous-officiers et hommes de troupe ne se séparent pas. Personne n'a de traitement de faveur. Si vous le voulez bien, nous logerons chez l'habitant les plus faibles d'entre nous, ceux qui ont été blessés ; dans l'école ceux qui seront réquisitionnés à tour de rôle pour la garde ; tous les autres, gradés ou pas, partageront le foin des granges. Ce sera un luxe après ce que nous avons connu. Quant au réfectoire, nous avons un grand chapiteau que nous pouvons monter là où vous voudrez bien nous indiquer un emplacement. Une fois installés, nous aurons plaisir à aider la population, en remerciement pour son accueil.

Jules observe la délégation pendant la traduction de Gumbinger. A en juger par les mimiques de stupéfaction, elle doit être fidèle. Au point de bien faire comprendre que le colonel s'était lui-même assimilé aux « frères de couleur » de Harlem ? Pas sûr.

Quand chacun repart vers ce qu'il a à faire, l'instituteur prend Jules par le bras.

— C'est embarrassant… mais il faut que je vous dise. Vous savez… sept cents hommes qui ont quitté leurs familles, leurs fiancées… depuis bientôt un an… dans un village comme ici, avec beaucoup d'hommes absents… des veuves, des filles seules…

Jules s'était demandé quand la question allait venir. Elle n'a pas tardé. Il a la réponse :

— Ce n'est pas la première fois que nous sommes cantonnés dans un village. Soyez tranquille, les hommes de garde veillent autant pour nous protéger de l'ennemi que pour la discipline de nos rangs. Le colonel l'a dit, nous ne sommes pas les soudards du Kaiser.

— Je me devais… N'en parlons plus.

— A moi de vous poser une question un peu étonnante. J'ai vu qu'il y avait une scierie. Pourriez-vous m'y accompagner ? Je cherche aussi de la peau de chèvre, de mouton, de vache, de cochon, peu importe… pas beaucoup. On peut trouver ça ?

A la messe de dix heures, il y a peu d'ouailles à Saint-Alphonse-de-Liguori. Même le curé sabote un peu l'office. Tous ceux qui le peuvent donnent un coup de main, les autres regardent les Américains s'affairer. Le jour du Seigneur passe à régler des questions logistiques variées comme monter la tente-hôpital sur la place, la garnir de bancs et de tables, dresser une antenne de télégraphe dans le clocher, organiser les tours de garde, remplacer les pupitres par des lits Picot dans l'école, répartir les blessés dans les familles du bourg, les autres dans les fermes proches, creuser des latrines, puiser de l'eau, faire la lessive et se laver à l'eau chaude de l'usine, partager à midi une immense soupe choux-patates parfumée à la couenne de porc et, enfin, faire la sieste. « C'est le paradis ! », de l'avis général. Le maire s'est excusé, pour la bière miraculeusement arrivée en gros fûts par le petit train de Saint-Amarin il faudra payer quelque chose. Manière d'éviter les abus, dit-il. Et de remplir la cagnotte municipale. C'est de bonne guerre. Diplomatie oblige, le colonel a pris ses quartiers à la résidence du bourgmestre, dont il ne comprend pas un mot, mais leurs éminences ont tacitement décidé de sourire de tout puisqu'elles ne peuvent parler de rien.

Il a aussi vite été clair pour tout le monde que la langue alsacienne resterait irrémédiablement hermétique. Alors, après quelques visites et bricolages secrets avec Raymond, Jules s'est rendu à l'adresse qui lui a été attribuée en sa qualité d'éclopé : « Vous serez bien à la maison Zacher. La dame parle le français comme moi, elle est cultivée, avant-guerre elle tenait la bibliothèque », a précisé l'ancien instituteur.

Sur la place, la maison Zacher est une bâtisse étroite à deux étages de colombages avec un minuscule jardin derrière un muret bas. Jules est accueilli par une femme vêtue de gris et de noir, sauf sa chemise et ses chaussettes, blanches. Il retire son calot, s'incline en prenant le bout des doigts de sa main, comme au palais du gouverneur lorsqu'en frac des soirs de gala il saluait d'un baisemain juste esquissé les majestueuses Sénégalaises drapées dans des mètres et des mètres de bazins éclatants, coiffées d'incroyables turbans, parées d'une chatoyante pacotille.

Mais cette femme-là est sombre, comme absente, à peine troublée par l'inhabituel hommage. Des trais juvéniles avec, dedans, une triste vieillesse. Lorsqu'elle le fait entrer dans la grande pièce, Jules comprend. Devant un poêle en faïence qui occupe presque tout le mur, dans un siège d'osier posé sur les roues d'un ancien landau, soutenue par des coussins, emmaillotée dans un plaid, une forme d'homme renversée en arrière. Une tête émerge. Un souvenir de visage. Manque un bout de mâchoire supérieure, la lèvre, presque tout le nez. Un éclat en pleine figure. Le reste n'est qu'une épaisse toile d'araignée de peau violacée qui enveloppe tout, le cou, le menton, les joues, le crâne. Les yeux sont deux trous noirs. Jules a déjà vu des hommes comme lui. Morts. D'abord déchiquetés par un obus puis brûlés au lance-flammes quand les assaillants nettoyaient la tranchée conquise. Lui, il vit. Sa respiration est un laborieux sifflement. Y a-t-il des bras, des jambes, sous cet enveloppement ? Toutes les douleurs de Jules se réveillent. Il est enseveli devant Séchault. *Mbëng-mbëng*, son cœur rejoue les tambours de Gorée. Il se laisse tomber sur la première chaise. La femme s'approche avec un bol fumant. D'une voix douce, elle dit sans s'arrêter :

— Hermann, mon mari. Blessé à Verdun en 1916. Onze mois d'hôpital et l'armée me l'a rendu dans cet état l'an dernier avec une lettre, une médaille, la gueule cassée, la colonne vertébrale brisée et autres infirmités. Je ne sais pas ce qu'il ressent. Le médecin dit qu'il est sourd. Voilà. C'est Hermann.

Jules se cache la face dans le bol. C'est sûrement la vapeur qui lui fait ces larmes.

— Caporal, je vous montre votre chambre et vous fais chauffer de l'eau quand vous voudrez. Je m'appelle Sigrid.

Dans les édredons de plume, dessous, dessus, sur la tête, Jules reste en apesanteur jusqu'à la tombée du jour. Jusqu'à l'explosion des cuivres sous sa fenêtre. Trompettes, tubas, trombones, saxophones, tout pète d'un coup. Puis les voix. Cent, deux cents ? Musiciens et choristes survivants du Harlem's Rattlers Band au complet jouent « Over There », et chantent à tue-tête et à bout de souffle : « *Johnny, get your gun, get your gun, get your gun…* »

Jules saute dans son uniforme, brossé et plié pendant son sommeil, dévale l'escalier sur une seule jambe, accroché à la rampe. Quand il arrive sur la place, le lieutenant James Reese Europe, chef d'orchestre, lance « Tiger Rag », le plus endiablé, le plus rapide, le plus indansable ragtime jamais imaginé. Le tout-Bitschwiller est en état de sidération. Sur la place, où il y a déjà foule, les gens affluent. Ils avaient vu passer ici bien des régiments qui partaient vers le front, des conquérants et des fatigués, des offensifs et des décimés, mais des comme celui-ci, jamais. Le matin ils découvrent que les Martiens sont noirs, le soir qu'ils font un boucan incroyable. Non seulement ils sont sympathiques, mais leur musique, la surprise passée, chatouille sacrément les pieds. A la dernière mesure, tous les instruments s'arrêtent pile. Silence. Un enfant ose taper des mains. C'est le déchaînement. Retenu quatre ans, le cri libérateur. Le lieutenant Europe n'a pas le temps de lancer le morceau suivant. On se précipite sur les musiciens, sur tous les soldats présents, on les serre dans les bras, on pleure, on leur dit des choses incompréhensibles qui font du bien, on les embrasse, et, pour certaines Bitschwilleroises, très chaleureusement.

Quand la vague d'effusions reflue, James Europe fait sonner le rassemblement par le major-trompettiste Hodges, debout sur une borne. Les musiciens se mettent en ordre de marche. Le colonel Hayward, en grand uniforme orné de toutes ses décorations, se place en tête avec le maire. La foule se range derrière et le cortège se met en route en musique vers la salle des fêtes. L'air d'« At the Darktown Strutter's Ball », où il est question d'aller au bal pour y faire « danser ses chaussures », est tout sauf une marche militaire. La progression des soldats sur la terre gelée est plus près du numéro de claquettes que de la revue martiale. Dans la foule, plus d'un se demande comment des types qui défilent ainsi ont pu vaincre les boches, qui, jusqu'au 7 août 14, quand Bitschwiller-lès-Thann s'appelait *am-Thann,* ont si souvent marché en ordre dans un parfait martèlement de bottes.

Jules s'éclipse et court en traînant la patte chez sa logeuse. Sur le pas de la porte, elle a un petit sourire en le regardant passer. Devant le poêle, à côté de l'homme immobile qu'il n'ose regarder, ses deux tambours ont séché. La peau de vache tendue mouillée s'est raidie à la chaleur. Un tronc de chêne creux destiné au four de la scierie a trouvé plus prestigieux destin. Le bas, large, est anobli en dundumba pour les graves, le haut, plus étroit, en sangban pour les médiums. Pour le djembé et les aigus, il faudra attendre. Une racine de buis lui a été promise.

— Madame… Sigrid, vous auriez deux cuillères en bois ?

L'essai est concluant. Les tambours pas accordés sonnent un peu mou, mais ça ira.

— Vous auriez aussi un faitout avec couvercle ? Vous viendrez à la fête ?

— Oui, oui… dans un moment. Je dois d'abord faire dîner Hermann.

Quand Jules s'élance chargé de son étrange batterie, le Harlem's Rattlers Band finit de prendre place dans la salle municipale pavoisée. Comme un appariteur de village, le batteur de la fanfare municipale fait rouler son tambour d'ordonnance. C'est le moment des discours. Raymond, l'assistant-interprète, attend. On cherche Jules. Il s'annonce par un mouvement au fond de la halle bondée qu'il traverse en trébuchant. Que fait ce grand boiteux avec deux grosses bûches et une gamelle ? James Europe, de son estrade, annonce en anglais l'arrivée de la Grenouille noire, le batteur fou venu d'Afrique.

Jules laisse tomber son attirail sur la scène et, encore essoufflé, traduit en prenant quelques libertés :

— Je vous présente notre chef d'orchestre, le lieutenant Europe. James Europe. Comme *J'aime l'Europe*. Un nom prédestiné. Lui et les autres viennent de Harlem, un quartier noir de New York. Un coin d'Amérique que je ne connais pas. Moi, je suis un Français du Sénégal, en Afrique-Occidentale française, l'A-OF. Raymond, à toi.

L'instituteur essaie de traduire au mieux les finesses du langage de Jules, qui reprend par bribes :

— Ils m'appellent la Grenouille noire… Ils croient que les Français mangent des grenouilles au petit déjeuner et des escargots au goûter… Ils ne connaissent rien à la France. Moi non plus, puisque j'ai toujours vécu en Afrique… Depuis qu'on est arrivés pour faire la guerre, on croyait que la France, c'était juste de la boue avec des trous dedans. Ici, on trouve que ce pays est très beau. Pour vous dire qu'ils sont heureux d'être là, pour vous ces garçons vont jouer leur musique. Moi, je la trouve incroyable. Elle est venue d'Afrique il y a longtemps. C'est pour ça que je peux jouer avec ces types, frères d'armes et cousins de musique… Bon, assez parlé, à vous, James.

— Merci, Jules ! Je ne savais pas qu'une toute petite phrase en anglais faisait un aussi long bla-bla en français !

Les rares qui comprennent sont les premiers à rire, les autres attendent la fin de la traduction. Gros succès. James Europe lève la main.

— Et maintenant, à vous, monsieur le maire !

Le bourgmestre dit trois phrases embarrassées et, à peine le dernier mot prononcé, dans les applaudissements explose « La Marseillaise », revue et corrigée par le *band*. Personne n'y voit sacrilège. Plus question du sang impur qui abreuve les sillons. Au premier rang, on se met à danser. Avec l'enchaînement des morceaux, la vague s'étend et se métisse. Le bleu horizon tourne avec le rouge coquelicot, brodequins et escarpins, calots et coiffes, fox-trot et schnokeloch, tout le monde s'en fiche, il ne s'agit que d'ivresse.

Jules entre sur la pointe des pieds dans le tempo des Rattlers. Il soutient, souligne, relance, assure les liaisons entre les chorus, comme faisait feu le tambour du régiment, métronome de la section rythmique. Puis, dans le flot de joie qui déferle de l'estrade sur la salle, il ose quelques arabesques, un œil sur le chef, qui lui renvoie un sourire. Alors, ses mains, ses pieds, tout son corps se mettent à le démanger. *Mbëng-mbëng*, encore ce fichu cœur qui fait bouillir le sang d'Afrique. Il sait que la transe va l'emporter. Une sorte d'hyperacousie qui fait entrer tout l'orchestre dans son crâne, prend toute la place, efface les quatre autres sens, toute sa raison. Plus de musiciens, plus de public, seulement des notes et des battements fous. Les Rattlers qui ne sont pas en train de s'époumoner dans un instrument en fermant les yeux regardent, stupéfaits, ce vent sauvage qui se lève. La tempête arrive en plein milieu de « Clarinet Marmalade », quand James Europe fait signe aux musiciens de lui laisser un solo. Black Frog ne s'en aperçoit même pas. Il est dans sa tête, déchaîné sur ses deux tambours avec son bras valide et l'autre qui suit comme il peut, son coude, sa canne, les couverts en bois, le fait-tout de cuivre qu'il frappe avec son couvercle, tantôt étouffé, tantôt clair, son godillot ferré sur le plancher qui fait un *tap-dance*, il chante la mélodie en fond de gorge, debout, penché sur sa batterie. Il n'y a plus d'autres sons que ceux qu'il produit. Il est seul. Tout s'est arrêté autour de lui, tout le monde le regarde. Le parterre ne danse plus, médusé d'entendre ce qu'on peut faire sortir d'une marmite et d'un tronc d'arbre, les musiciens de découvrir la complexité de la rythmique africaine, l'énergie du garçon. Revenant au monde, intimidé par sa propre audace, Jules ralentit, retrouve le tempo du morceau et, sous la baguette du lieutenant, tout l'orchestre reprend le thème. Il ne sait si le *maestro* va l'engueuler ou le féliciter. A la fin, le public acclame, les musiciens applaudissent, James Europe le fait lever pour saluer. Il a gagné son ticket pour le jazz. Au fond, sous les lampions, Mme Zacher lui fait un petit signe.

Pause casse-croûte. La fanfare de Bitschwiller prend le relais. Les danseurs autochtones font une démonstration de mazurka. « La mazurka ! Nous aussi, on connaît ! C'est comme le ragtime ! » Dès minuit, la marmelade d'instruments n'est plus réservée à la clarinette, tous jouent ensemble dans la plus grande confusion stylistique. Le match ne s'arrêtera qu'au complet épuisement des combattants.

Vers deux heures, Jules reprend sous une neige fine le chemin de la maison Zacher avec le fait-tout, son couvercle et des cuillères. Sigrid a dû rentrer, il ne l'a plus revue de la soirée. Il commence à grelotter quand il pousse la porte, accueilli par un effluve chaud de sapin, de cannelle et d'orange. Au fond, une lampe à pétrole éclaire le salon. Hermann n'est plus devant l'immense poêle. Jules peut s'en approcher. Il s'y adosse. Sa capote perlée de givre fume. Il se tourne, se colle face à la faïence, bras écartés tenant ouverts les pans du manteau qui sent le vieux chien. Ses mains, ses joues, son front, son nez glacés brûlent sur les carreaux. Il enlève ses brodequins, les met à sécher à l'envers dans une échancrure du poêle. Lampe à la main, il fait le tour de la pièce, regarde les meubles peints, les rares bibelots, la bibliothèque, l'unique fauteuil avec un livre ouvert à cheval sur l'accoudoir. Parle-t-elle à Hermann ? Même s'il est sourd, elle pourrait bien lui faire la lecture. *Le Grand Meaulnes*. Jules se souvient de Dakar quand, insouciant lycéen de seize ans, il avait appris la mort d'Alain Fournier, comme un cruel et lointain écho de cette guerre qui commençait à l'autre bout du monde et le concernait alors moins que la disparition d'Augustin Meaulnes, cet étrange frère dont il suivait la quête amoureuse en feuilleton dans *La Nouvelle Revue française*, à laquelle, comme tout bon lettré, son père se devait d'être abonné.

Aucune photo. Ni ancêtres, ni naissance, ni mariage, ni fier soldat en uniforme. Au coin opposé du poêle, une porte fermée. La chambre des époux ? Il essaie d'imaginer Sigrid et Hermann seuls ensemble. Des caresses ? Des baisers sur la peau labourée de son front ?

Jules entre dans la cuisine. Sur la table, un plat rond recouvert d'une coupe renversée. Un petit mot : *J'ai préparé du läbküche. Servez-vous. Montez avec la lampe. Bonne nuit.* Voilà pour l'odeur de pain d'épices.

Il se lèche encore les doigts quand il fait grincer l'escalier jusqu'à sa chambre dans les combles. De la petite fenêtre sans volets sous le toit en pointe, il regarde les maisons serrées autour de la place. Autour des cheminées, la neige des toits a fondu. On peut deviner quelques lumières tardives derrière les volets fermés. La fontaine de l'esplanade est prise dans la glace. Du dehors parviennent quelques rires étouffés, le crissement de pas dans la neige. Les derniers fêtards vont se coucher. Quelle soirée ! Passe un trio de soldats accompagnés de Bitschwilleroises décidées à leur faire oublier les consignes de respectueuse distance avec les indigènes.

Mme Zacher a eu d'autres attentions. Sur la chaise, au-dessus d'une bouche d'air chaud qui monte du foyer central, un pyjama de flanelle. Jules se déshabille. Le vêtement sent le savon et l'antimite. Hermann ne l'a plus porté depuis son départ la fleur au fusil, comme on disait avant de savoir. Qui pouvait savoir ? Un homme robuste part un matin, son pyjama laissé au bord du lit, il revient momifié, démembré, sans visage. Que s'est-il passé ? Mon Dieu, il y avait tant de douceur, ici ! Jules se glisse sous les édredons. Ses pieds rencontrent une grosse pierre chaude enveloppée dans un torchon. Il en pleurerait. Il se laisse aller en arrière, enseveli dans le duvet. L'oreiller se referme sur sa tête, il n'entend plus que son tambour intérieur, *dundumba, dundumba.* Il sombre.

3

Le cri vient du clocher. « Cessez-le-feu ! Cessez-le-feu ! » Dans les plus proches maisons, on pousse les persiennes, on gratte le givre des carreaux pour voir. La nuit est gris foncé, on ne peut voir la tête du soldat qui s'est hissé dans l'ouverture de la flèche, à côté de la grande antenne. Personne ne comprend l'étonnant muezzin qui hurle :

— *Cease-fire ! Cease-fire !*

Que dit-il ? Est-il ivre ? « *Fire* » ? « *Feuer* » ? Le feu ? Où ça ? On aurait entendu la sirène. Pas d'incendie. Le silence revient. On se recouche, la nuit a été courte. L'horloge de la mairie sonne six heures et demie.

Le sous-officier télégraphiste incompris quitte son poste d'écoute pour sauter les échelons jusqu'au compartiment des cloches. Il noue sa ceinture au battant de la plus grosse, tire de toutes ses forces. Minute assourdissante. Des fenêtres s'allument, s'ouvrent. Les soldats en patrouille accourent vers l'église, interpellent :

— Qu'est-ce qui se passe ?

— Qui sonne ?

— Descendez !

Oreilles bourdonnantes du tintamarre de bronze, le radio se jette dans la succession d'échelles de meunier, déboule en trombe dans la nef où est entré le groupe de garde.

— La guerre est finie ! C'est le cessez-le-feu ! L'armistice est signé ! Transmettez au colonel, dites-le aux gars !

On lui fait répéter calmement pour être sûr. Il dit qu'il y a des interférences radio mais que le message est clair, répété plusieurs fois : la dépêche en morse envoyée par l'état-major à toutes les unités combattantes donne l'ordre de respecter et faire respecter l'armistice à compter de onze heures ce matin. Tous se prennent dans les bras !

— Qui a gagné la guerre ?

— C'est nous qui avons gagné la guerre !

Puis le messager va reprendre l'écoute, deux hommes sont désignés pour jouer les moines-carillonneurs. Et, pendant que le tocsin reprend, les autres courent répandre la nouvelle en criant sous les fenêtres de la mairie :

— Colonel !

— Ar-mis-tice ! Ar-mis-tice !

— La guerre est finie !

Les plus lettrés du village traduisent de l'anglais en alsacien pour les autres : « *De Kriej isch färtig !* » Là, tout le monde comprend et la réaction en chaîne commence. Des gens en robe de chambre, enveloppés dans leur couvre-lit, habillés à la hâte, en caleçon long ou chemise de nuit sous un manteau, bonnet sur la tête et pieds nus dans des sabots, arrivent de partout sur la place, sur le parvis de l'église, devant l'hôtel de ville, sous le préau de l'école. On court, on parle, on gesticule, on frappe aux portes, on crie sous les volets encore clos, on répète à l'envi l'incroyable information à d'autres qui, de plus en plus nombreux, la connaissent déjà. Mais, en réalité, à part « la guerre est finie », personne ne sait rien.

Dans son perchoir sous les toits, Jules a mis du temps à comprendre ce qui se passait. Si le bruit avait empêché les poilus de dormir, ils n'auraient jamais survécu. Il faut la seconde volée de cloches pour qu'il sorte de sous le duvet d'oie, s'habille, descende aussi vite que sa jambe le lui permet. Sigrid est déjà dans la cuisine. Une casserole chauffe sur le fourneau. Elle ne porte pas sa coiffe. Une grande natte vite faite, blonde, tombe sur le châle. Avec ce teint et ces yeux encore plus pâles dans la pénombre, Jules se sent plus noir que jamais.

— Bonjour, Jules. Bien dormi ? Qu'est-ce qui se passe ?

— C'est la fin de la guerre ! C'est l'armistice ! L'armistice ! Sigrid, c'est fini, fini, fini !

Jules prend sa main, sa taille, fait trois pas de valse sur le carrelage en traînant la patte.

— La-guerre-est-finie, pom-pom, pom-pom ! Les-boches-sont-battus, pom-pom, pom-pom ! A-nous-la-belle-vie, pom-pom, pom-pom !

D'un coup, il s'arrête.

— Oh, pardon, je…

— Non… c'est bien. Il faut se réjouir.

Elle tapote sa robe pour remettre de l'ordre dans les plis, sa bouche fait un sourire, pas ses yeux. Jules réalise l'énormité de sa gaffe. La guerre est finie, à qui la belle vie ?

— Caporal… Jules, le lait est chaud. Le pain aussi. Un peu de lard dessus ? Mangez vite, je crois qu'on va vous attendre dehors.

A l'aube, le chaos s'organise. Le colonel monte au clocher, interroge l'adjudant-radio, lit les transcriptions. Le Kaiser et ses Huns sont vaincus. Armistice n'est pas capitulation, tant pis, on s'en contentera. Les consignes données, Hayward remet son grand uniforme et frappe à l'imposante porte sur laquelle une plaque de cuivre indique *Walter Weiss, Bürjermëjschder*. Congratulations et félicitations dans le bureau du maire, effusions et embrassades dans les rues comme un soir de Nouvel An. On a beau voir quelques mères arracher leurs filles à une trop grande proximité d'avec les héros harlémites, l'enthousiasme d'avoir vu hier arriver les libérateurs rebondit ce matin devant les vainqueurs.

A onze heures moins le quart, pendant que les Rattlers se mettent en rang sous les drapeaux français et américains pour la parade, les Bitschwillerois commencent à former des farandoles.

A onze heures pile, à Bitschwiller et partout en France, les cloches sonnent à se fendre. Au balcon de la mairie, le bourgmestre, entouré de ses échevins en grande tenue, attend le retour au calme, sort un papier de sa poche et prononce gravement ce qui ressemble plus à un avis à la population de son appariteur qu'à un discours devant l'Histoire. Raymond et Jules traduisent en cascade : « Ce matin à cinq heures vingt, à Issoire… le maréchal Foch… la délégation allemande… armistice… »

Cris et applaudissements. Puis silence. C'est tout ? On attend la suite, une envolée lyrique, une belle phrase à la hauteur de l'événement, de la joie, de l'émotion, quelque chose du cœur, quoi. Mais le bourgmestre demeure comme interdit. Un adjoint lui glisse un mot à l'oreille. Alors Weiss, contraint d'improviser, se lance dans un hommage « aux intrépides libérateurs… au courageux 369e régiment d'infanterie… à ces valeureux *Schwàrtze saldààt*… à ces braves *Nèèger*… au colonel Hayward, qui a conduit héroïquement ces guerriers venus d'Afrique… ». L'éloge tourne au pataquès. Trouble dans le public. Certains retiennent leurs rires, d'autres regardent leurs pieds ou chuchotent. Il y en a qui applaudissent avant la fin pour sauver leur édile du marécage où il s'enfonce.

Heureusement, dans la bouche de Raymond Gumbinger, l'Afrique redevient l'Amérique, les braves négros des Noirs valeureux et, dans la version finale de Jules, des héros afro-américains. James Europe se dit que cette fois la version anglaise de *Djioul* est curieusement plus courte que l'originale. L'incident diplomatique est évité. Quant à lui, Jules a la certitude que le premier magistrat de Bitschwiller se demande pourquoi les Etats-Unis n'ont pas envoyé des Américains *normaux*.

— Dites voir, Raymond, je ne comprends pas l'alsacien, mais le maire a bien dit…

— Oui, oui. Ici, certains sont un peu… et lui en particulier…

— C'est ce que j'avais compris. Nous avons bien fait d'interpréter, pas de traduire.

La paix n'est vieille que de trente minutes quand, sous la baguette du lieutenant Europe, le Harlem's Rattlers Band mâtiné d'orphéon bitschwillerois envoie une nouvelle « Marseillaise », une version comme il n'en sera jamais plus joué nulle part. Pour la fanfare locale, embarquer le solennel hymne national dans le train fou du ragtime est vertigineux, cacophonique, arythmique, mais c'est une pure jubilation de gosses transgressifs. Après ça, la minute de silence est difficile à tenir.

Jules ne va pas jusqu'à la salle municipale récupérer ses tambours. Ce soir, un nouveau bal y sera donné. Il reste avec Raymond, pour que le maire et le colonel échangent des phrases convenues, boit quelques bières avec les soldats mais ne partage pas le repas soupe-pain-corned-beef. Il rentre à la maison Zacher.

Sigrid est assise à côté du landau de Hermann, qu'elle berce. Son livre est ouvert, posé à l'envers sur un genou. Elle ne porte pas la tenue sombre d'hier, mais la jupe rouge sous le tablier noir des femmes de la fête. La grande natte a été enroulée en couronne. Jules approche une chaise.

— Vous voyez, Jules, j'ai voulu participer à la liesse. Je me suis habillée pour sortir… Finalement, je n'ai pas pu.

— …

— La guerre est finie, Hermann Zacher va être oublié. Si j'en avais eu la force, je l'aurais sorti comme il est, affreux mais héros comme les autres.

— J'aurais pu vous aider.

— Cela aurait gâché la cérémonie. Les vivants doivent être fêtés en premier. La cloche a sonné la fin de cette vilaine partie, la vie va reprendre. Hermann n'est plus du domaine de la vie. Je ne veux pas gêner ceux qui veulent chanter, danser, vous écouter maltraiter mes casseroles…

— Pardon !

— Vous étiez magnifique. Je ne pourrai plus jamais m'en servir sans penser à vous.

— C'est gentil de dire ça. Pas trop cabossées ?

— Non. Et peu importe, ce sera un joli souvenir. Je vais même vous faire un aveu. Pour la première fois depuis le début de la guerre, j'étais heureuse parmi les autres.

— Le jazz est une musique de malheureux qui rend les autres heureux.

— Je peux en témoigner. Hélas, il fallait coucher Hermann. L'effet euphorisant n'a pas duré. C'est bête. La nouvelle de l'armistice devrait me réjouir, non ?

Ils se taisent. Sigrid regarde Hermann en le berçant, la tête penchée. Les ressorts du landau surchargé grincent.

— Jules… Dites-moi… parlez-moi à la place de Hermann.

— A sa place… Impossible. De la mienne, je pense que le survivant se réjouit mais éprouve aussi un méchant sentiment… la honte de l'être… d'être un survivant.

Sigrid tourne la tête vers Jules, l'interroge du regard.

— Au front, être vivant, c'était ne pas être encore mort. Il fallait seulement mourir le plus tard possible en ayant fait mourir le plus possible de types d'en face… L'idée d'en réchapper était comme imaginer que le billet de loterie qu'on a dans sa poche est gagnant. Ça fait du bien d'y croire mais on sait que cela ne va pas arriver. Et comme c'était pareil pour tout le monde… la chose pas normale était de rester vivant. Comment être veinard à ce point sans avoir triché ? Je me suis couché par terre plus vite que lui, c'est le frère derrière moi qui a pris la balle ; j'ai couru moins vite, la mitraille a frappé ceux de devant ; je me suis bien battu, mais d'autres se sont sacrifiés pour moi. Voilà ce qu'on se dit. Seuls les morts sont les héros. Les médailles, c'est pour eux. Je vous comprends, Sigrid. Il est plus facile de les honorer que de regarder en face ceux qui…

— Qui n'ont pas eu la chance de l'être ?

— Oui. Quand j'ai été blessé, enseveli sous la terre, je ne sentais plus rien, je ne savais pas que j'avais en réalité si peu de dégâts, je me suis dit *Merde, pas mort*.

Jules regarde Hermann. Il voudrait qu'il ait entendu. Est-il vraiment sourd ?

Sigrid a cessé de balancer le landau.

— Jules, merci de me dire cela. Vous êtes si jeune, et pourtant vous parlez…

— Comme un vieux ?

— Non, comme un sage, un homme profond qui sait trouver les mots qu'il faut.

— J'ai grandi d'un coup. Un jour de guerre vaut pour un an. Voilà pour la sagesse. Quant aux mots, à mon insu, tout ce que j'avais lu dans la bibliothèque de mon père… le sévère et encyclopédique professeur Canot, merci à lui au moins pour ça… s'est mis à prendre du sens. Les écrivains m'avaient donné leurs mots pour décrire les sentiments de leurs personnages, c'est ressorti, comme des choses vraies, pour les mettre sur ce que je ressentais, moi. Ce n'était plus de la romance.

— Vous pensiez à quels livres ?

— Par exemple, quand il fallait faire du feu sans être vu des tireurs embusqués d'en face, dépecer un cheval mort pour manger quand l'intendance ne pouvait pas suivre, récolter de l'eau de pluie pour boire, rendre confortable un lit de terre, je pensais à *Robinson Crusoé* ! Je le relisais dans ma tête.

— Les voici donc, vos armes secrètes ! Les livres et les tambours.

— Les bagnards chantent. Personne ne peut leur enlever la musique. On raconte qu'un prisonnier, reclus plusieurs années dans un cachot, sans papier ni crayon, a imaginé un roman, uniquement dans sa tête, en l'apprenant par cœur. Quelques nouvelles phrases par jour. Et à chaque fois, tout se répéter, depuis le début, pour ne pas oublier. Pour ne pas sombrer, pour s'évader.

— Bouleversante histoire. Ici, la guerre n'a rien provoqué de tel. Peu lisent. Personne ne parle. On apprend par le facteur qu'unetelle a reçu le message redouté. C'est tout. Aucun soldat vivant n'est encore rentré à Bitschwiller. Sauf Hermann ! Dans les bourgs voisins de Moosh et de Willer-sur-Thur, deux blessés sont revenus en état d'entendre et de parler. Mais ils sont comme hébétés, hors du monde. Ils ne peuvent rien raconter. On dirait qu'ils n'ont pu sortir des enfers qu'à condition de ne pas regarder en arrière.

— Orphée. Mon sujet du baccalauréat.

— Ouh ! Encore plus jeune que je ne le pensais…

— Il y a quand même deux ans.

— Heureux âge, où on veut encore se vieillir. Alors, jeune lettré qui n'avez pas peur de vous retourner pour dire adieu à Hadès, j'ai la chance de vous avoir chez moi.

Jules se lève, marche jusqu'aux rayons où sont serrés les livres de Sigrid, passe le doigt sur les tranches de carton, de cuir, de papier protège-cahier avec des étiquettes.

— Et vous ?

— Quoi, moi ? Je n'écris pas, je ne joue d'aucun instrument.

— Vous lisez beaucoup, on m'a dit que vous travaillez à la bibliothèque. Vous avez aussi les mots pour parler de votre enfer domestique.

— Ce que je peux en dire est bien banal. Je suis comme d'autres qui ont perdu quelqu'un, je suppose… Ah, et puis… je ne sais pas ce que ressentent les autres, ni même comment je serai demain. Apitoyée sur mon sort, comme maintenant ? En colère contre Hermann, peut-être. Cela m'arrive. Parfois, je lui en veux. C'est moche, comme pensée.

Sigrid pense-t-elle aussi, parfois, *Merde, pas mort* en regardant Hermann ?

— C'est pas moche.

— Ou bien je suis juste absorbée par ce qu'il y a à faire, comme une infirmière qui accomplit les gestes utiles en pensant à autre chose… Il y a un an que je le fais. C'est ma vie. C'était normal jusqu'à la nouvelle de l'armistice.

— Jusqu'à ce matin ?

— Comment dire… Jusqu'à l'annonce de l'armistice, chacun avait sa peine pour ce qui avait été perdu, et aussi sa peur pour ce qui pouvait l'être encore. On pleurait les morts, on s'inquiétait pour les vivants. Moi qui avais Hermann, j'avais aussi peur pour moi. Nous, les civils, dans la guerre mais pas dans les combats, on entendait l'artillerie tonner en haut, sur la crête du Vieil Armand, ou un peu plus loin que Thann, dans la plaine, vers Aspach et Cernay. Le front était à moins de dix kilomètres. Pourtant, nous n'étions pas comme vous dans l'idée que nous n'étions que des morts en sursis. Au contraire de vous, la mort était l'exception, la boule noire, la mauvaise pioche. Du coup, on avait peur. Le village sera-t-il encore bombardé ? Sur quelle maison ça va tomber ? Serai-je vivante demain ? Mutilée comme Hermann ? Mes parents, mes amis sont-ils en sécurité ? L'espèce de frontière armée, gelée depuis l'hiver 1916, va-t-elle tenir ?

— Maintenant, vous n'avez plus à avoir peur.

Jules s'est rapproché. Il est debout devant elle, entre le fauteuil et le landau.

— C'est vrai, Jules. Vrai pour les morts et les vivants. On ne s'inquiète plus pour eux. Les uns sont enterrés, les autres vont reprendre le cours de la vie. Le deuil, c'est comme un chagrin d'amour, au fond, on sait que ça va passer. Mais quand il y a chez vous un homme comme Hermann ? La même blessure se rouvre chaque matin. C'est la répétition, jour après jour, de ce présent-là… sans l'érosion du temps sur le chagrin. Oh, pardon, Jules, je crois que je vais pleurer…

La voix s'étrangle. Jules est pétrifié. Qu'est-ce qu'un gamin de vingt ans connaît aux femmes qui pleurent ? Aucun secours livresque. Visage baissé, Sigrid balaye deux larmes avec ses doigts. Silence. Il n'y a que la pendule et le ronflement du feu caché à l'intérieur du poêle. Il voudrait poser sa main sur sa tête. La trachée de Hermann a un sifflement rauque. Jules se demande ce que pensaient ceux qui, coûte que coûte, n'ont pas voulu qu'il meure. Logiquement, au moment du tri, Hermann aurait dû faire partie des sacrifiés. N'avaient-ils pas mieux à faire ? Y avait-il donc si peu de blessés, ce jour-là ? Sigrid pourrait aussi être en colère contre ces gens, sûrement très fiers de l'avoir sauvé. Jules imagine les visages pleins de divine compassion des infirmières religieuses qui l'ont soigné, veillé jour et nuit avec dévouement. « Jésus aussi a souffert sur la croix. » Elles travaillaient pour leur Seigneur. Pas pour Sigrid. Pas pour Hermann. Avant de le lui rendre, ont-elles pensé que ce soldat qu'elles n'avaient jamais vu autrement qu'en saint martyr de la *Pietà* avait été l'homme, le mari, l'amant d'une femme qui avait partagé toutes les petites choses de sa vie, chauffé son pyjama, bassiné son lit, préparé des tartines de lard, du pain d'épices avec du lait chaud, qui lui avait fait passionnément l'amour ?

Sigrid se lève en prenant le bras de Jules.

— Venez, j'ai préparé un en-cas. Ce sera bon de ne pas manger seule. Aussi bon que parler avec vous.

Dehors, la musique s'éloigne vers la salle des fêtes. Raymond a trouvé d'autres interprètes parmi ses collègues du lycée de Thann. Jules n'est plus indispensable. Sur la grande table à tout faire, deux couverts.

— A tout hasard… je me suis dit que vous alliez peut-être venir. J'ai fait une *khaasküeche*, notre gâteau au fromage. Asseyons-nous et causons encore. Les conversations sont rares dans cette maison. Passent seulement des voisines. Banalités, potins et commérages.

Votre oreille est patiente. Attention, je risque d'être bavarde. Bientôt le silence retombera, pardonnez-moi d'en profiter.

— Dites-moi comment il se fait que vous parliez si bien le français, alors qu'ici…

Elle raconte. A l'annexion par l'Allemagne en 1871, son père notaire fuit à Strasbourg où les francophones peuvent conserver clandestinement leur culture. Eduquée dans les deux langues, elle passe l'*Abitur*, le baccalauréat allemand, fait deux ans de droit. Le jour de ses vingt ans, elle rencontre Hermann, beau gars solide. Mariage l'année d'après, en 1907. « Vous connaissez maintenant mon âge ! » Le couple revient ici, dans la maison familiale. Ils n'ont pas d'enfants. « Je ne peux pas. Hermann ne m'a pas quittée pour autant. » Ils trouvent tous les deux du travail, lui chef mécanicien chez Martinot & Galland, une usine métallurgique qui travaillait pour l'armée allemande avant de redevenir française, elle secrétaire du patron.

— L'usine a été bombardée par les Allemands en 1915. Il aurait pu être tué, et moi aussi. Juste trois mois avant la guerre, avant que Bitschwiller ne soit reprise par les Français… qui pouvait le savoir ?… comme il avait peur d'être enrôlé chez les boches, il est parti en France et s'est engagé dans le génie. Il avait trente ans. Vous savez la suite.

Jules se concentre sur sa tourte au fromage. Tout est si étrange. Il est tombé sans transition de l'Afrique de son adolescence insouciante dans la guerre la plus abjecte. Il n'a vu ni Paris ni aucune des merveilles de la métropole. Seulement le port de Bordeaux, le train vers le centre d'entraînement quelque part dans une campagne plate, froide et détrempée. Il a été malade une semaine, une grosse fièvre. Puis la Somme et la Champagne, dévastées. Maintenant, ce village avec ses notables en gilet et ses paysans en sabots, comme dans ces mondes exotiques que les livres de papa laissaient entrevoir. Zola, Hugo, Dumas, Maupassant, tout son imaginaire de la France. Est-ce bien son pays ? Et maintenant, cette maison douillette, cette femme enfermée avec un homme-momie, la chambre interdite où elle disparaît avec lui la nuit.

— Vous savez maintenant pour mon français-allemand. Et vous, Jules, le français-anglais, ça vous vient d'où ? Au concert, vous avez dit venir du Sénégal, c'est cela ?

Jules raconte à son tour : son père, un « grand colon français », latiniste, helléniste, professeur agrégé, à cheval sur la loi, la morale et la syntaxe, recteur de la toute nouvelle université de Dakar après avoir été un temps représentant de la France en Gambie, petite enclave anglaise au milieu du Sénégal ; sa mère, comme un souvenir rapporté de voyage. La seconde langue des Gambiens, imposée par leurs colons à eux, est l'anglais.

— Pourtant, les Gambiens sont, comme leurs voisins du Sénégal, des Wolofs ou des Diolas. Mais si différents ! Ils tiennent à leur particularisme. Ainsi, ma mère, femme plutôt effacée, tient depuis toujours à nous parler dans sa langue maternelle et à se faire appeler Mother. Après vingt-cinq ans de protectorat britannique, les Gambiens boivent le thé à cinq heures, portent pour sortir ces ridicules chapeaux melons décolorés par le soleil, ont des parapluies roulés noirs en guise d'ombrelles ; leurs juges et leurs avocats arborent des perruques blanches comme au dix-huitième siècle, ils jouent à des jeux de balle aux règles sadiques et impénétrables...

— Vous êtes drôle ! Je n'ose penser à ce que vous allez dire de nous à votre retour !

— Je dirai à tout le monde qu'ici ça ressemble au Noël des livres d'enfants et que vous mangez chacun un cochon par jour.

— N'oubliez pas la *sürkrüt*, le chou fermenté !

— Et vos jolis boubous rouges. Et vos grandes ailes sur la tête.

Elle rit. Elle s'arrête. Cela aura duré deux secondes, tout au plus. Le temps pour Jules d'entrevoir son visage d'avant. Et maintenant sa gêne. Joie et vergogne d'avoir ri avec cet homme, cet autre homme qu'une guerre folle lui envoie. Elle se lève.

— Venez, Jules, il faut remettre du bois dans le foyer. Vous voulez bien m'aider ?

Derrière la maison, il y a une remise. Une partie est une pièce ouverte à l'air glacé, garde-manger d'hiver, l'autre est remplie de bois coupé en longues bûches. Au fond, une porte épaisse. Puis une seconde, en métal, ouvre sur la fournaise qui chauffe la maison. Jules se demandait par où on entrait le bois dans le poêle monumental. Il y enfourne les rondins qu'elle lui passe, comme le charbon dans une locomotive.

— Jules, pourquoi vous appelez-vous Canot ? Une histoire de marins ?

— Plus romanesque encore. Cela vient de Théodore Canot, un Français, capitaine négrier qui faisait la traite atlantique et qui aurait été, comment dire… frappé par la grâce. Ou pris de remords. Ou opportuniste. Ou forcé. Bref, il aurait laissé tomber le transport d'esclaves pour s'installer en Afrique et se lancer dans un commerce honnête. Je parle au conditionnel.

— Pardon, mais…

— … mais je suis noir ? Second mystère. Sans enfant, Théodore Canot aurait adopté un jeune Africain, un de ses matelots, peut-être. Quand il a décidé de revenir s'installer dans son pays d'origine, il aurait fait naturaliser ce garçon sous le nom de Paul Canot.

— Cela se passait où ? Où en Afrique, je veux dire.

— Quelque part sur la côte dite des Esclaves, ou la côte des Grains, ou la côte de l'Ivoire, où il y avait une implantation française. Mais peut-être aussi bien dans la Sierra Leone, colonie anglaise. Une histoire totalement occultée dans ma famille.

— Occultée ?

— Bien sûr ! Pour nous, notables noirs, Français colons d'Afrique, que notre nom, Canot, honorablement connu, soit celui d'un Blanc hors la loi, marchand d'esclaves, avouez qu'il pourrait y avoir matière à scandale dans la bourgeoisie dakaroise et pour l'administration républicaine ! Motus et bouche cousue. Un tabou.

— Aïe, je vois… On retourne dans la cuisine et vous me racontez ça.

Dehors, la neige, qui recommence à tomber dru, fond sur leurs peaux et leurs vêtements encore chauds du four. Jules voit la face cachée de la maison Zacher. Ils passent devant une fenêtre aux volets à demi fermés. La chambre des époux ? Sigrid accélère le pas, ils s'engouffrent dans la cuisine par la porte arrière.

— Une belle légende familiale, Jules.

— Oh non ! Une légende est un récit complet. Là, il n'y a que des bouts. En écoutant aux portes, je me souviens d'avoir entendu mon père dire à ma mère, qui le pressait de questions, que ce Paul, avant de s'appeler Canot, portait un nom d'origine américaine.

— Une origine américaine ? Vous me raconterez ?

— Il faudrait que j'aille en Amérique pour savoir.

— Pourquoi pas ? Repartez avec la troupe ! Tenez, ils vous appellent !

Sigrid se lève, va à la fenêtre.

— Regardez, ils ont l'air si heureux ! Plutôt que rester avec une pleureuse, vous…

Jules recule sa chaise, se lève à son tour.

— Non, ils m'attendront encore un peu. Hier, je me suis couché tard et j'ai été jeté tôt ce matin hors du nid. Est-ce que je peux prendre un broc d'eau chaude pour ma toilette ?

— Là, sur le coin de la cuisinière. J'ai mis de la gaze, des bandes et de l'alcool dans votre placard de chambre. Je me suis permis… on m'a dit que j'allais accueillir un blessé. Cette maison est devenue un hospice et moi un peu une infirmière. Et, si vous voulez…

— Non… non merci. Je… Mes blessures sont en train de cicatriser.

— Très bien… Je ne voulais pas vous mettre mal à l'aise, pardon.

— Non… au contraire, c'est gentil. Je vais dormir. Pourriez-vous sonner le clairon vers cinq heures ? Je dois jouer ce soir et j'ai des choses à préparer. Vous viendrez ?

A l'heure dite, pas de clairon. Une main sur son épaule, une voix. A plat ventre dans les oreillers, il ne dort plus mais pas question de bouger. Que cette main reste là !

— Jules, réveillez-vous. La sieste est finie. Il est cinq heures.

Les doigts glissent vers la nuque, pincent le muscle à la base du cou.

— Je sais que vous êtes réveillé.

— Pas du tout, je dors. Je rêve.

— Allez, tournez-vous. Ouvrez les yeux.

Le temps de faire volte-face, elle a disparu. L'escalier craque sous son poids léger.

Quand il sort, la place est pleine de monde. Jules se fraye un chemin vers la salle des fêtes. A la fanfare s'est adjoint un accordéon. Quelques Bitschwilleroises ont entrepris d'enseigner la valse aux poilus de Harlem. L'immense tente avec une croix rouge dessus, qui occupe presque toute la place, est décorée de guirlandes et de drapeaux. Sans oublier, à son faîte, la bannière au serpent à sonnette des Rattlers. Le gueuleton du siècle se prépare, résultat d'une collecte dans les villages alentour, où les paysans ont pour l'occasion sorti les réserves cachées.

Jules fait aussi la tournée de ses fournisseurs. Quand il a fini, il y a exactement quatre-vingt-douze minutes que Sigrid est venue le réveiller et sa main est encore là, posée sur son épaule. *Ne rêve pas, Jules, tu ne connais rien aux vraies femmes. Elle a onze ans de plus que toi, elle n'a pas eu d'enfants, normal qu'elle te materne.*

A dix-neuf heures, Jules finit d'installer sa batterie, totalement remaniée. En plus des deux tambours dont les peaux, retendues, sonnent mieux, il a ajouté trois casseroles de tailles différentes sur un banc à gauche et, suspendues à une potence de sa fabrication, trois douilles d'obus de 75, 105, 120 millimètres, des fers à cheval de plusieurs pointures récupérés chez le maréchal-ferrant, à qui il aurait volontiers pris son enclume qui sonne si bien. Le tout disposé autour d'un tabouret de traite prêté avec deux cloches de vaches.

Barney Hodges arrive le premier, accompagné du tromboniste.

— Tu vas tout casser, avec ça !

— Ecoute comme ça sonne ! Pas besoin de cogner. Ici les *ding*, là les *dong*, là ça fait *ping-pam-pong*, et ici *pfffiiing*. Mes tambours commencent à parler, comme on dit au Sénégal.

— Tu parles aussi tambour ?

— Tu me crois pas ? Tiens, je te montre sur celui-ci, un tama bricolé. J'appuie fermement sur la peau avec mes cinq doigts, comme un pianiste qui ferait un accord. Avec l'autre main, je frappe avec ce morceau de fer coudé. Selon l'endroit où je tape, selon la tension de la peau que j'imprime avec mes doigts, le son est modulé, on peut faire des notes, des glissés, c'est proche de la voix. Ecoute. Je vais te parler en langue tambour.

Quelques secondes, Jules reproduit la sonorité, le rythme, les accents d'une phrase.

— Oh, pas mal, mais y a pas que toi qui causes avec ta musique !

Barney embouche sa trompette et répond sur le même ton. Jules réplique. Le trombone à coulisse ajoute son grain de sel et improvise des miaulements, des minauderies du plus bel effet. Puis, alors que les deux cuivres sont en pleine conversation, Jules commence à prendre un tempo lent sur le dundumba, accentue avec la baguette sur les douilles de cuivre et c'est parti. Hodges attrape une mélodie au passage, « Down Where the Swanee River Flows », suave romance qui invite à la parodie, ce dont ils ne se privent pas. Au fond entrent les autres. Le major Noble Sissle, chanteur du groupe, œil de velours et fine moustache, ajoute sa voix de crooner à la chanson qui dit que « là où coule la Swanee River, je veux être là où poussent les fleurs de coton… ».

Le numéro se termine quand le fou rire les empêche de souffler dans les embouchures. Claques dans le dos et applaudissements.

Barney Hodges exagère l'accent des bas-fonds de La Nouvelle-Orléans :

— *Zat f'ench Nigga' iza brotha !* Finalement, mon frère le Nègre français, je regrette pas qu'on t'ait sorti de ton trou à Séchault !

— Barney, je m'en souviendrai. Bon, alors je peux rester avec vous, ce soir, James ?

— Oui, le plus longtemps possible. On s'y met ? Les gens vont arriver.

— Attends, James, on a d'abord la… comment ils disent ? Le truc avec du lard…

— Tout est avec du lard, ici, non ? C'est la choucroute. Comment oublier !?

— Là, mon vieux, on n'attend pas. On a assez répété. Place au chou et au cochon.

Quand ils arrivent, la bière a déjà bien moussé. L'accordéon est seul mais il fait chanter fort. Le clarinettiste des Rattlers essaie d'accompagner. Pas facile. Il trébuche un peu dans les envolées du piano à soufflet. Les musiciens locaux tiennent leur revanche. Jules adore les saucisses et le jarret. Sigrid n'est pas là. C'est l'heure de Hermann. Il enveloppe un peu de charcuterie dans un papier, de la choucroute dans un cornet, coince deux bocks sous son bras et quitte le chapiteau pour la maison Zacher.

Quand il arrive, l'homme sans visage a disparu. Sigrid sort de la chambre, referme la porte derrière elle, sourit à la vue du ravitaillement, va chercher deux assiettes et des couverts. Ils restent à partager le festin des soldats devant le poêle, aux mêmes places que plus tôt, sans le landau. Sigrid reprend la conversation là où elle l'avait abandonnée :

— Alors, vous ne repartirez pas avec eux ? Pourtant, ils vous ont adopté, on dirait.

— C'est vrai, mais c'est impossible. Je suis un soldat français, ils ne sont que temporairement incorporés à notre corps d'armée. Ils vont reprendre leur uniforme américain et rentrer chez eux sans moi.

— Pourquoi sont-ils sous commandement français ?

— Parce que les troupes américaines blanches ne veulent pas d'eux. Les gars m'ont raconté que, là-bas, un Noir ne peut pas serrer la main d'un Blanc, s'asseoir sur un banc à côté d'un Blanc, prendre un bus de Blancs, aller dans un bar de Blancs, à l'école des Blancs, ni même se faire tuer à la guerre comme un Blanc… Encore moins partager une tarte au fromage avec une blonde aux yeux bleus, cultivée et de bonne famille, sans être lynché. Dans le Sud, des Noirs sont frappés à mort, pendus, brûlés, abattus au revolver sans raison, sans procès, pour jouer, pour rien.

— Mais alors, pourquoi venir mourir ici, pour un conflit de Blancs ?

— Ils veulent montrer qu'ils sont des patriotes, des Américains avant d'être des Noirs. Ils espèrent que leurs faits d'armes leur assureront reconnaissance et respect.

— Comme les femmes d'ici qui participent en usine à l'effort de guerre ! Je ne crois pas qu'elles gagneront le droit de vote pour autant…

— Voilà. Mais elles y croient et ils l'espèrent. Ils ont été accueillis dans la IVe armée française parce que le Department of War ne voulait pas qu'ils montrent leur capacité à faire la guerre aussi bien que n'importe quel soldat blanc. Seules les tâches subalternes d'arrière-garde ont été concédées aux Nègres, comme dit votre maire.

— Attention à lui, c'est un hypocrite. Une voisine m'a rapporté qu'il appelle vos amis, pardon, *Bananafrasser*, « bouffeurs de bananes ». Dites à votre colonel de s'en méfier.

— Je le ferai. William Hayward est un type formidable. Il a organisé le recrutement dans les quartiers noirs de New York. Sans lui, jamais ils n'auraient pu constituer une division combattante, prouver leur valeur. C'est par eux que j'ai découvert ce qu'est la haine de la race noire. La haine sans autre motif que ça. Etre noir. Alors en France, surtout ici, les Noirs de Harlem se sentent comme des coqs en pâte. Ils prennent de mauvaises habitudes ! Cela ne plaît pas en haut lieu. Comme interprète, j'entends des choses…

— Jules, ne surestimez pas la générosité des gens d'ici. A la longue, une fois que tout le monde aura oublié que vous nous avez apporté la sécurité, peut-être deviendrez-vous indésirables. « Merci pour tout ! Maintenant, rentrez chez vous ! » Déjà, à Bitschwiller, quand on vient de Colmar ou de Mulhouse, on est un étranger.

— Je peux vous croire. J'ai beaucoup lu sur la France provinciale. J'ai cru reconnaître dans la foule de ce matin quelques personnages de Flaubert.

— Méfiez-vous, Jules, les romans sont moins imaginatifs que la réalité ! Yonville, où se morfond Emma Bovary, pourrait être bien en deçà de Bitschwiller pour l'ennui, les ragots, les intrigues et les scandales minuscules qui font un bruit d'enfer. Quant à l'adultère…

Jules se lève, prend les couverts et les assiettes vides, file vers la cuisine.

Bon Dieu, crétin, pourquoi as-tu évoqué ce roman et cette femme ?

A vingt heures trente, avant que ses gars ne s'endorment dans leurs assiettes sous le chapiteau, James Europe fait sonner le rappel par le major Hodges. Jules les rejoint. Petite répétition pour se dégourdir les lèvres et rameuter les spectateurs. La stratégie fonctionne. Hier, il y avait du monde, ce soir, c'est la foule. Raymond n'en revient pas.

— Des gens sont venus en charrette de toute la vallée de la Thur. Il va falloir laisser les portes ouvertes, on ne peut même plus rentrer !

Comme c'est désormais coutume, l'orchestre ouvre avec « La Marseillaise ». Ceux qui avaient des places assises se lèvent. C'est drôle de voir ces bras bien raides au garde-à-vous tandis que les pieds battent la mesure. Puis s'enchaînent les grands standards du dixieland. Serrés les uns contre les autres, danser se résume à se dandiner sur place. La chaleur monte. Ceux qui veulent vraiment faire tourner les filles vont dehors.

Jules, malgré son attirail impressionnant, reste discret, se contente de quelques brefs solos. Il s'échauffe. A la pause, le lieutenant Europe vient le voir.

— Jules, c'est très bien, tu es vraiment dans le coup. Pourtant, je voudrais tenter quelque chose avec toi à la reprise. Voilà, je t'explique…

Un quart d'heure plus tard, trois notes de trompette. Silence. Sans avoir prévenu les musiciens, James Europe prend la parole, traduit par Jules et Raymond :

— Chers amis, en ce jour mémorable, je voudrais qu'on se livre à un jeu pour montrer que notre musique est une langue universelle. D'ailleurs, hier soir et à midi, la fanfare de Bitschwiller a joué avec nous sans avoir jamais répété. On peut lui dire bravo !

Acclamations.

Commence alors une longue séquence de torture mentale pour l'ex-instituteur, qui doit traduire les jeux de mots et les allusions musicales. A chaque phrase de James Europe, Jules demande une pause pour passer de l'anglais au français, puis cède la parole à Raymond Gumbinger, qui traduit en patois de la vallée. En tout, cela donne :

— On dit *jouer* de la musique, non ? Alors jouons. Je présente à nouveau Jules Canot, ce type qui a la mauvaise habitude de taper sur tout ce qui se présente. Je plains ses parents (*rires*). Parmi vous, des femmes pourront reconnaître leurs casseroles, d'autres leurs couvercles ou leurs cuillères, le forgeron ses fers, un fermier ses cloches… (*rires*). Voilà, j'explique la règle. Jules va commencer seul. Puis, à un moment, n'importe lequel d'entre nous, inspiré par son rythme ou ses sonorités, pourra accrocher une mélodie piochée dans le répertoire de la musique des Noirs d'Amérique ou improvisée, comme nous en avons l'habitude. D'accord ? Bon, Jules, à toi ! Joue-nous quelque chose qui ressemble à l'Alsace !

Jules commence avec les sonnailles. On est dans les prés. Le fer de sa chaussure sur le sol, le sabot d'un cheval racle la route. Un orage lointain, le coude sur le dundumba. La baguette rapide et légère sur les douilles, la pluie. Les images, les sons s'ajoutent les uns aux autres, se multiplient, se répondent. La salle vibre à l'évocation.

Chacun imagine son propre paysage. Seul le battement lent du dun-dumba marque le tempo, profond. Un halètement. Puis une voix se fait entendre. La peau du tama se met à parler. Jules aperçoit Sigrid, debout sur un banc. Son cœur bat plus vite. Sa canne frappe le gros tambour. *Tong, tong.* Les couverts en bois sur les casseroles. *Ti-ding, ti-ding, ti-ding.* De temps en temps, une arythmie. *Pa-da-mbëng-mbëng.* Le solo va prendre fin, il ne garde que le battement grave, *taa-badoum, taa-badoum*, et une cloche légère en contrepoint. Qui va se lancer ? Le sax envoie les premières mesures de « Bill Bailey, Won't You Please Come Home ? », l'histoire d'un type qui ne rentre pas chez lui, sa femme pleure toute la nuit et promet, s'il revient, de lui faire à manger et de payer le loyer. Pur réal-romantisme *made in Harlem.* Un à un, tous les instruments entrent dans la danse et, enfin, Noble Sissle envoie les paroles de sa voix de chanteur de charme. C'est gagné. Le parterre est en transe. Sigrid frappe dans ses mains. Jules la regarde et redouble de virtuosité. Il a dix bras, vingt mains, un certain nombre de pieds qu'on ne voit pas. Et, comme il prête cette fois attention au chef d'orchestre, au signal il s'arrête net avec les autres. Un temps de silence interloqué, puis c'est l'ovation. Il en a les larmes aux yeux.

Quand ça se tarit un peu, James Europe reprend la parole, suivi de ses deux échos :

— Voilà, vous avez compris l'esprit du jazz. Cette musique-là vient d'Afrique et du chant des esclaves en Amérique. La journée, c'est pour se donner du courage, le soir, pour s'amuser un peu avec ce genre de tristesse qu'on appelle le *blues*. Maintenant, pour tous ceux qui peuvent être aussi un peu tristes ce soir, qui ont le blues… A toi, Black Frog, fais-nous les travailleurs dans une plantation de coton en Alabama.

Jules ne sait rien de la musique des esclaves. Mais il connaît les rythmes et les chants de travail des paysans d'Afrique. Sarcler, désherber, semer, récolter, battre le grain, piler, tout se fait en rythme, en chantant, avec des paroles inventées pour l'occasion. Vanter la beauté d'une fille, se moquer du voisin ou dire la dureté de la vie. Alors, il pense à une place de village, des cases autour, un grand manguier pour l'ombre et, par terre, les rafles de sorgho rouge bien rangées en étoile. Les hommes en cercle font tourner des fléaux et les tapent pour en faire jaillir le grain. A chaque coup, ils font un petit pas de côté, comme une ronde, pour que tous les épis soient frappés. Il faut tenir le rythme pour ne pas assommer l'autre, régler le souffle. *Bam-pfuit, Bam-pfuit*... Un coup fort, un coup amorti. Comme un métronome, puis avec des syncopes, des tintements de métal, des raclements de bois, des glissements à fleur de peau du tambour. Il fait un clin d'œil à Barney Hodges, qui part sur « Memphis Blues », une valeur sûre. Sissle enchaîne et, dans la salle, une trentaine d'entre eux reprennent en chœur la mélodie née du folklore le plus péquenot du Tennessee profond. Les Alsaciens s'attrapent par les coudes et forment de grandes chaînes qui oscillent en mesure, comme pour la Bierfascht, la fête de la bière. Europe et Canot se regardent. Ça aussi, c'est le jazz.

Vers minuit, après trois heures de concert, le Harlem's Rattlers Band s'arrête, vidé. Après lui avoir fait un triomphe, ceux qui sont venus de loin s'entassent sur les charrettes, les autres se dispersent dans les rues en parlant fort. Jules va pour retrouver Sigrid, patiente, au bout de l'estrade. James Europe le retient.

— Il faut qu'on parle, toi et moi. Avec Sissle et Hodges, je vais monter un groupe de jazz en Amérique. On ne doit pas se séparer comme ça. La musique nous a liés autant que la guerre. Toi, tu apporterais quelque chose de vraiment original. Le lien des Noirs avec l'Afrique. Il nous faut ça. Si tu veux, tu nous rejoins. Réfléchis. Maintenant, file, je crois que tu as une admiratrice.

Jules devient tout rouge. Ça ne se voit pas. Il se sent ridicule. Elle le tire d'embarras :

— C'était formidable. Vous avez été impressionnant. C'est fou !

— Vous trouvez ? Vraiment ?

— J'ai été bouleversée, je peux le dire. Je n'avais jamais rien entendu de tel, et voilà que cela me parle comme si c'était ma musique de toujours. C'est incroyable ce que vous pouvez dire avec vos… mes casseroles.

— Je ne sais presque rien faire d'autre avec des casseroles.

Chez elle, Sigrid allume deux lampes, en donne une à Jules, désigne la cuisine.

— Attendez-moi là. Hermann est resté longtemps seul. Je reviens. Mangez quelque chose. Le boulanger a pu faire du pain ce matin et il y a de la confiture de quetsches. On causera encore un peu. Si vous n'êtes pas trop fatigué.

Jules découpe une tranche épaisse et tire de l'eau glacée à la pompe de l'évier. La tête lui tourne un peu. C'est beaucoup pour une seule journée. Que du bien. Puisque la vie a décidé d'être douce pour lui, il s'en remet à elle. A Sigrid pour le reste. C'est quoi, le reste ? *Ne pense pas, le rêve pourrait se dissiper.*

Quand Sigrid revient, elle le trouve en train de picorer des miettes sur la table.

— Tout va bien. Il dort.

Comment peut-elle voir qu'il dort ? Elle s'assied face à lui. Dans la flamme de la lampe, elle est plus dorée, lui plus cuivré. Elle lui sourit, avec les yeux aussi, cette fois.

— Ouh là ! Je suis encore toute chamboulée. Désormais, je ne pourrai plus écouter notre fanfare ni regarder nos danses traditionnelles. On répète la même chose comme les automates de la tour de Metzig, où deux angelots sonnent l'heure depuis trois siècles. Votre jazz est si inventif !

— Ce n'est pas *mon* jazz. Il y a peu, j'étais aussi novice que vous. Je ne connaissais que mes tam-tams, comme on dit ici.

— Et vos… tam-tams, vous avez appris comment ?

— Près du port de Dakar il y a une petite île, Gorée, où vivent des membres d'une confrérie musulmane, les mourides. Je les aime bien parce qu'ils sont généreux et solidaires, pacifiques, ouverts aux autres, et, surtout, parce qu'ils sont les maîtres du djembé, un petit tambour malien riche en sonorités. Ils ont été mon conservatoire de musique.

— Vous n'alliez pas à l'école ? Le baccalauréat ? Orphée ?

— Oh, si ! Mais il y avait les vacances. Mes deux sœurs et moi, on a fait nos études chez les Pères blancs. Cela explique que nous soyons des jeunes gens bien éduqués, bien polis, avec la culture qu'il faut. J'ai aimé les livres, haï les soutanes. J'ai passé mon bachot pour faire plaisir au grand Théodore Junior. J'ai fait durer autant que j'ai pu pour ne pas rentrer à la faculté. Le prétexte de la guerre…

— Vous avez dit Théodore Junior ?

— C'est moi qui dis ça. En fait, mon père se fait appeler Paul Junior. A l'anglo-saxonne. Son premier prénom est pourtant bien Théodore. Mon grand-père Paul, en mémoire de ce que Théodore-le-forban-repenti avait fait pour lui quand il n'était qu'un jeune matelot sur son bateau, a donné le prénom de Théodore à son premier fils, mon père. Avec le pedigree de Théodore Canot Ier, mon père, obligé de garder le patronyme de Canot, préfère se faire appeler Paul, son second prénom.

— Et… vous avez dit être *totalement* noir. Pourquoi dit-on noir ? Je regardais vos camarades. Pas deux de la même couleur.

— C'est qu'en Amérique, malgré l'esclavage et la ségrégation, les Noirs sont mélangés aux Blancs depuis toujours. Enfin… parler de viols et de droit de cuissage serait plus exact.

— Je vois. Bon, et cette légende secrète ? Vous me racontez ?

— Elle tient en quelques phrases volées qui remontent à mes neuf ou dix ans. Des bribes de récit enjolivées par un petit garçon rêveur.

— Dites quand même.

— Voilà. Mon arrière-arrière-grand-mère, la grand-mère de ce fameux Paul, aurait été esclave en Amérique à la fin du dix-huitième siècle. Elle portait, comme les autres, le nom de son maître. Quel nom ? Je n'en sais rien, mais cela a pu être le patronyme transmis jusqu'à son petit-fils Paul avant qu'il arrive en France et soit renommé Canot. Avec un prénom comme Paul, il lui a été facile de devenir un vrai Français.

— Ce nom américain d'avant Canot serait la clé du mystère ?

— Peut-être... Pourtant, je ne vois pas trop à quoi cela m'avancerait. En tout cas, à partir de là, il y a un grand trou dans l'histoire. Pourquoi le fils de cette esclave anonyme serait-il parti en Afrique ? Où ? Pour y faire quoi ? Je ne sais rien. Ce n'est peut-être que l'imaginaire d'un enfant trop curieux.

— Mais ce jeune Paul Canot, il y en a la trace en France, non ?

— Oui, du jour où il s'est engagé dans la marine. On sait qu'il a participé aux conquêtes coloniales de la France et a fini par atterrir au Sénégal. Il y est resté, il est tombé amoureux d'une de ces princières Sénégalaises. Ils se marièrent et eurent beaucoup d'enfants, comme on dit dans les contes. Parmi ces enfants, mon père, né français à Dakar et nommé Théodore, Paul Canot. La suite, vous la connaissez.

— Vous n'avez jamais demandé ?

— Si, une fois. La réponse a été une paire de claques et une privation de dessert.

— Aïe ! Et maintenant que vous avez rencontré les Noirs d'Amérique, vous n'avez pas envie d'en savoir davantage ?

— Non, je n'en suis pas vraiment curieux. Mais maintenant que je les ai entendus jouer, je sens une sorte de filiation. Mon arbre généalogique, c'est plutôt la musique.

Sigrid se lève, prend dans le placard une bouteille sans étiquette et deux petits verres à fond épais qu'elle remplit.

— Vous irez en Amérique, j'en suis sûre. En attendant, avant le whisky, un schnaps de chez nous. Fermez les yeux et goûtez le fruit.

— Je ne serai pas chassé du paradis ?

— Ha ! Non, c'est une poire, pas une pomme. *Gsundheit !* Santé !

— Ouh là ! C'est bon, mais quand même mortel.

— Soyez tranquille, je ne suis ni Eve ni la reine Grimhilde. Et vous, ni Adam ni Blanche-Neige. Aucun danger. Et puisqu'on est dans les légendes, j'ai bien aimé la vôtre. Pourtant, il faudra l'étoffer si vous voulez m'endormir avec des histoires. Mais je ne veux pas que vous m'endormiez. Pas maintenant.

Elle avale cul sec, tape le fond du verre sur la table, s'en sert un autre.

Jules, tu as bien entendu ce qu'elle vient de dire ? Pas maintenant.

On revient au sujet :

— Et là-bas, au Sénégal, vous n'avez pas pu échapper à la mobilisation ?

— Non, l'administration est encore ce que la France fait de moins nuisible et de plus ridiculement efficace en Afrique. Aucun Français, même au fin fond de la brousse, n'aurait pu y échapper. Et père n'aurait pas toléré. Et moi, je n'aurais pas trouvé ça normal. J'ai été mobilisé fin 1917, pas dans les troupes coloniales comme les Africains, mais comme n'importe quel Français. Ça a été la IVe armée, celle qui a accueilli les troupes noires des Etats-Unis. Par piston, j'ai aussitôt été promu caporal et affecté comme combattant-interprète. Coup de chance, je suis tombé dans ce magnifique 369e régiment d'infanterie US. Comme vous, c'était la première fois que je rencontrais des Noirs d'Amérique, que j'entendais un ragtime, que je mettais les pieds en France.

— Et qu'est-ce qui vous est arrivé… je veux dire… ?

— Dans l'Argonne, j'ai pris deux éclats, un dans le gras de l'épaule gauche, un plus sévère dans la cuisse droite. C'est tout. Ah, non, la veille de l'armistice, j'ai aussi pour la première fois mis les pieds au paradis. Je ne l'oublierai jamais, Sigrid. Merci.

Jules avale aussi d'un trait sa williamine, tend son petit godet pour encore un doigt d'élixir de confidences. Ça marche.

— Vous êtes gentil… A la vôtre !… Vous avez une fiancée, là-bas ?

— Euh, non.

— Pas d'amoureuses… ces princières Sénégalaises… Oh, pardon, je suis curieuse, moi aussi.

— Des flirts. Mais dans la bonne société où vit ma famille, on n'a pas les mœurs libres de ce qu'on appelle « la brousse », pour désigner le petit peuple autochtone. On reproduit, en les caricaturant, les comportements de la métropole telle qu'on l'imagine.

— J'aimerais voir. Vous me faites un peu rêver avec ce petit air d'Afrique. Merci à vous pour ce voyage. J'ai passé avec vous la plus belle soirée depuis… je ne sais quand.

— …

— Pardon de vous mettre mal à l'aise. Allez, assez bavardé, maintenant que je sais tout de l'homme que j'héberge, il peut aller se coucher. C'est mérité. Bonne nuit, Jules.

— Bonne nuit, Sigrid. Moi aussi… je suis… vous me…

— Ne dites rien que le schnaps puisse vous faire regretter. Bonne nuit, Jules.

Jules monte les marches un peu lourdement, allume la bougie, reste un moment devant la fenêtre, la tête pleine de musique, d'applaudissements, de projets. Et de Sigrid. *« Bonne nuit, Jules », elle a dit. Alors couche-toi, Jules.* Il se déshabille. Il rêve de vêtements civils. L'uniforme gratte. Maintenant que c'est la paix, il le trouve moche, puant, inconfortable. Il lance tout sur une chaise et, en caleçon militaire réglementaire, sans même enfiler le pyjama de Hermann, se jette en travers du lit, sur le dos, bras écartés, en lévitation dans l'épaisseur des plumes. Il ne s'en lasse pas. Pas de chaufferette, ce soir ?

L'escalier grince. On frappe à la porte.

— Jules… je vous apporte la brique. J'avais oublié.

— Oui… entrez.

Il se redresse et la reçoit assis, le coin de l'édredon rabattu sur les jambes et le ventre. Elle le regarde, amusée de son embarras. Sans le quitter des yeux, elle jette la brique au milieu du lit. Puis, par petites touches, comme si elle avait peur de le brûler, pose sa main chaude sur sa poitrine.

— Avant de vous réveiller, cet après-midi, je n'avais jamais touché de peau noire. C'est soyeux. Solide. Elastique. Inconnu. J'ai envie de recommencer.

Est-ce encore par curiosité que cette femme si pâle, si bleue, si blonde… Il va dire quelque chose, elle met un doigt sur sa bouche.

— Chut. J'aime aussi ce rose, là, à l'intérieur de tes mains et de tes lèvres. Ta langue.

Jules est tétanisé. Elle sait qu'il n'a jamais… Elle se penche, glisse l'autre main sur sa joue, puis derrière sa tête.

— Tes cheveux d'astrakan aussi… Tu sens bon.

Elle l'embrasse comme elle mordrait dans une poire, parfum de leurs haleines. *Mbëng-mbëng*, de plus en plus vite quand, sans quitter son baiser, elle le repousse en arrière, monte à genoux sur le lit et couvre Jules de son ample jupe rouge, de ses jupons, de ses cuisses qui tremblent.

A quelques kilomètres de là, il fait si froid sur la route Joffre que même les sapins noirs n'exhalent plus aucune essence qui évoquerait un réconfortant feu de cheminée. Dès que les virages offrent un répit, le brigadier van Hecke glisse une main gantée entre les deux cylindres de la moto. Un peu abrité du vent et des flocons serrés par la tôle du side-car, le deuxième classe Pérotin tient son Lebel serré entre ses genoux. Au col du Hundsruck où, deux jours plus tôt, avait fait halte le convoi du 369e RIUS, van Hecke stoppe. Pérotin s'extirpe de sa nacelle, déplie la carte dans la lumière du phare. Il mémorise les derniers méandres et croisements jusqu'à destination, retourne s'asseoir sur le siège glacé, montre le chemin. Le trois-roues se lance dans la descente. Après quelques embardées contre les ornières gelées, l'équipage arrive sur la place de Bitschwiller.

Jules ne dort pas. Son oreille reconnaît de loin le familier *potato-potato* de l'Indian, importée en masse par l'AEF, l'American Expeditionary Force. Dans son sommeil, Sigrid a tourné sur le ventre.

Il se lève doucement et s'approche de la fenêtre. Les deux soldats ont l'air de chercher à s'orienter. Le pilote tourne le guidon pour éclairer les façades, le passager semble chercher une adresse. Que peut-il y avoir de si secret pour ne pas utiliser le télégraphe ? De si urgent pour envoyer des messagers en pleine nuit ?

— Jules, descends, si tu dois le faire. S'il te plaît, prends la brique et remets-la sur le poêle. Tu la remonteras tout à l'heure. Reviens vite. Courage !

Sigrid a parlé du tréfonds des édredons, mettant fin au dilemme de Jules. Il ouvre la fenêtre, hèle les deux motards transis, s'habille, sort. Des Français. Jules s'y attendait. Tous les Noirs américains valides sont ici. Et jamais un Blanc de l'AEF ne se déplacerait d'un seul mètre pour un régiment de *Niggers*.

— Nous avons un message pour votre colonel. Pouvez-vous nous conduire à lui ?

Une demi-heure plus tard, le colonel est seul avec Jules. Le maire a été tenu à l'écart des conversations. Van Hecke et Pérotin, réconfortés et nourris par la bonne du bourgmestre, sont allés se coucher dans une chambre de service. William Hayward relit les feuillets sortis d'une enveloppe scellée. Il se doutait bien que cela allait arriver, mais pas à ce point, pas si tôt et avec tant de violence. Jules va pour se lever et le laisser seul.

— Restez, caporal. Comme traducteur, vous avez toujours été dans les secrets militaires. Et, dans nos échanges plus personnels, j'ai apprécié votre… *esprit français*. On dit comme ça ? Lebouc est un grand soldat, qui a accueilli les Rattlers dans son corps d'armée et a reconnu publiquement notre valeur. Cela donne tout son poids à ce message. Pas de signature, mais il sait que je reconnaîtrai son écriture. Avant de détruire ces papiers comme il le demande, lisez-les. Vous en serez témoin pour l'Histoire. Muet, comme toujours, cela va sans dire.

Quatre feuillets manuscrits, sur papier sans en-tête. Ils contiennent force détails, mais le résumé est simple. Une *enquête* diligentée par l'état-major américain a révélé *de graves manquements* dans toute l'échelle de commandement du 369e, *les comportements inadmissibles* des soldats noirs au combat, leur désorganisation, leur lâcheté, et, pire, des plaintes pour *violences, vols et viols* ont été enregistrées dans les villages où ils sont passés. Le général signale que ce rapport volontairement biaisé et malveillant a été transmis au Department of War, qui ordonne de faire vite dégager les Noirs du paysage français. Le but de cette désinformation, explique le général, est d'empêcher les soldats noirs d'être *contaminés par la tolérance raciale des habitants* et la mauvaise influence des *Droits de l'Homme*. Jules trouve ça plutôt ironique. Et, surtout, laisse comprendre Lebouc, les hauts responsables américains veulent que la victoire revienne sans partage aux troupes blanches. En conclusion, il demande au colonel Hayward de *se méfier de tout le monde*, en particulier du service de contre-espionnage militaire, le MID, Military Intelligence Division, prêt à tout pour y parvenir. En post-scriptum, il précise : *Nous avons relevé des interférences dans les transmissions radio. Les Allemands écoutent peut-être. Gardez les deux émissaires avec la moto pour tous les messages qui devront être sécurisés. Ce sont des gars de confiance.*

— Jetez ces papiers dans la cheminée, Canot.

— Drôle de journée, vous ne trouvez pas, mon colonel ? Avant l'aube, on apprend qu'on a gagné la guerre ; au bout de la nuit, on nous dit que ce n'est pas nous.

— Bienvenue en Amérique, Canot ! Le réveil va être dur, pour les hommes du 369e.

— Je suis sûr que vous avez un plan, mon colonel.

— Oui. Nous allons finir la guerre en beauté, et pas seulement dans les bras des belles Alsaciennes. Allez, filez au chaud. Pour vous, blessé, la guerre active est terminée.

Quand Jules se glisse dans le lit et se serre contre Sigrid, elle sursaute.

— Tu es glacé ! C'était quoi ?

— Ce que je peux te dire, c'est que les gars ne vont pas rester longtemps ici.

— Tu vas partir bientôt ?

— Je ne crois pas. Je suis hors service pour le combat.

— Encore des combats ? Je croyais que c'était l'armistice…

— Oui, mais il y a encore des… des manœuvres à faire pour mettre, dans les règles, un point final à la guerre. C'est l'affaire des Rattlers. Moi, je suis un soldat français, bientôt rendu à son régiment avant d'être réformé ou démobilisé avec les autres. Rien ne presse.

— Non, rien ne presse. Serre-moi.

Il fait grand jour quand Jules se réveille. Sigrid est déjà en bas. Dans sa tenue stricte, noir, gris et blanc. Dans le salon, elle est assise à côté de Hermann. Avec une canule, elle aspire un liquide épais dans un bol, puis introduit le petit tuyau par la brèche de la mâchoire et souffle doucement. L'homme respire fort, essaie de déglutir, fait des bulles avec la bouillie, bave. C'est le plus grand et le plus terrible signe de vie que Jules a vu s'exprimer chez lui. Sans se retourner, Sigrid dit doucement :

— Il y a de quoi déjeuner dans la cuisine. Je te rejoins. Tu peux me faire une tartine ?

Quand elle va s'asseoir à la table face à lui, elle tend les pieds à la recherche des siens.

— Merci pour la tartine. Pour ça aussi, il y avait bien longtemps. Je ne sais plus…

Elle mange en silence en regardant dans son bol, un peu perdue. Puis se lève, contourne la table, embrasse Jules.

— Hermann est brûlant. Je vais voir le docteur. Après, j'ai un enterrement.

— Ah ?

— Oui, une femme de mon âge. On ne sait pas ce qu'elle a eu. Une infection, beaucoup de fièvre. Elle est morte en quelques jours. Le froid, peut-être. Ou autre chose. Bonne journée, *mi kleine schwàrtzer Schàtzle*.

Jules se demande ce que veut dire cette chuintante allitération. Ou bien préfère-t-il que les chuchotements amoureux de Sigrid gardent leur mystère. Il range la cuisine. Dans les placards, il regarde la vaisselle grise à motifs bleus, les carafes en grès, les verres-ballons à longs pieds verts, les moules à gâteaux en couronne avec une cheminée au milieu, la bizarre cocotte de terre rouge en forme de poule coupée en deux, et tellement d'instruments étranges qui coupent, pilent, râpent, pressent, battent, concassent, tamisent, roulent, versent, ou dont l'usage lui reste hermétique. La France, si étrangère.

Dans le salon, Hermann halète. Jules s'approche, ose poser la main sur son front. Il transpire, il a de la fièvre. Pour lui, être malade est un signe de vie.

4

Pas de concert d'adieu. Les Soldats de l'Enfer partent à peine la nuit tombée. Pour garder le secret de son plan, le colonel Hayward n'a fait circuler qu'à l'aube l'ordre de départ. Seuls les majors Little et Hodges étaient dans la confidence. Après une semaine de vie civile à couper du bois, réparer des clôtures, bouchonner les vaches ou reboucher les trous des chemins vicinaux, sans oublier les répétitions publiques du Harlem's Rattlers Band, le ballet des préparatifs n'a pas été aussi bien réglé que d'habitude. A dix-sept heures, tout est quand même démonté, plié, remballé, chargé dans les camions, les hommes serrés sur les bancs de bois sous les bâches. Tonnerre. Vingt-quatre moteurs démarrent. Les habitants qui se demandaient ce qui se préparait depuis le matin ont pour réponse un nuage de fumée noire dans la neige qui recommence à tomber. Command car en tête et side-car en queue, les Rattlers s'en vont comme ils sont venus. Le maire, qui s'était approché pour voir, fait un geste de la main traduisible par « Je ne comprends rien, tant pis, bon débarras ».

William « Big Bill » Hayward, son invité, ne lui a rien dit. Au moment de mettre en route, le colonel avait seulement réuni les plus gradés de chacun des véhicules :

« L'état-major américain veut qu'on parte pour laisser la place aux régiments blancs. »

Remous et protestations. « On ne va quand même pas… »

« Laissez-moi terminer. Non, on ne va pas partir comme ça. Nous allons finir le travail. Il faut sécuriser la zone. Il devrait y avoir peu de résistance, les Allemands sont démoralisés, ils rentrent chez eux. On m'a dit que depuis l'armistice, là-haut dans la montagne où ils se sont férocement combattus, les soldats des deux bords se serrent la main et partagent leurs rations. Mais attention aux gestes désespérés. Et, surtout, prenons de vitesse les régiments de Blancs qui voudraient rafler la mise à notre place. Le but final est le Rhin. Un symbole pour toute l'Amérique. Nous devons y arriver les premiers. Personne ne doit nous voler la victoire. Voici les feuilles de route pour les chauffeurs. Allez ! »

Ils sont partis. Quand Jules rentre à la maison Zacher, il n'y a personne. Hermann n'est pas dans le salon. Après le vacarme, il n'y a que le *tic-tac* de la pendule. Après la foule, l'absence. Après la guerre, rien. Après le jazz et les camarades de combat, il y a eu les adieux. Une ferme et longue poignée de main du colonel, l'embrassade du chef d'orchestre Jim Europe, qui a laissé une adresse à Harlem, l'étreinte de Barney Hodges, et le major Little lui a remis un paquetage complet avec un casque, un fusil et une boîte de munitions en disant : « Tu n'es pas qu'un batteur, aussi un combattant. » Il y a eu aussi le chœur des musiciens qui chantaient « For He's a Jolly

Good Fellow », puis les signes d'au revoir lancés des camions qui partaient. Il pleurait, idiot, resté seul sur la place, avec barda, Lebel et baïonnette. Dernier Hellfighter de Bitschwiller. Sont partis aussi les quatre autres estropiés qui avaient été accueillis chez l'habitant. Embarqués avec cinq autres qui avaient une température de cheval. Le 369ᵉ RIUS ne repassera pas par ici. Le caporal Canot rejoindra sa 16ᵉ division d'infanterie. Où ? Savent-ils seulement qu'il est vivant ? Pas d'ordres. Pas d'urgence à les rejoindre. D'autant moins que « Big Bill » Hayward lui a dit, la veille :

« Restez encore un peu. Surveillez ce qui se passe dans le coin. Le général Lebouc a dit de se méfier de *tout le monde*. C'était souligné. Même les petites choses sont importantes, comme lorsque vous m'avez averti que le maire tenait un double langage. Nous soupçonnons qu'il y a des écoutes de nos messages et pourquoi pas un émetteur clandestin. Nous ne savons rien du passé allemand de tous ces gens, des patriotes de la dernière heure. Il faut aussi se méfier des agents et du MID, les mouchards du Corps expéditionnaire américain qui nous veulent du mal… Bref, ouvrez vos yeux et vos oreilles. Vous voici agent de renseignement, Canot. Ce sera porté au rapport, inscrit dans vos états de service. Je vous dois bien ça. Vous pourrez transmettre des informations à Lebouc par la moto que je vous renverrai dans quelques jours. Et repartir avec l'équipage. »

Tout cela laisse Jules pensif pendant qu'il prépare un peu machinalement ce qui pourrait ressembler à un dîner pour deux. Passer du riz-poisson-piment au porc-patates-choux exigerait un long apprentissage. Il n'entend pas la porte d'entrée et sursaute quand Sigrid entre dans la cuisine, glacée du dehors.

— Ils sont partis ?

— Ouais.

— Ils t'ont laissé là, sans moyen de transport ?

— La moto repassera, dans deux ou trois jours.

— Tu es un peu triste ?

— Je ne sais pas. Peut-être. Mais tu es là.

C'est un peu convenu, mais il ne trouve rien d'autre à dire. Le dîner est morose. Sigrid le regarde à peine, ne cherche pas ses pieds sous la table, serre ses mains sur le bol de soupe au chou. A un moment, elle se lève, fait le tour de la table, pose sa main sur la joue de Jules, l'embrasse sur le front. Elle a les yeux roses.

— Je n'arrive pas à me réchauffer. J'ai dû attraper froid. Je vais me coucher. Dans ma chambre. Ne sois pas fâché. Je ne veux pas que tu me voies comme ça. J'ai mal partout, les os, les muscles. Bonne nuit, mon *bérschtel*, mon petit gars ! Emma Bovary est malade. Et elle va veiller sur Hermann, lui non plus n'est pas bien.

Jules sourit à peine au clin d'œil à retardement sur son allusion à Flaubert. Il ne finit pas son dîner, range la cuisine, prend sa brique sur le poêle, monte dans sa chambre. Pendant que le convoi des Hellfighters roule vers le Rhin, il reste longtemps sans dormir, les yeux ouverts tournés vers le plafond à essayer de comprendre ce qui s'est cassé. Il renonce. Se retourne contre l'oreiller. Il y a l'odeur des jours insouciants, quand il répétait avec les Rattlers, creusait la souche de buis pour en faire un djembé, rangeait les bûches en piles sous le toit. Le parfum de Sigrid, des six plus belles nuits de sa vie. De sa première nuit. Inoubliable 11 novembre. Déjà, elle était son insomnie. Il était resté éveillé. La bougie avait fondu. Il n'y avait qu'un peu de lune. Il la regardait dormir dans le creux de son coude, dos contre lui. Sans les vêtements superposés, son corps s'était révélé fin, léger, vif. Elle avait pleuré, la première fois. Lui aussi. Après, ils avaient beaucoup ri. Elle se cachait sous les draps, s'amusait à le découvrir, à se laisser découvrir. L'air chaud qui montait de dessous l'édredon avait un parfum de papaye mûre. Puis, il ne sait plus quand, elle s'est comme évanouie en murmurant quelque chose qu'il ne fallait pas qu'il comprenne parce que ces mots venaient de trop loin. *Güeta Nàcht mi Liewe.* Jules n'osait pas bouger, son bras ankylosé, comme mort, sous la natte défaite dont les cheveux en déroute lui chatouillaient le nez. Il se souvenait d'avoir vu quelque part cette gravure… Othello et Desdémone, amants enlacés. Amants maudits.

Il s'endort.

Ce matin du dimanche 17 novembre, une semaine après l'annonce tonitruante de l'armistice, les cloches de l'église Saint-Alphonse ne sonnent plus que pour la messe. Jules s'habille – encore cet uniforme ! – et rejoint la foule endimanchée. Que faire d'autre, sinon observer les mœurs des indigènes livrés à eux-mêmes ? Cette fois, tous les catholiques sont à l'église et les protestants au temple, en face. Il n'avait jamais prêté attention à cette construction discrète, sans croix ni clocher.

Hermann n'a toujours pas reparu. Sigrid ne s'est pas montrée. Jules n'a pas pu lui porter un petit déjeuner. La chambre des époux Zacher est un huis clos. Il fait beau, le soleil fait fondre la neige, il décide que la vie est quand même plutôt belle.

Pourtant, dès le parvis, les sourires lui paraissent contraints, il semble qu'on s'écarte de lui, qu'on murmure à son passage. Rien de vraiment hostile, mais entre les effusions des soirs de concert et ce deuxième jour du Seigneur à Bitschwiller, le contraste est fort. Il s'assied au fond de l'église. La messe commence. Entre bas latin et patois, il ne comprend rien. Il n'écoute pas. Il observe. « Méfiez-vous de tout le monde. » C'est plutôt tout le monde qui se méfie de lui. La troupe des *Schwàrtze saldààt* partie, il reste seul, dernier *Nèèger*. Pourquoi le maire serait-il le seul raciste de Bitschwiller ? Du balai, les négros, *bye bye*, les Amerloques, on attend les vrais héros blancs, français, Foch, Joffre, Pétain. Ou bien certains prient-ils pour le retour des Allemands, si disciplinés, si altiers, si patriotiques, qui ne plaisantent pas avec l'hymne national, ne défilent pas sur des airs de sauvages, qui ne risquent pas d'engrosser les filles de leur foutre d'encre ? Parmi ces bigots, des nostalgiques du Kaiser interceptent-ils les messages du commandement français ? En envoient-ils ? Comment fait un *vrai* agent de renseignement ? Hayward ne lui a pas laissé le manuel du parfait espion. Comment se fondre dans la foule quand on est si visible ? Il se lève et s'assied comme les autres, mais reste muet. Il ne chante pas, il ne reprend pas la litanie des *bada fer uns, bada fer uns* répétée à l'unisson après chaque stance du curé. Ses voisins de banc le regardent de travers. Athée, en plus ? Alors, il s'en remet à la phonétique. Avec les autres, il marmonne *bête féroce, bête féroce.* L'entourage se satisfait de ce « priez pour nous » version sauvage. Pour qu'on ne le voie pas rire, il se courbe dévotement en prières, coudes aux genoux, tête dans les mains.

A la sortie, il s'échappe avec le groupe de tête. Du parvis, il voit les protestants, près du temple, derrière une charrette de bois noir avec des chevaux noirs tout caparaçonnés. Un enterrement. Les catholiques qui sortent de Saint-Alphonse se signent à la vue du convoi. Un homme frôle Jules en marmonnant, assez fort pour être entendu à la ronde :

— *Verschwind dü verdamt !*

Jules se retourne, l'homme est déjà invisible dans la foule qui chuchote. Quand Raymond Gumbinger s'approche, Jules demande :

— Il a dit quoi ? Ça n'avait pas l'air très gentil…

— Vous avez raison. C'était : « Va-t'en, toi, maudit ! »

— Que se passe-t-il, je trouve les gens bizarres… ils étaient si… Qu'est-ce qui est arrivé ? On a fait la fête ensemble, on a mangé, rigolé, dansé… Il y a quelque chose qui vous gêne, Raymond ? Dites-moi.

— Retrouvez-moi dans l'école vers quinze heures, je vous expliquerai.

L'interprète s'éloigne, Jules retourne à la maison Zacher. Sur la table de la cuisine, un morceau d'une feuille déchirée : *Ne te soucie pas de moi. J'ai pu faire une Hartepfelsup pour Hermann et moi et aussi pour toi. Sers-toi. Je reste au lit, malade, mais ça va passer. Je ne suis pas la Dame aux Camélias. Merci pour tout. Liewe.* Une saucisse fumée est ajoutée à la soupe de patates encore chaude. Il prend goût au régime alsacien. Dommage, quand on le prie de déguerpir. En guise de dessert, il se verse un dé à coudre de schnaps, reprend le petit papier et, verre à la main, va au salon, s'assied dans le fauteuil qui a dû être autrefois celui de Hermann, saisit le nouveau livre de Sigrid sur la table. *Les Mystères de Paris.*

Il abandonne après un quart de page, relit le petit mot. *Liewe… Liewe* ? Comme *sup*, soupe, facile à comprendre. *Love.* Mais quel sens ? *Love* en bas d'une lettre pour dire « affectueusement » ? Ou comme dans *I love you* ? Douce pensée. Puis une vilaine. « Va-t'en, toi, maudit ! » Puis une pire encore. Bon Dieu ! Hermann est malade. Hermann est fragile. Si Hermann mourait ? Gros titres : *Bitschwiller : sous l'emprise d'un Nègre, la femme infidèle achève son mari, blessé de guerre.* Hermann doit vivre. Et lui partir, dès que van Hecke et Pérotin seront de retour.

A quinze heures, Jules traverse Bitschwiller déserte. C'est le repas du dimanche. La sieste. L'école ouvrira lundi, les classes ont retrouvé leur aspect normal. Raymond attend, assis sur un pupitre. Jules se tasse sur un banc taille enfant.

— Merci, Raymond, de m'expliquer. Je ne pige pas. Pourquoi ce renversement ? Hier, on nous embrasse, aujourd'hui, on me chasse comme un pestiféré.

— C'est pas la peste, Jules, c'est la grippe.

— La grippe ?

— Oui, la grippe. Une épidémie.

— C'est ça ? Mais c'est banal, une grippe ! Normal, c'est presque l'hiver !

— Ce n'est pas une grippe comme on dirait un gros rhume. C'est une influenza.

— …

— J'ai parlé au docteur Meyer, hier. C'est un virus très contagieux. Souvent mortel.

— Vous plaisantez ?

— Ce matin, l'enterrement, c'était une jeune fille. Emportée en trois jours.

— Merde. Je me souviens, Sig… Mme Zacher est allée à un enterrement…

— J'y étais aussi.

— C'est venu comment ?

— En fait, on ne sait pas, les oiseaux migrateurs, peut-être.

— Ici, en Alsace ? Les cigognes ?

— Ne plaisantez pas. Vous n'avez pas pu lire la presse quand vous étiez au front. Et ici, vous ne la comprendriez pas. Moi, si. Le maire aussi. Il est abonné. Il me donne le journal quand il l'a lu. Il y a eu un grand article dans l'*Elsässer* de jeudi dernier. C'est une épidémie mondiale. Des centaines de milliers de morts, partout. A peu près trois morts sur cent malades… Avec une personne sur deux touchée, vous voyez le nombre !

— Et j'ai quoi à y voir, moi ?

— Ce serait arrivé en France au même moment que les soldats américains.

— Ah, ça y est ! En fait de blanches cigognes… C'est ça ?

— On l'appelle grippe espagnole. Les scientifiques disent pourtant que c'est venu de Chine, puis d'Amérique, pour arriver en Europe. Aux Etats-Unis, ils portent tous des masques et ont installé des tentes en plein air tant les hôpitaux sont pleins.

— Et votre bourgmestre qui déteste les Noirs… Le malheur est arrivé par nous et comme je suis le seul qui reste, je suis le corbeau noir… *My God !* Et en plus, là où j'habite, Hermann est malade ! Où est le médecin ? Bon Dieu, il faut que je lui parle !

Jules n'a pas à chercher loin le cabriolet vert et le cheval pie du médecin décrits par Raymond. Dès qu'il sort de sa visite, il l'aborde :

— Pardonnez-moi, docteur… Voilà, j'ai une question. On dit ici que la grippe viendrait d'Amérique et aurait été apportée par nous, les soldats. C'est vrai ?

— Peut-être. Mais en partie seulement. Avec ou sans vous, la grippe se serait répandue quand même. La transmission se fait très facilement. Il suffit presque de respirer l'air à côté d'une personne infectée. J'ai recensé dix-neuf cas à Bitschwiller, dont plus de la moitié ne peuvent pas vous être imputés à cause de la durée d'incubation. Il y en a autant dans les villages d'à côté. Quatre morts à Thann. Certains parmi les soldats de votre régiment ont pu, à l'inverse, être contaminés par des gens d'ici. Comment savoir ?

— Ce qui n'empêche qu'on nous accuse.

— L'homme cherche toujours un bouc émissaire. Alors, des étrangers, comme vous… Vous venez me voir pour Hermann Zacher ? Je sais, Sigrid m'a déjà…

— Elle est malade depuis hier, enfermée dans sa chambre.

— Montez. Je vais la voir.

La visite est longue. Quand le médecin ressort de la chambre, il apporte avec lui une bouffée d'air glacé. Jules a préparé une tisane et la sert dans le salon.

— Merci, ça va me réchauffer. J'ai fait aérer la pièce. Le confinement est malsain. Mme Zacher vous remercie de m'avoir fait venir. Elle a bien les symptômes de la grippe. Je lui ai laissé de la salicyline, extrait d'écorce de saule qui fait tomber la fièvre.

— Il n'y a pas de médicament ?

— Les boches sont partis avec l'*Aspirin* Bayer qu'on avait avant-guerre.

— Docteur Meyer, pourquoi je ne l'ai pas, moi, cette grippe espagnole ?

— Vous n'avez pas eu de fortes fièvres, à un moment ?

— Oui, c'est ça, quatre jours à crever dans les Ardennes.

— Alors vous l'avez eue. Vous êtes immunisé. Comme beaucoup de vieux, comme moi ou Raymond, que vous connaissez, qui avons connu l'épidémie de 1889. Du coup, comme si la guerre n'avait pas suffi, c'est les jeunes qui trinquent. Pauvre génération !

— Hermann résiste, lui, alors que…

— Là, pour moi, c'est un mystère. Veillez sur Sigrid. Elle est forte et le plus gros est passé pour elle. Elle survivra. Merci pour la tisane. J'ai à faire. Adieu.

Comment veiller sur elle sans l'approcher ? Impuissant, désœuvré, Jules fait l'expérience de l'ennui impatient. Il prend le livre laissé sur l'accoudoir, se laisse tomber dans le fauteuil. Les rebondissements du feuilleton d'Eugène Sue n'empêchent pas la question de tourner en boucle. Que se passe-t-il dans la chambre de Barbe-Bleue ? A la nuit, il approche de la porte, frappe, appelle doucement :

— Il y a du potage devant la porte…

Une voix, au loin, ça ressemble à un merci. Faire le guet, patienter jusqu'à ce que Sigrid sorte prendre le bol, comme le chasseur de lions attend caché près du chevreau au piquet ? Il monte dans les combles. Si rien n'a bougé au matin, il entrera.

Il dort profondément quand deux coups de feu éclatent. Espacés. Le premier le réveille. Il entend assez bien le second pour reconnaître une arme de guerre au milieu d'un bris de verre. Il saute du lit, attrape son Lebel, l'arme en marchant prudemment vers la fenêtre, regarde par le carreau cassé. Personne sur la place blanche éclairée par la lune. Il enfile son manteau sur le pyjama, ses brodequins sans les lacer, descend, entrebâille la porte d'entrée. Silence. Il sort accroupi, court s'abriter derrière le muret, attend trois minutes. Inutile de rester là. Le tireur a visé les fenêtres de *sa* chambre, sachant qu'il ne pouvait l'atteindre. Intimider, pas tuer. Il fait demi-tour. Sur la façade, fraîchement peint : *Nèèger mèèrder*. Il se méprend sur le sens de *mèèrder*, pas sur l'intention. Il remonte dans la chambre, prend un oreiller et l'édredon, redescend, allume une lampe, installe sa couchette dans le fauteuil du salon, Lebel en travers sur les accoudoirs. Avant d'éteindre, il regarde la porte de la chambre. Le bol est vide. Sigrid s'est levée. Recouchée. Elle peut marcher. Le docteur Meyer avait raison. Elle survivra. Impossible qu'elle n'ait rien entendu. Jules s'approche de la porte.

— Tout va bien, Sigrid, ne vous inquiétez pas. On en parle demain.

Dès qu'il fait jour, Jules monte dans sa chambre. A l'école des tranchées, n'importe quel pioupiou devient expert en armes. La première balle est plantée dans le bois de la faîtière, l'autre, plus bas, encastrée presque à l'envers dans le plâtre du mur. Il les extrait avec sa baïonnette. L'une est aplatie au bout, l'autre, déformée seulement sur un côté. Sur un montant de la fenêtre, une marque profonde. L'un des tirs a ricoché, faisant tournoyer l'ogive. De la marque dans la poutre jusqu'au petit carreau cassé, la ligne imaginaire place le tireur derrière la fontaine, au centre de la place, à moins de cinquante mètres. Il y va. Il n'y a qu'une douille, c'est suffisant.

A côté d'une tasse de lait chaud, Jules étale ses trophées sur la table de la cuisine. Au cul de la douille est gravé *Mauser 8 mm*. La balle, presque intacte, a un bout rond. Pas de ces munitions pointues ultra-rapides et précises des francs-tireurs. Des Round Nose, des cartouches obsolètes d'avant-guerre, quand… Hé ! Quand Bitschwiller était allemande.

Jules mord dans le pain de seigle, l'amer et lourd *schwarzbrot*, et tire ses conclusions. L'homme au fusil n'est pas un boche en déroute. Un soldat n'intimide pas, n'écrit pas sur les murs. Il tue. Alors, c'est quelqu'un qui avait, avant août 1914, une position assez officielle pour avoir été doté d'un Gewehr 98 par le Reich, peu enclin à en distribuer à une population à la fidélité incertaine. Qui ? Il rince sa tasse et va frapper à la porte de la chambre interdite.

— Sigrid, c'est grave. Si tu peux, ouvre, il faut qu'on se parle !

Il entend des pas glissés, quelques craquements de plancher.

— Sigrid, tu es enfermée depuis trente-six heures. Ici, ça barde. Ta maison a été attaquée ! Pourquoi restes-tu bouclée alors que tu peux te lever ? Je sais que tu as la grippe. Et que Hermann l'a. Mais toi, tu peux sortir. Moi, je l'ai déjà eue, je ne risque rien. Ouvre, je t'en prie, ou j'entre. C'est urgent ! Des gens du village nous veulent du mal. Sors !

Nouveaux grincements, la poignée tourne, Sigrid entrouvre la porte, se glisse rapidement dans l'ouverture et referme dans son dos. Ce que Jules voit du dedans n'est que pénombre. Dans une longue chemise de nuit, elle porte ses vêtements sur un bras. Ses yeux sont toujours roses, cernés de mauve. Elle est pâle, presque transparente.

— Pardon, Jules, je vais faire un brin de toilette et m'habiller. Je ne serai pas longue. Prépare-moi quelque chose de réconfortant. Merci.

Elle vient à peine de monter avec de l'eau chaude qu'on tambourine à la porte. Jules attrape le fusil, ouvre avec méfiance. Le maire et deux adjoints sont sur le perron, ceints des trois couleurs républicaines. En retrait se tient Raymond Gumbinger, à nouveau réquisitionné, visiblement gêné. Au-delà du muret, une dizaine de villageois. Walter Weiss fait signe à l'instituteur d'approcher. La discussion s'engage, sèchement. Raymond essaie de rester le plus atone possible.

— Vous êtes bien Jules Canot ?

— Caporal Canot, 16e division d'infanterie, 8e corps, IVe armée.

— Que faites-vous encore là, hors de contrôle de vos supérieurs ?

— En qualité de blessé de guerre, j'attends un prochain moyen de transport militaire pour me ramener auprès du général Lebouc, dont je dépends directement.

— Prévu pour quand ?

— Dans les jours qui viennent. Je n'ai pas de moyens radio pour le savoir.

— Caporal, votre présence est cause de troubles à l'ordre public. Nous proposons de vous aider à quitter la ville par d'autres moyens.

— Monsieur le maire, dois-je supposer que faire tirer au fusil sur la façade de la maison où je suis hébergé et y peindre des inscriptions inadmissibles n'est pas un trouble à l'ordre public mais fait au contraire partie de vos moyens pour m'inciter à partir ?

Raymond, de plus en plus embarrassé, prend un ton encore en plus impersonnel, ce qui a pour effet contraire de souligner la violence du propos. Le maire se demande s'il n'a pas sous-estimé ce joueur de tam-tam. Le temps de la traduction, Jules regarde les édiles avec leurs écharpes. Il revoit la délégation qui a accueilli les Rattlers le premier jour. L'un d'entre eux portait un fusil en bandoulière. Ce n'était pas un tromblon ridicule. Jules ne laisse pas le maire répliquer :

— Monsieur Weiss, vous êtes en effet garant de l'ordre public. Or, il y a dans votre commune des gens mal intentionnés qui agitent la population avec des rumeurs non fondées quant à la responsabilité de mes camarades de combat dans l'épidémie de grippe. Or, vous savez personnellement que la grippe espagnole est arrivée ici avant nous et sévit tout autant dans des villages où nous ne sommes jamais allés. Je signalerai donc à l'état-major que, au minimum, vous n'avez rien fait pour éviter la propagation de cette… épidémie de haine antimilitaire et raciste qui s'inscrit à la peinture sur les murs. Plus grave, parmi vos concitoyens, un traître à la patrie a tiré sur un sous-officier français. C'est un cas de haute trahison. Pour ses commanditaires et complices aussi, s'il en a. Ce sera dans mon rapport. En attendant que je parte, je vous enjoins donc de faire protéger cette maison par votre garde champêtre, seul autorisé à être armé en temps de guerre, clause que l'armistice n'a pas abrogée. Allez le chercher. Je l'attends.

Jules claque la porte. Derrière lui, Sigrid est grise et noire comme au premier jour.

— Il ne va pas aimer.

— Et toi, tu as aimé voir ta maison souillée ?

— J'ai vu ta chambre, là-haut. Ils sont fous ! Qu'est-ce qu'ils ont écrit sur le mur ?

— Tu peux aller voir, c'est en alsacien.

Sigrid sort. Les élus sont partis. Les gens qui allaient se disperser se retournent. Elle lit, se retourne, les toise.

— *Meschthüfa !*

Elle rentre. Jules s'encadre un instant dans la porte, son Lebel ostensiblement au pied. Quand tout le monde a tourné casaque, il referme.

— Tu leur as dit quoi ?

— *Meschthüfa !* Tas de fumier.

— Et l'inscription, ça veut dire quoi ?

— *Nèèger mèèrder*. Nègre assassin.

— Ah, c'est comme en anglais *murderer*, meurtrier ! J'avais compris *merde*, en français. J'aurais dû m'en douter. Et toi, comment ça va ?

— Mieux. La fièvre est tombée. Juste un peu faible.

— Hermann ?

— Je ne sais pas. Je n'ose même plus le sortir.

— Tu veux de l'aide ?

— Merci, non. J'ai l'habitude de le... manipuler. Le docteur Meyer va venir m'aider tous les jours. C'est un vieil ami de mon père. Oh, c'est dur ! Prends-moi dans tes bras. Cette nuit, je dors avec toi. Je sais que tu vas partir.

Il la serre contre lui.

— Bon, dans ce cas, je dois réparer la fenêtre.

— Non, tu viendras dans ma chambre, la vraie, au premier. Celle d'avant toute cette... Personne ne nous tirera dessus et je veux y avoir un souvenir de toi.

Vers onze heures, Jules a bouché le trou de la fenêtre quand le garde champêtre arrive, mine renfrognée, arme en travers du dos. Un Gewehr 98. Jules ne le fait pas entrer. Il sort une chaise sous la marquise du perron, lui fait signe de s'asseoir, prend dans sa poche la douille et les balles ramassées, les lui montre. Tirant avantage de sa confusion, il lui arrache le fusil des mains, retire les munitions du magasin. Il en reste huit sur les dix possibles. Deux ont été tirées. Il démonte le verrou de la culasse. Puis il frappe de l'index la poitrine du garde et fait le geste d'une lame qui tombe sur sa nuque.

— Guillotine ! *Understand ?* Compris ? Guillotine.

Le brave type est en sueur. Jules mime l'écharpe du maire en travers de la poitrine.

— Walter Weiss ?

Jules le prend par le col, crie encore le nom du maire. Le garde balance :

— *Jà, ja, joo. Hèr Weiss.*

Après l'aveu, il le fait se tourner, lui désigne l'inscription sur le mur, fait le geste de peindre, le pousse sur la place, garde le Gewehr. A quinze heures, le soubassement de la façade est remis à neuf. La maison Zacher retrouve blancheur et honneur.

L'après-midi passe lentement. Dans la chambre du haut, Jules prépare ses quelques affaires pour se tenir prêt à partir, trouve dans la bibliothèque des textes assez courts pour être lus avant le soir. Sigrid s'affaire à des choses inutiles dans la cuisine, range machinalement le salon qui n'en a pas besoin, passe un moment dans la chambre interdite, vaque derrière la maison. Elle en revient très pâle. Jules la prend dans ses bras.

— Tu ne devrais pas sortir. C'est mortel, dehors.

Elle glisse son nez glacé dans le col de Jules, le front contre sa poitrine. Il la laisse comme ça, le temps qu'elle se réchauffe.

— Sigrid, il y a des gens, ici, qui regrettent les Allemands, n'est-ce pas ?

Elle s'écarte, le regarde en levant la tête, l'air résignée. Pourtant, il faut bien.

— On était allemands depuis quarante-trois ans, tu comprends ? Je t'ai raconté que Hermann avait passé la frontière vers la France avant la déclaration de guerre. Plein d'autres gars d'ici en ont fait autant, mais la grande majorité est restée, se laissant enrôler dans l'armée du Kaiser. Tu vois les drames dans les familles ! J'ai vu une photo avec une mère et ses deux fils, l'un bleu horizon, l'autre *Feldgrau* !

— Et les armées faisaient confiance à des soldats qui, on peut dire… avaient de tels conflits d'intérêts ?

— Non. Les Allemands ont envoyé leurs Alsaciens sur le front de l'Est, en Russie. Et quand l'armée française est arrivée, ceux qui restaient ont été expédiés le plus loin possible d'ici, souvent dans les troupes coloniales.

Jules prend la main de Sigrid, l'entraîne dans le salon, l'assied sur ses genoux, un peu perdu par la révélation de l'évidence.

— Alors, le retour au bercail va être dur. La fête finie, comment recoudre ce qui a été déchiré ? Avec, en plus, la maladie dont ils nous accusent, je comprends qu'ils ne veuillent plus me voir. L'étranger, l'arrogant vainqueur, ne doit pas être témoin de ces blessures de guerre intimes. Je croyais être un libérateur. Je n'ai fait que réveiller des fantômes. Je dois partir.

Les heures après le coucher du soleil sont une longue attente. Ils échangent par petits mots, petits signes. Une main sur une joue, un bras autour de la taille, un pauvre regard. Pas de dîner en tête à tête. Chacun pioche à son tour dans le garde-manger. Du pain d'épices, un reste de soupe. Par terre, dos à la faïence, Jules essaie de finir une nouvelle de *La Maison Tellier*. Sigrid arrive avec deux verres de schnaps.

— Ne buvons pas à demain. Seulement à nos avenirs. D'accord ?

Cul sec. Sigrid s'assied à côté de lui, la tête sur son épaule. L'alcool lui pique les yeux. Il ne lit plus. Il met le nez dans la tresse lovée comme une amarre sur le pont d'un navire. La pendule occupe tout l'espace. Puis Sigrid bondit sur ses pieds.

— Viens, Jules. Ne dis rien. Suis-moi.

Elle l'entraîne vers la chambre du couple Zacher, celle d'avant, quand ils pensaient qu'ils y feraient un enfant, avant que ce soit impossible, avant que la guerre ne jette Hermann dans le landau. Dans la pénombre, Sigrid se déshabille devant Jules, immobile, en apnée. Quand tous ses vêtements sont par terre :

— Défais ma natte, tu veux ?

Il s'approche, cherche du bout des doigts les épingles à cheveux, les tire une à une. La tresse se déroule.

— A toi. Mets-toi nu, que je te voie encore, mon beau Nègre.

Sigrid ne sourit pas de la gaucherie de l'homme désemparé qui s'effeuille. Rien ne doit ressembler à leur première nuit, ni aux nuits d'après. S'il ne peut plus y avoir d'insouciance, le désir doit se satisfaire de gravité. Ils restent là, nus, face à face.

— J'ai froid, Jules. Ne me laisse pas comme ça.

A un moment de la nuit, alors que Sigrid est immobile dos contre lui, Jules fixe un rayon de lune qui passe entre les volets. Il vient de faire l'expérience que jouir peut être aussi une triste violence, que la *petite mort* n'est pas que littérature. Il avait pensé ne jamais vouloir quitter Bitschwiller. Maintenant, il espère que la moto l'emportera vite. Il ne peut y avoir deux jours d'attente de la fin, deux nuits d'adieu. Que ce soit demain, tout de suite, même, que Sigrid se réveille croyant avoir tout rêvé.

Sigrid ne dort pas. Elle se concentre sur son dos, ses fesses, ses jambes qui épousent avec exactitude la forme de cet homme, son soldat en chien de fusil. Il va partir. C'était inévitable, comme tout ce qui est arrivé depuis huit jours, quand ce féroce Soldat de l'Enfer qu'on lui avait annoncé est arrivé chez elle, jeune homme timide et poli ; quand ce grand Noir boiteux lui a raconté la guerre comme Hermann ni personne n'aurait pu le faire ; quand il a dit le pouvoir des mots lorsqu'il fallait survivre ; et quand, le soir de l'incroyable concert du 11 novembre, frappant sa batterie comme possédé, il a révélé des mondes plus vastes encore que la littérature, elle a fermé à double tour l'idée même d'en tomber amoureuse. Pas de le désirer. Elle s'étonne de son effronterie. Dès le deuxième soir, trois verres de schnaps, et *hop !* La si dévouée, la si sage Sigrid méritait bien son amant de sept nuits. La grippe lui en a volé deux. La grippe ! Jules, tu ne sauras jamais rien de cela. Adieu, Jules, je t'aimerai dans un coin caché de moi, toi, ma vie secrète. Tu peux partir, *mi Schatzele.*

Un peu de Jules s'en va déjà, lave chaude contre sa cuisse. Sigrid ne sait rien des papayes mûres. Les sucs du caporal Canot ont pour elle un parfum de girolles sous les feuilles mortes.

5

La file de camions a quitté les forêts boisées du côté de Guebwiller et fonce dans la plaine vers le Rhin, graal de sa guerre. Depuis qu'ils ont quitté Bitschwiller il y a deux jours, les soldats du 369e ont ratissé la zone : Steinbach, Wattwiller, Wittelscheim, Pulversheim, Ensisheim, Münchhausen… A part quelques groupes de paumés qui rendaient aussitôt les armes et mettaient les mains sur la tête, les Hellfighters n'ont rencontré aucune résistance. A l'aube du 20 novembre, ils arrivent en vue de Blodelscheim, au bord du fleuve-frontière où certains imprudents fanfarons ont fait le pari de se baigner.

A l'heure grise, après une boisson chaude à l'arrière du camion d'intendance, le brigadier van Hecke et le deuxième classe Pérotin, voués à rouler gelés, reprennent le chemin inverse vers Bitschwiller, chargés d'un message du colonel William Hayward pour les généraux français. Mission accomplie. Pour l'Histoire, les enfants de Harlem seront bien les premiers soldats alliés à avoir atteint le Rhin.

Il recommence à neiger. Heureusement, ils n'ont que quarante kilomètres à parcourir. Le gros moteur de l'Indian fait résonner les vallées de son *potato-potato* rauque et syncopé sur lequel Jules avait une fois improvisé une sorte de rumba. Totalement blancs, les deux motards arrivent devant la maison Zacher. Sigrid, debout avant le jour, les accueille.

— On vous attendait. Venez au chaud.

Jules entre dans la cuisine, avec havresac et accessoires, Lebel, casque Adrien, godillots, bandes molletières et capote du poilu réglementaire.

— Une place pour moi sur la moto ? Je dois évacuer, ici, on a voulu me tuer.

— Des boches ?

— Non, brigadier, des sbires du maire. Je dois rentrer faire un rapport. Alors ?

— C'est que… on aurait bien aimé…

Sigrid l'interrompt :

— Passer une nuit ici ? Impossible, le caporal doit partir, j'ai reçu des menaces.

Sans s'être concertés, Jules et Sigrid précipitent les choses.

— Bon d'accord, sur le tansad, derrière moi. On ne va que jusqu'à Nancy, à cent cinquante kilomètres. Le commandement s'est déplacé vers l'est. Départ dans une heure. Vous avez quelque chose à manger ? Et de l'eau chaude pour se débarbouiller ?

Un peu avant huit heures, pendant que les deux estafettes réchauffées et rassasiées amarrent les bagages sur le side-car, Sigrid donne à Jules une paire de gants fourrés, un bonnet et une écharpe de Hermann. Puis elle prend son visage dans ses mains, le regarde longtemps. Ne pas parler pour ne pas pleurer. Enfin, elle le pousse doucement vers la porte qu'elle referme, une main à plat, le front posé dessus.

En se retournant pour un dernier coup d'œil à la maison Zacher, Jules voit s'en approcher le cabriolet vert du docteur Meyer.

Prenez soin de Sigrid, docteur.

Pendant une heure sous de gros flocons, l'Indian fait la trace dans la neige, chargée des trois hommes, de leurs paquetages et de quatre fusils dont un Gewehr 98, pièce à conviction. Jules se laisse bercer par le rythme du moteur en s'agrippant entre ses cuisses à la poignée de la selle à ressorts.

Dans un virage, deux phares en face. Van Hecke freine comme il peut, la moto part en travers et s'arrête juste devant le véhicule. Un command car à mitrailleuse, similaire à celui de Hayward, aux couleurs américaines. Un homme en descend, s'approche de van Hecke en regardant Jules. Il s'adresse au brigadier en anglais :

— *Lieutenant Harrods, Military Intelligence Division. Who are you ?*

Seul anglophone, Jules répond :

— Ils ne comprennent pas l'anglais. Ici le brigadier van Hecke, là le deuxième classe Pérotin, et moi-même, caporal Jules Canot, tous trois de la 16ᵉ division d'infanterie, 8ᵉ corps, IVᵉ armée. Nous allons rejoindre le général Lebouc à Nancy.

— Et vous, caporal, vous êtes français ? Vous pouvez me montrer vos papiers ?

— Vous n'avez aucun droit pour cela. Mais pour vous être agréable, les voici.

Harrods doit admettre qu'il n'a pas autorité sur ce Nègre français.

— Savez-vous où se trouve le 369ᵉ RIUS ?

— Ils sont partis depuis plusieurs jours pour une destination inconnue. Mais, puisque vous êtes du contre-espionnage, je vous informe que nous avons fait l'objet de tirs civils dans le village de Bitschwiller, un peu plus loin vers l'est. Nous avons pu saisir une arme allemande appartenant sûrement à des sympathisants du Kaiser. Elle est ici. Nous avons eu aussi connaissance d'une station clandestine de télécommunications située dans le clocher-horloge de la mairie. Le maire lui-même est impliqué dans ces actes antifrançais et anti-américains. A vous de voir.

Malgré son dégoût visible de parler d'égal à égal avec un Noir, Harrods remonte dans la voiture, satisfait, et Jules aide à remettre la moto dans le droit chemin, content de sa blague d'agent secret novice. L'incident lui a desserré le cœur. Cap sur Nancy. Dans les flocons qui l'aveuglent, les sapins s'estompent, il ne voit plus que les forêts de baobabs, les mangroves à palétuviers, les rochers de Gorée, la plage de M'Bour, ses vagues énormes et ses longues pirogues de pêche.

Y aura-t-il encore des roulades dans le sable avec les copains, une petite tambourinade devant le feu pour faire danser les filles ? Non. Il y a eu Sigrid. Il y a eu le jazz. Il y a eu mille trois cents frères morts. Et Hermann, tronçon d'humain accroché à la vie, horrible survivant. *Potato-potato, potato-potato*. Il oublie tout cela, il est dans la musique.

Hermann n'est pas un survivant. Pendant que Jules mentait à un agent américain, le docteur Meyer aidait Mme Zacher à sortir son cadavre de là où il était conservé depuis le premier jour de grippe. En entrant dans sa chambre le 18 novembre, à la demande de Julius, le médecin avait trouvé Sigrid prostrée, Hermann sur le lit, mort.

« C'est arrivé hier après-midi.

— Pourquoi ne l'as-tu pas dit ?

— Je ne voulais pas que ça se sache tout de suite. Il y a ici… le soldat…

— Compris. Je sais de quoi on l'accuse. Il s'en va quand, tu le sais ?

— Dans un jour ou deux. Mon Dieu, je vais faire quoi ? »

Meyer est homme de décision. Il n'allait pas abandonner la fille de son vieil ami. Hermann ne mourra qu'après le départ du soldat noir. Il a passé le landau par la fenêtre de la chambre, sorti le corps léger, l'a remis dans le berceau, l'a roulé jusqu'au saloir glacé, l'a fermé à clé et est retourné dans la maison avec une excuse pour expliquer qu'il dégageait tant de froid. Sigrid est restée dans sa chambre, incapable d'affronter Jules avec son mensonge.

Demain, Jules sera loin. Meyer viendra constater le décès et signera l'acte officiel. En attendant la mort légale de son mari, Sigrid charge le poêle, emmaillote une brique brûlante dans un torchon et, dans le silence de la neige, s'accorde au lit une journée nostalgique. *Bitschwiller Blues*.

6

Blessé de guerre vite rendu à la vie civile, Jules n'a pas voulu visiter la capitale. Premier train d'éclopés vers Marseille, premier ferry pour Tanger, premier cargo pour Dakar, il a pu arriver à temps pour les fêtes. Oublier la violence et la douceur de l'Europe, renouer avec sa terre natale, affronter la statue du commandeur, Théodore « Paul Junior » Canot, retrouver sa mère, ses sœurs. Paris attendra. L'Amérique attendra. Le jazz attendra. Une longue convalescence d'Afrique. Tard dans la nuit, rentré dans sa chambre après la veillée familiale, un peu ivre, il écrit à Sigrid.

Gorée, le 24 décembre 1918

Sigrid, mi Liewe (c'est ainsi que l'on dit ?),

Ce soir, c'était Noël. Devant la crèche où même le petit Jésus est noir, ma famille a rendu grâce à Dieu pour mon retour. Le risible petit palmier déguisé en arbre de Noël avec ses calebasses peintes en rouge et or m'a renvoyé aux sapins blancs, aux cheminées qui fument et à la neige de chez toi, à cette fête que j'espère de réconciliation. Le noir Balthazar ne troublera pas l'Epiphanie !

J'y pense tout le temps. Emerveillé. Cela n'a duré qu'une semaine, tout a été si vite, et pourtant, ce que je n'avais fait que ressentir de manière confuse s'est lentement développé après mon départ, comme une pâte qui monte lentement. Pour te parler sans timidité puisque je ne suis plus devant toi, je sais aujourd'hui que je suis tombé amoureux de toi… à retardement. Chez toi, j'étais trop ébloui, trop distrait par ce qui m'arrivait, trop emporté par cette folle mazurka pour mettre un nom sur ce qui me liait à toi. Il aura fallu du temps. Comme on entend à délai le tonnerre d'un orage lointain, c'est à mon retour à Dakar que j'en ai été assourdi. Assommé.

Pourquoi suis-je tombé en amour de toi ? Si nous étions restés ensemble, je ne me serais jamais posé une question aussi idiote. Mais, puisque tout cela est terminé, j'ai voulu comprendre. Etait-ce le choc entre ton accueil et l'enfer de la guerre ? Ma « première fois » avec une femme ? L'hostilité à laquelle nous avons dû faire face ensemble ? Non. Sans la guerre, sans mon inexpérience, sans le danger, j'ai compris que je t'aimais pour toi, hors de tout, avec ou sans tes jupes rouges, tes briques chaudes, tes confitures de quetsches et ta williamine. C'est l'amour de toi seule qui m'a poursuivi de son pas tranquille alors que je fonçais vers l'Afrique, sûr de me rattraper où que j'aille, pour venir s'asseoir à côté de moi, comme une évidence, ce jour où je regardais, depuis ma chère île de Gorée, les navires quitter le port de Dakar. Voilà, je te l'ai dit. Je t'aime. Je me sens plus léger.

Une autre révélation m'est arrivée presque en même temps. Hermann ! A peine étais-je parti sur la moto, je me suis souvenu de la visite du docteur Meyer. J'ai compris sa longue visite quand tu étais malade. Quel risque a-t-il pris pour nous venir en aide ! Et quel courage t'a-t-il fallu pour m'épargner ! Et notre dernière nuit, avec ce poids sur le cœur !

Il m'est arrivé d'être brave, de cette sorte de bravoure dont les hommes font preuve parce que des événements qu'ils ont eux-mêmes provoqués les condamnent à être des héros pour ne pas être lâches ou morts. Ton héroïsme secret n'avait pour ressort que ton infinie délicatesse. Peut-être un peu d'amour aussi, me suis-je laissé aller à penser puisque je n'en saurai jamais rien. Je t'aime aussi pour cela.

Jules

Jules relit la lettre. Il la trouve ridicule. Maudite littérature ! *Stendhal, sors de mon corps !* Il ne déchire quand même pas la feuille, il la met dans une enveloppe, écrit l'adresse, la range dans un réticule de son écritoire. Il attrape son vieux djembé retrouvé, en tapote doucement la peau du bout des doigts.

Les Rattlers aussi sont rentrés. Derniers rapatriés, premiers dans les rues. En rangs serrés, dans un ordre parfait et leur musique à pleine puissance, ils font un triomphe dans les quartiers blancs où quelque deux cent cinquante mille personnes les acclament. Sur la Cinquième Avenue, le Harlem's Rattlers Band est applaudi comme dans un music-hall de Broadway. La Grosse Pomme est à eux, les premiers soldats revenus d'Europe à défiler dans Manhattan sont ceux du 15e régiment de la Garde nationale, ex-369e RIUS. Les gars de Harlem. Hayward a surpris tout le monde. Le temps que les troupes du Corps expéditionnaire organisent un défilé géant, il a joué sa carte. Les New-Yorkais s'impatientaient. Alors, plutôt que d'attendre d'avoir une place en queue de peloton – ou rien du tout – dans la parade officielle comme dans la course vers le Rhin, les Soldats de l'Enfer ont pris de vitesse ceux qui voulaient les éjecter de l'Histoire.

Et à Harlem ! De l'autre côté de Central Park, une foule innombrable est massée le long du parcours, les gens sont entassés aux fenêtres, accrochés aux échelles de secours, en grappes le long des façades de brique, sur des caisses, sur les bus, grimpés dans les pylônes, dans les arbres, les enfants perchés sur les épaules des pères et des grands frères, des drapeaux américains en papier, des banderoles, des calicots, des confettis, des ballons, des chants, des pleurs, des prières. Plus question de défiler dans l'ordre. On veut les toucher, les étreindre, les embrasser, les soulever, marcher avec eux pour grappiller un peu de gloire. Les tabliers rouges d'Alsace sont loin ; les épouses, les fiancées, les sœurs, les mères et les filles de Harlem habillées comme un jour de mariage se jettent dans leurs bras, les couvrent de baisers. Et toute la nuit, dans toutes les rues, une fête inoubliable. Les commerçants, les bars ont sorti leurs réserves, on mange et on boit gratis, il y a de la musique à tous les carrefours. Tout est oublié, le meilleur et le pire de la France, de la guerre, de la peur, du chagrin. Est venu le moment de la *Black Pride*, la fierté noire.

William Hayward est heureux. Vers trois heures, il réussit à s'extraire du joyeux chaos et trouve un taxi pour le ramener chez lui, Upper East Side, aux antipodes de Harlem. Ballotté dans le cab, il s'offre le luxe d'être satisfait de lui-même. Que d'efforts, que de désillusions pour en arriver là ! Machinalement, il caresse sur sa poitrine sa médaille préférée, la Croix de guerre. Le 13 décembre 1918, près de Munchhausen, le général Lebouc l'a décernée en grand apparat à tous ceux, morts ou vivants, qui avaient été recrutés à Harlem en 1917. Aucune autre unité combattante américaine n'avait encore eu cet honneur. Dix jours plus tard, les gars du 369e se sont fait offrir par le commandement français la plus belle fête de Noël qu'ils aient connue depuis longtemps, jamais, pour beaucoup d'entre eux. Comme soldats, ils avaient vécu le pire ; comme Noirs, ils ont pu croire que leur héroïsme allait changer leur condition.

William Hayward est honteux. Honteux d'avoir dû serrer la main du major général Pershing, commandant en chef des forces armées, qui ne les a pas laissés une minute dans l'illusion d'être des héros comme les autres. A peine arrivés au Mans, les humiliations ont commencé. A ceux qui avaient repris Séchault aux Allemands on a enjoint de suivre un entraînement au maniement des armes, comme la bleusaille à peine enrôlée, sous la direction d'un sous-fifre aboyeur. A Brest, où ils devaient être réembarqués, mélangés à près de quatre-vingt-dix mille hommes du Corps expéditionnaire américain, ils n'étaient plus qu'une poignée de Noirs au milieu de Blancs d'autant plus hostiles que circulait la rumeur de leur bravoure. Insultes, provocations à la bagarre, matraquages par la police militaire et mises au cachot à la moindre velléité de réplique. La grippe sévissait. Les centres de soins étaient loin du campement. Deux sont morts. Les navires de rapatriement leur passaient tous sous le nez, retour toujours repoussé. Des capitaines refusaient de prendre des négros à bord.

Ils viennent de connaître leur journée de gloire. Les acclamations de la Cinquième Avenue peuvent encore leur laisser un espoir, mais

– Hayward le sait –, dès qu'ils seront démobilisés, les Soldats de l'Enfer redeviendront les sous-citoyens qu'ils étaient avant. Ne restera, pour un temps, que l'orchestre des Rattlers pour en perpétuer la mémoire. Il pense aussi à Jules, étrange colon français d'Afrique, incroyable musicien. Que fait-il, maintenant, parmi les siens, sur le continent nostalgique des Noirs d'Amérique ?

Diane « Pickwott » Pequot

1

Les crabes bleus de Chinatown et la *pasta fresca* de Little Italy attirent parfois Diane Pequot dans ces quartiers populaires cosmopolites limitrophes du Financial District, l'enclave affairiste qui occupe la pointe extrême sud de Manhattan. Ce jour-là, elle flâne sur Canal Street, la frontière sino-italienne. Ici, pas de gratte-ciel gothiques qui se lancent des défis d'altitude et laissent à penser au piéton rêveur déambulant dans *midtown*, bouquet de tours gigantesques au cœur de Manhattan, qu'il est un petit enfant dans une forêt de séquoias géants. Pourtant, personne n'y rêve, sauf à s'élever de branche en branche jusqu'à la canopée de la réussite. Au sud, *downtown*, dans SoHo et les *villages*, comme *uptown* à Harlem, la brique et le fer construisent des quartiers de petits immeubles où les fenêtres à guillotine ouvrent sur des galeries avec des échelles de secours en fer qui descendent en traçant des Z le long des façades. La peur du feu façonne la ville. Sur chaque toit, une citerne d'eau comme il y en avait le long des voies ferrées pour ravitailler les locomotives de la Wells Fargo. Mais là non plus, personne ne rêve au Far West. Pas le temps. On pousse des chariots, on entasse des caisses dans des hangars, on charge, on vide des camions et des charrettes, on trimballe sur l'épaule des carcasses de viande ou d'énormes silures ruisselants, on étale des fruits et des légumes qui ne laissent imaginer aucune recette de ce monde, on coupe les cheveux à la mode de chaque coin de la Terre, on vend des poissons de combat de Chine et des chapeaux mous d'Italie, on mange des *tacos*, des *würtzel*, des *doughnuts*, des *chapati*, des *pizze* et même des galettes bretonnes, on parle toutes les langues, on travaille jour et nuit pour se faire une place dans le rêve américain, le seul possible.

A midi pile, ce mémorable jeudi d'été tardif, c'est l'explosion. Un son caverneux et bref, une onde de choc qui frappe les poitrines et les vitres, rebondit sur les façades de Broadway, ricoche sur l'East River jusqu'à Brooklyn. Puis il y a cet instant de silence où tout se fige, comme sur une plaque photographique. Et monte la rumeur. « Qu'est-ce que c'est ? Qu'est-ce qui se passe ? » Des secondes – des minutes ? – s'écoulent. Puis le mouvement reprend mais la fourmilière est désorganisée, aux aguets. Quelqu'un désigne une grosse volute de fumée qui monte vers le sud-est. Pas une colonne comme si c'était un incendie. Un nuage gris, presque rond, une bouffée que le vent disperse.

A midi cinq, les premiers camions rouges sortent de la caserne de Broome Street en sonnant frénétiquement. A midi et quart, le sud de Manhattan est un capharnaüm. Tous les véhicules autorisés, voitures de police, camions de pompiers, ambulances, chacun avec sa cloche, son klaxon ou sa sirène, et les taxis attrapés au vol par les premiers journalistes profitant du sillage des convois prioritaires, c'est la ruée.

Diane court quelques blocs vers le bout de Bowery, arrive sur Saint James, saute sur le marchepied d'un fourgon de l'hôpital Bellevue ralenti par l'embouteillage, crie : « Je suis infirmière ! » Personne ne fait attention à elle. Un kilomètre plus loin, tout est bloqué, elle termine à pied vers l'épicentre, Wall Street.

Il est midi et demi quand elle arrive devant le Federal Hall. Au pied de la statue de George Washington, il y a un vide que même les flics n'osent pénétrer. Les premières marches de pierre qui montent vers le péristyle à colonnes sont effondrées et, en demi-cercle, des automobiles gisent, déchiquetées, retournées. Et tous ces corps ! Cent, deux cents ? La rue en est jonchée. Parmi les plus éloignés du cratère, certains se tordent, gémissent ; les plus proches sont hachés, mêlés aux débris d'un chariot et des restes d'un cheval amputé jusqu'au garrot. Une odeur de poudre, de sang, de caoutchouc brûlé.

Diane se surprend d'être aussi stoïque. Mais elle réalise son impuissance. Les équipes médicales s'affairent, elles ont du matériel, des brancards. Elle s'approche de ce qui semble être un médecin. « Je suis infirmière, je peux aider. » Le type la regarde : « Les gens de couleur, s'il y en a, seront transférés à l'hôpital de Harlem. C'est là qu'on aura besoin de vous. Allez-y. » Elle ne trouve rien d'autre à dire que « Oui, bien sûr ». Les Noirs avec les Noirs, les riches avec les riches, morts ou vifs. Alors, que ces Blancs en chapeau melon, vivants ou pas, aillent se faire voir. Diane quitte Wall Street, rejoint les grands boulevards, s'enfonce dans la station Broadway de l'IRTC Subway tout neuf et bondé qui va l'emmener en brinquebalant jusqu'à la 125e Rue, à deux pâtés de maisons de chez elle, Harlem. L'hôpital, elle connaît. Pas la peine de s'y précipiter, pourquoi y aurait-il afflux de victimes noires ? Qu'auraient pu faire des Noirs à Wall Street, sinon balayer la rue ou livrer du courrier ?

Dès le soir, les journaux s'arrachent. Mais à part décrire la scène, les journalistes n'ont rien à dire, sauf la certitude que celui qui a réglé la bombe voulait faire le plus grand nombre de victimes possible. A deux pas du carrefour des rues commerçantes Broad et Wall, devant le siège de la banque J.P. Morgan, le chariot était bourré de dynamite et de boulons. Beau temps, pause déjeuner, la finance va vers les bars de Broadway ou marche vers les quais pour échapper un moment à la frénésie du New York Stock Exchange.

Le lendemain, Diane entend les crieurs de journaux : « TERREUR ANARCHISTE À WALL STREET ! Trente-huit morts, deux cents blessés ! » Elle achète le *Wall Street Journal* et le *New York Times* de ce 17 septembre 1920. Personne ne soupçonne les Noirs. Au moins provisoirement, la haine du Blanc anglo-saxon pour ce qui est étranger se focalise sur les nouveaux migrants venus d'Europe avec leurs idées communistes. On arrête plus de Sacco, de Vanzetti et de syndicalistes que de « Mr. Brown ». La Peur rouge fait diversion.

Comme elle le prévoyait, il n'y a pas eu d'afflux de blessés à l'hôpital de Harlem. Seulement deux Noirs sont arrivés du lieu de l'attentat. Morts. Un coursier qui sortait de la J.P. Morgan et un autre malchanceux dont on ne sait ce qu'il fichait là à ce moment précis. Un type sans papiers ou dont les documents se sont perdus dans le monceau de vêtements mêlés aux débris humains. « Pas identifiable », a dit le gros flic roux qui se bouchait le nez en accompagnant les civières. Personne ne l'a encore réclamé, il y a tant de ces gars seuls ! Donc pas plus de travail que d'habitude pour Diane. Mais, sur le point de s'en aller, elle se fait accrocher par son amie Leslie, du service médico-légal, qui l'entraîne presque de force vers le sous-sol.

— Faut que tu voies à quoi ressemble mon job. On est copines, non ?

Un grand monte-charges grillagé les amène à un long couloir carrelé de céramiques bleu pâle que les lampes vacillantes rendent plus blafardes que nature. Dans les étages supérieurs, ça sent l'éther et la soupe, ici c'est un bouquet de désinfectant, de formol et de pommade mentholée que les employés se mettent dans les narines quand l'odeur de mort est trop forte. Ouvrant la marche, sans se retourner, la voix forte de Leslie résonne entre les murs :

— Tu vas voir les types qu'on récupère ici… Les suicidés du vingtième étage, les pendus, les noyés, les aplatis de la route, les brûlés du barbecue, les explosés du gaz, les découpés à la scie, les attachés à la voie ferrée… et nos hommes, quand on les laisse jouer à la guerre.

Ouvrant la porte de la pièce où s'alignent sur trois rangées des tiroirs réfrigérés, elle tourne vers Diane son visage dont la blouse verte et la lumière du plafonnier exagèrent les traits fatigués. Entre ses lèvres fines qui forment ce qui pourrait ressembler à un sourire, elle poursuit à voix basse, comme s'il ne fallait réveiller personne :

— Ils sont exactement dans l'état où tu voudrais voir ton mec qui s'est barré avec ta meilleure amie. Tu vois ?

Leslie soigne le mal par le mal. Son idée est de se rendre l'horreur si banale qu'elle finira par supporter la représentation imaginaire de la mort de son *fiancé*, enterré quelque part en France dans un bled au nom imprononçable. *Pas d'amoureux, pas de chagrin !* En corollaire de sa posture cynique, la philosophie de Leslie est de ne plus jamais, *plus jamais, plus jamais, t'entends ?*, tomber amoureuse.

Là où Leslie à raison, c'est qu'avant la boucherie de Wall Street Diane n'avait soigné que des soldats amochés mais déjà rafistolés, bien propres, présentables. Comme premier emploi, elle avait pourtant trouvé ça assez dur, tous ces beaux mecs avec un truc en moins, cassés, définitivement hors jeu de la vie. Le pire, c'était les regards déments. Heureusement, elle n'avait ni parent, ni ami, ni mari, ni amoureux, pas même un flirt de jeunesse engagé dans l'armée qu'elle aurait pu retrouver dans les cargaisons de blessés en provenance de France que les navires-hôpitaux débarquaient en masse dans le port. Pas comme son autre camarade infirmière, Georgia. Son mari est bien revenu, lui, mais un bras en moins. Il s'est mis à boire et à lui coller des raclées avec sa main disponible. Alors, quand elle a eu épuisé son stock de compassion et presque toutes ses économies dans la gnôle, elle l'a mis à la porte.

— Tu sais, Leslie, c'est gentil de faire mon éducation, mais, hier, j'y étais, à Wall Street, on ne pouvait même pas voir à qui appartenaient les bouts de tous ces gens.

— Ah, bon ? Pardon. Je savais pas. Et alors, tu as tenu le coup ?

— Même pas vomi.

— Et tu as participé… je veux dire…

— Non, tu parles. Si j'avais dû vomir, c'est plutôt sur les godasses du médecin qui m'a dit d'aller me faire voir à Harlem.

— Et moi, je te conseille d'aller te faire voir dans ta campagne, chez ta mère. Tu fais la fanfaronne, Diane, mais moi je sais…

— Mais toi, Leslie, tu sais quoi ?

— Rien.

— Très bien. Thanksgiving approche. Bon prétexte pour faire ce que tu dis sans admettre que tu as encore raison. Salut, ma belle !

2

Leslie avait raison. Les semaines passant, en Diane s'estompait l'horreur du spectacle mais grandissait le sentiment d'injustice, à cause de sa *race*, de n'avoir pas été simplement vue comme une professionnelle, une infirmière utile pour sauver des vies à Wall Street. Elle faisait des rêves de haine, elle se réveillait en colère. Alors, ce dernier mercredi de novembre, veille de Thanksgiving, Diane est en route pour la Nouvelle-Angleterre yankee, le Massachusetts, le comté maritime de Bristol, Dartmouth, son village natal, abolitionniste de la première heure, et, au milieu des bois, l'oasis de tolérance qu'est l'école que dirige sa mère, la Paul Cuffee School, la première d'Amérique ouverte aux enfants de toutes les couleurs.

Dans le train, pas de ségrégation légale. Pourtant, la femme blanche à côté de laquelle Diane s'est assise au départ de Penn Station a préféré se déplacer. Tant mieux, la place côté fenêtre s'est libérée. Et au fil du voyage jusqu'à l'arrêt de Providence, à part un voisin noir et trois passagers blancs entre deux arrêts proches, le siège contigu est resté inoccupé. Le train était pourtant plein. Diane a l'habitude. Le métro, les tramways, les bus à impériale de Manhattan, les files d'attente dans les magasins, aux guichets des administrations, tous les lieux publics hors de la zone *Coloured only*, qui ne s'affiche pas dans le Nord bien-pensant comme dans le Sud ségrégationniste, l'ont rendue insensible à ces brimades quotidiennes. Elle ne court aucun danger pour sa vie, elle sait qu'elle ne sera ni bousculée ni insultée, alors, ce mépris, cette arrogance muette du Blanc, elle s'en fiche, sauf quand on l'empêche de faire son devoir. Elle chasse le retour de cette vilaine pensée et, au moment où le train franchit l'East River par Williamsburg Bridge et traverse Brooklyn, elle trouve qu'il y a finalement du bon à disposer d'un peu d'espace et de la vue sur le paysage. C'est le moment qu'elle préfère. Le matin, le soleil frappe de plein fouet la grande falaise d'immeubles qui a poussé sur Manna-hata, « l'île aux collines » des Indiens Algonquins. Elle a cent raisons de la détester, pourtant elle admire cette sculpture immense bâtie à la seule force de l'orgueil blanc.

Puis, alors que le temps se couvre, s'enchaînent des banlieues industrielles de brique rouge avec leurs grandes cheminées fumantes, des campagnes brunes des labours d'automne d'où émergent des silos qui ressemblent à d'épais crayons taillés, et, par intermittence, la mer, qui rentre dans de vastes estuaires traversés par des ponts de fer sous lesquels passent de lents navires sombres aux panaches noirs. Diane regarde défiler les Roaring Twenties, ces années vingt que l'on n'appelle pas encore ici « rugissantes » parce que personne ne sait que la décennie qui commence va être l'une des plus insouciantes, des plus inventives et des plus prospères de l'histoire des Etats-Unis. Les Années folles.

Diane descend à Providence, se restaure au buffet de la gare en attendant le bus pour New Bedford, arrêt à Dartmouth. Elle arrive à la tombée de la nuit dans ces lieux familiers quittés un peu fâchée mais toujours retrouvés avec une larme. Elle attend un moment seule, sa valise posée sur l'herbe mouillée du bas-côté. Les pluies sont venues. Courbés sous l'averse, les arbres laissent tomber, pesantes, leurs dernières feuilles. Les cheveux crépus qui perlent, les souliers crottés, elle se souvient de son enfance quand elle rentrait au chaud, trempée, le teint rouge comme la petite Indienne qu'elle est à moitié. Un coup de vent, un érable s'égoutte sur son manteau bien resserré autour de la plus jolie robe de son désordre vestimentaire ordinaire, sur ses joues, ses cheveux, ses yeux, ses larmes du retour.

Une pétarade de moteur, le pinceau des phares, le bus scolaire ! Antédiluvien, toujours vaillant, haut sur pattes avec des pneus étroits comme ceux d'une charrette, sans pare-brise, juste couvert d'une bâche. Sur son flanc est peint *Paul Cuffee School.* Pourquoi pas Ruth Benson, la fondatrice, sa grand-mère ? Petite, elle ne s'était jamais interrogée. C'était comme les noms des rues, on ne les questionne pas. Il aura fallu qu'elle en parte, qu'elle fasse ce long détour par la grande ville et que tout explose, aussi dans sa tête… Le coup de klaxon la tire de ses pensées. La silhouette de cap-hornier qui est au volant se penche vers elle. En veste caoutchoutée remontée jusqu'aux joues, suroît de marin jusqu'aux yeux, lunettes de coureur automobile, c'est Liberty, sa mère.

— Prends la toile cirée sous le siège et monte, je te ramène au sec.

Trois kilomètres plus loin, le tacot arrive dans une sorte de clairière où se trouve l'école sans murs ni grilles, avec une cour carrée fermée sur trois côtés par les classes et leurs annexes, autrefois bâtiments de ferme. Au milieu, un grand arbre déplumé qui, dès le printemps, cache à moitié la « résidence directoriale ». C'est le nom que Diane et son frère donnaient à cette maison à un étage où ce qui fut jadis une écurie en rez-de-chaussée abrite la salle à manger, le salon, la cuisine et leur petite chambre. Au premier, celles de Ruth et de Liberty, et, grand luxe, une « pièce de toilette » où l'on monte des brocs d'eau chauffée en bas. Et, côté nord, un grenier sombre rempli comme un œuf d'un inextricable fatras.

Le bus garé à l'abri et les vêtements de pluie mis à égoutter dans la remise, les deux femmes courent vers la maison. En tapant des pieds sur les marches pour laisser la boue dehors, Diane sent déjà les mémoriels parfums sucrés de la maison auxquels se mêlent, l'été, ceux de la glycine accrochée à la façade et, l'hiver, celui des bûches qui brûlent dans la cheminée. Au-dessus de l'entrée, le panneau *Paul Cuffee School.* Diane demande enfin :

— Maman… Je ne m'étais jamais posé la question : pourquoi le nom de Paul Cuffee plutôt que celui de Granma ?

Liberty la regarde d'un air à la fois étonné et amusé.

— Il n'est jamais trop tard pour s'instruire, ma fille ! Sache que lorsque ta grand-mère a repris cette ancienne école, elle était abandonnée depuis plus de cinquante ans. Elle avait été fondée un peu avant 1800 par Paul Cuffee, noir et indien, comme toi, qui voulait offrir de l'instruction aux enfants de toutes les races. Maman a repris le flambeau. Voilà, Diane, tu sais tout. On entre, ou on meurt de pneumonie ?

Trente minutes et beaucoup d'effusions plus tard, trois générations de femmes couvrant plus d'un demi-siècle d'histoire étasunienne sont devant les bols fumants d'un *clam chowder*, la très bostonienne soupe de palourdes à la crème. Dans cette maison, personne ne dit de prière à haute voix avant de manger. N'a été conservé que le rituel fraternel de se tenir un instant en silence par les mains pour se réjouir d'être réunis autour d'un repas. Diane ne ferme pas les yeux. Il sera bien temps à New York de le faire pour se remémorer ces retrouvailles entre femmes, car il manque Weston Benson, le petit frère de Liberty. Oncle West, comme l'appelle Diane, marin souvent parti, ne viendra que demain et laisse vide pour l'instant un quartier de la table ronde. Diane reconnaît le service blanc et la nappe à fleurs. L'inverse sera pour demain, jour de fête. Décor toujours retrouvé, tout lui semble immuable. Née et élevée ici, le monde entier était contenu là, entre la cheminée, les fauteuils et la table à thé recouverte d'un napperon en dentelle, le petit meuble tournant pour les livres, la boîte à ouvrage, le tapis brûlé par des braises, le papier peint à rayures délavées où s'accrochent quelques cadres enserrant des gravures de mer, des paysages champêtres. Pas de portraits.

Dans sa main droite, Diane serre celle, forte et fraîche, de sa mère. Liberty Pequot, du nom de la tribu d'Annawan, l'Indien dont elle était tombée amoureuse, gamine, dans cette même école. Annawan est mort à la fin juin il y a quatorze ans, dans le même accident de débardage forestier qui a aussi emporté leur fils Aquinnah, le frère aîné de Diane. Comme les blessés de Manhattan, avec Ruth et Liberty elle est restée longtemps le cœur, la tête, les bras, les jambes dispersés. Puis elles ont fini par se relever, se cramponnant l'une à l'autre. La rentrée de septembre approchait, les mômes de l'école ne laissaient pas de place au deuil ni à l'apitoiement. Il fallait que la vie reprenne. Elle a repris. Mais pas comme avant. Elles avaient réalisé qu'en s'effondrant l'amoncellement de troncs d'arbres de la scierie qui avait tué les deux hommes de la maison avait aussi enseveli Dieu. Dieu, seulement lui. Pas leur foi en un monde meilleur. La vie devait continuer avec une autre espérance, à condition d'oublier *avant*.

Alors, d'Annawan et d'Aquinnah, pas une photographie, plus un mot. De leurs conjugaisons, les deux institutrices ont banni le temps passé. Diane a respecté ce silence. Mais, presque adulte, elle a su qu'elle ne resterait pas à Dartmouth. Qu'elle n'enseignerait pas. Elle est partie, est devenue infirmière, s'est réparée en réparant les gens. Maintenant, évoquer sa vie au temps de son père et de son frère ne lui fait plus peur.

Elle tourne son regard vers sa mère. Liberty. Liberté. Liberia, son pays natal en Afrique. Elle n'en sait rien d'autre que ce joli nom, comme ceux finissant en *land*, des royaumes inventés dans les contes. Cette histoire-là, pourquoi ne la connaît-elle pas ? Comme pour Paul Cuffee, il doit suffire de demander au bon moment.

Dans sa main gauche, elle tient celle, tremblante, de Ruth. Une main osseuse, fragile, à la peau presque trop douce, polie par les années, toujours gracieuse comme son visage, bien qu'amaigri et ridé. Le blanc de ses yeux est à peine jauni et son regard, souvent lointain, est encore vif quand elle émerge de son monde intérieur. De sa Granma chérie, confidente et consolatrice, Diane sait en réalité très peu. Cela tient en quelques lignes : Ruth Benson, née Skipwith, quatre-vingt-quatorze ans, veuve depuis soixante-quatre ans de Stephen Benson, mort en Afrique où elle vécut vingt-cinq ans ; issue d'une famille d'esclaves de la plantation de Bremo, en Virginie, où elle est née libre grâce à une histoire d'amour très confuse. Qu'est-ce qui les a conduits là-bas ? Pourquoi revenir ? Pourquoi ici, au lieu de New York, comme tout le monde ?

Diane, en guise de prière et sans bien savoir à qui elle adresse sa requête, fait le vœu que s'éclaircissent ces mystères, mais, pendant tout le repas, c'est plutôt au tour de Ruth et de Liberty de l'interroger. Sujet principal : l'attentat de Wall Street, la vie dangereuse à Harlem, le dur travail d'infirmière. Et « Tu as des amies ? » pour ne pas demander si elle a un amoureux. A la fin du souper-interrogatoire, Diane pense que sa supplique pourrait bien être exaucée quand, se levant pour aller se coucher, Ruth dit, d'un air de conspiratrice :

— Demain, après déjeuner, j'aurai quelque chose à vous montrer et à vous dire.

Pluie toute la nuit. Les ondées tournent autour de la maison avec le vent atlantique, de plus en plus fort. Le craquement des arbres malmenés et des branches mortes qui tombent, une hache cognant au loin sur un tronc déraciné qui a dû barrer la route pour qu'on travaille un jour de Thanksgiving, c'est tout ce qu'elle entend à son réveil alors que la tempête redouble. L'école n'aura pas d'élèves avant quatre jours. Dans la résidence directoriale, Diane reste au lit le plus longtemps possible, à imaginer ce qu'elle va trouver dehors quand elle ouvrira les volets. S'il voulait bien pleuvoir un peu moins, elle irait sur les dunes voir la mer gris et blanc, les nuages gris et blanc, les goélands gris et blanc. En enfilant ses pantoufles antédiluviennes, elle se demande ce que Granma Ruth a de si important à dire. Sur le principe, elle comprend bien qu'à cet âge exceptionnel elle veuille profiter de l'occasion pour un discours d'adieu anticipé.

Surtout que, connaissant sa grand-mère, cela ne risque pas d'être pleurnichard. Mais quoi ?

Dans la matinée, il n'est question que de dinde à préparer comme ci ou comme ça, d'embaucher l'oncle Weston, quand il arrivera, pour rentrer du bois et balayer les feuilles. Le déjeuner est un peu bizarre. Comme le dessert doit être le moment des révélations, Diane et Liberty n'échangent que des petites nouvelles, causent du mauvais temps, de la marche de l'école. Ruth, mutique, s'amuse de ce bavardage bouche-trou. Puis, enfin :

— Bon, les filles, écoutez-moi. Diane, tu peux tirer un peu ma chaise en arrière ?

C'est le moment. Mieux installée, Ruth commence :

— Je ne vous ferai pas le discours « mes enfants, l'heure est venue, je suis maintenant bien vieille », comme dans les histoires. Voilà. En 1865, en quittant l'Afrique, j'ai non seulement emporté mes deux chéris, toi, Liberty, et ton frère Weston, mais aussi…

— Une petite valise pour tout bagage !

Liberty et Diane ont parlé en même temps. Elles connaissent ce récit-là par cœur.

— Eh bien non, justement, jeunes impertinentes, il y avait autre chose. La petite valise, c'était la version officielle de l'histoire qui s'intitule « A la mort de son papa Julius, grand-mère Ruth quitte le Liberia et repart de zéro en Amérique »…

— La version officielle ?

— La réalité, Liberty, c'est que j'avais aussi l'énorme malle de marin de mon père. Dedans, c'est la vie entière de Julius Washington et celle de ton pays natal.

— Dans une malle ? Il y a quoi, dedans, Granma ? Dis-nous !

Dans un bel ensemble, Liberty pose la main sur le bras de Ruth et Diane fait glisser sa chaise vers celle de sa grand-mère.

— Ouh là, les impatientes, laissez-moi respirer ! Voilà, dedans, il y avait quelques objets personnels comme sa pipe à couvercle, des instruments de navigation, des crayons et des porte-plume pour écrire et dessiner, une chambre photographique à plaques, tout cela sans autre valeur que sentimentale. Le reste, c'est du papier. Mais quel papier ! Des archives. Trois volumes de ses Mémoires et tous les documents qui ont servi à les écrire, notes et lettres. Pour vous, pour les historiens, c'est de l'or.

— On peut voir ?

— Attends, Diane. Je veux aussi vous dire que papa était un magnifique peintre. Il a laissé des dizaines de dessins, pastels, aquarelles. Et aussi de superbes portraits, dont un de ma mère quand il en est tombé amoureux. Une beauté ! Il y a aussi des photos, car il a été le premier photographe noir des Etats-Unis. Vous trouverez des images de cette côte d'Afrique, de ses premières découvertes, jusqu'aux drames qui ont provoqué notre retour ici.

Ruth connaît toutes les ruses pour tenir en haleine une classe entière. Elle a lâché le mot, l'air de rien, et elle fait comme si la conversation était terminée, comme si Diane et Liberty étaient déjà parties. Elle se recale dans les coussins, ferme les yeux. Evidemment, la plus curieuse demande :

— Quels drames, Granma ?

— Vous verrez. Montez ! Pour un premier survol, je vous conseille de picorer chacune dans un volume de ses cahiers : le premier, *La Terre promise de Paul Cuffee*, est pour toi, Diane, l'idéaliste ; toi, Liberty, qui te demandes toujours pourquoi nous sommes partis de là-bas, le troisième, *Les Oreilles du loup*. Le second, *En quête d'un pays rêvé*, plein d'histoires de mer et d'explorations en bateau, sera pour Weston. Mais il faut tout lire. Remettez trois bûches pour que je n'aie pas froid en vous attendant et allez-y ! La malle est au pied de mon lit, le postier m'a aidée à la tirer du grenier.

Ruth fait un geste de la main comme on chasse une mouche et les regarde monter en courant l'escalier vers sa chambre comme des gamines vers les cadeaux de Santa Claus. Elle reste là, la tête un peu ailleurs, à regarder tantôt la cheminée et le feu, tantôt la fenêtre et les traits obliques de la pluie. Elle est heureuse. Elle s'assoupit plusieurs fois, réveillée par des exclamations. Pendant trois heures, fille et petite-fille exhument, ouvrent, referment, font des piles, rient, pleurent. Et, surtout, lisent. Maintenant qu'elles savent où se trouvent les réponses à des questions qu'elles ne se sont même jamais posées, elles se jettent sur les deux volumes de Mémoires recommandés par Granma.

Dès les premières pages de *La Terre promise de Paul Cuffee*, Diane est en voyage. Voyage d'autant plus facile qu'il commence juste à côté de là, à Westport Point, petit port de Westport, le village voisin. Tel que le décrit Julius Washington, presque rien n'a changé depuis ce fameux 25 mars 1807 : les pontons de bois sur pilotis plantés dans la vase de l'estuaire de l'Acoaxet, les courants de la marée qui monte et descend, le temps de changer de flanc les bateaux échoués pour gratter les coquillages et goudronner les coques, les hangars avec les filets et les casiers à homards. Il décrit même le Paquachuck Inn, à l'époque petit bistrot de pêcheurs, quincaillerie de marine et atelier de voilerie. C'est devenu une auberge et un restaurant réputé. Elle en est au moment où Julius arrive sur le quai et découvre la brigantine de Paul Cuffee prête à appareiller pour Liverpool, chargée du « coton de Géorgie, ambassadeur de la cause des esclaves auprès de la Couronne d'Angleterre », quand Liberty vient s'asseoir à côté d'elle sur le lit, son livre à la main.

— Diane, écoute ça ! Julius est devenu le régisseur d'un planteur de Virginie ! Je ne sais pas comment cela s'est fait, il faudrait que je lise le volume numéro deux, mais celui-ci commence par une discussion qu'il a eue avec le maître des lieux, un type étonnant qui croyait en l'avenir des machines agricoles. Malin, cet homme ! Il favorisait discrètement les évasions de sa plantation alors que les autres propriétaires envoyaient des chasseurs d'esclaves aux trousses des fuyards. Tu te rends compte ?

Diane écoute distraitement, elle est en mars 1807, à l'intérieur du bateau que visite Julius, apprenti journaliste de dix-huit ans. Il vient de faire la connaissance du capitaine Paul Cuffee, homme aux projets bien plus vastes qu'une école interraciale dans le comté de Bristol. Sans lever les yeux du livre, pour montrer qu'elle ne veut pas qu'on la dérange, elle murmure :

— Ah, oui, c'est étonnant.

— C'est fou, tu veux dire ! En 1840, vingt-cinq ans avant l'abolition, le maître George Hartwell Cocke soutenait que l'économie du Sud, fondée sur l'agriculture et la violence esclavagiste, était condamnée, alors que le Nord misait sur l'industrie, le machinisme et l'emploi salarié. Pour lui, ça allait mal finir. En fait, il prédisait la guerre civile. J'en suis arrivée au moment où Julius et sa femme Diana – tiens, tiens ! –, affranchie par le mariage, annoncent qu'ils vont partir au Liberia avec Ruth et Paul.

Liberty est en pleine romance sudiste. Une version de *La Case de l'oncle Tom* qui finirait bien. Au Liberia en plus, comme dans le roman de Stowe ! Elle en a presque les larmes aux yeux.

— Quand je pense que tout était là, dans notre maison !

Diane est ailleurs. Elle est en train de courir derrière Julius, qui se presse sur les chemins de côte pour livrer le premier article de sa vie à la rédaction du *Mercury* à New Bedford. Elle adore la manière que son aïeul a de raconter : *De mon trajet de retour, je ne me souviendrai de rien, sauf d'avoir jeté au fil de ma course vers la ville les brouillons chiffonnés de mon article réécrit cent fois dans ma tête. Arrivé au journal, je le connaissais par cœur.*

Deux heures plus tard, elle a dévoré les cent premières pages, jusqu'au moment où Julius, embauché par Paul Cuffee pour tenir la chronique de ses voyages, arrive pour la première fois en Afrique, en 1811. En Sierra Leone, dans la baie de Freetown, il fait la connaissance d'un aventurier français qui, avec un superbe voilier de course, trafique les cigares de Cuba, l'or du Mexique et les esclaves d'Afrique malgré l'interdiction de la traite. Julius savait raconter les histoires, mais aussi décrire les paysages, faire ressentir les atmosphères, comme ce premier jour où, du *Traveller*, le brick-goélette de Cuffee, il regardait de loin Freetown, la capitale, mi-village africain, mi-bourgade coloniale anglaise : *Avec le soir tombe une brume de mer bleutée. Les fumées réunies de cent feux allumés dans les cours barrent le paysage d'une strate ocre de plus en plus épaisse. L'Afrique prend des allures extravagantes.*

Mais, comme le réveille-matin qui sonne au milieu d'un rêve, la voix de la raison arrache Diane à sa lecture :

— Dis voir, ma fille, il est cinq heures passées. On devrait redescendre.

Elles reviennent dans la grande pièce la tête encore pleine d'images. Liberty va faire chauffer l'eau pour le thé, Diane vient s'accroupir devant sa grand-mère, dont elle enserre les genoux de ses bras.

— Granma, il faut faire rééditer ces textes ! Pour ce que j'en ai lu, c'est formidable ! Un vrai roman !

Ruth pose sa main sur la tête de sa petite-fille, lui sourit comme une très vieille dame heureuse.

— Ce n'est pas un roman, Liberty, c'est ma vie.

C'est alors que Weston fait son entrée, caban ruisselant sur un corps massif à peine voûté et casquette de drap sur une tête ronde, loin de la représentation habituelle du loup de mer émacié. Retrouvailles, embrassades. Mais bien entendu, avant même de pouvoir se coller contre le feu, il est sommé par sa sœur et sa nièce d'aller voir la malle dans la chambre du haut, de lire au moins le début d'*En quête d'un pays rêvé*, le tome II. Weston parti à la chasse au trésor, Diane revient vers Ruth, s'assied sur l'accoudoir de son fauteuil, passe son bras sur ses épaules.

— Granma, j'ai l'impression d'avoir une nouvelle famille ! Julius est maintenant tellement vivant ! Je le vois arpenter les quais et les dunes, dessiner sur le pont des voiliers, affronter des tempêtes et jeter l'ancre en Afrique, rencontrer des forbans et des rois africains ! Je l'aime, ce garçon. Il était beau, en plus, je parie.

— Papa était un bel homme, en effet. Mais surtout, il avait un regard intelligent et bon. C'était son charme. Quant à Diana…

Ruth se penche, saisit le cadre avec l'aquarelle représentant Diana alors qu'elle était en train de tomber amoureuse de Julius au point de faire trembler les tasses en servant le thé au maître qui recevait le jeune homme pour la première fois à Bremo. Julius, sous prétexte de s'entraîner à l'art du dessin et de la couleur sur les habitants du manoir, avait fait ce petit tableau qui pourrait s'intituler *Jeune femme au regard éperdu*.

— Tu vois, Diane, pour moi ce portrait est une double déclaration d'amour. On voit qu'elle est frappée par la foudre, mais seul un amoureux a pu la peindre comme ça. Les peintures qu'il a faites de George Hartwell Cocke et de sa femme Ann sont nettement plus académiques.

— Tu te souviens de la plantation de Bremo, Granma ?

Ruth fixe encore silencieusement le visage de sa mère, puis :

— Juste quelques images, quelques scènes, quelques figures vues à hauteur d'enfant. Tiens, par exemple, je me souviens très bien du jour du départ de la famille Skipwith, les parents, les deux frères et la sœur de Diana. Je ne connaissais pas encore ce mot, mais c'était exactement le genre… pardonne-moi, ce n'est pas leur faute… d'abrutis qu'on envoyait en Afrique. Serviles et obséquieux d'un côté de l'Atlantique, arrogants et dominateurs de l'autre. Ce qui ne les empêchait pas de réclamer sans cesse de l'argent. Je me souviens de la colère de papa.

— Tu n'exagères pas un peu, Granma ?

— Non, ma chérie. J'en veux particulièrement aux Skipwith parce qu'ils étaient des privilégiés parmi les esclaves de Bremo. Gardes forestiers, charpentiers, domestiques. Ils ne recevaient jamais ni coups ni insultes. Mais ils auraient plutôt fouetté leurs frères dans les champs, comme ils l'ont fait avec les indigènes au Liberia. Le fils aîné s'est inscrit là-bas dans une milice et a rapporté au gouverneur la tête d'un chef de tribu. Je ne m'étais pas trompée sur ces gens.

J'étais contente de les voir déguerpir, de garder maman pour moi, elle, si naturellement fine et instruite par papa et Ann, la femme de George Hartwell. A mon frère et à moi, nos parents faisaient la classe. Voilà. Liberty, sers-moi encore du thé, parler donne soif.

Liberty lui tend une tasse qu'elle saisit d'une main mal assurée.

— Ouh là, les filles, je ne suis pas amoureuse mais je fais aussi trembler la porcelaine ! Tu as dû lire ça, Diane. J'adore ce passage.

— Et le Liberia, Granma ? Tu te souviens ?

— Ma petite-fille, tu me fatigues. Tout est raconté dans les livres.

— Non, mais toi, personnellement ? C'était comment ?

— Un souvenir, et puis j'arrête. Je me souviens de notre arrivée à Monrovia sur ce bateau, le *Nausicaa*. J'avais seize ans. Je revois le promontoire rocheux où on allait, plus tard, avoir notre maison. Cette hauteur s'appelait Mamba Point. Je trouvais ça incroyable. Nous y sommes montés dans des sortes de chaises en tissu, des *hamocs*, portées par deux hommes. C'était les taxis. Les bourgeoises ne voulaient pas souiller leurs souliers dans la boue ou la poussière. J'avais un peu honte mais je me disais que ça donnait du travail à des centaines d'indigènes. On a pris deux chambres dans une auberge. Mon frère Paul regardait l'océan par la fenêtre. Il m'a dit qu'il avait adoré la traversée de l'Atlantique et qu'il serait marin. Cela m'a fait rire. Quand, neuf ans plus tard, il s'est embarqué pour la France à bord du *Princess Ruth* – c'était vraiment le nom du bateau ! –, j'ai été triste, mais je me suis dit que cela devait être écrit quelque part.

Diane et Liberty allaient encore poser d'autres questions quand Weston revient avec les trois volumes et des planches de dessins qu'il pose sur le napperon de la table à thé.

— J'ai rarement vu des croquis côtiers aussi bien faits et aussi beaux. J'ai l'habitude des travaux des cartographes de marine, à côté, ce sont des gribouillages. Quel artiste !

Ruth fait signe à Weston de lui en passer un. Elle le regarde en souriant, caressant le dessin du bout des doigts.

— Pas seulement un artiste. Ses croquis de la côte africaine étaient d'une telle précision que le président Jefferson lui a demandé d'établir des cartes d'atterrissage pour la Navy. Les Etats-Unis cherchaient des ports-abris pour mener la lutte contre la traite transatlantique. A l'état-major, Julius a fait découvrir ces côtes, le cap Mesurado et sa baie abritée, embryon de la future république du Liberia, où les premiers colons ont pu débarquer en sécurité. C'était en 1822. Julius avait trente ans.

Weston reprend les dessins, les regarde en expert. Diane se penche, observe les planches à l'envers et demande :

— Oncle West, tu te souviens aussi, toi, de cette époque ?

— J'avais quatre ans quand on a quitté Monrovia. Je n'en ai aucun souvenir. Comme si je n'y étais jamais allé. Et toi, Liberty ?

— Deux souvenirs, seulement. J'avais six ans. Le premier, je me balance dans une chaise à bascule sur la terrasse de notre maison. Mes pieds ne touchent pas le sol. Tout en bas, il y a la mer. Avec le mouvement, elle va, elle vient, comme moi. Je me fais peur à l'idée d'être catapultée dans les vagues, en bas de la falaise. Le second, je suis sur le pont d'un vapeur qui sent le charbon et envoie des escarbilles noires sur ma robe rose. J'étais désespérée. Peut-être étais-je assise sur la fameuse malle !

Cela fait rire Diane. Sa mère en robe rose dans la fumée d'un steamer au milieu de l'Atlantique ! Elle pose la main sur la pile de livres comme si elle espérait que leur contenu allait se diffuser dans ses veines et porter jusqu'à son cerveau cet énorme héritage mémoriel.

— Mais, maman, pourquoi avoir gardé ces secrets si longtemps ?

Ruth se demandait quand la question allait venir. Avec le sourire un peu las du tricheur démasqué mais fair-play, elle fait la réponse préparée depuis longtemps :

— Peut-être ne voulais-je pas que vous vienne la curiosité de ce pays. Vous auriez été capables d'y aller voir ! Toi, Weston, pour y naviguer, Liberty pour y instruire les indigènes, et toi, Diane, pour les soigner. Non, ce pays ne vous méritait pas. Il a une histoire triste dans laquelle les Noirs d'Amérique ont eu le mauvais rôle. Il fallait que passe assez de temps pour que vous soyez tous bien ancrés dans la vie américaine, dans vos combats d'ici. Ma vie entière me paraît avoir été un bon délai d'attente. J'ai surtout pensé à toi, Liberty.

— A moi ? Pourquoi moi ? Qu'est-ce que j'y aurais fait de mal ?

Liberty s'est raidie. Ruth voit passer sur son visage l'expression de son père Stephen, celle des gamins face à l'injustice. Elle lève la main en signe d'apaisement.

— Tu n'aurais rien fait de mal. Je ne parle pas de cela. Ce que je veux dire, ma fille, c'est que tu as épousé un homme d'ici, le fils d'un peuple autochtone, de ceux que des Blancs ont persécutés. Ton histoire ne devait pas être reliée, même de loin, à une lignée d'oppresseurs.

— Des oppresseurs ? A ce point ?

Ruth se cale dans ses coussins, boit une gorgée de thé, à nouveau prête à une longue explication qu'elle sait sensible. Elle prend son ton de prof.

— Je te résume ce que tu liras en détail dans les Mémoires de Julius : à leurs esclaves les plus encombrants, les moins productifs et les plus agités, les planteurs du Sud offraient la liberté en échange d'un aller simple dans les bateaux du Grand Retour. Ils leur donnaient des habits du dimanche et leur expliquaient qu'ils allaient reproduire en Afrique l'œuvre chrétienne, civilisatrice et progressiste que les Européens avaient menée autrefois en Amérique. Traverser l'Atlantique dans l'autre sens allait permettre à tous ces pauvres types de se hisser comme par magie du fin fond de l'horreur à la hauteur glorieuse des fondateurs de la légende américaine. Ils sont partis pour l'aventure dans l'ivresse de la liberté, gonflés à bloc, mais à peine arrivés ils ont déchanté. En réalité, ils ne le savaient pas, mais la seule ressemblance avec le modèle historique, c'étaient les *fièvres* qui en tuaient deux sur trois. Ils n'avaient pas de billet de retour.

— Mais cela n'en fait pas des oppresseurs, plutôt des victimes !

— Tu vas comprendre, Liberty. Ces *civilisés*, qui venaient de quitter leurs cabanes sordides et leurs haillons pouilleux, ont découvert leurs *frères d'Afrique* sur le *continent de leurs ancêtres*. Ils ont été effarés. Pour eux, c'étaient des sauvages vivant presque nus, pratiquant des religions sataniques, des sacrifices humains, la fornication et la polygamie ! Et, surtout, ils ont réalisé que ces indigènes étaient ceux-là mêmes qui avaient vendu leurs ancêtres aux négriers blancs et qui, sous leurs yeux, continuaient à le faire malgré l'interdiction de la traite. La mission chrétienne, civilisatrice et abolitionniste commandait d'écraser ceux qui s'y livraient. Voilà le parfait mobile pour commettre tous les crimes, pour devenir, au nom de Dieu et de l'Amérique, les glorieux conquérants qu'on leur avait dit qu'ils seraient. De toute manière, depuis des générations, ils n'avaient appris qu'une seule chose : tu es le maître ou tu es l'esclave. Ils ne seraient plus jamais esclaves. Alors ?

Les trois femmes restent une grande minute silencieuses. Il n'y a plus que le ronflement de la cheminée et le souffle du vent dehors. Ruth regarde Weston. Comme elle l'avait prédit, il est en train de rêver à de nouveaux voyages devant les dessins de Julius. Quant à Diane, elle contemple le portrait de Diana en cherchant des traits communs flatteurs. Serait-elle un jour à ce point amoureuse ? Elle a toujours vu ses copines prendre soudain un air un peu bêta quand elles étaient dans cet état. Mais là, avec Diana, c'est autre chose. La Vierge Marie devant l'archange. Un peu jalouse ? Assise dos au feu, Liberty a repris le tome III, *Les Oreilles du loup*. Arrivée à l'année 1856, elle sursaute.

— Maman, tu ne nous as jamais dit que notre père avait été président de cette République !

Liberty a dit cela avec ce même air de petite fille injustement punie, les derniers mots d'une voix enrouée.

— Tu n'en parlais pas parce qu'il avait participé à... ce que tu dis, cette oppression ? C'est ça ?

Comme tout à l'heure, Ruth esquisse un geste d'apaisement.

— Non, ma fille. Tranquillise-toi. Ton père, le président Stephen Benson, a été le seul qui aurait pu remettre ce pays sur le droit chemin. Sa famille ressemblait aux colons triés sur le volet, bien élevés, éduqués, compétents et fraternels, tels que Paul Cuffee voulait que soient les candidats au Grand Retour. Ma petite, tu as dû lire ça. Explique à ta mère.

Diane reconnaît une autre ruse d'institutrice : demander à un élève d'expliquer la leçon à la classe. Elle se prête au jeu de bonne grâce :

— Il s'agissait de proposer à des Noirs libres d'ici, bons chrétiens et compétents dans tous les métiers utiles à des pionniers, d'aller s'installer en Afrique pour y mener une vie meilleure, convaincre les indigènes de gagner leur vie en faisant autre chose que le trafic d'êtres humains, créer une colonie prospère et fraternelle. J'ai bien résumé, maîtresse ?

— Parfaitement. Il faut juste ajouter que Paul Cuffee, pragmatique marin de commerce, voulait que la colonie produise des denrées que l'Amérique pourrait acheter à un prix assez intéressant pour convaincre les armateurs de remplacer les esclaves par des cargaisons aussi rentables mais plus faciles à transporter. Il savait que l'attrait de l'argent était plus fort que l'amour de son prochain.

— Pas faux. Et pourquoi cela n'a pas marché, Granma ?

— Cuffee est mort bien trop tôt. Mais à peine avait-il fermé les yeux, en 1817, que les planteurs du Sud ont repris son projet en le retournant complètement, tout en se servant de sa caution morale. Tu vas comprendre. Dans le Sud, il y avait eu des tentatives de rébellion. Des Blancs avaient été tués par des esclaves sans espoir, devenus enragés. Trop de Noirs libres aussi rôdaient autour des domaines et pouvaient propager de mauvaises idées…

— Les oiseaux migrateurs troublent les basses-cours.

— Exactement, Diane. Ils ont aussi vu dans l'idée du Retour en Afrique le moyen de limiter la population noire qui grossissait par le simple fait de la natalité. Le projet de colonisation contrôlée et élitiste est devenu un programme de déportation massive et expéditive d'indésirables, au mieux de pauvres décérébrés, au pire de violents revanchards pour qui la liberté n'est qu'un fouet qui change de main. Stephen n'était pas de ceux-là. Il aimait les indigènes, dont il parlait quelques langues, il plantait du café et du cacao pour faire rentrer des devises et montrer l'exemple.

Liberty, toujours le livre à la main, essaie de trouver dans les pages suivantes quelque chose qui la rassurerait définitivement sur la moralité de son père. Ruth la regarde. Elle doit le dire. Tout n'est pas dans le livre.

— Quand Stephen a été élu, en 1856, et qu'il a commencé à mettre ses idées en pratique, ça n'a pas plu. Les Libériens ont tout fait pour qu'il échoue. Ça a été de pire en pire. Les pressions sont devenues des menaces. Alors, à la fin de son second mandat de quatre ans, en 1864, il a préféré se retirer de la vie politique. Au printemps suivant, le 20 mai exactement, son chef de culture l'a retrouvé mort dans sa cacaoyère de Grand Bassa. Une attaque cardiaque à quarante-huit ans. J'ai trouvé que c'était bien jeune pour mourir.

— Tu veux dire…

— Je ne veux rien dire, Liberty. Je veux simplement répondre à ta question : non, le président Benson n'a jamais participé aux exactions qui ont sali ce pays ; oui, ton père a été haï parce qu'il voulait empêcher le Liberia de grandir de travers. Quant à sa mort… personne n'en sait rien. Le chagrin m'a rendue suspicieuse, sans doute. Bon, ça suffit, Diane, ma chérie, remets-moi les coussins, s'il te plaît.

C'est tombé comme si l'arbre de la cour, arraché par le vent, s'était écrasé sur le toit de la maison. Le silence est épais, la tempête, dehors, se fait menaçante. Chacun fait quelque chose pour tromper le malaise. Diane tapote les oreillers dans le dos de sa grand-mère, Weston tisonne le feu avec énergie, Liberty remporte à la cuisine le plateau chargé des tasses vides. Finalement, Diane décide de rompre le vilain charme :

— Bon, Granma, revenons à la romance. Au début de l'histoire. Après, je te laisse dormir, promis. Tu dois nous dire comment tu as connu Stephen Benson, ce n'est pas dans le livre.

A voir la mimique exagérément fataliste que Ruth se compose avant de répondre, Diane se dit : *Quelle cabotine tu fais, Granma !*

— Stephen était un ami de mon père, bien que de vingt-sept ans plus jeune. Pour Stephen, papa faisait figure de sage, d'observateur lointain du marigot des crocodiles. Il venait souvent à la maison écouter ses conseils. Moi, j'avais dix-sept ans et il en avait vingt-cinq quand il est venu pour la première fois…

— Et c'est le coup de foudre !

— Pas du tout, ma petite fille. Ça ne s'est pas passé comme pour Diana et Julius. L'amour et venu sans qu'on s'en aperçoive, chacun dans ses affaires, lui la politique, moi l'enseignement. C'était juste une évidence, alors, pourquoi le dire ? Quand a-t-on su qu'on était faits l'un pour l'autre ? Ni lui ni moi n'aurions pu répondre. On se voyait de plus en plus souvent, de plus en plus longtemps, avec de plus en plus de joie, c'est tout. Et puis, le soir de son élection – quinze ans après notre première rencontre ! –, il a enfin demandé ma main à mon père. Notez qu'il m'avait demandé mon avis une semaine avant, quand même ! Je suis devenue la Première dame du Liberia et le suis restée pendant huit ans. Le protocole et les mondanités, ce n'est pas ce que j'ai préféré. Heureusement, Stephen était assez peu à cheval là-dessus. Quand il ne s'est pas représenté, j'ai cru au bonheur tranquille des gens ordinaires. Une nouvelle lune de miel de quelques mois ! Vous connaissez la triste suite. Heureusement, mon père était là pour me soutenir. Alors, quelques mois plus tard, quand il est mort à son tour, je n'avais plus rien à faire là-bas. En Amérique, guerre finie et esclavage aboli, tout pouvait aller mieux alors qu'au Liberia tout ne pouvait qu'empirer. Julius m'avait parlé de la Paul Cuffee School fondée par le fameux Capt'n Cuff' dans un village nommé Dartmouth. Pourquoi pas là ?

Ruth s'arrête. Revivre ces années la rend morose. Il ne faut pas gâcher la fête. Diane l'embrasse sur le front, l'aide à se lever.

— Va te reposer. Je t'accompagne. Nous, on prépare le repas.

Le soir, dîner de fête comme il faut pour Thanksgiving. Nappe blanche, service à fleurs, homards de la baie des Busards, dinde, tarte aux pommes et vin de Californie venu de New York avec Diane. On ne parle plus des découvertes de la journée mais, tout en causant de mille autres choses, chacun a encore dans la tête une grande malle ouverte comme une boîte de Pandore. A la fin, Ruth se lève et fait tinter son verre avec son couteau.

— Un dernier mot. Dans cette malle, il y avait encore une chose.

Un « Oh ! », un « Ah ? », un « Noooon, quoi encore !? » : chacun salue ce dernier coup de théâtre avant le baisser de rideau.

— Ne vous moquez pas, c'est sérieux. Il y avait un papier plié avec un message pour moi. Je le connais par cœur : « La devise du Liberia est : L'amour de la liberté nous a conduits ici. Toi et moi savons que cet amour-là, s'il ne nous a jamais ni conduits ni attachés à aucun territoire, a toujours guidé nos pas. Nous avons payé le prix de cette liberté, mais je vais finir ma vie avec une consolation magnifique, qui absout tout et pardonne à tous : c'est toi, Ruth. Ton père qui t'aime. »

— C'est beau, Granma ! Moi, ça me fait pleurer.

— Moi aussi. Encore maintenant. Bonsoir, mes chéris.

Le lendemain, le gros de la tempête est passé. Liberty et Diane insistent. Elles veulent voir la tombe de Paul Cuffee à Westport.

— Oncle West a une auto où la pluie ne rentre pas, profitons-en !

Argument de poids. A quelques kilomètres de là, un large trou dans les nuages laisse le soleil éclairer les habitations basses de Westport, des maisons aux murs recouverts d'écailles de bois comme des pommes de pin, très espacées au milieu de grandes pelouses sans clôtures. Une seule boutique, à la fois épicerie-journaux-tabacalcools, drugstore et bric-à-brac d'outillage, de graines, de bottes en caoutchouc. Ici, on va directement chercher ses œufs, ses fruits et ses légumes, sa viande et son poisson dans les fermes alentour ou au port. Profitant de la tournée du bus scolaire, Diane adorait aller chercher dans les étables le lait plein de crème tiède qui sentait la vache.

Au centre du village, un peu en retrait de la route, se trouve la Friend's Meeting House, la Maison des Amis. Ainsi disent les quakers pour désigner leur église. C'est une construction très sobre, en bois, peinte en blanc. Autour, une pelouse piquée de petites dalles de granite dont la seule fantaisie est d'être rectangulaires ou arrondies. Pas de croix, juste les noms gravés de ces modestes chrétiens sans clergé ni liturgie, sans intermédiaire avec Dieu, pionniers de l'abolitionnisme.

Ruth a du mal à marcher sur la terre mouillée. Diane et Weston l'accompagnent jusqu'au fond du cimetière. Perdues dans les herbes, deux pierres côte à côte : *Capt Paul Cuffee, décédé en septembre 1817 dans sa cinquante-neuvième année*, et *Alice, épouse du Capt Paul Cuffee, décédée le 22 avril 1819 dans sa soixante-quatrième année.* Tous les quatre restent recueillis puis Ruth désigne la pierre d'Alice.

— Le prénom Alice, c'est parce qu'elle était chrétienne. Sinon, c'était une Indienne Wampanoag. Son nom de tribu, c'était Piquot, ou Pequot, comme ton père et toi, Diane. Julius la décrit dans son premier livre. Il dit qu'il n'aurait pas aimé être un saumon quand elle tenait un harpon. Vous voyez le genre de femme. Une vraie Indienne, pas une bourgeoise en crinoline.

Ils se recueillent un petit moment, puis Ruth se plaint du froid. Weston la raccompagne à la voiture et lui donne une couverture. Liberty et Diane marchent lentement dans le cimetière, bras dessus bras dessous.

— Dis voir, Diane, toi qui as lu le début du livre, tu dois savoir d'où vient le nom de Cuffee, non ?

— C'est la transcription américaine du nom africain de son père, Koffi.

— Koffi ? C'est rare qu'on connaisse le nom d'origine des Noirs.

— Pour faire la savante, je peux même te dire que ça veut dire « né un vendredi ».

— Tu en sais, des choses, en effet !

— Julius a fait une longue enquête sur la vie de Paul Cuffee.

— Allez, raconte-moi tout, on a le temps, maman se repose.

— Mieux, j'ai le livre dans mon sac. Je peux te lire un passage. Viens !

Elles vont s'asseoir sur le muret qui sépare le cimetière quaker du cimetière général de Westport, avec ses grandes tombes et les croix de pierre. Diane sort le livre, cherche la page, commence la lecture :

— « Le père de Paul s'appelait Koffi. Il était de la tribu des Ashanti et vivait dans la partie de l'Afrique appelée Côte des Esclaves. Enfant, il était déjà serf, au service d'un maître noir. Quand il fut en âge de travailler, acquérant ainsi une valeur marchande, celui-ci le vendit à des marchands d'esclaves de la tribu Fanti qui le revendirent à la Royal African Company, une société négrière anglaise qui le mit aux enchères à Newport en 1728 sous le nom de Koffi et déclaré âgé de dix ans. »

— Diane, ça me bouleverse, la vie de ce gamin : vendu, acheté, vendu, acheté… Quel destin !

— Attends, tu vas voir, de bonnes fées se sont finalement penchées sur lui. Je continue : « Le petit Koffi arriva à Newport en 1728. Un fermier blanc appelé Ebenezer Slocum, qui se mariait, acheta Koffi pour l'affecter aux tâches ménagères. Koffi, dont le prénom devint Coffee pour satisfaire à la manière anglaise, prit le patronyme de son maître : Coffee Slocum. En 1742, Ebenezer vendit Coffee à son neveu John, un quaker de Dartmouth. Un jour, quand Coffee avait un peu moins de trente ans, John Slocum lui donna sa liberté… »

— Comme ça, un beau jour, il lui a dit « Tu es libre » ! C'est fou. Tu parlais de bonnes fées… je veux bien le croire !

— Ce n'est pas un coup de folie de Slocum. Tu vas comprendre : « Après avoir assisté à un débat sur la question de savoir si Dieu permettait à un quaker de posséder des esclaves, Slocum avait pris aussitôt le parti de pratiquer l'abolition pour le sien. Coffee, désemparé, demanda à rester et à travailler comme employé pour son ancien maître, le temps, dit-il, d'acheter deux costumes, pendant que son maître précédent, Ebenezer, lui apprenait à lire et à écrire. »

Diane referme le livre, le remet dans son sac, passe le bras dans le dos de Liberty, émue par ce qui est bien un conte de fées avec sa fin heureuse.

— Voilà, maman, tu sais l'essentiel. Après, avec Alice, ils se marièrent et eurent dix enfants qu'ils élevèrent dans les îles Elizabeth. On y va ?

Elles descendent du muret, tapotent leurs vêtements pour les débarrasser du lichen qui s'y est accroché et marchent jusqu'à la Ford T dernier modèle de Weston, fier de sa réussite, qui lance :

— On fait un tour à New Bedford ? Je vous offre un *fish & chips*.

La fête continue. Ils longent la mer. Weston arrête la voiture à un endroit où l'on aperçoit, au loin, un chapelet d'îles basses sur l'eau, avec ses courants violents, ses vents capricieux et ses redoutables bancs de sable. En professionnel de la mer, il raconte comment Paul Cuffee y a commencé sa carrière :

— Cette partie de l'histoire du capitaine Cuffee est connue dans notre petit monde maritime. C'était l'époque du blocus des Anglais pendant la guerre d'Indépendance. Vous avez vu des gravures de trois-mâts… Avec des voiles carrées, c'est parfait pour transporter des troupes, des armes et des chevaux d'Angleterre jusqu'ici. Le vent pousse. Mais ça manœuvre mal et ça ne remonte pas au vent. Paul Cuffee avait une petite goélette avec un gréement adapté à la navigation côtière. Avec l'aide de son frère David, son bateau chargé de marchandises de contrebande, il se faufilait de nuit entre les hauts-fonds, qu'il connaissait par cœur. Jamais les british n'ont pu l'attraper. C'eût été comme courser un lièvre dans les bois avec une diligence à six chevaux. Ils y auraient perdu leurs bateaux. Voilà le genre d'histoires qu'on se raconte dans les bars des ports, jusqu'à Boston. Cuffee est une légende !

Du siège arrière, Ruth se penche vers son fils avec un sourire de malice juvénile, pose la main sur son épaule.

— Dis voir, Weston, tu es sûr que c'est le genre d'histoires qu'on raconte dans les bars ? Si c'est ça, je t'encourage à les fréquenter ! Moi, je peux ajouter ce que je raconte dans les goûters de vieilles dames. A celles qui me demandent avec quel argent un Noir a pu fonder une école comme celle-là, je réponds : après la victoire contre la Couronne, Cuffee, désormais riche grâce à cet audacieux commerce, reconnu comme patriote et homme de grande piété dans la société des influents quakers, est devenu un important armateur, le Noir le plus riche d'Amérique. Il pouvait donc se consacrer à son grand projet. C'est tout. Maintenant, Weston, on peut repartir. Tu nous as mis l'eau à la bouche avec ta proposition.

Weston fait craquer les pignons de la boîte de vitesses et enfume une part du rivage atlantique en redémarrant ; Liberty enserre sa mère pour tenter de la protéger des cahots de la route détrempée ; Diane, reprenant ses habitudes de petite fille, quand elle tirait la manche des grandes personnes pour lancer des « Pourquoi ? » en rafales, se tourne vers Ruth et crie presque :

— Pourquoi cette passion pour l'Afrique ? Paul Cuffee a été élevé dans des îles indiennes sans aucun Noir alentour. Ou presque. Alors ?

— A dix ans, on a des souvenirs. En plus de l'anglais qu'il apprenait ici, il avait gardé sa langue maternelle. Il pouvait la parler avec ses enfants. On peut imaginer qu'il se souvenait encore des croyances et des pratiques, des légendes, de la musique et des chansons. Pour le petit Paul, c'était l'évocation d'un continent perdu mais proche. Pas un vague mythe comme pour la plupart des Noirs vivant en

Amérique depuis des générations. Son rêve d'y aller un jour, il a voulu le partager plus tard avec d'autres Noirs. Cette liberté, cet amour de la mer, cette voix de l'Afrique qui lui parlait, et aussi sa connaissance du Sud esclavagiste, sa familiarité avec l'Angleterre et les premiers abolitionnistes, ses voyages en Afrique… tu mets tout ça ensemble dans la tête d'un homme comme lui et la cause africaine passe devant la cause indienne. Bon, j'arrête de hurler, je vais me casser ce qu'il me reste de voix. Diane, garde tes questions pour le *fish & chips shop*.

Le quatuor de Dartmouth arrive sur le port de New Bedford. Diane aime la ville de *Moby Dick*, avec ses bateaux de pêche sagement amarrés à couple entre les pontons, l'odeur du poisson frais, des coquilles Saint-Jacques encore vivantes, ouvertes au couteau par les pêcheurs aussitôt débarquées. Il n'y a plus ces grands navires baleiniers qui revenaient des mers glacées où les harponneurs indiens et les rameurs recrutés dans les îles du Cap-Vert risquaient leur vie, balayés dans leurs barques par les coups de queue des cachalots blessés et furieux, noyés dans l'eau gelée, les mains brûlées par le câble du harpon planté dans la bête qu'il fallait laisser filer pour ne pas être entraîné au fond, mais freiner sur le cabestan pour ne pas perdre la proie ; il n'y a plus ces forêts de mâts et de vergues enchevêtrés, ces grandes voiles mouillées déferlées pour qu'elles sèchent, ces fûts d'huile chaude et écœurante, ce brai fondu étalé sur les coques, ces cordages graissés, la peinture, les poubelles pleines d'entrailles de poisson, tous ces parfums violents, ce monde aux couleurs vives où Diane imagine le petit Julius apprenant la vie et rêvant d'être reporter.

L'automobile passe devant le Homer's Wharf. Diane croit revivre sa lecture de la veille, poursuivie pendant une partie de la nuit. Les hangars se sont modernisés mais son arrière-grand-père Julius est là, élevé par Elizabeth, Mammaliza, sa mère célibataire, engrossée à Charleston par un marin de passage. Son maître, veuf, négociant en thé de Caroline du Nord, avait déménagé à New Bedford pour se lancer dans le bizness du spermaceti, le caviar des cétacés. Le Massachusetts ayant banni l'esclavage, Elizabeth devait être affranchie. Celui qui est alors devenu son patron lui a appris à lire et à compter, l'a employée comme secrétaire. Pour préserver sa réputation, il a aménagé un logement à la pécheresse dans un entrepôt. C'est ainsi que Julius Washington est né parmi les navires et les livres, devenus passion de sa mère, assidue de la bibliothèque municipale. Il ne manquait plus à Fortuna, maîtresse des destinées, qu'à faire se rencontrer Paul et Julius, le vieux et le jeune, presque un père et un fils. C'est ici le début de toute l'histoire. Diane est heureuse. Bouleversée mais heureuse. En bord de mer, il fait beau, les nuages restent en retrait, au-dessus des collines et des forêts. La morue frite dans sa pâte à la bière est fraîche du matin, les frites brûlantes et salées comme il faut, la sauce tartare parfaite. On parle de tout et de rien, juste du bonheur d'être ensemble, peut-être pour une dernière fois.

Tellement heureux qu'ils en oublient l'heure du départ. Diane va rater son bus pour Providence. Weston propose d'accompagner sa nièce jusqu'à la gare. A l'école, elle ramasse ses quelques affaires et se résigne à laisser le volume, presque terminé. C'est le seul exemplaire et Liberty promet d'essayer de le faire éditer. Diane serre brièvement mais très fort sa mère et sa grand-mère dans ses bras, toute parole devenue inutile, et s'engouffre dans la Ford.

Diane laisse passer une dizaine de kilomètres à regarder encore une fois la route, les arbres, les champs et les fermes, mais son silence dure à peine dix kilomètres. Avant le pont de Fall River, elle revient à la charge :

— Dis, oncle West, toi qui es marin, je voudrais te demander…

— Je croyais ton stock de questions épuisé… Erreur !

— Ne te moque pas. Dans moins d'une heure, je vais être à nouveau toute seule. Tu es captif, j'en profite.

— Alors ?

— Julius rapporte les propos d'un négrier français qu'il a rencontré en Afrique. Cet homme dit qu'il trafique des esclaves parce que ça paie bien, mais que le jour où transporter des briques rapportera autant il chargera volontiers des briques. C'était aussi le raisonnement de Paul Cuffee, je crois. Tu en penses quoi, toi ?

— Tu peux les croire tous les deux. Transporter en mer pendant presque deux mois des êtres vivants, animaux ou humains, entassés dans les cales d'un navire, est un gros risque sanitaire et financier. Il faut emporter de grandes quantités de nourriture, nettoyer les déjections chaque jour, veiller à l'hygiène, affronter des tempêtes avec une cargaison qu'on ne peut pas arrimer, sujette au mal de mer et à la panique, veiller aux épidémies, aux mutineries toujours possibles quand il s'agit d'humains… C'est un cauchemar quand il faut qu'à l'arrivée la cargaison vivante soit en assez bon état pour être vendue avec profit. C'est cynique de dire ça, mais on n'amortit pas le voyage avec des esclaves maigres, faibles, malades.

— C'est vrai que c'est cynique, mais je le crois volontiers.

— Alors, tu as compris. Moi, jamais je n'accepterai de transporter du bétail, des chevaux, pas même des poules. Des humains entassés, je n'en parle pas. Et pour continuer dans la veine des arguments sans morale, je suis sûr que même pour la moitié du prix au kilo d'un esclave comparé à n'importe quoi d'inerte de même poids, bien des négriers auraient accepté de renoncer à la traite. Pourquoi pas l'huile de palme, le cacao ou le café ? Les Anglais ont fait des fortunes avec la soie de Chine et le thé des Indes.

— Merci, oncle West. Maintenant je vais me taire. Ah, quand même, je voulais te demander comment tu avais trouvé Granma.

— Exceptionnellement vieille, incroyablement vive et lucide, extrêmement soulagée d'avoir pu nous réunir autour de cette malle pour nous restituer l'histoire de notre famille. Comme on dit, elle a mis ses affaires en ordre.

— C'est bien cela qui me rend heureuse pour elle et triste pour nous.

Wall Street est oubliée. Dans le train du retour, Diane repense à son voyage aller. Elle était une petite Harlémite de New York, avec son métier, ses amies, quelques projets vagues et un passé flou. Elle y revient avec des racines profondes en Afrique, un passé immense, lourd, romanesque, plein de péripéties, d'amours, d'intrigues, de lâchetés, de colère et de cruauté, d'espérances déçues et d'exploits accomplis, d'océans franchis et de morts inutiles, et, surtout, un arrière-grand-père plus jeune qu'elle, embarqué à dix-huit ans dans une aventure bien plus grande que ses plus grands rêves.

En arrivant près du logement qu'elle partage avec Georgia et Leslie au coin de la 122e Rue Ouest et de la Septième Avenue, Diane entend les voitures de police. Il y en a trois. Dans un grand bruit de pneus, elles montent sur le bas-côté, encerclent quatre types en train de fumer sur le trottoir. Six flics jaillissent. Coups de matraque derrière les genoux, bras tordus dans le dos, menottés, embarqués. La routine. Diane comprend les scrupules de Ruth à faire connaître l'histoire du Liberia. Les Noirs ne doivent être que des victimes. N'est-ce pas une manière de les tenir hors de l'humanité ?

Au moment de s'endormir, une pensée traverse l'oreiller et se fiche dans son crâne.

Et Paul Washington, le frère de Ruth, qu'est-il devenu ?

3

Les retrouvailles familiales et les fêtes de 1919 passées, oublié le héros à la Croix de guerre. A peine son père lui a-t-il demandé comment il avait reçu ces blessures qui lui valent une rente, si jeune. Comment peut-on être payé pour avoir seulement fait son devoir ? Obole en France, fortune au Sénégal, certes, et alors ? Sa mère a osé quelques maladroites tentatives dans la langue des confidences avec son fils. « *Hard time in France, my son ?* » Bien sûr, les temps avaient été durs en France, mais Jules n'avait plus envie de raconter. Jouer à celui qui a vécu des choses trop dures pour les dire était, finalement, une bonne méthode pour avoir la paix. Le caporal Canot, redevenu le fils d'avant, bachelier dilettante qui ferait mieux de penser à son avenir, doit arrêter de jouer la montre. « Lettres ou droit ? » Jules a cru d'abord à une blague. Puis, connaissant le grand Théodore et observant la gêne discrète de sa mère, il a compris qu'on n'allait pas le lâcher. Heureusement, il avait du temps devant lui, la fin de l'hiver et tout le printemps pour les cours de rattrapage à l'école des tambours de Gorée. Il est resté évasif et absent de la maison le plus longtemps possible, comme après son bac, pour ne pas rentrer dans la fac de papa. « Il doit soigner son trauma », expliquait sa mère au père qui n'en croyait pas un mot. En juin, les dates d'inscription approchant, la pression s'est faite plus forte. Début juillet, papa-recteur l'a inscrit d'office en lettres classiques. « Tu seras latiniste, comme ton père. » Ire du fils. Fermeté du père. « L'été passera. » L'été a passé, pas les projets musicaux de l'ingrat. Le temps jouait pour lui. Thésaurisés, les arriérés de solde, la prime de démobilisation et la pension d'invalide constituaient mois après mois la cagnotte de la liberté.

Fin août, Jules reçoit une lettre de Barney Hodges.

Mon cher vieux drummer,

Je dois t'annoncer une triste nouvelle. Notre chef et notre ami James Europe est mort. Il a été tué d'un coup de rasoir à la gorge par un batteur que tu ne connais pas. James l'avait remplacé par un autre pour un concert. La jalousie l'a rendu fou. Après le concert, il est entré dans sa loge et s'est jeté sur lui. Cela a été un choc pour nous tous. Les amis m'ont demandé de prendre la direction du band. Je vais essayer de remonter le moral de tout le monde. Tu nous manques. Il faut venir mettre l'énergie et l'inventivité de l'Afrique dans notre musique, comme tu sais le faire. Viens pimenter notre jazz ! On fait toujours un peu la même chose, un marching band. Autrement, la tournée va bien, on a établi notre base à Boston, c'est très calme, moins dur pour les Noirs et pas loin de Chicago, où le jazz est vraiment en pointe mais où il fait bien trop froid l'hiver !

J'espère à bientôt,

Ton ami Barney

Le soir, au dîner, Jules annonce qu'il n'ira pas à l'université mais en Amérique. Paul Jr. explose. Ouragan sur nappe brodée. Un verre en cristal n'y survit pas. Que l'ancien élève des Pères blancs fabrique des tam-tams avec des clochards mahométans était déjà dur à avaler, qu'il parte faire le saltimbanque en Amérique, jamais !

En remontant se coucher furibond, le professeur fait un malaise. Panique. Le docteur ne voit rien de grave. Il faut ménager son cœur. Tout le monde regarde Jules de travers. On ne dit pas « à cause de toi » parce qu'on est trop bien élevés chez les Canot pour accuser franchement, mais c'est pire. Ses sœurs, l'aînée comme la cadette, lui enjoignent de rester. Il reste. Mais toujours pas de fac, des allers-retours de plus en plus fréquents à Gorée. A la rentrée d'octobre, nouvelle attaque. Le recteur, trop fatigué, démissionne. Fin de carrière. « *Stay a little more* », glisse Mother à Jules. Jules obtempère, il restera encore un peu. Il trouve un professeur de musique. De *vraie* musique. Apprendre à lire une partition, fût-elle de Bach, ne peut nuire à un jazzman qui s'apprête à rejoindre les bas-fonds du Nouveau Monde.

Décembre 1920. Récidive. Paul-Théodore Canot reste à moitié paralysé, visage tordu, incapable de parler. Triste Noël. Le palmier, les boules-calebasses et l'étoile dorée restent dans la remise. Mi-janvier, le pater familias meurt dans son sommeil. Jules n'en a guère de chagrin. Il en éprouve un peu de honte, mais c'est ainsi. Il est plus affecté de voir sa mère désemparée. Il repousse encore son départ. Il écrit à Barney, poste restante Boston. *Patiente, je vais venir avec plein de nouvelles idées. Je m'entraîne.* Seul avec le trio de femmes, il n'est pas pour autant « l'homme de la maison ». Sa mère ne dit rien, mais pour ses sœurs, surtout l'aînée de la fratrie, il reste le gamin capricieux par la faute de qui tout est arrivé. L'hostilité monte d'un cran. On ne se parle plus.

L'été, les pluies apportent les moustiques et la malaria, les vents du printemps des poussières brûlantes et la méningite. Fin mai, l'harmattan tue Mother. Jules en est vraiment triste. Il aimait cette silhouette estompée à la tendresse coupable. Une vie de fantôme derrière un tyran chic, cultivé et admiré, maltraitée comme une Africaine, corsetée comme une bourgeoise française, bridée comme une douairière anglaise. Nulle compensation, nulle échappatoire. Jules avait pitié de cette soumission. Quitter Dakar ! Il laisse à ses sœurs la maison, la bonne, la cuisinière, le jardinier, la voiture, le chauffeur, la retraite du recteur pour payer leurs robes à la mode victorienne. Avec sa part, il achète une minuscule maison à Gorée, où il emporte ses tambours et une centaine de livres. Il est enfin dans son île avec ses deux autres sœurs, Liberté et Solitude. Comme un plongeur qui se laisse rebondir longuement sur le bout du tremplin avant de s'élancer, il reste encore tout au bord de son îlot, le grand océan à ses pieds, l'Amérique juste en face. Il écrit :

Gorée, 15 octobre 1921

Sigrid,

Bientôt deux ans ont passé depuis ma première lettre. J'ai peur que mes courriers soient malvenus. Car sans doute un nouvel amour te console de la perte de Hermann et te fait oublier sa terrible fin. J'en suis follement jaloux, mais la petite part généreuse de moi te le souhaite de tout cœur. Ni l'Afrique ni le temps qui a passé ne m'ont fait oublier mon amour de neige et la brique reste chaude dans ma poitrine.

Je t'écris de mon nouveau refuge, la petite maison que j'ai achetée avec l'héritage de mes parents, tous deux décédés. Elle est dans l'îlot de Gorée, couverte de bougainvillées, coincée entre deux autres maisons et de grands flamboyants. Il y a toujours mes amis et professeurs de la confrérie mouride. Ils ont été étonnés de ce que je fais maintenant. L'influence du jazz les intéresse, mais sans plus.

Je vais bientôt partir en Amérique. J'ai fini par me décider. Mes amis m'y attendent. Ma maison d'ici sera comme un port d'attache pour un navire au long cours. Fort de la certitude qu'il existe pour moi un havre quelque part, j'irai rejoindre la tournée des Rattlers, là où ils seront. J'ai pensé revenir en France, mais y faire quoi sinon te retrouver ? Je sais la chose impossible, alors, autant voyager.

Je t'aime toujours.

Jules, ton schwàrtzer Kaporal
(*T'en souviens-tu ?*)

4

L'*Antonio Maceo* quitte Dakar. Jules, appuyé au bastingage, regarde s'éloigner son île chérie. Il va bientôt faire nuit. Les premiers feux sont allumés devant les maisons, sur la plage, le long des remparts. Les Goréennes font la cuisine dehors en s'interpellant, chantent les nouvelles du jour. Radio-Gorée.

L'*Antonio Maceo* fait irrégulièrement la ligne New York-Dakar-Bissau-Freetown-Monrovia et retour, évitant ainsi aux voyageurs de faire le détour par un port européen pour franchir l'Atlantique. A chaque bout de ligne, comme un taxi-brousse, il attend pour partir d'avoir assez de réservations pour amortir le voyage. De sa maison, Jules l'avait déjà vu arriver et quitter Dakar. Il en avait aimé l'allure. Il n'était pas pressé, il a attendu le passage suivant de la Black Star Line pour prendre un aller simple.

Dedans aussi, c'est un beau bateau. Peu habituel, tout de même, pour l'idée qu'il se faisait des navires de ligne. Ni première ni seconde classe. A peine cent passagers. Un luxe maniéré comme un manoir vieille Europe fantasmé par un nouveau riche.

— C'est beau, l'Afrique. Je vivrais bien ici.

Jules se tourne. L'homme appuyé au garde-corps à côté de lui est en sueur, il sent la graisse chaude, il porte les insignes de chef mécanicien sur une veste blanche maculée.

— Je vous comprends. Moi, je vis dans cette île. La maison ocre, là-bas.

— Alors pourquoi tu pars en Amérique ? C'est pas bon pour nous, les Noirs.

— Je suis musicien de jazz. Pour le jazz, c'est le paradis.

L'homme allume une cigarette en faisant la moue.

— Si tu le dis. Mais un jour, sûr, je te ramènerai ici. S'ils ne t'ont pas tué.

Ils restent un moment sans parler. Les lucioles de Gorée se diluent dans la brume du soir, la mer devient mauve, plus lumineuse que le crépuscule. Les deux cheminées crachent gris. La brise de terre pousse la fumée devant.

— Ce bateau n'est pas un transatlantique comme les autres, je me trompe ?

— Un ancien yacht privé qui s'appelait *Kanawha*. J'ai toujours bossé dessus. Je suis son mécano depuis sa mise à l'eau. Le patron, c'était Henry Rogers, le boss de la Standard Oil. Beaucoup de fric, beaucoup d'amis, même des Noirs de la haute. Les noubas à bord, putain, t'aurais vu ça !

— C'est plus comme ça, maintenant ?

— Ah non ! C'est plus un bateau de riches, *man*, c'est la propriété d'un groupe de Noirs un peu dingues qui veulent faire revenir les frères en Afrique. A chaque voyage dans l'autre sens, y en a qui descendent à Monrovia. Déjà une cinquantaine de familles.

— Ah bon ?

— Ouais, pourquoi pas ? L'Afrique, c'est bien. Personne nous tape dessus ! Les gens, je veux dire les frères d'ici, ils sont même bien polis avec nous. Et M. Garvey est un sacré mec. Mauvais armateur, mais sacré mec. Ouais.

— Mauvais armateur ? A quoi on voit ça ?

— Il perd du fric. Depuis que M. Rogers est mort, il y a onze ans, le bateau est resté à l'abandon. Il y a deux ans, on a remis en route, c'est tout. Mais t'en fais pas, *man*, les moteurs sont increvables, je veille ! Bon, je te laisse, voilà le patron.

De la passerelle descend un Noir corpulent, habillé comme l'amiral Nelson, avec des épaulettes à frange dorées du plus bel effet et une sorte de tricorne à plumes d'autruche. Une apparition. Jules, qui se demande s'il n'y aurait pas un bal costumé, le suit jusqu'au bar-fumoir où une trentaine de passagers, hommes d'affaires ou colons Blancs d'Afrique, anglophones, lusophones, francophones, habillés avec soin mais sans extravagance, sirotent les trois bonnes médecines des tropiques, anisette sur glace, gin-tonic, scotch-soda. Les conversations s'arrêtent un instant à la vue du spectaculaire *commodore* qui s'installe au bar sur un tabouret vissé au plancher et contemple son salon.

Jules s'accoude à l'autre bout du bar, commande un gin-bissap. L'*Antonio Maceo* commence à tanguer dans la houle du large. *Tu es parti, mon vieux !* Il observe ce curieux personnage qui porte haut et dont on ne sait s'il voudrait être lord de l'Amirauté ou général de la garde austro-hongroise. Il s'approche de lui, verre à la main.

— Je me présente. Jules Canot.

— Marcus Mosiah Garvey, armateur de ce navire. Vous retournez en Amérique ?

— Non. Je vis au Sénégal et je me rends aux Etats-Unis pour la première fois.

— En voilà, une drôle d'idée ! Vous avez sûrement un solide motif ?

— Je vais retrouver l'orchestre de mes camarades du 369e RIUS, dont j'étais le batteur et l'interprète en France pendant la guerre. Je suis de nationalité française.

— Moi, je suis jamaïcain. Vous avez de la famille, là-bas ?

— Peut-être. Rien de connu, en tout cas. Je suis français de troisième génération. Je parle anglais, ma mère était gambienne. Et je suis noir, paraît-il.

— Ça alors ! Vous êtes noir, *paraît-il* ? Mais vous l'êtes, mon ami ! On peut en mourir, savez-vous ?

— Je sais. Pourtant, vous ne m'avez pas demandé si j'étais catholique ou protestant. A une époque, on mourait pour cette différence. Cela paraît idiot aujourd'hui. Eh bien, monsieur Garvey, je pense qu'un jour la guerre des peaux sera aussi ridicule que celle des œufs entre Petits-Boutistes et Gros-Boutistes.

— Petits et gros quoi ?

— Une histoire de deux pays qui se font la guerre pour imposer à l'autre le bon côté par lequel on doit ouvrir un œuf à la coque. Le gros ou le petit bout de la coquille. Un enjeu capital !

Marcus Garvey éclate d'un grand rire.

— Barman, servez la même chose sur mon compte, ce garçon est trop drôle !

Avec un sourire épanoui qui fait paraître son nez encore plus épaté, Garvey regarde cet étrange passager, le seul passager *coloured* dans le sens Est-Ouest. Noir, colon français d'Afrique, de bonne famille, visiblement cultivé, vétéran parmi les héros qu'il a vus défiler à Harlem, peut-être descendant d'un esclave… et qui vit tranquillement à Dakar et va se jeter dans la gueule du loup en Amérique ! *Crazy !*

— Etes-vous fou, jeune homme ?

— Je ne crois pas. Enfin, oui. Fou de musique. De percussions africaines, que je vais instiller dans le jazz d'Amérique. Je pense que ma musique est un moyen de rendre aux Noirs d'Amérique un peu de leurs racines. Aujourd'hui, ce qui se passe musicalement d'intéressant dans le monde est aux USA. C'est là que je vais. A Boston.

— Et le Sud ?

— Non, pas encore.

— Alors, reparlons de tout cela quand vous y serez allé. Il n'y a que les Noirs snobs de Cape Cod pour penser qu'il serait possible de cohabiter avec les Blancs. Partout ailleurs, on construit des murs invisibles et on tue ceux qui les franchissent. L'égalité promise aux Noirs par la loi a été détournée par la ségrégation. « Puisqu'on nous oblige à vous considérer comme nos égaux, d'accord, mais on ne veut pas vous voir ! » Comment peut-on imaginer un pays, des villes, des quartiers, des rues, des jardins, des restaurants, des cafés, des bus, des trains, où le moindre espace trace une frontière entre communautés ?

— Je sais, j'ai vu ça pendant la guerre, en France, entre les soldats blancs du Corps expéditionnaire US et mon régiment de Noirs de Harlem.

— Ils ont eu une journée de gloire. Pas deux. J'y étais. Ensuite, retour dans les taudis, le chômage, les prisons, les coups de matraque pour un oui pour un non.

Des rires proviennent de la salle à manger, c'est l'heure festive. Jules pense qu'un peu de musique ne nuirait pas à ce bateau *vintage*. Un petit *blues* du départ ?

— Vous pensez que Noirs et Blancs sont irréconciliables ?

— Profondément. A part votre ex-colonel William Hayward et quelques intellectuels ou hommes d'affaires comme l'ancien propriétaire de ce bateau, le gratin des élites qui ont assez d'éducation et d'intérêts communs pour se supporter, c'est non, non, non. Vos frères du 369e ont cru que leurs exploits allaient faire tomber la muraille. Balivernes !

— Moi, j'ai vu que la musique des Noirs parlait au cœur des Blancs.

— Mais, à peine sortis des boîtes où vous jouez, ils vous tapent à nouveau dessus. Comment pourrait-on imaginer qu'un couple qui se déteste autant continue d'habiter sous le même toit, partage la salle de bains, la cuisine, le salon, le lit, avec des lignes de séparation peintes sur le sol, la table, le couloir, le drap et le pot de chambre ? Non. Il faut divorcer pour de bon. C'est l'Atlantique qui doit nous séparer.

— Alors, tout le monde repart en Afrique ?

— C'est ça. L'Afrique est l'avenir des Noirs !

Garvey a dit ça fort, en levant les bras, comme s'il parlait devant des foules. Des convives se détournent de leurs conversations de table pour regarder la scène, et le barman, sans doute habitué à ces éclats, a un petit sourire en coin en essuyant les verres.

— Vous croyez que les Noirs n'ont pas quelques droits légitimes sur l'Amérique qu'ils ont contribué à construire ? Les faire partir serait leur faire tout reprendre à zéro.

— Pas à zéro ! Tout ce qu'ils y ont appris, la science, la technique, le droit, la démocratie, le commerce, l'entreprise, et même les arts, ce sera le bagage des nouveaux migrants. J'ai été musicien d'église, j'ai compris que les Noirs des Amériques étaient comme les anciens Israélites retenus en esclavage en Egypte, pour qui Dieu ouvrit la mer afin qu'ils rentrent chez eux. Nous allons bâtir en Afrique une grande nation moderne libérée du colonialisme et des frontières imposées ! Les Etats-Unis d'Afrique !

— Oh ! Et comment ferez-vous ?

Garvey se penche vers Jules comme s'il lui confiait un secret d'Etat.

— J'ai fondé l'UNIA, l'Universal Negro Improvement Association and African Communities League, pour réunir mes partisans, j'ai créé cette compagnie de navigation, j'ai construit des usines, des fermes pour les Noirs. Les Noirs doivent produire de la richesse pour eux-mêmes et être libres de partir pour l'Afrique. Chez eux !

— Ça doit coûter cher…

— Je lève des fonds pour cela. En 1919, pour mon premier bateau, j'ai trouvé un demi-million de dollars dans notre communauté. En un an, l'action a doublé. J'ai lancé une souscription pour acheter des milliers d'hectares au Liberia et pour y implanter les familles d'Amérique. Monrovia sera la capitale d'un continent rendu aux Africains, et tout cela grâce aux Afro-Américains qui vont toucher là-bas les dividendes du travail investi en Amérique et dont on les privera toujours s'ils y restent ! Et les Blancs comprendront à quel point ils avaient besoin de nous quand on sera tous partis.

— Ça fait du monde... Votre bateau, c'est un peu un compte-gouttes, non ? Je suis sûr que la quantité d'enfants noirs qui naissent chaque jour aux Etats-Unis ne trouverait pas place dans un paquebot géant de la White Star Line !

— Touché ! Bon, on en reparle plus tard, jeune homme, je dois voir le capitaine...

Jules reste dubitatif, pris entre l'envie de rire de ce projet colonial insensé et la crainte qu'il puisse réussir un jour. Dans la salle à manger, il subit la conversation d'un couple de volubiles Portugais de Bissau partis faire leurs emplettes à New York. Il n'écoute pas. Il pense à ce maréchal d'opérette qui vend son idée d'African Return comme les bana-bana, les *pour-moi-pour-moi*, rois du baratin sur l'immense marché Sandaga à Dakar. Mais ce camelot-là n'a pas l'air d'accepter le marchandage. Sincère ? Convaincu, en tout cas. Une telle énergie au service d'idées folles ! Quand Jules sort, deux hommes, l'un pâle, l'autre rougeaud, fument le cigare sur des chaises longues de la coursive. Dans sa cabine, avant de s'endormir, Jules écoute le rythme régulier des machines qui lui parvient à travers l'épaisseur de sa couchette. *Tschôn-tschôn-tschôn.*

Ce qui l'avait endormi le soir le réveille au petit matin. Le *drummer* de la soute ne tient plus la cadence. Il y a toujours un *tschôn-tschôn* régulier, mais, à côté, un claquement sec, métal sur métal, qui s'emballe et s'amplifie. « Ne vous en faites pas, les moteurs sont increvables ! » Il saute dans son pantalon, boutonne sa chemise tout en courant pieds nus vers l'entrée de la salle des machines. La porte de fer est ouverte. Au moment où il s'approche, un coup de tonnerre et un souffle brûlant le chassent en arrière. Deux marins de pont passent devant lui et s'engouffrent dans la descente d'où sort de la vapeur en protégeant leurs visages de leurs bras. Jules se relève, passe la tête dans l'ouverture. L'un des hommes arrose la machine avec un extincteur, l'autre tient le chef mécanicien dans ses bras. En sang. A travers le jet puissant qui s'échappe encore du moteur tribord, Jules distingue une turbine éventrée. L'homme de quart sur la passerelle a mis au ralenti la seconde machine. Le silence se fait, l'*Antonio Maceo* glisse sur son erre, face à la houle. On sort le blessé sur le pont. Jules a déjà vu ça en Argonne, ces corps piquetés d'éclats de fer comme des poupées vaudoues. Sans hôpital, l'homme va mourir. Trois autres marins sont arrivés, ils finissent d'éteindre l'incendie. Quelques passagers font cercle autour du blessé. « Un médecin ? » Pas de médecin. Une pharmacie de bord. Un matelot revient avec la trousse. L'homme est mort.

Marcus Garvey écarte les curieux, s'approche de Jules et des marins qui ont porté le machiniste, tous deux couverts de sang et d'eau graisseuse. Pas besoin de demander.

— Couvrez cet homme et portez-le dans ma cabine.

Plus tard, dans le salon où les passagers ont été rassemblés, il annonce :

— Nous avons eu une avarie d'origine inconnue sur l'un des deux moteurs. La turbine a explosé. Notre chef mécanicien est décédé. Rassurez-vous, avec le moteur qui reste, nous faisons route à petite vitesse vers le port de Praia, dans l'île de Santiago, au Cap-Vert. C'est à quatre ou cinq heures de navigation. Là-bas, nous prendrons toute disposition pour trouver un autre bateau et vous faire conduire aux Etats-Unis.

— Voyez, Marcus, il est possible aux Noirs et aux Blancs de vivre en harmonie ! Il suffit de les faire coucher ensemble. Mon programme coûte moins cher que le vôtre !

Pour son dernier soir après cinq jours d'escale forcée au Cap-Vert, sur l'esplanade de Praia, Jules est assis à côté de Garvey habillé en civil, cette fois à la manière d'un châtelain anglais. Sur la place, entre Blancs-blancs et Noirs-noirs, toutes les couleurs de peau, de cheveux, d'yeux, de traits, sont distribuées comme dans une grande loterie.

Marcus Garvey repart de son rire sonore.

— Décidément, vous êtes drôle ! Mais je récuse l'idée du métissage. Je m'oppose à cette dilution du noir dans le blanc. Je refuse que nous perdions notre saveur dans une soupe tiède. Dieu a fait un continent pour les Blancs, un pour les Noirs. Les Blancs sont venus nous chercher. Il est temps qu'on retourne chez nous. Une fois en Afrique, nous pourrons nous parler d'égal à égal. Les Mulâtres disparaîtront en quelques générations. En tout cas, contrairement à votre amusante préconisation, sachez que je suis favorable aux lois américaines qui punissent l'intermariage. Je suis pour la pureté raciale.

Jules regarde les Cap-Verdiens déambuler. Ici, trop tard pour appliquer les théories de Garvey. Loin de l'Amérique et au large de l'Afrique, l'archipel devra rester un témoin de l'entre-deux. Ou bien faudra-t-il l'anéantir ?

— Marcus, vous allez dire que je vois tout par le prisme sexuel, mais on m'a expliqué que les colons arrivés de Lisbonne, plutôt que de faire venir des bateaux de prostituées comme les Blancs l'ont fait en Amérique, sont allés sur le continent chercher des Sénégalaises. Il n'était pas question de « race », mais de désir, d'amour, de familles à fonder, d'enfants à mettre au monde pour survivre ici. Pourquoi se haïr ?

— Il y a plein de raisons pour haïr le Noir. Il y en a une que je connais bien, c'est le capitalisme brutal des Blancs, la compétition sauvage pour l'argent. Les Américains entre eux se bousculent, s'entre-tuent pour arriver au sommet. Il faut éliminer les concurrents, marcher sur les doigts de celui qui s'agrippe aux barreaux pour gravir l'échelle sociale. Alors, si on peut, d'un coup, empêcher des millions de personnes d'accéder ne serait-ce qu'au pied de l'escalier, c'est formidable ! Le Noir est le premier désigné. Rien à voir, en fait, avec sa peau, sauf qu'elle le rend reconnaissable. C'est pratique. Nous aussi, d'abord au Liberia et ailleurs ensuite, nous pourrons refuser les Blancs, on saura les repérer ! Ha !

— Pourquoi le Liberia ?

— Parce qu'il a un lien avec l'Amérique, dont il croit être l'un des Etats tout en ayant proclamé son indépendance en 1847. L'élite qui le dirige est constituée d'anciens esclaves corrompus jusqu'à la moelle. L'arrivée massive de Noirs d'Amérique apportera un sang neuf. Et, de là, nous gagnerons le reste de l'Afrique pour en chasser les colons blancs.

— Les colons blancs comme moi !

— C'est vrai, vous êtes blanc, malgré les apparences. Noix de coco. Marron dehors – à part votre joli costume de coton beurre-frais – et blanc dedans, dans la tête, sous votre chapeau de paille. Ha ! Nous allons chasser les Français, les Anglais, les Espagnols, les Portugais, pour que les Noirs d'Amérique redeviennent les indigènes de ce continent spolié. Vous, Canot, certainement descendant d'esclaves, ce sera à vous de choisir un camp : vos origines afro-américaines ou la France coloniale. *Winner* ou *loser*.

Finalement, Jules aime bien cet illuminé qui sait si bien se rendre antipathique avec ses goûts de parvenu à l'ostentation sans limites ; et aussi son baratin si bien huilé qu'on dirait qu'il veut se l'entendre répéter à l'envi pour se convaincre lui-même de la faisabilité de son projet. Quand tombe le masque, c'est un gentil qui veut qu'on l'aime. Il y a des gens comme ça qui, peut-être parce que l'amour d'une seule personne leur a manqué, cherchent l'adhésion de millions. Il n'aura pas la sienne. Remplacer une colonisation par une autre n'est pas son combat. Quant à choisir un camp, Jules a déjà payé pour cela.

Un peu plus tard, partageant une dernière langouste et une bouteille de *vinho verde* dans une petite cantine de la place, Jules lui demande :

— Demain, Marcus, vous reprenez le combat ?

— Bien sûr, mais ça va être difficile. Le bateau ne repartira pas.

Et Marcus révèle que la Black Star Line est en faillite. Un procès lui est intenté au prétexte qu'il a mis sur une affiche la photo d'un navire qu'il n'avait pas encore acheté. Et, comme si cela ne suffisait pas, l'expert dépêché par l'assureur a découvert que des produits abrasifs avaient été mis dans le réservoir à fioul du moteur tribord, provoquant blocage des pistons, surchauffe, explosion de la turbine.

— L'idée était de mettre le bateau hors d'état pour la traversée, pas trop loin d'un port pour ne pas mettre en danger la vie de qui a fait ça. Les saboteurs étaient à bord. Dès notre arrivée à Praia, une vedette pour Dakar les attendait.

— Deux types, un pâle, un rubicond ? Fumeurs de cigares ?

— Deux agents des services américains. Avec des faux noms pour l'embarquement. Tout le monde veut me faire échouer.

— C'est qui, tout le monde ? Les Blancs ?

— Les Blancs, bien sûr. Dès qu'un Noir montre que les Nègres sont aussi doués qu'eux, ils n'ont d'autre idée que le démolir. L'idée qu'on soit en Amérique leur répugne, mais l'idée de nous voir tous partir leur fait peur. Ils veulent nous garder sous la main, sages et soumis, pour faire le sale boulot. Il y a aussi les Noirs qui pensent encore qu'on peut s'entendre entre communautés. Ceux-là aussi me combattent. Ils cherchent le compromis avec les Blancs. Ils ont peur de la rupture, peur d'accuser franchement leurs oppresseurs. Ils sont comme ces femmes maltraitées qui ne quittent pas leur foyer parce qu'elles sont dans un tel état d'emprise qu'elles pensent que c'est leur faute, qu'elles trouvent de bonnes raisons à leurs maris de les battre, qu'elles croient que tout va s'arranger… un jour. Ceux-là sont des traîtres à notre cause.

5

Les rues de New York *downtown* fument de toutes leurs bouches. Diane court vers Penn Station. Elle aime que le froid révèle le souffle blanc de la bête haletante des souterrains, même si ce dragon à vapeur ne chauffe que des beaux quartiers, sans pitié pour qui se trouve *uptown.* Au-delà, anthracite, pétrole et alcool à brûler sont l'haleine hivernale du pauvre. La salle des pas perdus de la gare est traversée de banderoles *Bienvenue à 1922*. Les émanations des locomotives à vapeur se mêlent à l'odeur des stands à saucisses-bretzels, Diane sent quand même sur ses vêtements les relents du *flophouse,* hôtel-la-dèche où échouent les *hobos*, clochards-voyageurs qui remontent du Sud. Pourtant habillée pour les fêtes, il lui semble que chacun qui la frôle dans la foule se dit : *Cette Négresse pue la misère*. Elle n'a pas eu le temps de passer chez elle se changer. Sa visite à l'hôtel du salut ne pouvait être manquée. Il ne fallait pas rater le train, alors, pour la première fois, elle a fait sa tournée sans blouse blanche ni coiffe de *nurse*. Dans le grand dortoir, c'était un autre cocktail de parfums : charbon du poêle, moisissure du bois, sudation des corps entassés. Les pensionnaires la regardaient avec surprise. Certains, assis par terre ou sur des caisses, fumaient, tapaient des cartes sur le sol, grattaient la guitare. D'autres étaient allongés dans leurs hamacs tendus serré entre le crochet du mur et la poutre horizontale, à trois mètres de distance. Quand l'ennemi est la vermine, la couchette de toile est préférée au pucier de crin. Lavage obligatoire toutes les semaines et à chaque changement d'occupant. Il y a des règles, surtout quand l'hiver oblige au confinement. Et aussi quand la touffeur de l'été new-yorkais exalte les miasmes. Le *flophouse* du numéro 242, *two-four-two,* 123e Rue Ouest, est un lieu de ralliement des trimardeurs, ceux qui ont sauté dans des wagons de marchandises, se sont cachés dans des pick-up d'où ils se sont fait virer à coups de fourche, qui ont marché en grappillant des baies au bord des chemins, marché en risquant leur vie pour une pomme ou un œuf volés, marché, encore marché sur les petites routes perdues, le plus loin possible des Winchester des fermiers blancs, subsisté en faisant la manche avec leur harmonica, en trimant dans les champs pour un bout de pain et dormir avec les vaches, qui sont enfin arrivés ici, exténués et ravis. Là, s'ils ne trouvaient pas de place au *two-four-two*, on les orientait vers les autres *flophouses*, plus ou moins ragoûtants, plus ou moins sûrs, car il y a aussi des mauvais, des plus violents encore parmi ceux qui n'ont connu que la violence.

C'est là que Diane vaque bénévolement après son travail officiel et rémunéré à l'hôpital des Noirs de Harlem. Les gales, les chancres, les véroles, les plaies infectées, les yeux purulents, les dents gâtées, les dos brisés, les talons râpés jusqu'à l'os par les mois de route pieds nus, les intestins, les estomacs, les foies ravagés par la nourriture avariée et la mauvaise gnôle, on trouve tout dans cette Cour des miracles sans autre prodige que celui d'avoir survécu au long chemin des vagabonds. A part ce qu'elle et ses amies volent à l'hôpital, Diane a peu de moyens. Bandages et éther pour les plaies, onguents, gouttes, sirops, cachets pour le reste. Quand ça fait trop mal, il y a parfois un frère au coin de la rue pour dealer quelque opiacé à prix d'ami. De toute manière, comme jamais personne ne s'est penché sur ces hommes avec le moindre pansement, la moindre pommade ou la moindre attention fraternelle, Diane est leur ange.

A Dartmouth, Liberty vient comme d'habitude ramasser Diane et sa valise au bord du chemin où le car de Providence l'a laissée à la nuit tombée. Surprise, c'est un petit bus scolaire neuf, tout en angles droits, avec un énorme radiateur qui porte une plaque de cuivre gravée *OSHKOSH* et, peint sur les flancs en tôle, *Paul Cuffee School*. Diane monte sur le marchepied, ouvre la porte de la cabine, une vraie, fermée, avec vitres et pare-brise, pas comme l'espèce de siège de postillon de l'ancien bus. Et c'est chauffé !

— Dommage, maman, j'aimais bien quand tu t'habillais en grizzli et que j'avais peur d'être dévorée quand tu me serrais dans tes bras !

— Tais-toi, enfant gâtée, on voit que tu ne fais pas le ramassage tous les jours !

— En tout cas, quel luxe ! Toi et Weston avez dévalisé une banque ?

Liberty, discrètement, glisse sa main entre le siège et la portière, croise les doigts pour conjurer le sort réservé aux menteuses.

— Non, Granma a vendu le bois et le grand champ avec la ferme d'Upper Westport. Le fermier qui la louait voulait l'acheter depuis longtemps. Il a fait une bonne proposition. Alors, avant que le vieux bus ne nous lâche…

— Ça alors ! Je l'avais oubliée, cette ferme… Je me souviens maintenant de ce coin. La ferme hantée. J'avais peur d'y aller.

Diane reste pensive un moment. Le fantôme d'Upper Westport ! Tous les gamins terrorisés se racontaient des histoires terribles.

— Il était nécessaire de tout vendre ?

— Non, non, pas tout pour le bus. Tu verras, il y a d'autres surprises.

— Granma va nous refaire le coup du coffre aux trésors comme l'an dernier ?

— Non, pas à ce point. Je ne dis plus rien. Tu vas voir, elle est bien fatiguée.

Granma est couchée. Depuis un mois, elle ne se lève plus. Diane l'embrasse, se recule, pose sa main sur sa joue, caresse ses cheveux épars. Une infirmière sait voir. Ce Nouvel An sera son dernier. Pourtant, dans la cire du visage, toujours ces yeux rieurs.

— Salut à toi, ma petite fille ! Tu as vu notre joli bus ? Moi, j'en suis fière. Faire le tour du village à quatre-vingt-quinze ans dans une charrette pareille, tu te rends compte ? J'étais comme une gamine. Et toi ? Raconte-moi.

Diane raconte New York, Harlem, l'hôpital, les copines, le *flophouse*. Comme à chaque fois.

— Bien, ma petite fille. Bien. Tout cela est très triste et toi très courageuse. Regarde ce que nous avons fait avec cette école qui continue à exister depuis plus de cent ans. Trente ans grâce à ta mère. Vous êtes formidables, mes filles. Je suis presque aussi fière de vous que de mon camion tout neuf !

Rire est un gros effort. Ruth s'étouffe. Diane la redresse. Liberty arrange ses oreillers.

— Je vais me reposer. Liberty, tu vas tout expliquer à Diane, parler me fatigue de plus en plus. A minuit, venez m'embrasser avec Weston. Si je dors, tant pis. A l'an prochain !

Diane va fermer les rideaux. Dehors, peu de neige, il fait trop froid. La forêt est cassante de givre, l'herbe dans une gangue de verre. Il y a des étoiles sur les vitres. Sa mère la prend par la main, l'entraîne dans le salon. Elles vont s'asseoir devant le feu.

— C'est bien que tu sois venue. Tu as compris, évidemment. Granma a demandé à un chamane de venir demain.

— Un chamane ?!

— Oui, elle n'a pas de sang indien comme toi et moi, mais je crois que depuis longtemps pas question de curés et de pasteurs. Elle dit que les prêtres indiens ne nous font pas la morale, ne promettent pas un paradis sous condition, ne font pas la quête à l'église, qu'ils nous aident seulement à passer dans le royaume des esprits.

— C'est elle tout craché de dire des trucs pareils ! Elle croit aux esprits, maintenant ?

— Non, je pense pas. Enfin, j'en sais rien. Mais elle trouve qu'invoquer les esprits de Chappaquiddick est plus poétique que, je la cite, *prier un homme cloué*. Elle s'en tire toujours par une pirouette, tu la connais.

— Ouais. Cela veut dire qu'elle veut une cérémonie comme pour papa et Aquinnah ?

Diane se souvient de la cérémonie funéraire pour son père et son frère aîné. Elle était petite. Elle avait trouvé ça très beau. Ils ont enveloppé les corps dans une peau de bête posée sur un tapis d'écorces de bouleau tissées, puis les ont perchés dans un arbre, pour qu'ils ne soient pas souillés par la terre. Des feuilles sèches brûlées faisaient de la fumée. Les Indiens Pequot chantaient bouche fermée, dans leur gorge. Ils avaient leurs bijoux, leurs costumes chamarrés et leurs plus belles plumes. C'était l'envol dans les nuages d'un couple d'oiseaux pleins de couleurs.

— Non. C'est plutôt une sorte de rituel de passage. Un peu comme une extrême-onction, un salut apaisant. Bon, je fais du thé en attendant Weston.

Diane reste près de l'âtre. « Liberty, tu vas tout expliquer à Diane », a dit Granma Ruth. Quel nouveau secret ?

Un bruit de moteur, des phares dans la fenêtre, des pas sur la glace, Weston entre, un lourd carton dans les bras. Il le pose devant Diane. Par l'autre porte, Liberty arrive avec le plateau. Tout est en place pour la scène des révélations.

Weston ouvre le carton et fait la distribution. Des « Oh ! », des « Ah ! », Liberty et Diane feuillettent fébrilement le livre. Titre : *Mémoires de Julius Washington, témoin de la naissance d'un pays, le Liberia, 1807-1865*. Cinq cents pages de textes, de dessins, de photographies, de cartes. En couverture, le croquis du *Traveller*, le voilier fétiche de Paul Cuffee, dessiné par lui-même. En fouillant dans le coffre de Julius une année entière, après les cours, Liberty a mis en ordre les notes de l'aïeul, trouvé les illustrations adéquates, assemblé le tout pour en faire un manuscrit présentable, cherché un éditeur. Personne n'en a voulu. « Magnifique histoire, mais impubliable », ont-ils répondu en chœur. Les cinquante exemplaires rapportés par Weston seront les seuls, façonnés par un imprimeur de Boston. Une vingtaine seront destinés aux bibliothèques universitaires qui en voudront, les autres trouveront peut-être des lecteurs assez larges d'esprit pour lire l'Histoire, fût-elle peu flatteuse pour les Noirs, racontée par un témoin direct. Peu importe, à cet instant, c'est la joie.

— Liberty, sors une bouteille de vin !

Vient l'heure du repas. Ils parlent surtout de Ruth, dont ils reconnaissent qu'en réalité, avant d'ouvrir la malle et de lire les récits de Julius, ils ne connaissaient presque rien de sa vie antérieure, celle d'avant son arrivée à Dartmouth. Au moment de la tarte aux pommes, Diane profite d'un silence pour dire :

— Dites voir, moi, tout cela me fait me poser deux questions. J'y vais pour la première : Liberty, qu'est-ce que tu sais de Paul, le petit frère de Granma Ruth ?

— Au Liberia il s'est pris de passion pour la mer, les bateaux, la navigation. L'ami de Julius, le repenti Théodore Canot, faisait du commerce honnête avec son bateau, entre Monrovia et sa ferme, La Petite Florence, située dans un estuaire un peu plus loin sur la côte. Paul a appris la navigation avec lui. Quand la ferme de Canot a été incendiée – on ne sait pas par qui – il a décidé de faire route vers la France. Paul a voulu le suivre. Julius l'a laissé courir les mers. Il l'avait fait lui-même, alors… De Paul, on n'a que deux lettres. Une de Nouvelle-Calédonie, l'autre du Maroc. Rien après notre départ d'Afrique en 1865. S'il a écrit, ses lettres se sont perdues à Monrovia. On a peut-être des cousins quelque part, en Europe ou ailleurs. Mystère.

— Hé, hé… L'idée me plaît.

— Bien. Alors, puisque tu ne lâcheras pas, ta deuxième question, Diane ?

— L'édition de ce livre sans éditeur a dû coûter cher, non ? Même pour ces quelques exemplaires. Ce sont aussi les fantômes de la ferme hantée qui ont payé ?

— OK, maintenant je vais te révéler ce que Granma voulait que je te dise à sa place.

Liberty croise à nouveau les doigts sous la table et dit que oui, c'est bien avec l'argent de la ferme, des champs et des bois que le bus et le livre ont été payés mais que, en plus, il reste pas mal d'argent de la vente et aussi des économies personnelles de Ruth. Puis, elle revient dans le droit chemin de la vérité :

— Granma a fait un testament.

— Non… Comment tu sais ? Normalement…

— Elle voulait que je sois là quand elle l'a dicté au notaire. Elle me lègue la maison et l'école, à charge pour moi de l'entretenir et de la faire vivre. L'argent qui reste est partagé entre Weston et toi. Cela fait trois parts à peu près égales, compte tenu des frais d'entretien de la Paul Cuffee School. Tu ne vas pas devenir très riche, mais tu pourras voir venir. Je suis sûre que cela va te donner des idées. Je te connais.

Diane reste sans mots pour dire sa sidération et sa reconnaissance. Elle serre la main de sa mère. Tout est trop brouillé dans sa tête pour qu'elle imagine ce qu'elle va pouvoir faire de cet argent. Combien d'argent ? Elle n'ose demander. Forcément, elle trouvera une idée à l'échelle du cadeau, de la chance qu'elle a et des valeurs de sa tribu.

Arrive minuit. Ils vont tous les trois embrasser cette incroyable Granma. Elle est chaude, en sueur. Elle respire bruyamment. Diane passe un linge sur son front, Liberty glisse un oreiller frais sous sa tête. Ruth ne se réveille pas. Les enfants se retirent en silence et chacun va dans sa chambre. La fête est finie.

6

D'ANE'S ~~CAR~~BODY REPAIR. Elle est fière de sa trouvaille. Le vieil écriteau de la carrosserie est devenu l'enseigne du dispensaire. L'acquisition du garage de Dane Bishop a été un nouveau clin d'œil du ciel. Diane ne croit pas plus en Dieu qu'aux esprits de Chappaquiddick, mais sa bonne étoile est toujours remerciée. « Dis merci chaque soir à la vie pour quelque chose, tu trouveras bien une raison », telle a été son éducation spirituelle. Alors, merci la vie. Aujourd'hui on inaugure, l'argent de la ferme hantée est bien investi. Merci, Granma Ruth.

Après l'étrange réveillon du 1er janvier 1922, Ruth s'était sentie mieux. Malgré le pieux mensonge par omission perpétré à sa demande par Liberty, la transmission était assurée. Pour le reste, ce sera à Liberty de s'en occuper. Diane, qui n'avait pas fermé l'œil de la nuit tant les idées avaient tourné dans sa tête, a pu lui exposer l'esquisse d'un projet. « Formidable, mais ne t'emballe pas, et ne montre surtout pas que tu as de l'argent, cela attirerait les parasites et les escrocs. »

De retour à New York, elle n'a donc pas démissionné de l'hôpital. Elle a arpenté Harlem, lu les annonces, interrogé les commerçants et finalement, pile à côté du *flophouse* Two-Four-Two, au numéro 244 de la 123e Rue Ouest, il y avait ce garage minable qui semblait en pleine déconfiture. *Voilà l'endroit !* Elle a fait une cour éhontée au propriétaire, un vieux bonhomme malin qui la voyait venir et ne cédait rien. Il comptait sur le temps qui, finalement, a joué contre lui. L'industrie automobile, qui venait d'inventer l'obsolescence programmée, modifiait ses modèles tous les ans pour démoder ceux de l'année d'avant. Pour être dans le coup, les gens voulaient toujours le dernier millésime. Alors, le Dane's Carbody Repair, qui réparait les carrosseries, n'a plus eu que des tacots à rafistoler pour des clients fauchés qui oubliaient un peu trop souvent de payer. La chute a été rapide. Le vieux Bishop s'est senti lui-même obsolescent. Il a accepté l'offre de Diane, tout compte fait honnête.

La Camarde a encore accordé un sursis à Ruth. Quatre mois. Diane a eu le temps, en mars, de lui annoncer la bonne nouvelle. Mais le dernier dimanche d'avril, Granma a été retrouvée morte dans la chaise à bascule où Weston l'avait portée, sur le perron de la maison, face à la cour de l'école. Au milieu du terrain de jeu des enfants, il y avait cet arbre couvert de bourgeons velus et collants. Derrière les classes, la forêt reverdissait. Ruth était venue regarder le printemps ouvrir la saison des couleurs, après tant de gris et de blanc. Elle a fini comme ces morceaux de musique qui s'arrêtent sur trois petites notes, séparées de soupirs de plus en plus longs, la dernière à peine effleurée tout au bout du clavier. Le chamane n'a eu aucun mal à faire s'envoler son âme, si légère depuis qu'elle avait « tout réglé ».

Quatre mois de travaux pour faire deux salles de soins, un coin douche, un bureau, le tout plus propre, plus pratique, plus beau et mieux équipé que le service des consultations de l'hôpital de Harlem. Et, au premier étage, un petit appartement pour Diane.

Leslie, qui n'est pas infirmière, est restée travailler à la morgue, mais son amie Georgia, ce fameux dimanche 18 septembre, vient juste de quitter le service de pédiatrie-obstétrique de l'hôpital public pour s'occuper des filles, des mères et des enfants dans le *garage* de Diane.

Ce dimanche de fin d'été, Diane Pequot inaugure son dispensaire. Sur la façade, elle lève le voile qui cachait la vieille enseigne connue de tout le quartier, retouchée pour la circonstance en *DiANE'S ~~CAR~~BODY REPAIR*. Au signal, les musiciens du Two-Four-Two envoient « Saint James Infirmary », une vieille ballade qui parle d'un soldat survivant de la guerre qui meurt d'une maladie honteuse attrapée dans les bordels. Joué par eux et dans ces circonstances, le mélo réaliste fait rire tout le monde. Applaudissements.

Diane ne fait pas de discours, elle accroche simplement une pancarte : *Ici, c'est un dispensaire, pas une consultation de médecin ni un hôpital. Nous réparons les petits bobos, nous donnons des conseils de santé et d'hygiène. C'est gratuit, mais c'est bien de laisser quelque chose si vous pouvez.* Et, en petit : *Si vous avez pris une balle, voyez les urgences de l'hôpital, cela dépasse nos compétences et c'est la loi.* Autrement dit, voyous s'abstenir.

Tout le monde visite les locaux et ressort par le fond, dans le jardin communiquant avec toutes les arrière-cours contiguës des maisons de la 123e Rue. Le Diane's Body Repair ouvrira lundi à huit heures. En attendant, c'est la fête avec tous les instruments du coin qui rappliquent. Ça, c'est le jazz. Il y a même un type, sûrement un professionnel, plutôt bien sapé, qui vient d'on ne sait où faire le bœuf avec sa trompette. Et un autre, un grand dégingandé, qui ramasse des bidons, des casseroles, des boîtes de conserve, tout ce qu'il trouve, y compris dans les poubelles. Avec deux baguettes sorties de sa poche, il se met à envoyer un rythme d'enfer. Vers deux heures du matin quand les voisins supplient qu'on les laisse enfin dormir, les amis se dispersent, les locataires du *flophouse* regagnent leurs hamacs. Le trompettiste et le batteur s'en vont en glissant à Georgia : « Samedi, on donne un concert à l'Apollo au profit des vétérans. Venez. »

Diane, pour sa première nuit chez elle, dit en guise de prière qu'il y a trop de choses pour lesquelles dire merci, alors, la vie, Ruth, Julius et tous les autres, merci pour tout.

Le samedi, il y a au moins deux mille personnes pour les mille six cents places de l'Apollo Theater et plusieurs centaines dans la rue pour le concert du Harlem's Rattlers Band. Les portes sont restées ouvertes. L'orchestre jouait assez fort pour qu'on en profite jusqu'au trottoir d'en face. Deux heures de concert, rappels compris. Du second balcon où elles ont dû rester debout parce qu'elles avaient resquillé, les trois filles ont trouvé que c'était *ab-so-lutely unbelieeee-vable*. Les paumes et les tympans en feu, elles sortent dans le flot et restent un moment sur le trottoir de la Septième Avenue. La plus érudite en matière de jazz, Leslie commente :

— Hou là là ! Fini le dixieland de papa ! Quand je pense que le *band leader* c'est le type qui est venu jouer dans ton garage dimanche dernier, Diane ! Merde, c'est pas croyable. Barney Hodges. On attend que tout le monde se barre et je vais piquer l'affiche pour la mettre au-dessus de mon lit. Et le chanteur, sacrée voix… et beau garçon, non ? T'en penses quoi, Georgia ?

— Noble Sissle. Pas mal. Mais moi, celui qui m'a bluffée, c'est le batteur. Incroyable ! La vache, c'est un orchestre à lui tout seul. On avait eu un échantillon l'autre soir, mais là… avec tout son attirail ! Et toi, Diane, tu dis quoi ?

— Moi, j'y connais rien. J'ai trouvé ça… entraînant. C'est vrai, Georgia, qu'il a quelque chose, ce type… Tout le fourbi qu'il a pour taper dessus ! Un vrai dément. Il s'appelle comment ? Jules… un nom bizarre. Canon ?

— Regarde l'affiche : Jules « Black Frog » Canot. Le chef l'a présenté comme un Français d'Afrique. C'est ça, l'accent bizarre qu'il a. T'avais pas remarqué ?

La foule s'est dispersée, Leslie regarde autour d'elle, trottine vers l'entrée de l'Apollo, enlève le plus délicatement possible les punaises de l'affiche des Rattlers, la roule, la met sous son bras et, toujours partante pour faire durer les soirées :

— Bon, les filles, on va à La Morgue, pour nous changer du boulot ?

Malgré son nom sinistre conservé des temps anciens où l'on se parlait à coups de rasoir, La Morgue est la boîte la mieux fréquentée du quartier. Il fait partie des *speakeasies*, bars semi-clandestins où, comme leur nom l'indique, on peut « parler à l'aise » pour commander des boissons alcoolisées malgré la Prohibition, sous la protection de flics bien arrosés. Les filles adorent cet ancien bouge *negroes only* d'avant-guerre, pas débaptisé mais rénové, débarrassé de ses poivrots et de ses pilleurs d'épaves par un certain Jo Di Benedetti, élégant Sicilien, du genre à qui on ne demande pas d'où viennent ses dollars. Jo les connaît bien. Des filles seules, c'est bon pour le commerce. Clairement identifiées dans la boîte comme n'étant ni des entraîneuses qui poussent les messieurs à la consommation, ni des taxi-girls à louer pour une danse, ni des tapineuses qui attirent les flics, ni des désespérées alcooliques qui foutent le bordel, il leur paie toujours une tournée et veille du coin de l'œil à ce qu'on ne les ennuie pas. Mais, depuis quelques semaines, Jo est *absent*. Traduisez « pensionnaire d'une résidence fédérale ». Mais le barman connaît les habitudes. Sans demander, il leur sert le cocktail à la mode, le 18e Amendement, interprétation libre du Whisky sour, à base de bourbon canadien de contrebande. Les sociétés de tempérance ont fait voter cet amendement à la Constitution pour interdire l'alcool qui, subséquemment, coule à un flot proportionnel à celui de l'argent sale. C'est le business des nouveaux venus juifs ou italiens comme Di Benedetti, snobés par les migrants de la première vague, qui se prennent pour la vieille aristocratie de la grande époque coloniale. Cette nouvelle génération se trouve très bien dans ce quartier de parias qu'est Harlem. Elle y ouvre des night-clubs fréquentables, même par les Blancs, même par trois copines noires ivres de musique.

Après le concert brillant des Rattlers, le pianiste et le bassiste cool créent une atmosphère propice à la conversation. Georgia, la plus ancienne Harlémite du trio, lève son verre prohibé.

— Santé ! Buvons à ce quartier qui s'améliore de jour en jour.

— Tu trouves ? Moi, je trouve ça un peu... franchement crapoteux.

— Diane, tu peux pas te rendre compte, ça fait juste trois ans que t'es tombée de ta jolie cambrousse. Leslie, j'ai pas raison ? Harlem, c'est de mieux en mieux, non ?

— Georgia a raison, Diane. Avant la guerre, un vrai concert dans une salle comme l'Apollo, des bars cosy comme ici, avec des restaurants et des pistes de danse, des gens bien habillés qui te parlent poliment, ça n'existait pas. Jamais on n'aurait pu sortir comme ce soir. C'était que des trucs sordides ouverts jour et nuit avec des musiciens lamentables et bourrés. Tous les matins, c'était le ramassage des poubelles et des macchabées. Ils finissaient chez moi, à la morgue, la vraie, avant la fosse commune. Non, Diane, t'aurais connu Harlem il y a seulement cinq ans, tu dirais pas ça.

Diane, plus sociale que fêtarde, lève à son tour son verre.

— Moi, les amies, ce que je vois changer depuis le peu de temps que je suis là, c'est le nombre croissant de ces pauvres types, ces frères du Sud qui arrivent ici tous les jours, complètement paumés, sans un rond, qui espèrent trouver du travail et s'entassent dans ces minables *flophouses* où ils dorment entassés dans des dortoirs, avec un seau d'eau pour dix et la soupe populaire une fois par jour.

— Diane, pour eux, Harlem, c'est un refuge, loin des suprémacistes blancs, du Ku Klux Klan et autres chasseurs de Nègres. Réveille-toi, ma vieille !

— Bon, bon, Georgia, je capitule. C'est vrai, je suis un peu naïve. En tout cas, je ne sais pas comment c'était avant-guerre, mais le petit club de Jo… vraiment bien.

Ce sera le mot de la fin. Trop fauchées pour une seconde tournée payante, Diane, Georgia et Leslie vont saluer le barman, qui les embrasse. Elles partent bras dessus bras dessous sur la Septième Avenue. Dans ce ghetto protecteur, ce *Negrotown* au cœur de cette ville dont on dit qu'elle ne dort jamais, montent à chaque coin de rue des notes de musique.

Le temps de tout ranger dans le camion de tournée du Harlem's Rattlers Band, Jules Canot et Barney Hodges traversent la Septième Avenue et entrent boire un verre au bar d'en face, au nom peu engageant. Trois filles s'en éloignent en se tenant par les coudes. Dommage, disent les regards des jazzmen. A La Morgue, dans le brouillard de la fumée, le duo piano-contrebasse joue « Hesitation Blues », romance à la mode qui, comme « Mignonne, allons voir si la rose », exploite l'inusable dialectique de la drague : Carpe diem *versus* procrastination. Sur la piste, quelques couples dansent serrés-collés, des rires s'échappent ici et là de la rumeur des bavardages et le barman agite mollement son shaker. Heures tranquilles des premiers temps de la Prohibition. Barney pose à terre l'étui de sa trompette et ils grimpent sur les tabourets du bar quand le pianiste commence, sans forcer, « The Entertainer ». Barney commande d'office deux Rye Manhattan. Le barman verse le whiskey de seigle, le vermouth rouge et l'Angostura bitter, ajoute la glace, referme le coquetelier.

— Donne-le-moi, s'il te plaît. Ces gars-là sont en train de s'endormir.

Le type hésite, mais cède au clin d'œil de Jules. Le shaker et ses glaçons dans la main gauche, deux petites cuillères comme des castagnettes entre les doigts de sa main droite, le zinc du bar, la robinetterie, deux verres, et ça commence. Les deux musiciens attitrés dressent l'oreille, regardent Jules. Sourires de connivence, le piano se réveille, la contrebasse se laisse pincer les cordes avec plus d'entrain. En commençant par les plus proches de l'estrade et du bar, une à une, les tables se taisent. Sans pause, le pianiste enchaîne « Mapple Leaf Rag ». Hodges, les lèvres encore gonflées par le concert à l'Apollo, ramasse sa trompette et se joint au trio pour « Sunflower Slow Rag », « Ragtime Dance »... un florilège de feu Scott Joplin. Le ragtime n'est plus ce que jouent Jules et Barney, mais succès garanti dans les boîtes comme celle-là. Fin du show, bravos. Sur le zinc, deux nouveaux verres. D'un mouvement de tête, le barman invite Jules et Barney à regarder vers le fond de la salle. Là, à une table où est posé un seau à champagne, un homme massif avec une tête de bull enfoncée dans les épaules, le seul Blanc de La Morgue, leur envoie un signe de la main qui veut dire « Finissez vos verres, on se voit après ».

Le garçon passe un coup de chiffon sur le bar et, sur le ton de la confidence :

— C'est M. DeMange. George « Big Frenchy » DeMange, l'associé de Jack Johnson, le boss du Club Deluxe. Je crois qu'il a aimé votre musique.

— Putain, Jules, Jack Johnson !... Non, tu sais pas qui c'est ?

— Heu...

— C'est le premier Noir à avoir été champion du monde de boxe ! En 1910, il a sorti J.J. Jeffries, qui disait que jamais un Noir ne pourrait battre un Blanc. Pour le match, il y avait plus de vingt mille spectateurs qui chantaient « Tuez le Nègre ! »... C'était le putain de match du siècle ! L'honneur des Noirs !

Barney Hodges roule de grands yeux, tape du poing dans sa paume.

— Allez, finis ça, on y va ! Je veux voir ce mec.

Jules avale sa dernière gorgée et demande au garçon :

— Tu as bien dit « Big Frenchy »... machin ?

— Oui, « Big Frenchy », parce qu'il est costaud et qu'on dit qu'il est français. Son nom c'est DeMange. Je sais pas comment ça se dit en français. Ne le faites pas attendre.

L'homme a une poigne solide pleine de grosses bagues. Il les invite à s'asseoir à sa table, demande deux coupes supplémentaires, sert le champagne tout en parlant :

— Je sais qui vous êtes. J'étais au concert. Ça change de la musique d'avant-guerre, vous savez… celle de Louisiane. Je ne suis pas expert, mais pour moi, c'est ça, la musique de maintenant. Tout a changé ! Et c'est pas fini, vous allez voir !

Les deux musiciens ne savent pas trop ce qu'ils doivent répondre, ni ce que leur veut ce type à la mine coriace qui parle comme un critique musical. Hodges, pur produit du dixieland néo-orléanais, opte pour ne pas parler de ses origines alors que Canot tient à exploiter les siennes. Il lui dit en français :

— Monsieur DeMange, heureux que vous ayez apprécié…

— Ha ! J'aurais dû me douter. J'ai bien lu « Frog » et « Canot » sur l'affiche. Tu viens d'où ? Moi, c'est Saint-Ouen. J'suis un gars des barrières, comme on dit à Paname.

Jules ne sait pas où sont Saint-Ouen, Paname, et encore moins ce que sont les barrières.

— Moi, c'est Dakar, Sénégal. Je ne connais de la France que ses champs de bataille.

— Bravo, les gars. Pour la France. Pour la musique, aussi.

Le Français des barrières se présente comme un chasseur de talents pour le compte de son ami Jack Johnson, *empêché* à cause d'un an de taule pour avoir épousé une Blanche. La concurrence est grande entre les boîtes, il faut de nouvelles têtes. Le Club Deluxe, nouveau lieu à la mode où les Blancs s'arsouillent au son de la musique noire, recrute. Barney, Jules et d'autres gars du *band* peuvent faire un essai. Hodges s'excuse :

— Ça va pas marcher. On va être en tournée avec une partie des Rattlers.

— Merde. Tant pis pour moi.

— Désolé.

— Vous avez dit une partie ?

— Le *big band* a joué ce soir pour la dernière fois. Il se retrouvera peut-être, mais seulement dans les grandes villes. Vingt musiciens, c'est trop. On va rester en sextet. C'est moins cher pour les petites boîtes et pour voyager, c'est pas un cirque ambulant.

— Ici, il y a du fric pour les grandes formations, n'oubliez pas.

— On n'oubliera pas.

— OK. Vous allez où ? Comment vous voyagez ?

— On a un bus avec une remorque pour le bric-à-brac de Monsieur la Gwenouïlle…

— Oh, ça va ! Ce que veut dire mon ami Barney, monsieur DeMange, c'est qu'on va rouler autant qu'on pourra avec le tacot moyenâgeux qu'il nous a dégoté. Le plus loin vers l'ouest, c'est Indianapolis, puis on revient vers Philadelphie. Si le bus n'est pas mort, la destination finale est La Nouvelle-Orléans.

— Vous êtes dingues, ou quoi ? Monsieur Hodges, vous qui connaissez l'Amérique, dites à ce petit Français que le Sud, c'est dangereux pour vous.

— Je sais. J'en viens. A Philadelphie, on prendra le ferry côtier.

— OK. Là, c'est bon. Passez au grand large de l'Alabama. Putain, c'est des sauvages, là-bas. Avec quel fric vous faites ça ? C'est pas donné, les croisières…

George DeMange fait tourner une de ses chevalières d'un quart de livre autour d'un annulaire gros comme un gros orteil. Son front fait un pli aussi profond que sa réflexion. Puis il sort un énorme stylo en or de sa poche intérieure, attrape un sous-verre.

— Voilà, je passe un deal avec vous. A Philadelphie, vous allez voir ce type de ma part. On est en affaires. Il vous arrangera quelque chose pour le bateau. Je le préviens.

— En échange ?

— En échange vous me garantissez que c'est moi que vous venez voir en premier à votre retour. De toute manière, je le saurai. Un deal, c'est un deal. D'accord ? Hodges, ne me remerciez pas, c'est un contrat entre Black Frog et Big Frenchy.

— Et, quand on repasse, on vous trouve comment ?

— Vous me demandez ici, je remplace mon ami Jo Di Benedetti, qui est lui aussi *retenu* à cause de ce qu'on est en train de boire. Sinon, au Club Deluxe. Vous pourrez aussi me joindre quand vous voudrez par télégramme au Club, Sixième Avenue, 142e Rue Ouest. Tenez-moi au courant. On fait comme ça ? Salut, j'ai à faire. J'espère à un de ces jours.

Jules et Barney ont la même pensée. Ce Big Frenchy qui fait l'intérim dans les clubs de ses amis « empêchés » ou « retenus » n'est pas qu'un imprésario. A voir la forme de son costume quand il se lève, George DeMange pourrait avoir sous sa veste des arguments encore plus puissants que ses poings énormes quand il a « à faire ». Les deux musiciens restent un instant pensifs puis Jules remplit les verres avec ce qui reste de la bouteille.

— Hey, Barney, tu sais que c'est dans la terre où pousse la vigne qui fait ce vin qu'on a failli mourir. Ça valait la peine de la défendre non ?

Quand ils repassent devant le bar pour sortir, le garçon les arrête.

— M. DeMange a laissé ça pour vous.

Deux enveloppes avec trois cents dollars chacune et un mot : *Merci pour la musique.*

Décidément, ce Big Frenchy a des arguments plein les poches.

Jules aurait aimé rester un peu plus longtemps à New York, à peine entrevue pour cet unique concert. A part un tour *downtown*, il n'a vu que Harlem. Il en a aimé les rues, chacune avec son battement singulier. Et le triomphe à l'Apollo ! Mais, surtout, la petite fête au dispensaire. Un peu l'ambiance de l'Afrique, où l'on joue pour un oui pour un non, sans billet d'entrée.

Dès qu'il est arrivé du Cap-Vert à Boston, un an plus tôt, le temps lui a échappé. Retrouvailles avec les vieux camarades, présentation aux nouveaux musiciens, tout est allé vite. Barney avait préparé le terrain. « Vous allez voir, on va faire du nouveau ! » A peine le temps de se familiariser avec Boston, la tournée est partie dans le nord-est des Etats-Unis, de la frontière du Canada à Chicago, dans une vingtaine de villes et un grand nombre de bourgs. Bonne manière de mettre un premier pied aux Etats-Unis. Barney le Sudiste lui avait dit tout de suite :

« Tu vas voir, dans le Nord, les Noirs n'ont jamais bossé dans des plantations mais dans des petites fermes, chez les bourgeois comme domestiques ou dans les ports comme dockers ou marins. Maintenant, c'est dans l'industrie avec des types venus du Sud et des Blancs qui sont passés à côté de la réussite. On les méprise tous comme classe sociale inférieure. L'ouvrier, noir ou blanc, est un abruti qui pue, parle mal, picole, se bagarre. De toute manière, dans les usines ou dans les locomotives, ils sont tous noirs de graisse et de suie. Les frères qui réussissent sont tolérés, et les rares qui ont pu devenir riches sont respectés. »

Les Rattlers ont eu du succès dans les grandes villes cosmopolites. Surtout à Chicago. Dans les villages où on ne connaît que des musiques et des danses paysannes, leur style est tombé comme une mouche dans la crème. Maintenant, ils repartent en tournée jusqu'en Louisiane, matrice du jazz. Jules pensait souvent à Bitschwiller et se demandait si les Alsaciens auraient aimé la musique des Rattlers s'ils n'étaient pas arrivés en vainqueurs, dans l'euphorie de l'armistice. Sûr que non.

Le dernier soir, avant de boucler sa valise, Jules s'installe au petit bureau devant la fenêtre côté rue. Il n'allume pas la lampe. En voyage, il aime ces nuits urbaines où les lumières mouvantes du dehors changent en kaléidoscopes les chambres les plus tristes, à condition de ne pas allumer les lampes. Dans la fumée de sa cigarette, l'enseigne du Pioneer's clignote. Elle éclaire alternativement de bleu, de vert et de rouge la feuille de papier et l'enveloppe à en-tête de l'hôtel sur laquelle il écrit : *Madame Sigrid Zacher, Bitschwiller-lès-Thann, Haut-Rhin, France.*

New York, 24 septembre 1922

Sigrid,

Ce soir, alors que nous nous apprêtons à quitter le – presque – confortable Nord pour une longue tournée qui va nous mener enfin dans le Sud, l'Amérique esclavagiste, raciste et tueuse de Nègres, je me rends compte que je me tourne vers toi à chaque fois que je saute dans l'inconnu. Mon retour à Dakar après la guerre, ma traversée vers l'Amérique, mon départ pour le Deep South. Il m'est venu à l'idée que cette feuille de papier pourrait être le mouchoir blanc que j'agite quand je pars. Je te vois toujours sur le quai quand je m'éloigne. J'ai mis mon amour pour toi dans un petit coffre-fort secret. Il y a eu d'autres filles, à Dakar, puis pendant la tournée américaine, des petites flambées, des feux de paille que mon nomadisme éteignait vite. Mais toi, tu es toujours là, ma première et ma dernière. Mi Liewe, my love.

J'appréhende un peu ce départ. Mais comment être venu ici sans connaître l'endroit où le jazz a été inventé ? J'aime profondément ces Noirs américains, je comprends leur rage et leur hésitation à se battre chez eux ou à fuir, vers l'Afrique ou ailleurs. Pourtant, je sais que je suis dans ce voyage une sorte d'innocent étonné sur lequel les histoires des autres viennent se briser, lui mouiller les pieds sans qu'il s'enrhume, à la fois empathique et étranger. Je découvrirai peut-être un jour quel est le vrai combat que je dois mener, quel est le jardin que je devrai, à la fin, cultiver. Car il faut en cultiver un, n'est-ce pas ?

Je t'aime.

Jules

7

— Mademoiselle Pequot ?

— Oui, Diane *Pikwott'*. Prononcez comme ça. Je peux quelque chose ?

— Je vous ai cherchée partout. On m'a dit que je pourrais vous trouver à votre dispensaire. Pardon de vous déranger. Je suis William Edward Burghardt Du Bois, plus simplement W.E.B. – *dubbleyou-i-bi* – Du Bois, professeur de philosophie à Harvard.

Elle regarde l'arrivant qu'elle dépasse d'une demi-tête. Les hobos assis dans la salle d'attente regardent ce cinquantenaire portant barbichette soignée, col cassé, lavallière, boutons de manchettes, petit cartable sous le bras, canne à la main. Ils font silence, prêts à renvoyer l'homme dans la rue via la fenêtre au moindre signe hostile à l'égard de Diane. Comme c'est un Noir et qu'il est poli, on lui fait crédit. L'homme ouvre sa serviette, sort le livre *Mémoires de Julius Washington*, le tend à bout de bras.

— Je voudrais parler des Mémoires de votre ancêtre que j'ai trouvés à la bibliothèque de mon université, qui les avait édités en leur temps. C'est possible ?

Diane ne respire plus. Granma disait vrai, la vérité attire les ennuis. Elle bredouille :

— A… asseyez-vous… Je termine avec quelques patients et je vous rejoins…

Le curieux monsieur qui prononce *Péquot* à la française attendra. Elle va se calmer en faisant les gestes de sa routine.

Vingt minutes après, elle le retrouve lisant les *Mémoires.*

— Mademoiselle Pequot…

— Diane. D'abord, comment avez-vous fait le lien entre ce livre et ma famille ?

— Je suis chercheur, historien, mon métier est de trouver. En passant à Harvard il y a peu, j'ai découvert cet ouvrage que les registres de dépôt mentionnent comme le don récent d'un certain Weston Benson. *Tiens, tiens*, me suis-je dit... Washington, Benson... j'ai tiré le fil de l'état civil et je suis arrivé à votre mère, Liberty, née Benson à Monrovia, épouse Pequot, et dont le grand-père était Julius Washington, puis à vous, sa fille, née Pequot. J'avais le choix entre Dartmouth et ici. Je me rendais à New York, c'est donc tombé sur vous. Vous avez déclaré à la mairie un établissement médical à votre nom. Voilà. Pas besoin d'être un agent du FBI...

— Waouh ! Et que me vaut l'honneur ?

— Cela a été pour moi une immense chance que de trouver ce livre. Je fais des recherches sur le Liberia. Il n'existait quasiment rien d'autre que des textes polémiques. Les pour, les contre, cette sorte de choses. Alors, vous imaginez ma joie de tomber sur cette magnifique ressource documentaire ! Magnifique travail.

Diane se détend.

— C'est ma mère, Liberty, qui a tout fait.

— A partir de quoi ?

Encore un peu méfiante, Diane raconte évasivement l'histoire du coffre. Puis :

— Et pourquoi vous intéressez-vous à ce pays, monsieur Du Bois... W.E.B. ?

— Le vice-président Calvin Coolidge me l'a demandé. Quand il sera élu, l'an prochain – ce qui ne fait aucun doute pour lui –, il veut que je sois son émissaire au Liberia. C'est un peu surprenant car je ne suis ni sociologue, ni politicien, ni diplomate. Mais je ne discute pas un honneur et je tiens à faire les choses avec sérieux. Ce livre est précieux.

— Merci à mon arrière-grand-père et à ma mère. Qu'est-ce que je ferais de mieux ?

— Vous allez voir, mais, avant, j'ai une question : pourquoi ne l'avez-vous pas confié à un éditeur plutôt que financer son impression à vos frais ?

— Tous ont refusé. Ceux qui pensent que les Noirs ne valent pas une seule feuille de papier, autant que ceux qui refusent de publier quoi que ce soit qui nuirait à leur image.

— Ridicule. Mais on en reparlera. Vous êtes libre pour dîner ?

Quand le petit homme s'en va, Diane reste perplexe. Et pas totalement rassurée. Un agent qui ferait le gentil pour l'endormir ? Agent de qui ? Ce type a certainement une idée derrière la tête. Est-il prudent d'aller avec lui à l'autre bout de la ville ? Georgia est encore là, dans le petit bureau du *garage*. Diane raconte. Georgia est épatée.

— W.E.B. Du Bois ? Bien sûr, je connais. L'été dernier, dans le grand square, il a fait un discours à la convention à propos de je-ne-sais-quoi. Un peu idéaliste, mais c'était bon à entendre. Tu peux y aller, je le vois pas en pervers sadique. T'as même plutôt de la chance.

— Ah, c'était lui ! Je me souviens de ce meeting.

Vers vingt heures, le taxi stoppe au restaurant La Mela – la pomme – sur Mulberry. Après les banalités échangées en chemin, *pane e vino della casa* servis sans demander, la conversation entamée au dispensaire reprend :

— Diane… je peux vous appeler Diane ? J'ai fondé la National Association for the Advancement of Coloured People pour assurer le progrès commun des Blancs, des Noirs et de tout l'éventail de couleurs entre les deux. Mais, comme beaucoup ne croient pas à la cohabitation et pour ne pas éluder le sujet, en août 1920 j'ai organisé une convention de vingt-cinq mille personnes à New York à propos du retour vers l'Afrique…

— Je me souviens, ça avait agité les frères dans Harlem. Moi, comme il était question du Liberia, l'oreille me chatouillait un peu. Mais bon, à l'époque, je savais juste que cela concernait vaguement l'histoire de ma famille. C'est seulement en novembre de cette année-là, pour Thanksgiving, que ma grand-mère nous a ouvert la malle de Julius Washington où il y avait ces documents et qu'on a compris à quel point notre histoire familiale était liée à celle du Liberia. Vous imaginez notre surprise ! Le mot est faible.

— On n'en parlait pas, chez vous ?

— C'était pas un tabou, juste une page tournée. Si j'avais su alors ce que je sais maintenant, j'aurais peut-être mis mon grain de sel dans une convention comme celle-là.

— Ce grain de sel, ce serait quoi ?

— Pour une fois, j'aurais parlé en tant qu'Amérindienne. Mon père était un Indien de la tribu Pequot, d'où mon nom.

— Et vous leur auriez dit quoi ?... Mais servez-vous...

Les petits légumes dans l'huile d'olive, Diane découvre. Le blanc de Toscane aussi. Celui qui s'était présenté comme *Dubbleyou-i-bi* fait les choses en grand. Séduction, manipulation ? Pas rassurée.

— J'aurais dit qu'il ne faut pas faire aux Africains ce que les Européens ont fait aux Indiens. Si des Noirs allaient aujourd'hui en nombre en Afrique, ils ne devraient pas répéter ça. Maintenant qu'on sait ce qui s'est vraiment passé au Liberia, ce serait un crime.

— Ce *sera* un crime. Non seulement les nouveaux colons vont mépriser les « frères » indigènes vus comme des sauvages à civiliser de force, mais, en plus, le nouveau projet vise à évincer leurs prédécesseurs, les Afro-Américains de la première vague, ceux qui sont arrivés il y a cent ans. Ce sera un double crime... Encore un peu de *vino bianco* ?

En se faisant resservir du vin, Diane goûte le double et rare plaisir d'être choyée et de se faire l'avocate du diable devant un type de Harvard.

— Ces Américo-Libériens de la première vague, comme vous dites, n'ont-ils pas mené ce pays au désastre, ainsi que Julius Washington le raconte ? Ne faut-il pas les remplacer ?

— Imaginez que l'Europe décide d'envoyer à nouveau ici des millions de gens pour régénérer notre classe politique jugée corrompue et incompétente ? Cela serait-il acceptable ? Les nouveaux venus seraient-ils meilleurs que ceux qu'ils remplaceraient ? Non, il ne s'agit que de spoliation. On profite des faiblesses de ceux qui ont en partie échoué pour leur substituer la supposée vertu de gens qui n'ont jamais ni rien tenté ni rien prouvé. Le seul talent reconnu de ces nouveaux colonialistes est leur habileté à prendre l'argent d'un public subjugué par leurs discours sur l'African Return…

Arrive la *pasta* aux palourdes, ruisselante d'huile aillée. Diane y voit une grave menace pour son chemisier blanc. Elle écoute W.E.B. en regardant à la dérobée comment les voisins s'y prennent avec ces coquilles dont il faut extraire la bête minuscule au milieu d'un nid de pâtes fuyantes comme autant d'anguilles.

— Vous êtes certain que ce projet de recolonisation existe bien ? Cela paraît fou.

— Le promoteur du projet, Marcus Garvey, récolte des fonds pour l'implantation de deux cent mille personnes ! Heureusement, il est en prison, accusé de malversations avec la compagnie maritime créée par lui pour conduire tous ces Noirs en Afrique.

— Deux cent mille !

— Après, il espère que tout le monde suivra. Retour au pays pour tous !

— Les Blancs d'ici devraient être bien contents de se débarrasser de ces premiers deux cent mille, non ? C'est peu, mais toujours bon à prendre.

— Mais deux cent mille de plus pour un si petit pays, c'est considérable. Julius Washington l'a déjà écrit, alors que le chiffre des migrants avait deux zéros de moins !

— Puisque Garvey est en prison, vous êtes tranquille, non ?

— Il va sortir dans un an. En attendant, ses disciples travaillent pour lui. La prison en fait un héros. Savez-vous que Garvey s'est autoproclamé président de la future République africaine ! C'est un mégalomane, un fou, un dictateur en puissance.

Diane s'en est sortie avec ses *spaghetti alle vongole*. Et voilà qu'arrive une suite. Petite escalope au citron avec deux feuilles d'épinards. Facile, même avec une seconde carafe arrivée par magie. Du Bois est toujours aussi posé, poli, souriant, économe de ses gestes. Pas séducteur. C'est sur un autre terrain qu'il avance, méthodiquement.

— Il faut que les personnes d'influence sachent comment la belle idée du retour en Afrique peut tourner à la catastrophe quand elle est mise en œuvre avec de mauvaises intentions. C'est bien cela que démontrent les *Mémoires* de Julius Washington.

— Vous voulez vous servir de ce livre comme d'un tract politique ? Je ne sais pas si ma mère… De toute manière, nous n'en avons que peu d'exemplaires.

— C'est bien de cela que je voulais vous parler.

Alors qu'est servie une pâtisserie blanche et molle, couverte de poudre de cacao, arrive ce que Diane voit venir comme le point d'orgue de la soirée :

— Je veux faire éditer ce livre par les Presses universitaires de Harvard, comme elles l'avaient fait à l'époque avec les textes originaux de votre aïeul. Une université n'est ni un éditeur commercial ni un organe de propagande. Les *Mémoires* sont un témoignage historique équilibré, un corpus unique de connaissances, un document d'étude précieux pour les étudiants et les chercheurs. Le label « Harvard » en sera la caution. Vous pouvez rassurer votre mère.

— Et ces originaux de Julius Washington déjà édités… Sont-ils introuvables ?

— Quand j'ai commencé mes recherches à Harvard, j'ai trouvé trois fiches correspondant aux trois tomes écrits par lui et que vous connaissez puisqu'ils sont regroupés dans le volume unique que votre mère a reconstitué. Ils avaient tous trois disparu.

— Empruntés, jamais rendus ? Cela doit arriver souvent.

— Sauf que la même chose est arrivée aux universités de New York, Philadelphie, Washington, Richmond. Et je ne les ai pas encore toutes visitées. Curieux, non ?

— …

— Plus étrange encore, les emprunts datent tous du premier trimestre 1920.

— Avant la grande convention de New York sur l'African Return ?

— Bravo. Et, dernier point, ces soi-disant emprunts ont été faits par une seule et même personne. Un certain Mark Annsbay.

— Wouaa… ça se complique.

— Vous avez compris. Il s'agit presque d'une affaire policière.

— Ce Mark… machin, vous l'avez trouvé ? Vous m'avez bien trouvée, moi.

— Pas la peine d'aller bien loin. Saint Ann's Bay est le lieu de naissance de Garvey. Et Mark est le diminutif de Marcus. Les pseudonymes sont souvent faciles à démasquer.

— Alors, c'est donc votre ennemi juré qui a… Voici qui est très romanesque !

— Le mot est un peu fort, Garvey n'est que l'ennemi du savoir. Comme tous les dictateurs. C'est aussi avec cela que je compte convaincre mon université de publier votre livre, seule chance de ne pas rompre le fil avec l'Histoire.

Un peu ivre dans la voiture qui la ramène, Diane décide d'écrire à sa mère aussitôt arrivée au *garage*. Liberty et oncle West doivent au plus vite donner leur avis. Devant son petit bureau, elle résiste au sommeil jusqu'à avoir scellé l'enveloppe.

Quand elle se couche, elle se dit que ce curieux philosophe lui a ouvert une fenêtre jusque-là fermée sur un monde dont elle se demande si elle avait vraiment envie de le connaître.

8

Au lever du soleil, le train de nuit de la Baltimore & Ohio longe le lac Erié, aux rives prises dans une couche de glace orange. William, Edward, Burghardt Du Bois n'y prête pas attention. Lui, l'intellectuel calme et pondéré, a le trac. Il n'aura qu'une chance. Alors, dans le wagon-bar où il a relégué sa tasse de café en coin de table pour étaler ses notes, le froid scientifique fourbit les armes qui devraient briser l'élan du mystique Jamaïcain.

Akron va être le terminus d'un long périple. Depuis sa rencontre avec Diane, ses nouvelles recherches l'ont mené jusqu'au Mississippi, dans tous les Etats où avaient été créées des sociétés de colonisation pour financer et organiser les départs en masse. Par le truchement du vice-président Coolidge, il a eu accès aux dépêches diplomatiques et aux rapports plus ou moins secrets, indépendants de la propagande des sociétés de colonisation, qui enjolivait les choses pour continuer à obtenir des fonds. Il a désormais une idée précise de la profondeur du marécage où s'est enfoncé le pays et du mécanisme pervers qui l'y a conduit. Aussitôt qu'il a reçu de Harvey Samuel Firestone la réponse à sa demande, il a pris le train du soir pour Akron, Ohio. Akron, la ville où, oh ironie !, Garvey a jeté les bases de son « mouvement noir universel » en août 1914. Un signe du ciel que l'athée ne sait comment interpréter.

Garvey a une longueur d'avance. Il proclame depuis 1920 qu'il peut réunir cinq millions de dollars pour son projet. Le président libérien King est aux abois, il se doute bien qu'il sera forcé un jour ou l'autre d'accepter ses conditions, faute d'une autre proposition au moins aussi alléchante. Une nouvelle et très longue couleuvre à avaler, une humiliation de plus, un pan d'indépendance en moins. Le pays n'est pas à cela près.

W.E.B. n'a pas d'alternative concrète. Un concept, c'est peu face à l'offre sonnante et trébuchante de Garvey. Que vaut une idée pour l'avenir contre de l'argent tout de suite ? En touillant excessivement le sucre dans son café déjà froid, il relit la copie du dossier envoyé à plusieurs grands entrepreneurs. Au cas où Firestone lui demanderait d'exposer à nouveau ses arguments, il fait un plan, comme s'il préparait un cours à la fac.

Introduction : *dramatiser la situation*. Liberia au bord de la banqueroute. Pays hypothéqué. Créanciers sans pitié. Voisins britanniques et français prêts à envahir le seul pied-à-terre étasunien en Afrique. Agir vite.

Première partie : *l'ancien esclave veut vivre comme l'ancien maître.* Rente de situation : port abrité sur côte dangereuse. S'enrichir sans travailler : taxes portuaires et droits de douane. Suffisant pour la petite colonie des débuts, trop nombreuse aujourd'hui. Goûts de luxe. Pas davantage de production : dix pour cent export, quatre-vingt-dix pour cent import.

Deuxième partie : *l'indigène est devenu un esclave temporaire.* Indigène pas reconnu comme citoyen. Les colons le font trimer comme eux trimaient autrefois, mais sans le statut de marchandise car l'indigène n'est pas acheté. Travail fini, retour à la forêt.

Conclusion : *le développement, seule issue.* Les dirigeants n'ont aucune idée du potentiel de l'intérieur du pays. Il faut l'explorer et développer les richesses naturelles et exporter des denrées utiles à l'Amérique : cacao, café, huile, bois…

Il lui manque toujours un projet précis, mais son plaidoyer tient debout. Du Bois se lève, retourne dans son compartiment, d'où il regarde enfin briller la surface lisse du lac alors que le contrôleur annonce en carillonnant dans les couloirs l'arrivée prochaine à Cleveland. Une heure d'autocar, et il sera à Akron.

Harvey Firestone, la cinquantaine à peine grisonnante, regarde l'arrivant dans les yeux et lui serre fermement la main. Son bureau, grand comme un demi-court de tennis, est une sorte de musée du pneu et de l'automobile, en médailles, coupes, photos, affiches. Immense derrière la table de travail couverte de trophées, un tableau représente un pilote au volant d'un bolide jaune et noir : *Ray Harroun, victorieux des 500 miles d'Indianapolis 1911 sur sa Marmon 32 Wasp équipée des meilleurs pneus du monde.* Harvey Firestone laisse son visiteur faire le tour de la pièce avec les yeux puis désigne un fauteuil dans le coin-salon. A peine assis, W.E.B. comprend qu'il ne sera pas nécessaire de servir son cours magistral. Firestone attaque sur un tout autre terrain :

— Du Bois, dites-moi, pourquoi voulez-vous contrer le projet de Garvey ? Car il s'agit bien de cela, non ? Pourquoi une telle concurrence entre Noirs panafricanistes ?

Un instant désarçonné, Du Bois répond en puisant dans une autre réserve d'arguments, déjà cent fois répétés au cours de sa campagne anti Garvey :

— Garvey dit : « L'Afrique aux Africains. » En fait, c'est *l'Afrique aux Américains*. Il répète la supercherie de la fondation du pays. Qu'il s'agisse de Noirs ne change rien. Les Noirs d'ici ne sont plus des Africains depuis longtemps. Ce sont des Américains martyrisés qui aspirent à vivre comme les autres Américains, pas comme des Africains, dont ils ne savent d'ailleurs rien du tout. Le projet de Garvey est un banal plan de conquête coloniale, c'est-à-dire d'occupation territoriale et de domination des indigènes. Et ceci sans aucun bénéfice pour l'Amérique, car il hait l'Amérique. Il est jamaïcain.

Harvey Firestone, petit homme aux yeux mobiles qui donnent l'impression qu'il jongle toujours avec cent idées à la fois, sourit.

— Franchement, est-ce bien là votre unique raison de vous opposer à cet homme ? J'entends… des raisons plus… idéologiques.

Harvey Firestone touche juste. Pas la peine de finasser.

— Franchement ? Il y en a une autre. Cet homme prône la pureté de la race noire. Son autre concept, parallèle à celui du nationalisme noir, est le colorisme.

— Le colorisme ? On croirait entendre ces peintres français d'avant-garde…

— Hélas, il ne s'agit pas d'art. Etre noir est pour lui *essentiel*, au sens profond du mot. Noir est identité, *essence* de la personne. Il hait les métis, les quarterons, les octorons, tous les Mulâtres ambigus, indécis, traîtres à leur race. Quand, de surcroît, ce sont des intellectuels de Nouvelle-Angleterre, ils mériteront la mort au lendemain de sa révolution. Je serai le premier, moi qui suis né à Great Barrington, Massachusetts, qui ai du sang hollandais, français et négro-américain, diplômé à Berlin et Boston, qui traite avec les Blancs, les Noirs, les Mulâtres sans distinction de couleur…

— Et qui pense que la lutte des classes transcende la lutte des races.

— C'est vrai, même si cela choque le capitaliste que vous êtes, Harvey.

— Cela ne me choque pas. Pour moi, c'est la démocratie qui transcende tout, classe, couleur, religion, sexe. C'est mon *essence* d'homme occidental. Mais c'est une autre histoire. Revenons aux choses concrètes. Que savez-vous de l'attitude des Libériens face à Garvey ? Quel est le degré d'urgence pour nous ?

« Pour nous ». W.E.B. sent son pouls s'accélérer.

— Le temps presse. A peine réélu, le président King est prêt à accepter sa proposition. Il ne veut pas être le président de la banqueroute. Il préfère manger son chapeau.

— Vous connaissez cet homme ?

— C'est un Yoruba du golfe de Guinée. Il n'a jamais mis les pieds en Amérique. Il descend des captifs en partance pour le Nouveau Monde saisis en mer à bord des navires négriers dans la chasse qui leur était faite depuis l'interdiction de la traite. On appelle congos ces recapturés. La marine anglaise a débarqué ses parents en Sierra Leone, comme l'US Navy le fait au Liberia parce qu'on ne peut pas les raccompagner dans chacun de leurs villages d'origine. La famille a migré à Monrovia, où Samuel King est né. Noir, mais pas indigène du Liberia, il peut, selon la Constitution, en être citoyen. D'un autre côté, il ne fait pas partie de la dynastie des Mulâtres descendants des premiers colons. Cela plaît à Garvey, qui y voit à la fois un *authentique* Africain et un dirigeant moderne non soumis au poids des chefferies locales. King est pour lui le parfait allié. Pour mieux le gruger, cela va de soi. Les émissaires de Garvey se relaient au palais présidentiel.

— Quelles propositions font-ils ?

— Cinq millions de dollars pour racheter la dette, se rendre propriétaires de quatre mille kilomètres carrés de terres pour installer une colonie de soixante mille familles.

Harvey Firestone se lève, regarde par la fenêtre qui donne sur la ville où les grandes cheminées de brique et les toits en *M* des usines tiennent lieu de patrimoine monumental, hoche la tête comme s'il prenait le temps d'assimiler les propos du visiteur.

— William, j'ai lu votre argumentaire et la note résumée du témoignage de ce Julius Washington auquel vous faites référence. J'ai réfléchi. J'ai commencé à en parler à quelques personnes. J'ai l'idée d'un contre-projet à opposer à celui de Garvey. Peut-être pourrons-nous empêcher cette folie. Et faire gagner de l'argent au Liberia, à nous-mêmes et à l'Amérique. Je dois en discuter avec quelques partenaires auxquels je pense, et tâter le terrain avec certains politiciens. Je ne vous en dirai pas plus pour l'instant, mais déjeunons ensemble pour mieux faire connaissance. Vous me parlerez de la lutte des classes. Je n'approuve pas l'idée de lutte, mais le concept de classe m'intéresse.

Du Bois reprend le train du soir. Pour sa seconde nuit de suite dans un wagon-lit de la B&O, il est heureux. Quelle ironie ! Une alliance anticolonialiste entre l'un des plus grands capitalistes du monde et un intellectuel noir pour qui le capitalisme est précisément une des causes du colonialisme et du racisme, cela le laisse rêveur. Il ne sait rien du projet de Mister Rubber… Et là, en l'appelant Monsieur Caoutchouc, il lui vient l'idée d'évidence. *Bien sûr, idiot !* Si c'est bien cela, alors, c'est sûr, il va reprendre l'avantage sur Garvey.

La lune éclaire les eaux glacées du lac Erié. Allongé sur sa couchette, il relit la fin des *Mémoires* de Julius Washington, qui lui parle maintenant comme un ami. Dans ce chapitre, il raconte sa remontée en pirogue de la rivière Cavalla, la rencontre avec un colon rendu à moitié fou par l'isolement dans la forêt parmi les indigènes et, surtout, le drame : l'assistant-photographe retrouvé mort, égorgé, lacéré par des griffes énormes, et cet être, mi-homme mi-léopard, qui s'enfuit dans la nuit.

S'endormant dans le mouvement du train, W.E.B. imagine la terreur des colons à l'idée que si leur domination s'affaiblissait, si leur violence n'arrivait plus à contenir la colère indigène, si l'Amérique n'envoyait plus une canonnière quand la révolte gronde trop fort, la puissance occulte de l'Afrique, tapie dans ses forêts, habillée en léopards, en crocodiles, en serpents, se réveillerait pour les tuer tous, eux, les intrus.

George « Big Frenchy » DeMange

1

Il pleut sur La Nouvelle-Orléans. Il pleut sur le lit. Toute la nuit, ils ont bien essayé de le déplacer, mais aucune surface de la taille d'un matelas n'est à l'abri des fuites du plafond. Une cuvette ici, une boîte de conserve là, récupérées à l'office de la pension Dixie, limitent les dégâts. Ils avaient voulu une chambre en hauteur pour échapper au boucan de la rue, ils ont l'eau depuis la fin du concert, hier soir. Douze heures sans discontinuer. Pour passer le temps, Barney Hodges compose un morceau, un blues bien étouffant que Jules Canot, allongé dans un coin sec, en tricot de corps et caleçon blancs, rythme en se tapant sur le ventre et la poitrine. *Flapa-tap, boum-boum*. Encore une quinzaine à passer ici avant de partir pour Nashville, fin mai, suite et fin de l'interminable tournée de ce qui reste du Rattlers Memory Band. Des anciens des Hellfighters qui défilaient en triomphe à Harlem il y a cinq ans, ils ne sont plus que quatre. Le major Barney Hodges, trompette, les sergents Wilkinson et Bruce, saxophone et guitare, le caporal Jules Canot, percussions. Le bassiste a changé trois fois, le trombone deux fois. Le groupe s'est encore plus éloigné du *marching band* qu'il était du temps du lieutenant Europe, ce qui ne déplaît pas à Jules.

— Désolé de te dire ça, Barney, mais j'ai hâte qu'on fiche le camp d'ici. Pour moi, ici, c'était la Mecque du jazz, j'attendais d'y être avec impatience. Tu parles d'une déconvenue ! Non mais t'as vu ce bouge ?! Depuis qu'on est en tournée, on n'a jamais vu ça.

— Je dois reconnaître.

— C'est pas seulement la pluie. Ni la chaleur et la moisissure. J'ai connu ça en Afrique. C'est l'ambiance. T'as vu hier soir, au Blue Paradise ? Cent personnes, pas plus, dans ce grand théâtre délabré. La moitié des ampoules grillées, les sièges cassés. Et la veille, au Bella Louisiana, ce cul-de-basse-fosse ? T'as déjà connu ça ?

— Non. Pas depuis la guerre.

— Et côté musique… pardon, Barney, on dirait qu'ils vont s'en tenir pour l'éternité aux fanfares de rue et que le bon vieux dixieland *tagada-tsoin-tsoin* va rester à jamais leur folklore… Tu te souviens de Chicago ? S'il n'y faisait pas si froid l'hiver, c'est là que j'irais vivre. Là, ça bouge ! Là, on invente ! Quand je pense à ce qu'on jouait en France, à ce qu'on jouait là-haut, dans le Nord ! On a sacrément évolué. Alors qu'ici…

— C'est vrai qu'on est loin de ce qu'on jouait à Mitch… Witch… en France.

— Ouais, je ne jouerais plus ça aujourd'hui, mais c'était chouette.

— Monsieur Canot a des regrets ?

Jules ne répond pas. A-t-il des regrets ? Parfois il se demande pourquoi il est venu en Amérique. Ils ont quitté New York depuis un an et huit mois. Trop long. Un an dans le quart nord-est : Pittsburg, Columbus, Cincinnati, Indianapolis, Chicago, Detroit, Cleveland, Philadelphie, et d'innombrables bourgs et bleds intermédiaires. La tournée a rapporté, le jazz est à la mode. De bons contrats, des salles de concerts, des clubs. La vie nomade lui a plu. Jamais longtemps au même endroit. L'Amérique à découvrir, des tas de lieux à visiter, des musiciens formidables à rencontrer, des paysages qui défilaient lentement dans les carrés aux coins arrondis des fenêtres du vieux bus. La mécanique a tenu huit mois. Un autre bus, plus petit et un peu moins vieux, a été trouvé dans la capitale de l'automobile,

Detroit. Barney est aussi bon *tour manager* que *band leader*. Un télégramme de temps en temps à George DeMange, pour ne pas se faire oublier et obtenir quelques introductions auprès de patrons de boîtes *en affaires* avec lui, a bien aidé. Surtout à Philadelphie. Le nom de Jo Di Benedetti marqué sur le sous-verre de La Morgue a été un mot de passe magique. A condition de jouer une heure tous les soirs à bord et d'avoir débarqué avant la saison touristique, six couchettes de troisième classe ont été offertes sur tous les tronçons du parcours de la East & South Coastal, terminus New Orleans, Louisiana. Les cargos mixtes de la ligne pouvaient embarquer le bus quand il y avait de la place au milieu des caisses sur le pont des marchandises. Sinon, ils attendaient le bateau suivant. C'était une sacrée gymnastique de synchroniser les jours de passage des navires avec les dates des concerts, mais Barney a fait des miracles. Hampton, Portsmouth, Charleston, Wilmington, Atlantic City, tous les ports de Floride jusqu'à Miami, puis en remontant vers le nord sur le versant ouest de la péninsule : Naples, Venice, Panama City, Mobile. Encore presque six mois de sauts de puce, d'embarquements et de débarquements, d'apéritifs musicaux au bar du bord, parfois devant seulement cinq ou six passagers, des hommes d'affaires qui accompagnaient leur fret, parfois avec leur maîtresse, des familles qui déménageaient, des touristes qui aimaient la mer en hiver et les tarifs réduits, rien que des Blancs, dont certains avaient l'air aussi louches que les quelques transbordements nocturnes auxquels les navires de la E&S se livraient. Encore des dizaines de concerts dans des clubs, du plus huppé dans les hauts quartiers bourgeois au plus mal famé du port. Aussi beaucoup de temps libre, à ne rien faire, composer, jouer aux cartes, lire, visiter avec prudence, toujours en groupe. Le succès ne s'est pas démenti. L'ennui est pourtant venu. Pas seulement pour Jules. S'il n'y avait pas eu de l'argent à gagner et l'envie de finir le job, peut-être le carré d'as des musiciens de la première donne se serait-il disloqué.

A Miami, Jules aurait voulu traverser vers La Havane. La musique cubaine entendue dans un bar avait certains accents qui lui racontaient bien des choses d'Afrique. Il a fait le bœuf avec le groupe local, l'eau lui est venue à la bouche, mais il fallait continuer. La routine a repris. Tout le monde espérait La Nouvelle-Orléans. Pourtant, pour des raisons très vagues et sûrement pas avouables, le capitaine a annoncé que la compagnie fermait momentanément l'escale de Louisiane et s'arrêterait à Mobile, Alabama. Exactement le genre d'endroit que les musiciens devaient éviter. « Passez au grand large de l'Alabama », avait dit DeMange. Seulement deux cents kilomètres pour rallier la Louisiane, a rassuré Barney. Ils ont donc débarqué sur les docks et ont roulé vers La Nouvelle-Orléans. Ils ont fait sans encombre les cinquante kilomètres sur la Highway 10 jusqu'à la frontière de l'Etat du Mississippi. L'Alabama était derrière.

Un peu rassurés, ils ont fait encore quatre-vingts kilomètres jusqu'à Gulfport. Là, ça s'est gâté. Arrêt essence. Le pompiste rechignait. Servait les autres voitures. Pendant qu'il faisait semblant de s'affairer, une dizaine de types sortis d'on ne sait où se sont approchés de la station, ont commencé à tourner autour du bus. Un premier coup de pied dans un pneu. Un barbu portant blouson et casquette de cuir des bikers a imité un singe. Rires. Des coups dans la carrosserie. Des cris rythmés. « *Nig-ger-mon-key, Nig-ger-mon-key, Nig-ger-mon-key !* » Trois se tenaient devant. Ils tapaient sur la calandre. Impossible de repartir sans en écraser un. Et, de plus en plus fort, ils scandaient leur refrain sur le thème du négro macaque. Peur à l'intérieur du bus. Le premier qui descendrait se ferait démolir. Alors Jules s'est souvenu du petit matin glacé en vue de Bitschwiller, quand il avait commencé à jouer de la batterie sur les tôles du camion et que les gars s'étaient mis à chanter. Il s'est levé, a pris son petit djembé dans le filet, est allé à l'avant, a ouvert la portière et, debout sur le marchepied, a repris en leur souriant le rythme et la chanson des assaillants, criant plus fort qu'eux « *Nig-ger-mon-key* ». Il tapait du pied, il faisait le singe en rigolant. « *Houba-houba.* » Sans s'arrêter, il s'est tourné vers

Barney : « Monkey Blues ! » En quelques secondes, la trompette de Hodges est sortie de son étui, suivie du saxophone de Wilkinson, chacun devant une fenêtre ouverte du bus. Sidération. Quelques rires ont fusé, les coups ont faibli. Les assaillants avaient perdu la main, le lynchage est devenu une jazz session. Certains ont frappé dans leurs mains, en chantant leurs injures : « *Fuckin' Nigga.* » Sale négro blues. Les gars postés devant la calandre voulaient voir, ils ont rejoint les autres. Alors Bruce, au volant, a pu démarrer. Le bus s'est barré en musique, sans refaire le plein de gazoline mais sauf. Personne n'a cherché à le rattraper. D'ailleurs ces bikers n'avaient ni Harley ni Indian, juste de la frime de méchants péquenots. Il a fallu un kilomètre pour que l'équipage retrouve la parole, embrasse Black Frog, le sauveur ! Ensuite, la seule inquiétude a été que le tacot tombe en panne sèche. Conduit à l'économie, au point mort dans les descentes, il a roulé jusqu'à la limite de la Louisiane. Et ici, dans Storyville, au cœur de La Nouvelle-Orléans où il n'y a ni Ku Klux Klan ni petites frappes racistes, ils goûtent cette sorte d'entre-deux propice aux confidences, avant de remonter le long des rives du Mississippi à travers le Sud des Blancs.

— Hé, Jules, tu rêves ? Je t'ai demandé si tu avais des regrets. La France…

— Non, mais j'ai du mal à comprendre. Tu peux m'expliquer pourquoi c'est devenu tellement mortel, La Nouvelle-Orléans ? Où sont passés les bons musiciens ?

— Tu les as vus dans le Nord. Quand j'ai quitté ici pour m'engager dans l'armée, en 1917, les meilleurs y étaient encore.

— C'était hier ! A peine sept ans ! C'était comment ?

— Génial. Je suis né dans la musique. Mon père était trompettiste. Les voisins jouaient tous de quelque chose, fallait voir ! J'ai commencé à faire le tour des boîtes du quartier français qu'on appelle Storyville, quand j'avais douze ans. Y avait plus de quatre-vingts clubs de jazz.

— On vous laissait y aller, si jeunes ? Mon paternel ne voulait même pas que j'aille sur la plage jouer du djembé après l'école !

— Il suffisait d'avoir un instrument. Des fois, mon père me prêtait sa trompette, ou je la lui piquais quand il cuvait sa gnôle. Y en avait plein, des mômes comme moi. Sidney Bechet était en culottes courtes. Il n'avait pas encore de clarinette mais une petite guitare bricolée dans une boîte à cigares. Et Louis Armstrong ! Encore plus jeune. Je l'ai croisé plusieurs fois. Les minots comme nous, on était là comme à l'école, jusqu'au petit matin. Chacun pouvait avoir sa chance. Jouer un morceau ici, deux là, un set entier en fin de nuit ailleurs. Et voir jouer les meilleurs. Voilà comment j'ai appris. Si j'avais été plus âgé et pianiste comme « Jelly Roll » Morton, j'aurais eu en plus les deux cents bordels – autre exclusivité de Storyville – pour faire mes gammes et partager mon *gâteau roulé à la gelée* avec les dames. Et je parle pas des saloons, des piano-bars par centaines, six cents, huit cents, mille ! La folie. Cette ville n'était qu'une immense salle de concert et une grande école de musique dans un lupanar géant !

— Mon école de tambours à Gorée, côté bordels, c'était pas ça.

— C'était aussi un coupe-gorge. Nous, les petits, et tous ceux qui ressemblaient à des musiciens, on jouissait d'une sorte de protection. On était les anges de la ville. Pas touche aux anges ! T'as vu, l'autre jour, dans le bus. La musique a même éloigné ces gros bouseux. On n'était plus des négros, mais des musiciens.

Jules se lève. La pluie s'est calmée. Il ouvre la fenêtre. L'odeur de la terre et du bois mouillé couvre celle des égouts à ciel ouvert, des ordures jetées par les fenêtres, de la merde. Il adore ces maisons coloniales. Elles lui rappellent Dakar, Saint-Louis, Rufisque, les demeures des Blancs d'Afrique, bien peintes, sur pilotis, avec leurs moucharabiehs, leurs moustiquaires et leurs larges balcons couverts pour les siestes moites. Ici, elles ont plusieurs étages. Elles s'appuient les unes contre les autres. Déglinguées, elles se soutiennent par des poutrelles jetées d'une rive à l'autre de la rue, chancelantes comme des ivrognes qui s'épaulent en titubant. Si on en retirait une seule, tout le quartier s'effondrerait. Ruisselantes de pluie, elles paraissent encore plus pitoyables. Jules peine à imaginer la folle vie néo-orléanaise que Barney raconte.

— C'était le paradis, alors ?

Barney ne répond pas tout de suite. Il cherche les harmonies qui collent avec ses souvenirs. Entre deux phrases sur la trompette en mode sourdine, il raconte le temps où c'était l'Eden pour la musique et la mouise pour les musiciens. Les patrons de boîte, souvent irlandais, aimaient la gigue, les danses de ploucs. Une pincée de dixieland pour faire moderne et ils étaient contents. L'important était qu'il y ait un fond musical, que le client puisse danser dans un coin sombre, flirter, offrir à boire à une fille du genre à qui le rouge à lèvres tient lieu de sourire. Ils engageaient les musiciens les moins chers, pas les meilleurs. La concurrence tirait les prix vers le bas. Quant aux concerts, les organisateurs foutaient souvent le camp avec la recette.

— Je me souviens de mon vieux qui rentrait à la maison et se faisait engueuler par ma mère parce qu'il n'avait pas ramené un rond de la nuit ! Toute la cour était au courant tellement elle y allait fort ! Une fois, pendant qu'il roupillait comme tous les jours jusqu'à midi, elle a mis sa trompette au clou. Il a dû repeindre tout le hangar d'un patron blanc pour la racheter au prêteur sur gages. L'ambiance de mon enfance. Tu vois, ton copain Barney est né au paradis, dans le vice et la misère !

Un trou de soleil dans les nuages, la brise se lève, les relents du bayou entrent dans la chambre. Jules est dans les mangroves du Sine-Saloum, ces labyrinthes d'eau et de racines aériennes, les palétuviers, abris pour des millions d'oiseaux pêcheurs, des crabes, des huîtres, des poissons, un peu comme ici, sans les alligators, les serpents d'eau, les vases putrides du Mississippi. La Louisiane lui fait penser au sud du Sénégal dans une version malodorante, abandonnée, violente, désespérée. Il est injuste, il le sait.

En bas, les petits troquets se préparent pour le repas de midi. Un fumet de graillon monte le long de la pension Dixie. Jules allume une cigarette devant la fenêtre. Derrière lui, Barney joue tout bas une ballade mélancolique. Jules finit sa cigarette, balance le mégot d'une chiquenaude. Il rêve.

— C'est beau, Barney, ce que tu joues. Si je ferme les yeux, je danse avec une fille en robe blanche. La peau de son dos nu perle de chaleur et ma main glisse dessus.

— Whaaa… ça fait tout ça, ma musique ?

— C'est pile l'humeur du jour.

— Dis voir, tu devrais pourtant te sentir chez toi, au Quartier français.

— En fait, non. Je ne me sens pas du tout français, ici.

— Dans les fêtes du cochon sous la neige, tu te sentais plus français ?

— Barney, je sens un peu de moquerie… Non, c'était sacrément étrange pour un petit Africain. Mais, souviens-toi, on sortait des tranchées. Tout était merveilleux.

— Surtout une certaine logeuse…

— C'est ça, continue… Oui, une certaine logeuse. Mais tu n'as pas connu la fin, quand j'ai dû partir en vitesse avant d'être lynché par les indigènes. Presque comme ici.

— Je savais pas. Pardon.

— Tu sais quoi, Barney ? Ce matin, pour la première fois, j'ai pensé que j'avais peut-être des origines américaines, des ancêtres esclaves, ici. Je trouve bizarre de me mettre d'un coup à penser à ces choses. Une terre perdue… On me l'a suggéré plusieurs fois.

— Nous, les Noirs d'ici, au contraire, on se demande de quel coin d'Afrique…

— Ben oui, normal, je fais tout à l'envers.

— Si tu le dis ! Bon, Jules, on va se balader, j'en ai marre de cette turne.

Sur son maillot de corps, Jules enfile une salopette de trois tailles trop grande, très *american farmer,* et ils dévalent l'escalier en tapant dans toutes les portes. « Si vous êtes debout, on se retrouve à midi au bar du coin, qui s'appelle Au Jus de Canne ! » Dans la rue, ils empruntent les galeries abritées par les longs balcons qui ceinturent les petits immeubles créoles. Entre les alignements de colonnes de fer s'entassent des échoppes où tout se vend. Ils trouvent une libre interprétation crème et sucre glace des « croissants français ». En essayant de contrôler la *panna cotta* qui gicle entre leurs doigts dès qu'ils mordent dans la pâtisserie, ils descendent Canal Street, large avenue avec deux rangées de palmiers le long des voies d'un tramway. Au bout, le port de commerce. A gauche, sur la rive du Mississippi, une esplanade de terre battue avec de larges flaques où manœuvrent des camions chargés par des grues au pied des cargos.

— Jules, imagine, là, un énorme bidonville. Des cabanes en bois de récupération, des toits en tôle. Quand il pleuvait on était trempés, quand y avait le feu c'était la panique !

— Tu viens de loin, on dirait.

— Ouais. Mon père avait quinze ans quand Lincoln a aboli l'esclavage. Il s'est trouvé comme tous les autres à chercher du boulot. Son père, à quarante ans, était déjà un vieillard. Lessivé. La plantation, même comme salarié, personne ne voulait plus en entendre parler. Tout le monde voulait se faire embaucher au port et dans les fabriques. Etre ouvrier en usine, docker sur les quais, conducteur de machine ! Voilà des beaux métiers ! Pas des trucs de culs-terreux. Avec mon oncle, mon père a construit une cabane ici pour la famille. Il a déchargé les navires. Autre boulot, même misère. Quelques-uns choisis au hasard parmi des centaines qui faisaient la queue à l'embauche devant les grilles. Dès l'aube, tous les jours. Même tarif pour tous. Une obole, mais il a pu s'acheter une trompette. Il s'est marié. Il a déménagé au Quartier français. Je suis né à deux pas de notre piaule, au coin de Bienville et Dauphine. Bon, maintenant que tu sais tout sur les glorieuses origines de Barney Hodges, on va retrouver les autres ?

Ils remontent par Iberville Street. Des enseignes aux noms français, Le Bon Coin, Grenoble, Général Lafayette, et des night-clubs, certains pas encore ouverts, le plus grand nombre fermés pour toujours, portes clouées, vitrines occultées par des affiches de concerts superposées, arrachées, French 75, La Véranda, Dixie Master… Jules en compte une vingtaine sur le kilomètre qui les ramène au Quartier français.

— Dis voir, Barney, qu'est-ce qui s'est passé ? Trois boîtes sur quatre sont fermées…

— Tu veux savoir ? Tu demanderas ça à un type que je vais te présenter. Moi, j'étais pas là, tu t'en souviens, non ?

Le soleil tape maintenant sur la ville détrempée qui se trouble dans une vapeur irrespirable. Au coin de Bourbon Street, une bâtisse à un seul étage, rouge vif et curieusement en bon état, avec, au rez-de-chaussée, un bar pimpant à l'enseigne Au Jus de Canne.

— C'est là que mon père avait son verre.

— Son verre ?

— Ouais. Chaque habitué avait le sien sur l'étagère. Quand ils gagnaient des sous, ils mettaient des pièces dedans. Le reste, ils le ramenaient à la femme. Le verre, c'est « bas-les-pattes, bobonne ». Viens, le propriétaire n'a peut-être pas changé.

Le reste du *band* est déjà installé à une table, sous un gros ventilateur qui tourne selon une orbite incertaine autour du fil électrique qui le retient au plafond. Barney leur fait signe, « Attendez, je reviens ». Il entraîne Jules vers le fond de la salle et tape de l'index sur l'épaule d'un petit bonhomme perdu dans une immense chemise à ramages rouges qui tourne vers les arrivants un singulier visage de cuir havane où il n'y aurait pas de place pour une ride de plus. Surprise, exclamations, embrassades. Le temps d'une synthèse animée de sept ans d'absence, Barney fait les présentations :

— Jeannot, je te présente Jules, un vrai Nègre français du Sénégal, un génie des percussions. Jules, je te présente Jeannot, un authentique créole français de la vieille Nouvelle-Orléans. Conservé dans le bon rhum, Jeannot a au moins deux cents ans. C'est la mémoire du jazz néo-orléanais. Tu pourras le cuisiner. En attendant, on rejoint les autres.

A la table, chacun raconte les malheurs de sa nuit : chaleur, moustiques, bruit, fuites d'eau, ronflements du coturne, grincements de sommier et gémissements d'amour surjoués de la voisine. Jules annonce :

— Les amis, à propos, en souvenir de la nuit bien arrosée que nous avons passée, Hodges a composé ce matin un blues bien dégoulinant en mode mineur. Vas-y, Barney !

A La Nouvelle-Orléans n'importe qui peut sortir un instrument, commencer à jouer et se faire accompagner par qui veut. Hodges enlève la sourdine du cornet et démarre en douceur, Jules embraye avec l'ongle sur le verre et un *tschhh-tschhh* de la bouche. La guitare sort de son étui, tâtonne, trouve les accords. C'est parti.

Jeannot s'est approché avec un plateau de son rhum à peine mélangé à un fruit non identifié. Il sert les musiciens et s'assied à côté de Jules.

— Barney m'a dit que t'as des questions sur le jazz. J'ai pas beaucoup de temps.

— Bon, alors viens nous écouter sur le… Barney, comment il s'appelle, le steamer où on joue ce soir ?

— Le *Queen of Orleans*. Tu viendras, Jeannot ?

— Yep ! Sam « Steam » Scotto, le patron de la Paddlewheal Boats, est un pote.

A bord du *Queen of Orleans*, concert sans fantaisie devant un public attentif venu se tremper dans « l'authentique Louisiane » que leur vend le propriétaire du bateau à aubes. Un peu dixie pour le folklore, un peu jazzy pour le plaisir, tout le monde était content. Mention spéciale pour la composition inspirée par la météo et intitulée « Louisiana Showers ». Que les averses inspirent une si jolie mélodie a fait plaisir aux touristes, qui commençaient à en avoir assez de ces douches tièdes à répétition.

Devant le bar s'avance un type en costume croisé et ostentatoire épingle à cravate que Jules qualifie aussitôt de « Small Frenchy » DeMange, tellement il ressemble à son modèle de New York, avec vingt pour cent de tout en moins. Sam Scotto commente la musique plus laconiquement que DeMange :

— Cool.

Bref mais encourageant commentaire que l'homme prolonge aussitôt :

— Il est où, votre boss ? Faudrait qu'on cause.

Quand Hodges se joint au groupe et que les punchs sont servis d'autorité, Scotto demande, avec le sourire du type sûr de son effet :

— Alors, vous vous êtes remis de votre peur, quand ils ont voulu vous lyncher à Gulfport ?

Puis il rit un grand coup et ajoute :

— C'était pour vous impressionner. On sait tout, ici. Radio Bayou. Donc, voici la question : vous n'avez pas les chocottes de remonter par la route jusqu'à Washington ?

— Ben oui, c'est vrai que plus de mille kilomètres jusqu'à Nashville…

— Vous avez des dates avant Nashville ?

— Non.

— Alors, voilà. Même deal qu'avec l'East & South. Gîte, couvert et transport contre musique. Huit jours de balade. Vous descendez au bout de la ligne, à Nashville. Vendez ici votre bus et montez à bord de n'importe lequel de mes trois steamers. Un départ chaque dimanche. On tope ?… OK, alors on se retrouve pour le dîner dans une demi-heure.

Grâce à « Small Frenchy », l'ambiance du groupe est à la joie. Jules voit enfin le bout de ce long tunnel qu'aura finalement été cette décevante tournée dans le Deep South. Pour finir le voyage, de tout son attirail il ne gardera que le nécessaire pour une musique à touristes.

La cloche de bord appelle les passagers pour le dîner. A table, Jules se retrouve placé entre le patron du bateau et celui du Jus de Canne, qui interpelle l'Italien :

— Dis voir, Sam, le petit Français voudrait savoir pourquoi les musiciens ont dit « Farewell to Storyville »...

Alors, sans que Jules ait besoin de relancer, les deux compères se livrent par-dessus son assiette à des évocations croisées qu'il suit en les regardant alternativement, comme un spectateur au tennis. Il parvient à ne pas manger froid, mais la joute de souvenirs est assez passionnée pour que les protagonistes en oublient les langoustes flambées. Jeannot commence :

— Si la musique est morte, c'est la faute des militaires. C'est la Navy qui a tout foutu en l'air.

Et de raconter, en rythmant ses propos d'un index pointé à bout touchant sur l'épaule de Jules, qu'en 1917 la Navy avait installé une base à côté du port de commerce. Pour les marins, interdiction d'aller à Storyville. Trop dangereux, disait l'état-major.

— Bagarres, assassinats, vols, vérole, tout ça, tu comprends ? Des conneries, lâche Sam, qui, en expert, ajoute : Comment tu peux empêcher un soldat d'aller aux putes ?

Et ce qui devait arriver est arrivé : un matelot a été pris dans une histoire où il ne devait pas être. On l'a retrouvé dans une impasse, tailladé à coups de rasoir. Les autorités ont fermé le quartier. Plus de boîtes, plus de filles, presque plus de musique. La Military Police partout, la matraque facile. Le signal de la déroute, l'heure de la revanche pour tous les petits Blancs protestants, irlandais, anglais, hollandais. Jeannot, le doigt menaçant :

— Tu vois le truc ? Ces cons, vengés de ce que leur avaient fait les *macaroni*...

— Attendez, je pige pas cette histoire de petits Blancs et de macaronis.

Sam tourne sa chaise vers Jules. C'est à lui, l'Italien, de raconter :

— Ecoute ça, petit. A peine cinq ans après l'abolition, disons à partir de 1870, ont débarqué ici des tas et des tas d'Italiens. Mes parents en étaient. On fuyait la guerre, les persécutions politiques, la famine. On s'est mis au boulot. On en voulait ! Pour les descendants des premiers pionniers, les vieilles familles d'ici, un métèque d'Italie, c'était toujours mieux qu'un Nègre. Alors, ils ont embauché ces nouveaux migrants qui étaient déjà agriculteurs chez eux, aussi pour emmerder les *coloured*. La combine a marché au début. Mais les Calabrais et les Siciliens ont un fichu caractère.

— Je témoigne !

— Ah, ça va, Jeannot ! C'est juste que ces gars n'avaient pas l'habitude de se faire exploiter par des étrangers. Ils savaient qu'ils traversaient une mauvaise passe, mais ils ne se sentaient pas minables comme les anciens esclaves qui croient devoir dire « Merci, not' maître, de ne pas nous fouetter ce matin ! »…

— Alors ?

— Ils étaient de plus en plus à arriver des mêmes villages d'Italie, organisés en familles, en clans, comme chez eux, quoi. Et aussi plutôt expéditifs dans le règlement de leurs comptes. Rasoir, revolver. Eliminés, les bourgeois anglo-saxons, ces maîtres effrayants pour le Noir mais qui n'étaient en fait que des abrutis devenus trop gras pour défendre leur bifteck. Les Italiens, eux, avaient un putain d'appétit ! Ils ont tout raflé. Sauf les plantations. Pas fous ! Le port, le trafic sur la mer et le fleuve, les compagnies de navigation, l'alcool, les cigarettes, les filles. T'as vu les noms des escales : Venice, Naples… « A nous le bon bizness ! » La compagnie de navigation qui nous a amenés jusqu'ici, elle appartient à qui ? A Jo Di Benedetti.

Jules se dit in petto : *C'est quoi le bizness de cette compagnie, en dehors du tourisme ?* Mais il se contente de demander :

— Et pour la musique ?

— On a ouvert des night-clubs plus luxueux, des bordels plus chics, fait travailler des filles moins abîmées, embauché les meilleurs musiciens, payés cher à condition qu'ils soient bien habillés, polis, qu'ils ne mettent pas la main au cul des clientes, qu'ils ne regardent pas ce qu'ils ne devaient pas voir, ne répètent pas ce qui était à taire, et qu'ils renouvellent assez leur musique pour ne pas lasser le public. Finies, les vieilles rengaines de *flagada-stompers* réglées comme des pianos mécaniques mollassons avec une basse qui fait *bim-bam*, un batteur qui fait *tchip-ti-tchip* quel que soit le morceau de clarinette. Un coup de fouet. Enfin, si je peux dire comme ça…

Jules se tourne vers Jeannot, content de revenir dans le match.

— En fait, si j'ai bien compris, la police militaire a permis aux vieilles familles de reprendre possession de leurs affaires.

— Yep. Les flics et les politiciens ont retourné leur veste, payés par les vieilles familles qui ont tout racheté à bas prix.

— Et vous, Sam ?

— Moi ? Tranquille. J'avais des bateaux. Les Italiens ont gardé la navigation. Personne n'était intéressé. Ni compétent. Ils avaient tort, ces cons, tant pis pour eux. Moi et Di Benedetti, de l'E&S de Philadelphie, on se serre les coudes.

— Et Big Frenchy ?

— Oh, lui, c'est une sorte de cousin français. Un type correct. Un frère.

Discret. Jules imagine bien comment ce petit monde peut tirer des profits annexes du cabotage maritime et fluvial quand il y a tant de choses illicites à transporter dans cette Amérique si puritaine qui aime tant faire la fête. Vive la Prohibition !

— Et pour les musiciens ?

— L'exode. Les meilleurs, qui pouvaient avoir des contrats dans le Nord, sont partis sur les routes avec leur misère dans leur baluchon. La veille en smoking, le lendemain en loques à marcher le long des voies ferrées. Voilà. Né ici, le jazz est mort ici. Il a suffi de cinq ans pour tout casser. La guerre a tué ça aussi.

Plus tard, pendant que Barney ronfle assommé de rhum dans la chambre de la pension Dixie, Jules sort sa petite écritoire secrète.

La Nouvelle-Orléans, 9 mai 1924

Sigrid, mon amour,

J'ai sauté dans le pays imaginaire. Comme les explorateurs remontent le Nil jusqu'à ses sources, j'ai pu faire le chemin à rebours vers les origines de cette musique. L'Afrique n'est qu'un de ses affluents. Il y a aussi les airs folkloriques venus d'Europe, des tonalités des Caraïbes elles-mêmes métissées, des chants religieux et bien d'autres choses encore. J'ai trouvé cela diablement intéressant. Mais, très tendre Sigrid, je ne t'écris pas pour te faire un cours de musicologie. Ce que je veux te dire, c'est que cette découverte, cette connaissance ne nourrissent que ma curiosité, pas mon – comment le dire autrement que par ce mot grandiloquent ? – mon âme.

Je pense souvent à Bitschwiller, amoureusement avec le souvenir de toi, de nous ; musicalement avec celui des concerts fous que nous y avons donnés. Je pense n'avoir jamais été aussi bon qu'à ce moment-là, n'avoir jamais été aussi sincère, inventif et libre, dans la jubilation, la découverte d'une part de moi-même qui explosait soudain, encouragé par une spectatrice qui applaudissait. Ici, à part certains moments à Chicago, où le jazz s'invente tous les soirs, je me sens serré dans les conventions qui ne laissent que peu de place à la création de rythmes nouveaux. Pardon de t'ennuyer avec mes histoires de musique, nous préférions parler de littérature. Mais ce sont des choses que je ne sais pas dire à Barney, j'ai peur qu'il ne comprenne pas.

J'ai hâte de m'installer quelque part pour retrouver l'énergie que me donnaient tes casseroles et tes cuillères en bois, récréer cette musique produite par le mouvement du corps tout entier. Je voudrais revenir aux toutes origines : les gestes du travail qui produisent des sons, des rythmes, des chants, une sorte de danse, un opéra. Suis-je capable de créer cela sans toi pour m'applaudir ?

Tu vois, je t'aime toujours.

Jules

2

C'est le premier week-end vraiment chaud de l'été. Diane ne va dans aucune des multiples églises noires de Harlem. La fréquentation des silencieux quakers et des poétiques chamanes de Nouvelle-Angleterre lui a fait depuis longtemps éviter la pompe catholique, l'ennui luthérien, la glossolalie évangéliste.

Diane est fière. En un an et demi, son dispensaire est devenu une institution. Elle en aime le rituel. Le matin, c'est le plus dur. Premiers soins aux nouveaux arrivants. Pieds esquintés, plaies des bagarres, des chutes, des chiens, des coups de couteau anciens jamais soignées. Et la litanie des véroles ordinaires. Douche, désinfectant, pommades, bandages et pansements rafistolent les routards. La dénutrition, le *flophouse* et les soupes populaires des églises s'en chargent ; les yeux fatigués, les récoltes de lunettes dans les quartiers riches font l'affaire ; les dents qui manquent trouvent parfois des râteliers qui n'ont pas trop servi ; les poumons ravagés par la tuberculose, la poussière de paille et de houille, les fumées toxiques et le tabac sont envoyés à l'hôpital ; l'usure des corps, rien à faire, mais pour le moral la musique et l'amitié font des miracles.

Elle qui voudrait tant que tout change dans le quartier, à New York, aux Etats-Unis et pour tous les Noirs du monde, finalement, ces naufragés qui trouvent que Harlem est le paradis, elle les aime. Au lieu que leur misère la désespère, leur bonheur édenté la réjouit. *Welcome to Negrotown !* L'après-midi, plus faciles sont les consultations pour les Harlémites, hommes pour elle, femmes pour Georgia.

Hier, plein comme toujours, le *garage* n'a fermé qu'à vingt heures. « Tout le monde dehors, à lundi ! »

Elle est assise devant la petite table installée dans l'arrière-cour. Plus trace de l'ancien atelier de carrosserie de Daniel Bishop. Elle a même planté un petit potager. Sur le rond de marbre elle a posé les *Mémoires* et picore ici et là dans ce qu'elle a déjà lu et relu sans se lasser, pour faire revivre un moment les personnages extraordinaires de la saga familiale qui ont jailli de la malle de Granma comme autant de petits diables à ressort. Elle aurait voulu connaître Elizabeth Washington, Mammaliza, fille-mère, Noire affranchie, éduquée par son ancien propriétaire et qui donne à son fils Julius le goût d'écrire qui va si bien à ceux qui entendent l'appel du voyage. Elle aime tendrement Diana Skipwith, esclave domestique en Virginie, si émue quand elle sert le thé à Julius que les tasses tremblent sur le plateau, prémices tintinnabulantes de l'amour de toute une vie. Même le maître de Bremo, féru des philosophes français et ami du président Jefferson, George Hartwell Cocke, l'homme aux deux cents esclaves qu'il laissait s'évader parce qu'il anticipait la fin tragique de l'économie de servitude, la fin du rêve des Sudistes, l'avènement de la modernité yankee. Après Cuffee, Cocke est devenu une sorte de mentor pour Julius, parfaisant son éducation pour en faire son assistant, affranchissant la famille Skipwith pour qu'il épouse Diana et reste à Bremo, où sont nés leurs deux enfants, Ruth et Paul. Et le troisième « père » de Jules, le seul vrai, Sinoe Kruman, le mystérieux marin de Charleston, capitaine d'un navire où Julius, embarqué pour explorer la côte africaine, l'avait connu. A peine retrouvé, l'aventurier a été pendu à Richmond pour trafic d'armes au profit d'un mouvement de son invention qu'il appelait la Suprématie noire. Car, contrairement à Garvey, Sinoe Kruman voulait que les Noirs d'Amérique en chassent les Blancs. Et, tout aussi romanesque, l'histoire de Paul, petit frère de Ruth, qui tombe amoureux de la mer au cours de la traversée vers le Liberia et embarque finalement sur le *Princess Ruth*, voilier de ce négrier repenti, Théodore Ca... *Canott, Canot ?? Non... non...*

Un quart d'heure plus tard, Diane arrive hors d'haleine dans l'appartement qu'elle partageait autrefois avec Georgia et Leslie. L'affiche du concert de l'Apollo Theater ! En gros caractères, sous Barney Hodges, Arthur Little et Noble Sissle, le nom du Français d'Afrique, Jules « Black Frog » Canot.

— Qu'est-ce qui t'arrive, Diane ? T'as l'air toute bizarre…

— Non, rien… Georgia. J'ai parlé avec un musicien du *flophouse*… Il me demandait le nom du chanteur… Arthur Little, c'est ça. Arthur Little. J'avais oublié.

Elle repart chez elle, se précipite sur l'annuaire du téléphone. Le consulat de France à New York. Un mensonge diplomatique se prépare.

Pendant que Diane s'échine à reconstituer les morceaux de son histoire, W.E.B. Du Bois, descendu à Grand Central Station, remonte à pied la Cinquième Avenue et pique vers Harlem en contournant les lacs de Central Park, sans un regard pour les écureuils gris. Il doit annoncer son succès à quelqu'un. Ce sera Diane. Il ne se demande même pas pourquoi.

Il revient d'Akron. Vendredi, comme pour ourdir un complot, Harvey Firestone y avait réuni Henry Ford, Thomas Edison, Samuel Sachs et deux sénateurs, un démocrate, un républicain. Six seigneurs blancs, l'élite industrielle, financière et politique du plus grand pays capitaliste du monde pour un petit professeur militant noir, sympathisant socialiste, voire pire. Les impressionnantes présentations faites, Firestone a attaqué tout de suite dans le vif. L'idée est simple. Pas d'idéologie, un projet qui devrait gagner sur tous les tableaux : donner au Liberia la chance de produire enfin quelque chose qui rapporte, contribuer à l'indépendance économique des Etats-Unis et à la prospérité des entreprises et, a-t-il ajouté en le regardant avec un petit sourire, satisfaire les visées anticolonialistes.

Du Bois a voulu montrer qu'il était dans le coup :

« Le caoutchouc. C'est cela ?

— C'est cela. Henry, vous développez ? »

Le numéro avait été bien répété, chacun des invités a dit son mot à son tour. Henry Ford, le roi de l'automobile, a succédé à l'empereur de la gomme pour détailler la croissance et l'intérêt stratégique du marché du caoutchouc ; puis, de manière plus inattendue, est venu le tour de Thomas Edison, le maître de l'électricité et des transmissions, mais aussi éminent botaniste qui a testé dix-sept mille espèces et variétés capables de produire du latex. Il a choisi l'*Hevea brasiliensis*. Il a visité le Liberia. Il y a de bonnes terres du côté de Harbel, pas très loin de la capitale et de son port commode et, a-t-il précisé, « Ces gens-là nous aiment bien, parlent notre langue et ont besoin de nous ». Une manière de passer le relais au banquier. Goldman & Sachs soutiendra l'investissement. Les politiciens des deux grands partis n'ont fait que hocher la tête. Harvey Firestone a refermé la boucle :

« Je veux proposer aux Libériens de me louer, seulement louer, les terres qu'ils s'apprêtent à vendre à Garvey. On y plantera des millions d'arbres. Le projet emploiera des milliers d'autochtones, assurera un flot d'exportations vers les Etats-Unis et versera des royalties régulières et substantielles à l'Etat libérien. Qu'en pensez-vous ? »

Rien à répondre. Ce n'était qu'une figure de style. Le projet était déjà lancé. Le reste de la discussion a porté sur la suite : faire un tour de table bancaire sous la houlette de Samuel Sachs ; persuader le gouvernement américain d'accorder des exonérations de taxes à l'importation ; créer dans le Sud subtropical américain une nurserie des meilleurs plants et faire les premiers essais au Liberia ; régler les problèmes logistiques, juridiques, politiques. Cela prendra au moins deux ans. Trop long pour Du Bois.

« Il faut rapidement convaincre le gouvernement du Liberia des avantages de ce projet. Nous ne devons pas être pris de vitesse par Garvey, sinon, tout échouerait. »

Alors, le sénateur républicain a dit :

« Le président Coolidge m'a chargé de vous dire que vous serez le négociateur. Après tout, c'est la suite logique de votre ancienne mission. »

W.E.B. pénètre dans Harlem jusqu'à la 123e, arrive devant le Diane's Body Repair frappe avec sa canne. Diane, qui s'attendait à voir ses amies, se penche à la fenêtre, reconnaît le crâne chauve et plat de l'homme au cartable, dévale l'escalier.

— Du nouveau ? Oh, pardon, bonjour, professeur Du Bois !

— Bonjour, Diane. Oui, beaucoup de nouveau pour moi, et pour vous.

— Ah ! Mais euh, pardon, entrez…

Cela ne se fait pas, sans doute, qu'une petite Harlémite de rien du tout habillée à la va-comme-j'te-pousse propose un verre à un éminent universitaire. Heureusement, il semble aussi gêné. Elle lui voit un air qu'elle ne connaît pas. Il ne sait où poser son petit cartable et accrocher sa canne, s'il doit enlever sa veste pour s'asseoir dans le jardin. Quand elle revient avec le thé glacé, W.E.B., poli, commence par ce qui intéresse Diane :

— Pour le livre, j'ai un peu de nouveau. Je l'ai présenté au comité éditorial des Presses universitaires de Harvard…

— Oh… merci, professeur.

— William, s'il vous plaît, Diane. Pour vous, je ne serai ni professeur ni docteur.

Diane ne sait comment prendre ce statut dérogatoire. Elle préfère différer la réponse :

— Ça veut dire quoi, « présenté au comité » ?

— Présenté et fait accepter !

— Ils vont le publier, alors ?

— Doucement, doucement, ma chère ! Cela veut dire que huit doctes universitaires vont lire le texte, chacun à son tour, en même temps qu'une centaine d'autres propositions, vont sortir huit fiches de lecture de trente pages sur chacun des vingt livres qui n'auront pas été tout de suite rejetés. Je passe les détails sur les étapes suivantes pour répondre d'avance à votre question : si on aboutit, cela prendra environ deux ans. Peut-être moins. J'ai confiance.

— Tout ce temps ? Oh, pardonnez-moi d'être si impatiente. Mais c'est magnifique ! Merci, merci encore. Encore un peu de thé ?

Sa main tremble un peu. Elle repense à Diana, son arrière-grand-mère, à Bremo. Sauf qu'elle n'est pas amoureuse. Intimidée, impatiente, heureuse. Le cousin Canot et les *Mémoires*, dans la même journée !

— Mais nous n'avons même pas parlé de vous ! Alors, cette autre nouvelle ?

Il raconte sa visite à Akron. Il va partir au Liberia ! Réaliser un grand projet. Elle adorerait se glisser dans ses bagages, connaître l'Afrique, doublement terre de ses ancêtres, et ceux qui en sont partis parce qu'on avait besoin d'eux en Amérique, ceux qu'on a renvoyés « chez eux » parce qu'ils étaient devenus encombrants. Une autre fois, peut-être.

Quand W.E.B. va pour s'en aller à l'heure où on part ou on reste dîner, elle le retient :

— Encore une chose. Je peux vous demander un conseil ? Vous qui avez su me trouver, comment dois-je faire ? Comment attraper un musicien nomade, un ancien du Harlem's Rattlers Band ? C'est peut-être mon cousin.

Il la regarde, amusé, sort un carnet, note un nom et une adresse, arrache la page.

— Tenez, le mieux est de faire une belle lettre à son ancien colonel quand il faisait la guerre en France. La moitié des hommes sous son commandement étaient musiciens. William Hayward est maintenant procureur, c'est aux gangsters qu'il fait la guerre. J'ai beaucoup de respect pour lui, même s'il se commet avec certaines personnes. Passons. Il a dû garder des contacts avec les anciens de l'orchestre.

Toutes les lignes ont mordu. D'abord, le message au procureur Hayward. Bien qu'elle n'ait pas eu de retour direct, le tuyau de W.E.B. était bon. Le matin du 16 juillet, le téléphone sonne au dispensaire de la 123e Rue.

— Major Arthur Little, du 369e RIUS. J'appelle de la part du procureur William Hayward, notre ancien colonel pendant la guerre. Il m'a dit que vous…

— Ah ! Vous avez des nouvelles de Jules Canot ?

— Non, mais moi aussi, j'aimerais le trouver. Je suis éditeur. Je travaille sur l'histoire des Rattlers. J'aimerais son témoignage. Sacré bonhomme !

— Heu… Vous dites que vous êtes éditeur ?

— Oui. De la littérature noire, ou l'histoire des Noirs. Vous écrivez vous-même ?

— Non, non. Mais je voudrais vous faire lire un texte formidable.

— Bon, notez mon adresse. Envoyez-le-moi. Et appelez-moi si vous voyez Canot.

Deux jours plus tard, autre appel :

— Je vous appelle de la part d'Arthur Little. Je suis Noble Sissle, major du 369e.

— Vous êtes… le Noble Sissle des comédies musicales ?

— Eh bien, oui. Je vous appelle pour Jules Canot.

— Pour me donner de ses nouvelles ou bien, comme le major Little…

— Non, pas pour écrire mes souvenirs. J'ai des projets pour lui. Sacré musicien !

Diane n'avait encore rien appris, mais elle se sentait moins seule dans sa chasse à la grenouille.

Alors qu'elle n'y croyait plus, arrive le courrier ! Dès le lundi matin après la visite de W.E.B., elle avait appelé le consulat. Elle a eu un rendez-vous dès le mercredi. Elle a un peu bluffé. A l'employé, elle a servi l'histoire d'un concert de charité organisé au profit des veuves des Rattlers pour le cinquième anniversaire de leur retour. Elle a dit vouloir honorer ce Français. Trois semaines sans réponse lui ont laissé croire que son pauvre stratagème n'avait pas marché. Pourtant, ce mémorable 31 juillet 1924, elle reçoit du consulat la fiche de celui dont elle avait mis la tête à prix dans le tout-New York musical : *Jules, Paul, Canot, né le 10 septembre 1898 à Dakar, de Théodore, Paul, Canot, né à Dakar, Sénégal, et d'Isatou Senghore, née à Banjul, Gambie.* Suivent les informations militaires sans grand intérêt, sauf *blessé pendant la prise héroïque de Séchault, le 29 septembre 1918*, et *a rendu de grands services comme officier de renseignement à Bitschwiller-lès-Thann (Haut-Rhin)*, et aussi *décorations : Croix de guerre.*

Héros et agent secret. Diane est impressionnée. Mais pas avancée pour autant. Seule certitude, Jules « Black Frog » Canot est bien le Noir français d'Afrique sur l'affiche de l'Apollo et l'homme qui est venu jouer chez elle pour l'inauguration du *garage* ! La Grenouille noire du Sénégal. Mais pas du Liberia. Il manque des pièces. Elle reprend la fiche. *Jules, Paul Canot… né de Théodore, Paul Canot et de…* Elle se tape le front. *Pas possible d'avoir laissé passer cette chose qui te crevait les yeux ! Mais quelle imbécile !* Elle a la réponse, là, sous le nez. Théodore, Paul, Jules… La clé n'est pas dans les noms mais dans les prénoms, ceux qu'on donne pour faire plaisir aux ascendants, à des proches, à des gens qui ont compté. De génération en génération, le trio de prénoms tourne en boucle. Reste à savoir comment Paul Washington est devenu Paul Canot. Adopté par Théodore-le-négrier ? Naturalisé sous un nom plus français que Washington ? En tout cas, il n'y a plus de doute ! *Jules, es-tu venu en Amérique retrouver ta famille ? Jules, Jules, sacré maudit Jules, montre-toi !*

La découverte devenait de plus en plus difficile à taire. Le 5 août, Diane arrive à Dartmouth et déballe tout en vrac à sa mère, à peine montée dans le bus scolaire. Le récit est tellement bousculé que Liberty lui fait raconter une seconde fois tranquillement à la maison. En fait, cela tient en trois points : « Un, Jules Canot est mon arrière-cousin germain et je compte bien le retrouver ; deux, il y a une bonne chance que les Mémoires de Julius Washington soient édités par Harvard ; trois, j'ai fait la connaissance d'un professeur du nom de Du Bois, celui qui va peut-être faire éditer le livre par Harvard… » Après cette avalanche de nouvelles, Liberty serre sa fille dans ses bras puis s'approche de la bibliothèque, y prend un livre, souffle la poussière sur la tranche, le lui tend.

— Je connais ce monsieur Du Bois. Très brillant. Tu devrais lire son livre, *Les Ames du peuple noir*. Mais je t'en informe, c'est un homme marié.

Décidément, Georgia, Liberty, tout le monde connaît cet homme mieux qu'elle. Ce qui étonne encore plus Diane est la leçon de morale préventive de sa mère. Jamais elle n'aurait cherché à savoir si celui qui lui demande exceptionnellement de l'appeler William était ou non marié. Une alliance ? Elle n'a pas fait attention à ce détail.

— Comment tu sais ça, toi ?

— Tout se sait dans le petit monde des professeurs noirs. Du Bois est connu et respecté. J'apprécie ses idées anticolonialistes et je pense qu'il se serait bien entendu avec grand-père Julius. Evidemment, comme infirmière, tu ne peux pas savoir.

La vieille blessure fait encore mal. Diane n'a pas pris place dans la lignée des femmes enseignantes, elle n'assurera pas la pérennité de la Paul Cuffee School. Liberty voit le visage de Diane se fermer, déçue que son enthousiasme tourne court.

— Je ne voulais pas te faire de reproche. Ce ne sont que des bonnes nouvelles. Ce que tu fais à Harlem est formidable. Je pense même parfois que si tu en avais assez d'être dans la grande ville tu pourrais venir t'installer ici, faire un dispensaire rural et, avec tes amies, enseigner à des jeunes les rudiments des soins et du travail d'infirmière.

— T'en fais pas, maman. Je vais d'abord mettre la main sur ce Jules Canot.

3

Ils ont été choyés. Une semaine de croisière à bord du *Creole Queen*, le plus beau fleuron de la Paddlewheel Boats. Royalement nourris et logés, payés par les pourboires généreux des passagers en échange d'un apéritif musical à midi au bar et d'un concert le soir sur le pont. Avant de partir, les tailleurs chinois de La Nouvelle-Orléans avaient confectionné à chacun une tenue de scène. Chemises blanches, pantalons noirs, gilets et nœuds papillons rouges, chaussures neuves. Un orchestre noir doit être impeccable. Le capitaine a été clair : « Un steamboat de croisière n'est pas un bouge de Storyville. De la tenue, et chacun reste à sa place. » Autrement dit, les musiciens noirs, identifiés par leurs uniformes comme les serveurs et le personnel des chambres par les leurs, ne passent pas la limite de la scène, ne se mêlent pas aux clients, regagnent ensuite leurs quartiers.

Les membres du groupe ne s'en sont pas offusqués. Ou ne l'ont pas montré. Jules a mal supporté. Après quatre jours confiné dans la cabine avec Hodges, il a explosé :

— Merde, Barney ! J'ai l'impression d'être un animal de cirque ! « Fais ton numéro, ne sors pas du rond de sciure, et quand t'as fini retourne dans ta cage ! »

— Jules, d'accord, mais souviens-toi de Gulfport. Ce bateau est le moyen le plus sûr pour nous de rentrer chez nous. Notre fierté noire, on a l'habitude de s'asseoir dessus.

— A La Nouvelle-Orléans, c'était moche, musicalement faible, mais plutôt tranquille.

— Ouvre les yeux, Jules ! Est-ce que tu as vu des Blancs, dans notre hôtel ? C'est pas parce que la pension Dixie est pourrie que les Blancs n'y sont pas. En Louisiane, la loi interdit la mixité raciale dans le même immeuble. Au Mississippi, c'est six mois de prison si tu fais la promotion des mariages interraciaux. On vient de quitter l'Arkansas, on va traverser le Tennessee, le Kentucky, la Virginie-Occidentale. Chaque Etat a ses lois. La ségrégation vaut partout, pour tout. Même les regards. Essaie de croiser celui d'une Blanche sans baisser la tête ! T'es mort ! Ici, c'est la terre des fermiers blancs. Le Nègre dort avec les porcs.

Alors, Jules n'a plus rien dit, ne s'est plus plaint de rien.

Le dernier soir, après le concert, il sort dans la coursive abritée qui entoure les cabines du personnel. La nuit est profonde, le battement mouillé des roues à aubes occupe tout l'espace. Il y a des éclairs lointains. Un serveur du restaurant, nœud papillon dénoué sur sa chemise de service, pieds nus sur le bois humide du pont, est en train de fumer une très longue pipe de terre comme en avaient les marins au dix-neuvième siècle. Jules s'approche, reste un moment sans rien dire. Dans l'obscurité, il distingue surtout ses cheveux blancs, comme une sorte de bonnet tricoté. Il a vu chaque jour sa silhouette filiforme tourner entre les tables, sans un mot.

— Tu travailles ici depuis longtemps ?

— *Oh, yeah, brotha'*. Vingt ans bientôt sur ce bateau. Bien plus longtemps pour la compagnie. Pour de vrai, c'est mon seul boulot depuis toujours. Quand on en a un comme ça, on le lâche pas. Oh, non.

Il y a un long silence, puis le serveur dit :

— Toi, t'es pas d'ici et il y a quelque chose que tu veux savoir. Vas-y, demande.

— Ouais. Il y a soixante ans, à la fin de la guerre civile, tu avais quel âge ?

— Huit ans.

— Tu te souviens de l'abolition ? Ça a dû être formidable, non ?

— C'est vrai qu'on a fait la fête… Ma première cuite. Il y avait de la joie. Tout est un peu flou. Il ne reste que des bouts de souvenirs. Mon père essayait de jouer de sa guitare, dont la moitié des cordes étaient pétées, comme lui. Ha, ha ! Je crois que pas mal d'enfants ont été conçus ce soir-là. Mais, surtout, je me rappelle ma grand-mère qui essayait de se faire entendre dans ce grand bazar. Ivre aussi, elle criait : « Attendez demain, vous verrez, les Blancs vont se venger ! » Ça me flanquait la trouille. Mon grand-père lui tapait un peu dessus pour la faire taire. « Ferme-la, on fait la fête ! » C'est vrai, quoi, il fallait faire la fête. Elle avait raison quand même, la vieille. Sauf que c'était pas le moment.

L'homme regarde Jules avec un petit sourire sur un joli dentier blanc comme ses cheveux, tape sa pipe sur le bastingage pour la vider et commence un récit au débit lent, rythmé par de larges gestes, sans que Jules ait à poser la moindre question, comme un monologue intérieur qu'il aurait ressassé sans le dire depuis des années :

— Oh, je me souviens très bien des années qui ont suivi ! Après la nouba, on a réalisé qu'il fallait qu'on se démerde seuls. C'est simple à comprendre. Les Yankees ont gagné la guerre. Les Confédérés ont été obligés de nous libérer. Okay. Mais nous, libres, on faisait quoi ? On est restés sur place avec ces types qui avaient deux nouvelles raisons de nous haïr : la rage d'avoir perdu une guerre qui avait éclaté à cause de nous, et ils étaient furieux que leurs Nègres leur aient été soustraits alors qu'ils les avaient achetés pour trimer gratis. La propriété, ici, c'est sacré. Alors, parce qu'on avait besoin de gagner notre pain, de payer nos cabanes, de soigner nos familles, les enfants, les vieillards, les malades, les funérailles et tout et tout, ils ont trouvé le moyen de se venger. Ils n'étaient plus nos maîtres, mais nos patrons ! « Vous avez voulu être libres ? Vous allez être libres de crever de faim en travaillant pour une bouchée de pain ! » Finalement, ils ont pigé qu'on leur coûtait moins cher que quand on était gratuits. Plus besoin de nous nourrir et de nous loger, plus besoin de payer des types pour nous garder et nous fouetter. La peur de perdre notre job suffisait. Ils ont pu aussi nous pendre, nous faire brûler dans des pneus, nous tirer dessus sans perdre leur capital puisqu'on n'était plus leur propriété. Tu vois, mec ? C'est pour ça que les Noirs d'ici veulent remonter vers le nord, travailler dans les usines. Ils sont prêts à tout. L'autre jour, un de ces hobos s'est fait hacher par les pales de l'aube. Il s'était caché dans le carter. En dormant, il est tombé dans la roue.

Le lendemain matin, en débarquant à l'escale finale de Memphis, Jules est fatigué. De quoi, il ne sait pas trop. Tout a été trop long, tout est encore trop loin. Sur le quai, avec leurs instruments et leurs bagages, les autres musiciens sont de la même humeur morose. Barney Hodges, silencieux depuis que le *Creole Queen* a été halé contre le quai, prend la parole devant le groupe :

— Les amis, Nashville, on laisse tomber. Je crois que tout le monde en a un peu marre. Je me trompe ? Pas de concert. Je vais annuler.

Grognements d'approbation.

— OK. A Washington, on y va en train. Troisième classe, wagon des *coloured*. On a encore le fric de la vente du camion pour finir le voyage.

Et, en aparté, Barney dit à son ami :

— Tu connais le nom de la boîte où on devait jouer à Nashville ? Le Général Jackson. Andrew Jackson, le président cow-boy qui a exterminé les Indiens par dizaines de milliers. Ici, ils le vénèrent. L'Indien était un bon gibier, rusé, résistant, noble. Ils étaient fiers de le chasser et de le tuer. Le Nègre, c'est juste une mouche à merde, jamais un trophée. Et à part Bruce, qui aurait bien voulu écouter quelques guitaristes *country*, personne ne veut se risquer dans ce temple de la musique de péquenots racistes.

— T'as raison, moi aussi j'en ai assez. Allez, on rentre.

Ils dégotent un taxi noir qui les amène à la gare en deux voyages. Café-*doughnuts* devant la carriole d'un ambulant noir. Barney prend les tickets au guichet des Noirs. Ils traînent leurs affaires jusqu'au bout de quai réservé aux Noirs, là où ils monteront dans le wagon des Noirs. Finalement, c'est rassurant. *Tu respectes scrupuleusement la ségrégation, on te fout la paix.* Jules se souvient de la discussion avec ce drôle de Jamaïcain en costume de général austro-hongrois qui lui disait qu'une ligne invisible passe entre les hommes, jusque dans les lits et les pots de chambre, et qu'il est complètement fou de vouloir rester dans la même maison quand on se déteste autant. « Seul l'Atlantique est une frontière suffisante. » Marcus Garvey. Jules se dit que ce dingue avait un peu raison. Comment vivre dans cette cohabitation haineuse ?

Dans le train, ils sont en effet protégés du monde. Jules aime ce voyage vraiment pas monotone. Les passagers changent, le décor change, l'ambiance change, un peu chaque jour, à chaque gare. Memphis, Corinth, Chattanooga, Knoxville, Bristol, Lynchburg, Charlottesville… Jules s'amuse des noms des gares. Certains sont nostalgiques d'un pays perdu en Europe, d'autres portent la trace des Indiens, d'autres le patronyme du fondateur ou l'hommage à une personne aimée. S'il était écrivain, il pourrait se lancer le défi d'écrire une histoire réunissant tous ces noms, les lieux de légende, les rêves des pionniers, les hommes ambitieux et les amours laissées loin derrière. Qui était cette Charlotte ? Y aurait-il une Sigridville dans une région neigeuse et lumineuse où des cheminées fument droit dans le ciel ?

Il y a aussi ces paysages. Le passage de l'Amérique subtropicale des lianes, des palmiers et des vasières à l'Amérique des champs, des prés, des enclos à bestiaux, des fermes avec leurs entrepôts de planches disjointes ; des fleuves lents où circulent de lourdes barges et des routes de poussière où cahotent des camions surchargés ; et maintenant des forêts, des petits lacs et des collines rondes et sages avec au loin, entre des arbres, des manoirs blancs à péristyles, d'immenses plantations de tabac. Depuis soixante ans, seulement le temps d'une vie, il n'y a plus d'esclaves. Il y a des machines agricoles aux roues et aux bras de fer. Là non plus, pas d'espoir pour les Noirs. Les Noirs, eux aussi, ont changé. Dans ce train, même en troisième classe *Coloured only*, il n'y a pas de hobos. Les trimardeurs, les vagabonds sont les clandestins des wagons à bestiaux, dans la paille et la bouse de vache. La Southern Railway transporte ceux qui peuvent payer. Dans la société des Noirs, ils sont la *middle class*. De toute manière, dans les trains il n'y a pas d'autre choix que se mélanger entre Noirs, du pas-tout-à fait-pauvre au presque-aisé. Avec toutes les nuances que Jules observe puisqu'il n'a guère autre chose à faire depuis cinq jours. Plus on s'approche de la côte Est et de Washington, plus le wagon s'embourgeoise, plus il y a de couples avec des enfants habillés comme pour aller au temple, de femmes pomponnées qui s'observent du coin de l'œil en arrangeant les plis de leurs robes froissées sur les bancs de bois, d'hommes dans des costumes mal cousus et des chemises aux cols trop grands pour leurs cravates faites maison.

Le sextet des Rattlers voyage en costume de scène, sans les nœuds papillons. Commode identité. « Tu vois, c'est comme quand j'étais gamin à Storyville, nos instruments nous protègent », a dit Barney à Jules. La musique a été aussi, tout au long du voyage, le moyen de passer le temps et de jouer devant un public captif, attentif et ravi. Les enfants commençaient à danser, parfois tout le wagon suivait. Jules faisait son numéro de soliste comme il sait faire, tapant sur tout ce qui se présentait, courant d'un bout du wagon à l'autre, grimpant sur les sièges pour frapper les valises, faisant sonner les barres de cuivre des racks. Finalement, il s'est plus amusé que dans bien des sessions convenues.

Ils vont arriver à Washington dans quelques heures. Jules vient encore de faire un show, accompagné par un passager qui avait quelques notions de claquettes. Une sorte de duel, en totale improvisation, totale complicité. Gros succès et grosse fatigue. Il tombe épuisé sur le siège à côté de Hodges.

— Tu vois, Barney, c'est ça que j'aime le plus. L'inattendu, l'improvisation, le partage, et, pour ce qui me concerne, produire des sons dans le mouvement du corps. Tu as vu ce type, vraiment pas un as du *tap-dance*, mais quelle énergie, quelle joie communicative, quelle inspiration ! Il a tout compris. Wouaaah ! Merde, ça fait du bien !

— Tu as fait un peu le tour de notre jazz, on dirait. Tu n'oses pas me dire ?

— Pas besoin de te le dire. C'est vrai, depuis un moment je joue la partition, toute la partition, rien que la partition. Tu vois, dans ce train, je me retrouve un peu.

— En fait, Jules, t'as pas besoin de nous. Ta musique, c'est toi. T'es vachement doué, mais t'es un putain de soliste. De solitaire, je dirais. Tu te suffis à toi-même. Tu es curieux des autres musiques, tu te mêles un peu, tu es content de partager, mais au bout d'un moment t'as plus qu'une envie, c'est de te barrer, de faire ton truc à toi. Vrai ?

— Un parasite, c'est ce que tu penses ?

— Non, non. Je l'ai compris depuis longtemps, tu dois être ton propre spectacle.

Jules regarde défiler la ligne du téléphone qui longe la voie. Les poteaux renvoient l'écho du convoi, *wouf-wouf-wouf*, et leurs ombres traversent l'espace du wagon. Les roues du train font *badam-badam* aux jointures des rails. La locomotive fait *pff-tchou-pff-tchou*. Rien n'est synchrone. Pourtant, il suffirait de peu pour donner un sens à la cacophonie. Il attrape son djembé, le serre entre ses genoux, ferme les yeux, commence à frapper la peau du bout des doigts. Puis du plat de la main, il gifle le tambour. Tout le monde se tait. Il s'immisce entre les sons du voyage. Le lien entre tous les solistes est là, les objets sont devenus orchestre. D'un coup, il s'arrête. Les yeux encore fermés, il réfléchit à ce que vient de lui dire Barney. Si cette interminable tournée, cet ennui instillé soir après soir, ce voyage à travers ces Amériques si différentes avec un petit *tam-tam* ou une remorque entière d'instruments n'avaient été qu'un chemin nécessaire pour comprendre cela ? *Tu dois être ton propre spectacle.*

— Merci, Barney, de me parler comme ça. Tu as raison. Je suis un grand gorille solitaire qui se frappe la poitrine en faisant houba-houba !

— Je ne dis pas des conneries, Jules. Tu es en train d'inventer une musique de sons, de bruits… je ne sais pas comment dire… sur des rythmes d'une complexité incroyable qui dépassent les tempos les plus fous du jazz. Moi, j'ai mes sept pauvres notes, les dièses et les bémols, et il faut que je me démerde pour faire des mélodies avec ma bouche, mon souffle et ce bout de cuivre. Toi, tu as des milliards de sons ! Nous, on doit jouer fort pour se faire entendre au milieu des bruits de la vie alors que ce qui est parasite pour nos oreilles est pour toi une trame d'impro. J'en serais presque jaloux.

— Ne sois pas jaloux. Tu as le jazz, moi, je cherche mon propre genre musical. Comme un vampire, j'ai sucé le sang des mourides des tambours de Gorée, celui des *blachmüsik* d'Alsace, maintenant, celui des Noirs américains du jazz. Bientôt, il faudra que j'en vampirise d'autres pour aboutir à… ce que je ne connais pas encore. Il est aussi possible que ce voyage ne finisse jamais et que, de toute ma vie, je n'aille que de festin de sang en festin de sang, sans trouver à me rassasier.

— Eh bien, mon vieux Jules, tu parles bien.

— Tu te moques et tu as raison. Le train me rend lyrique.

Barney se penche vers Jules en lui souriant comme il ne l'avait jamais fait depuis le temps des tranchées. Pour la première fois, il pose sa main sur son bras.

— Pour nous, la musique, c'est pas inventer tous les jours des nouveaux trucs. C'est comme une langue, un cri de ralliement. Elle nous rend visibles. Elle nous rend respectables. On existe par le jazz. Que des musiciens blancs y viennent maintenant, tant mieux.

Ils nous copient, tant mieux ! Ils envient notre musique ! Tu te rends compte, les Blancs nous envient quelque chose ! T'as vu, en France, dans ton bled, l'enthousiasme que ça a déclenché ? Et à Paris, après l'Alsace ! T'étais pas là, c'était incroyable. On jouait dans la rue. Sur les places. Les gens étaient fous.

Jules regarde Barney, amaigri mais toujours aussi délié dans ses gestes, avec ses mains élégantes, intense comme jamais, qui parle comme il joue parfois de la trompette quand il se laisse aller à un jeu plus moderne. Phrases courtes et sèches. Jules pourrait le suivre avec son djembé, mais c'est Barney qui frappe dessus du plat de la main et dit :

— Dis-moi, toi qui as de l'éducation, maintenant que les voix des esclaves n'accompagnent plus le travail des champs, dis-moi qui est là pour accompagner la civilisation qui fabrique des locomotives, des automobiles, des machines, des avions, des usines, les téléphones, les gramophones ? C'est pas Mozart. Pas les Irlandais et leurs crincrins. Pas les bûcherons et leur hillbilly. C'est le plus méprisable des hommes, celui dont les parents étaient encore des marchandises, c'est le négro ! Tu vois la putain de chance que c'est pour nous ? Le *Nigger* invente la musique de l'Amérique du vingtième siècle et elle va conquérir le monde !

— Eh bien, Barney, tu dis que je parle bien… Mais pas la peine de me convaincre, même si ce ne sera pas la musique de toute ma vie, je crois au jazz autant que toi.

— Mais pour toi, Jules, c'est un art. Pour nous, c'est un drapeau, comme le serpent à sonnette des Rattlers pendant la bataille d'Argonne. Le jazz, c'est notre courage.

— Tu as raison. Pardon. Je suis un enfant gâté. Pour moi, être sur la scène du *Creole Queen* était un enfermement. Je comprends que pour vous, au contraire, c'était une manière de sortir du vôtre. Désolé. Merci pour cette leçon, Barney.

— Ne me remercie pas. Toi, tu nous apportes le rêve de notre continent perdu.

Ils s'arrêtent là, presque intimidés par leurs confidences. Leur amitié.

Washington ! East Coast ! Un autre monde. Une étrange capitale. Des avenues larges, à perte de vue, avec des monuments impressionnants, la Maison Blanche, le Capitole, des habitations de pierre beige et, tout de suite à côté, la ville tortueuse de brique rouge, jungle cosmopolite où la police a démissionné et où le jazz déborde sur les trottoirs. A part les mines louches de certains habitants, Jules s'est senti revivre dans ce grouillement. Le premier concert du samedi a été un succès. Il a pu se livrer à quelques improvisations. Il a même eu droit à un rappel en soliste. Adieu le Sud. Barney a raison, il ne mourrait pas pour la cause du jazz. Celle des Noirs ? Il se l'avoue, la seule peau qu'il considère, c'est celle des chèvres qui font ses tambours.

Dernier dimanche d'août, relâche. Dormir tard, se balader dans le quartier, écouter cette merveille de M. Edison, le gramophone. Quelle chance pour le jazz, qui va pouvoir se répandre dans le monde sans que les musiciens aient à se déplacer ! Ils écoutent Fats Waller. Barney est aux anges. Il rêve d'être un jour gravé dans la bakélite.

Après le déjeuner, il dit :

— J'ai envie d'aller à Arlington. De l'autre côté du Potomac, il y a le plus grand cimetière militaire des USA. Même si nos potes sont enterrés en France, j'irais bien voir.

Les quatre anciens combattants du sextet prennent un taxi. Ils arrivent côté virginien du fleuve un peu avant quinze heures. Il y a beaucoup de soldats en uniforme venus se souvenir, comme eux. Des drapeaux, des fleurs bleues, blanches, rouges, quelques femmes avec des enfants fiers et tristes. Le quatuor des Rattlers ne sait pas trop quoi faire, civils perdus dans les alignements de croix blanches. Impressionnant, mais finalement moins émouvant que les sépultures improvisées sur les terres de Champagne. Ils font un tour discret par le nord du cimetière, qui leur paraît moins fréquenté, chacun dans sa mémoire. Jules, toujours un pas de côté, se dit que l'obus qui a failli le tuer à Séchault a fait éclater bien des choses dans sa vie et que c'est bien comme ça. Ils continuent leur tour.

Soudain, ils sont encerclés. Une douzaine de Blancs, en uniforme des Confédérés, sortis d'on ne sait où quand on marche en rêvassant. Brutal réveil. Les quatre anciens Hellfighters regardent autour d'eux, comprennent ce qui se passe et pourquoi.

— *Shit*. On est dans le cimetière sudiste !

Ce sera la dernière parole échangée. Pour des nostalgiques du Sud ancien, quatre civils Noirs dans un mémorial de la guerre de Sécession, sur des terres cédées par la famille du général Lee, c'est de la provocation. Les assaillants sont aussi d'anciens soldats de la Grande Guerre. Jeunes. Sans doute ont-ils connu les tranchées. C'est un lieu de tristesse pour leurs amis morts, un lieu de colère pour la défaite de leurs aïeuls.

— Putain, on va pas laisser quatre négros profaner nos tombes !

La curée. Trois contre un. Les Rattlers se défendent, en envoient quelques-uns au tapis, mais le combat est trop inégal. A terre, recroquevillés pour se protéger, ils continuent de recevoir des coups de poing, de pied. Un sifflet strident les sauve. Un peloton fait sa ronde. Une bagarre, c'est inconvenant dans un cimetière, même si c'est pour frapper des Noirs. Les Confédérés déguerpissent. Les Rattlers restent au sol jusqu'à l'arrivée des deux ambulances. Pour une fois, leur couleur est leur chance. Pas d'hôpital pour les *coloured* côté Virginie. On les ramène sur l'autre rive du Potomac, dans un établissement religieux de la communauté noire du District of Columbia.

Dundumba. Ça recommence comme à Séchault. Dans la tête, dans l'intérieur. Les plaies de Séchault rouvertes. Pourquoi cette sirène ? Silence, pitié ! Il a si mal qu'il ne sent pas la piqûre. Tout s'estompe. Une dernière image, Barney, le visage rouge de sang. *Dundumba... dundumba*. Tout se ralentit. Il plonge dans un sommeil opiacé. Hodges, piqué en premier, est déjà parti. Dans le véhicule qui suit, Bruce, conscient, regarde l'infirmier penché sur Wilkinson, deux doigts posés sur sa carotide. L'homme se redresse, tire le drap sur la tête du sergent. Fin brutale de la dernière tournée du Rattlers' Memory Band.

Dix jours après le tabassage d'Arlington, Jules est encore douloureux, enflé, pansé, bleu, rouge ou brun, selon les contusions, mais valide. Taper sur ses tambours lui a déjà fait plus mal, autrefois. Andy Bruce a une oreille recousue et une jambe dans le plâtre. Assis, il peut jouer de la guitare. Barney Hodges a les côtes et le nez froissés, le visage et le torse bandés. Les lèvres, presque revenues à une taille normale, pourront bientôt emboucher une trompette. Chaque trio de Confédérés a frappé son négro à sa manière. Celui qui s'est occupé de Phil Wilkinson l'a poussé en arrière, la nuque contre une croix. Le saxophoniste a été enterré avec son instrument dans le cimetière des Noirs de Washington. Scène de funérailles : trois musiciens éclopés pleurant un ami, incapables de lui jouer le moindre petit air d'adieu ; deux autres, indemnes, improvisant avec une contrebasse et un trombone à coulisse un blues tellement moche que c'est encore plus triste.

Bruce est parti à Nashville tenter sa chance au pays de la *country*. Hodges lui a tapé dans le dos. « Salut. Bonne chance chez les ploucs. » Les deux autres vont rester un moment. Seuls et finalement contents de l'être, Canot et Hodges ont mis leurs derniers dollars dans des billets de train pour New York, laissé leurs bagages à la consigne de Grand Central Terminal et sont arrivés, à peu près deux ans après leur première visite, à La Morgue. Le décor n'a pas changé, seulement le nom, Jazzie Dizzie. Le nouveau barman a le shaker aussi nonchalant que son prédécesseur. Il les regarde comme font les vrais professionnels, l'air absent. Dans ce genre d'établissement, la politesse est de ne pas s'étonner de l'état de la figure de son prochain.

— Bonjour, nous sommes musiciens, nous voudrions voir M. DeMange.

— M. DeMange ? George DeMange ? Il n'est pas ici. Il vient rarement.

— Il nous avait dit qu'on pouvait lui faire passer un message.

— Très bien, écrivez et revenez demain. Voilà : papier, crayon.

Ils trouvent un hôtel où l'on ne demande pas davantage aux clients pourquoi ils sont à ce point démolis. Le matin, la réponse attend au Jazzie Dizzie : *Passez au Cotton Club.*

Dans son imposant bureau au-dessus du club, Big Frenchy les regarde arriver.

— Laissez-moi deviner. Vous sortez d'un commissariat, ou bien vous arrivez du Sud.

— Washington. C'est là qu'on s'est fait arranger. Un pote est mort.

— Vous l'avez cherché. Je me demandais… Pas de nouvelles de vous depuis un bail.

— Oui. Merci pour votre aide. On a adoré les bateaux. Comme promis, nous voilà.

— L'ancien Club Deluxe a été racheté l'an dernier à Jack Johnson par Owney Madden. Owney est en taule, c'est toujours une villégiature à la mode, mais il a de l'ambition. Le Cotton Club doit devenir le temple de la musique, passer devant le Connie's Inn et le Hollywood Club, qui vient d'embaucher un pianiste, Edward Kennedy Ellington. Vous le connaissez ?

— …

— Je vois, vous arrivez de la planète Mars. Ellington se fait appeler modestement le « Duke ». Faut dire qu'il a déjà enregistré huit disques pendant que vous traîniez dans les coupe-gorge. On m'a raconté. J'ai mes antennes. Alors, prêts pour le défi ?

— Ouais.

Jules est admiratif de l'assurance de Barney, qui mène la discussion. Après tout, c'était lui le manager du Rattlers' Memory Band. Là, il le trouve vraiment culotté.

— Je vous préviens, le Cotton Club est un *Whites only*. Pour la musique, c'est *Coloured only*. A vous d'étonner tous ces snobinards. Chez nous, les meilleurs sont gâtés.

— Merci, on se souvient.

— A l'époque, je vous aurais embauchés tout de suite. Aujourd'hui, le problème… c'est que vous n'êtes plus que deux. Juste le double nécessaire pour jouer sous le balcon d'une gonzesse. Moi, il me faut des formations. A quatre ou cinq, c'est pour l'après-midi et la fin de nuit. Mais pour le spectacle de soirée, Owney veut un grand orchestre, des cuivres, des voix, de la danse, du *big show*, quoi. Il faut que, de sept à neuf, huit cents personnes s'arrêtent de parler, de boire et de flirter pour n'écouter que vous, ne regarder que la scène. Après, ils sont contents, ils ont faim et soif, ils se jettent sur le champagne et le dîner. Le patron ne regardera pas plus qu'eux à la dépense, mais le public veut une musique jamais entendue, du jazz des grandes villes, là où ça bouge ! Ce que vous aviez fait à l'Apollo c'était formidable, surtout vous deux, mais deux ans ont passé. L'esclavage, la guerre, la conquête de l'Ouest, c'est fini. Ni *ol'times blues*, ni *marchin' band*, ni *folk & western*. Vous arrivez en pleine Harlem Renaissance ! Si ça marche, votre fortune est faite. Et on aura montré à ces bourgeois arrogants de quoi on est capables, vous et nous, les parias. Voilà. Vous pouvez applaudir.

DeMange offre des cigares, fait circuler un briquet d'argent d'un kilo. Le sourire sur sa figure de dogue montre l'enfant qu'il devait être, sale gosse sur les anciens remparts de Paris. Puis il sort une carafe cerclée de cuir à clous dorés, sert trois grosses rasades de whisky dans de lourds verres en cristal taillé. Avec ses bagues et ses chaînes de cou en or, dans son bureau de bois sombre, le Français ne fait pas dans la retenue. Après la pension Dixie, les garçons se demandent où ils ont atterri. Et entendre ce mobster à la gueule de tueur à gages dire comment doit être la musique de demain, ça les épate.

— Dans combien de temps ?

— Pour le Nouvel An. Un peu moins de quatre mois. En attendant, vous pouvez jouer en formation réduite et faire la boule de neige en grossissant l'équipe. Vous n'êtes pas les seuls en lice. Heureusement qu'on vous attendait pas ! Le premier engagement, c'est de trouver deux ou trois autres, un piano, une basse, un sax, ce que vous voulez. Vous ferez un soir au Cotton, un soir au Dizzie, en alternance avec les autres.

— C'est qui, les autres ?

— Des gars d'ici, de Harlem. Le leader vient du Connie's Inn, un pianiste, James Price Johnson, un tout bon. Inventif, novateur. Rien n'interdit de vous associer. OK ? Bon, allez vous soigner et revenez avec des têtes d'humains. Vous faites peur à mes gorilles. Voilà de quoi vous arranger un peu. Trois cents *bucks* chacun. Ça va ?

— Dans une semaine, on est là avec un premier groupe et des compositions nouvelles.

— Et sans les pansements. Je vous écris l'adresse d'un lieu qu'on appelle le *garage* pour vous faire débosseler la calandre.

Dans la rue, Barney passe son bras sur les épaules de Jules.

— T'avais raison, Jules. Ce gangster a raison. La bataille du jazz se joue ici. Toi et moi, on va inventer une musique qui va renvoyer les Européens à l'âge de pierre.

— D'abord, on change d'hôtel, on va chercher notre bazar à la gare, on s'offre un bon dîner, demain dimanche on ne fait rien, et lundi on va à la pêche aux musiciens.

A un kilomètre du Cotton Club et à trois cents mètres du Jazzie Dizzie, l'hôtel Lenox est leur quartier général. Programme dominical respecté. Dans sa chambre, Barney compose de nouveaux arrangements, Jules flâne dans les rues de Negrotown. Pourquoi pas ? Il y a bien Chinatown. Il y a aussi Little Italy. Little Africa ? Non, Harlem n'a rien à voir avec l'Afrique. Il en est là de ses pensées quand une voix l'attrape : « Pourquoi chaque nuit je tremble de peur ? Parce que j'ai peur que Dinah ne m'aime plus. » Une femme chante sur des accords de guitare l'histoire d'un amoureux qui serait prêt à suivre une certaine Dinah Lee en bateau jusqu'en Chine. Rien que ça. Cela vient de la fenêtre ouverte d'une maison de pierre brun-rouge comme il y en a des rues entières dans le quartier. Un escalier monte vers un palier à deux colonnes flanqué d'un bow-window. C'est là que la femme est assise. Derrière elle se tient le guitariste invisible. Il reste le nez en l'air à la regarder, à l'écouter. Sans effort, cette femme menue, un peu garçonne, fait jaillir cette voix haut perchée qui pourrait être tranchante sans la sensualité de son vibrato et de ses *r* roulés comme à l'opéra.

La chanteuse voit qu'il la regarde. Elle lui sourit en chantant et, sur la dernière reprise du refrain, lui fait signe d'approcher. Il monte les marches, pousse la porte, entre dans une pièce pleine de monde. A part la chanteuse et deux autres femmes près d'elle, il n'y a que des hommes. Sueur, tabac, marijuana, rhum, cuisine froide, huile rance, pisse de chat et tapis moisi. On se pousse pour le laisser entrer, sourires édentés sur des gueules qui lui font paraître la sienne intacte et juvénile. Grommellements de bienvenue. Un verre qui passe par là finit sa course dans sa main. La chanteuse se tourne vers le guitariste, claque des doigts. Au troisième *clap*, il enchaîne un blues. Pure mélancolie. Un autre. A pleurer. Jules n'y tient plus. Dans un coin, une batterie sommaire est rangée. Il se glisse derrière les spectateurs, s'assied sur le tabouret et, sans toucher aux baguettes, commence à frapper les peaux et les cymbales avec les doigts, la paume, les poings, comme il sait faire. Mêmes causes, mêmes effets. Le swing et l'humour s'invitent dans le blues. La chanteuse rit au milieu des paroles dramatiques.

L'une des deux spectatrices pousse l'autre du coude.

— Dis voir, Diane, le type, là, tu vois ? Oublie ses pansements, son œil poché, ses enflures et ses gnons partout. Il te fait pas penser à quelqu'un ?

— …

— Un batteur sans baguettes avec ce drôle d'air défoncé quand il joue ?

— Nooooon ! Pas possible, Leslie. Pas luiiiii !!!

— Si, ma vieille. Je te parie un million de dollars que c'est lui. Je m'y connais un peu.

— Un dollar suffira.

— A la fin du set, on va lui demander.

Quand « Saint Louis Blues » revu par les rythmes de Saint-Louis-du-Sénégal se termine par « *I'll love my man till the day I die* », habituelle promesse d'amour jusqu'à la mort, Leslie et Diane se fraient un passage au milieu des applaudissements. Leslie attaque :

— Dis, toi, tu t'appelles comment ?

— Jules.

— Jules comment ?

— Canot. Jules Canot. Pourquoi ?

— Parce que tu viens de me faire gagner un million de dollars !

— J'ai dit UN dollar ! Et toi, Jules, viens dans mes bras !

On ne refuse pas ce que le ciel envoie, y compris quand on ne sait ni quoi ni pourquoi. Jules se lève, ouvre les bras, Diane rit, pleure, se jette contre lui.

— Aïe !

— Oh, pardon, Jules ! Viens, faut que je te présente ! Tu vas comprendre.

Diane le prend par la main et, avec Leslie, l'entraîne vers la chanteuse.

— Ethel, voici ce merveilleux batteur, Jules Canot, un Français d'Afrique, un héros de guerre, un type formidable. Je sais tout sur lui, il ne sait rien de moi, c'est mon arrière-cousin que je viens de retrouver et que j'aime, même s'il n'a plus l'air très frais !

Elle saisit encore Jules, l'embrasse sur les joues comme une petite fille, un pied levé en arrière dans les plis de sa robe à volants.

— Jules, je te présente deux anges de la Providence : Ethel Waters, une étoile montante dont la voix ensorceleuse t'a attiré ici, et Leslie

Briggs, qui t'avait vu à l'Apollo et t'a reconnu deux ans après sous tes bosses. Moi, c'est Diane, arrière-petite-fille de Julius Washington, notre arrière-grand-père commun. Tu te souviens peut-être de moi, tu es venu jouer avec un trompettiste pour l'inauguration de mon dispensaire, juste à côté. Tu nous avais invitées à venir au concert de l'Apollo… Ça y est, tu me remets ?

Jules n'a encore rien dit à part *aïe* à chaque embrassade. Oui, il se souvient de l'inauguration, moins de la fille qui se dit son arrière-cousine. Une vague le pousse, le tire, l'enserre, l'invite à trinquer. Tout le *flophouse* le fête. Vingt-quatre heures qu'il est à New York, il a un contrat en or, une chanteuse pour son futur groupe, une parente infirmière tombée du ciel, une cinquantaine d'amis dans la Cour des miracles.

La hâte de se retrouver est plus forte que l'envie de faire la fête. Diane et Jules se réfugient dans l'appartement du *garage*, Leslie va chercher Georgia. « Elle va être folle ! »

— Ah, c'est à toi, le fameux *garage* ! J'avais pas fait le rapprochement.

— Quelqu'un t'en a parlé ?

— Frenchy DeMange…

— Le gangster du Cotton Club ?

— On a signé un contrat pour y jouer. Il m'a recommandé de me faire réparer ici.

— Alors, tu vas rester à New York ?

— Au moins jusqu'en janvier. On doit faire la soirée du Nouvel An.

— Génial ! Bon, on parlera bizness plus tard. Il faut que tu me racontes. Tout !

Et Jules raconte. Et Diane raconte. Ça dure deux heures. Ils savent que ce n'est que le résumé et qu'il en restera à raconter au moins jusqu'au Nouvel An. Leslie et Georgia assistent à l'échange, stupéfaites. « Cachottière, tu nous avais pas dit que tu le cherchais ! » Quant à Jules, le joyeux obus qui vient de lui tomber dessus le laisse les oreilles bourdonnantes, dans un grand chaos de sentiments. La légende américaine ! *J'aime les belles légendes, mais il faudra l'étoffer si vous voulez m'endormir avec.* Il doit l'écrire à Sigrid. Diane rit et pleure encore, se lève, sert à boire, se relève pour dissiper un peu son excitation, revient, prend la main de Jules, l'embrasse là où ça lui fait le moins mal, se relève, sort un exemplaire du livre *Mémoires de Julius Washington.*

— Tiens, lis, tu sauras tout sur notre ancêtre commun.

— Je ne savais même pas que mon grand-père Paul s'était d'abord appelé Washington. Tu vois d'où je pars…

— On n'en parlait jamais, chez toi ?

— Non. C'est comme si la famille commençait à Paul Canot, de nationalité française.

— Tu te posais pas de questions ?

— Non. J'étais curieux de bien d'autres choses. Et mon père n'a jamais rien dit.

— Pareil chez nous. Jusqu'à ce que Ruth, la sœur de Paul, ta grand-tante et ma grand-mère, ouvre la malle à l'âge de quatre-vingt-quatorze ans… Ah, non, j'y crois pas ! J'avais monté tout un tas de stratagèmes pour t'attraper si tu passais à New York, et te voilà ! Tiens, je t'embrasse encore !

— Dis donc, Diane, c'est ton cousin, tu dois pas trop l'embrasser. Et nous ? Laisse-nous-en un peu. Si je me souviens, il était plutôt joli avant d'être défiguré par ses mauvaises fréquentations. Au fait, d'où ça vient, ces bobos ?

Et Jules de raconter à Leslie la triste fin de la tournée à Arlington. « Au fait ! J'oubliais Barney » ! Diane, fière de montrer qu'elle a un téléphone, appelle l'hôtel Lenox. Un quart d'heure après, Hodges est là. Il faut recommencer le récit de l'incroyable coïncidence. « Grâce au jazz, ne manque pas de commenter le trompettiste, qui ajoute : Elle est bien, cette chanteuse ? Ethel Waters ? »

Pas de concert au *garage.* Après la folie des retrouvailles se tient une réunion de famille d'un nouveau genre à laquelle Leslie, Georgia et Barney sont invités sans risque d'un incestueux cousinage. Tard dans la nuit, Diane va à la cuisine chercher les dernières bières de contrebande. Sa tête tourne. Elle se cramponne au bord de l'évier, un peu ivre, étourdie par ce grand manège de sentiments. Elle fait sa meilleure prière, la plus courte : « Merci la vie ! » Quand elle revient, elle regarde ses deux amies qui rient trop fort, collent leur épaule à celle des garçons, leur prennent le bras, minaudent un peu. Elle ne se souvient pas d'avoir été aussi heureuse.

Il fallait annoncer la nouvelle aux Rattlers qui cherchaient « Black Frog ». Rendez-vous trois jours après chez l'ex-colonel William Hayward. Avec les dollars de Big Frenchy, Jules et Barney se sont offert des costumes d'été sobres et chics et à Diane pour la circonstance une robe jaune à ramages du plus bel effet.

A un quart d'heure du Lenox, cap au sud, le monde change. Central Park. Une heure pour le traverser dans sa longueur en serpentant entre arbres, pelouses et lacs, et tout change à nouveau. *Midtown*, la Cinquième Avenue, beaux quartiers, pays des Blancs. L'immeuble est au coin de la 52e Rue. Le portier en livrée, prévenu, laisse monter le trio, qui en retrouve un autre : William « Big Bill » Hayward, grand chef blanc des Rattlers maintenant en guerre contre la mafia ; Arthur Little, éditeur et historiographe du 369e RIUS ; Noble Sissle, compositeur, chanteur de charme et belle gueule de Broadway.

Impressionnant, le bureau du procureur ne se prête guère à la convivialité mais les embrassades sont sincères. Dans la partie *lounge* du bureau, Hayward fait servir à boire et chacun raconte son histoire. Pressé de questions, c'est surtout Jules qui parle. Six ans bientôt depuis l'armistice, sa propre histoire, trop répétée, lui paraît bien refroidie. Il peine à y mettre le ton. Seules sont encore vivantes deux émotions qui viennent toujours le surprendre, n'importe quand. La boue qui l'engloutit ; la jupe rouge qui le submerge. Mais cela ne se raconte pas.

A six heures, ils prennent congé. Sissle retourne au théâtre où se joue *Chocolate Dandie*, sa dernière œuvre, qu'on appelle ici un vaudeville, avec une débutante qui promet, une chanteuse incroyable qui danse comme un serpent frénétique, presque nue. Il a dit à Hodges :

« Puisque vous devez monter un *big band* en temps record, viens, je te présenterai à plein de types de talent. Tu peux aussi emprunter mes musiciens. J'ai dit *emprunter* ! »

Barney le suit vers les bus pour Broadway, Arthur retient Diane et Jules devant la porte cochère de l'immeuble. Il sort de son cartable les *Mémoires* de Julius.

— Je dois te parler du texte que tu m'as envoyé, Diane.

— Alors ? Formidable, non ? Personne n'en a jamais parlé.

— Je comprends pourquoi.

— Tu veux dire quoi, Arthur ?

— Je veux dire que ce n'est pas publiable. Pas maintenant.

L'éditeur se tortille, mal à l'aise. Il sent que ça va mal se passer.

— Comment ça ?

— Parce que… ces Afro-Américains qui se conduisent… enfin, Diane, tu vois.

— Aaaah ! C'est ça ! J'ai déjà entendu ce refrain. Tu es moins préoccupé par l'histoire des Noirs que par leur légende…

— La légende, comme tu dis, Diane, c'est que tous les Noirs sont mauvais, paresseux, sales, indisciplinés, voleurs, veules, clownesques… Si en plus on les montre comme exploiteurs, esclavagistes, cruels, cupides, arrogants…

— C'est que tu n'as pas bien lu. Sinon, tu aurais compris que si les ex-esclaves se sont comportés comme ça en Afrique, c'est qu'ils avaient été façonnés par les Blancs à leur image, de génération en génération. Qu'ils n'ont fait qu'imiter les Blancs parce qu'ils n'avaient rien appris d'autre que recevoir des coups ou en donner. Qu'ils ont exercé le pouvoir au Liberia comme les Blancs l'exerçaient dans le Sud. Tu vois pas que la cause des indigènes d'Afrique c'est notre cause en miroir ?

Arthur Little recule devant la charge, le dos presque collé au lourd portail.

— Enfin, Diane… les Noirs ont besoin d'être réhabilités, pas montrés du doigt !

Diane fait un pas en arrière, toise l'éditeur qu'elle montre du doigt.

— En fait, Arthur, tu es comme ces putains de racistes blancs. Tu ne vois que la couleur. Pour toi, c'est elle qui détermine si on est bon ou mauvais. Moi, jamais je ne défendrai un Noir qui se comporte mal, surtout envers un autre Noir plus faible que lui. Etre Noir, c'est pas un crime, mais pas non plus une immunité ni un pardon aveugle, automatique et illimité.

— J'ai dit *pas maintenant* ! C'est trop tôt, pas en plein combat pour nos droits !

Arthur Little lui tend le livre pour mettre fin à l'engagement. Diane le lui arrache.

— Autant dire jamais. La bataille pour nos droits va durer un siècle. Au moins. Mais si tu avais une conscience, Arthur, tu éditerais ce livre avec une préface signée de quelqu'un de reconnu qui pense le monde en termes de droits humains universels, d'exploiteurs et d'exploités, de colonisateurs et de colonisés. Pourquoi pas W.E.B. Du Bois ? Voilà un humaniste. Je te le présente quand tu veux. Il m'a ouvert les yeux sur pas mal de choses. Voilà ce que tu ferais si tu n'étais pas un propagandiste… raciste.

— Tu oses…

— J'ose. Raciste. Salut, Arthur !

Little reste cloué à la porte par la baïonnette de Diane, qui s'en va. Il retient Jules.

— On se voit demain pour…

— Non, Arthur, désolé. Elle a raison. Je ne témoignerai pas pour ton livre sur les Rattlers. Ce n'est plus mon histoire. Moi, je n'appartiens pas à ce qu'on appelle la race noire. Ma race, c'est *Homo sapiens*. Mon pays, c'est la musique. Fais sans moi. Si le petit Français joueur de tambour n'apparaît jamais dans l'histoire des Rattlers, c'est vraiment pas grave. Adieu, Arthur.

Jules tourne les talons et rattrape Diane un bloc plus loin. Pendant dix minutes ils marchent bras dessus bras dessous dans la verdure de Central Park, sans rien dire. Rien à ajouter à « Salut, Arthur, adieu, Arthur ». Ils s'assoient sur un banc, devant un espace de pelouse où des joueurs de base-ball s'entraînent à lancer.

— Jules, tu m'en veux que j'aie gâché votre amitié ?

— Non, pas du tout. Toi et moi, on est d'accord. C'est juste dommage que ça se termine comme ça. C'était l'un des intellectuels de la bande. On parlait un peu de littérature, entre deux assauts. Mais tant pis. Il n'y a plus d'assauts, il y a de nouveaux amis.

Ils bavardent encore quelques minutes, puis Diane se lève.

— On marche un peu ? J'en ai marre de voir ces bourgeois lancer des balles en levant la patte comme s'ils allaient pisser sur un réverbère !

Dans les jardins à l'anglaise, ils croisent des promeneurs de plus en plus nombreux qui profitent d'une des dernières chaudes journées, des nurses noires en dentelles blanches qui sortent les enfants de leurs patrons dans des landaus carrossés, quelques adeptes de la santé par le sport qui se livrent à toutes sortes de gymnastiques, des écureuils qui disputent aux oiseaux la moindre graine.

— Diane, tu en penses quoi, du procureur Hayward ?

— Forte personnalité. Il t'apprécie énormément.

— Pourtant, il m'a laissé comprendre que ma fréquentation du Cotton Club…

— Faut dire que Frenchy, ton compatriote, n'a pas la réputation d'être un saint, quant au big boss, Owney Madden, surnommé « Killer », il est encore en prison pour meurtre.

— Tu sais ça, toi ?!

— Tout se sait, ici. Ces gens-là, quand ils étaient des migrants pauvres, vivaient dans les mêmes taudis que nous, que les Juifs, les

Portoricains, les Hispaniques. Misère égale pour tous. Nos parents, nos grands-parents les ont connus. Petits, ils ont joué et fait des conneries ensemble sur les trottoirs des quartiers les plus pourris de New York. Voilà pourquoi ton colonel s'inquiète de cette fraternité entre Noirs et mafieux.

— Mais DeMange est français et Owney Madden anglais…

— Pareil. Ils sont de la même génération de migrants, ce sont les nouveaux gangs, sur le modèle italien, avec des « familles » solidaires et d'une brutalité totale pour qui les défie. C'est pourquoi les Etats-Unis et peut-être des gens comme Hayward veulent fermer leurs frontières aux migrants d'Europe de l'Est et du Sud. Tu lui en veux ?

— J'aime pas qu'on me fasse la leçon, même quand ça vient de mon ancien colonel. L'uniforme lui allait mieux que sa robe de procureur.

— Tu crois que Barney pense la même chose ?

— Il tient encore plus que moi à la reconnaissance de la musique noire. Et pour lui, l'argent a encore moins d'odeur que pour moi quand c'est pour la bonne cause. Et aussi, depuis qu'on s'est fait tabasser à Arlington, il en a fini avec son époque US Patriot.

— Et Sissle, tu en dis quoi ?

— C'était pas celui avec qui j'avais le plus d'affinités, mais il est vraiment doué. Et, comme il connaît tout le monde ici, il va nous aider.

— J'ai adoré ses comédies musicales. La première histoire d'amour, le premier baiser entre *coloured* sur une scène de Broadway ! Il fallait être gonflé. Et ça a marché !

Sortie nord du parc, Lenox Avenue. Le bruit de la ville incite à se taire. Diane regarde Jules à la dérobée. Les soins de son Body Repair ont été efficaces. Malgré la spécialité médico-légale de Leslie, Jules, pas superstitieux, a accepté de se laisser soigner par l'experte en jazz du trio. Barney a échu à Georgia. Bonne pioche. Quoi de mieux que de soigner les lèvres d'un trompettiste ? Au moment de se séparer devant le Lenox, Jules prend la main de Diane :

— Diane, je vais finir de lire le livre de Julius. J'en ai pour la soirée. Au moins. Demain, je peux t'inviter à dîner ? J'aimerais alors qu'on parle de la famille, de tout cela… La semaine a été… La musique, les auditions… Pas possible d'être tranquilles.

— Alors demain dix-neuf heures, à la Harlem Tavern, à la station de métro de la 116e.

Il est trois heures du matin quand Jules referme le livre. Il n'a pas pu en décrocher. Il n'a pas sommeil. Trop de choses, trop de gens ont surgi des pages des *Mémoires*. Il se lève, ouvre la fenêtre sur l'avenue. La circulation est rare, quelques attardés sortent du Lenox Lounge en imitant les musiciens qu'ils viennent d'entendre, un type dort sur les marches d'une maison, deux hommes chargent des caisses dans un camion garé devant une boutique pendant qu'un autre surveille la rue, un chat fait un bruit d'enfer en fouillant une poubelle, quelques fenêtres sont encore allumées, la lune est au-dessus du carrefour. Jules fume un moment, écrase le mégot sur le bord de la fenêtre, va s'asseoir à la table, sort une feuille de papier, son stylo, vérifie qu'il y a assez d'encre car le récit va être long.

New York, 13 septembre 1924

Sigrid, mon amour,

Tu voulais que je t'endorme en te racontant la légende de ma famille. Je peux le faire maintenant. Ne t'endors pas avant la fin, elle est un peu longue : Il était une fois dans le port de Charleston, en Caroline du Sud, à la fin du dix-huitième siècle… Elizabeth, mon arrière-arrière-grand-mère, se trouva orpheline d'un couple d'esclaves appartenant à un armateur nommé Washington. Elle fut rachetée par

Passent les heures qui restent de la nuit. Jules résume les quelque cinq cents pages des *Mémoires*. Le récit est pour Sigrid, mais pour lui c'est une mise en ordre de tout ce qui lui est tombé dessus depuis que la voix d'Ethel Waters l'a attiré dans le *flophouse*. Par moments, pour ne pas se tromper, il rouvre le livre, cherche un lieu, une date. Quand il arrive à l'histoire du jeune Paul Washington, il introduit un commentaire plus personnel :

Tu sais que Paul s'est engagé dans les troupes coloniales. Ce n'est pas la page d'histoire familiale que je préfère. Mon père a honte de porter le nom d'un négrier, et moi, je ne suis pas fier de la conquête à laquelle Paul Washington-Canot a participé. Tout semble tranquille aujourd'hui dans les colonies. On admire « l'œuvre civilisatrice de la France ». C'est ignorer les atrocités commises pour en arriver à la soumission des indigènes. Chaque génération commet des crimes, la suivante les dénonce. Quel sera le jugement de nos enfants sur ceux que nous commettons aujourd'hui, parfois en toute bonne foi ? Bon, je m'égare. Voici la suite pour ce qui est de l'autre branche de la lignée : mort de Julius, départ de Ruth et de ses deux enfants

Le vent s'est levé, les ampoules qui éclairent le centre des carrefours se balancent sur les câbles, créant un ballet de lumière et d'ombre dans la chambre. Jules, en caleçon et maillot de corps blancs comme à La Nouvelle-Orléans, profite de la brise. Elle n'apporte ni odeurs de cuisine ni morceaux de musique ni éclats de voix. Une voiture de temps en temps, une sirène au loin, toujours les chats dans les poubelles. Encore une demi-heure à écrire en évitant les ratures. Ses doigts sont maculés d'encre quand il termine :

Voilà, tu sais tout de moi et de mes ancêtres. Drôle d'histoire, non ? Maintenant que j'ai fini, tu peux dormir dans mes bras, ta robe rouge sur le tapis avec ton grand papillon noir et tes longs bas blancs.

Jules,
qui te rêve et dont tu es la plus belle histoire

Il y a des lampions allumés sur des guirlandes tout autour de la terrasse de la Harlem Tavern. Pour un jour de semaine, c'est bondé. L'été est encore là, sans la touffeur d'août. L'air est chargé d'énergie et de conversations bruyantes. C'est le genre d'endroit où des gens qui sortent de la station de métro de la 116e Rue s'arrêtent même s'ils n'avaient pas prévu d'aller boire un verre ou manger un morceau. C'est le bar et la cantine des moins fauchés du quartier. Aux beaux jours, on se retrouve sur la grande terrasse, où Jules parvient à retrouver Diane. Il embrasse sa cousine et pose sur la toile cirée le gros volume des *Mémoires de Julius Washington*.

— Alors ?

— Formidable. C'est une épopée incroyable. Autant le pays que les personnages.

— Mais c'est pas un roman, Jules, c'est ton histoire ! Tiens, c'est drôle, Granma Ruth m'a dit la même chose quand je lui ai dit qu'il fallait faire éditer cette saga !

— Laisse-moi juste un peu de temps pour que je l'assimile. Je l'aime, cette histoire. Le coffre secret de Julius est aussi très romanesque. J'imagine ton émotion.

— Avec l'idée de la mort prochaine de Granma, ça a été plus fort encore.

— Avant, tu savais quoi, de la génération qui a précédé Julius et Diana ?

— Rien. Elle disait seulement qu'ils étaient esclaves. Facile, tous les Noirs l'étaient.

— Tu ne savais pas que la mère de Julius, Liza, était une Noire libre ?

— Non. En fait, depuis l'enfance on avait intégré qu'il y avait là une zone interdite. C'était tellement tabou qu'on avait oublié que c'était tabou. Tu vois ? On connaissait mieux Paul Cuffee. Mon frère et moi avons été élevés dans son école, dans ses principes et ses valeurs, dans sa culture de métis noir-indien. Il était très noir dans sa défense des *coloured*, mais très indien dans sa vie familiale. Sa femme était aussi une Indienne. Ce qui a fait que les femmes de ma famille se sont plus volontiers rapprochées des Algonquiens de la baie des Busards que des autres Noirs du coin, d'autant que les Indiennes manquaient d'hommes. Il y a d'abord eu les tués directement par les colons et, plus tard, beaucoup sont morts sur les navires de pêche à la baleine. Etre harponneur était très dangereux, sans compter les maladies qu'ils attrapaient au contact des Blancs. Alors, les Noirs, en majorité mâles, ont épousé des Indiennes qui se fichaient bien de leur couleur.

— D'où ce teint cuivré et ces yeux un peu bridés ?

— Surtout fière de mon nez. Pas le beau bec d'aigle des vrais Indiens, mais bon…

— Si tu cherches des compliments, je peux t'en faire. Tu es un très joli cocktail.

Ils s'interrompent un moment quand arrivent les ailes de poulet avec les épis de maïs grillés sur le barbecue en plein air de la taverne. « La cuisine riche des pauvres », commente Diane. Tout se mange avec les doigts, vite gras et rouges de la sauce tomate sucrée John Heinz répandue sur tout. Avec le coude, Jules désigne le livre sur la table.

— Tu penses pouvoir lui trouver quand même un éditeur ?

— J'ai peu d'espoir, sauf par un ami, enfin, un professeur d'université que j'ai rencontré. Le livre est depuis trois mois au comité de lecture de Harvard. Il a de bonnes chances, paraît-il.

— J'espère, Diane. Il le mérite. Arthur Little est idiot de ne pas l'éditer. En fait, il ne s'intéresse pas à l'Histoire. Il veut seulement se réhabiliter, lui, à travers les Rattlers.

— Il y a, je crois, une autre raison au refus de tous les éditeurs noirs. Un argument caché. L'idée d'un pays pour nous en Afrique ravive un profond clivage dans notre communauté et brise un peu le cœur de chacun d'entre nous. Comme on s'est aperçus qu'on était presque aussi malheureux depuis l'abolition qu'avant, on est toujours devant la même alternative : rester dans un enfer dont on espère qu'il deviendra un jour moins infernal, ou partir vers un paradis inconnu qu'on soupçonne de n'être pas si paradisiaque que ça. Il se passe aujourd'hui un peu la même chose qu'au temps de Julius Washington. Un choix impossible et un débat passionné.

— Tu sais, Diane, j'ai un jour discuté avec un type, c'était dans les îles du Cap-Vert, un Jamaïcain excentrique qui voulait que tous les Noirs d'Amérique partent en Afrique.

— Il s'appelait comment ?

— Un prénom d'empereur romain... Marcus ! Marcus Garvey. Tu connais ?

— Pas vu, mais beaucoup entendu parler de lui par son adversaire, William Du Bois, le professeur qui cherche à faire éditer les *Mémoires*. Lui, il veut plutôt montrer aux Blancs qu'on serait utile pour l'Amérique pour peu qu'on nous considère comme égaux. Moi, ça me plaît. Je suis américaine, pas africaine. Toi pareil, tu es noir, mais tu es européen.

En disant cela, Diane imite l'accent de Jules, très *british*. Ils rient.

— Non, je suis musicien, français d'Afrique, ton cousin et, accessoirement, noir.

— J'aime bien ce que tu dis, mais, ici, on nous répète cent fois par jour qu'on est noirs, alors on finit par croire qu'il n'y a que ça qui compte.

En rentrant de la Harlem Tavern, Diane se décide enfin. Elle a voulu être sûre que la rencontre avec ce cousin providentiel était vraiment une bonne nouvelle, qu'elle n'allait pas être déçue, que ces deux branches de la famille portaient comme fruits communs les valeurs de Diana et Julius. Elle le sait, maintenant, Jules peut être admis dans la tribu Pequot. Une tribu et un territoire de chasse bigrement agrandis depuis quelque temps. Alors qu'il n'y avait que Dartmouth, New York et une généalogie limitée à trois générations, d'un coup tout devient immense. L'espace, avec l'Europe, l'Afrique et l'Amérique jusqu'à Richmond et Charleston ; le temps, avec ces gens qui se rencontrent, s'aiment, ont des enfants, combattent pour leurs idées, se font pendre, partent sur les mers, meurent dans des îles infestées…

C'était le moment de parler à Liberty. Les filles ont pris un lundi de congé, les garçons ont interrompu leur marche forcée vers le concert du Nouvel An. Diane a pensé que venir en groupe ferait un peu diversion si sa mère ne trouvait pas Jules à son goût. Précaution inutile. Ils marchent tous les six vers Westport Point. Elle voulait montrer à Jules l'endroit où Paul Cuffee et Julius Washington se sont rencontrés.

La forêt a commencé à tourner rouge et jaune. Le chemin sent déjà l'automne aigre. Des courants frais s'immiscent dans l'air encore tiède d'un été qui ne se laisse pas si vite pousser vers la sortie. Après quelques buttes, le relief s'incline vers l'estuaire de l'Acoaxet. Avant de voir la mer, Diane sait qu'elle est basse. Elle ferme les yeux, hume l'odeur des limons où les bateaux sont à l'échouage, couchés sur un bord pour un demi-carénage. Petite, pendant que les marins grattaient les coques, elle adorait arracher les algues gluantes, les huîtres sauvages et les berniques accrochées aux bordés, les pieds enfoncés dans la vase qui passait entre ses orteils.

Liberty et Diane ouvrent la marche. Derrière, Georgia flirte au bras de Barney, et Jules, accélérant et ralentissant le pas, fait la navette entre le groupe de tête et Leslie, l'ironique et bravache Leslie, qui se laisse aller à l'oubli. Trois jours sans cadavres ! Trois jours avec un amoureux. Même si ce mot désigne plus l'homme que le sentiment – mais va savoir ? –, elle s'en fiche, elle est avec *un amoureux*, marchant sans souci dans la campagne de Nouvelle-Angleterre. Même si elle sait qu'il repartira en Europe ou en Afrique, peu importe, elle ne veut pas sacrifier le présent. Elle est heureuse, quand bien même elle a vu, laissée dépliée sur la table de l'hôtel Lenox, la lettre à Sigrid écrite en français. *Sigrid, mon amour*. Qui n'a pas de rêves lointains ? Tout l'été à New York est passé comme un roman à l'eau de rose. Retrouvailles après le travail, petits bistrots, répétitions au Jazzy Dizzie ou au Cotton Club, concerts le soir, étreintes au Lenox ou à l'appartement, réveils à côté d'un garçon beau, intelligent et gentil, dans les parfums mélangés de l'amour, du café et de la première cigarette.

Georgia marche la tête sur l'épaule de son homme. Le poivrot manchot qui la battait et lui piquait son fric n'est plus qu'un vieux cauchemar, personnage d'un de ces blues réalistes que joue Barney, Goldlips, l'homme aux lèvres d'or, comme elle dit. Georgia imagine son Barney à elle toute seule pour toujours, avec assez de petits musiciens pour faire un *baby jazz band*. Rêve de sage-femme, dit Leslie. Et c'est quoi, un rêve d'infirmière médico-légale ? répond Georgia, qui sait qu'un musicien aime d'abord sa musique, part en tournée, a des tas d'admiratrices, rencontre des chanteuses sublimes. Elle sait qu'elle se raconte des histoires mièvres. Et alors ? Il faut bien survivre.

Le groupe s'arrête à Westport Point. Jules embrasse Leslie sur la joue, lâche sa main, va s'accouder à un poteau en bois au bout du ponton. Le menton sur ses bras croisés, il regarde vers l'est. Les dunes de Horseneck Beach cachent le grand horizon, mais l'Atlantique brille entre les deux rives basses de l'estuaire. Plus personne ne parle, personne ne bouge. La brise de mer qui rentre avec le flux montant apporte quelque chose du grand large. Barney compose dans sa tête une première mesure de « Homesick Froggie », où il serait question d'un Français qui a le mal du pays et cherche à apercevoir, au loin, son continent perdu. Leslie détourne les yeux vers des goélands qui se battent pour un poisson mort. Georgia amorce un mouvement vers Leslie, voudrait lui dire quelque chose. Quoi ? Diane passe son bras autour de la taille de sa mère. Liberty se dit que la malle du vieux Julius, ouverte comme la boîte de tous les vents, n'a pas fini de libérer ses revenants. Elle rompt le charme triste :

— On rentre ! Je vous prépare la première soupe de palourdes de la saison !

Jules rejoint le groupe, sourit, reprend la main de Leslie. Diane propose de rentrer par l'autre chemin, celui qui longe la côte, les champs, les fermes d'Upper Westport. La ferme hantée. Liberty renâcle :

— Il est tard, ça va nous rallonger.

Diane insiste :

— Justement, dans les champs il y a plus de lumière. Allez, maman !

Entre les haies, les parcelles sont déjà prêtes pour l'hiver, presque noires, retournées dans l'attente de la neige, du gel, du sommeil des créatures souterraines prêtes à hiberner dans leurs gangues et leurs cavernes. Diane se souvient d'avoir déterré lombrics et myriapodes avec sa petite pelle, genoux nus sur la terre froide des labours autour de la ferme aux fantômes. Pour que les morts-vivants restent bien sages hors du village, qu'ils ne viennent pas jusque dans sa maison chercher à se nourrir, elle leur composait leur plat préféré, insectes et carottes sauvages, qu'elle déposait à l'entrée de la ferme hantée. Quand elle revenait, quelques jours plus tard, elle voyait bien que les zombies avaient tout mangé. Elle était fière de protéger sa famille en retenant les monstres à la ferme d'Upper Westport. Pour préserver le secret de Diane, les lapins, les écureuils et les oiseaux veillaient bien à ne rien laisser dans l'assiette.

— Maman ? Tu m'avais bien dit que la ferme avait été vendue ?

— Oui… mais l'acheteur n'a pas encore fait les travaux pour la remettre en état.

— Dommage. Je l'aime, la ferme aux fantômes. Faudrait pas qu'elle tombe en ruine.

Liberty croise les doigts dans son dos.

— Bon, on accélère, il va faire nuit.

Le dîner est bavard et joyeux. Pourtant, l'accueil à l'heure du thé en début d'après-midi avait été timide. Liberty, sans savoir pourquoi, était réservée, un peu méfiante. Elle aurait préféré que les secrets du vieux Julius restent dans sa malle, tout au plus dans le cercle familial de Dartmouth. Que cela ne provoque pas tous ces changements. Dans ce pays où les Noirs vivent en paix tant qu'ils restent invisibles, Liberty avait déjà eu peur quand Diane avait ouvert le Body Repair. Une enseigne d'infirmière dans un quartier où rasoirs et revolvers sont un moyen courant de conclure les débats ? Alors, maintenant que sa fille fréquente tous ces gens… Liberty se fait une idée un peu exagérée de la vie trépidante de Harlem, elle a peur des paillettes dont se pare New York, la ville qui mange ses enfants. Et encore, sans se concerter, les cinq visiteurs ont-ils évité d'évoquer l'alcool prohibé qui coule à flots, les substances diverses qui circulent, les boîtes des gangsters, la protection de George « Big Frenchy » DeMange, factotum d'un patron assigné à Sing Sing pour meurtre.

Et puis la promenade jusqu'à Westport Point, les rires et les gestes tendres du dîner, la gentillesse de ces jeunes gens, cette sorte de sagesse un peu nonchalante qui recouvre comme une pellicule protectrice le cœur à vif de ce petit neveu venu d'une autre planète, tout cela a emporté la méfiance de Liberty.

Devant la cheminée encore éteinte, elle prend Jules à part et lui pose cent questions. Puis elle le conduit jusqu'à la malle de l'arrière-grand-père. Au petit bonheur, il exhume les dessins, les daguerréotypes, les photographies, la pipe culottée, les objets de marine, et l'aquarelle sur toile d'une maison de bois en équilibre sur ses pilotis avec une terrasse en surplomb au-dessus des vagues qui se brisent sur la falaise. Liberty reste en retrait, regarde Jules devant son passé qui surgit comme le génie d'une lampe magique. Quand Jules repose enfin le dessin de la maison, elle rompt le silence :

— C'est la maison où je suis née. Je n'en ai aucun souvenir. Elle vous plaît ?

— Infiniment. Pour cette maison, je pourrais renoncer à celle que j'ai dans l'île de Gorée, à la sortie du port de Dakar. Elle est aussi ouverte sur l'océan. Devant passent les navires en partance ou venant de pays inconnus. J'aime les mystères d'un port.

— Tout cela vous a rappelé votre Afrique ?

— Pardon, Liberty, mais ce n'est pas *mon* Afrique ! L'Afrique est plus grande que l'Amérique. Il y a *des* Afriques. Avec des climats, des paysages, des gens qui n'ont pas plus à voir entre eux que les Inuits d'Alaska et les Pueblos du Nouveau-Mexique. La partie que je connais ressemble plus à ce que je sais des déserts de l'Ouest américain. Le Liberia, c'est un peu la Louisiane. Il pleut énormément, c'est humide, un peu moisi. Cela me tente moins, mais j'irai voir, un jour. C'est maintenant une part de mon histoire. Comme l'Amérique. Comme Diane et vous, Liberty. Vous êtes ma famille. Je suis plutôt sans attaches, mais avec vous deux l'idée d'un lien me convient. Vous m'êtes plus proches que mes sœurs, qui sont, pardon pour elles, deux petites princesses coloniales.

Liberty serre Jules dans ses bras. Il y a de la joie et de la mélancolie dans ses yeux, des ridules en pattes-d'oie au coin de ses paupières, des sillons profonds comme des parenthèses de chaque côté de ses lèvres. Première génération de Rouges-Noirs, elle est moins typée que Diane, la quarteronne si fière de son nez ! Elle le regarde aussi bien en face, comme un fils surgi du passé, du temps où ses ancêtres, à peine arrivés d'Afrique, avaient encore ce teint foncé, mat, profond, presque bleuté comme l'acier.

— Tu vas retourner au Sénégal ? En France ?

— Les deux. Certainement. Avant un an. Mais je reviendrai. Ou bien vous viendrez me voir. Ne rompons plus jamais le fil.

— Merci, Jules. N'en parlez pas tout de suite à Leslie. Seulement quand vous saurez.

Quand ils reviennent vers les autres dans le salon, Diane demande à sa mère :

— Vous étiez où, tous les deux ? Tu lui as dit quoi, maman, à mon cousin ?

— C'est une affaire entre lui et moi. J'ai aussi mes petits secrets. Allez, au lit maintenant !

Peu importe le froid dans les salles de classe mal chauffées, les paillasses un peu raides. Une lune de miel dans une école est une expérience rare. Pourtant, au matin, les deux couples ne traînent pas au lit, une leçon magistrale de musique est prévue. Après avoir retrouvé Leslie et Diane pour le petit déjeuner dans la maison directoriale, quand les salles d'étude ont retrouvé leur état normal, Jules pille la cuisine et le garage de Liberty, transporte dans l'école tout ce qui peut constituer une batterie, se met d'accord avec Barney sur la pédagogie à adopter et, pendant deux heures, plus de trente écoliers participent à ce qui restera certainement la plus folle leçon de musique de leur vie.

Barney leur montre d'abord comment n'importe quel tube, tuyau d'arrosage, rouleau de papier ou vraie trompette peut produire des notes ; Jules leur explique que la vie n'est que rythme : le pas d'un soldat ou le trot d'un cheval, le souffle d'une locomotive, la masse du forgeron. Puis ils s'emparent des casseroles de Liberty comme Jules l'avait fait avec celles de Mme Zacher, et la fête commence. Barney dirige l'orchestre des souffleurs, Jules celui des frappeurs. Les trois femmes assistent, d'abord en retrait, à la montée en puissance de la Cuffee School Symphony, puis, prises au jeu, se mettent à danser, entraînant les garçons et les filles dans des rondes, frappant des mains, tapant des pieds. A midi, il faut l'autorité de la respectée directrice pour que prenne fin l'orgie sonore. Les élèves qui habitent loin partent avec le bus scolaire conduit par Jules pendant qu'à chaque arrêt Barney sonne le fameux *buggle call*, la charge de la cavalerie. La rumeur va se répandre dans le comté de Bristol qu'il se passe des choses étranges à l'école Paul Cuffee.

Après le déjeuner, il faut se préparer à rentrer. Demain la vraie vie reprendra. Liberty veut raccompagner tout le monde en bus jusqu'à la gare de Providence. Sur le quai, elle serre encore Jules dans ses bras, lui murmure quelque chose à l'oreille que Diane n'entend pas, lui donne un petit paquet enveloppé dans du papier d'emballage avec une ficelle. Quand vient son tour, Diane dit à sa mère :

— Tu lui as dit quoi ?

— Rien du tout. Bon voyage, ma fille chérie. Merci d'avoir agrandi la famille. Je l'aime vraiment bien, ce Jules.

Dans le train, Diane n'y tient plus, elle fait ouvrir par Jules le petit paquet que lui a remis sa mère. C'est l'aquarelle de la maison de Mamba Point, celle de Julius Washington à Monrovia.

— Tu iras ?

— Peut-être. J'aime cette maison. J'aime son histoire.

— Je pourrai venir te voir ?

4

Quinze mètres sous plafond, deux larges colonnes blanches soulignées d'or de chaque côté de la scène, à leur base des corps de femmes, des arbres exotiques et de longs oiseaux stylisés. Quarante musiciens en smoking gris perle et satin noir, chaussures vernies. Deux en frac de cérémonie, Barney Hodges, trompette solo et chef d'orchestre, James Price Johnson, derrière un Steinway blanc rutilant comme la Cadillac d'Al Capone. Tous les cuivres du jazz sont là, à embouchure, à anche, à piston, à coulisse, plus deux clarinettes. Pour les cordes, deux guitares électroacoustiques *archtop* brevetées par la Gibson Guitar Corporation et une contrebasse prototype également amplifiée. George DeMange a tenu à être le premier à avoir ces instruments révolutionnaires pour le Cotton Club Big Band. Le boss, Owney Madden, toujours à Sing Sing, a voulu que des ingénieurs de la Western Electric installent devant la scène leur dernier appareil d'enregistrement à microphones. De cette soirée sortira un disque 78 tours qu'il pourra écouter dans sa prison. Jules a obtenu tout ce qu'il a voulu. Pour lui, quinze mètres carrés de tambours, cymbales, cloches, gongs et autres instruments inconnus qu'il a fait fabriquer exprès, minutieusement accordés. En retrait à gauche, une batterie avec une autre nouveauté, les nouvelles cymbales charleston à pédale. En retrait à droite, une rangée de congas de Cuba, un xylophone et un balafon venu d'Afrique. Quatre percussionnistes en chemises blanches et gilets de soie jaunes. Une telle section rythmique, cela ne s'était jamais fait. Et, pour finir, Ethel Waters, voix solo dans un fourreau forcément lamé or, et huit choristes, hommes et femmes, en gilets rouges. Une scène de deux cents mètres carrés éclairée par cinquante projecteurs.

Plus de mille personnes, cent VIP aux premiers rangs, les autres sur le parterre, la grande galerie, et la petite, tout en haut ; une foule est debout, sur les trois pistes de danse. Dans la loge des propriétaires, Frenchy DeMange, seul devant un seau à champagne, comme toujours. Le tout-New York est là, hommes d'affaires, banquiers, politiciens, gradés de la police, gratin des gangsters, acteurs de théâtre et de cinéma, écrivains, journalistes, sportifs connus, personnalités de la mode et des arts, des dizaines de musiciens. Les Noirs, pourvu qu'ils soient célèbres et en tenue de soirée, sont admis dans le quartier des personnalités, partie gauche de la scène. La soirée peut commencer.

Un à un, selon un ballet répété avec soin, chaque musicien entre et prend sa place comme s'il n'y avait personne dans la salle et vaque à la prise en main de son instrument. Pendant que la lumière baisse sur la salle, Barney Hodges, James Johnson et Jules « Black Frog » Canot, arrivent avec Ethel Waters, sous les premiers applaudissements. Avant que la rampe n'empêche de voir au-delà de la scène, Jules regarde la salle. Côté Blancs, une table réservée par Connie Immerman, patron du club concurrent, le Connie's Inn, attablé avec trois artistes, des Juifs d'Europe de l'Est comme lui, George Gershwin, Irving Berlin, Al Johnson ; une tablée d'Italiens autour du capo Thomas « Tommy » Lucchese, parmi les invités desquels il croit reconnaître l'actrice Mae West et le fantaisiste Jimmy Durante ; au centre, le maire démocrate de New York, John Francis Hylan, avec quelques courtisans et chroniqueurs en vogue. Côté Noirs, tout ce que la ville compte de grands jazzmen qui ne sont ni sur la scène, ni occupés par un autre réveillon, ni en tournée. Côte à côte, Noble Sissle avec sa jeune vedette Joséphine Baker, qu'on dirait habillée de colliers. Et, juste sous le déballage de percussions de Jules, Edward Kennedy Ellington, le « Duke » en personne. Et toutes ces femmes qu'il ne connaît pas, dont chacune est une œuvre d'art moderne, sauf trois filles d'une élégance moins tapageuse, tout en haut, au balcon du paradis : Diane, Georgia et Leslie, qu'il salue d'un petit geste juste avant l'éblouissement des spots, quand Barney Hodges annonce :

— En exclusivité mondiale, un morceau de Ken Casey et Maceo Pinkard dont l'encre est à peine sèche et que je dédie à une femme de l'assistance qui se reconnaîtra : « Sweet Georgia Brown » !

C'est parti. Deux heures ininterrompues de standards empruntés au blues et au dixieland remis au goût du swing pour grand orchestre, de compositions jamais entendues de Barney Hodges, d'improvisations de James Price Johnson, qui traite son piano comme personne n'avait encore osé, dans un style que les critiques nommeront dès le lendemain *Harlem stride*, les sons nouveaux des guitares et de la basse électriques, la voix d'Ethel Waters, les chœurs...

Avec l'aide de Noble Sissle, il aura fallu moins de deux mois pour sélectionner les musiciens, deux mois de répétitions quotidiennes, une orchestration tirée au cordeau qui laisse toute liberté aux solistes virtuoses qui partent dans les airs et retombent toujours sur leurs pieds dans la mélodie et le tempo, un jazz qui va si bien aux Années folles, au futurisme, au cubisme, géométrique et fou. Un jazz à la mesure de Jules Canot, qui montre pour la première fois devant un tel public que les percussions peuvent être un orchestre dans l'orchestre, qui sans jamais lâcher la main de la mélodie, entraîne vers des mondes sonores inexplorés même par les plus avant-gardistes habitués des clubs. Il a demandé à Barney de terminer par une reprise modernisée de « Clarinet Marmalade », le premier morceau où, à Bitschwiller, il avait laissé libre cours à sa nature destructrice de gamelles. Ils sont convenus que c'est par un long solo de percussions que Jules terminera le concert. Les trois dernières minutes sont un bouquet final comme personne n'en a entendu. Les congas, la grosse caisse et deux notes répétées du xylophone assurent un arrière-plan hypnotique, et Jules, comme un danseur, court en extase entre ses batteries, les bras en ailes de moulin. On dirait qu'il a les yeux fermés, que les sons sortent de son corps, pas des instruments. Sa transe gagne toute la salle qui tape du pied, bat des mains, claque des doigts, frappe les verres avec ses bagues et ses ongles peints, agite ses bracelets. Dans le groupe des filles du paradis, Georgia peut enfin crier, pleurer, embrasser Leslie et Diane comme si tout cela n'avait été fait que pour elle.

Mais, de toute la salle, la seule qui ne bouge plus, qui écoute les mains serrées en écarquillant les yeux, celle qui d'ordinaire est un typhon sur scène, c'est Joséphine Baker. Noble Sissle la regarde. Il se souvient d'avoir vu, un certain soir de l'hiver 1918, une autre femme comme cela, debout sur un banc, hypnotisée par Jules.

Barney Hodges, les yeux sur la grosse pendule installée au-dessus de la scène commence alors le décompte. Dix, neuf, huit… chaque seconde, une note de trompette, de plus en plus haute. A minuit moins cinq secondes, tout s'arrête, il ne reste qu'un battement au rythme du cœur de Jules, *dundumba, dundumba*, et le décompte de Barney Hodges met fin à 1924 par un interminable suraigu pendant que du plafond s'abat sur l'orchestre une pluie d'étoiles dorées. *Happy New Year !*

Triomphe dans la salle, triomphe dans la presse. Même le « Duke » a envoyé un message de félicitations. Les fleurs ont envahi les loges.

Frenchy a été généreux à la hauteur des recettes et signé un nouveau joli contrat pour le *big band*. Avec une aussi belle avance pour les solistes. Sans les douze coups ni les étoiles dorées, le spectacle a continué cinq jours par semaine jusqu'à ce 9 février de l'année 1925, pourtant si bien commencée.

DeMange n'entend les sirènes qu'au dernier moment. Son bureau est fermé, une partie de l'orchestre répète de nouveaux morceaux dans la salle. C'est seulement quand le garde en faction devant la porte ouvre le battant capitonné en tenant son revolver à la main qu'il comprend qu'il se passe quelque chose de vilain. Ne rien tenter. Il intime au porte-flingue de poser son arme à terre et de rester tranquille. Moins d'une minute après, six policiers sont dans la pièce. Le caïd lève les mains. On le fouille. Un type en civil, caricature de flic beau gosse à chapeau mou, lui signifie son arrestation pour vente illicite d'alcool, lui dit ses droits, lui passe les menottes, l'emmène.

En bas, la vingtaine de musiciens sont rassemblés sur la piste de danse sous la bonne garde d'autant de flics armés jusqu'aux dents. Jules, expert, reconnaît les *trench guns*, Winchester M12 de l'AEF du temps des tranchées, version sans baïonnette.

Ne pas bouger. Passent George DeMange et son garde du corps, serrés de près par un carré de costauds en uniforme du NYPD et immédiatement conduits dehors. Une sirène hurle et s'éloigne. Quelques minutes s'écoulent en silence, à part quelques ordres qui fusent ici et là. Par petits groupes, des hommes descendent par le grand escalier ou entrent par des portes latérales qui mènent aux bureaux, aux vestiaires, aux cuisines et aux loges, convergent vers la salle de concert, déposent leur butin. Des armes de poing, des fusils de chasse à crosse et canon sciés, des Thomson 45 « camembert », l'arme favorite des gangsters avec son chargeur rond à cent coups et qui, démontée, tient dans un étui à violon. Et aussi des sacs qui pourraient contenir des documents ou de l'argent. Peut-être de la drogue. Jules regarde cet arsenal comme on découvre l'envers d'un beau décor. Il se doutait bien, il savait, même. Voir est autre chose.

Une secrétaire, quatre employés de cuisine et deux ouvriers d'entretien apeurés viennent s'ajouter aux musiciens. Fouille.

— Tous assis par terre !

Les policiers ne braquent plus leurs fusils mais restent en ronde autour du cercle de parquet verni. Le civil qui a parlé s'approche.

— Qui parmi vous est Jules Canot ?

Jules lève la main.

— Moi, monsieur.

— Levez-vous. Et Barney Hodges ?... Suivez-moi, tous les deux. Les autres, vous allez un par un nous laisser vos empreintes, vos noms et adresses. Après, vous pourrez partir avec vos affaires et vos instruments. La boîte est fermée jusqu'à nouvel ordre.

Jules et Barney sont emmenés dans une voiture de police sans signe extérieur ni sirène. La traversée de la ville se termine au 100 Center Street, siège de la Cour criminelle, bureau professionnel du procureur William Hayward, qui les attend dans un fauteuil près d'une table basse et les fait asseoir face à lui sur un canapé, comme des amis en visite.

— Bonjour, Barney, bonjour, Jules. Pardon pour l'interruption de votre répétition.

— ...

— Et bravo pour votre concert de Nouvel An. Je n'y étais pas, mais j'ai lu les critiques. Enorme succès. Je savais que vous étiez bons. Très bons.

— ...

— Mais ce n'est pas pour cela que je vous ai fait venir. Je voulais vous mettre en garde une dernière fois. Lors de votre précédente visite, chez moi, je vous avais laissé comprendre que je n'appréciais pas vos relations avec un certain George DeMange en particulier et, en général, avec les patrons de boîtes presque tous membres de la pègre.

Jules se souvient très bien de leur conversation d'alors. Il n'avait pas répliqué, mais après l'intervention brutale de la police au Cotton Club et cette sorte d'enlèvement armé la colère lui revient, intacte. La tirade fuse, presque sans respiration :

— Mais, mon colo… monsieur le procureur, nous allons vers ceux qui permettent à la musique noire d'exister et aux musiciens créatifs de vivre de leur art. Nous n'avons jamais eu la moindre implication dans les affaires de nos mécènes, eux-mêmes nous en auraient empêchés si nous l'avions tenté. C'est la règle absolue. Si Melvin Jones et son Lions Club, ou John Rockefeller et sa fondation, si ces hommes si généreux, si moraux et si philanthropiques nous finançaient, et même s'ils acceptaient seulement que des Nègres viennent jouer de la musique dans leurs salons, nous fréquenterions les restaurants et les hôtels de la Cinquième Avenue ou de la 52e Rue plutôt que les boîtes de Harlem…

— Ne vous fâchez pas, Jules.

— Mais si, je me fâche ! Nous avons travaillé d'arrache-pied pour monter le meilleur orchestre de jazz d'Amérique avec celui d'Ellington. Nous attirons cinq ou six cents personnes quatre fois par semaine, et là, en plein succès, vous arrivez avec vos flics armés jusqu'aux dents et faites fermer la boîte ! Vous voudriez que je ne sois pas fâché ?!

— Ecoutez, Canot. Vous m'avez connu pendant la guerre. Vous savez mon engagement pour la cause des Noirs. Cet engagement n'a pas changé depuis que je suis dans ce bureau. J'ai fait embaucher les premiers Noirs dans le monde de la Loi, avocats ou assistants, je travaille avec un de leurs leaders les plus connus, Marcus Garvey, et bien d'autres choses encore.

— Ne vous abritez pas derrière la cause des Noirs, William. Surtout derrière Marcus Garvey, l'escroc apprenti empereur colonial ! Moi, je vous parle de la cause du jazz. Nous, grâce à vous, on perd notre boulot, notre raison d'être. Merci. Et vous brisez une œuvre sous prétexte d'alcool. Pourtant, à minuit, pour fêter l'arrivée de 1925, tous vos amis ont bu le champagne de la contrebande, le whisky du crime, le gin de la prostitution, le cognac des jeux… C'est une totale hypocrisie !

Jules reprend sa respiration et se tourne vers Barney.

— Et toi, tu ne dis rien ?

— Si, j'ai quelque chose à dire. Je me demande pourquoi ça arrive maintenant. Le jour de l'An au Cotton Club, il y avait le maire John Hylan, le chef de la police Richard Enright, des politiciens à la pelle, tous les gens de la haute. Pas vous. Je comprends pourquoi ! Pourquoi nous avoir laissé jouer plus d'un mois si c'est pour nous couper les ailes, maintenant qu'on peut enfin gagner notre vie ? Il faut qu'on soit pauvres en plus d'être noirs pour avoir votre soutien ? Une nouvelle médaille sur notre cercueil ?

Le procureur laisse un temps de silence. Il se penche en avant, assis au bord du coussin du fauteuil, coudes sur les genoux, regarde tour à tour Jules et Barney.

— Vous pourriez être avocats, tous les deux. Mais laissez-moi plaider aussi.

Il se lève et, comme dans un prétoire, se met à arpenter la pièce, de la grande fenêtre à son bureau, du bureau au coin salon où il était assis.

— J'aurais dû fermer le Cotton Club avant la fin de l'année dernière, à l'automne. Mais je savais que vous y prépariez un grand coup musical. J'ai donc choisi, malgré les pressions, de ne pas tuer votre projet dans l'œuf. Vous avez remporté un succès éclatant, votre avenir est assuré. Sachez qu'en plus de l'alcool il y avait de la drogue. Je ne pouvais plus différer sans devenir complice. Le maire et quelques haut gradés de la police, complètement corrompus, auraient été ravis de me mettre dans le même sac qu'eux. Ils ont fait tomber quelques petites frappes pour se dédouaner devant les médias, mais le système n'a pas changé. La fermeture du Cotton Club va couper les vivres à quelques-uns que je veux voir payer. Voilà, messieurs, vous savez tout.

Il fait un geste des bras comme pour dire « Maintenant, pensez ce que vous voulez, vous pouvez partir ». Barney hésite à se lever, mais Jules reste assis.

— Tu entends ça, Barney ? Les politiciens qui ont cédé autrefois aux ligues de vertu et banni l'alcool pour se faire élire, aujourd'hui, veille d'élections, aidés par la police et la justice, veulent montrer qu'ils luttent contre les problèmes que leur Prohibition a créés ! Pardon, colonel, je vous ai vu vous battre pour de meilleures causes.

Furieux que sa confidence n'ait fait qu'affaiblir sa position, Hayward résiste à l'envie de montrer la porte à Jules. Il l'interpelle dans une sorte de garde-à-vous glacé :

— Ça suffit, Canot ! La guerre à laquelle vous faites allusion avait aussi été provoquée par des politiciens idiots, arrivistes, inconséquents, menée par des stratèges incompétents, guidés par des intérêts de carrière et la cupidité des marchands d'armes. Nous l'avons faite quand même. Nous sommes des gens de devoir et le crime organisé n'a pas la Prohibition comme cause unique, vous le savez bien.

— L'alcool, la prostitution, les jeux, la drogue, qui en sont les clients ? Les mêmes professeurs de vertu qui viennent nous écouter et boire entourés de femmes qui ne sont pas leurs épouses et vont ensuite jouer à la roulette clandestine dans l'arrière-salle ! Mais nous qui buvons peu, ne nous droguons pas, n'allons ni dans les salles de jeu ni au bordel, nous qui rendons l'Amérique célèbre, nous sommes punis ! C'est ça, le rêve américain ? Je vous admirais en colonel, vous me décevez en procureur, Bill.

Jules se lève, suivi de Barney, et se dirige vers la porte. En une phrase, Hayward a perdu ses titres. Même pas monsieur Hayward, ou William, ou Big Bill, surnom du héros, mais n'importe quel Bill en chemise à carreaux. Figé, il les accompagne de sa parole :

— Canot, votre déception quant à ma personne ou à l'égard de ce pays ne regarde que vous. Si vous trouvez que les Etats-Unis ont trop de racistes, de policiers corrompus, de politiciens idiots, de puritains obtus, de procureurs décevants et je ne sais quoi encore, je vous rappelle que vous êtes français et encore libre de vous déplacer.

Jules se retourne.

— Libre d'aller au Liberia comme votre ami Marcus Garvey, qui veut y envoyer les Noirs d'Amérique insatisfaits de leur sort ? J'ai déjà vécu cela en Alsace : « Merci pour tout, salut, rentrez chez vous ! » Ici, c'est : « On vous rend la vie invivable, et si vous n'êtes pas contents, retournez dans vos cases en Afrique ! » Adieu.

La voiture de police raccompagne Jules et Barney au Cotton Club. Barney récupère sa trompette et son bugle, un homme s'approche de Jules, perplexe devant son matériel.

— Le procureur Hayward mettra un camion à votre disposition. J'étais à votre concert du Nouvel An. Ce que vous jouez est formidable. Surprenant, mais formidable. Dommage.

Quand Jules et Barney se retrouvent le soir dans l'appartement au-dessus du dispensaire, Diane, Leslie et Georgia essaient de les réconforter. C'est gentil, ça fait du bien, mais les deux musiciens ont déjà chacun une autre histoire en tête. Sans se concerter, ils ont réfléchi en marchant du Cotton Club au *garage*. S'ils sont arrivés à des conclusions différentes, le résultat est le même. La soirée se traîne en longueur, le récit de la journée revient en boucle, la colère se ravive à chaque fois. Puis ils décident d'arrêter de ressasser. Barney s'allonge sur le canapé, la tête sur la poitrine de Georgia. Jules est assis par terre sur des coussins entre Leslie et Diane, qui entourent ses épaules de leurs bras. Le long silence qui s'installe parle pour tous d'une seule voix : « *Harlem est une fête*, c'est fini. »

5

Quelques semaines de répétitions et maintenant six grandes caisses arrimées dans la cale du *Berengaria* transportent – en volume tout à fait inégal – les plumes, les strass, les paillettes et les bijoux de scène de Joséphine, le matériel de Jules récupéré au Cotton Club. Cinq jours de traversée, cent vingt et quelques heures suspendues entre deux rêves. Jules se dit qu'il n'aura peut-être jamais plus pour lui tout seul cette très jeune et turbulente artiste de music-hall qui fait des choses aussi folles avec son corps.

Ils sont sur le pont supérieur. La mer moutonne blanc sur vert-de-gris. Joséphine s'abrite du vent dans les pans du manteau ouvert de Jules. La traversée est annoncée agitée. Le Havre dans moins de six jours. La statue de la Liberté n'est plus en vue. Elle a eu droit à un dernier signe de la main. Le *Berengaria* est sorti de l'Hudson, a doublé Hoffman et Swinburne, les deux cailloux de l'embouchure, puis Long Island à bâbord et Sandy Hook à tribord, il entre maintenant dans le grand Atlantique Nord. La houle par le travers fait doucement rouler le paquebot. Il commence à pleuvoir.

— *Djioul*, tu as cinq jours pour m'apprendre le français. Viens dans la cabine.

Une heure plus tard, Joséphine Baker n'a appris qu'un seul mot, *boulanger*, traduction de son nom, et s'est endormie. Jules se lève, enfile une sortie de bain aux couleurs de la Cunard Line et va s'asseoir à la table devant le grand hublot. La France ! Sans la guerre, à quoi peut-elle bien ressembler ? Joséphine s'en fait une idée formidable. « *We go to Paris !* » Lui aussi voudrait bien croire au mythe, mais il est devenu circonspect.

A côté du sous-main de cuir posé sur le petit bureau, un calendrier. Vendredi 25 septembre, la Saint-Hermann. *Mbëng-mbëng.* Il s'habille, sort en silence de la cabine, va fumer une cigarette dans la coursive abritée, regarde par-dessus le garde-corps le sillage se former le long de la coque du navire.

Ces huit derniers mois ont passé comme une longue attente. Jules a joué de ses tambours bizarres pour le *flophouse*, pour les enfants du quartier, pour les fêtes de rue, même pour l'église du coin. En avril, il est retourné passer deux semaines à Dartmouth. La compagnie de Liberty était douce. Il lui apprenait la cuisine africaine sans bananes plantain, sans patates douces, sans manioc, manière de communiquer sans parler des choses douloureuses. Il a aussi lu l'intégralité des documents laissés par Julius Washington, comme si l'idée d'aller un jour là-bas prenait maintenant un caractère de réalité qui exigeait de se documenter. Il retournait souvent à Westport Point regarder la mer et l'horizon, boire et jouer aux dés avec les marins-pêcheurs au Paquachuck Inn. Liberty a été triste de sa tristesse. Puis elle lui a dit de rentrer à New York. « Diane et Leslie t'attendent. » Il a repris le train. Il s'est installé chez Leslie, mais c'était un peu comme le dernier jour chez Sigrid, quand il attendait l'arrivée du side-car de van Hecke et Pérotin. Un dernier jour qui allait durer… combien de temps ?

A la mi-mai, Jules est allé voir Noble Sissle. « J'ai un projet de vaudeville avec plein de tambours pour mettre en valeur le talent de Joséphine. Ça t'intéresse qu'on y travaille ? » Pourquoi pas ? Il s'est remis au travail.

Alors, l'étau qui le tenait depuis le 9 février s'est desserré. Depuis la convocation de William Hayward, il ne décolérait pas. A peine avait-il commencé à accorder l'amnistie à son ancien colonel qu'il avait appris, presque coup sur coup, que celui-ci avait quitté ses fonctions de justice juste après les élections pour devenir avocat de la Ligue américaine de football, que le Cotton Club allait rouvrir sous la direction de son ancien comptable, l'informateur des flics, et que George DeMange avait été libéré sans procès, grâce sûrement à la défaite du maire John Hylan et à l'éviction du chef de la police, Richard Enright. Tout avait été prévu.

Il a aussi appris que Duke Ellington signerait bientôt un contrat avec la nouvelle direction du Cotton Club et qu'il y installerait son orchestre dès qu'il aurait terminé sa longue tournée à travers l'Amérique. Barney Hodges en fait partie. Il n'est pas chef d'orchestre, seulement première trompette solo, mais il ne risque plus de se faire embarquer par les Feds. Ils se sont quittés avec des larmes dans les yeux, finalement plus liés par ces années consacrées à l'invention d'une nouvelle musique que par les mois de guerre. Barney a dit à Georgia que oui, il reviendrait vers elle, « après la tournée avec le Duke ». Elle l'a cru et a repris de plus belle son travail avec les mères au *garage*.

Leslie, elle, a compris que Jules, même s'il vivait chez elle, ne lui reviendrait pas. Son parti est de prendre la vie comme elle frappe à sa porte, mais quatorze mois de lune de miel, ça fait quand même un peu mal quand c'est fini. Dès qu'elle a vu que Jules commençait à échafauder des projets avec Sissle et qu'il était même question d'un spectacle en Europe pour lequel il répétait beaucoup avec une certaine incroyable artiste noire, elle a déclaré forfait. Un pansement s'arrache d'un coup. « Adieu, Jules, tu avais raison de dire que le premier rythme, c'est celui du cœur. Avec toi, c'était un joli tempo. » Il a ouvert la bouche. « Chut », a ajouté Leslie. Elle est partie à l'hôpital, il a pris ses affaires.

Diane en a été bouleversée, mais elle sait qu'elle a désormais un bout de famille outre-Atlantique et qu'un cousin ne s'efface pas comme un amant. En voyant le chagrin mal dissimulé de Leslie, elle est bien heureuse que l'interdit de l'inceste lui ait évité de tomber amoureuse. Le dispensaire est devenu un peu trop calme. Les enfants du quartier regretteront longtemps les deux musiciens qui jouaient pour eux quand les soins prodigués par les filles piquaient trop. Heureusement, W.E.B. Du Bois lui a présenté Philip Randolph, activiste socialiste, fondateur de la revue *The*

Messenger, organe noir radical de Harlem, qui lui a offert d'écrire des articles sur la santé des pauvres, y donner des conseils, diffuser les bonnes pratiques, mais aussi, si elle en avait envie, des éditoriaux pour dénoncer les conditions sanitaires de Harlem. Elle a commencé à s'y essayer.

Quant à Jules, une femme s'est à nouveau présentée comme la Providence. Joséphine, un soir qu'ils n'étaient même pas amants, lui a dit :

« *Sweetheart*, j'ai rencontré une femme incroyable. Caroline Reagan. C'est l'épouse d'un attaché de quelque chose à l'ambassade des Etats-Unis en France. Il monte un spectacle à Paris avec plein de musiciens noirs américains ! La Revue nègre. Elle m'offre deux cent cinquante dollars par semaine ! Tu viendrais avec moi ? Tu parles français et anglais.

— C'est pour être ton interprète ?

— Non, c'est parce que tu es le meilleur batteur du monde et que, comme moi, tu danses en jouant de la musique ! Ils sont d'accord pour te prendre avec moi. Deux cents billets pour toi. Alors c'est oui ? On part ensemble ? Paris ! Viens à Paris avec moi ! »

Aussi simple que cela.

Un orage arrive du sud. Jules se réfugie dans le salon, où des passagers jouent aux cartes, parlent doucement, consultent la carte des vins français et lisent des guides touristiques, rêvant déjà de Paris, des plages de Normandie, des criques de la Côte d'Azur. Dans ce sens, la traversée n'est pas la route de l'exil, ils sont des voyageurs, pas des émigrants. Et Jules, le nomade, demande du papier, une enveloppe et un stylo.

A bord du Berengaria*, 22 août 1925*

Sigrid, mon amour,

Je me souviens de la dernière lettre que je t'ai écrite. Elle se termine par « Jules qui te rêve et dont tu es la plus belle histoire ». Je pourrais le dire encore aujourd'hui. Je t'aime toujours. C'est vivant, cela me fait encore battre le cœur, cela me réveille la nuit. J'ai fait l'amour avec d'autres femmes. J'ai eu d'autres battements de cœur, d'autres éclairs, d'autres tonnerres dans la poitrine, le ventre, les reins. J'ai senti les parfums d'autres désirs, jamais plus l'odeur de nos joies mélangées qui ne peut appartenir qu'à nous, parce que c'est toi, parce que c'est moi, nos peaux, nos sueurs, nos sucs, uniques. Mon premier amour, mon premier plaisir, ma première femme. En écrivant cela, je me sens aussi… mièvre que cette chanson sentimentale, « Always », succès du moment.

Pourquoi te dire cela aujourd'hui ? Parce que je suis comme un homme avec sa valise sur le pas de la porte qu'il va franchir pour s'en aller retrouver son nouvel amour et qui, comme dans la chanson, dit à celle qu'il quitte : « Je n'aimerai personne autant que toi ! » J'avoue, mon cœur a fait sa valise. Je n'avais jamais eu que des amours de tournée, celles d'un musicien de passage. J'étais le plus souvent content de repartir, d'autres fois je me disais que cela aurait pu être une sorte de prologue. Prologue de quoi ? Que la question soit sans réponse était peut-être la seule vraie raison du lonesome guy blues, la nostalgie du solitaire. A New York, j'ai été entouré de femmes aimantes. Diane, ma cousine, qui, je crois, regrettait un peu de l'être. Et une autre qui avait bien compris, sans que j'en dise rien, que je n'étais qu'un amant à conjuguer au présent. Ma fiancée Musique exerçait une veille vigilante et jalouse. C'est pourtant elle qui m'a offert celle pour qui je vais franchir pour la seconde fois le seuil de la maison Zacher de Bitschwiller pour aller vers l'inconnu.

Pour le Nouvel An, nous avons donné un incroyable concert. Il y avait là la chanteuse-danseuse vedette de la comédie musicale à succès Chocolate Dandies de Noble Sissle. Elle s'appelle Freda Josephine McDonald, Joséphine Baker de son nom d'artiste. Comme Diane, elle est métisse afro-indienne, libre et belle. Comme Diane, c'est une appassionata de la cause des Noires. Elle la défend avec sa voix et tout son corps, bombe allumée dans la morale de la bourgeoisie blanche.

Elle a dix-neuf ans et on dirait qu'elle a travaillé la danse depuis le ventre de sa mère. Elle sait tout faire, elle ose tout, transgresse tout. Pour elle, le jazz n'est pas le ressassement de douleurs passées, c'est une explosion de joie sauvage, une musique en mouvement. Comme pour moi.

Elle n'a pas de natte blonde mais un casque de cheveux noirs plaqués sur la tête avec une virgule sur le front, elle n'a pas de robe rouge mais un manteau de plumes et, dessous, rien que des mètres de perles. Aucun de nous deux ne fera jamais son sac pour partir vivre chez l'autre, notre maison commune est la scène, mes seuls mots d'amour pour elle sont des bong-bong, bada-deng. Elle me répond tap-tap, tapata-tap, tap. Je sais que si la musique nous tient aujourd'hui serrés l'un contre l'autre, elle nous entraînera, elle sans moi et moi sans elle, en d'autres temps, vers d'autres scènes. Comme ta douceur, Sigrid, a aboli pour toujours la guerre et le froid de France, la fantaisie de Joséphine abolit pour moi la haine et la violence de l'Amérique.

Sigrid, j'espère que dans ta nouvelle vie il y a pour moi la même place que celle que tu ne perdras jamais dans le cœur de ton petit Kaporal.

Jules

Southampton-New York en moins d'une semaine. Alors que le *Berengaria* de la Cunard accoste au Havre, sur le *Southern Cross* de la White Star en approche de New York, l'envoyé spécial du président Coolidge pense aux cinquante jours de mer qu'il fallait à l'époque de la marine à voile pour traverser l'Atlantique. Dix fois moins de temps, cent fois plus de passagers. En trois ou quatre navettes, on pourrait débarquer au Liberia autant de gens qu'il en est arrivé en un siècle. L'idée de Marcus Garvey n'était pas complètement absurde. Cinquante bateaux comme l'*Imperator*, le plus grand de la compagnie, auraient suffi à transporter les deux cent mille colons de son projet. A raison d'un voyage par semaine, en un an le Liberia serait totalement submergé par la vague de nouveaux migrants, dépaysés, étonnés, déçus par la terre promise telle qu'on la leur avait présentée, malades des *fièvres*, perdus, désespérés mais avec la même arrogance, la même certitude d'appartenir à la bonne civilisation, d'avoir la bonne religion, les bonnes mœurs et les bonnes valeurs, avec la même violence dominatrice que les colons de 1822. W.E.B. Du Bois pense au capitaine Paul Cuffee. La fameuse culture capable de remplacer le « bois d'ébène » dans les cales des navires a été enfin trouvée. Ironie de l'Histoire, l'*Hevea brasiliensis* a été rapporté par les *conquistadores* espagnols en des temps qui sonnaient le début de la traite négrière.

W.E.B. Du Bois est heureux. Les Etats-Unis d'Afrique sont morts avant d'avoir existé. Pendant qu'il négociait avec le gouvernement King pour le compte de Firestone, il a reçu un long télégramme de son secrétariat : *Garvey condamné. Banqueroute frauduleuse. Prison Atlanta. Président Coolidge envisage expulsion Jamaïque quand accords Liberia ratifiés.* Aussitôt transmis au président King. Et un second câble, sur le *Southern Cross* : *King bonne volonté. A saisi premier bateau partisans Garvey arrivé Monrovia. Passagers arrêtés.* Il était temps. Fin du grand dessein recolonisateur. W.E.B. Du Bois se souviendra toujours de ce voyage. Chaque détail, presque chaque mot. A Akron il pourra en faire le récit par le menu à Harvey Firestone, à Washington à Calvin Coolidge, et à New York au conseil de son organisation, la NAACP. Sans oublier, à Harlem, Mlle Pickwott', Diane, qui s'intéresse tant à ce pays.

Ce jour mémorable, il pleuvait dru sur la capitale du Liberia. Les rues charriaient la terre rouge qui descendait des hauteurs du cap Mesurado. Les lampes de la précaire installation électrique de la ville avaient de brusques baisses de tension. Rien de tel à l'Executive Mansion, le palais présidentiel, ou l'attendaient King et son secrétaire d'Etat Barclay. Du Bois a toujours été frappé par le contraste entre les deux hommes. King, descendant des *recapturés,* noir foncé avec lunettes cerclées d'or, col cassé et lavallière, imposante moustache et raie au milieu dans des cheveux crépus, apparaît comme un homme du dix-neuvième siècle. Barclay, créole caribéen, glabre et le cheveu court tiré en arrière, porte le costume-cravate avec une décontraction à la mode du début du vingtième. Le second succédera-t-il au premier ?

King, tout de suite et sans fioritures, a demandé à lire les termes de l'accord : un prêt de cinq millions de dollars à sept pour cent de la Goldman & Sachs garanti par la Finance Corporation of America ; un bail locatif de quatre-vingt-dix-neuf ans à Firestone pour l'exploitation de quatre cent mille hectares du domaine public libérien autour de Mount Barclay ; le versement par Firestone d'un loyer annuel de quinze *cents* par hectare ; un pour cent de droits à l'exportation du caoutchouc calculé sur le cours des matières premières à New York. Sans compter la clause non écrite de l'orgueil : le Liberia allait avoir la plus grande plantation d'hévéas du monde.

Manifestement impatient de dire son mot, Edwin Barclay a demandé la parole :

« Ce qui nous gêne un peu, ce sont les annexes sur les conditions d'embauche du personnel local. Certains, ici, y voient comme une ingérence.

— Monsieur le secrétaire d'Etat, une société qui va investir cent millions de dollars tient à avoir la main sur le poste important que représente le personnel dans une activité agricole. Firestone va embaucher et former vingt-cinq mille personnes. Certains y voient peut-être une rupture avec les règles coutumières, mais le droit du travail américain s'appliquera sans compromis. Le recrutement du personnel doit pouvoir s'exercer librement, sans intermédiaires. M. Firestone est intransigeant sur ce point. »

En termes simples cela voulait dire que tous les parasites et néonégriers qui s'engraissent sur le dos de la main-d'œuvre indigène, prélèvent des royalties sur l'embauche, exercent le chantage à l'emploi étaient mis en dehors du plus gros coup économique que le pays ait connu. Alors, pour le consoler, Du Bois a lâché :

« L'aménagement du port, le dragage des bancs de sable et la construction de quais et d'un brise-lame, tout sera pris en charge par le projet. Voyez l'intérêt pour le Liberia. »

C'était tout. En moins d'une demi-heure, l'essentiel de l'accord déjà négocié pied à pied depuis un an a été validé. La ratification par le Parlement, entièrement acquis au True Whig Party de George King, sera une formalité. La dette est couverte, aucun nouveau venu américain ne viendra donner de leçons de colonialisme aux Libériens, qui n'ont besoin de personne pour cela. Les puissants voisins anglais et français seront rassurés, eux qui n'auraient pas manqué d'écraser le pays à la moindre velléité des gens de Garvey de donner de mauvaises idées aux autres Africains colonisés. Certes, les quatre cent mille hectares cédés pour un siècle à Firestone formeront un Etat dans l'Etat, mais un hévéa n'a ni ambition politique ni vision impérialiste.

Comme tous les passagers de la *first class*, Du Bois débarque parmi les premiers. Avec sa lettre de mission signée par la Maison Blanche, il évite les formalités et se rend directement à son bureau. Dans la pile de courrier qu'il dépouille, une lettre de Harvard.

Une demi-heure plus tard, presque à la fermeture du Body Repair, il s'installe dans la salle d'attente. Sa tenue jure un peu parmi la clientèle, mais, à part quelques regards à la dérobée, l'idée générale du quartier est de ne s'étonner de rien. Quand Diane apparaît pour appeler le suivant et qu'elle l'aperçoit, il fait un geste de la main qui veut dire « Non, non, ne vous en faites pas, je passerai en dernier ». Ce soir-là, l'heure de fermeture à vingt heures sera respectée. Georgia s'éclipse et Diane expédie un peu vite les trois derniers patients, retire sa blouse qui sent l'hôpital, jette un coup d'œil au miroir, s'arrange un peu, va accueillir le visiteur. Elle est intimidée. Plus d'un an a passé depuis sa dernière visite. Aucune nouvelle de lui. Il faut dire qu'il se passait pour elle des choses autrement bouleversantes. Alors que tout semble revenu à la routine de l'ère « avant J.-C. », comme dit

Leslie pour Jules Canot, voilà que surgit l'homme qu'elle n'attendait plus. Lui, tout sourire, est un peu emprunté, comme l'autre fois. Ils restent face à face, au bord de dire quelque chose d'idiot comme « Qu'est-ce qui vous amène ? » ou « Pardon de vous surprendre ainsi… », mais rien ne sort. Il est le premier à bouger. Il extirpe de son cartable la feuille à en-tête de l'université, la tend à Diane. Le comité de lecture des Presses de Harvard a retenu le texte et prévoit pour le dernier trimestre 1925 l'édition des *Mémoires de Julius Washington*, préfacées par Du Bois lui-même.

Au dispensaire, trop d'émotions ont été réprimées depuis les départs des garçons. Georgia et Leslie n'ont plus reparlé des amants ni Diane du si cher cousin, ravis par les Muses. Un peu comme si rien n'avait existé. Une perte de mémoire après un choc. Le travail, l'urgence, la misère des autres, l'idée un peu surjouée de l'importance de leur mission, tout ce qu'il y avait *à faire* avait agi comme un antidouleur. Et c'est là qu'à vingt heures dix, ce mercredi 30 septembre 1925, tombe une joyeuse nouvelle. Celle qu'on n'attendait plus, l'espoir qu'on avait lui aussi enfoui pour ne pas être encore déçu. D'un coup, comme un seau d'eau réveille l'évanoui, Diane revient à la vie. Un éditeur ! Et quel éditeur ! Julius peut reposer en paix, sa vie n'aura pas été perdue, il va posthumément continuer son combat. Qu'est-ce qui lui prend alors ? Elle se jette au cou du professeur William Edward Burghardt Du Bois. « Oh, merci, William ! » Comme elle l'avait fait en découvrant Jules au *flophouse*. Lui, les bras d'abord ballants, ose poser ses mains sur sa taille. Une seconde ? Deux ? Trois ? Aucun des deux ne pourra jamais dire à quel instant la gratitude enthousiaste et juvénile est devenue une embrassade reconnaissante et fraternelle. Puis quatre, cinq, six, quand il était trop tard pour que ce ne soit pas une étreinte d'adultes désirants. Sans se lâcher, chacun sort la tête du cou de l'autre, ils se regardent. Se désenlacer ? Battre en retraite ? Bafouiller une excuse ?

Ni l'un ni l'autre n'amorce le plus infime mouvement de recul, qui aurait fait de tout cela un simple moment d'égarement. Avant de compter jusqu'à dix, aucun arbitre ne pourra affirmer qui, au contraire, a parcouru vers l'autre le crucial millimètre. Sans vainqueur ni vaincu, il saura à cet instant que ces deux-là seront amants avant la nuit.

DEUXIÈME ÉPOQUE

1931-1940

Freda Josephine « Baker » McDonald

1

Le vent a frappé toute la nuit à ses volets disjoints. Il a dormi recroquevillé, il se lève glacé, à peine réchauffé par l'eau de sa toilette mise à tiédir sur le réchaud – *Gaz à tous les étages*, dit la plaque émaillée en bas de l'immeuble pour en vanter le confort moderne. Couverture sur les épaules, il essuie la fenêtre et regarde dehors. De la neige fondue tombe. Le ciel est bas comme il sait l'être à Paris, nuages anthracite et émanations noires des salamandres, ces poêles à petites vitres de mica où brûlent les boulets de charbon qu'on remonte des caves dans de longs seaux coniques. En bas, la place des Abbesses et son agitation matinale, les entrées et sorties du Pigeon-Vert, le bistrot qu'il affectionne. Il a tout de suite aimé ce perchoir, au numéro 16, pas loin des Grands Boulevards où Joséphine a fait ses débuts parisiens, près des ateliers d'artistes de Montmartre, et aussi, par le métro qu'il trouve formidable, Montparnasse, le Quartier latin, les Halles et leurs clubs pour intellectuels noctambules. Il aime regarder la ville accoudé à la rambarde ou derrière les petits carreaux de la lucarne. *So romantic*, a répondu Diane à sa carte postale. Il est heureux. Il se sent libre, léger sans engagement. Il pourrait s'envoler au-dessus des toits de zinc. Finie, la tournée avec la Baker, finis, les spectacles trop bien réglés du Casino de Paris et des Folies Bergère, et, depuis la veille, finie, l'interminable Exposition coloniale.

Quelle tournée ! Avec Joséphine, ils avaient eu la même idée du show : du mouvement naît la musique. Lui entre ses batteries, virevoltant, comme assailli par un essaim de guêpes, elle, éperdument disloquée, élastique, possédée, femme-lierre qui s'enroule, femme-ressort qui se détend, femme-chat qui retombe sur ses pattes à grelots.

Le tout-Paris a adoré en être choqué, puis a adoré tout court. La presse a été surprise et, à part quelques irréductibles critiques sur « l'obscénité » du spectacle, finalement ravie qu'il se passe pour la musique ce qui arrivait à tous les autres arts de ces années vingt, diablement folles. Grâce au succès presque immédiat de la Revue nègre, la tournée a visité toutes les capitales d'Europe. Huées, insultes, menaces en Autriche et en Bavière, succès presque partout ailleurs, elle ne se décourage jamais, ne change rien. Joséphine est la Négresse de la jungle qu'une part de la critique voit comme « l'incarnation d'une forme artistique de sauvagerie », surtout depuis qu'elle se produit avec Chiquita, un guépard que lui a offert le directeur du Casino de Paris ; elle est aussi la silhouette cubiste qui exprime la liberté féministe dans l'art moderne en dansant le charleston, dernière lubie des parquets parisiens. « Joséphine Baker saute du fond des âges primitifs dans la modernité de l'ère industrielle », commente-t-on dans les cercles dont elle est l'égérie sans y appartenir. Jules sait que tout cela n'est pas calculé, pas formulé, à peine compris, et qu'au fond elle s'en fiche. Joséphine danse comme elle le sent depuis son enfance de petite fille au confluent des Indiens vaincus et des Noirs vendus. Il la voit porter ses immenses colliers de perles, ses plumes d'autruche et ses capes de chintz, ses ceintures de bananes et ses peaux de bête, comme si elle portait pour jouer des déguisements sortis d'un grenier de famille qu'elle n'a jamais eu. Que les critiques exégèsent, que les salons glosent, la caravane Baker passe. Jules a réalisé depuis longtemps que le couple singulier qu'ils faisaient au début ne brille plus que par ce diamant burlesque. Surtout depuis qu'elle s'est mise à chanter. « J'ai deux amours », écrit pour elle par

Vincent Scotto, est un formidable tremplin, un tournant dans sa carrière, de la danse à la chanson. Il n'en est pas jaloux.

Ce premier matin de liberté, ses pieds demandent à Jules de les faire marcher malgré le mauvais temps. Il dévale l'escalier puis la colline de Montmartre. Rue Houdon, place et rue Pigalle, Trinité, terminus gare Saint-Lazare, avec ses panaches de fumée noire et de vapeur blanche qui montent des voies du chemin de fer en contrebas. Dans sa conquête géographique de la capitale, Jules a découvert le quartier de l'Europe, insondable gisement de partitions, mémoire universelle du papier-musique. La rue de Rome est un immense atelier de luthiers et de marchands d'instruments. En arpentant le trottoir devant les boutiques qui se succèdent, il aime entendre ces petits bouts de musique de tous les genres joués par les clients qui essaient les pianos, les guitares, les harpes, les saxophones, les trompettes… et les batteries. Dans sa boulimie de sonorités, c'est un lieu de perdition pour ses finances. Mais, ce matin-là, il ne s'intéresse qu'à la boutique d'un disquaire, nouveau commerce né avec le gramophone. Il est venu chercher le dernier 78 tours de Duke Ellington, dont on parle dans tous les clubs. Rien qu'à toucher la bakélite, il entend déjà les sonorités de son ami Barney. Impatient, il hèle un taxi jusqu'à la place des Abbesses, grimpe l'escalier du 16, remonte le ressort du gramophone, pose l'aiguille sur la galette. Un grand vent de New York balaie la chambre sous les toits de Paris. A pleurer. Il ne regrette pas l'Amérique, il aime que cette musique-là existe, même si ce ne sera plus jamais tout à fait la sienne. Il doit le dire à Barney. Pendant qu'il écrit, il écoute le disque trois fois de suite.

Mon ami,

Je viens d'écouter ton dernier enregistrement. Une totale émotion. Tu avais bien raison de dire que la musique des Noirs allait devenir la musique classique du vingtième siècle ! Les compositions sont sublimes et toi, je n'ose pas dire que tu es au sommet de ton art parce que je sais que tu vas faire encore mieux ! J'aime t'imaginer sur les grandes scènes, en smoking, tes cuivres étincelant sous les spotlights.

Moi, je joue dans les petites boîtes dont Paris a le secret, des caves, des clubs sans prétention, faits pour écouter la musique, pas pour bavarder avec un fond musical comme à New York. Il y a une telle ferveur ! J'adore ce Paris-là et ce que j'ai gagné avec Joséphine me permet d'y vivre confortablement la « bohème », comme on dit ici. Finie, la vie nomade. Le spectacle a eu partout un succès fou. Je dis spectacle car c'est devenu une revue de music-hall. Joséphine a vraiment l'art, l'énergie, la présence pour emporter les foules. Elle sait provoquer en dansant, mais avec une telle fraîcheur et une telle innocence que personne ne peut y voir quelque chose d'obscène. J'admire ce talent.

L'un des musiciens vedettes est Sidney Bechet, que tu connais. Il joue magnifiquement de la clarinette avec un vibrato qui est sa marque, mais on se croirait encore dans le Storyville de ton enfance. Entre Joséphine chanteuse de charme, Sidney le séducteur et cette formation tirée au cordeau qui joue plus pour plaire que pour surprendre, comme tu t'en doutes, j'ai fini par m'ennuyer. Elle a pour compagnon un Italien, Giuseppe Abatino, surnommé Pepito, qui fait le manager et n'est pas pour rien dans la dérive commerciale du show qui est aux Noirs ce que la tour Eiffel est à Paris. Je sais ce que tu penserais de l'image que nous offrons. Peut-être dirais-tu que l'essentiel est que le Noir soit visible. Pas si sûr…

Pour finir, comme je sais que tu vois toujours Georgia, Leslie et Diane, dis à ces curieuses que mon histoire d'amour avec Joséphine a pris fin, bien qu'avec elle les choses de l'amour ne commencent ni ne finissent jamais vraiment. Elle a eu pour amant un jeune écrivain, Georges Simenon, son « secrétaire ». Moi, je fais partie de ses petits « à-côtés ». Cela me va. Les Parisiennes aiment les jazzmen, et être noir est plutôt une qualité. Après les Etats-Unis, c'est une oasis !

On reparlera de tout cela quand je reviendrai à New York, ou si tu passes ici en tournée. Continue à m'écrire en poste restante.

Ton ami Jules

Il est midi passé. Rempli des sons du Big Band d'Ellington, Jules redescend sur la place, jette la lettre dans la boîte jaune des PTT, entre au Pigeon-Vert pour déguster un de ces fameux croque-monsieur, grande découverte gastronomique avec le Paris-beurre-cornichon et la Suze-cassis, finement appelée Pantalon. Avec de solides économies et du temps libre devant lui, Jules se sent prêt pour de nouvelles aventures. Ce bistrot est peut-être le décor de la première scène. Rires et bavardages embuent les vitres biseautées de la petite salle tout en longueur, pleine de la fumée âcre des Gauloises Caporal dont les mégots jonchent le sol dans la sciure de bois ; le zinc couvert de verres ballons et de culs épais entre les présentoirs à œufs durs ; le patron, forcément rougeaud et grande gueule ; le serveur maigre et pâle, avec son torchon sur l'épaule et son gilet noir lustré plein de poches pour la monnaie, qui se glisse dans la foule, plateau rond tenu en l'air. Au bar, des hommes commentent les courses à Longchamp, *Paris-Soir* grand ouvert. A la une : *BILAN DE L'EXPO : IMMENSE SUCCÈS !*

L'Exposition coloniale ! Gigantesque entreprise destinée à supplanter la British Empire Exhibition de 1924, inaugurée en grande pompe le 6 mai 1931, clôturée la veille, le 15 novembre. Interminable. Le chantier avait duré presque trois ans, sous la direction de Lyautey, ancien officier des conquêtes coloniales. Les Canot connaissent cela de père en fils et petit-fils. Mais, comme Diane avec les institutrices, Jules a rompu la chaîne.

Au cours des travaux, il est allé souvent au bois de Vincennes. Cet air d'Afrique qui commençait à souffler dans l'est de Paris rappelait de vieux souvenirs, surtout les ouvriers du Soudan français qu'il aimait regarder bâtir un palais d'argile comme il en avait tant admiré dans ses terres familières du Sahel. Une fois, il est venu avec son petit djembé. Autour d'un feu de bois de chantier, il a provoqué une fête inhabituellement tardive pour ces ouvriers au sommeil déréglé par la longueur des jours de juin en France.

Depuis l'inauguration, c'est sur la place du village africain reconstitué au bord d'un des lacs du parc que Joséphine Baker a présenté chaque soir un « spectacle africain », version en effectif réduit du show habituel. Des centaines de promeneurs, assis par terre ou déambulant entre les cases en toc et les palmiers en pot ont pu voir son orchestre en boubous colorés, les tambours de Jules et les extravagances de la star. Succès garanti. Les morceaux étaient toujours les mêmes, joués au chronomètre. La batterie de Jules, réduite à quelques congas, laissait peu de place à la fantaisie, mais l'émerveillement des enfants et le plaisir des badauds qui avaient là ce qu'ils ne pouvaient se payer au Casino de Paris le consolaient. Cent quarante-trois fois le même show d'une heure à assurer. A la fin, c'était devenu ridicule, ces cases africaines et cette fausse brousse, dégoulinantes de pluie sale alors que la Toussaint passait et que le bois de Vincennes avait perdu ses feuilles depuis longtemps. Les figurants enfilaient des chandails sous les boubous et Jules était bien content de se réchauffer les mains sur ses congas aux peaux distendues. Le public se raréfiait. La raison en était peut-être que Joséphine ne pouvait plus danser vêtue de ses bananes. La peau de léopard était dans l'esprit du show, mais l'argument érotique faisait clairement défaut. Il était temps que tout cela se termine. C'est terminé.

Il fouille sa poche pour sortir ses cigarettes. Un bout de carton tombe sur le carrelage. Il le ramasse, se souvient. Hier soir, alors qu'il fêtait la fin de l'Expo avec des habitués dans un club de la rue du Chat-qui-Pêche, s'est glissé dans le groupe un jeune musicien aux cheveux noirs gominés, un air de gigolo mauvais garçon, avec deux doigts raides à la main gauche. Embêtant pour un guitariste. Pourtant, il jouait incroyablement bien une musique étrange, inconnue de Jules. Parmi les clients agglutinés, une femme s'est levée pour sortir avec son manteau et son sac. En passant derrière Jules, elle s'est penchée.

— Monsieur Canot, je vous ai entendu plusieurs fois ici. Je vous ai vu aussi au Casino de Paris. Vous qui défendez si bien l'art africain, j'aimerais vous montrer des choses. Si vous n'avez pas mieux à faire, passez me voir demain à ma galerie, j'y serai tout l'après-midi. Je vous écris l'adresse sur ma carte.

Elle a agité le bristol pour faire sécher l'encre, le lui a tendu, est sortie avec un petit signe de la main. Jules a lu, en s'approchant d'une des bougies sur la table : *Nancy Cunard, théâtre Chez Edgar, 58 boulevard Edgar-Quinet, Paris XIV*^e^. Et, manuscrit : *galerie Paul Rosenberg, 21 rue La Boétie, Paris VIII*^e^.

Et voilà que ce bout de carton ressort, comme s'il insistait. Alors, quand il a fini son déjeuner express, il regarde le plan de Paris qui ne le quitte pas, remonte le col de son manteau, s'engouffre dans le métro, direction Mairie d'Issy puis Pont de Sèvres jusqu'à Miromesnil, et termine à pied dans ce froid de rat mouillé qui traverse tout. Galerie Rosenberg. Une grande vitrine, une affiche *ARTS PRIMITIFS, ARTS D'AVANT-GARDE*, *Matisse, Derain, Braque, Modigliani, Picasso.* Aucun de ces noms ne lui parle. De Michel-Ange à Manet, Jules n'a de la peinture que quelques visions livresques, en noir et blanc. Chez Paul Jr. Canot, il n'y avait pas sept arts, seulement la littérature. Toute l'expérience picturale de Jules est africaine. Les figures géométriques faites au doigt avec des pigments sur les constructions en terre, palais, cases, greniers ; les symboles sur les masques et les visages des danseurs lors des fêtes rituelles ; les motifs chatoyants sur les pagnes ou les corps des femmes. Des formes, des couleurs qui parlent pour elles-mêmes, parfois des serpents stylisés ou réduits à la trace de leur reptation sur le sable. La perspective est inutile, la profondeur est donnée par la vibration d'à-plats juxtaposés. Pas de *représentation.* Art non figuratif, comme on dirait ici. L'abstrait n'y a pas de nom, il *est*.

Jules entre dans la galerie, vide de tout visiteur. Dès les premiers pas, les toiles lui sautent à la figure. Il ose à peine avancer, ne sait où poser les pieds, les yeux, intimidé. Il n'est pas en train de regarder des œuvres, il est regardé par elles. Pas comme un intrus, comme une bizarrerie. Pas de paysages, pas de natures mortes, pas de scènes de la vie, pas d'allégories, ni canotiers ni chapeaux fleuris, des personnages inhumains, déformés, décomposés, aux couleurs impossibles. Et tellement *ressemblants.* Comme Sigrid et Joséphine en écoutant sa musique, Jules reste médusé devant ces formes qui s'adressent à lui en une langue étrangère comprise sans l'avoir jamais apprise.

Il marche prudemment jusqu'au fond de la galerie. Là, un très grand tableau, un carré de plus de deux mètres de côté. Rose, orange, brun, gris, noir, des angles vifs comme un miroir brisé. Jules s'arrête, la gorge serrée. Les deux personnages de droite, la femme à gauche aussi, leurs visages ne sont pas de *vrais* masques africains, et pourtant Jules en éprouve le même trouble. Ces yeux qui le fixent d'un air d'au-delà, tellement intenses dans leur absence de regard. Des fantômes l'empoignent, il bascule dans la toile. Les âmes mystérieuses des morts lui parlent doucement. Un mystère se dévoile. Un autre apparaît derrière comme tournent les pages d'un livre de contes sans fin. Comme dans un rêve où il saurait qu'il rêve, où il rêverait qu'il rêve qu'il sait qu'il rêve… Abîme.

Jules ferme les yeux. Tout se calme. Il est revenu dans la galerie. Il se penche vers la plaque à droite du cadre : *Pablo Picasso, Les Demoiselles d'Avignon, 1907.*

— Monsieur Canot ?

La femme du Chat-qui-Pêche.

— Bonjour… madame Cunard. C'est votre galerie ?

— Pas du tout, c'est celle d'un ami, absent pour quelques jours. Cela vous plaît ?

— Je suis bouleversé. C'est… tellement nouveau pour moi… et en même temps tellement familier. Fou. Cela me donne des frissons.

— Je vois. Venez, on va parler dans le bureau de Paul. Un café ?

Pendant qu'elle met l'eau à chauffer :

— Quand Pablo Picasso est allé au musée d'Ethnographie du Trocadéro et qu'il a découvert des œuvres africaines, il a dit : « Ceci est le sens même de la peinture : une forme de magie qui s'interpose entre l'univers hostile et nous. »

— C'est vrai. Sauf qu'en Afrique ceux qui font les masques, qui décorent les mosquées ou les sépultures, refusent le mot « art ». Un jour, j'ai appelé « artiste » l'un d'entre eux. Il s'est mis en colère. L'art relève du sacré, l'homme n'est qu'un passeur.

Nancy Cunard prépare le café. Un temps mort pour aborder l'autre sujet. Le vrai.

— Jules, je vous ai écouté au Chat-qui-Pêche. Je vous ai aussi vu au spectacle de Joséphine Baker. Dans la petite boîte, vous sembliez habité par votre musique, un *passeur*, mais avec des moyens limités. Sur la grande scène, avec tout votre matériel…

— Pas tout, à peine la moitié !

— … vous étiez contraint par des figures imposées du show. Je veux vous écouter libre, sans limite de temps, avec toutes vos percussions.

— Je n'ai jamais donné de concert solo.

— Raison de plus. Je vous sers ?

Jules regarde Nancy Cunard. Elle ressemble aux femmes stylisées sur les affiches des compagnies de navigation. Elle porte de lourds et sonores bracelets presque jusqu'au coude. S'il la secouait, elle pourrait aussi être l'un de ses instruments.

— Jules, vous disposez d'une infinie palette de sons, vous avez la technique pour les manipuler et cette sorte de mystique nécessaire pour produire une œuvre, pas un petit rythme stéréotypé qui fait tourner les pieds dans les bals. Vous êtes une découverte.

Elle le regarde, la tête penchée, sans vraiment sourire.

— Ce n'est pas une flatterie. J'ai un plan pour vous. Avez-vous du temps libre ?

Il est dix heures à peine passées quand, le lendemain, Jules se fait ouvrir la porte de l'immense hangar aux décors des Folies Bergère. En graissant la patte de deux manutentionnaires, il fait sortir sur scène tous les instruments dont il dispose, encore plus que pour la Saint-Sylvestre au Cotton Club. Il les met en place, teste, démonte, essaie encore. A treize heures, tout est réglé, il va déjeuner. Il faut prendre des forces. Il fait une courte sieste sur un fauteuil d'orchestre, médite pour se mettre en condition, trouver le point de départ duquel tout le reste découlera : la rumeur de la ville au loin, les bruits de la rue des Abbesses quand il est à sa fenêtre et qu'il pleut à verse.

Il joue une heure sans arrêt. Comme s'il allait mourir, toute sa vie repasse devant lui. Les vagues de la plage de N'Gor, les obus de Séchault, les chants de sa nourrice qui le masse au beurre de karité, les cloches de l'armistice, le rire de Sigrid, le soufflet du griot-forgeron, la sirène des usines de Detroit, la cadence des rameurs de M'Bour, les poings des bikers de Gulfport sur la tôle du bus, les pales du *Creole Queen* battant les eaux du Mississippi, les ambulances, les voitures des flics de Harlem, la brume de Dartmouth, les trains de la rue de Rome, *Les Demoiselles d'Avignon*. La biographie de Jules Canot en une *Symphonie pour tam-tams et quincaillerie*. Une performance physique. Une jouissance particulière du corps dont la douleur trouve aussi à s'exprimer en musique.

Quand il s'arrête, il tombe presque. S'il s'incline si bas, ce n'est pas pour saluer comme un maestro, c'est pour appuyer les mains sur ses genoux et retrouver son souffle. Personne n'applaudit. Tout bruit supplémentaire serait incongru. Ils sont une trentaine assis sur la scène en demi-cercle, incapables de bouger, de parler. Certains rangent furtivement un mouchoir. Après un long silence, Nancy Cunard se lève, serre Jules dans ses bras, se tourne vers l'assistance.

Tous des inconnus. « Commencez, Jules, on fera les présentations plus tard », lui avait-elle dit.

— Merci pour ce moment inoubliable. Jules, voici un groupe d'amis qui contribuent de près ou de loin au renouveau artistique. Je vous jette en pâture à ces fauves.

Tous viennent à lui. Jules essaie d'enregistrer les noms. Chacun est artiste de quelque chose. Ils sont pleins de mots en *isme*, en *ique*, en *ure*. Mots inconnus. Peu importe. En même temps qu'il prend la mesure de son inculture, dans l'assaut volubile il comprend que sa musique est pour ces gens la révélation d'une sorte de chaînon manquant. La peinture, la littérature, d'autres arts aussi, peut-être, entraient dans ce que Jules découvre comme étant le *surréalisme*. Il leur manquait la musique. Jules est-il soudain devenu surréaliste ? Il se sent comme un type ordinaire qui n'a rien demandé à personne et en qui une bande d'illuminés affirment soudain avoir reconnu le Messie, le portent en triomphe et lui demandent d'accomplir des miracles. Dans le brouhaha des conversations, il décide que cela n'a guère d'importance et que le monde qui vient de s'ouvrir à lui est la meilleure nouvelle depuis longtemps. Qu'il est loin, le blues réaliste, « Chérie, laisse-moi revenir à la maison, je te battrai plus et je paierai le loyer » !... Un journaliste d'une revue d'art lui pose des questions qu'il comprend à peine. Chacun veut avoir son adresse, tous promettent qu'on se reverra, puis se dispersent un à un. La femme aux bracelets s'était tenue à l'écart. Quand ils se retrouvent seuls, Nancy Cunard fait trois pas sur la scène en passant la main sur les instruments. Elle aimerait bien taper dessus, elle aussi.

— Vous savez, Jules, sans le vouloir vous venez de vous faire des adeptes fervents, mais sûrement aussi quelques ennemis. Quand cela va commencer à se savoir, les tenants du bruitisme vont se sentir lésés.

— Les tenants de quoi ?

— Du bruitisme. C'est un courant actuel dans la musique. Il consiste à générer des sons grâce aux dernières découvertes de l'électronique et à les malaxer, les mélanger avec des sons industriels enregistrés.

— Intéressant. Cela pourrait me plaire.

— Comme technique, comme concept, oui, sans doute. Mais le bruitisme, la *Noise Music* des compositeurs d'avant-garde, est une création intellectuelle, sans vie, sans âme. Moi, je trouve cela glacial. Vous, vous ajoutez le souffle spirituel, le grain de folie inspirée, la chair et la sueur qui manquent pour que l'œuvre vibre avec celui qui la reçoit, prenne un sens pour lui, un sens profond. Bravo. Il faut continuer. D'ailleurs, on va continuer, j'ai une proposition à vous faire. Quand vous voulez, rappelez-moi.

Le matériel remisé dans l'entrepôt de la rue Bergère, Jules retourne aux Abbesses. Il réchauffe une soupe, remet du charbon dans le poêle et, à sept heures, tombe dans son lit presque tout habillé. Folle journée. Il a suffi d'un petit bristol remis par une inconnue… Derrière cette nouvelle porte qui s'ouvre, il entrevoit un grand tumulte, des tas d'inconnus en multitude bavarde qui papillonnent dans sa tête, incontrôlables comme les balais de l'Apprenti Sorcier. Peu importe, il s'endort en pensant à la carte de Nancy Cunard comme à un nouveau gri-gri.

Une semaine et quelques répétitions plus tard dans le petit théâtre de Nancy à Montparnasse, Joséphine et Jules se retrouvent au 16, place des Abbesses, leur territoire secret.

— J'adorrre venir chez toi, monnn chérrri !

Joséphine parle maintenant bien français. Elle ne dit plus *chéwi.* Elle roule les *r,* probablement pour imiter les divas de la Scala, comme a dû lui apprendre Giuseppe « Pepito » Abatino. Finalement, ce *latin lover* qui lui sert d'imprésario lui a porté chance. Sur les planches comme au cinéma, Joséphine est devenue une star. La moitié des femmes en ont fait une égérie, l'autre un repoussoir. Elle prend les deux comme un hommage.

Ce soir, il y avait une conférence de presse pour la reprise par la Columbia de « J'ai deux amours » et « La petite Tonkinoise ». Joséphine a annoncé un projet de film avec Marc Allégret. Pepito a filé avant la fin au bras d'une starlette. Jules et Joséphine ont fait sauter quelques bouchons avec des gens, puis se sont engouffrés dans un taxi, ont fait la course dans l'escalier. Avant d'arriver au lit, ils étaient nus, joyeux comme des écoliers qui se précipitent dans la cour en criant de joie le jour des vacances.

Il fait nuit sur Montmartre. Jules est resté au lit. Joséphine, vêtue d'un long chandail d'homme, est appuyée à la rambarde de la fenêtre. Le vent a cessé, Paris est une robe charleston en lamé.

— Jules, je sais que tu vas me quitter. La fin de l'Expo n'est pas seulement une pause. Tu n'as plus envie de jouer avec ta petite Négresse de New York. Je sais bien que tu chantes dans ta tête le dernier couplet de « J'ai deux amours ». Quand le paquebot s'en va, tu lui dis « Emporte-moi ! ».

— C'est vrai. Il y a plus de six ans que je suis dans ton spectacle. C'était formidable.

— Mais tu en as assez. Tu me préférais danseuse plutôt que chanteuse, scandaleuse que charmeuse. Je sais.

Joséphine fait quelques entrechats pieds nus sur le parquet.

— Je dois aller plus loin. En musique, je veux dire.

— Avec les gens dont tu m'as parlé ?

— Avec une Anglaise très riche. Elle a acheté un petit théâtre. Deux fois par semaine je ferai du jazz comme batteur avec un pianiste américain qui est son compagnon, un saxophoniste et un bassiste français. Le samedi soir, concert solo de percussions avec des artistes qui créeront en direct des œuvres inspirées par ma musique.

— Tu couches avec elle ?

— Ha ! Non. Je t'ai dit qu'elle avait un amoureux attitré, Henry Crowder.

— Ne me dis pas que c'est la morale qui te retient !

— Non, mais il est bien plus costaud que moi.

Elle éclate de rire.

— Ah, c'est ça, ta morale ! C'est vrai que Pepito, côté muscles… C'est qui, cette bonne fée ?

— Nancy Cunard. Héritière de la compagnie de navigation qui nous a fait traverser l'Atlantique sur le *Berengaria*. Notre *honey moon*.

Joséphine se tourne vers la ville, la tête appuyée au carreau. Jules change de conversation, l'humeur n'est pas aux regrets :

— Et toi, Joséphine, tu as des contrats après l'Expo ?

Elle répond sans cesser de regarder Paris qui brille :

— Je vais peut-être m'arrêter un peu. J'aime toujours autant danser et chanter, mais il n'y a pas que les bananes dans la vie. Tu sais que certains m'appellent « la Quasi-nue de Paris » ? Je dois évoluer aussi, sans doute.

Jules n'ose lui dire que ses nouveaux amis ne lui demandent pas d'être l'Africain avec ses dents blanches et ses yeux qui roulent. Les fauvistes, dadaïstes, surréalistes, modernistes, cubistes, futuristes, bruitistes, ces gens trop occupés à inventer des noms pour leurs concepts, savent-ils seulement qu'il est noir ? Joséphine peut-elle entendre cela ? Peut-elle changer de style, de milieu, de public ? Pepito Abatino veille au grain. Renouveler le show, oui. Risquer de tuer sa poule aux œufs d'or, non.

Joséphine se retourne vers lui et lève le chandail au-dessus de ses petits seins que le tout-Paris et la moitié de l'Europe connaissent. De loin.

— Regarde comme je suis belle. Fais ce que tu veux, mais je veux que tu n'aimes que moi. Dis la vérité !

— Je n'aime que toi.

Elle retire le pull, soulève le drap, saute à pieds joints sur le lit.

— Je te crois pas. Mais cela ne fait rien. Tu es comme Pinocchio. Tu as un truc qui s'allonge quand tu me mens.

2

Harlem est tranquille, comme transi de froid. La voisine insomniaque regarde la rue vide d'un regard vague. Puis il y a la lumière des phares et le crissement des pneus qui écrasent la neige gelée du caniveau devant le Diane's Body Repair. Elle sort de sa torpeur, essuie la buée avec sa manche de chemise de nuit. Elle dira plus tard que c'était une conduite intérieure noire, un véhicule carré avec une porte à l'arrière, genre commercial, sans inscription publicitaire. Juste noire. Ou vert sombre. Ou bleu nuit. Foncée, quoi. Deux hommes sont descendus. Trois ? Non, deux. Ils ont ouvert la porte arrière et ont sorti un homme. Ils le soutenaient par les bras, ses pieds traînaient sur le sol. Ils ont balancé le corps sur le trottoir, à côté des poubelles. L'homme à terre ne bougeait pas. L'un des deux autres s'est agenouillé près de lui. Elle n'a pas vu ce qu'il faisait, il masquait presque tout du corps allongé. « Là où j'étais, je pouvais pas voir. » Puis les deux types ont rembarqué, la voiture est repartie en faisant des embardées sur le verglas. « Cela n'a même pas duré une minute », dira-t-elle encore, au jeune flic qui prendra sa déposition.

Diane n'entend rien de tout cela. Elle dort. Il faut que le téléphone sonne longtemps, qu'elle réalise ce qui se passe, qu'elle descende au rez-de-chaussée jusqu'au petit bureau où l'appareil est installé. Elle s'assied, décroche : « Sortez. Dans la rue il y a quelque chose pour vous. » Clic. Terminé. Ligne dans le vide. Elle reste sans bouger, le temps que les mots entendus prennent un sens. Elle se lève, attrape son manteau à la patère, enfile ses bottines sans les lacer, ouvre la porte du dispensaire. Il fait sombre mais sur la neige se détache la silhouette de l'homme. Une légère vapeur sort de ses narines, il a la bouche en sang. Un homme blanc, jeune, bien habillé. Son manteau est ouvert, il saigne du flanc. Sa poitrine se soulève par petites saccades, s'arrête, recommence. Elle le tire par les bras à reculons. Elle glisse, tombe sur les fesses, se relève, tire encore, cette fois par la capuche du duffle-coat, jusqu'à l'entrée du *garage*. Elle reprend son souffle, le traîne jusqu'à sa salle de consultation. Impossible de le mettre sur la table de soins. Elle le laisse par terre, allume la grosse lampe des examens, ouvre le manteau, la veste, la chemise, éponge le sang pour mieux voir. Une plaie nette et fine, côté gauche, entre les côtes flottantes. Du sang coule. Elle prend des compresses, appuie fort sur la plaie. Il faudrait de l'aide. Elle appuie comme elle peut, mais cela ne sert plus à rien.

Diane appelle le commissariat de Harlem. C'est un Blanc, les policiers décident de se déplacer, suivis de peu par une ambulance. Avec leurs lampes, depuis la flaque sur le trottoir ils suivent la piste rouge vers le *garage*, le couloir, la salle de soins, l'homme avec ses yeux bleus ouverts, torse nu. Le seul flic en civil se penche : « C'est Ed Mancini. » Flashs, prélèvements. Le mort qui a maintenant un nom est embarqué sur une civière. « On peut prendre tout de suite votre déposition ? » Diane raconte, de l'appel dans la nuit jusqu'à l'arrivée de la police. D'autres témoins ? Non, sauf qu'elle se rappelle maintenant qu'il y avait une fenêtre allumée en face. Peut-être que… « On ira voir demain. » En sortant, le policier remarque l'écriteau à l'entrée du dispensaire : *Si vous avez pris une balle, voyez les urgences de l'hôpital, cela dépasse nos compétences et c'est la loi.* Il hausse les épaules. *Elle aurait dû rajouter « ou un coup de surin »*, pense-t-il.

Diane referme derrière lui. Un flic blanc pas hostile, presque poli. Enfin, le genre de politesse formelle réservée aux Noirs quand on veut éviter les bavures. Il reviendra, c'est sûr. Il y aura une enquête. Diane n'aime pas ça du tout. Elle ne se rendormira pas. Il est quatre heures du matin. Pour passer le temps jusqu'à l'ouverture du dispensaire, elle nettoie la salle de soins.

Le lendemain, Leslie se tient à côté du *coroner* à la table d'autopsie. Ed Mancini est nu, lavé du sang de sa blessure, une étroite boutonnière rouge sur sa peau blanche.

— Vous en pensez quoi, Leslie ?

— Le cœur n'a pas été atteint. Un coup porté trop bas, trop à gauche. Pas mort de ça.

— On va y regarder de plus près.

Mancini était bourré d'héroïne, au sens propre. L'estomac et l'œsophage, la trachée et les poumons sont pleins de poudre. Du fond de la gorge, le légiste extrait un sachet crevé. Deux dents sont cassées, le palais, la langue et la glotte portent des traces de violence. Des hématomes sur le corps. En attendant d'écrire son rapport, le médecin va voir le policier dehors.

— On l'a forcé à avaler une quantité d'héroïne à tuer un troupeau d'éléphants.

Le coup de couteau, c'était pour faire joli.

Le Body Repair est fermé. Personne n'en est surpris. Pas seulement parce que le Nouvel An approche. La nouvelle s'est répandue dans le quartier. Un règlement de comptes devant le *garage* ! La voisine n'a pas fait que parler aux flics venus l'interroger. Elle s'est répandue dans la rue et plus loin encore. Diane est accablée.

— Tu te rends compte, Georgia ?

— Ouais, moche. Mais on a déjà vu ça, des blessures au couteau.

Diane n'a pas entendu. Elle ne se détache pas de la vision de ce Mancini.

— Non, tu te rends pas compte ! C'est le premier Blanc. Deux gangsters l'ont sorti d'une voiture et déposé ici…

— Normal, l'hôpital, c'était trop risqué. Ils ont voulu lui donner une chance. Ils t'ont téléphoné, non ?

Elles en sont là quand Leslie arrive en trombe, raconte les découvertes de la morgue.

— Le coup de couteau, c'était pour que tu t'intéresses à lui.

— M'enfin, si…

— Réfléchis. Si t'avais trouvé un type en overdose sur le trottoir, t'aurais appelé une ambulance. Ton dispensaire ne peut pas traiter un mec shooté à mort.

— Tu veux dire que…

— Je veux dire que si ce Marconi ou Marcini, bref, ce *big shot* de la pègre a été déposé devant chez toi, c'est pour associer le dispensaire à des affaires de gangs.

— Alors, le coup de fil, c'était pas pour que je le soigne mais pour qu'il meure ici ?

Que répondre d'autre ? Elles ne voient pas d'autre explication que celle, terrible, que vient de donner Leslie. Et comment conclure autrement qu'en demandant : Pourquoi ?

Leslie, qui a le sens de l'ellipse, passe à la question suivante :

— Qui pourrait vouloir vous nuire ? Qui voudrait vous faire fermer le dispensaire ?

Directe. Leslie ne finasse pas. C'est en effet la seule chose à savoir. Elle a son idée.

Happy New Year 1931 ! Diane, Leslie, Georgia et Liberty ont chacune reçu une lettre de Jules avec des photos de Paris. Cela sonne étrangement chez les quatre femmes réunies à Dartmouth. Pas d'hommes. Ni Barney, définitivement hors champ, ni Weston, en mer. Bonne année ! Elles se contenteraient d'une *meilleure* année. Pourtant, le flic en civil n'est pas revenu. A part la voisine d'en face, personne n'a été interrogé. Rien dans les journaux. Pas de coup de téléphone suspect. Zéro nouveau cadavre sur le paillasson. Et, surtout, pas de visite d'agent venant signifier la fermeture administrative du dispensaire. Elles se disent que c'est à cause des fêtes de fin d'année, que les oiseaux de mauvais augure font seulement relâche. Alors, pour chasser les vilaines pensées, à Noël, elles avaient décoré le sapin et ouvert les cadeaux, pour le réveillon du Nouvel An elles se préparent à boire et à manger au-delà du raisonnable.

Ce qui n'empêche pas Liberty de penser qu'elle avait raison de dire que Harlem n'était pas un endroit pour faire ce dispensaire, que cela allait attirer des ennuis, que, forcément, des blessés louches allaient s'y faire soigner en dehors de tout contrôle ; et Georgia, plus précisément, de se demander s'il n'y a pas un lien entre *l'affaire* Mancini et les nouvelles activités politiques de Diane, qui ne s'en est pas vantée devant sa mère ; et Leslie d'être certaine que les flics ont fait d'une pierre deux coups : éliminer un trafiquant en faisant croire à un règlement de comptes et envoyer un avertissement à la harpie noire, féministe et socialiste, chose que Diane ne veut seulement pas imaginer.

L'idée d'aller passer les fêtes à Dartmouth pour se changer les idées était la bonne. Mais cette villégiature répétée leur a aussi fait mesurer à quel point elles avaient changé depuis la dernière fois. Est-ce à cause du départ de Jules pour la France et de Barney en tournée sans fin ? « Maintenant qu'on est sorties de la guimauve amoureuse, on fait quoi ? » a demandé Leslie, résumant la situation, à ceci près que Diane était, elle, sortie de l'obsession des retrouvailles avec sa « moitié afro-européenne ». Le travail médico-légal à l'hôpital ou au *garage* ne suffisait plus. Diane, Georgia et Leslie ont commencé à animer des après-midi dominicales avec les femmes de Harlem. Un peu de conseils sanitaires, pas mal de services échangés, beaucoup de rigolade. Puis Diane a commencé à écrire dans une revue militante noire où elle a été introduite par celui qu'elle appelle toujours William, son amant intermittent, indéfectiblement marié à sa Nina. Philip Randolph, le rédacteur en chef du *Messenger*, a appris à Diane les rudiments du métier et elle a rapidement tenu la rubrique Santé. La revue a reçu beaucoup de courrier. Des femmes qui ne savaient pas écrire le faisaient faire par d'autres. Elle répondait à toutes. Elle est devenue populaire. Elle a voulu aller plus loin. « Ça ne suffit pas de mettre des pansements sur les problèmes des femmes, il faut traiter la maladie. » Elle voulait dire changer les choses, organiser les femmes pour mettre la pression sur les responsables politiques, manifester, montrer leur force et leur détermination. Pour cela, se servir du *Messenger* pour faire passer les mots d'ordre, organiser des rassemblements. Philip Randolph l'a mise en garde. Ecrire des articles qui fustigent la politique sanitaire du gouvernement, en particulier envers les filles et les mères, est une chose. « Là, Diane, tu es légitime. » Inciter les femmes à descendre dans la rue, a-t-il voulu lui expliquer, c'est autre chose, un pas franchi dans l'activisme, l'entrée dans une zone d'exposition au risque de représailles diverses, de la police, des syndicats de Blancs plus ou moins mafieux, des racistes, des antiféministes et sans doute de bien d'autres encore. Randolph savait bien que les flics, occupés par la chasse au Rouge, laissaient les Noirs en paix relative. Mais quand une femme noire passe pour une bolchevique et qu'elle manifeste pour les droits civiques, elle est triplement sujette au matraquage.

L'Amérique aussi a changé. Les Roaring Twenties sont bien enterrées. Tout a commencé deux ans avant, le jeudi 24 octobre 1929, quand Wall Street a explosé. Les anarchistes n'y étaient pour rien. Pas de bombe, même pas le *pop* d'une bulle qui crève. Un krach boursier. Une fois la finance balayée, la déferlante a ravagé les banques puis, en cascade, toute l'économie réelle : les géants de l'industrie, les entreprises, les petits ateliers, les particuliers, la consommation, le commerce, les artisans, les paysans. Du plus arrogant gratte-ciel au plus profond des campagnes bouseuses, aucun domino du jeu construit dans l'euphorie des années vingt n'a résisté. Gatsby le magnifique a vendu ses plus beaux roadsters, des millions de gens sont tombés de la dèche dans la misère. Sur le port de New York en panne, les enfants défilaient avec des pancartes *Donnez du travail à mon papa*. Quant aux musiciens, beaucoup sont repartis sur les routes, en quête de cachetons minables.

Al Capone a ouvert une soupe populaire à Chicago. Pour les mobsters, finie, l'époque de la frime. La mafia, qui n'avait jamais confié aux banques ni ses vrais ni ses faux dollars, n'a pas été directement sensible aux soucis de Wall Street, mais en quelques semaines les boîtes se sont vidées. Pourquoi les derniers riches iraient-ils y flamber leurs derniers sous si la *middle class* à éblouir a déserté le parterre ? Pourquoi risquer de se faire dévaliser dans des rues de moins en moins sûres ? Les bandes, qui avaient jusque-là trouvé le moyen d'organiser le partage d'un gâteau en expansion folle, sont entrées dans une violente concurrence. La *guerre des gangs*, comme écrivent les journalistes, oppose désormais mafieux italiens, racketteurs juifs, *bootleggers* irlandais, *ladrones* de Spanish Harlem, *bandyci* polonais. Comme avant-guerre, on a commencé à trouver des cadavres le matin dans des poubelles au fond des ruelles, dans des voitures incendiées sur des terrains vagues, dans les eaux de la Harlem River avec des pantoufles en ciment. Seul marché en hausse, les ventes d'armes et la corruption. Les flics qui se faisaient arroser pour détourner les yeux de la contrebande ont augmenté leurs tarifs dès lors qu'il s'est agi de crimes de sang. Les Incorruptibles n'existent que dans la propagande des maires, des shérifs et des juges à élire.

Alors, quand les vacances à Dartmouth sont terminées, Georgia et Diane doivent résorber le trop-plein de patients qui attendaient la réouverture du *garage*. Le premier soir, quand elle réussit enfin à fermer et à manger quelque chose, Diane prend la plume.

Mon très cher arrière-cousin,

Il est vingt et une heures. Je viens de fermer. J'ai repoussé les autres patients à demain sept heures. Tant de misère ! Comment nos politiciens ont-ils oublié que le capitalisme a besoin d'être nourri avec de vrais aliments, pas avec des rêves en un lendemain qui serait encore meilleur qu'aujourd'hui ? Ils n'auraient jamais confié un dollar à leur voisin pour qu'il joue pour eux à la roulette, ils l'ont osé avec les milliards des Américains !

Je fais ce que je peux dans ce monde qui va mal. Je t'envoie un article que j'ai écrit dans une revue militante et un tract que je mets en circulation pour organiser une marche de femmes de Harlem. Tu vas être fier de moi !

Je pense souvent à l'Afrique, au Liberia de notre ancêtre commun. Ce pays aussi va mal. Il a reçu un blâme de la Société des Nations pour trafic d'êtres humains ! Plus de cinq mille ouvriers forcés avaient été envoyés pour construire le canal de Panama et des milliers d'autres vendus dans la colonie espagnole de Fernando Po, et celle, française, du Gabon. Le président King a été forcé de démissionner. Ici, la communauté noire a essayé de minimiser l'affaire en dénonçant un complot des Blancs pour discréditer les Noirs… Tu connais la chanson.

Tu me manques et je pense souvent à toi. J'aimais quand tu étais là, à mettre tes rythmes partout dans le quartier. Les enfants te regrettent. Pas leurs mères, à qui ils chapardaient les gamelles pour t'imiter ! Porte-toi bien !

Ta cousine qui t'aime et t'embrasse tendrement.

Pour sa première Marche des femmes pour la santé, Diane a choisi un jour férié, le troisième lundi de février, le President's Day, espérant qu'il y aurait moins de policiers en service et que les femmes de Harlem qui travaillent pourraient se joindre à la manifestation. L'article dans *The Messenger* et le porte-à-porte ont bien mobilisé. Près de huit cents, à vue de nez. Pas un mouvement de masse, mais pas mal pour un coup d'essai. Diane a fait un mauvais calcul. Même si c'est un jour de congé, il reste assez de flics pour empêcher la manifestation de sortir des limites du ghetto. Dans Harlem passe encore, pourvu que ce soit dans le calme, mais pas au-delà de la 110e et de Central Park Nord. Un cordon anti-émeute fait barrage. A quoi sert de protester dans l'entre-soi harlémite ? Leader du cortège, Diane s'y risque quand même. « Les Blanches doivent nous entendre, elles ont aussi des enfants ! » Les Blanches n'entendront de loin que les sifflets des policiers et une vague rumeur. Les Noires prennent les coups. L'avant-garde est embarquée, le reste se disperse. Sacrée journée.

Heureusement, les gars du commissariat en ont vite marre de ces trente bonnes femmes entassées dans la même cage, qui font du raffut, qui chantent, qui dansent en tortillant des fesses, tapent en rythme contre le grillage, demandent toutes les deux minutes à faire pipi sinon c'est par terre, font plus ou moins semblant de tomber dans les pommes, réclament des avocats, gueulent contre les injustices, contre les mâles dominants, contre la puanteur des lieux. Qu'on fasse taire ces hystériques qui se moquent d'eux, de leurs bedaines, de leurs dégaines, de leurs uniformes informes et de leurs locaux minables, qui font des allusions salaces à propos de leurs grosses matraques et de leur minuscule vie intime ! Maintenant qu'ils les ont enfermées, ils n'ont qu'une idée, faire dégager toutes ces nanas ingérables, ces mères de famille qui ont l'habitude de prendre des gnons, d'être à la dure, de faire face, qui ne se laissent pas impressionner par une petite garde à vue de rien du tout ! D'ailleurs, elles n'ont rien cassé, n'ont molesté personne ni usé de slogans antigouvernementaux ou anti-américains, n'ont pas agité de drapeaux rouges ou noirs, juste mis la pagaille dans le quartier. Alors, les policiers relèvent les empreintes digitales, les noms, les adresses et tout et tout, notent bien dans leurs tablettes que la dénommée Diane Pequot, infirmière, demeurant au 240, 123e Rue Ouest, est l'instigatrice de tout ce bazar, lui font l'honneur d'une paire de photos face-profil sur le fond rayé d'une toise et flanquent toutes ces vociférantes pisseuses à la porte. Ouf.

Que de beaux souvenirs ! Toutes regagnent leurs pénates en riant, fières de leur coup qui aura plus servi à les rapprocher qu'à faire avancer la cause de la santé publique. En arrivant au *garage*, Diane tombe dans les bras de Georgia, qui gardait le dispensaire pendant que sa collègue enflammait la rue. Quelques soins plus tard, avec un bandeau de pirate sur l'œil, Diane peut enfin ouvrir l'épaisse enveloppe reçue de Jules. Dedans, des coupures de presse dans diverses langues incompréhensibles dont les photos montrent le show de Joséphine Baker à travers l'Europe et, quand le cadre englobe toute la scène, Jules et son attirail rythmique. « Dis, Georgia, tu crois qu'il reviendra ? »

A l'automne, c'est le professeur Du Bois qui est revenu. Grâce à de forts vents portants, le paquebot sur lequel il s'était embarqué à Plymouth avait pu gratter quelques heures sur l'horaire prévu. William avait donc un moment pour passer au *garage* avant de regagner dans les temps le domicile conjugal. Diane supporte de moins en moins ces rencontres-entre-deux-portes. Elle le regarde se rhabiller sur le bord du matelas, soudain pudique, dos tourné. Que va-t-il dire à son épouse en rentrant ? Qu'il est épuisé par la traversée, éreinté par sa mission diplomatique ? Après trente-six ans de mariage, Nina est-elle dupe des écarts d'un mari qu'elle n'attend plus, le cœur battant, sur le quai du port ? Diane n'est plus impressionnée par le professeur Du Bois. Ce n'est pas tant d'être sa maîtresse en pointillés de plus en plus espacés, ni la faible charge romantique de ce pantalon bien plié et de ces chaussettes rangées dans les chaussures avant de se mettre au lit, non, son désamour aurait plutôt pour cause cela même qui les avait réunis : l'Afrique. Au printemps, avant de s'embarquer pour ce long séjour au Liberia, il était venu, enthousiaste. « Ce projet est la grande chance de ce pays ! » Diane avait écouté, un peu étonnée. Elle se souvenait que sept ans plus tôt, le jour où ils avaient été amants pour la première fois, il lui avait annoncé la parution prochaine des *Mémoires de Julius Washington*, « une source d'inspiration pour le panafricaniste que je suis ». Lui, le socialiste, était fier de sa ruse : utiliser le capitalisme contre le colonialisme. Puis elle avait pensé à autre chose.

Après le sexe reviennent les choses sérieuses. Il a rapporté des documents, des rapports, des photographies, des souvenirs formidables. Il parle, il montre, il parle encore. Pourquoi ? Une répétition de ce qu'il dira demain à ses commanditaires ? Un moment entre l'adultère et la vie maritale, comme la quarantaine des marins entre l'atterrissage du navire et le débarquement à terre ?

Il s'émerveille de la rapidité de plantation des hévéas, « dix millions d'arbres, tu te rends compte ! », de la construction de routes, de ponts, de cases pour les ouvriers, de petites et grandes villas pour les petits et les grands chefs ; de l'installation d'une radio transatlantique à ondes courtes qui permet au siège d'Akron de joindre Firestone City à tout moment ; de l'électricité arrivée pour la première fois dans cette partie du pays grâce à deux barrages hydroélectriques sur de puissantes rivières ; et de cent autres merveilles offertes à ce pays quasi inexploré, à « ces gens encore si proches d'Adam et Eve ».

Diane regarde les clichés étalés sur le drap froissé. On y voit des incendies gigantesques dont les fumées cachent le ciel et laissent à perte de vue la terre jonchée de troncs calcinés. Elle se souvient des récits de Julius. La savane, la jungle, les animaux, les villages, les gens, les fétiches, et les âmes des morts cachées dans les forêts, même ces effrayants hommes-fauves, loups-garous dont on parle le soir pour se faire peur. Réel ou imaginaire, mais c'est chez lui, le légitime indigène. Là, plus rien que la cendre sur le sol nu, vide de toute vie, perdu pour toutes les croyances des sorciers, toutes les cueillettes des femmes, tout le gibier des chasseurs, tous les secrets des herboristes.

Il y a aussi des photos d'indigènes. Avant et après l'œuvre civilisatrice. Sur la moitié gauche une femme seins et fesses à l'air, sur la moitié droite la même vêtue d'un pagne jusqu'aux pieds, crucifix en sautoir. Un homme avec un cache-sexe tenant une houe en bois, le même en chemise et short avec de vrais outils en fer, signes de modernité. Des enfants nus, sales et scrofuleux, les mêmes en uniforme, resplendissants de santé. Il y a aussi Harvey Firestone Jr., en costume blanc, chaussures blanches, casque colonial blanc, devant une centaine d'ouvriers portant une sorte de chasuble, pieds nus ;

lui, devant la maison à colonnes blanches ; lui, devant un hévéa entaillé par un saigneur d'où coule le latex ; lui, dans une chaise à porteurs soutenue par quatre indigènes en loques. Il y a encore une femme habillée comme pour monter à cheval, avec bottes et lavallière, portée dans un autre *hamoc*, ainsi que William lui dit que cela s'appelait. Les hamacs, Diane connaît : les couchettes du *flophouse* d'à côté. Alors elle se lève, enfile sa blouse blanche qui lui tient lieu de déshabillé, pose les photographies sur le petit cartable de Du Bois, le regarde en train de renouer sa cravate et lui dit d'une voix qui n'a plus rien à voir avec le langage amoureux, les poings enfoncés dans les poches :

— En somme, William, si je comprends bien ce que tu dis et ce que je vois là, dans ce magnifique projet, un seul homme, à Akron, commande par radio à son fils, de l'autre côté de l'Atlantique, qui commande à une vingtaine d'autres Blancs qui commandent à des milliers d'ouvriers africains sur un million d'acres de terres incendiées d'où des milliers d'indigènes ont été expulsés après qu'on a brûlé leurs villages ; cet homme, dans son bureau de l'usine de pneus dont tu m'as parlé, tient dans son autre main le sort de dix mille colons Noirs descendants des pionniers afro-américains de 1822 – certes cupides et arrogants, mais dirigeants légitimes d'un Etat reconnu indépendant –, qui eux-mêmes exploitent et violentent depuis plus de cent ans un million et demi de natifs africains dans la misère, sans statut de citoyen, embrigadés sur place ou loués comme esclaves sur les grands chantiers du monde. Je vois là une belle double pyramide de commandement et de soumission. Il s'agit bien de ça, non ?

Elle a dit cela d'un trait, sans respirer. Il le fallait, c'est sorti. Du Bois arrête son geste comme s'il allait être étranglé par le ruban de soie autour de son cou. Il regarde celle dont il attendait amour et admiration. Au lieu de cela, elle lui sert une tirade assassine comme il ne l'avait jamais entendue en proférer. Sans le laisser répondre à son attaque surprise, Diane poursuit, un peu plus énervée :

— As-tu été à ce point animé par ta haine de Garvey que tu n'as pas vu que tu étais le cheval de Troie de ces capitalistes blancs pour entrer au Liberia ? Je veux bien croire que tu étais sincère au début. Tu pensais être le manipulateur… C'est l'inverse ! Tous ces gens-là, Firestone, Ford, Edison, Sachs, les industriels, les banquiers et leurs amis politiciens, ont bien compris que le professeur Du Bois avait besoin d'eux pour emmerder Marcus Garvey et soigner son amour-propre.

— Mais, non…

— Si, William. Si. Ils t'ont flatté. Garvey est tombé tout seul à cause de ses ennuis avec la justice, tu me l'as raconté. Tu leur as lu le télégramme, et les Libériens ont signé ton fichu contrat. Et, finalement, parce que tu es un Mulâtre comme eux – tu me l'as dit –, ils ont trouvé moins déshonorant qu'un *frère* vienne leur apporter cet énorme paquet d'argent. En échange de quoi ? On le voit aujourd'hui, tu n'as fait que remplacer la mainmise de centaines de milliers de Noirs américains prêts à venir s'installer dans ce pays par un distant protectorat qu'une poignée de Blancs exercent depuis l'Ohio.

— Mais enfin, Diane, je ne te reconnais pas… Tu…

— Sans doute, tu ne me reconnais pas. Tu me vois trop rarement. Figure-toi que les amis que tu m'as recommandés, les gens qui gravitent autour du *Messenger* et de ton ami Philip Randolph, les Rouges, ces intellectuels qui retroussent leurs manches et prennent des risques, m'ont sacrément ouvert les yeux et les oreilles. Et aussi appris à me servir de ma bouche. Quand je t'entends vanter les bienfaits de ta belle civilisation qui, pour le seul profit des élites d'ici et de là-bas, détruit tout dans un pays étranger trop faible et trop avide pour résister à ce cadeau empoisonné, je me dis…

— Tu te dis quoi ?

— Que tu es un hypocrite. Comme je l'avais pensé au début, avant de l'oublier parce que j'avais trop envie que les *Mémoires* soient édités, tu t'es servi de ce bon vieux Julius Washington comme caution, comme les gens de la Société américaine de colonisation avaient utilisé après sa mort, en le caricaturant, l'idéal de Paul Cuffee. C'est…

Maintenant, Diane tremble. Elle va se mettre à crier, à insulter inutilement l'homme gris qui se lève, ramasse et jette ses affaires dans sa serviette, enfile sa veste, marche vers la porte, l'ouvre pour sortir et dit en se retournant une dernière fois sur elle :

— Et toi, que fais-tu ? Trois pansements par ici, une petite marche pour les femmes par là, un article dans un journal qui, de toute manière, n'est lu que par des militants convaincus d'avance ? Alors, laisse agir et se tromper parfois ceux qui font réellement quelque chose. Adieu, mademoiselle Pequot, ce fut une belle rencontre.

Diane entend l'homme descendre l'escalier puis la porte sur la rue se fermer. *« Et toi, que fais-tu ? » Touchée. Tu vas voir, professeur Du Bois, si je ne fais rien !*

3

Paris, 16 avril 1932

Sigrid,

Treize hivers ont passé. Six années sans t'écrire. Dans ma dernière lettre, je

Jules froisse la feuille, jette la boule de papier dans la corbeille.

Sigrid, mon amour de toujours,

Je ne sais pas comment sont passées ces années. Je pourrais dire que j'ai connu le succès mais que cela ne me satisf

Cette fois, il déchire. Les petits morceaux tombent en neige.

Sigrid,

J'ai tellement envie de t'écrire ! J'ai tellement envie de renouer ce fil qui s'étire, s'étire… J'ai peur qu'il se brise. Peut-être s'est-il déjà brisé, sans que j'y aie prêté attention. Tu es pourtant toujours

La feuille part rejoindre les autres tentatives avortées. Jules recommence autrement :

Sigrid,

Je remonte du bar en bas de chez moi, Le Pigeon-Vert, dont je suis un habitué, classé parmi les originaux qui ne sont pas rares aux alentours du Bateau-Lavoir, cité d'artistes à deux pas d'ici. Mais ce bistrot n'est pas leur rendez-vous, tant mieux. Il y a là un assortiment complet d'humains, de métiers, de caractères et d'opinions qui donnent son âme à ce quartier populaire. C'est pour moi une formidable école, un cours accéléré sur la vie française que j'ignorais et dont je n'avais eu qu'un échantillon, version rurale, dans ton village.

J'ai un autre bar de prédilection, à l'autre bout de Paris. La Closerie des Lilas, qui est au contraire l'un des plus grands abreuvoirs à artistes. Les habitués y ont leur place attitrée aux tables ou au bar. On y trouve une grande concentration d'écrivains et de poètes que tu connaissais certainement pour les avoir lus avant moi. Louis Aragon, Paul Eluard, André Breton s'y disputent férocement à propos du second Manifeste du surréalisme, *sur la question de l'engagement politique de ceux qui s'en réclament. Et aussi des auteurs américains francophiles. Ernest Hemingway, Scott Fitzgerald, Henry Miller, qui travaille à son premier roman. La rumeur dit qu'il sera pornographique. Bouh ! On en frémit d'avance ! J'y ai aussi croisé une autre femme remarquable, héroïne de la guerre, Gertrude Stein, américaine, écrivaine, collectionneuse d'art, lesbienne affichée et militante féministe. Tout cela aussi, c'est Paris.*

Je pourrais résumer ma vie ici à ces deux cafés, ces deux univers que je fréquente sans qu'ils se connaissent, ces deux parties de moi que j'ai besoin de cultiver pour bien rester debout sur mes deux pieds. Je sais que toi, tu pourrais comprendre.

J'ai tellement envie de savoir ce que tu vis, ce que tu fais, si tu es heureuse !

Jules,
cœur toujours cabossé et corps incomplet

Jules plie la lettre en quatre, la met dans une enveloppe carrée, écrit dessus comme sur les autres : *Madame Sigrid Zacher, Bitschwiller-lès-Thann, Haut-Rhin.*

Jules se souviendra de ce samedi 16 avril 1932. Il pleut à verse sur Paris. En sortant du théâtre du boulevard Edgar-Quinet, il rase les murs pendant un kilomètre jusqu'à Port-Royal, jusqu'à la Closerie, où il retrouve Nancy Cunard, sa collection de bracelets, son étroit blouson de cuir noir, ses joues creuses et ses yeux tranchants.

Depuis qu'il se produit Chez Edgar, Jules est une sorte de mascotte de la nuit parnassienne, comme au temps des Rattlers, quand il était cet *alien* ignorant tout du jazz mais qui en jouait si bien. Comme aux Etats-Unis, où il était la voix singulière de l'Afrique, hors du jazz mais tellement *in*. Avec les intellectuels parisiens, il est encore cet étranger qui ne sait rien des styles, des modes et des codes, mais incroyablement dans le coup !

Barney avait raison. L'expérience des percussions en concert solo est pour lui une avancée radicale pour inventer de nouvelles sonorités. Peu importe s'il contribue ou non en quelque chose au mouvement bruitiste, si les artistes qui viennent au théâtre produisent en l'écoutant des œuvres intéressantes, il travaille son art propre. Les critiques se sont étonnés, puis ralliés. Chez Edgar est devenu le lieu à fréquenter ab-so-lu-ment.

A peine assis, Nancy Cunard s'exclame :

— Tiens, voilà Fitz qui vient se mettre à l'abri !

L'arrivant est Scott Fitzgerald, trempé par l'averse qui redouble et frappe les baies vitrées sur le boulevard. Il se joint à leur table. Dans ses moments de nostalgie, il aime évoquer les Etats-Unis avec Jules. Cette fois, c'est le tour de Nancy. Elle revient d'un séjour à Harlem. Elle raconte ce qu'elle a vu de l'Amérique raciste, pauvre, violente. Fitz connaît cela par cœur et il s'amuse moins qu'en écoutant les histoires d'avant la crise que lui raconte d'habitude Jules, du temps du Cotton Club et de la Harlem Renaissance avec les gangsters George DeMange, Jo Di Benedetti, Owney Madden, leurs costumes croisés rayés et leurs grosses bagues, décor côté cour de *Gatsby le magnifique*.

Trois tournées de Martini-gin plus tard, Nancy s'excuse. Quelques tables plus loin, une femme massive aux cheveux ras lui fait signe.

— Gertrude Stein veut m'acheter une photo de Man Ray pour sa collection. Et moi, j'ai besoin de me refaire un peu. Bonne soirée, les garçons !

Sa voix se perd dans une rafale de vent qui fait s'ouvrir brutalement la porte du bar et pousse à l'intérieur un inconnu ruisselant dans un trench-coat qui lui bat les jambes. Scott se lève et agite le bras.

— Graham, par ici !

L'homme, un peu moins que trentenaire, s'ébroue et s'approche, le cheveu collé au crâne par la pluie. Il a un visage grave, un peu aristo fin de race, note Jules.

— *Djioul,* je te présente Graham, Graham Greene, journaliste brillant et écrivain, déprimé de naissance – normal, il est anglais –, qui nous rend visite à Paris et qu'il faut initier aux charmes de la ville. Graham, je te présente un ami français pourtant parfaitement anglophone, Jules Canot, percussionniste à la mode, d'un naturel joyeux mais quand même sympathique, originaire du Sénégal.

Un nombre incertain de whiskies sour plus tard, Fitzgerald rentre chez lui avant la dose fatale. Graham et Jules poursuivent seuls la soirée.

— Tu sais, Jules, je ne rêve que d'une chose, faire ce que tu as fait, voyager. Ecrire et voyager, ou l'inverse. Ce qu'il y a autour de moi m'inspire peu. Les grandes familles décadentes, j'ai ça à la maison. Je ne vais pas écrire là-dessus, en plus.

— L'Angleterre ne t'inspire rien ?

— Merde, je ne suis pas Virginia Woolf ! Je suis un papiste anglais paranoïaque, cela peut faire un bon personnage, jamais un bon roman. Quant aux affres de l'adolescence, les microcosmes paysans et les entre-soi bourgeois, les Français écrivent cela très bien. Moi, je ne sais pas faire. Adolescent, pour mettre du piment dans mon envie chronique de suicide, j'ai joué à la roulette russe. En littérature, cela peut donner la nouvelle la plus courte du monde : « Clic, clic, clic, clic, clic, pan ! » et encore, c'est la version longue. Pan ! peut arriver plus tôt. On ne fait pas *A la Recherche du temps perdu* avec ça.

L'humour anglais, Jules en avait entendu parler. Si c'est ça, ça vaut la peine.

— Jules, tu dois aussi savoir que Robert Louis Stevenson est un cousin à moi et que mon père était le proviseur de mon école.

— La statue du commandeur ! Mon père était recteur de l'université de Dakar.

— Alors tu me comprends ! Avec ces deux ombres penchées sur moi, tu vois l'angoisse de la page blanche ! Si je veux écrire, je dois bouger. Parle-moi du Sénégal.

Jules raconte pendant une heure. Graham écoute et boit avec la même application. Quand il est vraiment temps de rentrer, le groom les aide à passer la porte et, sur le trottoir, ils s'appuient l'un sur l'autre en se tenant par le bras, sous le même parapluie. Les averses se sont calmées, le vent est tombé mais la trajectoire sinusoïdale du couple laisse imaginer une terrible tempête. Arrivés à Port-Royal, où attendent les taxis :

— Graham, tu veux voyager au lieu d'aller vomir dans le premier G7 ?

— Euh, oui. Où ça ?

— Viens, je vais te faire visiter le Jardin des Grands Explorateurs.

— *Doctor Livingstone, I presume ?*

Ils entrent dans le jardin par l'avenue de l'Observatoire, contournent le bassin, prennent l'allée de droite, le long des grilles. Encore un peu en zigzag malgré le grand air qui dégrise, bras dessus bras dessous, ils marchent en tenant des propos très spirituels sur la dépression et l'envie de mourir. Ils en rient beaucoup.

Vers le milieu du parc, soudain surgis de l'ombre des arbres, trois hommes avec des bottes d'officier de cavalerie, des sortes de casquettes militaires et de longues capes se déploient de manière à acculer Jules et Graham contre les barreaux.

— Oh, voyez cela, amis Camelots du Roi ! Du travail pour nous !

Des cannes armées sortent de dessous les capes. Comme dans le cimetière d'Arlington, ils sont coincés, ils vont dérouiller. *Ah, non, ça ne va pas recommencer !?*

— Alors, les pédérastes, on va jouer à touche-pipi dans les bois ? Toi, le youpin, tu veux te faire le négro, ou c'est le contraire ? Ou chacun son tour ? C'est un vilain péché, vous savez. On va pas laisser faire !

Jules, dans un mouvement désespéré, brandit le parapluie. Un coup de canne et il est déchiré, plié en deux. Cela fait rire le bavard, qui va porter l'estocade. Il lève sa canne. Jules se tasse contre les grilles. Graham plie à peine le coude sans sortir la main de son Burberry. *Pan !* Chacun se demande d'où vient ce bruit étouffé. Puis, celui qui menaçait Jules lâche son stick ferré, se tient le ventre, regarde ses mains rouges. Les deux autres réalisent. Ils attrapent leur comparse avant qu'il ne s'effondre et, chacun un bras aux épaules, s'en vont aussi vite qu'il est possible de courir en traînant un mourant.

Jules, essoufflé, se tourne vers Graham.

— Eh bien, toi… on peut dire que tu as de la ressource… Tu sors toujours armé ?

L'Anglais extirpe de sa poche d'imperméable un petit revolver qui brille.

— Oh, ça ? C'est juste pour ma roulette russe. Scott t'a dit que j'étais un peu plus *down* que d'habitude, en ce moment. Alors, j'avais mis les six balles.

— Très drôle. Tu ne trouves pas que nous devrions partir d'ici ?

Complètement dessoûlé, Jules ramasse la canne, abandonne le parapluie. Ils sortent du jardin, retournent vers la Closerie, où ils trouvent une voiture.

— Jules, tu me dois un imperméable. Il y a un trou. Je vais passer pour un tueur.

— T'es sûr que t'en es pas un ?

— Je pense. Je crois aussi que je ne suis pas juif. Toi, es-tu vraiment noir ?

— Va savoir. Bon, tu habites où ?

— J'ai mis ma valise dans un hôtel qui pue la suie vers la gare du Nord.

— Alors, puisqu'on est pédérastes, un grand lit à partager à Montmartre, ça te dit ?

Trois mois ont passé. Après les pluies de printemps, la touffeur d'août. Dans le métro, Jules regarde défiler les stations de métro. Graham Greene a remis à plus tard ses envies de voyage. Il est retourné en Angleterre. Drôle d'homme ! De l'allure, une parfaite éducation, du charme, du courage, une belle résistance à l'alcool. Et dans les yeux, quelle lassitude ! Dans le regard des Africains, Jules a vu tous les sentiments s'exprimer, de l'exultation à la terreur, de la douceur à la fureur. Jamais cette langueur. Ce n'est pas un sentiment africain. Il faudra des générations d'acculturation pour en arriver là. Un truc de Blancs, d'heureux désœuvrés revenus de tout qui s'inventent du malheur ? Jules pille les rayonnages de sa bibliothèque mémorielle. Musset ? Non, pas le *Mal du Siècle*. Baudelaire ? Non, pas le *Spleen*. Graham a trop de distance, trop de sens du non-sens et d'esprit pratique pour s'adonner correctement à « la mélancolie à la française », comme il dit. Il traîne avec lui l'ennui existentiel d'un pays de pluie où, quand on n'est pas obligé de pousser les wagons dans les mines, on appartient à une classe désabusée qui invente des jeux de cartes interminables et des sports absurdes. *Clic, clic.* Si mourir n'est pas plus grave qu'autre chose, pourquoi ne pas expérimenter ce truc vraiment nouveau ? *Pan !* Il y a aussi le talent de Graham. Jules a lu son roman *The Man Within*, histoire de contrebandiers, de crimes à venger, de courage, de lâcheté, de rédemption. Comme le revolver dans la poche de son imper, il révèle *l'homme qui est dedans*, plus vrai que le vrai.

Le mystérieux Graham Greene était déjà parti quand Jules avait repris conscience, tard le lendemain de la promenade au Jardin des Grands Explorateurs. Il aurait pu croire qu'il avait rêvé ce qui s'était passé, mais quand il vit contre le mur la canne des Camelots du Roi portant l'insigne de l'Action française, ce fut comme la sortie d'une hypnose : « Quand vous entendrez *Pan !* vous vous réveillerez ! » Jules s'est réveillé et s'est mis à voir tout à l'envers. Ou tout à l'endroit. Le monde réel. Envolée, la savante insouciance parnasso-germanopratine, les paillettes et les plumes boulevardières, la bohème montmartroise. Une foule sale s'est engouffrée dans son univers enchanté. Des querelles de comptoir entre ses amis, guerres tribales artistiques, il n'avait retenu que les objets d'esthétique, de forme, de concepts. Il avait occulté que leurs engueulades passionnées cachaient d'autres conflits, profonds, entre communistes, anarchistes, pacifistes ; il n'avait pas prêté attention aux schismes idéologiques, aux raisons politiques des fâcheries entre grands maîtres à penser, Breton, Aragon, Eluard, et d'autres dont il n'a pas retenu le nom. Comme les jazzmen d'Amérique, ils ont une *cause* en plus de leur art.

Depuis, Jules lit tous les jours le journal avec son premier café au Pigeon-Vert. Il a aussi acheté une radio. Il suit la montée de la marée boueuse. L'Allemagne. L'Italie. Hitler. Mussolini. La ligne Maginot. L'évacuation de la Rhénanie. Le moratoire sur la dette allemande. Le réarmement. L'alliance avec les soviets. La presse s'écharpe, la parole venimeuse se répand. Le Juif est cause de tout, de la chute de Wall Street à celle des banques allemandes, de la misère allemande, de la déchéance allemande, de l'honneur allemand. Le communiste est cause de tout. Le grand capital est cause de tout. La religion est cause de tout. Les laïcards aussi. Le Germain est noble, l'Aryen est beau.

Gertrude Stein reçoit des lettres d'injures. Gouine juive, propagandiste de l'art dégénéré. Nancy Cunard trouve des menaces de mort dans sa boîte à lettres. Salope négrophile, éditrice scandaleuse. Henri Miller, pornographe, renégat allemand. Lui qui avait presque oublié qu'il était noir, sortant du nid de la Closerie il s'est vu rappeler qu'il appartenait à la race des *Untermenschen,* les nègres, avec les youpins, les crouilles, les romanos et les tantouzes, lie de l'humanité. Pendant que ses amis se demandent si peindre une toile est un geste antifasciste, si écrire un poème est allumer la mèche d'une bombe, Jules sait que ses tambours ne seront rien contre les chemises bleues du Faisceau français, noires des fascistes italiens, brunes des sections d'assaut nazies, portées par des gens sans états d'âme, haineux, organisés, déterminés. Chez Edgar, il joue avec plus de rage. Le bruit des bottes, des cannes ferrées, des insultes, les vociférations des tribuns postillonnants ont remplacé les fléaux sur les épis de sorgho rouge. Il entend les canonnades de Séchault, le sol tremble sous ses pieds.

Dans sa morne rêverie, Jules ne lève les yeux qu'en arrivant au théâtre. La police est là. Deux voitures, cinq ou six agents en pèlerine et képi, un en gabardine. Il explique qu'il est musicien de ce théâtre, montre ses papiers, entre. Dedans, c'est un saccage. Sièges brisés, tentures arrachées, ordures répandues au sol et, sur la scène, la contrebasse en pièces, le piano à queue défoncé avec une masse de forgeron abandonnée sur le clavier édenté, les tambours crevés, le reste démantelé, écrasé, tordu. Un acharnement.

Un nuage de sauterelles. Jules se souvient des nuées de criquets pèlerins qui envahissent parfois la savane. D'abord, ce sont de paisibles locustes qui vivent leur vie d'individualistes, libres de bondir ici ou là. Un jour, ils se rassemblent. Et là, parce qu'ils deviennent un groupe, ils n'ont plus qu'un seul cerveau, un seul cap, une seule avidité. Leurs corps changent. ils revêtent un uniforme, il leur pousse des ailes, ils se mettent à voler en nuées denses à masquer le jour. A tout ravager. Aveuglément. Les plantes sauvages, les cultures, les feuilles et l'écorce des arbres, la laine des moutons, le linge qui sèche, les cartons, les papiers, les chevelures des gens qui essaient de les chasser. Tout est à détruire. Jusqu'à épuisement. Jusqu'à l'anéantissement même des envahisseurs, car il ne reste plus rien à détruire, à manger. Du perchoir des Abbesses, Jules les voyait se préparer. Un groupe avant-coureur s'est abattu Chez Edgar.

A l'avant-scène, l'un des assaillants a déposé un étron sur la couverture arrachée d'un livre. Le reste des pages a été jeté dans les ruines de la batterie de Jules. *Black Man and White Ladyship*, le pamphlet de Nancy Cunard prônant les relations sexuelles interraciales, réponse à sa mère qui lui envoyait des détectives privés la surprendre avec « son nègre ». Motif pour la déshériter de la fortune Cunard.

Au milieu de son théâtre ravagé, Nancy est là, pâle, élégante, extravagante avec sa robe bariolée, son spencer ajusté et ses empilements de bijoux. Un autre policier l'interroge. Elle cherche une explication à lui donner. Vengeance de sa mère ? « Une vraie folle. » Milices d'extrême droite ? « J'ai reçu des lettres d'injures et de menaces. » A voir la tête du flic, Jules lit dans ses pensées : *Tu l'as un peu cherché, non ?* Ni les deux musiciens blancs ni Crowder ne sont là. Ecœuré, Jules sort fumer une cigarette. Un moment après, Nancy Cunard le rejoint.

— Vous allez faire quoi, Nancy ?

— Quitter la France, militer ailleurs, rencontrer d'autres gens. Et vous ?

— Je vais stocker tout mon bazar dans un garde-meubles, arrêter pendant quelque temps de frapper tout ce qui me tombe sous la main, acheter des disques pour écouter des choses jamais entendues, voir des expositions, visiter des musées pour boucher les grands trous de ma culture, lire…

Nancy Cunard fouille dans son sac, sort un petit paquet plat, le tend à Jules.

— Tenez, j'ai trouvé ce livre en traînant rue de l'Odéon avec Scott et Gertrude à la librairie Shakespeare & Company, où on adore chiner. L'auteur porte votre nom et il est question d'Afrique. Du Liberia. J'ai pensé que…

Jules déplie le papier. Une couverture comme une enluminure, avec un trois-mâts, une silhouette noire enchaînée et, sur le ciel : *Captain Canot, Twenty Years of the Life of a Slaveman.* Son chaînon manquant à lui !

— Je l'ai lu. Je comprends vos combats. Entre lui et le père dont vous m'avez parlé, je compatis. Moi, je n'ai qu'une mère bourgeoise idiote et méchante et un père affairiste au cœur sec, tous deux issus d'une lignée de crétins snobs et cupides, cela me suffit.

Elle dépose un petit baiser sur la joue de Jules et le laisse là, muet.

— Ce sera mon cadeau de départ, Jules. Avec ce pillage, je n'ai plus un sou. Ma mère a gagné. Provisoirement. Bonne chance, vous êtes un type bien.

4

Depuis que Du Bois a claqué la porte il y a presque six mois, Diane s'est convaincue qu'il avait raison. D'abord, elle a obéi à l'injonction à rester bien sage qui lui avait été faite sous la forme d'un gangster italien balancé d'une voiture. Ensuite, elle s'est soumise à l'injonction inverse, plus sournoise, de Du Bois. *Tu vas voir, si je ne fais rien !* Pour lui montrer de quoi elle était capable, elle a écrit un nouveau papier dans *The Messenger.* Le journal est sorti il y a une semaine. Une enquête documentée, un brûlot qui dénonce les conditions d'hygiène des ouvrières – presque toutes noires – qui travaillent dix heures par jour dans les industries textiles, les tanneries, les papeteries et autres usines qui utilisent en masse les composés chimiques produits par d'autres firmes où travaillent d'autres femmes qui s'empoisonnent. Troubles de la respiration, cécité partielle, perte des cheveux, maladies de peau, symptômes bizarres. Elle publie des témoignages anonymes, dénonce le silence des médecins à la solde des patrons, la passivité des syndicats, où il n'y a que des hommes blancs corrompus, l'aveuglement des services publics, qui se contre-fichent que meurent des négresses. Il faut qu'avance le Progrès en majuscule. « Bon article, mais il ne faut pas le publier. Dangereux pour toi. » Non seulement elle a insisté pour que Randolph le publie, mais elle a invité les sœurs à une nouvelle marche, malgré les prières de Georgia et les mises en garde de Leslie.

Ce dernier dimanche de février 1933, elles sont à peine deux cents. Celles qui ne savent pas lire se sont fait raconter l'article par d'autres. La rumeur a fait le tour de Harlem. « Elle est gonflée mais folle », ou l'inverse, tel est le résumé des sentiments des Noires du quartier. C'était drôle, la première fois, de se retrouver toutes dans la cage du commissariat. Une deuxième fois… Résultat, cinq fois moins de monde. En revanche, il y a trois cents policiers, une cinquantaine à cheval. Les coups pleuvent dès les premières minutes. Les femmes sont encerclées par les uniformes. Vilainement tabassées, pour faire un exemple. Battues très professionnellement. Il ne doit pas y avoir de mortes. Intimider sans provoquer la révolte de tout le quartier, ou pire, des émeutes raciales comme en 1919. Déconsidérer l'organisatrice, l'éloigner de sa base militante. C'est ainsi que Diane, courbée sous les coups, comprend les choses. Trop tard. Parmi les assaillants, elle voit aussi des civils. Les gros bras des syndicats. C'est la débandade. Les manifestantes courent se mettre à l'abri dans les entrées d'immeubles où elles sont poursuivies, se cachent dans les jardins et les arrière-cours, grimpent aux échelles d'incendie. Plusieurs dizaines restent sur le carreau, le visage en sang, inconscientes ou incapables de marcher après les coups de bâton dans les jambes. Diane court dans tous les sens, pour essayer bien inutilement de venir en aide à ses amies. Deux civils l'empoignent, lui passent un sac de jute sur la tête, attachent ses mains, la jettent dans une voiture. Elle crie, on l'assomme.

Elle se réveille au bord de la Harlem River, sous le pont de la Troisième Avenue. Il fait nuit, ses vêtements sont déchirés et couverts du sang séché qui a coulé de son cuir chevelu éclaté. La migraine l'aveugle presque. Ses mains ont été détachées. Ses jambes peuvent la porter. Elle prend la 129ᵉ Rue jusqu'à la Septième Avenue. Là, elle commence à sentir. Il n'y a plus aucune trace de la manifestation, plus un seul policier. Comme si rien ne s'était passé. Mais il y a cette odeur de feu mouillé. Elle court autant qu'elle peut. Au coin de la 123ᵉ, plus de doute possible. Deux camions de pompiers sont encore devant, projecteurs allumés. Les hommes casqués enroulent leurs lances, d'autres retirent leur casque, s'épongent le front. L'incendie est éteint. Il ne reste du *garage* que quelques poutres noircies. Elle ne peut pas crier, aucun souffle ne sort de sa bouche. Parmi les hobos du *flophouse* venus à la rescousse et quelques badauds, il y a Leslie. Diane va pour se jeter dans ses bras. Son amie reste raide, les mains dans le dos, et lui dit :

— Regarde ce désastre. Ton désastre.

A la mi-mars, Jules a retraversé l'Atlantique. A cause d'un télégramme : *Si tu peux, viens à Dartmouth. Georgia est morte. Par ma faute. Je suis perdue. Diane.* Le morceau de papier bleu à la main, Jules a regardé Paris du haut de son perchoir sous les toits. Après le Jardin des Grands Explorateurs, après le théâtre de Montparnasse, quelque chose aussi devait finir place des Abbesses. Diane avait besoin de lui. Et lui de Diane. Il a répondu *Je viens le plus vite possible*, sans préciser. Entre la tragique comédie de Paris et le drame de Dartmouth, il lui fallait un sas, un temps qu'il n'osait appeler mort, pour reprendre des forces avant d'en donner à Diane. Alors, quand le bateau l'a débarqué à Boston, il a loué une automobile et longé pendant trois jours la côte vers le sud : Plymouth des pionniers puritains du *Mayflower*, Cape Cod des quakers précurseurs de l'abolition, New Bedford de *Moby Dick*. Herman Melville. Hermann. *Sigrid, où est-ce que je vais, cette fois ? Combien de temps vais-je faire des ronds dans l'eau avant de revenir vers toi ?*

Quand, au milieu de la première matinée du printemps, Jules freine sur les graviers devant la porte de la Paul Cuffee School, Diane est en train de couper des roses qui grimpent sur la façade. Elle ne reconnaît pas le type à casquette de tweed et lunettes d'aviateur dans le cabriolet Ford. Mais quand, le bras passé par-dessus la portière, le conducteur commence à taper la tôle des doigts, de la paume, du poing, d'une manière qui invite à danser, elle lâche son bouquet, fonce sur l'intrus. Derrière la vitre du salon, Liberty la regarde monter à bord, serrer Jules dans ses bras pendant qu'il remet en route et fait demi-tour en direction de la mer. Difficile de ne pas s'abandonner au charme de la baie des Busards au tournant des saisons. Les bancs de brume sur les méandres de l'Acoaxet, les derniers courants d'air de l'hiver qui voudrait bien rester encore un peu, les dunes qui commencent à fleurir, les plages au sable ridé par le vent, les oiseaux de mer et leurs petits qui apprennent à voler, les maisons de bois et le port sur pilotis de Westport Point. Et à midi, les homards du Paquachuck Inn, là où l'histoire de Julius Washington a commencé il y a cent vingt-cinq ans.

Depuis le départ de l'école, ils ne parlent de rien. De rien d'important. Quelques nouvelles de Paris, de la France, du monde, de l'école. Quand ils reposent leurs couverts, il y a un silence. Diane doit parler, maintenant. Alors elle dit tout : ses articles dans la presse, la manifestation, les flics qui tabassent les femmes, ceux qui l'enlèvent, l'assomment pendant que quelqu'un jette de l'essence par la fente à lettres du *garage* et y met le feu.

— C'était un dimanche. Georgia n'aurait pas dû être là. Seulement, parfois, elle vient téléphoner. C'est elle qui a appelé les pompiers. C'est atroce. Elle s'est retrouvée enfermée, avec le feu dans le corridor et l'escalier qui l'empêchait de sortir. On l'a retrouvée dans les décombres à côté de la porte de l'arrière-cour que je ferme à clé quand je pars. Prise au piège. Les hommes du *flophouse* ont essayé d'intervenir pour sauver leur dispensaire, mais personne ne savait qu'elle était dedans. Quand les pompiers sont arrivés, c'était trop tard. Ils ont juste pu empêcher que le feu gagne les immeubles voisins. Il ne reste rien, ni du *garage*, ni de mon amie. Je n'arrive pas à m'enlever de la tête que c'est ma faute, que j'aurais dû écouter ceux qui me disaient que cette marche de protestation était une erreur. Georgia me l'avait répété, Leslie aussi. Le pire…

Diane serre les poings, ferme les yeux.

— Le pire, c'est que Leslie était de service ce jour-là. Elle a reçu le corps de Georgia à la morgue. Tu te rends compte ? Elle ne veut plus me parler. Elle m'a dit : « Toi, la petite bourgeoise de Nouvelle-Angleterre, retourne faire ton cirque dans ta campagne. Ne te mêle plus de notre misère. » C'est injuste, mais je comprends. Je suis repartie à Dartmouth. Ma mère n'a rien dit, m'a seulement consolée sans me juger, sans me dire qu'elle avait raison de se méfier de New York. Oh, Jules, je suis une mauvaise personne ! Je n'ai pensé qu'à moi, à mes petits combats, pour me croire importante…

— C'est pas vrai. Tu le sais. On le sait tous. Tu finiras par l'admettre. En attendant, on va passer un peu de temps ici tous les deux, pour se faire du bien. Oublier un peu tout ce qui va de travers. On va faire le *Diane's mental repair* à Dartmouth. D'accord ? Bon, viens, on va ailleurs, j'ai quelque chose à te raconter.

Jules emmène Diane sur la petite route qui s'arrête à Horseneck Beach, la plage en forme d'encolure de cheval où le jeune Julius aimait venir pour regarder les navires entrer et sortir de l'estuaire avec la marée. Ils marchent sur la grève, s'assoient sur un tronc d'arbre blanc et soyeux, poli par les tempêtes.

— Alors, Jules ? J'espère que ce que tu as à dire est plus drôle.

— Grande nouvelle ! J'ai retrouvé la trace de Théodore Canot. Avec l'aide d'un journaliste américain, il a lui aussi écrit ses Mémoires. *Vingt années de la vie d'un négrier* n'a été édité qu'il y a deux ans, en anglais puis traduit en français. Quelqu'un qui me connaît est tombé dessus à Paris et me l'a offert. J'ai racheté un exemplaire pour toi. Tu verras, c'est un vrai roman d'aventures.

— Je vais le lire, mais tu dois me dire. T'as pas le droit…

— D'accord, un résumé. Si on ne croit pas que les hommes, même les pires, peuvent changer, je n'ai pas de quoi me vanter d'avoir un type pareil dans ma lignée, même s'il n'y a pas de lien du sang entre nous. Si mon père a eu connaissance de la première version de ce livre écrit dans les années 1850, je comprends qu'il ait fait un tabou de cette partie de notre histoire.

— Bon, tu racontes ?

Jules raconte. Canot est né du côté de Marengo dans la région Piémont-Savoie qui, comme l'Alsace-Lorraine avec l'Allemagne, oscille entre la France et ce qui n'est pas encore l'Italie. Mère piémontaise, père soldat de Bonaparte. A douze ans, il s'enrôle à Gênes sur un voilier de commerce américain basé à Salem. Il navigue dans toute la Caraïbe puis s'embarque à Cuba sur un navire négrier. A vingt-deux ans, il est le plus grand marchand d'esclaves de la région. Pour un seul voyage, il peut mobiliser une cargaison de mille captifs grâce aux comptoirs qu'il a établis le long de la côte africaine, alimentés par les chefs des tribus qui font les rabatteurs. Sa vie est une succession de fortunes et de déboires, de coups tordus, de captures, d'évasions, de naufrages, d'abordages, de poursuites et de bateaux saisis par les navires chasseurs de négriers. En 1839, un an avant l'arrivée de Julius, Diana, Ruth et Paul à Monrovia, il achète une terre à Cape Mount, entre Liberia et Sierra Leone, et y devient un paisible agriculteur. *Je mets au défi mes détracteurs de prouver que j'ai, après cette date, acheté un seul Nègre pour en faire un esclave*, écrit-il dans les dernières pages de son livre, qui se termine par l'incendie de sa ferme par les Anglais dix ans après son installation, et son départ définitif d'Afrique. C'est là qu'il embarque celui qui était devenu son second, Paul Washington.

— J'imagine la confiance que Julius accordait à cet aventurier pour laisser partir Paul.

— Comment Julius aurait pu lui refuser ? Paul avait vingt-quatre ans. A vingt-deux ans, Julius s'embarquait déjà pour l'Afrique avec Paul Cuffee.

— Mais Cuffee n'était pas un ex-négrier !

— Je t'ai dit, Diane, c'est le miracle de la rédemption. Julius était croyant.

— Ha ! Si tu le dis… On sait ce qu'il est devenu, ton honorable pseudo-ancêtre ?

— Une note dans l'édition de 1931 dit qu'il est mort à Paris en 1860 après avoir épousé une riche Américaine et avoir fait une carrière officielle dans la colonie française de Nouvelle-Calédonie. Tu vois, la traite des Noirs était vite pardonnée en ce temps…

Il commence à faire frais, avec la renverse des brises thermiques et la disparition du soleil dans la forêt qui couvre la colline de Westport. Jules referme la capote du cabriolet et ils rentrent à Dartmouth. Le soir, Liberty prend les mains de Jules.

— Ta maison est ici, ta sœur, c'est Diane, et moi peut-être un peu ta mère, si tu veux bien. Merci d'être revenu.

Les jours passent. Pendant que Diane et Liberty lisent chacune à son tour les terribles Mémoires du capitaine Canot, Jules a tout le temps nécessaire pour fouiller à nouveau la malle, lire les courriers, les documents, les brouillons, regarder les dessins, les photographies, tout ce qui n'a pas pu être publié. Le Liberia n'est plus une vague légende. C'est un pays sur la carte du monde, une terre avec un rivage, des rochers, un port, une ville, des fleuves et des collines, des forêts avec des cris d'oiseaux et des disputes de singes, de grands papillons et des serpents vifs, le grondement d'un orage et de grosses pluies qui font *plic-ploc* sur les feuilles, des enfants qui jouent nus dans les flaques, des machettes qui défrichent, des houes qui sarclent, les cerises rouges des caféiers, les cabosses jaunes et vertes des cacaoyers, les drupes orange des palmiers, les hibiscus, les flamboyants. Si c'était une musique, ce serait une lente danse de la pluie avec clochettes aux poignets, frappée au gourdin sur le tronc creux d'un immense fromager mort. *Tong, tong, gling.*

Diane le conduit sur la tombe de Ruth. Avec la voiture, ils visitent les villages, les criques, les bois, tous ces lieux sauvages avec leurs noms indiens. Ils prennent le bac pour les îles Elizabeth, chapelets de bancs de sable habités, couverts d'ajoncs et de prairies que les tempêtes submergent. Le territoire des Pequot, cousins des Mohicans. Ils vont à New Bedford, capitale de la chasse à la baleine au temps de la marine à voile. L'esprit de Julius Washington habite ce port. Le hangar où il vivait avec Mammaliza sur le Homer's Wharf quand il était apprenti journaliste est encore là. Ils parlent peu. Ils marchent en se tenant par le bras, ils regardent tout comme des voyageurs, ils commentent ce qu'ils voient, ce qu'ils mangent dans les petits restaurants de poissons, ce qu'ils cueillent le long des chemins, ce qu'ils achètent pour le dîner dans les fermes ou au cul des chalutiers. Ils vont aussi jusqu'à Boston rendre la voiture. Jules, qui connaît bien la ville, la lui fait visiter. Ils vont au cinéma. Pas dans un club de jazz. Jules se tient à distance de la musique, Diane pense moins à l'incendie.

Elle lui présente aussi Jeremiah, un ami indien tendu comme un arc, à la démarche d'échassier, qui l'emmène visiter l'îlot où vivaient ses parents, Chappaquiddick, tout au bout de la grande île de Martha's Vineyard, frontale à l'océan. Jules, en y écoutant le chant de l'Atlantique, entend le ressac sur son autre rive. Comment a-t-il pu vivre si longtemps en ville ? Une soudaine envie de mer, un désir insulaire. En rentrant à Dartmouth, il se lance avec les moyens du bord dans la fabrication mémorielle d'un *tiebou dieune*, le riz au poisson du

Sénégal, que Liberty, Diane et Jeremiah doivent apprendre à manger comme il convient, en faisant des boulettes avec les doigts.

Liberty lui raconte des histoires de villages, de paysans, de marins, des contes pour enfants blancs du Massachusetts, des légendes pour petits Indiens de Mashantucket. Jules lui parle de chez lui, Dakar, Gorée, la Casamance, la Petite Côte, le Sahel, les baobabs où l'on enfouit les griots morts debout dans leurs troncs filandreux, et les acacias albinos durs comme fer qui vivent à l'envers des saisons. Il lui apprend des fables africaines avec des animaux parlants et philosophes, comme chez Esope et La Fontaine. Ils ont de longues conversations littéraires. Il aime cette vieille dame, si érudite, si patiente, si fine mouche, si empathique. Elle aime les fractures qu'elle devine chez lui. Il ne sera jamais son fils perdu, Aquinnah, le frère aîné de Diane, mais…

Un soir qu'ils ont parlé des auteurs français des Lumières, elle lui fait cet étrange compliment en prenant sa main dans la sienne, douce mais sèche comme une serre d'oiseau :

— Tu sais, Jules, je t'observe, je t'écoute. Comme mon grand-père Julius, tu fais ton chemin à travers le monde où se passent toutes sortes de choses, belles et terribles, que tu observes, que tu partages avec les gens, que tu vis sans être tout à fait dedans, protégé par une sorte d'innocence qui est le contraire de la naïveté.

Elle se tait, le regarde avec des yeux mouillés que l'âge a cerclés de rose. Puis elle prend sur la table le volume des *Mémoires* dans l'édition de Harvard, le feuillette sans lire, comme pour se rapprocher du jeune homme d'autrefois qui fut la cause de tout parce qu'un jour le *New Bedford Mercury* l'a envoyé couvrir en quelques lignes le premier départ pour Liverpool de l'*Alpha*, le navire de Paul Cuffee chargé de balles de coton de Géorgie. « Ce coton est l'ambassadeur des esclaves d'Amérique auprès des abolitionnistes anglais », lui avait dit Capt'n Cuff'. Julius, ce 25 mars 1807, jour où le Parlement britannique bannissait la traite négrière, ne savait pas où cela allait le conduire.

— Julius disait que son métier de journaliste lui permettait de regarder autour de lui assis sur la branche d'un arbre, pas trop haute, juste assez pour avoir un point de vue différent, sans être hautain, jamais loin des gens. Et toi, Jules ? Tu es comme lui, mais tu ne connais pas l'arbre qui t'attend.

Jules a plutôt pensé à un jardin. Il s'est levé et a embrassé Liberty sur le front, à la limite de ses cheveux blancs.

— Liberty, vous avez lu *Candide*, de Voltaire ? Il parle de cela.

— Non. Tu me le feras connaître ?

— Promis.

A l'école, Jules ne donne ni concerts ni cours de musique pour les enfants. Quand même, il fabrique un djembé. Le premier en bois d'érable et peau de raton laveur. A la récréation, il fait chanter cette peau pour accompagner sa voix qui raconte l'Afrique aux gamins assis en rond. Liberty et Diane l'autorisent à exposer des dessins de Julius. Les Noirs sont fiers de montrer aux autres élèves que quelque part, de l'autre côté de l'océan, ils ont un si beau et si poétique pays. Jules ne les détrompe pas. Il est rare de voir un peu d'envie dans les yeux des Blancs.

Il laisse filer les heures et les jours. Diane se remet lentement de la mort de Georgia, allège le poids de sa culpabilité. Aucun signe de Leslie ou du professeur Du Bois. Elle se surprend à ne pas y penser tant que ça. New York est déjà loin. Paris aussi. Jules a des nouvelles par les journaux américains, qui suivent la course folle de l'Europe. Ils en parlent parfois tous les trois ou quand ils ont la visite de l'oncle West ou quand, de plus en plus souvent, Jeremiah leur rend visite. Jules et lui deviennent amis. Quelques savoirs indiens échangés contre des pratiques d'Afrique. Et une attention commune pour Diane. Diane n'est pas encore heureuse, elle va vers un peu d'insouciance. Jules pense que son rôle se terminera lorsque commencera celui de ce grand garçon peu disert. Un jour qu'il est seul avec Liberty, Jules lui prédit que sa fille va tomber amoureuse de Jeremiah. Liberty sourit d'un air qui dit « Tu crois qu'une vieille comme moi ne voit rien ? ».

Fin mai, Jules les voit tous les deux main dans la main sur le chemin. Il s'éclipse, retourne à la maison, s'installe avec un livre dans le rocking-chair duquel Liberty surveille habituellement la récréation. Il ne lit pas. Il pense que l'heure du retour a sonné. Diane est sortie du trou noir. Elle a mieux qu'un cousin pour continuer. Et pour lui-même, trois mois à Dartmouth l'ont aidé à se décider : il ne restera pas à Paris. Tant pis pour les nuits dans les caves enfumées, il en a épuisé le charme ; tant pis pour les querelles des artistes à la Closerie, elles l'amusaient, elles le fatigueront ; tant pis pour la place des Abbesses et le Pigeon-Vert, le romantisme du zinc des comptoirs et des toits a disparu à coups de canne ferrée. Il ne repassera pas par New York, Barney est en tournée en Californie.

Il va annoncer la nouvelle à Liberty quand Diane revient de sa promenade amoureuse, la mine contrariée, seule. Elle passe vite sans le voir, entre dans la cuisine, où se trouve sa mère. Jules n'entend pas tout de leur conversation, seulement des bribes de ce que dit Diane, dont le ton fâché est plus sonore que les réponses de sa mère : « … la ferme des fantômes… », « Qu'est-ce que tu caches ? »… Suit une phrase de Liberty, inaudible. Avant d'être découvert dans une situation gênante, Jules se lève et s'éloigne, perplexe.

Le soir, au dîner, comme si rien ne s'était passé, les conversations passent du prix de la coquille Saint-Jacques, du bois qui va manquer pour finir la saison, au remplacement du bus scolaire devenu vieux, lui aussi. Rien sur les fantômes, ni sur un ancien mystère. Liberty est enjouée, Diane un peu plus retenue, jusqu'à l'arrivée de Jeremiah, qu'elle embrasse. Au moins un secret d'éventé. Diane a officiellement un amoureux. Elle sourit à Jules. Jules lui rend son sourire en pensant que dans ce pays où des lois raciales définissent le nègre par « une seule goutte de sang noir », leurs enfants seront un drôle de cocktail, trois volumes de rouge, un volume de noir, avec, peut-être, ce nez d'aigle que Diane aime tant.

Le jour du départ, devant l'école, Jeremiah fait une photo. Liberty au milieu, Diane et Jules de part et d'autre. Puis, chacun en fait une à son tour pour que tout le monde y soit. « On te les envoie, promis ! » Embrassades, larmes, embrassades. Dans le bus pour Providence, Jules se dit que son jardin à cultiver pourrait bien être à Westport Point, face à l'estuaire de l'Acoaxet et au grand large. Trop tôt. Il a d'autres plans et encore quelques économies à dépenser pour la phase suivante.

Le soir, Diane a dit à Jeremiah : « Je dois parler de quelque chose avec ma mère. Tu viens demain ? » Quand mère et fille sont seules à la table de la cuisine :

— Maman, tu m'as dit que tu me donnerais les explications quand Jules serait parti.

Liberty fouille dans son tablier, sort un petit objet, enfermé dans son poing.

— Quand Granma Ruth a quitté Monrovia avec ton oncle West et moi, elle avait ses bagages, la grande malle de Julius, et encore autre chose. Ceci.

Liberty ouvre la main. Sur sa paume, une petite bourse de cuir comme on en donne aux enfants pour leurs *cents* d'argent de poche.

— Tu te souviens de la lettre de Julius que Granma Ruth nous a lue ? Il y avait un post-scriptum : « Garde précieusement cachée cette petite bourse de peau de chèvre. Porte-la comme les talismans que les Africains attachent à la taille des enfants. Ne l'ouvre surtout pas ici ! Seulement en Amérique, où je sais bien que tu vas retourner. Ici, ce serait une malédiction, là-bas, elle te sera un porte-bonheur. »

— C'est quoi ?

— Tu vas voir. Granma Ruth ne l'a ouverte qu'en arrivant ici. Regarde.

Liberty desserre le cordon, retourne la bourse. Sur la nappe tombe un petit caillou opaline, gros comme une fève. Elle fait signe à Diane de le prendre.

— C'est quoi ?

— Un diamant brut. Il vient du Liberia. Donné à Ruth par son père Julius.

— C'est pas vrai ! Qu'est-ce que tu racontes ?

— Il est brut, pas encore taillé, pas joli-joli, mais il vaut très, très cher. Il y en avait plusieurs dans cette bourse.

— Mais, comment il a eu…

— C'est Théodore Canot.

— Lui ?

— En remontant la rivière dans l'embouchure de laquelle il avait installé sa ferme, Canot avait trouvé et reconnu ces pierres parmi les graviers du fond. Il les a fait expertiser discrètement en Europe. C'était bien des diamants parmi ces millions d'autres cailloux roulés par les eaux, négligés par les indigènes. Avec Paul, il en avait fait une bonne réserve. Il en a offert vingt à Julius. Joli cadeau d'adieu, non ?

— C'est fou ! Il y avait vingt diamants comme celui-là dans la bourse ?!

— Oui. Gros comme celui-là. De belle qualité bijoutière et de grande valeur.

— Pourquoi Julius n'est pas retourné en chercher d'autres ? Il aurait fait fortune !

— Non, ma fille, Julius ne voulait rien pour lui, et surtout pas que cela se sache. C'est pourquoi, dans la version finale de ses Mémoires, il avait supprimé toute allusion aux diamants de Canot.

Diane regarde la pierre en transparence dans la lampe.

— Sacré sens moral, ce Julius…

— C'était à ses yeux une sorte d'assurance-vie pour Ruth. Après son arrivée ici, elle a vendu les cinq premiers. Discrètement, par son notaire. Avec l'argent, beaucoup d'argent, elle a racheté et remis en état cette école où nous vivons et enseignons à tous les enfants, comme Paul Cuffee le voulait. Elle a fait construire la maison. Elle a pu nous éduquer, acheter le premier bus, assurer les fins de mois. Ella a aussi acheté la ferme d'Upper Westport. Celle des fantômes. Tu connais la fin de l'histoire.

— C'est le dernier diamant qui reste ?

— Non. Quand Granma est morte, il en restait dix pour Weston et moi. Cinq chacun. Weston a acheté un bateau, un hangar et ses premières cargaisons. J'ai utilisé deux des miens pour continuer à entretenir l'école, réparer, acheter le nouveau bus. Heureusement, pour les salaires, nous touchons des subsides des communautés du comté.

— Je crois que je commence à comprendre. La ferme aux fantômes…

— N'a jamais été vendue.

— Et mon dispensaire…

— A coûté une pierre.

Diane se lève, va serrer sa mère dans ses bras. Puis une bouteille de vin de Virginie est débouchée pour un toast posthume à Julius, bon génie. Et aussi à Théodore Canot, puisque ce n'était pas de l'argent de la traite.

— Dis, maman, pourquoi tu ne voulais pas en parler devant Jules ?

— Il va un jour aller au Liberia. Je ne veux pas qu'il pense qu'il suffit de se baisser.

— Il n'est pas comme ça !

— Je sais bien. Mais je sais aussi que l'idée de la fortune en a rendu fou plus d'un. Un secret est difficile à garder. Il pourrait être mis en danger. Je ne le voulais pas. Cela doit rester entre nous. Si tu veux réparer la ferme aux fantômes pour y habiter, élever des moutons, cultiver du maïs, rouvrir un dispensaire de campagne, ou tout à la fois, c'est possible. Je ne veux plus te savoir à New York. C'est ma condition. La seule.

5

A la Closerie des Lilas, l'ambiance n'est plus la même. La fête a le sourire en biais. Depuis le début de 1933, les autodafés visant les ouvrages d'écrivains juifs, marxistes ou simplement d'« esprit non allemand » ont fait tomber un nouveau masque du nazisme. De plus en plus d'artistes allemands, juifs ou pas, marxistes ou pas, soumis à la censure, aux pressions, aux brimades, aux brutalités des milices et des groupes d'étudiants activistes, commencent à migrer vers la France, la Suisse, les Etats-Unis. Au bar favori des artistes, les témoignages remplacent les rumeurs, la réalité les fantasmes.

A peine rentré de Dartmouth, où il avait pu trouver l'apaisement, Jules trouve tout cela trop déprimant. Il préfère la fréquentation des clients du Pigeon-Vert, pour qui les courses de chevaux ont plus d'importance et qui, lorsqu'ils parlent de politique, ne le prennent jamais à partie dans leurs débats animés. On le laisse en paix, particulièrement quand il déjeune, comme aujourd'hui avec la vedette et qu'ils ont tous deux l'air grave.

— Mon chéri, tu as l'air bien abattu.

— Je pense à ce qui se passe en Allemagne.

— Ça fait peur. Moi, je ne sais pas quoi faire. Que doit faire un artiste ? Fuir et rester libre ? Rester en supportant la censure ? Risquer la prison. Ou pire. Quelle horreur !

— Ce que je sais, Joséphine, c'est que je ne retournerai pas dans les tranchées en face des boches. Et toi ? Si tout va mal, tu repars aux Etats-Unis ?

— Pas sûr. Tu sais, je me sens tellement française, maintenant.

— Tu veux dire… devenir française ? Demander la nationalité ?

— Des fois, j'y pense. Je dois tout à la France. Si je peux lui rendre quelque chose…

Surprenante Joséphine. Se serait-elle trouvé une cause autre que l'insouciance et la folle liberté de son corps né pour la danse ? Après ce déjeuner rapide et morose, Jules est remonté seul dans sa soupente – « Je suis trop triste pour l'amour, mon chéri ! » Il s'allonge sur son lit. En face, sur le mur, l'aquarelle de Julius : la maison de Monrovia, sur le rocher face à l'océan, où Liberty se souvient de s'être balancée, enfant, sur un rocking-chair. Mamba Point. Joli nom. Il se rappelle un passage de son livre. Julius Washington y expliquait pourquoi il voulait tenter l'aventure au Liberia, quitter l'Amérique, où il sentait que la guerre civile allait un jour éclater. Il écrivait : *J'ai envie d'un pays neuf, où tout peut encore arriver, et pas seulement le pire.* Alors Jules se dit que, puisqu'il a commencé en Amérique ce long pèlerinage sur la piste de ses origines, pourquoi ne pas continuer là-bas ? Un jour. Après Dartmouth, il a encore des choses à faire. Et son île de Gorée lui manque depuis qu'il a revu l'océan à Martha's Vineyard.

Bientôt, un autre départ. Une autre lettre à Sigrid ? Sur la commode, la boîte en fer-blanc des Biscuits Lefèvre-Utile de Nantes, avec toutes les lettres à *Sigrid Zacher, Bitschwiller-lès-Thann, Haut-Rhin.* A-t-elle une nouvelle adresse ? Un nouveau nom avec un nouveau mari ? Ou, avec de nouveaux amants, repris son nom de jeune fille, qu'il n'a jamais connu ? De quel droit aurait-il envoyé ces lettres ? Pourquoi aurait-il dérangé une vie toute neuve avec de vieux souvenirs, un amour peut-être sans retour qui s'acharne et ne veut pas mourir ? Il ne les a jamais relues, de peur de les brûler. Bout à bout, elles racontent sa vie en pointillés, de rupture en rupture, ses sauts dans l'inconnu, ses passages d'un monde à l'autre, où il la priait de ne pas lui lâcher la main.

A côté de la boîte, il y a un courrier de Graham Greene : *Je suis à Paris jusqu'en août pour travailler avec la traductrice de mon dernier roman,* Stambul Train, *et je vais rester en France quelque temps. On se voit, j'espère ?*

Septembre est encore chaud. Jules aurait préféré y aller en hiver. Il aurait pu cacher sa peau noire sous une écharpe, un chapeau et des gants, s'approcher sans être reconnu. Depuis juin qu'il a ourdi ce complot, il s'est contenté de laisser pousser sa barbe, qui masque son visage à défaut de sa couleur. Le subterfuge a fait rire Graham Greene quand il lui a expliqué la mission qu'il lui proposait :

« Puisque tu es revenu en France et que ton rêve est de voyager, je vais te faire voir du pays ! Pas trop loin, mais c'est un début. On trouve une voiture et on va cap à l'est.

— Tu veux me faire voir les tranchées ? La ligne Maginot ? Je n'ai guère de goût…

— Non, pas du tout. On va faire un peu d'espionnage.

— Ah, ça me va. J'ai toujours rêvé d'être agent secret.

— Pas besoin de revolver, cette fois.

— Je ne me sépare jamais de mon 38 Enfield. J'ai un permis.

— Je ne rachèterai pas un imper.

— D'accord. C'est quoi, cette mission secrète ? »

Ainsi, ils se retrouvent dans une berline C4 noire avec toit jaune rachetée à la Société des taxis Citroën. Graham aurait préféré un coupé sport, mais Jules veut faire durer ses économies. Ils mettent deux jours pour rallier l'Alsace. En route, Jules a tout le temps de lui raconter trois choses essentielles pour cette mission : son histoire de guerre, son aventure amoureuse, son passé d'agent de renseignement. Il réduit la première au minimum, dit juste ce qu'il faut savoir de la seconde, enjolive un peu la troisième.

Ils arrivent à Bitschwiller-lès-Thann par le même chemin qu'en 1918, la route Joffre. Il fait beau. Tous les feuillus ont rougi, jauni, bruni, les résineux sont vert foncé. Aucune cheminée ne fume encore sur les toits mais les tas de bois grossissent devant les maisons. *Mbëng-mbëng*. Jules a du mal à respirer. Rien n'a changé, sauf la neige, qui n'est pas encore là. Les maisons détruites ont été reconstruites, dans le quartier des usines il y a des bâtiments et des logements ouvriers neufs, bien alignés. Arrivés au col du Hundsruck, Jules prend le volant. Les derniers virages, le village, la place, la maison Zacher. *Dundumba, dundumba*. Son cœur va s'arrêter. Les volets ont changé de couleur, le petit jardin est plus fourni. Jules va se garer sous les arbres, près de la fontaine d'où on lui avait tiré dessus.

— Graham, à toi de jouer !

Jules regarde son ami partir vers la maison, se pencher sur la boîte à lettres, se tourner vers lui et faire un signe, « Non ». Plus de Zacher. Il pousse la grille, monte les trois marches du perron, frappe. Un homme ouvre. Palabres. Graham sort un carnet et un crayon, note quelque chose, remercie, revient à la voiture.

— Mon vieux, ta fiancée a vendu la maison en 1919, peu après ton départ. Le type m'a dit qu'il n'avait jamais vu la propriétaire. Tout s'est passé avec une agence de Strasbourg. Mullberg ou Mullborg, un nom comme ça. C'est là, à Strasbourg, qu'elle vit, m'a dit le bonhomme. Quartier… attends… il m'a dit… quartier des poissons. Enfin ça a à voir avec les poissons. *Gosh*, ils ont un drôle d'accent, ici. J'ai à peine compris.

Ils arrivent le soir à Strasbourg. Graham trouve que c'est très beau. « *Very German* », mais très beau. Ils dînent dans un bistrot près de la cathédrale. La cuisine est « *very cabbage*, très chou, on dit en français ? ». Mais très bon. Jules demande le Bottin et un plan. Le père de Sigrid était notaire. Encore maintenant ? Il va à la pêche dans les pages *M*… Voilà ! Peter Müllbach et Antoine Strasser, notaires associés, 44, rue de l'Ancien-Marché-aux-Poissons. Il trouve aussi une auberge, La Licorne, place des Tripiers, presque à côté de l'office notarial.

Dans sa chambre, Jules fait comme il aime. Il se met à la fenêtre et écoute la ville. Les sonorités, le parler et l'accent des Alsaciens, les odeurs de cuisine qui montent du restaurant de l'auberge, la froide transparence du ciel nocturne, il revient quinze ans en arrière. *Quinze ans !* Il n'a fait que penser à elle. La boîte des petits-beurre *LU* est dans la valise sur le lit. Aurait-il posté ces lettres s'il avait été certain de l'atteindre sans la compromettre ? Aurait-il écrit ce qu'il a écrit ? Parle-t-on d'un nouvel amour à une femme qu'on dit aimer encore ? Lui dit-on pendant quinze ans qu'on l'aime toujours sans courir dans ses bras dès qu'on en a l'occasion ? Il a été en tournée en Europe pendant des années, a traversé l'Alsace de retour de Berlin ou de Vienne ; il est établi à Paris depuis trois ans ; il a de l'argent et du temps libre. Il n'a jamais tenté le retour à Bitschwiller. Pourquoi maintenant ? A Dartmouth, il a eu la révélation de l'urgence qu'il y a à montrer à ceux qu'on aime qu'on les aime. Et aussi parce que la montée d'un nationalisme haineux, revanchard et impérialiste allemand peut conduire à une nouvelle guerre et que la *very german* Alsace sera une proie de choix.

Le lendemain matin, Graham part en mission. De la fenêtre, Jules observe la rue. On ne sait jamais. La reconnaîtrait-il ? Elle n'aura plus ni sa coiffe ni sa robe rouge. Et quarante-cinq ans. Seule ? Une demi-heure plus tard, Graham revient.

— Bon, il n'y avait que le clerc. Peter Müllbach n'exerce plus, il a soixante-quinze ans. Il vit dans l'appartement du dessus. Antoine Strasser était sorti. D'après ce que j'ai compris – le clerc a un putain d'accent – Strasser est non seulement l'associé mais aussi le gendre de Müllbach.

— Son gendre ?

— Oui. Son nom de jeune fille, c'est Sigrid Müllbach, pas Zacher. Son second nom d'épouse doit être Strasser. Pas Canot. Si tu voulais l'épouser…

— Non… En fait, j'en sais rien. Bon, mais ça ne se pose plus. J'avais bien l'idée qu'elle aurait un autre homme après moi…

— Ah bon, rassure-moi, tu ne te crois pas irremplaçable ?

— Je voulais dire… un mariage… c'est quelque chose de très concret, pas une idée.

— Très concret, en effet. Si tu veux que je le tue, ça va être plus cher, mon ami.

— Tais-toi et arrête de tirer sur les gens quand tu es avec moi.

— Et pourtant, je sais où ils habitent ! Tous deux à la même adresse, logique.

— Comment ça ? Comment t'as fait ?

— Le vieux truc qui consiste à dire le faux pour avoir le vrai. « Ah, place des Tripiers ? — Non, monsieur, rue du Vieil-Hôpital. — Ah, bien sûr, où avais-je la tête ! » Le clerc est un peu… comment vous dites ? Niais ? Et moi très rusé. Maintenant on va chercher dans l'annuaire…

A la réception, ils reprennent le Bottin. Il y a un Antoine Strasser dans la rue en question. Au numéro 7.

Rue du Vieil-Hôpital, ils trouvent un endroit pour se garer et surveiller la maison. Un recoin dans l'étroite rue des Tailleurs-de-Pierre. Jules tient un journal devant lui, prêt à se dissimuler derrière. Cela fait rire Graham.

— T'as l'air d'un espion qui veut être sûr que tout le monde voie qu'il est bien un espion…

Jules hausse les épaules. Au bout d'une heure, les riverains commencent à trouver bizarre la présence de ces deux types dans la voiture. Ici, on n'est pas à Paris, on fait attention aux étrangers. Surtout noirs.

— Si on reste, ils vont appeler les flics. On change de stratégie. Attends-moi. Je vais voir si on peut trouver un meublé avec vue sur l'endroit.

Jules reste dans la voiture, les yeux rivés sur le petit immeuble à colombages.

Quand l'Anglais revient et s'assied à la place du conducteur, il se tourne vers Jules.

— *My God !* Je n'avais jamais vu un Noir pâle. T'as vu le diable ? Tu vas pas tomber dans les pommes ?

Tous les tambours de Gorée sont là. Les *mbëng-mbëng* aigus, les *dundumba* graves, les cloches des vaches et l'enclume du forgeron de Bitschwiller. Acouphènes à hauteur d'un orchestre symphonique. Jules n'entend pas son ami. Alors, Graham démarre et roule jusqu'à un coin tranquille.

— Bon, maintenant, tu vas me dire ce que tu as vu. Ta Sigrid ?

Jules se tourne vers Graham et, la voix cassée :

— Oui, j'ai vu Sigrid.

— Et alors ? Toujours aussi belle ? C'est ça ? T'es encore tombé raide amoureux ?

— C'est vrai qu'elle est belle. L'âge lui va bien. C'est pas ça.

— C'est quoi ?

— Il y avait son mari.

— Bon, ça, on savait. Ils t'ont vu ?

— Non, c'est pas ça.

— Tu vas parler ou je sors mon pétard ?!

— Il y avait un jeune garçon. Un adolescent.

— Ils ont eu un enfant. Bon, et alors ?

— Elle m'avait dit qu'elle ne pouvait pas avoir d'enfants.

— C'était donc à cause de son premier mari. Pas sa faute à elle.

— C'est pas ça.

— Bon, alors dis-moi, qu'est-ce qui se passe ?

— C'est un Noir. Un Noir clair. Métis, quoi.

— Attends… Non, ne me dis pas que…

— Ben oui, c'est ça. Le seul Nègre d'Alsace, c'est moi.

— On se tire. Le courage est de fuir.

Ils ont fui. La Citroën a tenu. L'Anglais l'a prise en affection, a fini par trouver très chic de rouler dans un vieux taxi parisien. Il a conduit presque tout le temps, laissant Jules à ses pensées. Il imagine le jour où elle a découvert sa grossesse, sa joie d'avoir un enfant alors qu'elle se croyait stérile, sa peur d'être la putain du village, le courage de l'aveu, l'effort pour faire accepter l'enfant. Et aussi l'amour de cet homme qui l'a épousée, qui a adopté ce garçon dont personne ne pouvait penser qu'il en était le père.

Pendant que Jules se disait aussi qu'il avait bien fait de ne pas avoir envoyé ses lettres à Sigrid, qu'il avait eu la chance de ne pas avoir été vu à Strasbourg, Graham, en conduisant, élaborait ses propres plans pour la suite. A Bordeaux, ils se sont dit au revoir. Graham a lâché, cédant à la pratique latine de l'accolade :

« Ton histoire de Liberia, j'ai réfléchi, ça m'intéresse. Elle est terriblement plus romanesque que les collines anglaises. Peut-être ferons-nous un autre voyage. »

La dernière nuit qu'ils avaient passée ensemble, Joséphine lui avait dit quelque chose comme « Ne perdons jamais le contact… Tu verras, je ne suis pas qu'une écervelée à bananes »… Joséphine et Graham vont lui manquer, comme lui manquent Diane et Barney.

Au premier jour de l'automne, Jules navigue vers l'éternel été. Le *Zéphyr* longe sans la voir la côte du Portugal. Bientôt l'Afrique. Il en sent déjà l'odeur. Comment va-t-il retrouver sa maison de Gorée, son refuge, après quinze ans ? Il espère que Souleymane, le gardien, en a pris soin et qu'elle sera encore habitable. Il ira peut-être aussi rendre visite à ses sœurs, avec qui il faudrait songer un jour à se réconcilier. Il s'imagine leur raconter qu'elles ont une grand-tante et une arrière-cousine germaine en Amérique. Elles trouveront cela sûrement très chic – pourvu qu'elles n'aient quand même pas l'idée d'y aller ! –, ce sera une nouvelle histoire à raconter dans les salons.

Il aime le silence d'une cabine, ce calme peuplé de bruits amortis. Les machines, dont on ne sait si leur son est grave, à la limite des capacités de l'oreille, ou seulement une vibration dans le corps. Et la mer, atténuée par les couches d'acier, tape parfois sourdement. Il y a aussi la coursive, avec ses conversations qui s'approchent, passent devant sa porte et s'éloignent, comme ces Sahéliens qui se croisent sur un chemin et qui, sans interrompre leur marche, échangent des salutations et des nouvelles de la famille dès qu'ils sont à portée de voix et ne cessent que lorsqu'ils sont trop loin pour s'entendre.

Sa petite machine à écrire toute neuve donne le rythme à sa prose. Les poètes surréalistes n'y ont pas pensé. Ecrire crée aussi du rythme. *Tap, tatata, tap, tata, ding !*

Jules s'est installé dans sa maison retrouvée de Gorée, choyée par Souleymane ; Graham est depuis une semaine à la Licorne, place des Tripiers, le même hôtel qu'avec Jules. A Strasbourg, cet hiver 1933-1934, il gèle à pierre fendre. Pendant les trois mois qu'il a passés à Paris à travailler avec sa traductrice, il a eu tout le temps nécessaire pour faire tirer les photos. En format papier à lettres, l'écriture de Jules est un peu floue dans les coins et aux pliures mais parfaitement lisible.

En revanche, avant le départ de Jules, il avait eu peu de temps pour opérer. Sur la route de Bordeaux, ils se sont arrêtés plusieurs fois. C'est enfin à l'escale d'Angoulême qu'il a pu tenir Jules éloigné assez longtemps pour sortir les sept lettres de la boîte *LU*, les mettre à plat dans la lumière, les photographier, les remettre dans la valise. Depuis longtemps, cette petite boîte le rendait curieux. Le lendemain matin de l'expédition au Jardin des Grands Explorateurs, quand il était parti avant que Jules se réveille, il l'avait vue pour la première fois sur la commode. Il avait cherché un papier et un crayon pour lui laisser un mot. Il l'avait ouverte et vu les enveloppes tournées côté pile. Sans y toucher, sans voir ni le nom ni l'adresse, il avait pensé que cela venait d'une amoureuse secrète. Puis il l'a revue dans les bagages de Jules, dans la chambre qu'ils avaient partagée à Reims, étape sur la route d'Alsace. Cette fois, il a retourné la première enveloppe. *Sigrid Zacher.* Jules venait de lui raconter l'histoire de Bitschwiller et le but du voyage qu'ils entreprenaient. Facile à comprendre. Des courriers *pour* une amoureuse. Pourquoi ne les a-t-il pas envoyés ? La raison est devenue évidente après la scène de la rue des Tailleurs-de-Pierre. Là, il a décidé de se mêler de la vie plus tout à fait secrète de son ami.

De retour à Strasbourg avec l'increvable coucou jaune et noir, il a laissé passer les fêtes de fin d'année, le temps de se familiariser avec la ville, visiter son très exotique marché de Noël, faire des repérages. Il a trouvé un petit café rue du Vieil-Hôpital, où il a passé des heures à observer les allées et venues devant le numéro 7, à boire du vin chaud à la cannelle, à réfléchir à son prochain roman. Pas tout à fait un roman, plutôt un récit de voyage. Mais ceci est une autre histoire. Son objectif présent est de repérer les moments où il pourrait avoir une chance d'aborder Mme Strasser, seul à seul, sans causer plus de trouble que nécessaire. Il l'a reconnue. Une femme blonde d'environ quarante-cinq ans avec un grand gaillard café noisette. Plutôt jolie, la maman. Un mélange rare d'énergie et d'évanescence. Manteau et toque de fourrure, gants, bottines. Chic. Le garçon, démarche un peu raide dans le corps encore un peu encombrant d'un adolescent. Ressemble-t-il à Jules ? *Yes, of course.*

Le 2 janvier, premier jour après les fêtes, le fils et le mari passent ensemble devant la vitrine du bar où Graham est en poste. Au coin de la rue, ils se séparent avec un petit salut. Chacun part avec son cartable, l'un pour le lycée, l'autre pour l'étude notariale. Sigrid est seule chez elle. Vers dix heures, elle sort. Elle va passer devant la cachette de l'espion, qui se lève, s'approche d'elle, s'incline un peu ridiculement.

— Madame… vous êtes Sigrid Strasser ? Pardon de vous déranger…

Un peu interloquée par cet abordage, elle regarde ce trentenaire élégant au curieux accent qui lui rappelle quelque chose.

— Monsieur… Qui êtes-vous ?

— Je m'appelle Greene. Graham Greene.

— Vous dites ?

— Graham Greene. Je suis anglais. Pardonnez mon français.

— Graham Greene ? Graham Greene… l'écrivain ? L'auteur de *Stambul Train* ?

— Oui, madame.

— Oh, eh bien… Et que me vaut l'honneur ?

— Pouvons-nous marcher ensemble ?

Graham ne voyait pas les choses si simples. Une lectrice ! Facile entrée en matière.

— J'allais justement à la bibliothèque municipale.

— Vous lisez l'anglais ? *Stambul Train* n'est pas encore édité en français.

— Je m'y exerce depuis la fin de la guerre. J'ai donc pu comprendre ce que vous écrivez. *The Man Within*, aussi. Mais ce n'est pas pour me faire une dédicace que…

— Non. Voilà. Hum… Je suis l'ami d'un garçon que vous avez connu. Un soldat. Jules Canot.

Sigrid s'arrête de marcher, de parler, de respirer, elle arrête tout sauf de trembler en regardant Graham. Il reste immobile et lui sourit en penchant la tête sur le côté, l'air d'un gentil chien qui veut se faire adopter. Elle retrouve un peu de voix :

— Vous dites… Jules Canot… du Sénégal ?

— Oui, madame. Le *drummer* du Sénégal.

— C'est incroyable ! Enfin… que me voulez-vous ? Que me veut-il ?

Graham lève la main, paume en avant, comme un autre signe de non-agression.

— Rien, madame. Jules ne sait rien de ma visite. Il ne veut que du bien pour vous. Il ne vous a jamais oubliée. Il n'a jamais voulu… comment on dit… interviendre dans votre vie. Pouvez-vous écouter quelques minutes ?

Ils reprennent leur marche, lentement. Graham raconte tout, en mélangeant les deux langues quand cela devient difficile. Elle l'écoute en tentant de maîtriser les émotions qui la traversent et que trahit la vapeur qui sort de ses lèvres. Puis elle articule :

— Vous attendez de moi quelque chose, monsieur Greene ?

— Non. Ni moi ni Jules ne demandons rien du tout. Encore deux choses. Si vous permettez. La première : j'ai écrit pour vous des adresses, si vous avez besoin de quitter la France. Angleterre, Amérique, *anywhere*. Je peux aider, sans le dire à Jules. Il a du souci depuis qu'il a vu votre enfant. Son enfant, n'est-ce pas ?

— Bien sûr, de qui voulez-vous…

— Pardon, c'était maladroit.

— Cela ne fait rien… La seconde chose ?

— Il vous a écrit. J'ai là des copies de ses lettres pour vous. Il ne sait pas que je l'ai fait. Cela n'est pas très *fair play* de ma part, mais il dit qu'il voulait vous les envoyer… discrètement… vous comprenez. Il disait que la vie doit continuer pour vous, après qu'il s'en allait de votre maison et… la mort de votre mari, dans le village.

— Comment cela ? Il était au courant ?

— Il a compris, après. Il admire votre courage.

— Mon Dieu…

— J'ai les photos des lettres. Je peux les détruire. Ou je vous les donne. Comme vous voudrez. Il n'attend pas de réponse. Il ne sait pas…

Sigrid ralentit, s'arrête de marcher. Elle hésite. Elle ferme les yeux, comme avant de jouer sa vie à pile ou face.

— Vous les avez lues ?

— Elles sont très belles. *He loves you.*

Sigrid ne dit rien, tend sa main gantée, prend l'enveloppe, l'enfouit dans son sac.

— Merci infiniment, monsieur Greene. Je suis très sensible à votre délicatesse. A celle de Jules aussi, ce qui ne m'étonne pas de sa part. Ne lui dites rien de notre entrevue. S'il vous plaît. N'en parlez à personne. Merci infiniment pour les adresses. Il m'arrive aussi parfois de penser que nous pourrions avoir besoin de partir. Pour Julian – c'est le nom de mon garçon – et pour d'autres raisons. Il est des choses que je ne veux pas revivre.

— Promis.

— Maintenant, monsieur Greene, je vous laisse disparaître comme vous êtes venu. J'aurais aimé parler de littérature avec vous, tant pis. Une autre fois, peut-être. La vie est si surprenante. Je vous lirai autrement, désormais.

Sigrid reprend sa marche. Graham la suit des yeux dans l'ombre de la rue, de plus en plus étroite, où les maisons semblent vouloir se rejoindre par les toits. Un peu plus loin, juste avant de disparaître sous une galerie soutenue par un chevêtre de grosses poutres, elle s'arrête. Il la voit sortir un mouchoir de son sac.

Barbara et Graham Greene

1

Le *David Livingstone* ! Dans aucun de ses six romans déjà publiés Graham Greene n'aurait osé baptiser ainsi le cargo mixte qui l'emmène à sa propre exploration de l'Afrique. C'est pourtant bien le nom du caboteur qui le dépose avec sa cousine Barbara sur le quai des ferries du port de Dakar, ce jeudi 10 janvier 1935. Aussitôt passées les festivités du Nouvel An, ils ont quitté Londres, boueuse de neige fondante, ont fait escale à Calais, Brest, La Rochelle, Bordeaux, et ainsi de suite en sauts de puce de plus en plus ensoleillés jusqu'au Sénégal. De son île, Jules voit entrer le navire dans la baie, saute dans la première chaloupe pour le continent et, le temps que le cargo s'amarre, il est au pied de la coupée à attendre son ami de la Closerie des Lilas.

Jamais, au cours des deux ans qui ont suivi son embarquement sur le *Zéphir*, Jules n'a été tenté de revenir en France. Les journaux qui arrivent à Dakar chaque semaine n'incitent guère à la nostalgie de la mère patrie. Crise politique, crise morale, crise sociale, crise économique. *La France industrieuse subit moins la dépression que l'Amérique boursicoteuse !* clament les politiciens pour rassurer le populo. Cela fait sourire Jules. Il se souvient des gangsters italiens de New York. Pas plus que les grandes familles de l'industrie française ils n'avaient mis leur argent dans des actions spéculatives. Mais, finalement, à quoi bon tant de prudence ? Plus personne ne boit de champagne dans les escarpins des filles dans les boîtes de New York, plus personne n'achète le cristal de Baccarat.

Dans les dîners en ville, la bonne société dakaroise ne s'émeut guère des deux cents pour cent de dette publique et des deux millions de chômeurs de la mère patrie, de la vertigineuse déflation, des manifestations qui tournent, là-bas, en émeutes de la faim, certainement exagérées par la presse. L'Afrique-Occidentale française se réjouit que Hitler se charge de tenir les communistes à leur place. Jules n'a que des échos étouffés des conversations coloniales. Pour l'ancien poilu de 14-18, la politique française est à l'image de la stratégie des généraux de la Grande Guerre. En route vers le chaos. Jules en était là de ses réflexions quand une lettre de l'homme qui tire au revolver à travers son Burberry cst arrivée au minuscule bureau des Postes, Télégraphes & Téléphones de Gorée.

Mon très cher Jules,

Le monde me fatigue, je ne supporte plus l'Angleterre, j'en ai assez de la France et je suis lassé de moi au point que la roulette russe ne m'amuse plus. Un déprimé qui trouve trop déprimant de se suicider, tu vois à quel point j'en suis arrivé ! Alors, parmi ces joyeuses pensées, je me suis rappelé le Jardin des Grands Explorateurs ! Son nom m'est revenu comme un signe du destin. J'y étais ce soir-là avec toi, mon ami africain. J'ai donc décidé que mon jardin d'exploration serait l'Afrique. Avec toi.

Tu m'avais parlé du Liberia. Tu avais éveillé ma curiosité. Je t'avais dit que peut-être un jour… Eh bien, je me suis renseigné. Ce pays est exactement ce qu'il me faut. Un grand espace vierge sur le papier. La seule carte que j'ai pu dégoter est américaine. On n'y trouve que les parties frontalières avec à l'ouest la Sierra Leone anglaise, la Guinée au nord et la Côte-d'Ivoire à l'est, toutes deux françaises, et, au sud, une étroite bande colonisée le long du rivage atlantique. Sais-tu ce qui est écrit dans le vide qui occupe les trois quarts de l'espace central ? CANNIBALES ! N'est-ce pas magnifique ? Rassure-toi, mon envie d'y aller n'est pas une autre forme de jeu de la mort et du hasard « mangé-pas mangé ? ». Je me suis informé auprès des bonnes sources d'Oxford : personne au monde, à part sur le radeau de la Méduse, ne dévore un autre humain pour se nourrir, comme un bon steak. Le voyageur n'est pas un gibier. Il s'agit de pratiques rituelles religieuses à usage interne. Ce grand vide cartographique m'attire. C'est vertigineux et irrésistible comme la page blanche pour un écrivain.

Je prépare mon départ depuis plusieurs semaines et tout est réglé. Je viendrai te prendre au Sénégal en janvier avec un bateau de la Liverpool-Africa Line. Tu seras mon invité. J'insiste. Les précisions te seront envoyées par télégramme. Si tu es partant, bien entendu. Ce dont je ne doute pas. A très bientôt à l'escale de Dakar, soit pour que tu embarques, soit pour te faire honte de ne pas le faire.

Ton ami Graham

PS : J'entraîne aussi dans l'aventure une de mes cousines, Barbara.

C'est ainsi que, vingt-trois mois après son retour en terre d'Afrique pour une sorte de retraite anticipée, Jules s'est retrouvé poussé au bord d'un néant cartographique par un fou notoire. Si Julius Washington ne l'y attendait pas, il n'aurait jamais sauté.

Jules reconnaît sans peine les deux voyageurs dans leurs tenues de brousse imaginées par un tailleur romantique de Saville Row. Graham a l'air à la fois plus juvénile et plus mature qu'à Paris. Barbara est une jeune et jolie femme comme la génération des féministes suffragettes en produit dans la grande bourgeoisie. Poignée de main ferme, regard droit, coupe garçonne, ni bijou ni maquillage. Est-elle, pour Graham, une histoire d'amour interdit exportée sous les tropiques, où, comme l'on sait, le sens moral du Blanc diminue avec la latitude ? Le départ n'est prévu que pour le lendemain soir. Jules les invite pour la nuit dans son repaire. Après deux heures de visite de l'île, il est clair que l'intention de Barbara et Graham n'est pas de perpétrer en Afrique une scandaleuse liaison. Elle le regarde comme un grand frère ; il la considère avec une sorte d'indifférence, presque comme s'il se demandait maintenant pourquoi il l'avait emmenée.

Dîner devant la mer, sous les étoiles, avec lampes à pétrole et orchestre de grillons.

— Barbara, dites-moi, comment Graham vous a-t-il embarquée dans cette aventure ?

— Oh, c'est très simple. Mon cousin cherchait en vain depuis longtemps quelqu'un d'assez *insane* pour l'accompagner. Personne ne voulait. Cela, je ne le savais pas. Un jour, nous nous rencontrons à l'occasion d'un mariage. Nous ne nous étions pas vus depuis deux ans. Le temps de boire trois verres de vin, nous nous racontons nos vies. Au quatrième verre, il me parle de son projet. Au cinquième, il me demande de l'accompagner. Au sixième, totalement ivre, je dis oui. Le lendemain au réveil, avec un léger mal de tête, je me dis que c'est complètement idiot. Je cherche la manière honorable de me dédire. Belle excuse, je vais en parler à père, qui m'interdira certainement de faire une pareille chose. Quand je lui expose mon projet, il répond au contraire : « Pour une fois qu'une de mes filles fait preuve d'un peu d'initiative ! » Me voici dans la nasse. Malgré tout ce que j'ai lu sur les conditions de vie dans ce pays qui m'a fait dresser les cheveux sur la tête, je n'ai pas pu reculer. Mon honneur était en jeu. Voilà. J'ai confiance en Graham. Il s'est occupé de tout. Et vous êtes là, n'est-ce pas, pour nous accompagner ?

Plus tard, en finissant de boucler son bagage, Jules est convaincu que si Graham a voulu emmener Barbara en *terra incognita,* c'est pour se rassurer lui-même. Qu'une jeune fille de vingt-trois ans et de bonne famille, sans expérience et manifestement plus intellectuelle qu'aventurière, se lance avec lui dans une telle expédition pourrait en effrayer certains. Pas Graham. Si elle vient, ce n'est pas qu'elle est inconsciente ou folle, c'est qu'il n'est, lui, ni inconscient ni fou puisqu'une personne aussi raisonnable accepte de l'accompagner. Ainsi rassuré sur son propre état mental et la faisabilité de son projet, Graham peut afficher flegme et confiance en soi, ce qui conforte Barbara dans la confiance qu'elle a en lui. Et ainsi de suite, dans une sorte de cercle vertueux où deux anxieux irresponsables trouvent réconfort l'un dans l'autre. Tant que cela dure…

Jules, quant à lui, se demande quel sera son rôle dans cette histoire. Il avait pensé qu'il prendrait un jour simplement un bateau, comme celui de Marcus Garvey, pour débarquer à Monrovia. Pourquoi choisir l'itinéraire le plus incertain, le plus dangereux et, surtout, le plus absurde ? Aurait-il peur d'un affrontement frontal et brutal avec la réalité de sa légende familiale ? Un voyage dans la géographie, peut-être moins aventureux que dans l'histoire ?

Pour se rassurer, il glisse un tout petit djembé dans le havresac militaire qu'il n'a jamais restitué. Il y a de la place à côté de la gourde, du gobelet, de la gamelle et du couteau réglementaires du fantassin pour quelques vêtements amples fabriqués spécialement à Dakar, en coton assez épais pour résister aux épines et aux dards des insectes, un chapeau de toile à mouiller quand on peut pour se rafraîchir la tête, deux paires de brodequins pour se prémunir des serpents terrestres qui, Jules le sait d'expérience, ne mordent jamais très haut quand on marche dessus. Quant à ceux qui se laissent tomber des arbres…

Terminus. Trois semaines plus tard, le trio débarque à Pendembu, fin de la ligne de chemin de fer, au nord-est de la Sierra Leone, à moins de quarante kilomètres de la frontière du Liberia. Pour Jules, ces deux jours passés à serpenter à la vitesse moyenne d'un petit galop de cheval, avec un arrêt dans le moindre hameau et parfois au milieu de nulle part pour laisser monter un passager qui barrait la voie, n'ont pas été une grande surprise. Le voyage Dakar-Bamako est aussi l'occasion de scènes semblables où des grappes de gens s'agglutinent sur les marchepieds, grimpent sur les toits des wagons, empilent les ballots sur les plates-formes et dans les allées, entassent chèvres, poulets et enfants sur leurs genoux, s'engueulent, plaisantent, des hommes qui crachent par terre et urinent par les portières, des femmes qui fourrent dans la bouche de bébés énervés les tétons d'énormes seins consolatoires, marchandent ce que les vendeurs offrent dès que le train s'arrête en se hissant aux fenêtres ouvertes, calebasses d'eau, noix de cola, mangues, papayes, brochettes de mouton, galettes de mil… Seul change le climat. Ce n'est pas la fournaise sèche du semi-désert sahélien, mais la moiteur d'une cocotte géante où macéreraient une soupe végétale épaisse et des corps en transpiration.

Barbara a parcouru les deux cent quatre-vingts kilomètres de la ligne dans un silence quasi total, presque immobile, sauf la main de l'éventail, yeux écarquillés, oreilles aux aguets, narines palpitantes, comme si elle voulait recevoir cette incroyable Afrique avec tous les sens que la nature lui a donnés. Elle semblait ne pas sentir les secousses, la promiscuité, l'étouffement, la puanteur par moments et les mouches tout le temps, tant elle était prise dans un tourbillon de sensations. Suivant les instructions de Jules, elle a accepté de ne boire que le lait des noix de coco qu'il ouvrait pour elle, de ne manger que le riz collant et la viande longtemps cuite dans l'huile de palme rouge, les petites bananes et les oranges pleines de pépins qu'elle épluchait sans oser jeter les peaux par la fenêtre. Ni eau offerte par les voisins, ni légumes crus, ni poissons séchés. Par de petits sourires, elle remerciait Jules pour sa sollicitude et retournait à sa contemplation.

Les jours passés à Freetown, grouillante capitale de la Sierra Leone où ils avaient débarqué trois jours après avoir quitté Dakar, ont révélé chez Graham un caractère irritable, cassant, au point que Jules a songé retourner à Gorée. Il est vrai que l'administration anglosierraléonaise a tiré grand plaisir d'être en position de se faire prier pour accorder les permis de débarquer les bagages baptisés « marchandises », prélever des taxes, et, bien sûr, de voyager à l'intérieur du pays et de le quitter par la voie terrestre, ce qui est éminemment suspect. Le consulat du Liberia n'a pas été en reste pour montrer à quel point sa mansuétude était grande d'accorder des visas d'entrée par la même voie, situation plus étrange encore, voire carrément louche. Graham a aussi organisé chez les tailleurs locaux la révision de leur garde-robe en faveur d'une version moins *fashionable* mais plus adaptée à la rusticité de ce qui allait être leur quotidien.

En fait, Graham a tout de suite détesté ses compatriotes coloniaux qui jouent à être plus *british* que la Cour d'Angleterre ; les fonctionnaires locaux formés par eux et animés d'un zèle atteignant un niveau de caricature à faire rire quiconque n'aurait pas à en subir la tatillonne tyrannie ; les indigènes urbanisés qui, à ses yeux, perdent toute dignité à imiter les Blancs, leur société, leurs mœurs et surtout leurs travers les plus grotesques. Un soir, revenant de ses longues absences administratives en ville, il s'affale dans le fauteuil défoncé du lobby de l'hôtel Windsor où ils sont descendus et lance, excédé :

— *Gosh*, ici tout ce qui est laid est européen ! L'Angleterre a planté cette ville de tôle ondulée avec ses vilaines églises, ses magasins ridicules, ses édifices gouvernementaux prétentieux, et même cet hôtel minable, et elle est partie se réfugier sur les hauteurs, dans de belles villas où s'activent des domestiques stylés. Ceux qui vivent en bas, les indigènes, mon pays les a rendus serviles et burlesques. Fichons le camp d'ici au plus vite !

Dès la première nuit passée à l'étape ferroviaire intermédiaire de Bô, où ils ont dormi, Graham a changé d'humeur, heureux de l'inconfort des lits sans moustiquaire, des cafards qui se cachent dans les chaussures défaites, de l'eau qui gicle du robinet en hoquets rougeâtres, avec « de purs indigènes qui méritent d'être aimés et admirés ». Jules a écouté sans commenter le panégyrique de l'authenticité indigène. Au terminus de Pendembu, il a enfin retrouvé son ami Graham, tranquille comme s'il avait laissé derrière lui quelque chose dont il se méfiait.

Ce dernier soir avant que ne commence leur longue marche vers ce pays « en forme de feuille blanche d'écrivain », comme dit Graham, Jules relit les *Mémoires de Julius Washington* aux pages de Freetown, son premier voyage en Afrique en 1811 : les colons désœuvrés et médisants, le jaloux privilège de qui a son siège réservé au premier rang de l'église ou sa carte au club, les pompeux et protocolaires dîners en ville, l'amertume du gouverneur veuf et alcoolique qui se meurt des fièvres. En contrepoint, les dessins qui montrent une ville indigène encore faite de huttes de terre aux toits de paille comme il n'en existe plus que dans la brousse profonde, où les marchands de tôle ondulée n'ont pas encore pénétré. *Real Africa*, dirait Graham. Pour Jules, ni le dégoût de la civilisation ni l'adulation du pur indigène n'ont de réalité. Il sait que ce qui les attend sera certainement plus conforme à ce qu'est l'humanité, partout capable de tout, et que cela vaut autant pour l'habitant du *bush* africain que pour l'indigène de la *City* de Londres.

Demain, il va falloir recruter des porteurs, un cuisinier, un guide-interprète, discuter salaires, conditions de travail, préparer l'itinéraire. Graham est l'homme blanc. Le chef naturel. C'est bien ainsi. Jules rêve en glissant ses doigts sur la peau du djembé.

2

Liberia ! Le 4 février, ils y sont. Trait imaginaire perdu dans les fougères géantes et ces sortes de bananiers sauvages que Jules a du mal à identifier, la frontière ne s'est pas vue. Dans son Afrique à lui, la vue s'ouvre sur de longues perspectives piquées d'arbres tordus aux longues épines acérées, de baobabs massifs plissés comme des pieds d'éléphants. Dans cette Afrique-là, le paysage ne se dévoile que par tronçons, dans quelques trouées de végétation, sur les petites collines aux sommets défrichés pour y construire les huttes. Du chemin taillé par les machettes et entretenu par les pas des hommes, entre deux haies bien plus hautes qu'eux, les marcheurs, en file indienne, ne voient que les pieds de celui qui précède ou le sommet d'arbres sans fin qui ajoutent du vert au vert sur un fond de ciel pâle. Peut-être y avait-il une borne-frontière cachée dans l'herbe, un écriteau devenu illisible cloué sur un tronc, mais pas la moindre cahute, ni même une branche coupée en travers du sentier pour faire barrière. Pourtant, on n'entre pas comme ça au Liberia. Jules sait que leur progression est suivie à distance. Comme le désert et la savane, la forêt a des yeux et des oreilles. Les trois voyageurs étrangers et leurs trente-cinq porteurs sont attendus à Foya, premier village sur la carte américaine de Graham. Ils n'ont pas encore atteint la grande zone vide légendée *CANNIBALES*, mais à peine ont-ils posé leurs affaires à terre que Jules comprend qu'ils sont tombés dans un nid de vautours. Ce nid de rapaces qu'est la Frontier Force.

Les soldats de la Force frontalière leur intiment de ne pas aller plus loin, les font attendre sans exprimer quoi que ce soit, ne répondent ni aux questions de Laminah, le guide recruté à Pendembu, ni à celles de Graham. Ils ne font même pas semblant d'être obséquieux comme les racketteurs de Freetown. Ils sont hostiles, ignorant la tradition d'accueil de l'étranger qui a marché longtemps, qui a soif et mal aux pieds.

Graham est enfin emmené dans une cabane arborant les couleurs du Liberia, copie du drapeau américain, avec une seule étoile et six bandes rouges sur fond blanc. Un quart d'heure plus tard, il ressort avec le contrôleur des douanes. Il faut ouvrir les bagages, tout sortir. Chaque objet inventorié doit être inscrit sur une liste pour faire l'objet d'une taxe à l'importation, sauf la quinine contre la malaria, l'iode désinfectant et les sels d'Epsom, la panacée, le souverain sulfate de magnésium. Jusqu'au soir, c'est le grand déballage. Graham conserve son calme, sa cousine semble monter la garde devant son coffre personnel, Jules étale lui-même ses affaires sur le sol. Les soldats commentent et ricanent à la vue de ce que deux Blancs emportent avec eux pour voyager. Les effets personnels de la cousine ont plus de succès. Trois soldats s'approchent de la malle, l'un tend le bras pour la fouiller. Alors, pour la première fois, la discrète Barbara se manifeste. Elle s'interpose, droite, les bras le long du corps, poings serrés, menton haut, crie au visage du plus proche des hommes :

— Le premier qui touche à mes affaires, je lui crève les yeux !

Surpris, les soldats reculent d'un pas. Leur chef s'approche, les menace de son stick. Ils font trois enjambées de plus en arrière. Le soulagement de Barbara est de courte durée. L'homme la pousse à son tour de sa baguette et va pour plonger la main dans les fines étoffes et les dentelles. Graham bondit, referme le couvercle d'un coup de pied et s'assied dessus, bras croisés. Jules, arrivé derrière lui, appelle :

— Laminah, va chercher le douanier !

Alerté par les cris, le contrôleur arrive presque en courant. Il met à distance les soldats, sur lesquels il semble avoir autorité, demande à Graham et Barbara de s'écarter, avise Jules, seul parmi les voyageurs à être à la fois de la bonne couleur et d'assez haut rang pour être digne de parler au représentant des Finances libériennes.

— Que se passe-t-il ?

Jules, pesant ses mots :

— *Sir*, est-il possible que vos hommes se retirent pour que madame, afin de ne pas blesser sa pudeur, puisse vous donner personnellement à constater que le contenu de son bagage n'est constitué que d'affaires féminines dont elle dressera la liste elle-même ?

Jules n'est pas certain que le gabelou saisisse les subtilités diplomatiques de son intervention, mais l'homme, sans expression déchiffrable, lui tend le formulaire et tourne les talons. Barbara fait un petit sourire à Jules. Graham s'approche, ouvre le couvercle et, les mains à l'abri des regards, retire son chapeau de scout, en sort quelque chose qu'il glisse au fond de la malle.

La nuit vient rapidement. Le campement s'installe en plein air, Laminah fait creuser les latrines et la cabine de toilette à la périphérie du hameau, dresser la table et les chaises près d'un feu dont la fumée tient un peu les insectes à distance, déplier les lits picot à moustiquaire sous l'auvent d'une sorte de hangar. Cook prépare le dîner.

Cook. Pas de nom, un titre, comme le cuisinier des *Mémoires* de Julius, un précieux anonyme qui sait tirer parti de tout pour nourrir la troupe. Connaît-il lui aussi les remèdes et les poisons, l'art de guérir et d'assassiner sans trace ? Jules, assis sous l'arbre à palabres, pense à la scène étrange à laquelle il vient d'assister. Chacun des trois voyageurs a joué son rôle. Barbara a révélé une part jusque-là inconnue de son caractère. La modeste souris peut rugir et mordre quand on la serre de trop près. Elle saura se montrer à la hauteur si les choses tournent mal. Graham s'est montré égal à ce que Jules en savait. Quand son ami le rejoint dans la lumière dansante de la flambée, il lui souffle :

— C'est ton 38 Enfield que tu as glissé dans la malle de Barbara ?

— Ah bon, tu as vu quelque chose comme ça ?

Jules n'insiste pas. Il effleure la peau de son tambour, juste pour lui.

— Et toi, Jules, tu vois ça comment, ce qui s'est passé tout à l'heure ?

— J'en ai parlé avec Laminah. Les Libériens détestent ce qui est étranger. Pour être citoyen de ce pays, il faut posséder terre et maison. Les gens comme nous n'ont pas accès à la propriété et les indigènes ne savent pas ce que c'est. Tu vois l'astuce.

— Toi, donc, ils te considèrent comme l'un des leurs ?

— Certainement pas. Je suis aussi un étranger. Quand un type vaguement informé comme le chef des douanes voit mon passeport français, il sait que j'appartiens à une puissance coloniale voisine.

Il imagine que la France, depuis la Côte-d'Ivoire et la Guinée, aimerait bien s'emparer du Liberia, comme les Anglais de la Sierra Leone. Toi et moi sommes des menaces. Ils sont méfiants. Ils se sentent forts contre les indigènes, faibles face aux grandes nations, dont ils doivent penser que nous sommes les agents.

— Mais c'est moins grave que si tu étais blanc.

— Voilà. C'est pourquoi, tout en te respectant comme chef de mission, il s'est adressé à moi quand il y a eu conflit entre vous et les abrutis de la Frontier Force.

— Mais c'est qui, ces soldats ? Et ce contrôleur des douanes ? Des indigènes ?

— Ce sont des Africains d'Afrique, mais certainement pas d'ici. Partout, les colons recrutent des natifs, leur collent un uniforme et une pétoire, leur apprennent à marcher au pas et à tirer – pas trop bien quand même, des fois que... – et leur donnent des salaires inversement proportionnels à leurs titres mirifiques. Ces gars-là se sentent tellement honorés et fiers qu'ils sont prêts à se sacrifier pour la *patrie*. Cela permet de les envoyer se faire tuer en masse quand c'est nécessaire, dans les tranchées par exemple. On les recrute aussi pour représenter l'Etat dans les coins reculés en faisant en sorte qu'ils n'appartiennent pas à la même ethnie que ceux qu'ils vont contrôler. Pas de collusion ! Au contraire, s'il y a de l'animosité, la mission sera remplie avec un supplément de zèle.

— Ils font du racket...

— C'est ça. Leur fonction officielle et leurs fusils sont la seule manière de gagner leur vie. Ils se paient comme ça, localement, directement. Ça arrange tout le monde.

— Logique et astucieux. C'est vrai, ça ! Pourquoi se fatiguer à envoyer la recette des taxes collectées à l'autre bout de ce pays sans routes, pour acheminer ensuite leur solde en sens inverse, au risque d'être attaqués en chemin, à l'aller comme au retour ? L'autarcie administrative ! Formidable idée. J'imagine ce système en Angleterre...

— Tu le trouveras moins formidable demain matin, quand il faudra payer.

Les deux hommes s'interrompent pour regarder Barbara qui revient de sa toilette du soir. Elle a échangé ses shorts informes *made in Freetown* contre une robe de lin grège, manches longues, boutonnée haut. Etre habillée comme une jeune fille convenable protège des moustiques. Elle se joint à eux. Graham commande à Laminah trois verres et une bouteille de whisky de la réserve. Jules approche sa chaise du foyer et, les yeux fermés dans un voile de fumée, commence à jouer de son petit tambour de voyage. Peu à peu, à la chaleur des flammes, la peau de chèvre se retend et le djembé retrouve sa parole chantante. Quelques porteurs curieux s'approchent, certains tapent des mains, font des *tchick-tchick* avec leur langue. Les villageois écoutent de loin, on peut en voir esquisser des pas de danse dans la lumière des braseros. L'Afrique redevient douce.

Le contrôleur des douanes est debout à l'aube, avec ses formulaires et ses quittances qui n'atteindront jamais un autre bâtiment administratif que son propre cabanon. Graham paye. Un pactole pour le douanier malgré la redistribution qu'il doit faire aux soldats dont il rémunère la protection, une somme quand même pour l'économie de l'expédition qui ne pourrait se permettre quotidiennement de tels écarts.

Les voyageurs reprennent leur marche. Les choses sérieuses commencent, la cadence du pas se règle, la colonne s'organise. Une journée entière jusqu'à Bolahun, à près de trente kilomètres. Puis Kolahun, Kpang-Blama, Pandamai. Graham marche souvent devant, d'un pas métronomique, lent mais allongé. Comme s'il comptait les yards, note Jules. Barbara n'est pas en reste, plutôt vers l'arrière, jamais loin de Laminah, qui semble veiller sur elle. Jules fait la navette, se laissant dépasser ou remontant la file, s'arrêtant parfois pour cueillir une plante, observer un papillon. La taille et la variété des insectes l'étonnent. Les porteurs aux jambes fines charrient les caisses sur leur tête, soulagent parfois leurs vertèbres en soulevant la charge à bout de bras. Trois *hamocs* ont été prévus pour les explorateurs. Ce sont des sièges de toile suspendus à une poutre portée par deux hommes. Normalement, en ville et sur de courtes distances, ils sont quatre avec un vrai fauteuil et une sorte de baldaquin pour abriter le passager du soleil. Comme la distance et l'étroitesse des sentiers ne permettaient pas à un tel attelage de passer partout, Graham a opté pour une version légère. De toute manière, ni lui ni Jules ne s'y reposent. Barbara, poids léger, s'y allonge parfois un moment. Le reste du temps, ces palanquins servent au transport du matériel.

Au fil des jours, chacun a réglé à sa manière ses problèmes de chaussures et d'ampoules aux pieds, de crampes, de souffle, de soif, de sueur et de chapeaux, de résistance aux mouches, de protection contre les hannetons, inoffensifs mais énormes, de crainte des serpents et des longues files de fourmis géantes aux mandibules acérées qui croisent la route des marcheurs. La faune diurne fuit à l'arrivée de la troupe, qui fait trembler le sol. Finalement, la plus grande menace vient de l'intérieur, la diarrhée, fort inconfortable pour qui marche en société. Alors, la consigne est simple : pas d'épices dans la cuisine, toujours bouillir l'eau, ne pas manger de légumes crus, ne pas boire la bière de céréales fermentées qu'offrent les hôtes à l'étape. Le whisky est recommandé. Il faut néanmoins en faire durer les réserves jusqu'au bout du voyage. Dans combien de jours ? Il semblerait que leur nombre augmente à chaque étape.

Jules a pensé rythmer la marche avec son petit tambour. Mais quel rythme ? Chacun a le sien. Les faire défiler au pas comme à l'armée ? Il n'est pas tambour-major. Alors, s'il rompt la monotonie du voyage par quelque bref exercice de percussion, c'est en prenant bien soin d'éviter le tempo *une-deux, une-deux*. Les porteurs psalmodient parfois. Jules sait que ce genre de chant est plus un langage codé que pure poésie. Il aimerait comprendre ces échanges. Sûrement quelques moqueries, quelques nouvelles qui ne dépasseront pas leur colonne, au long de laquelle les messages vont et viennent.

Un soir, à Dogobmai, joli village de huttes bien rangées en rond, la musique s'immisce dans le voyage. Il y avait eu des funérailles. Ni Jules ni Graham ni Barbara ne pouvaient savoir que la première femme du chef était morte. Le campement s'est installé rapidement, comme c'est déjà devenu une habitude. Quelqu'un avait fait balayer deux huttes inoccupées que Jules connaissait sous le nom de « cases de passage » et qu'il découvre ici, bien au-delà de son familier Sahel, comme la perpétuation d'une tradition d'hospitalité. Selon la richesse du village ou le niveau d'exigence de son chef, ces cases sont plus ou moins grandes, propres, en bon état. Parfois, dormir dehors pourrait être la meilleure option, mais dans l'intérieur du Liberia pas question. La nuit, chacun, autochtone ou étranger, doit être confiné dans les cases. Le cœur des ténèbres est réservé aux esprits, aux *diables*, qu'il ne faut ni croiser ni voir, sous peine de mort. Laminah a longuement expliqué cela à Graham, Jules et Barbara. On peut veiller tard autour d'un feu, mais à un moment tout s'arrête, il faut rentrer à l'abri.

Après la toilette du soir, pendant que Cook s'affaire, juste avant que la nuit tombe, vers dix-huit heures, Jules se met à jouer de son djembé, dont il a retendu la peau à la chaleur du feu. Ce soir, un homme du village commence une danse des pieds très rapide, une sorte de numéro de claquettes avec des grelots aux chevilles au lieu de fers aux semelles. Un second vient, puis un troisième. Deux autres s'approchent avec d'étroits tambours tenus sous les aisselles. En tournant sur eux-mêmes, ils frappent la peau et le métal avec une mailloche recourbée. Quatre femmes se joignent au groupe avec des calebasses remplies de grains, entourées de filets brodés de perles. Leurs fesses, cachées par des pagnes serrés, et leurs seins nus oscillent et balancent dans ce tourbillon, comme des métronomes muets, battant la cadence qui s'accélère. C'est un concours de vitesse. La danse et le rythme, très codés, laissent aussi place aux exhibitions individuelles. Chacun des musiciens-danseurs vient à son tour au milieu du cercle pour sa performance, puis la danse organisée reprend. Une ligne mélodique et des impros, comme dans le jazz. Pourtant, Jules n'ose prendre son chorus au centre du cercle. Il reste assis au bord et, malgré le peu de latitude que lui donne son seul djembé, il en tire toutes les arabesques dont il est capable. Certains, parmi les danseurs ou dans l'assistance qui s'agglutine en marquant le rythme des pieds et des mains, lui envoient des signes de connivence. Il ferme les yeux. Il est *dans* la musique.

A quel moment cela s'arrête-t-il ? Le silence le réveille de son hypnose. La danse a cessé. Il relève la tête, ouvre les yeux. La place est vide devant lui. Laminah s'approche, pose la main sur la peau du tambour et désigne du menton quelque chose dans la pénombre, derrière le feu. Jules ne voit rien. Il entend seulement une grosse caisse qui bat lentement. Laminah a toujours la main sur le djembé. Jules ne doit plus jouer. Quelque chose va se passer.

Eclairée par les flammes, une forme sombre surgit, dont il ne voit d'abord qu'un long masque de bois, surmonté d'une coiffure de plumes. Comme il s'approche de la lumière, Jules distingue la silhouette d'un corps sous une couverture brune bordée d'une crinière de raphia. Le *masque* entre en scène pour l'épouse défunte du chef. Il avance en oscillant de gauche à droite, le tempo s'accélère. Des femmes font tourner des crécelles en se balançant d'avant en arrière. C'en est fini de la musique profane, du rythme pour s'étourdir. Voici la parole du monde des morts. Jules couche le djembé à côté de lui. Il ne blasphémera pas. Il regarde, fasciné, cet *opéra* qui remonte de la nuit des temps. Musique, danse, chants et paroles psalmodiées, lumières et couleurs, il n'en déchiffre ni la mise en scène ni le sens, mais, comme devant *Les Demoiselles d'Avignon*, il ressent l'appel de profonds mystères.

Avant même que le masque finisse sa danse, les femmes rentrent chez elles. Dès qu'il disparaît, tout le village va s'enfermer dans le noir des cases. Barbara, sur le chemin de ses appartements, dit à Jules, en mimant des mains battant tambour :

— Un jour, je voudrais essayer. Vous me montrerez ?

Elle disparaît. Jules s'assied un moment sous les étoiles, repense à ce *bœuf* magnifique, aux femmes secouant leurs popotins, leurs seins et leurs calebasses, aux hommes-toupies et à leurs minuscules tambours sous les bras, aux autres avec leurs clochettes frénétiques aux pieds. Il a été admis parmi ces musiciens aux corps dansants, ces danseurs qui font comme Joséphine et lui, au début, quand ils étaient siamois. *Dès demain, j'enrichis ma batterie.* Il se relève, pousse la porte de la case qu'il partage avec Graham. Il le trouve en train d'écrire dans le halo jaune de la lampe à pétrole qui ne laisse voir de l'intérieur de la hutte que les faces des objets exposées à la lumière, bribes d'une paillasse sur un châssis de bois, d'une malle ouverte, d'un fauteuil de branches ligaturées.

Jules se penche et lit un instant par-dessus son épaule, puis va sur sa couchette. Il regarde l'ombre de l'écrivain projetée sur la pente du toit de paille. Graham a décrit ce qu'il a vu. Un masque de bois peint, un diable aux longs cheveux d'un jaune délavé, une mâchoire qui clape, du rouge, du noir, du blanc. L'entomologiste regarde l'insecte. Regarder n'est pas voir. Voir n'est pas comprendre. Il faudrait être initié. Ou être Picasso. Etre un médium, pas un reporter. Jules sait que le sacré ne sera jamais à sa portée, mais ce moment de musique partagé avec les hommes et les femmes de Dogobmai a été une furtive invitation au bord d'un monde sans limite, de rire et de peur, de pure exultation des corps et d'une profondeur qu'ils ne sonderont jamais, lui comme Graham, trop savant, trop éduqué, enfant de partout et de nulle part, que la civilisation a distrait de l'essentiel. Mais comment dire à son ami que l'invisible a été le plus beau du spectacle ?

— J'aime ce que tu écris, Graham. Tu as du talent pour évoquer les choses.

— Tu sais, je me sens heureux comme je ne l'ai pas été depuis longtemps. Quelle incroyable chance j'ai de connaître cela, si loin de l'hypocrite Europe.

— Sans doute…

— « Sans doute », dis-tu ? Je lis en toi une sorte de réserve. Je me trompe ?

— Je veux dire que moi aussi je suis impressionné par la force spirituelle de ce que nous venons de voir, mais je sais aussi que nous ne devons pas penser, comme certains philosophes, que l'homme à l'état de nature est naturellement bon.

— Mon érudit ami voudrait-il dire que l'anglais benêt que je suis se laisse aveugler ?

— Ha ! Non ! Je dis simplement qu'ici comme ailleurs les humains sont les mêmes. Je me souviens de missionnaires catholiques de mon enfance qui avaient perdu la foi quelque part dans la savane et débitaient leur bas latin en reluquant les petites négresses en aube immaculée. J'ai été élevé par des Pères blancs qui éduquaient au nerf de bœuf l'élite de la jeunesse. Aux Etats-Unis, j'ai vu des évangélistes plumer leurs ouailles en gesticulant dans des costumes gospel de satin mauve et jaune. Tu as dû connaître cela, toi aussi. Eh bien, je dis que parmi ces *masques* et ces diables impressionnants d'authenticité il y a aussi des charlatans, des profiteurs dont l'enseignement dans les écoles de brousse n'est qu'une manière d'emprise sur les jeunes crédules terrorisés.

Un long silence, puis Graham se tourne tout à fait vers Jules dans la pénombre.

— Tu sais que je suis catholique romain. J'admire les catholiques mais, des fois, je me dis que tout cela est un vaste complot. On – ne me demande pas qui est *on* – *on* veut nous faire croire que Dieu, *Notre-père-qui-êtes-aux-cieux*, est quelque part au-dessus de nous, invisible dans une cachette d'où il voit tout, parce que l'idée qu'il puisse être tout bonnement quelque part dans des replis intimes de nous-mêmes, hors de notre conscience, et que la Parole de Dieu ne soit qu'une voix intérieure, est trop effrayante…

— Et la voix du démon ?

— Pareil. Il est plus facile de voir dans le ciel se battre un archange blanc et or contre un succube rouge et noir que de se dire que ce conflit n'existe en réalité qu'à l'intérieur de nous, que nous en sommes les seuls combattants et le seul arbitre. *Shit !* Ça fait peur !

— Graham, tu risques l'excommunication, sais-tu ? J'aime bien ton idée paranoïde d'un *on* qui aurait inventé Dieu comme une médecine de groupe. Il me plaît bien, ce *on*. Ce que je n'aime pas, ce sont ses disciples, ses papes, ses prêtres et ses exégètes qui font partie du complot, pourtant né d'une bonne intention.

— Oh, écoute… ce que je dis… C'est à cause de ce qu'on a vu ce soir. Cela me rend un peu… animiste, je dirais. Et toi, Jules, ton *on*, c'est qui ? Ton djembé ?

Jules reste un long moment à écouter la forêt dont les cris et les grincements traversent le pisé des murs. La lampe a faibli, il ne reste que quelques insectes à tourner autour du verre tiède. Les rats attendant l'obscurité complète pour se glisser hors de leurs cachettes. Puis, alors que Graham le croyait endormi, Jules répond à sa question :

— Je viens d'une région d'Afrique où le regard se porte loin. La savane, le désert, la mer aussi nous font regarder vers le bout du monde. Et au-dessus il y a l'immense voûte du ciel, où se joue la course du soleil, de la lune et des étoiles. On y a une vision globale, vertigineuse, de l'univers. Pour les gens qui vivent dans des endroits pareils – je pense à tous les paysages d'Orient –, il ne peut y avoir qu'un seul Dieu pour la Terre et le Ciel, omniprésent, absolu, totalitaire, qui voit tout, qui sait tout de ce pauvre humain qui n'a nulle part où se cacher. C'est là que sont nées les trois religions monothéistes. Avant, même les Antiques regroupaient leurs dieux et demi-dieux en de vastes mythes englobant l'univers tout entier, avec un unique super dieu. En revanche, pendant nos jours de marche dans la forêt et nos nuits dans les campements, j'ai imaginé autre chose. Dans cette Afrique-là, avec un champ visuel étroit, un paysage où tout est proche, resserré, impénétrable, fourmillant, on se focalise sur l'incroyable complexité de ces vies clandestines qui grouillent dans cet espace sans horizon. On voit la source jaillir mystérieusement d'une roche, l'arc-en-ciel surgir après la pluie ou l'éclair incendier la forêt, des fauves surgir de nulle part, on entend des bruits qu'on ne peut identifier, on s'enferme la nuit parce qu'on a peur que rôdent de mauvais génies. L'homme de la forêt ne peut avoir une explication unique, cohérente, synthétique, théorisée, à la marche de ce monde cacophonique. Dans ce foisonnement, les dieux doivent être multiples.

Il n'y a plus de pétrole. Il fait nuit noire. Aucune lune ne passe à travers les interstices des murs de la case. Les bruits du dehors semblent plus forts maintenant que les yeux sont devenus inutiles. Dans la paille du toit commence la vie nocturne des invisibles. Ni Graham ni Jules n'y prêtent plus attention.

— Bonne nuit, Jules, je vais réfléchir à ta théorie selon laquelle le dromadaire serait monothéiste et le crocodile polythéiste. Je reconnais que mon idée paranoïde d'un *on* mystificateur est moins poétique. Tu devrais écrire un livre, une sorte de nouvelle mythologie.

— Pffff...

— Bon, tu t'en fiches, tu dors. Salut, à demain.

Loin, dans la nuit de la forêt, Kimeh croit qu'il va mourir, disparaître comme son imprudent petit frère qu'on a dit enlevé la nuit dernière par des diables de la forêt. Mais Kimeh a bu la médecine du sorcier, il ne peut pas reculer. Sa tête tourne. Il ne sent plus ses pieds, ses bras ne lui appartiennent plus. Les arbres se serrent pour l'enfermer dans la clairière, entre les flambeaux. Les animaux le guettent pour l'attraper et le donner aux léopards qui dansent. Il y a des épines, des lames, des pointes, des dents, des griffes prêtes à le lacérer, le saigner. Pourquoi a-t-il accepté d'être initié ? A douze ans, il aurait pu devenir un adolescent, un adulte comme les autres, un parmi les faibles, les apeurés soumis aux mystères de la nature et des sociétés si secrètes qu'on meurt si on en parle, aux maléfices, aux mauvais sorts, aux choses innommables qui existent dans ce monde entre la vie et la mort, l'homme et la bête. Le chef du village disait « Tu es grand, fort, rapide, bon chasseur ». Le sorcier disait « Il y a des forces en toi, les esprits y habitent ». Et, un jour, il était prêt. A son insu, l'orgueil avait ouvert la voie. Il allait faire partie du cercle des élus, il aurait des pouvoirs magiques. Quel garçon n'en rêve pas ? Alors, il a suivi les enseignements secrets et l'entraînement pour devenir l'égal des fauves. Maintenant, il a presque vingt ans, il va être admis au rang des Grands Initiés.

Le bruit est de plus en plus fort. Les tambours répètent la même phrase de plus en plus vite. La forêt se resserre encore, les griffes le frôlent, le pressent vers l'entrée du tunnel. Son corps n'est plus à lui. Il se voit pénétrer dans une caverne de branches et de terre, avalé par ce boyau puant. Ses yeux, séparés de lui, sont comme des faisceaux de lumière dans le noir. Il trouve d'abord le fétiche, une poche de peau cousue avec un lacet qu'il doit nouer à son cou sans l'ouvrir. Plus loin, les restes d'une chèvre, un demi-squelette nettoyé par les vers. Son corps s'éloigne encore un peu de lui. Il se voit marcher vers une forme allongée, un corps caché par un voile couvert de sang. Sans hésiter, il le soulève, le prend dans ses bras, fait demi-tour, court vers la sortie. Là, ébloui par la lumière des flammes, il tombe à genoux. Il n'y a plus de musique, plus de cris. Les fauves tournent en silence autour de lui. Le sorcier se penche vers le corps, soulève le voile. C'est un jeune garçon. Labouré par de longues griffures, poitrine ouverte, orbites vides. La musique reprend. Le sorcier défait le nœud du fétiche, ouvre la petite bourse, en sort un œil dans un amas de poils qu'il mouille du sang encore frais. Puis il plonge sa main dans le corps ouvert de l'enfant sacrifié, en sort le cœur, saisit le visage de Kimeh, appuie sur ses joues pour lui faire ouvrir la bouche, lui fait mordre la chair de son petit frère.

Kimeh s'évanouit. Le sorcier jette le cœur aux fauves qui grognent. Le sorcier renoue le gri-gri au cou de l'initié. Kimeh est admis parmi les hommes-léopards. Il est devenu immortel.

3

De jour en jour le relief s'accentue. La colonne s'étire de bosses en creux. Dans les montées, on entend le souffle des porteurs qui gardent le rythme sans plus chanter ni parler. Leurs larges pieds à la corne craquelée s'aplatissent sur un sol plus dur, plus rouge, plus chaud. Les monts ferrugineux dont le Liberia ne sait pas encore qu'ils sont une richesse culminent à plus de mille mètres vers le nord-est. Chaque arrivée des marcheurs sur un promontoire laisse entrevoir un enchaînement de sommets, parfois ronds, parfois brisés, et toutes les nuances de verts qui tournent au bleu dans les lointains. Dans une gorge, un large torrent a été franchi sur un pont de lianes. Il descendait vers le sud. Un affluent de la rivière Saint-Paul qui arrose Monrovia ? En pirogue, a pensé Jules en s'agrippant à la rampe, ils y arriveraient peut-être en quelques jours. Mais comment franchir ces chutes avec un tel chargement ? Son arrière-grand-père n'avait remonté la Cavalla River que dans sa partie navigable, s'arrêtant aux premiers rapides, aux derniers villages avant l'absolu inconnu.

De toute manière, Graham ne s'intéresse qu'aux routes. On dirait qu'il mesure tout d'un pas de géomètre. Aidé de sa boussole, il dessine l'itinéraire approximatif dans son carnet. Sa montre est tombée en panne. Il a demandé la sienne à Barbara. Il la consulte sans arrêt. Distance, cap, durée. Serait-il le premier cartographe terrestre du Liberia, comme Julius Washington l'avait été pour les côtes ? Jules se demande si Graham n'ambitionnerait pas de faire à son retour une communication à la Société royale de géographie, comme les grands explorateurs du dix-neuvième siècle.

La veille, près d'une rivière, ils ont croisé un prospecteur hollandais, seul avec trois aides, à la recherche d'or et de diamants pour une société minière de Rotterdam. Le type avait la peau d'une vieille écorce grise et ses yeux enfoncés exprimaient une fièvre dont on ne pouvait savoir si c'était celle de l'or, de la malaria ou de l'abus d'alcool. Quand il a compris que l'imposante équipée de Graham ne cherchait aucune richesse cachée, il a simplement poursuivi son chemin. En passant au-dessus de l'eau qui éclaboussait les pieds, Jules a pensé aux pionniers de la Ruée vers l'or. Et s'il entrait dans l'eau, tamisait les graviers du fond, tentait lui aussi sa chance ? Ils sont repartis.

La surprise de ce huitième jour de marche ne sera pas la découverte de trésors. Elle arrive en fin de journée dans les derniers méandres du sentier qui mène au village de Zorzor, l'étape prévue pour le soir, à quelques kilomètres d'une petite enclave de la Guinée française qu'ils traverseront les jours prochains. C'est alors qu'il marche en tête de colonne à côté de Graham que Jules entend le son le plus incongru, la musique la plus insolite, la voix la plus improbable de ce bout du monde. Un esprit facétieux ? Un coup de chaleur ?

— Tu entends ça, Graham ?! La chanson ! C'est Joséphine !

Jules se met à courir, dévale les derniers mètres de la descente vers la source de la musique, longe un rang de cases devant des gens étonnés, met en fuite quelques chèvres et déboule sur la place du village pleine de monde. Sous l'arbre à palabres, d'une grande corolle de cuivre sortent, grésillantes, les dernières strophes de la plus célèbre rengaine de Joséphine, « J'ai deux amours » : « Et le cœur battant d'émoi, à mi-voix, doucement je dis “Emporte-moi”… »

Un homme maigre en frac noir trop court d'où dépassent des manchettes démesurées retourne la galette de bakélite et remonte le ressort du phonographe. Sur un trône de bois se tient, raide, un Mulâtre d'une cinquantaine d'années, impeccable, avec col cassé, cravate à épingle, lunettes pince-nez et, sur la tête, un homburg noir à la mode Edouard VII. A sa droite, sur un siège à peine plus modeste, un majestueux roi africain comme le pavillon de l'A-OF en présentait à l'Expo de Vincennes, en grand boubou coloré, avec couronne, bijoux, sceptre chasse-mouches dans sa main baguée. Derrière chacun des deux élégants, deux costauds en pagne remuent l'air avec des feuilles de bananier. Jules reste immobile, médusé par la rencontre au sommet de ces deux mondes devant la machine à musique d'où la voix chante maintenant : « C'est l'paradis des p'tites femmes, elles sont belles et fidèles !... » Et c'est là, peu avant le refrain de « La petite Tonkinoise », qu'arrivent Graham et Barbara, couverts de poussière, dans leurs shorts informes et leurs chemises auréolées de sueur, chapeau de scout et gourdes à la ceinture, suivis des trente-cinq porteurs de l'expédition. Un troisième univers s'invite à la fête du village sur l'air le plus célèbre des Folies Bergère.

L'installation des nouveaux venus pose un problème logistique au chef du village. Alors, face à un événement d'une telle rareté et d'une telle ampleur, il enjoint à sa seconde épouse de laisser sa case aux trois voyageurs inattendus, qui ne peuvent refuser cet honneur et se confondent en remerciements. A peine installé, Jules emprunte une feuille de papier à Graham. Même s'il n'y aura aucun bureau de poste avant des jours et des jours, il faut qu'il raconte à Joséphine ce qui vient d'arriver :

Joséphine, tendre et pétillante Joséphine,

Décidément, tu es pleine de sortilèges ! En pleine brousse, notre troupe est tombée sur Edwin Barclay, le président de la république du Liberia. Figure-toi que cet homme a assisté autrefois à l'un de tes concerts en Allemagne. Il en est revenu fou de toi au point qu'il se déplace dans le pays avec un énorme Victor de La Voix de Son Maître au pavillon immense et rutilant, porté à dos d'homme de village en village pour écouter et faire entendre alentour ton dernier disque enregistré par la Columbia ! C'est l'arme absolue de la civilisation pour épater et soumettre par ses prodiges le bon sauvage, qui y voit une magie plus forte que la sienne. Et ta voix enchanteresse participe à cette œuvre !

Heureusement, personne à part moi, Graham et Barbara ne comprend les paroles quand tu chantes devant le chef de ce pays où les Blancs n'ont pas droit de cité que tu voudrais être blanche et que tes seins et tes hanches changent de couleur ! Tu dois savoir qu'ici les indigènes appellent « Blancs » indistinctement les « vrais » Blancs, à la peau d'Européens et les descendants des Noirs revenus d'esclavage en Amérique. Pour eux, la différence de couleur de peau ne compte pas, ils ne voient que la différence de civilisation. Evidemment, je trouve qu'ils ont raison. C'est fou.

Mille baisers,

Jules

A la nuit tombée les trois voyageurs, le président et une jeune et très belle femme qui l'accompagne, le chef de village et sa première épouse se retrouvent autour d'une table d'apparat à laquelle Cook n'a pas eu à contribuer. Barbara mange avec circonspection sa part d'antilope naine qui baigne dans une sauce verte, gluante ; Graham ne quitte pas des yeux la remarquable et silencieuse créature nommée Helen qui voyage avec Barclay. Jules se retient d'aller rejoindre les tambourinaires chargés de la sérénade prandiale. Quant au chef de village, il est incapable de communiquer, sauf par l'interprète de la suite gouvernementale, qui semble presque tout ignorer de la langue locale.

L'essentiel de la conversation du dîner est à l'initiative du président. Un flot de questions exclusivement adressées à Graham et Jules, Barbara étant forcément destinée à l'amusement du chef de mission blanc. Barclay s'inquiète de cet étrange voyage qu'il n'imagine pas sans arrière-pensée géopolitique. Graham a beau expliquer qu'il n'est qu'écrivain et que seul « l'amour de l'inconnu nous a conduits ici », parodiant la devise nationale, « L'amour de la liberté nous a conduits ici », Jules a beau dire qu'il n'est qu'un musicien à la découverte des rythmes africains, il faut attendre la fin du repas pour que Barclay se détende, quand Jules va rejoindre l'orchestre local. Et là, avec son djembé auquel s'est adjoint un gros tambour sphérique en terre cuite acheté la veille à Zigi Town, il fait la démonstration de sa qualité de percussionniste. Et quand, après une demi-heure de concert improvisé avec les percussionnistes locaux ravis, Jules revient à la table présidentielle et reçoit les compliments du chef d'Etat, il abat sa carte fatale :

— Pendant cinq ans, monsieur le président, j'ai été l'accompagnateur de Joséphine Baker, à Paris et dans toutes ses tournées en Europe...

— Non ! Vous dites cela...

— Je viens juste de lui écrire. Attendez.

Jules disparaît et revient avec son stylo et la lettre pour Joséphine.

— Regardez. J'ajoute un post-scriptum en anglais : *Peux-tu envoyer une photo dédicacée à M. Edwin Barclay ? Voici l'adresse...*

Quand Barbara, Graham et Jules se retrouvent tous les trois dans leur case ils tombent sur leurs lits en riant comme des gamins de chambrée, whisky et cigarettes en plus.

— Dis voir, Jules, bravo pour le coup de théâtre !

— Barclay m'a fait jurer de demander à Joséphine de chanter à Monrovia. J'ai juré.

— Si je raconte ça dans mon livre, on ne me croira pas. Je le ferai quand même.

— Ce qui est fou aussi, c'est que depuis presque un siècle que le Liberia est une République, c'est la première fois que son plus haut personnage est allé voir de quoi ses sujets natifs pouvaient avoir l'air ! Au temps des premières conquêtes coloniales, n'importe quel gouverneur français ou anglais faisait la tournée des chefs indigènes dès sa nomination. Ici, il aura fallu attendre le dix-huitième président !

Barbara, restée jusque-là un peu en dehors du jeu :

— Moi aussi, messieurs, j'ai fait de la diplomatie.

— Avec qui ?

— Avec Helen, celle que tu dévorais des yeux, cher cousin.

— Ah, tu as vu ça ?

— J'ai vu ça. Sais-tu qu'elle est tout sauf godiche ? C'est la fille du président de la Cour suprême. Pendant que Jules jouait, elle m'a un peu raconté comment les choses se passent ici, la démocratie, tout ça… C'est curieux, je ne sais pas si elle le fait exprès, mais elle tient des propos… disons assez distanciés, sur la drôle de manière qu'ont les Américo-Libériens d'exercer le pouvoir…

— Elle se permet de critiquer son président ?

— Non… oui. En fait, elle en parle parce qu'il lui paraît naturel que les choses se passent ainsi. Elle ne donne pas l'impression de dénoncer quelque chose de scandaleux, mais on dirait qu'au fond elle sent que quelque chose cloche. Par exemple, elle m'a dit que le prédécesseur de Barclay, King, avait été élu en 1928 avec une majorité de six cent mille voix alors qu'il n'y a que quinze mille inscrits sur les listes électorales ! C'est ainsi qu'ils ont pu écarter celui qu'elle nomme « le traître », un homme qui aurait fait condamner le Liberia… je ne sais pas qui ni pourquoi. Vous savez, vous, Jules ?

— Faulkner. Pas l'écrivain, le Libérien, candidat d'opposition. Celui qui s'est vengé en dénonçant à la Société des Nations les pratiques esclavagistes de King.

— Ah, c'est donc ça… Elle n'a pas détaillé. Elle est aussi très fière quand elle dit que Barclay, pour ne pas rencontrer d'obstacles dans son œuvre de modernisation du pays au bénéfice de tous, possède toutes les imprimeries, toute la presse, détient tous les leviers du pouvoir, contrôle le parti quasi unique, et a la haute main sur les nominations des fonctionnaires, du plus grand au plus petit ! Formidable, non ? Il se vante, m'a-t-elle dit, d'avoir plus de pouvoirs que le président des Etats-Unis !

— Ha ! Le pire, c'est que c'est sans doute vrai, si on rapporte ce pouvoir au kilomètre carré ou au nombre d'habitants.

— En tout cas, messieurs, nous, les femmes-potiches, nous causions de politique pendant que vous étiez fort distraits par de jolies créatures. Ou des voix de créatures... comme votre *Tonkiki.* Bonne nuit, les garçons !

Graham Greene est malade. Depuis cette mémorable soirée à Zorzor, ils ont traversé l'enclave de Guinée, prenant un petit air de France sur les marchés mandingues où des artisans et commerçants ambulants fabriquent en masse des colifichets de faux artisanat local pour les exporter. Il y avait même d'approximatives tours Eiffel de bois noir qui ont beaucoup fait rire Barbara. Pourtant, elle s'inquiétait pour son cousin. Dès les premiers pas en Guinée, il a commencé à souffrir de l'estomac. Il marchait parfois recroquevillé, le poing sur le sternum. Jules, repensant aux *Mémoires* de l'arrière-grand-père, a un instant songé à l'étrange cuisine de son cuistot qui savait si bien faire de mortelles *chicken pies.* Dans une bouchée au poulet destinée à son ennemi, il ajoutait un poil d'éléphant roulé, ramolli par la chaleur de la cuisson. A la température du corps, le poil se déployait dans l'estomac, qu'il perçait à chaque contraction, jusqu'à la mort dans d'épouvantables souffrances.

La colonne s'est traînée d'étape en étape, dans des forêts de plus en plus épaisses, humides, une étuve qui sentait la mousse, le bois pourri, parfois la mort. Heureusement, sur les hauteurs, soufflait un petit air qui apportait le message d'un lointain plus vivable, le temps d'une grande inspiration avant de replonger dans la bouilloire. Ils ont fait halte à Bamakama, à Galayi, à Djikié, hameaux laids et déprimants, pour arriver épuisés, le 16 février, à Ganta, premier gros bourg libérien, où nul contrôleur des douanes n'est venu tripoter la lingerie de Barbara ou prélever son salaire sur la bête. Seulement un commandant de district dénommé Dunbar, métis à la peau presque jaune, à l'élégance tropicale et la rigueur britannique. Jules, sans doute en raison de sa peau noire mais surtout grâce au récit de leur rencontre avec le président Barclay, arrive à le convaincre qu'ils ne sont pas l'avant-garde d'une horde d'envahisseurs franco-britanniques. Graham peut aller se reposer dans une case près de celle d'un homme qu'on lui présente comme étant le docteur Harley, médecin et missionnaire méthodiste installé ici depuis vingt ans, usé jusqu'à la corde. Au dîner, celui-ci tient des propos alarmistes. Il vient de faire enterrer le corps d'un imprudent qui a voulu venir à pied de Monrovia. Le médecin est formel : ce voyage est une folie suicidaire. Puis il s'endort brusquement sur sa chaise, le menton sur la poitrine. Cela doit lui être habituel. Deux hommes soulèvent respectueusement le siège et portent Harley endormi jusqu'à sa case-hôpital. C'est le signal. Barbara accompagne Graham en le tenant par le bras jusqu'à la hutte qu'il partage avec Jules.

— Jules, vous pouvez aller dormir dans ma case. Je vais veiller sur lui.

— Non. Je reste ici. On se relaie. Je vous laisse le premier quart.

Jules s'allonge et dort presque aussitôt. A un moment de la nuit, il sent une main douce sur sa nuque. Il n'y a pas d'oreiller de plumes d'oie, pas de neige, pas de Hellfighters qui l'attendent pour le concert. Juste la voix de Barbara :

— Graham semble apaisé. Je vais aller me coucher.

Jules se redresse et regarde le demi-visage de la jeune femme éclairé par la bougie. Machinalement, il lève son bras en arrière et masse la base de son cou, là où elle a fait pression de ses doigts pour le réveiller. Barbara s'amuse en silence de ce geste.

— J'ai donné à Graham des sels d'Epsom. Je crois que ça lui a fait du bien.

— C'est bizarre, ces douleurs à l'estomac. Cela n'a pas l'air d'une maladie africaine.

— Jules, j'ai l'impression qu'il n'y croit plus. Qu'en pensez-vous ?

— Au départ de Zorzor, le chef de l'escorte du président a dit à Laminah à peu près la même chose sur notre périple que le docteur ce soir. Laminah l'a répété à Graham.

— Jules, vous pensez vous aussi que ce projet est une folie ?

— Il faudrait qu'on arrête de marcher sept heures par jour comme des forcenés. Avec la fatigue, on résiste mal aux maladies. En tout cas, vous, je vous trouve très résistante.

— Les faibles femmes, mon cher… Mais vous avez bien vu, je me fais porter presque deux heures par jour. Pas lui. Et vous, ça va ?

— A part l'humidité, j'ai l'habitude de la chaleur et je suis immunisé contre bien des maux d'ici. J'ai fait de longues marches au Sahel. Je transpire peu et bois le soir, comme un dromadaire.

— Vous croyez qu'on doit convaincre Graham de prendre un raccourci ?

— Je pense qu'il faut mettre cap au sud, couper à travers le blanc de la carte jusqu'à la ville portuaire de Grand Bassa. Là, on devrait trouver un bateau pour Monrovia.

— Traverser le pays des cannibales ?

— Oui. Enfin… comme le font croire ceux qui n'y sont jamais allés pour justifier qu'ils ne veulent pas y aller. On en parlera au docteur Harley demain. Vous pouvez aller vous coucher, je vais veiller sur votre cousin.

— Merci, Jules. Heureusement, vous êtes là. Oh, vous m'apprendrez, vos tambours ?

Sans attendre la réponse, elle se lève, l'embrasse sur le front et entre dans sa case. L'heure des diables est passée, alors elle se hâte.

Kimeh l'initié a revêtu la tunique et la cagoule en peau de bête. Le reste de son corps est couvert d'argile jaune, rayé au charbon de bois. Depuis son initiation, il a rapidement fait preuve de sa bravoure et de sa détermination à punir les ennemis de la Confrérie, il est respecté de tous. Bientôt, les hommes-crocodiles et les hommes-lions le respecteront aussi comme ils respectent les hommes-léopards, caste supérieure des Grands Initiés. Les hommes venus d'Amérique avec leurs croyances et leurs armes veulent pénétrer les secrets des hommes de la forêt. Ou les détruire par les armes. Mais les hommes-léopards sont invincibles. Quant à connaître leurs secrets, tous ceux qui ont essayé sont morts. Jamais leurs mystères ne seront révélés, jamais leurs pouvoirs ne seront partagés, jamais un seul de ces Blancs ne sera initié.

Les cinq qui accompagnent Kimeh sont tout aussi mimétiques, invisibles. Le crochet de fer à quatre dents aiguisées est noué à leur poignet gauche, le long couteau à double tranchant dans leur main droite. La patrouille de la Frontier Force va passer, comme chaque soir. Les six soldats n'aiment pas ces pistes étroites. Pour se donner du courage ils parlent fort. Ils savent qu'il y a des forces invisibles. Ils sont des Gio, eux aussi, mais ils ont choisi de revêtir l'uniforme militaire. Ils sont devenus comme ces Blancs qui se disent leurs frères de couleur. Quelle couleur ? Jaune strié de noir, voilà la seule couleur.

Les hommes-léopards attaquent toujours en silence, par-derrière. La nuque d'abord. Les cinq soldats qui ferment la marche reçoivent simultanément un coup de couteau dans le cou, traversé de part en part. Ils tombent en silence, trachée, carotide et cordes vocales sectionnées d'un coup. Le soldat de tête se retourne, voit ses camarades lacérés par les griffes. Il épaule son arme, pointe Kimeh, qui le regarde en poussant un cri rauque. L'homme lâche son fusil, part en courant. Il ne verra pas les longues lames ouvrir les cadavres, prendre les cœurs et les poumons pour le festin des léopards, les fétiches trempés dans les plaies ouvertes pour les régénérer du sang des morts, des traîtres à leur ethnie. Leurs cadavres seront enterrés, mangés plus tard par les jeunes à initier. Le soldat gracié racontera aux autres ce qu'il a vu. Leur peur est l'amie des initiés. Kimeh, lui, n'a plus jamais peur. Les léopards ne meurent jamais.

4

Le lendemain matin, lundi 17 février, jour de relâche, le médecin s'est levé avant tout le monde. Il prépare pour Graham un bol de quelque chose qui ressemble à un porridge trop cuit. Cook a servi une collation avec l'indispensable thé, et pour le reste, c'est maintenant selon les ressources du lieu. Une pensée d'œufs au bacon et de toasts beurrés les traverse parfois, de plus en plus rarement. Les vieilles habitudes s'effilochent de jour en jour, et si Graham continue de chronométrer le voyage, Barbara et Jules ne s'inquiètent plus de l'heure. Le soleil suffit.

Harley se joint au trio avec le remède.

— Voici un emplâtre pour votre estomac. Demeurez couché aujourd'hui. Il faut rester ici encore au moins deux jours. Si vous voulez, nous parlerons de votre itinéraire au dîner. On m'attend dans un autre village pour une flambée de maladies vénériennes.

La journée passe à laver du linge, rapetasser les moustiquaires déchirées par les rats, de plus en plus nombreux et gros, à soigner les bobos, réparer ce qui doit l'être. En contrebas du village, il y a une rivière avec une petite cascade qui a creusé un bassin rond. Barbara propose d'aller se baigner. Jules prévient :

— Je vais passer pour un rabat-joie… On peut se baigner, mais pas longtemps.

— Ah bon ?

— Il ne faut pas laisser le temps à la peau de se ramollir. Sinon, des trucs pas sympathiques viennent y pondre et on attrape des parasites dont il est difficile de se défaire. Sous la peau, dans le sang, dans les yeux… Des cochonneries. C'est comme boire de l'eau non bouillie. Alors, d'accord pour la cascade, mais pas plus de trois minutes.

— Je crois entendre ma mère !

— Ha ! Bon, je me tais. Je vous laisse vous faire manger de l'intérieur par les vers.

— D'accord, si j'ai une leçon de tam-tam à la place d'un cours de médecine.

— Ça va. Préliminaire à la leçon : on ne dit pas tam-tam. Les Blancs disent ça, mais c'est péjoratif, ou simplement naïf. Ce sont des tambours. Chaque tambour a un nom. Le mien, en bois, est un djembé. Celui de Zigita, en terre, et dont j'ignore l'appellation locale, est de la famille des timbales. Je vais les chercher. Installez-vous sous l'arbre.

L'arbre à palabres de Ganta a un tronc grêle et tordu, porteur d'un immense parasol de branches sinueuses, comme ces serpents qui sifflent sur la tête de la Gorgone. A terre, les racines apparentes s'enchevêtrent, pieuvre au ras du sol dont les tentacules s'enfoncent et ressortent de terre avant d'y replonger. Sans ses feuilles, cet arbre paraîtrait réversible. S'imaginant que si elle s'endormait là elle serait saisie par ces bras, Barbara va s'asseoir sur un minuscule banc de bois sombre sculpté en forme de croissant de lune, poli par des générations de fesses, à peine haut de vingt centimètres. Jules revient avec les deux tambours et un petit collier de boules cuivrées, place les percussions entre eux, trouve une racine pour s'asseoir, noue le chapelet de grelots à sa cheville, pose la main sur la peau de la timbale.

— D'abord, trouver une cadence et la tenir avec régularité. Souvent, on se cale inconsciemment sur la pulsation de son pouls. A vous, essayez. Au centre de la peau, avec les quatre doigts à plat. Voilà ! *Boum, boum, boum,* régulier comme une pendule. Maintenant, à chaque deuxième battement, je vais taper du pied pour faire sonner les grelots… *Boum, boum-gling, boum, boum-gling.* Comme un géant qui marche à côté de vous et ferait un seul pas pendant que vous en faites deux. Vous voyez ? Ne perdez pas le rythme. Voilà ! Maintenant, avec mon djembé, je vais frapper deux fois entre chacune de vos mesures. J'ajoute un enfant avec des petites jambes qui doit mouliner deux fois plus vite que vous et quatre fois plus vite que le géant pour suivre la marche des grands. vous entendez ? *Boum, tac-tac, boum-tac-tac-gling.* Voilà ! On y est. Bravo ! Pause.

— Alors c'est ça ? Enfin, je veux dire le principe, des grandes et des petites jambes ?

— Oui, le tempo, c'est la marche du temps. Il y a les siècles, les années, les mois, les semaines, les jours, et ainsi de suite jusqu'aux millièmes de seconde. Chaque cycle a sa durée, mais tout le monde se retrouve synchronisé le 1er janvier à minuit zéro seconde, quand toutes les aiguilles sont alignées. Si on met trois mille six cent et une secondes dans une heure, ou six jours dans une semaine, ça fout tout par terre.

— On a quand même été obligé d'inventer les années bissextiles.

— Oui, pour rattraper discrètement un faux pas de danse.

— On recommence ? J'aime ça !

— Allez-y, c'est vous le métronome. On fait comme tout à l'heure, mais je vais introduire une variante avec le djembé. Au lieu de faire deux fois *tac*, je vais faire *tac-toc*, avec un coup plus grave en frappant un autre endroit de la peau. Rien n'est changé, mais de la musique commence à naître dans le rythme. Voilà, maintenant, c'est à vous. Un coup sur deux, vous frappez au centre, un coup au bord, au centre. Et moi, tous les quatre temps que vous donnez, je vais aller cogner le corps de mon tambour. Vous voyez, les variantes sont sans fin. Continuez.

La jeune femme, concentrée, ferme les yeux. Jules fait des variantes, des syncopes, des contretemps, tape sur ses cuisses, frappe des mains, sur sa joue en modulant avec la bouche, chantonne un scat de jazz. La main droite de Barbara frappe juste et dans le bon tempo.

— Bien… Continuez mais maintenant, avec la main gauche, vous allez frapper le corps de votre tambour, un temps sur quatre. Ne perdez pas votre main droite !

Barbara commence, ça marche un moment, puis tout se dérègle. Fin dans les rires de la première leçon.

— Oh, merci, Jules ! Cela m'a rappelé quand j'étais petite et qu'on sautait à la corde à plusieurs filles en faisant des sauts sur un pied, deux pieds, seule, à deux, à trois, et que d'un coup on se prenait les pieds dans la corde ! Voilà, je me suis pris les pieds.

— Pas mal quand même ! Vous pouvez vous entraîner à dissocier les mouvements des mains et des pieds. Au début, c'est difficile, mais la dissociation est la base technique, comme les pointes et les entrechats pour une danseuse.

— Vous semblez vous y connaître en matière de danseuses…

— Je ne vois pas du tout de quoi vous voulez parler.

— Je ne parle pas, j'insinue perfidement. On dit que les filles font comme ça, non ?

— Il paraît.

— Autre chose. Je sais qu'en français il y a *vous* et *tu*. Le *tu*, c'est pour les amis ?

— Oui.

— Alors, je voudrais que nous pensions l'un à l'autre en amis, avec *tu*.

— D'accord. On invente le tutoiement anglais. Cela me plaît.

— Bon, tout cela m'a donné chaud. Je vais à la cascade. Deux minutes, pas plus, promis.

Graham s'est levé. Le dîner a des airs de conseil de guerre. Aux trois voyageurs se sont joints le docteur Harley et le commissaire Dunbar. La carte est déployée sur la table. Si elle ne montre aucune route à travers le pays, grâce à l'échelle, à l'expérience acquise au cours de ces jours de marche et aux premières esquisses de Graham, l'évidence apparaît. Pour respecter le projet d'origine, qui consistait à traverser les deux tiers du Liberia d'ouest en est, il faudrait encore deux mois, beaucoup plus de moyens financiers. Et un médecin, ajoute Harley. Et peut-être aussi une garde armée, fait remarquer Dunbar, car les habitants du pays Kru, dont la velléité d'autonomie a été réprimée dans le sang par la Frontier Force, ne sont pas dans les meilleures dispositions. Chacun comprend la litote. Les deux Libériens sont du même avis : il faut descendre dès maintenant en direction de Grand Bassa. Jules trouve aussi que c'est raisonnable, mais il voit bien que ces mises en garde sont pour Graham autant de défis à relever. Même malade, il n'est pas prêt à amputer son voyage de moitié. Il cherche le soutien de sa cousine.

— Et toi, Barbara, tu en penses quoi ?

— Je veux bien mourir avec toi si tu décides de continuer.

Oh, perfidie ! Graham baisse les yeux, pose la main à plat sur la carte, pile sur le pays Kru. Jules regarde Barbara. Il vient de prendre une leçon d'un autre art.

Le troisième jour, Graham dort tard et se lève en pleine forme. Il rejoint Jules, Barbara et Harley en train de prendre leur collation matinale.

— Merci, docteur, pour la potion. Je vais parfaitement bien. C'est de la magie !

Le docteur-missionnaire le regarde avec un petit sourire.

— Non, monsieur Greene, ma potion n'y est pas pour grand-chose. Seulement un pansement sur la plaie. C'est votre sage décision qui vous a guéri.

— …

— Croyez-en le vieux médecin, l'estomac digère les mauvaises pensées. Il souffre quand la tête produit trop d'aigreurs.

— Belle sagesse. Ce sont les professeurs de l'Université ou les guérisseurs d'Afrique qui vous ont appris cela ?

— Les guérisseurs m'ont beaucoup appris, mais je ne parle pas là de médecine, mais de sorcellerie. La médecine de l'âme. Celle de la possession et du désenvoûtement.

Graham pose machinalement la main sur son estomac guéri.

— C'est comment, un désenvoûtement ?

— Eh bien, le sujet est pris par… Peu importe ! Vous, vous dites démence, folie, dépression mélancolique, ici on dit qu'il est possédé par un esprit, un diable. La transe va permettre à ce diable de s'exprimer, de sortir. La personne fait de grands gestes, pousse des cris, tremble, elle a de la bave aux lèvres, les yeux révulsés, dit des choses incroyables qui viennent du plus profond d'elle, change parfois de voix, se met dans la peau d'un autre, même d'une personne de l'autre sexe, ou d'un enfant, ou d'un animal. Il faut laisser faire. A la fin, le sujet revient à lui et ne se souvient de rien. Ce qu'il a dit, ce qu'il a fait pendant la transe, tout sera oublié. Il ne se souviendra de rien et les gens diront que c'est son diable qui a parlé. Eux aussi feront comme si rien ne s'était passé.

Chacun médite en buvant son thé accompagné d'une bouillie de riz au lait de chèvre. Chacun son ersatz de porridge. Puis Barbara, jusque-là silencieuse :

— J'ai lu un article où l'on parle du traitement des femmes hystériques. Au lieu de les enfermer ou de leur jeter des seaux d'eau, on fait appel à des hypnotiseurs. Dans cette transe endormie, elles disent ce qu'elles n'auraient jamais osé dire autrement, ce qu'elles ignoraient même avoir à l'intérieur d'elles-mêmes. C'est leur diable, alors ?

— Oui, madame. Chacun son diable, chacun sa façon de le faire sortir.

— A propos, docteur, comment les gens d'ici acceptent-ils le dieu chrétien ?

— C'est le dieu des dominants, il est donc d'une force supérieure aux leurs.

— Ah oui ? C'est aussi simple ?

— A peu près. Le vaincu voit que ses dieux n'ont pas pu le protéger. Il adopte donc ceux du vainqueur. J'ai un super dieu parce que je suis représentant de la super caste libérienne, descendant des super Noirs venus d'Amérique, les plus forts. Et aussi parce que je les aime et que je les soigne. Mon dieu puissant produit aussi du bien.

— Ils se convertissent ?

— Non. Je ne leur ai jamais demandé de renoncer à leurs pratiques médicales, à leurs dieux, leurs esprits, leurs gris-gris, leurs masques, leurs cérémonies, à rien de leurs traditions sans lesquelles leurs sociétés déjà en difficulté tomberaient dans le chaos.

— En Europe, vous seriez jeté au bûcher pour cela.

— Heureusement, je suis protestant méthodiste, pas papiste. Mais vous avez raison. Qui, à Rome, comprendrait qu'ici le Dieu des chrétiens, créateur de toute chose, est *ipso facto* créateur des génies de la forêt ? Quand je leur dis ici que Jésus a marché sur la mer, transformé l'eau en vin, fait se lever des paralytiques et rendu la vue aux aveugles, qu'il est ressuscité d'entre les morts, je ne dis rien qui les étonne. Jésus est un grand sorcier.

Le docteur Harley se lève, salue, s'en va vers son dispensaire. Cook vient débarrasser.

— Monsieur Graham, il faut acheter un filet pour la rivière. Beaucoup de poissons.

Barbara passe la fin de la matinée à lire les *Mémoires de Julius Washington* extorqués à Jules entre les racines de l'arbre finalement apprivoisées ; Graham rédige ses notes de voyage, interroge Dunbar sur le meilleur itinéraire vers Grand Bassa, vérifie en cachette le bon état de son 38 Enfield ; Jules va regarder les pêcheurs lancer l'épervier dans le bassin de la cascade, négocie un petit tambour-sablier d'aisselle, taille des mailloches dans une branche de bois mort. Il repense à la conversation avec Harley et à celle de l'autre soir avec Graham. *On*, inventeur de tout. Qui est *on* ? Dieu ou l'inventeur de Dieu ?

Déjeuner de poissons grillés. L'après-midi, Graham photographie les cases avec des villageois devant, le chef et ses épouses, les porteurs, qui ont capturé un petit singe pour en faire leur mascotte ; Barbara lit encore un peu et s'entraîne à la dissociation des mouvements de ses mains en frappant ses cuisses ; Jules s'entretient longuement avec Laminah et Cook, ceux qui, de toute la troupe, parlent le mieux l'anglais. Puis il écrit.

Diane, ma très chère cousine,

Je te ferai le récit détaillé de nos aventures dans une autre lettre, en un lieu plus propice. C'est une chose étrange que d'arpenter cette nature luxuriante dans cette Afrique dont je ne connaissais rien et que je découvre avec un bonheur un peu timide. Heureusement, la musique est un langage universel, une clé pour ouvrir des portes.

Graham n'est pas seulement un grand écrivain, c'est aussi un bon compagnon de route, bon organisateur, bon négociateur avec les porteurs et assez diplomate pour éviter les conflits. Il est secret et méticuleux. Il note tout, trace jour après jour notre périple à travers ce pays sans carte. N'est-il pas en train de dessiner la voie pour envahir le Liberia ? Serait-il un agent de Sa Majesté ? Cela m'amuse de le penser.

Avec un médecin missionnaire, nous avons eu une discussion sur le traitement des troubles mentaux. Je me dis que la partie sombre de nous, ce fauve que nous enfermons à double tour, se réveille parfois, gratte à la porte, menace de tout casser. L'idée de bêtes qui vivent au fond de nous et qu'on laisse sortir pour commettre impunément les pires crimes ne m'a pas quitté de la journée. Est-ce une métaphore de notre propre bestialité, ou bien cela existe-t-il ? Se vêtir d'une peau de bête transforme-t-il l'homme en fauve dans la conscience d'un mangeur d'hommes ? Le représentant de l'Etat ici m'a dit que le gouvernement luttait contre ces sociétés secrètes qui se développeraient en réaction à l'emprise croissante des Américo-Libériens dans l'arrière-pays. Sais-tu qu'on dit ici que l'ex-président King a fait appel à des hommes-alligators pour se débarrasser des enquêteurs de la Société des Nations ? Mais il n'avait pas osé sacrifier un enfant, se contentant d'une chèvre. Les alligators se sont fâchés, il a dû démissionner ! Laminah, notre chef d'équipe, m'a dit : « Ces gens mauvais, faire rata d'homme ! » Il avait entendu que certains étaient venus ici à la recherche de cœurs, de peau du front et des mains pour les manger.

Demain, nous partons vers le sud, le pays des « cannibales ». Si tu lis ces mots, c'est qu'ils ne m'auront pas mangé. Porte-toi bien, embrasse Liberty, salue Jeremiah pour moi.

Jules

Plus au sud, sur un chemin forestier du district de Tappita, avancent en file indienne une dizaine de paysans. Ils traînent la jambe, attachés les uns aux autres par une corde nouée aux chevilles, bras entravés, mains liées à une barre de bois sur les épaules. Deux soldats marchent devant, deux derrière. Des coups de crosse paresseux sont distribués sans discernement. Kimeh et ses hommes-léopards attendent à la rivière. La vue des prisonniers attise leur faim de fauves. Quand la colonne traverse, ralentie par l'eau qui arrive à la taille, les léopards bondissent. Ils semblent se déplacer à la surface, comme des araignées d'eau. La rivière devient rouge. Les corps lacérés des soldats partent dans le courant. Message de peur, leurs corps seront retrouvés par leurs chefs. Les prisonniers pataugent, tombent, se relèvent, fuient en hurlant, toujours attachés les uns aux autres. Terrorisés. Libres. Ils iront raconter que les léopards les ont délivrés et ont tué les soldats des Blancs. C'est ce que veut Kimeh. Pourtant, il sait que la Frontier Force ne renoncera pas, qu'elle enverra des soldats qui ont acquis assez de ruse pour ne pas rentrer bredouilles de leurs razzias. Leur colonel choisit avec soin des hommes d'une ethnie hostile, ennemie de toujours, qui se souvient des temps encore proches où les groupes indigènes se capturaient entre eux pour vendre les prisonniers aux négriers de la côte. Ils ont la même tactique, la surprise. La patrouille encercle un petit hameau à l'heure où la plupart des hommes adultes sont partis pêcher, chasser, chercher du bois. Les femmes, les enfants, les vieillards, tous sont rassemblés dans la maison de palabre, menacés d'une torche enflammée. Les soldats se cachent dans les cases vides. Il n'y a plus qu'à attendre. La fumée d'une hutte incendiée va faire revenir les villageois. C'est là qu'ils se feront prendre. Après de longs jours de marche forcée, comme au temps de la traite, les soldats conduisent les capturés vers les chantiers du gouvernement libérien. Il y a tant de routes et de ponts à construire !

5

Quelle étrange semaine ! Ils ont fait halte à Zugbei, Peyi, Sakripie, Baplai, Towehta, Greh. Jules adore la sonorité de ces noms, surtout ceux qui se terminent en *ta*, prononciation indigène de *town* tel que le disent les Blancs. Du pays Mano ils passent maintenant en pays Gio. Le premier jour, en quittant Ganta, le docteur Harley les a mis sur leur chemin vers Tappita en faisant un détour par une autre cascade, en aval de celle où Barbara s'était baignée. Un lieu secret aux accès cachés par la végétation. La rivière tombe dans une sorte de gouffre noir dont on ne voit pas le fond, formant un arc-en-ciel, le dragon magique de toutes les mythologies. Sur les pierres du bord, des traces anciennes de feux, des restes non identifiables. Offrandes et sacrifices, a expliqué le médecin. C'est là que les villageois remerciaient autrefois les hommes-fées de la forêt de les avoir un jour protégés contre leurs ennemis. Une société pygmée disparue.

A Sakripie, ils ont assisté à une danse où les masques étaient montés sur des échasses pendant que d'autres se livraient à des exhibitions burlesques, montaient sur les toits des maisons, en tombaient et se roulaient par terre. A l'étape de Towehta, Laminah a été terrassé par un mal de dents qui a lui donné de la fièvre. Invité à se reposer un moment sur place et à rejoindre le groupe à Tappita, il a préféré rester avec eux, de peur d'être mangé par les Gio. Cook a donc pris provisoirement la fonction de guide.

Sept jours après leur départ de Ganta, à part ces trois souvenirs précis, Jules ne saurait plus faire le récit chronologique de leur voyage, sauf y voir un cheminement haletant dans un long boyau vert, de plus en plus fermé, suffoquant, silencieux, comme si le règne végétal, dans la boucle perpétuelle et accélérée de son éclosion à sa décomposition, ne laissait plus de place aux autres formes de vie. Pourtant, cet enchevêtrement de fougères géantes, de feuilles épaisses, larges ou piquantes, de lianes venant de nulle part et ne menant qu'à un autre néant vert, ces troncs à peine visibles colonisés par d'épais lichens, des plantes grimpantes et des racines aériennes en grands rideaux, ces roches rares recouvertes de mousse, toute cette masse compacte doit bien receler des serpents, des crapauds, des rongeurs, des singes, des oiseaux, des fauves peut-être. Mais, quand la colonne qui marche désormais d'un pas économe arrive, le silence se fait. On ne peut entendre que le cri d'une bête qui, de loin en loin, donne l'alarme. Seuls les insectes ne sont pas craintifs. Les fourmilières et les termitières, plus hautes que les hommes, sont comme des bornes kilométriques le long du sentier. Les anophèles et les mouches piqueuses obligent à porter des pantalons, des lambeaux de moustiquaires des chapeaux jusqu'aux cols fermés des chemises à manches longues, à garder les mains dans les poches. Avec de longues baguettes, les premiers de la file détruisent des toiles d'araignées tendues entre les bords du chemin. D'énormes hannetons, à corne, à casque, à pinces, dans des armures brunes, irisées comme du pétrole ou rayées de noir et de blanc, tombent sur les épaules, frappent les visages, se glissent dans les chemises. Heureusement, des papillons minuscules en nuées, ou d'autres solitaires et larges comme la main, apportent de la couleur. A l'étape, des scorpions gros comme des écrevisses colonisent les huttes, se massent dans les chaumes des toits et les soubassements des greniers, se cachent sous les matelas, dans les bagages. Cook, qui est aussi herboriste et expert ès poisons, a beau répéter que leurs piqûres ne sont que douloureuses, dans la lumière des lampes à pétrole leur découverte est toujours une vilaine surprise. Règle édictée par Laminah : le soir, taper son oreiller avant d'y poser la joue, le matin, secouer ses souliers avant de les enfiler. Finalement, le moment le plus agréable est celui où les voyageurs se retrouvent au milieu de la cour. Les lieux sont soigneusement balayés, la fumée des feux sur lesquels on jette des poignées de citronnelle éloigne un peu les moustiques, les poules en liberté détruisent les insectes rampants et tout serpent qui oserait pénétrer l'enceinte. Plus tard, peu importe que les cases aient été propres ou sales, la nuit est le royaume des rats. Ils ont depuis longtemps ruiné les moustiquaires, ils s'introduisent partout, font la sarabande dans la paille des toits, grattent les cloisons de terre sèche, percent les portes de jonc tressé, rongent les cuirs. Un matin, Barbara trouve sa brosse à cheveux totalement chauve, tous les poils en soie de sanglier rongés jusqu'au bois. Quant aux mornes villages traversés, on les aurait dits à la veille d'une totale disparition. Les gens, évidemment curieux de voir arriver ce grand équipage, après le premier instant d'étonnement, n'expriment guère que le respect minimum dû à l'étranger de passage à qui l'on doit l'abri. Seules animations, le soir, quelques beuveries à la bière de riz auxquelles se prêtent certains porteurs et qui se terminent par des scènes grotesques ou des bagarres sans gravité. Graham, qui sait à quel point ce voyage est devenu pénible pour tous, se garde d'intervenir.

Tout au long de ces jours fastidieux, Barbara, couverte comme une apicultrice, marche stoïquement. Jules remonte la file et la redescend comme à son habitude, reste souvent près d'elle et, pour la distraire, rythme sa marche de son petit tambour d'aisselle. A d'autres moments, il se met à la hauteur de Graham, échange quelques mots avec lui.

— Tu vois, Jules, la nuit, je ne supporte plus les rats, le soir, j'appréhende d'aller m'accroupir pour chier dans le noir avec la peur qu'il y ait un serpent dans les feuilles. Le jour, je commence à en avoir assez de cette suite de pas sans fin. J'aime cette aventure, mais ses modalités me fatiguent parfois. Pas toi ?

— Si, un peu, j'avoue. Pourtant, je suis vraiment étonné par cette Afrique-là. A côté, mon Sahel me semble n'être qu'un terrain d'initiation pour débutants à la découverte du continent des Noirs. C'est vrai que ces derniers jours ont été pénibles. Alors, je fais de la musique dans ma tête pour passer le temps.

— Et moi, j'essaie de penser à mon prochain roman, mais j'ai peur d'y penser trop longtemps et de n'avoir plus rien le jour suivant pour occuper mon esprit.

Kimeh a dormi dans la grotte sacrée, où son rang de Grand Initié l'autorise maintenant à habiter. Ce matin, il va vers son village, comme un simple paysan Gio, un pagne aux hanches, une courte machette à la main et un chapeau de jonc sur la tête. En s'approchant, il entend des voix. Il s'arrête. Il y a des soldats. Il est seul, impuissant sans la métamorphose rituelle, l'habit, les armes, les amulettes, les drogues du léopard, mais il sait se cacher, grimper aux arbres, s'approcher sans être vu. Le colonel Davis est revenu à Tappita ! Jusqu'où iront l'arrogance et la cruauté des Blancs ? Kimeh reste caché. Il essaie de maîtriser sa rage. Tous les souvenirs reviennent. C'était avant son initiation. Presque de ce même endroit, déjà incapable d'intervenir, il avait assisté de loin à la scène, dissimulé dans les racines-contreforts d'un grand fromager, les ongles plantés dans l'écorce. Davis dirigeait les opérations. Cent hommes de la Frontier Force armés de fusils à baïonnette et de revolvers dernier modèle avaient fondu sur Tappita avant l'aube. Pour surprendre la population, de village en village depuis Monrovia ils avaient montré un visage agréable aux populations. Quittant Zigita, leur dernière étape, en plein milieu de la nuit, ils avaient parcouru les vingt kilomètres jusqu'à Tappita presque au pas de course. Quand le village s'est réveillé, il était encerclé. A coups de crosse, ils ont fait sortir les gens des cases. Un récalcitrant a été abattu, pour l'exemple. Les presque cinq cents habitants ont été rassemblés sur la place, les hommes fouillés. Ont été attachés et forcés à s'asseoir tous ceux qui portaient scarifications, insignes, gris-gris évoquant, même de loin, des pratiques magiques. Les cases ont été vidées. Les masques et tout accessoire pouvant avoir un rapport avec *les diables* ont été rassemblés et rangés dans des caisses, comme preuves à montrer dans la capitale. Pas la peine de fouiller la forêt à la recherche des clairières secrètes, ce sont les hommes qu'il fallait briser. Il ne s'agissait plus de prélever des travailleurs-esclaves. Il fallait exterminer pour terroriser, faire renoncer aux croyances barbares, imposer la *civilisation.*

A onze heures, la tuerie a commencé. Un cordon de soldats empêchait les villageois de se dérober au spectacle. Un autre groupe entourait les hommes ligotés, vieillards et jeunes gens. Ils ont armé leurs fusils. Au signe du colonel, ils ont tiré à volonté. Cinquante fusillés en moins de trois minutes. Davis en a achevé personnellement quelques-uns au revolver. Il a aussi abattu une femme qui se précipitait vers son fils en hurlant. Avant midi, la troupe est repartie pendant que brûlaient les cases des fusillés.

Kimeh se laisse glisser le long du tronc, marche prudemment vers le nord, dans le pays profond où les hommes du colonel ne devraient pas se rendre, faute de route sécurisée. Ses oreilles affûtées entendent d'autres voix, ses sens aux aguets perçoivent une vibration du sol. Il grimpe le long d'une longue liane qui descend droit des cimes invisibles, il voit une longue colonne marcher sur la piste, un groupe important de porteurs africains, trois Blancs dont une femme. Aucun danger. Le ciel va se couvrir, il va retourner dans la grotte de la clairière secrète. Le léopard reviendra demain à Tappita.

Ce dimanche 23 février, le moral des marcheurs s'est amélioré. C'est la dernière étape avant le chef-lieu du district, espoir de confort et de repos. Ils marchent depuis quatre heures, ils viennent de faire la pause pour l'habituel frugal déjeuner. Le soleil au zénith éclaire la longue galerie verte pour un court moment éblouissant de violentes taches de lumière. Le ciel, tout au long de ces étroits sentiers dégagés à la machette par les premiers porteurs, n'est qu'une bande étroite, une part verticale infime du paysage, à condition de regarder en l'air, ce que personne ne fait. Sauf quand il se met à faire nuit et que la canopée est prise de grands balancements. Bruissements autour, roulements au loin. C'est le premier orage, annonciateur de la saison des pluies. Soudain et brutal. Les porteurs n'ont que le temps de couper les plus grandes feuilles des bananiers sauvages et chacun s'abrite sous son bruyant parapluie où tambourinent des cataractes d'eau chaude. La foudre tombe ailleurs, l'orage tourne vers la vallée, le vent se calme. La troupe repart, pataugeant dans la boue rouge. Tout ruisselle, l'odeur forte de la terre mouillée couvre celle de la putréfaction. Puis, quand le nuage rend sa place au soleil, l'évaporation est si forte, la vapeur si dense, qu'on ne se voit plus d'un bout de la colonne à l'autre.

C'est harassés et trempés qu'ils arrivent sur le dernier tertre en vue de Tappita, carrefour de deux routes, celle qu'ils doivent prendre en pays Gio, presque parallèle à la Saint John River qui se jette dans l'océan à Grand Bassa, et celle à laquelle ils ont renoncé et qui les aurait conduits vers le sud-est et la Sinoe River, en pays Kru. Bien que Jules regrette de ne pas aller voir à quoi ressemble la terre natale du géniteur de Julius Washington, le fameux capitaine au nom codé de Sinoe Kruman, la fatigue donne raison à la sagesse.

Déception. Le mot est faible. Là où ils pensaient trouver un lieu de repos accueillant dans une petite cité animée, ils ne trouvent que désolation. Graham s'arrête en tête de colonne, les autres le rattrapent et se groupent, Barbara et Jules devant. Sur les quelque deux cents cases aux toits pointus que devait compter Tappita, au moins un quart ne sont plus que des cercles noirs d'une cendre mouillée qui a coulé dans les rigoles de pluie. Après un moment de sidération, Graham interpelle le cuisinier.

— Cook, passez devant, annoncez-nous et demandez ce qui s'est passé.

Cook part aux nouvelles et dévale le chemin en glissant sur la latérite détrempée. Graham s'assied sur une caisse, coudes sur les genoux, abattu. Barbara demande :

— Jules, tu penses quoi de ça ?

— Ces incendies ne datent pas d'hier. Plusieurs mois. Un an peut-être. C'est étrange que personne n'ait reconstruit, ni même dégagé les ruines. Pourtant, la saison des pluies va arriver et, normalement, on répare les toits. Et regarde les petits jardins potagers. La plupart sont abandonnés, repris par les herbes…

— C'est vrai. On dirait que la vie s'est retirée.

— Il s'est passé quelque chose, ici. Une chose grave. Ce n'est pas une case qui a brûlé par accident et mis le feu à tout le quartier. Tu vois, ce sont des foyers bien séparés.

— Jules, tu veux dire que…

— Ces maisons ont été volontairement incendiées. Et si elles n'ont pas été reconstruites, c'est que leurs habitants sont morts. Délibérément tués. Les survivants sont brisés, ils ont peur. J'ai déjà vu ça, des vengeances entre ethnies.

Cook revient, le teint gris, accompagné d'un jeune militaire qui demande à parler au « chef de mission ». Graham s'avance vers lui.

— Monsieur, je viens de la part du colonel Davis, commandant en chef des Forces libériennes, pour vous inviter à séjourner autant qu'il vous plaira à Tappita, où il vient d'installer son quartier général provisoire. Le colonel est en conférence mais pourra vous recevoir quelques instants après dîner. En attendant, nous allons vous aider à vous installer. Vous pouvez me suivre, vous et votre suite.

Ce n'est pas une invitation. Graham remercie froidement. Le type fait demi-tour. Les porteurs reprennent leurs charges, la file indienne se reforme. Dans le village, ce n'est pas l'animation habituelle de fin de journée. Au lieu des groupes d'enfants qui jouent, aident à la cuisine ou surveillent les plus petits, des femmes qui allument les feux et s'affairent dans la case-cuisine collective, des hommes qui réparent les outils, préparent la viande de brousse ou palabrent avec les plus vieux sous l'arbre, les voyageurs ne trouvent qu'une population éparse et furtive qui les regarde comme une menace. Sur la place se trouve une grande tente militaire entourée de soldats arme au pied.

Bien plus tard, après un silencieux dîner à trois, vient l'heure de rencontrer celui que la rumeur appelle « le dictateur de Grand Bassa », le comté dont il est le maître. Whisky aidant, les quelques minutes d'entrevue dans la case à palabres réquisitionnée pour en faire son QG de campagne se transforment en un long monologue de cet homme long et sec au regard qui pourrait passer pour idiot s'il n'y avait pas cette lueur de pure méchanceté. Le colonel, en uniforme ajusté et bottes d'équitation bien cirées, prend plaisir, cigare en bouche, à s'épancher sur ses grandes idées et ses faits d'armes dans le 10e régiment de cavalerie US au Mexique et aux Philippines. Il n'explique pas pourquoi il a atterri au Liberia en 1919 ni comment il est devenu aide de camp de King, puis commandant en chef de la Frontier Force avec grade de colonel. Quels services, quelles intrigues, quels coups tordus ? Il poursuit sur le terrain politique :

— Il faudrait ici un grand homme capable de régénérer l'Afrique. Il y en avait un, mais il a été privé de son beau projet par les manœuvres de politiciens noirs dégénérés aux idées cosmopolitistes, traîtres à notre race.

Cela passe au-dessus de la tête de Graham et de Barbara, mais Jules sait de qui il parle, comme il saisit l'allusion antisémite dans la charge contre le projet Firestone :

— Le président Barclay m'a maintenu à mon poste malgré la pression des internationalistes de la SDN et des capitalistes américains, comme ce Samuel Feuerstein.

Pour finir, entre deux bouffées de cigare, Davis raconte avec fierté qu'il a mis fin aux révoltes des Kru et des Grebo et lutté contre les pratiques obscurantistes des indigènes.

— J'ai éradiqué l'un des bastions de la secte des hommes-léopards en en tuant cinquante dans cette bonne ville de Tappita, aujourd'hui apte, grâce à moi, à devenir une ville prospère du Liberia moderne grâce à la route que nous construisons.

Il faut presque le mettre dehors en le laissant emporter une demi-bouteille d'alcool. Après son départ, Graham se met à écrire fébrilement, puis tend une feuille de papier à Jules, qui tapotait machinalement sa timbale de terre, la tête ailleurs. Jules lit avec ennui et dégoût le récit fidèle des délires cruels et mégalomaniaques du colonel, mais il ose sourire quand Graham reprend presque textuellement son éloge de l'Ovomaltine, boisson énergisante à base d'orge, de levure, de lait et de chocolat qu'il boit le soir après une dure journée et qu'il prétend offrir pour « apprivoiser » ses ennemis.

— Incroyable, tu ne trouves pas, Jules ? Ce type a fait brûler vifs des enfants, violer en masse des femmes, mitrailler des guerriers indigènes qui n'ont que de vieilles pétoires ; il a exterminé cinquante personnes ici même où il me tient de tels propos en buvant mon scotch et tout en vantant les mérites de l'Ovomaltine ! On croit rêver.

— Je ne crois pas rêver. Je suis sûr d'être en plein cauchemar. Partons au plus vite !

— Barbara est de ton avis. Elle voit Davis comme un petit Hitler, soldat de fortune.

— Elle a raison. Le docteur Harley dirait que le Mal enfermé au fond de nous s'est évadé. Qui sera l'exorciste ? Ce type, qui a dû être considéré dans son Amérique natale comme un sous-homme, en a trouvé d'autres à martyriser ici. Il ne te rappelle pas les types du Jardin des Grands Explorateurs ?

— Même race de salauds. Tu penses à une balle de mon 38 ?

— S'il te plaît, résiste à la tentation ! En tout cas j'admire ta manière totalement hypocrite de poser aux pires assassins des questions qui leur semblent flatteuses !

— L'important est la réponse, pas la question. C'est mon idée du journalisme.

— Alors, on s'en va ?

— On se repose d'abord une journée. Il ne faut pas le vexer. Nos visas indiquent que nous devons aller vers l'est, pas piquer maintenant vers le sud. Demain, nous allons lui parler de notre rencontre avec le président Barclay, et toi de son idole, Joséphine !

Le second jour à Tappita devait être consacré au repos. En réalité, il fait regretter la marche forcée dans l'étouffante forêt. Le village est pétrifié de terreur. Les porteurs ne parlent pas. Ils auraient moins peur des hommes-léopards que du colonel, confie Cook à Jules. Barbara ne veut plus s'éloigner de sa case depuis que, à peine levée pour la collation matinale, Davis lui a fait un baisemain en la regardant par en dessous avec un sourire entendu de toutes ses dents en or. Graham cache ce qu'il reste de sa réserve de whisky et convie Jules à une promenade dans le village, le plus loin possible du QG de la Frontier Force. Jules avait plutôt pour idée de proposer une seconde leçon de percussions à la cousine de son ami. Il l'accompagne pourtant à travers les allées de ce bourg déprimé. Et, comme si cette impression pesante ne suffisait pas, le premier bâtiment devant lequel ils passent est la prison. Des hommes et des femmes attachés à des piquets, par les mains, les pieds, le cou, livrés nus aux intempéries, et, pour les plus chanceux, des sortes de niches creusées dans un mur de terre sèche qui les retient par une chaîne. Partout, de l'eau croupie, de la boue, de la merde à l'odeur ravivée par la pluie. Un gardien à l'air halluciné distribue au hasard des coups sur des corps devenus insensibles, cherchant un coin de soleil pour se sécher, respirer, trouver un peu de douceur. Une vieille femme aux jambes entravées distribue une bouillie dans les écuelles. Au lieu de se précipiter sur la nourriture, les détenus réagissent à peine, déjà indifférents, déjà ailleurs.

La présence de Graham et de Jules attire le commissaire de district. Dans un anglais approximatif, il leur fait faire le tour du propriétaire, répétant sans arrêt que tout est en bon ordre maintenant, sous-entendu depuis l'intervention du colonel Davis.

Jules tire Graham par la manche.

— J'en ai assez vu et entendu, viens, on s'en va.

Graham salue aimablement le commissaire de district. Jules s'attend à tout moment à tomber sur le charnier où ont été enterrés les villageois fusillés par les hommes de Davis. Aucune trace. En fait, il n'y a strictement rien à voir d'autre que cette désolation. Une case sur quatre réduite en cendres, les autres qu'on dirait vides, des jardins livrés aux adventices. Ils retournent vers le centre. L'heure est venue de demander le sauf-conduit obligatoire pour emprunter la route du sud. A l'entrée de la case qui tient lieu de QG, un planton leur signifie que « pour la bonne règle madame Barbara doit aussi se présenter à l'autorité ». Graham, furieux, va chercher sa cousine. Après presque une heure d'attente, ils sont enfin reçus par le dictateur, qui, avec un sourire de toutes ses dents aurifères, leur tend le papier attendu où trône une signature démesurée, *S.E. Colonel Thomas Elwood Davis*. Alors que Graham va s'en saisir, Davis retient son geste.

— Une condition : vous serez accompagnés jusqu'à Bassa Town par deux de mes soldats. Ils sauront prévenir toute attaque de ces bandits déguisés qui sévissent encore dans les forêts.

C'est sans appel. Ils partiront sous escorte. Des mouchards, bien entendu.

Cette grâce accordée est encore prétexte à demander du whisky, à baiser la main de Barbara en soufflant par le nez la fumée de son cigare, à poursuivre l'inépuisable récit de ses exploits de héros de la civilisation injustement attaqué dans le Livre jaune de la SDN.

Pour finir cette journée sombre, quand, prétextant la fatigue pour se séparer de leur hôte, le trio peut enfin regagner ses pénates, Graham est pris de tremblements. Barbara l'accompagne jusqu'à son lit, lui administre des sels d'Epsom et une dose de quinine. Il transpire, brûlant, puis glacé, grelottant sous deux couvertures. La fièvre est forte, son teint est jaune, ses yeux sont rouges et cernés de bleu. Alerté, Cook convoque le guérisseur. Il en résulte une décoction d'écorces et d'herbes. Epuisé, le malade finit par s'endormir.

Jules et Barbara restent un moment à le veiller, assis sur ce qui peut passer ici pour un canapé, des sacs de paille de différentes tailles, gros dessous, petits dessus. Jules la regarde en coin. Il se rappelle la première fois, à la descente du *David Livingstone*. Rien de vraiment séduisant, sans *sex-appeal*, tout au moins à son goût, mais ce paradoxal mélange de force et de grâce. Il avait vu l'intensité des yeux noirs. Ce soir, dans la lumière de la lampe, après vingt-trois jours passés en Afrique depuis leur arrivée à Freetown dont deux semaines de marche, d'inconfort et d'émotions, elle exprime toujours cela.

— Si tu permets, Barbara… je te trouve étonnante. Après ces deux jours où le pire de l'humanité s'est exhibé comme la plus grande vertu, où tu as vécu des choses qui n'ont rien à voir avec ton quotidien habituel, on dirait que tout cela n'a ni diminué ton énergie ni altéré… ta douceur.

— Ça, c'est vraiment gentil.

— C'est la vérité.

— Tu as raison de dire que j'ai été préservée de bien des horreurs de la vie. Pas comme toi. Graham m'a un peu raconté, la guerre, tout ça. Mais voilà, c'est ainsi. Je ne sais pas pourquoi, mais sans rien perdre de ma capacité à m'émouvoir je me découvre quelque talent pour résister aux mauvais vents. Je n'ai pas à en être complimentée, je ne fais aucun effort pour cela. J'en suis aussi étonnée que toi. Et contente. J'aurais pu me découvrir faible et capricieuse. C'est ce que je craignais, à vrai dire.

Jules se dit qu'il est bien étrange, ce moment d'intimité partagé avec cette jeune femme, au cœur d'un village qui sent la mort. Devant la porte encore ouverte de la case passe une ombre. Une femme qui cache son visage et marche vite, méfiante. Quelques poules cherchent des insectes dans la boue mais aucun enfant ne joue dehors. Au fond, entre les cases encore debout, dans la pénombre, la silhouette d'un soldat qui les observe. Jules se lève, pousse le battant, revient s'asseoir à côté de Barbara.

— Je crois que tu vas devoir en plus t'occuper de ton cousin. Il est bien mal en point.

— Tu es inquiet ?

— Un peu. Mais cela peut être passager. Si c'est la malaria, la quinine fera son effet.

— Tu crois qu'on doit attendre ici sa guérison ?

— Certainement pas ! Il faut profiter qu'on a des porteurs pour le faire voyager dans un hamac. Plus on s'approchera de la côte, plus on aura de chances de le faire soigner. On ne change rien, sauf que c'est toi, Barbara, le chef blanc par intérim.

— Oh non ! Moi, je veille sur Graham, toi, tu prends sa place de leader. J'ai confiance en toi. Tu pourras même porter sur toi le revolver de Graham.

— Comment as-tu su qu'il en avait un ?

— Je l'ai trouvé dans mes petites dentelles après la fouille des douaniers à Foya.

— Tu sais où il le range ?

— Dans l'étui de cuir qu'il porte à la ceinture et où il met sa boussole, son carnet, ses crayons, sa montre cassée et d'autres bazars.

— D'accord, Barbara, je m'occuperai aussi de la boussole et des relevés pour la carte. Je sais que c'est très important pour lui.

— Tu sais pourquoi il fait ça ?

— Pour garder la mémoire de notre périple, compléter la carte américaine, être le premier cartographe du Liberia… je ne sais pas.

Si j'avais été en charge de la mission, j'aurais peut-être fait la même chose. Sûrement, même. Ce voyage est une première.

— Tu ne crois pas, comme certains Libériens, que c'est pour renseigner l'Angleterre ?

— Dis voir, Barbara, tu es en train de dire que c'est un agent anglais ?

— Si j'étais un Libérien paranoïaque, si je savais qu'il a passé beaucoup de temps au Foreign Office avant de partir te rejoindre à Gorée et qu'il a eu plusieurs rendez-vous à Freetown avec le gouverneur de Sierra Leone, je me le demanderais en effet. Mais ça, c'est mon côté romanesque.

— Et moi, j'envoie en France des messages codés avec mes tambours ?

— Ha ! C'est bon de rire après une journée comme celle-ci. Merci, Jules, d'être là.

Ils ne disent plus rien. Tappita est silencieuse. On n'entend même plus Davis crier des ordres. Barbara s'endort la première. Sa tête s'appuie sur l'épaule de Jules, qui n'ose plus bouger. Ensuite, est-ce la lampe qui s'éteint la première ou est-ce Jules qui ferme les yeux ? A un moment indéterminé de la nuit, il se réveille, un bras mort d'ankylose. Souvenirs… Dans le noir, il repousse doucement Barbara, l'allonge sur ce qui tient lieu de coussins, la recouvre d'un drap et d'un tulle de moustiquaire, rejoint son lit à côté de celui de Graham.

6

Il fait encore nuit quand ils prennent leur petit déjeuner. Ils partent dans la lumière grise, un soldat de la Frontier Force devant, un autre derrière. Graham Greene, qui semble endormi, est porté dans un hamac par deux hommes qui se relaient. Jules est un peu plus en avant, Barbara juste derrière. Une longue étape les attend jusqu'à Zigita. Neuf heures de marche, leur a-t-on dit.

Les premiers kilomètres sont faciles. L'ambition du président Barclay, pour contrôler les pays Bassa, Gio et Mano, est, sur les conseils de Davis, de tracer une route rectiligne et carrossable, de la côte jusqu'à Ganta. Dès les premières lueurs du jour, des centaines d'ouvriers forcés sortent de la lisière de la forêt où ils ont dormi seulement abrités sous des sacs, pour défricher, couper des arbres, terrasser, aplanir, consolider les abords. Des contremaîtres armés de fusils et de longues baguettes les surveillent et les frappent quand ils trouvent cela nécessaire. A plusieurs, les coupeurs attaquent les troncs avec de longues machettes. Un tambourinaire donne la cadence. Sans y prêter garde, les marcheurs calent leur pas sur le rythme des bûcherons. Puis ils dépassent le chantier, empruntent le tronçon construit les jours, les semaines, les mois précédents. Il a beaucoup plu. La terre nouvellement remuée, privée de sa végétation, est devenue un bourbier. Les pas s'alourdissent, les pieds nus glissent, des caisses tombent. Dans les creux du terrain, des mares se sont formées. Trois fois, la troupe doit s'enfoncer jusqu'à mi-cuisses dans l'eau couleur brique. Après trois heures de ce parcours du combattant, Jules donne le signal de la pause. Cook distribue à manger et à boire. Barbara administre une nouvelle dose de quinine à son cousin, qui réclame aussi un verre de whisky et se rendort. Laminah, qui semble au contraire avoir gagné en force et en assurance pendant le voyage, palabre avec les deux soldats de l'escorte. Puis revient vers Jules, explique qu'il existe un chemin parallèle, l'ancienne piste, étroite mais au sol damé.

— Bien, alors on y va.

— Les soldats ne veulent pas. Peur de la forêt. Des diables.

— Il y a des diables dans la forêt ? Vous en avez vu ? Vous y croyez ?

— Je ne crois pas aux diables. Je suis musulman. Les autres ont peur.

— On y va quand même. Tant pis pour les soldats s'ils ne suivent pas, ils peuvent rester sur la Nationale 1. Expliquez ça à tous. Sauf l'histoire des diables.

Entre la cour martiale façon colonel Davis et les mauvais génies, les deux gardes armés se résignent à suivre la colonne qui reprend son cheminement dans la forêt épaisse. Maintenant, le terrain est en pente douce. La descente progressive vers le niveau de la mer commence. Encore environ cent vingt kilomètres, selon les estimations de Jules, qui, avec la petite sacoche de ceinture de Graham, en a repris les fonctions cartographiques. Le court 38 Enfield est bien là, graissé et chargé. Prévoyant et cachottier Graham, observatrice Barbara.

C'est la pause de midi. Les petites bananes sauvages ramassées le long du chemin agrémentent la bouillie de manioc distribuée par Cook. Le soldat de tête qui semblait s'être un peu détendu cherche son collègue de fin de peloton. Il l'appelle. Pas de réponse. Il va vers Laminah, qui le conduit à Jules.

— Monsieur Jules. Le soldat arrière, pas là. L'autre soldat a peur.

— Bon, Laminah, je vais aller voir avec lui. Les autres, attendez ici.

— Mauvais partir seul. Prenez deux musulmans, ou chrétiens. Pas peur.

Avec deux machettes, un fusil et le petit revolver, les quatre hommes rebroussent chemin. Ils n'ont pas à marcher longtemps. A moins d'un kilomètre, le soldat qui fermait la marche est là, allongé sur le ventre au bord du chemin. Sa tête est presque détachée du corps, ses vêtements en lambeaux, son dos traversé de grandes plaies parallèles. Des griffes de fauve. Jules n'a pas besoin de se faire traduire ce que l'autre soldat hurle maintenant. Les deux porteurs restent comme figés devant le spectacle, tandis que le milicien de Davis, comme possédé, court en rond, gémit, tire des coups de fusil en direction de la forêt.

— Retournons. Nous prendrons des pelles pour l'enterrer. Ne perdons pas de temps.

Jules ramasse le fusil du mort, défait sa cartouchière, en essuie le sang comme il peut, puis les trois hommes entraînent le militaire survivant de force. Barbara et les porteurs ont entendu les coups de feu. Ils attendent les nouvelles. Jules raconte brièvement puis, au moment de repartir avec quatre autres hommes, il dit à Barbara :

— Je garde le fusil. Prends le revolver. J'ai levé le cran de sûreté. Tu sauras bien t'en servir. Tiens-le à deux mains.

— Je sais. J'ai été élevée avec des garçons. Sois prudent.

Ils retrouvent le soldat mort. Pendant que les porteurs creusent une tombe dans la terre meuble, Jules regarde le cadavre. Attaqué dans le dos. Les fauves font toujours ça. Morsure à la nuque. Là, un coup précis avec un très long couteau, comme faisaient les Hellfighters tant redoutés des Allemands, hommes-serpents des tranchées. L'homme de la Frontier Force a eu l'imprudence de s'arrêter seul en arrière de la colonne. Il a son pantalon baissé sur les chevilles. Jules essaie de le lui remonter pour lui rendre un peu de dignité. Il le retourne pour le coucher sur le dos. Son thorax a été ouvert à l'emplacement du cœur. La peau de son front, des yeux aux cheveux, a été arrachée, comme un scalp. Ceux qui creusent la tombe ne le voient pas. Il referme ce qu'il reste de veste militaire sur la poitrine du mort, le rhabille comme il peut, pose sa casquette de soldat sur son visage, comme pour le livrer à un rituel. C'est ainsi qu'il est recouvert de la boue du chemin.

Revenu vers le groupe, Jules explique à Laminah, qui explique aux porteurs qu'il faut rester en groupe, ne jamais s'attarder seul en arrière. Il insiste : les hommes-léopards s'attaquent uniquement aux soldats. C'est une affaire entre eux. Strictement entre eux. Léopards et soldats. Il ne sera pas fait de mal aux civils et aux étrangers.

A moitié convaincus, les porteurs reprennent leurs charges. Que faire d'autre ? Jules s'approche du hamac où repose Graham. Drogué par les potions de Cook additionnées du cocktail appelé *whisquinine*, il ne s'est rendu compte de rien. Il respire paisiblement, grelotte moins souvent, transpire davantage.

— C'est bien, commente Barbara.

— Je vais me tenir à l'arrière. J'ai le fusil. Et toi, garde le revolver.

— Jules, sois prudent, encore une fois.

La marche reprend, d'un pas accéléré. Le soldat survivant, en milieu de colonne, est très nerveux. Il marmonne, trépigne, remue la tête et, d'un coup, part en courant vers l'avant, remonte la file en écartant tout le monde, disparaît dans les méandres du sentier en vociférant, fusil brandi. Chacun se regarde, personne ne va à sa poursuite. Jules, qui ferme la marche avec l'arme du défunt, se dit que cette fuite va éloigner le danger. S'il est bien vrai que seuls les militaires sont visés.

Kimeh a caché le cœur et le scalp du soldat dans le creux d'un tronc. Il a vu les autres enterrer le soldat. Il le déterrera plus tard. Puis il les a suivis quand ils ont rejoint le reste de la troupe. Il est sur leur trace depuis le matin, sur le chemin parallèle. Il ne pouvait pas attaquer sur la route. Trop large pour être invisible, trop boueuse pour être rapide. Puis les Blancs sont venus sur le sentier. Alors Kimeh s'est enfoncé dans la forêt.

Il voit l'autre soldat partir, à moitié fou de peur, seul, en avant. Il court, tombe, se relève, s'arrête, pleure, gémit, se tord les doigts, repart, s'effondre à genoux. Kimeh saute. Le soldat ne fait aucun bruit en mourant. Kimeh le tourne. Avec un grognement, il tranche ses mains d'un coup. Sa force ne lui appartient pas. Il les attache, se les passe autour du cou. Autres trophées, autres nourritures magiques et puissantes. Plus il tue, plus il mange ses ennemis, plus il est fort.

Kimeh savoure sa victoire. Ce colonel va comprendre que les hommes-léopards ne meurent jamais. Demain, il y en aura d'autres, toujours plus nombreux. Dans la clairière sacrée, introuvable, presque sous le nez du colonel Davis, il a commencé à faire de nouveaux initiés. Ces étrangers seront un jour chassés. L'heure viendra. Maintenant, il va retourner vers la grotte des Grands Initiés de Tappita.

Kimeh entend s'approcher la colonne des Blancs à la peau blanche avec leurs porteurs. Eux aussi doivent comprendre qu'ils ne sont pas ici chez eux. Il ne peut pas les tuer tous, mais il peut les effrayer. Ils doivent savoir que la forêt appartient aux Gio et aux maîtres initiés. Il observe, caché dans un arbre. Aucun n'est armé, sauf le dernier, à la queue. Alors Kimeh, prend son élan.

Barbara a retrouvé sa respiration, le rythme de sa marche, même si la cadence s'est accélérée. Un nouvel orage se prépare. Il reste encore un long chemin. Elle ne sait pas ce que Jules a vu, à l'arrière de la colonne. Elle suppose le pire, encore loin de la vérité. Elle voudrait échapper à cet enfer gluant, cette soupière verte, cette gadoue qui colle aux pieds, aux sangsues qui se mêlent à la fête. Elle aimerait que Graham et Jules marchent à côté d'elle. Elle caresse le petit revolver dans l'étui de cuir maintenant à sa ceinture. Il est chaud dans sa main où il laisse un parfum de graisse et d'acier.

Elle entend d'abord un hululement rauque. Puis les cris des porteurs. Débandade. Ils laissent tomber leurs charges, se jettent dans les herbes. Au milieu du chemin, elle voit s'approcher l'assaillant, bondissant, rugissant, gesticulant avec un sabre court, son corps de Noir et sa tête de fauve, sa cape et ses guêtres de fourrure jaune et noire, ses colliers, les deux mains coupées portées en sautoir, ses bracelets, ses peintures, son gant d'acier. Elle voit tout, en détail. Les porteurs sont en fuite, le hamac de Graham est lâché à côté de Barbara.

Le léopard amorce un bond prodigieux en sa direction. Elle est pétrifiée. Mais comme si toute sa volonté, toute son énergie, tout son désespoir se concentraient sur l'essentiel, sa main droite sort le 38 de la boîte, la main gauche la rejoint, les deux bras se tendent. Elle tire trois fois, le dernier coup à bout touchant. En plein élan la bête finit sa trajectoire contre elle. Renversée en arrière, Barbara suffoque sous le poids de l'homme. Il est secoué de spasmes, sa tête, posée sur sa poitrine, la regarde avec des yeux hallucinés. Il émet un grognement. Sa main gauche, posée sur son épaule, remue faiblement. Il a des lames à la place des doigts. Elle les sent la piquer à travers le tissu. Un lourd brodequin balaie l'espace, frappe la tête de la bête qui part sur le côté. Des mains font rouler son corps. Barbara ouvre la bouche pour hurler, mais rien ne sort. Jules la prend derrière la tête et la redresse doucement. Graham est à quatre pattes, hagard, couvert de boue. Les porteurs se rassemblent autour de l'homme-léopard et de la femme-foudre. Aucun ne parle. Puis le déluge s'abat sur la scène. Personne ne songe à s'abriter. La pluie, plus violente encore que l'autre jour, est accueillie comme un rite de purification. Barbara se lève et devant tous les hommes, sidérés, retire son chemisier maculé du sang de Kimeh. Torse nu comme une Africaine, elle se dresse sous cette douche providentielle en ouvrant les bras, les yeux fermés, le visage ruisselant tourné vers le ciel.

Ils n'arrivent à Zigita qu'à la nuit tombée, après avoir enterré le second soldat, pris la peau du léopard et les bijoux, le coutelas et la main de fer de Kimeh, dont le corps dépouillé est abandonné en lisière de forêt. Laminah s'est muni du second fusil et des cartouches. Les Européens n'échangent plus une parole au cours des quatre heures qui restent avant d'arriver. Un repas rapide et ils s'endorment tous les trois, serrés les uns contre les autres, Graham au milieu.

Quelle heure peut-il bien être ? La nuit est parfaitement noire. Le peu de lune est couvert par des nuages épais. Graham se met à parler comme un ivrogne, à trembler, à se tourner d'un côté à l'autre. Barbara et Jules se réveillent ensemble. Elle pose la main sur le front de son cousin inconscient, glacé et en nage. Jules se lève, allume la lampe. Malgré la lumière jaune de la mèche à pétrole, le teint de Graham est cireux, les yeux enfoncés dans les orbites, les joues creuses. Il délire de fièvre. Une nouvelle dose de quinine et de potion de Cook est avalée avec difficulté. Une demi-heure après, il dort à nouveau paisiblement sous trois couvertures. Maintenant il a chaud, il sue des litres. Il ronfle. Jules et Barbara sortent, s'assoient dans deux fauteuils de bambou devant la case.

— Ça va, Barbara ?

— Tu sais, Jules, ce que je vais te dire va te sembler… je ne sais comment… enfin, bref, je suis très calme à l'idée que Graham va mourir. Je ne suis pas infirmière… mais je trouve qu'il a le visage de la mort. Et son haleine… Tu as senti ? On dirait du produit pour astiquer les cuivres. Pas humain.

— Ça veut dire quoi ?

— Ah, et puis j'en sais rien ! Je n'ai pas d'expérience de ça ! Je me dis que c'est peut-être ce qu'il a voulu. C'est un suicidaire, tu le sais. Mourir dans un endroit qui n'existe pas, qui n'est sur aucune carte, c'est le summum du romantisme, non ?

— Tu lui en veux, on dirait.

— Là, maintenant, oui, je lui en veux. Il m'entraîne, il t'entraîne dans une totale folie, il organise tout, il fait le chef responsable, tout repose sur lui, puis, en plein milieu, au moment le plus difficile, quand on a besoin de lui, il tombe malade. Pas nous, lui. Maintenant, les amis, débrouillez-vous avec l'itinéraire, les bagages, les porteurs, les routes impraticables, les lianes qui nous étouffent, les rongeurs, les insectes, les serpents, les villages horribles, les dictateurs sanguinaires et les hommes-léopards. Moi, je me laisse mourir dans une chaise à porteurs à l'endroit le plus grandiosement pourri du monde ! Et, comble de snobisme, on m'enterrera là, c'est-à-dire nulle part ! Quel chic ! Avec deux témoins pour écrire ma légende. On publiera mes notes, mes livres se vendront encore mieux, et toi tu feras la musique de mes funérailles africaines…

— Tu ne crois pas, Barbara, que…

— Je sais, j'exagère, je suis de mauvaise foi, je suis fatiguée. Et j'ai tué un homme. Pas tout à fait un homme, mais quand même ! Il était où, pendant ce temps, le grand fiévreux ? Et maintenant, au lieu de me laisser me remettre de mes émotions, il voudrait m'en infliger d'autres ?! Eh bien, Graham, si tu m'entends, sache que la douce Barbara va continuer à te soigner, mais si tu veux mourir, meurs.

Elle se met à sangloter. Comme la sueur pour la fièvre, les larmes emportent la rage de Barbara. Jules la laisse pleurer. Il n'ose pas aller chercher le djembé dans la case, alors il entonne « La petite Tonkinoise » : « Ah, quel beau pays, mesdames… »

Le lendemain, 28 février, départ au premier soleil. Laminah, Cook et tous les porteurs s'affairent sans bruit. Ils s'adressent maintenant à Barbara. La femme-foudre. Tuer un homme-léopard requiert des pouvoirs surnaturels. Le colonel Davis n'avait aucun mérite en ne massacrant que des humains désarmés. Alors que le passage à l'état d'homme-bête après le rituel, les incantations, les scarifications, les libations, les vêtements, les amulettes, les peintures, les sacrifices et les repas de chair humaine confèrent la ruse et la cruauté du léopard, du crocodile ou du serpent, voilà que cette femme blanche, dont le cul trop petit, les hanches trop étroites et les seins trop hauts ne feraient ni une épouse ni une mère acceptable, révèle des pouvoirs supérieurs à la peur, supérieurs à la magie des sectes. Avec la rapidité des éclairs, ses balles ont percé la peau, fait couler le sang, tué le fauve dont le cadavre, si piteusement humain dépouillé de ses attributs, a été laissé nu sur la terre détrempée par l'orage.

Pendant les deux jours que dure la marche de Zigi Town à Darndo *via* Bassa Town, Graham est la plupart du temps endormi. Deux porteurs supplémentaires ont été embauchés. Quand il se réveille, il est irascible. Il veut marcher, fait dix pas, titube, s'effondre, se fâche, retourne dans son hamac. Barbara lui donne ses remèdes, mais elle a compris qu'il valait mieux ne pas lui parler. Jules marche devant, fusil en main.

Enfin, ils sont en pays Bassa. Les inquiétants Gio ont relâché leur emprise sur le groupe, qui se détend et découvre peu à peu un monde nouveau. L'influence de la civilisation commence à se faire sentir.

Des petits signes comme la hausse des prix, l'abondance des marchés et le nombre de commerçants, d'agents de l'Etat et de missionnaires, même la présence d'une prostituée qui rôde autour du campement des voyageurs étrangers, sont les prémices d'un monde merveilleux. La route est meilleure, dure, avec des ponts de ciment, fréquentée par des charrettes à bras, des files d'hommes et de femmes portant des denrées ou les rapportant du marché. Les porteurs, comme le cheval qui sent l'écurie proche, allongent le pas. Pourtant, les étapes sont longues. Huit heures par jour.

A l'étape de Darndo, quand il est question d'un camion qui pourrait les conduire jusqu'à la côte, c'est l'euphorie. Aucun des porteurs, pas plus que Laminah et Cook, n'a jamais vu d'automobile, mais l'évocation de cette chose prodigieuse autant que la perspective d'arrêter de marcher et de porter suffisent à redoubler l'énergie.

Ce regain d'enthousiasme a-t-il aussi gagné Graham ? Le matin du 1er mars, après une nuit passée pour la première fois depuis le départ dans une maison de ciment, il se réveille sans fièvre, faible mais tiré d'affaire. Sur le petit balcon de la maison d'hôtes qui leur a été dévolue, il retrouve Barbara et Jules devant une tasse de thé, avec du lait en poudre comme il n'y en avait plus depuis longtemps dans leurs réserves, du pain d'épices néerlandais. Autour, ce ne sont pas des cases rondes mais des habitations carrées, de plain-pied ou à un étage, peintes de couleurs autrefois vives, tachées d'humidité, avec des toits de tôle.

Graham s'approche et dit simplement :

— Bonjour. Ce matin, j'aime la vie. Merci, mes amis.

Le samedi 2 mars 1935, à peine arrivé à Grand Bassa, terminus terrestre, Graham écrit qu'il a envie de rire et de pleurer, que c'est là la fin de la pire crainte et de la plus atroce fatigue qu'il ait connues. Il décrit aussi l'émerveillement de ceux qui les ont accompagnés, ces Africains recrutés à la frontière de la Sierra Leone, à être transportés sur le plateau d'un camion, à voir défiler le paysage de cocotiers le long de la plage où l'extraordinaire océan roule d'énormes vagues, où s'alignent les villas, les entrepôts et les magasins, le centre-ville grouillant avec des charrettes par centaines, les automobiles et les motocyclettes, les policiers en uniforme juchés sur des tonneaux faisant de grands gestes et sifflant comme des forcenés dans l'indifférence générale. Graham sait qu'il retrouve la civilisation en trompe l'œil qu'il abhorre, mais comment demander à ces innocents de n'y voir qu'un mirage alors qu'ils croient découvrir le paradis ?

Ne reste qu'à attendre un bateau pour Monrovia. Graham paie les derniers salaires, offre des primes, conseille aux porteurs de se méfier des arnaqueurs qui pullulent en ville, leurs tenues indigènes et leurs pieds nus faisant d'eux des proies naïves dans ce monde de chaussures, de pantalons, de chemises et de roublardise à l'occidentale. Puis la troupe se disperse dans les rues. A la nuit, ils seront nombreux à y tituber, imbibés d'alcool de canne, violent assommoir pour qui n'a connu que le vin de palme.

Juchés sur les tabourets d'une sorte de bar éclairé par une guirlande d'ampoules multicolores – l'électricité ! –, Barbara, Graham et Jules boivent la première bière depuis Freetown. Ils ne parlent pas. Ils ne savent pas s'ils sont heureux d'en avoir fini ou s'ils ne vont pas bientôt regretter ce voyage sans cartes.

7

Ils arrivent à Monrovia six jours plus tard par la chaloupe qui tient lieu de ferry côtier. Le Majestic Hotel est l'endroit où il faut être. Accrochés à une baguette de bois pour les dernières éditions ou empilés sur le coin du comptoir pour les plus anciennes, les journaux sont là, lus et relus par les clients qui viennent ici aux nouvelles dès l'atterrissage d'un bateau en provenance d'Amérique ou d'Europe. Un rituel monroviais. C'est ici que la presse arrive, que les commentaires, les ragots, les nouvelles invérifiables se concentrent et se colportent.

Sous les ventilateurs trop hauts pour qu'on y enlève les chiures de mouches, dans des fauteuils au cuir rongé par la sueur des dos et des cuisses, derrière des persiennes qui feutrent un peu le boucan de Benson Street et découpent la lumière en tranches fines dans la fumée des cigares, défile aux différentes heures de la journée tout ce que la ville compte de Blancs. Quelques Blancs-blancs, hommes d'affaires, diplomates et agents divers venus des quatre coins du monde pour des raisons sur lesquelles il est malséant de s'interroger ; les Blancs-noirs, majoritaires, satisfaits oligarques descendant des colons d'Amérique, hauts fonctionnaires, conseillers du gouvernement, parlementaires, magistrats et avocats, banquiers, gradés de l'armée, des douanes et de la police, ecclésiastiques de tous ordres, trafiquants véreux, mouchards, barbouzes et quelques prostituées indigènes, tolérées en échange de leur participation à l'œuvre nationale du mouchardage. Et, bien entendu, pas de Noirs-noirs d'ici, sauf les membres du personnel, comme ce porteur en tenue rouge de groom londonien, pieds nus dans des chaussures trop grandes, qui a monté les bagages dans les chambres où les trois voyageurs ont profité de leur premier vrai bain depuis… ils ne savent plus quand. Rendez-vous au bar à dix-neuf heures.

Quand Jules redescend, suivi de Barbara, Graham y est déjà assis, devant une pile de gazettes défraîchies. Du menton, il les invite à lire. Ils piochent dans le tas. L'Allemagne du Troisième Reich revendique un espace qu'elle dit vital, et demande la restitution de ses colonies d'Afrique perdues après la Première Guerre ; l'Italie rêve d'un empire romain abyssin comme Antoine voulant conquérir Cléopâtre ; l'Espagne des Phalanges et du Front populaire prépare la guerre civile ; la France, ingouvernable et scandaleuse, s'accroche peureusement à son infranchissable ligne Maginot ; l'Angleterre vient de voir l'équipe du Sunderland Football Club ravir le titre de champion à Arsenal ; la Société des Nations est bafouée, les parlements impuissants, les traités transgressés pour de lâches alliances, partout le réarmement, les services militaires rallongés ou rétablis, partout des généraux au menton haut, des défilés martiaux, des milices, des désordres, des meurtres politiques, la colère, la haine. Des milliers de colonels Davis sortent des coulisses et portent déjà l'abjection comme un honneur. A peine le pays cannibale laissé derrière eux, c'est le continent barbare qui leur saute à la gorge avec ses griffes.

Ils commandent des boissons, trinquent sans joie à leur retour à la civilisation. Jules jette son exemplaire du *Times* de Londres sur la table basse.

— Je ne voulais déjà pas revenir en France, cela ne va pas me faire changer d'avis.

— Tu vas rester au Sénégal, dans ton île jolie ?

— Non, Barbara, je vais rester au Liberia un petit moment. Maintenant que j'y suis, je vais faire quelques recherches sur ma famille. Après tout, mes origines sont ici.

— Je comprends. Moi aussi, je serais curieuse. Mais j'aime ta petite maison de Gorée.

— Tu peux y habiter quand et aussi longtemps que tu voudras. J'envoie une lettre à Souleymane, le gardien, et tu y seras chez toi, à l'abri du monde, si c'est ce que tu cherches. Cela peut être utile. Je la garde comme refuge. Pour moi, et pour ceux que j'aime.

Les joues de Barbara mettent un peu de rose dans son hâle de broussarde. Elle baisse les yeux, s'intéresse à l'olive de son brandy.

— C'est gentil, Jules, je m'en souviendrai.

Quelqu'un toussote derrière eux. Ils se tournent vers un petit homme qui s'incline devant Graham, lui tend une carte de visite.

— Monsieur Greene, vous êtes convié à déjeuner demain à douze heures trente à la résidence de son excellence l'ambassadeur de Grande-Bretagne. Sir Frederick Williamson compte sur votre présence. Bonsoir, monsieur Greene.

Et il s'en va comme si la réponse n'était pas nécessaire. Graham reste avec la carte dans la main, un sourire en coin.

— Eh bien, les amis, si vous pensiez que nous pourrions passer incognito… Je pense que son excellence, qui meurt certainement d'envie d'entendre mon récit de voyage, a aussi voulu nous faire savoir que rien ici ne reste secret bien longtemps.

— Et cela te fait sourire, Graham ? Moi, cela m'inquiète plutôt.

Graham écarte les bras comme pour désigner tous les gens qui boivent, parlent, lisent ou font semblant, s'observent dans ce salon aux boiseries sombres et aux murs blancs de chaux comme un pub de Cornouailles.

— Bien sûr, Barbara, c'est risible. L'arrière-grand-père de Jules l'a écrit dans son livre, le Liberia se voit des ennemis partout, pour l'envahir, le piller, massacrer ses élites. La Société des Nations, les colonies voisines, les indigènes, les adversaires politiques, les concurrents en affaires, et maintenant, si j'ai bien compris, une nouvelle race de vampires, les chercheurs d'or et de diamants. Parmi ces ennemis imaginaires, il y en a certainement de vrais. Lesquels ? Voilà leur drame. Alors, tout le monde espionne tout le monde. On m'avait prévenu à Freetown, j'ai pu le vérifier depuis un moment.

— Tu veux dire…

— Barbara, si tu me promets de ne pas les dévisager trop ouvertement, je vais te montrer deux personnes qui nous observent depuis une heure.

Après dîner, avec trois verres, une bouteille de bourbon et une fontaine à eau de Seltz, ils s'installent sous la grande verrière qui protège des pluies d'hivernage les tables alignées sur le trottoir de la rue principale.

— Benson Street. Benson, vous savez que c'est le nom du mari de mon arrière-grand-tante ? Stephen Benson, premier et dernier président progressiste du Liberia. Il parlait plusieurs langues africaines, il voulait faire pousser du cacao et du café pour enrichir le pays autrement que par des taxes. On l'a trouvé mort dans sa plantation. Il avait quarante-huit ans.

— Tu veux dire que…

— Julius Washington n'a jamais écrit que la mort de Benson n'était pas naturelle. Il n'a pas enquêté, il est mort huit mois après. Moi, je ne vois pas des complots partout.

Devant les tables passent des voitures fumantes qui se frayent un passage à grands coups de klaxon parmi les carrioles à bras, les taxis-hamocs à quatre porteurs, les portefaix qui charrient les denrées vers les boutiques de tôle ondulée qui, pour tenir debout, s'adossent aux façades, s'amarrent aux flamboyants plantés le long des avenues. Les phares des automobiles qui balaient la terrasse du Majestic dévoilent des scènes de rue aussitôt rendues à l'obscurité, des milliers de lampes à pétrole se balancent au bout des bras, des perches et des jougs des porteurs, des bougies sous cloche éclairent les minuscules étals qui envahissent les trottoirs dès la nuit tombée, les fenêtres illuminées de l'hôtel et de quelques maisons patriciennes qui ont l'électricité forment un grand tableau vacillant que regardent les trois explorateurs un peu ivres.

Barbara se penche vers son cousin.

— Il te veut quoi, l'ambassadeur ?

Graham a l'air de réfléchir, comme s'il se posait pour la première fois la question.

— Je te l'ai dit, il veut sans doute que je lui raconte notre aventure.

— C'est bizarre que je ne sois pas invitée. D'habitude, les diplomates aiment avoir de jolies jeunes femmes à leurs tables. Et je suis anglaise, ne suis-je pas ?

Graham ne répond rien à la semi-plaisanterie de sa cousine.

— Alors, c'est toi, Jules, qui aura une jolie jeune Anglaise à ta table demain midi.

Dimanche matin, dès qu'il est prêt à partir en exploration, Jules sort un tube de bambou d'une petite cachette de son havresac, le glisse dans le sac de toile qu'il porte en bandoulière, frappe à la porte de Barbara, « Je t'attends en bas ! », et descend dans la salle du petit déjeuner. Elle y est déjà.

— Quelle nuit formidable ! A part quelques rêves bizarres que j'attribue à ces histoires d'espions cachés dans les pots de fleurs, j'ai dormi comme jamais depuis ta maison de Gorée.

— Ah, elle te plaît, ma cabane ?

— J'ai eu le coup de foudre. Je retiens ton invitation.

— Tu peux. Viens-y un mois ou deux en hiver, quand l'Angleterre est trop mouillée. Je te recommanderai à des gens recommandables qui t'emmèneront danser sur les plages, grilleront sur la braise, à même le sable, des poissons à peine pêchés, te feront boire l'hydromel dans des calebasses. D'autres pourront t'apprendre à jouer du djembé…

— Non, mon unique professeur, c'est toi. Bon, aujourd'hui, tu es mon chevalier servant. On va se promener ?

— Où est Graham ?

— Il a filé très tôt. Tu le trouves pas un peu bizarre ?

— Si. J'ai un ami mystérieux. Je m'y suis habitué. Il m'agace parfois, mais c'est un grand écrivain, non ? On peut lui passer ses caprices.

— Si tu le dis. Allez, on y va ?

Il n'y a rien à visiter. Monrovia ressemble à Freetown, plus anarchique encore. Pas de surprise pour Barbara, qui, maintenant que le poids des bagages n'est plus un problème, chine dans les échoppes où s'empilent les wax néerlandais bariolés dont on fait les boubous, parvient à trouver une robe sans trop de fioritures chez New York Fashion, boutique des riches beautés locales. Ils traversent la presqu'île de bout en bout en croisant des artères qui, comme Benson Street, portent les noms des fondateurs du Liberia, toutes se coupant à angle droit sur un plan sans fantaisie : des paquets carrés de maisons bourgeoises avec des jardins murés, des gardiens et de méchants chiens jaunes ; des alignements d'enseignes pour des tailleurs, des marchands d'alcools, de parfums et de vaisselle, des avocats, des transitaires, des entreprises d'import-export, des comptoirs de compagnies maritimes, des garages et des entrepôts ; et aussi, pour les moins pauvres des indigènes, des blocs où s'entassent des maisons de bois peintes de couleurs vives, couvertes de mousses et de rouille, pourries, bancales. A la base de la presqu'île, il y a Capitol Hill – comme à Washington ! –, avec l'Executive Mansion, le palais du président et du gouvernement. De là, si on fait volte-face, on commence à monter vers le cap Mesurado, bloc de granite usé parallèle à l'océan, bordé d'un côté de marécages où seules quelques pirogues de pêcheurs à l'épervier s'aventurent, de l'autre par une très longue plage puis une falaise où la houle se fracasse. Ils grimpent une longue rue rectiligne, les villas et les voitures garées derrière les grilles sont de plus en plus nombreuses. Les seuls à marcher sur cette pente raide sont les serviteurs et des étrangers bizarres comme Barbara et Jules. En haut, comme le raconte Julius Washington dans son livre de souvenirs, on respire, on voit loin. C'est là que Jules ouvre sa besace, sort le petit tube de bambou, en extrait une toile roulée, la déplie, la montre à Barbara.

— C'est la maison de Julius Washington. Elle doit être dans ce quartier, au bord des rochers. Il a peint cette aquarelle. Sa petite-fille me l'a donnée. Elle devrait être par là.

— Elle est belle ! Tu voudrais y habiter, je présume. Non ?

— Bien sûr. Mais elle était en bois. Il y a presque un siècle ! On a peu de chances.

— On essaie quand même ? On montre le dessin aux gens du coin ?

Il est une heure passée quand ils renoncent. Tirer les sonnettes des maisons ne leur a rapporté que des menaces de gardiens zélés et l'intervention de deux hommes armés en uniforme. Virés du quartier sans pouvoir s'expliquer. Ils se replient vers le centre-ville.

— Pardon, Jules, ma méthode n'était pas la bonne.

— Peu importe, il fallait essayer. Je recommencerai par d'autres moyens.

— Comment ?

— Je ne sais pas. On verra. De toute manière, j'irai aux archives, s'il y en a, pour en savoir plus sur ma famille. Mais, cette fois, je rentrerai par la grande porte.

— Elle est où, cette grande porte ?

— Chez le président Barclay. La clé, c'est…

— Joséphine Baker ! Pourquoi n'y ai-je pas pensé ! *Cherchez la femme !*

— Je vais te confier une lettre pour elle à poster dès que tu arriveras dans un port français. On rentre à l'hôtel, on déjeune et je l'écris. Viens.

Entre deux bouchées d'espadon noyé dans la même tomate sucrée de M. Heinz que les *chicken wings* de la Harlem Tavern, Jules lève la tête vers Barbara.

— Tu sais que je t'admire.

— Cela me fait plaisir, mais je ne vois pas…

— J'ai vu à l'œuvre la femme-foudre. Tu as des pouvoirs surnaturels.

— Ha ! C'est donc ça ! Quand une femme est héroïque, ce n'est pas de sa faute, c'est de la magie ! Des sorcières, quoi, bonnes à être brûlées…

— Non, non, ne me prends pas au piège de mon maladroit compliment ! Depuis que j'ai quitté le cocon familial, je n'ai rencontré que des femmes courageuses et brillantes. Mais des filles qui dégainent aussi vite que toi, jamais.

— Calamity Barb' ? Cela me va. Mais, sans plaisanter, j'ai agi sans réfléchir. Je me demande même si je l'ai réellement fait. J'ai vu cette chose sauter dans ma direction, puis je l'ai revue couchée sur moi. Entre les deux, je ne sais plus ce qui s'est passé.

— Tu as tiré trois fois en deux secondes, à deux mains, comme un *pistolero*.

— Aucun souvenir.

— Tu n'as pas fait de cauchemars ?

— J'ai eu peur d'en faire. Puis je me suis souvenue de ce que m'avait dit père quand j'étais petite : « Pour chasser une idée ou une image dont tu redoutes qu'elles viennent te hanter la nuit, tu dois y penser très fort et le plus souvent possible pendant que tu es réveillée. Les mauvais rêves veulent toujours surprendre. Ils se servent de petites choses qui sont arrivées dans ta journée et auxquelles tu n'as pas prêté attention. »

— Alors ?

— En marchant, pendant toute la fin du voyage, plutôt que d'essayer de distraire mon esprit, j'ai au contraire repassé la scène mille fois dans ma tête. J'y ai tellement, tellement pensé et repensé que c'est comme si le film s'était usé. Ressassée, encore et encore, l'émotion s'est effacée. Papa avait raison, je n'ai jamais rêvé de cela. Et toi ?

— Non. J'ai de la chance. Je ne rêve jamais de ce genre de scènes. Peut-être est-ce leur répétition incessante pendant la guerre. Si on ne devient pas fou, on a une cuirasse pour toujours.

Barbara repousse son assiette, croise les bras sur la table, se penche vers Jules.

— Tu veux dire que tu es devenu… imperméable aux émotions ?

— Non, mais je n'ai plus de larmes pour le malheur. Il n'y a que la douceur, la beauté, les jolis sentiments pour me faire pleurer. Si toi, tu es une nouvelle Calamity Jane, moi, je suis plutôt une sorte de Billy the Kid qui sangloterait en lisant Barbara Cartland.

Se penchant encore plus en avant, Barbara pose sa main sur l'avant-bras de Jules, qui, à la française, laisse ses mains sur la table quand il ne mange pas.

— Alors, Jules, si on se revoit un jour, rappelle-moi de te faire pleurer. En attendant, merci pour ta présence rassurante pendant tout ce voyage. L'Afrique et toi, vous m'avez fait grandir. Mon père va trouver sa fille changée, il ne regrettera pas de m'avoir lancé ce défi. Et toi, tu es comme Graham, un grand artiste. Caprices en moins.

Chacun remonte dans sa chambre pour la sieste sous les pales qui tournent au plafond. Graham n'est pas rentré. « Tu le trouves pas un peu bizarre ? » Sans réponse, Jules sort une feuille de papier à en-tête de l'hôtel qu'il cale sous un cendrier pour que le ventilateur ne la fasse pas s'envoler : *Ma très chère Joséphine...*

8

Le 15 mars, l'*Octopus* quitte Monrovia Freeport. Trois coups de sirène. Firestone a tenu sa promesse. Un tout nouveau môle et un brise-lames ont été construits, le bassin a été dragué. Le port de Monrovia a pu se hisser au rang des grands de la côte africaine, comme Dakar, Freetown, Abidjan, Douala... Le lait d'hévéa coule à flots. Un guichet, un type avec casquette et tampon, quelques gardes armés pour impressionner, voilà que royalties et taxes portuaires tombent à nouveau dans les caisses de l'Etat. Pour des descendants d'esclaves, quel plus beau rêve que s'enrichir assis sous un parasol en comptant les navires et les billets verts ?

Leur bateau est un cargo mixte. Il transporte quelques passagers en cabines de luxe et, dans ses soutes, de l'huile de palme, du coprah, du bois et un millier de tonnes de latex coagulé. A l'arrière, avec un mouchoir sur le nez contre l'épaisse fumée qui sort de la cheminée, Barbara agite le bras. Elle ne sait pas où est Jules dans la foule serrée sur la digue, mais elle sait qu'il la voit. La larme qui se forme dans le coin de son œil doit-elle être attribuée aux flammèches de mazout, au relâchement après la grande aventure de sa vie, à la séparation ? Elle a aimé cet homme. Amoureuse ou pas, ce n'est pas à débattre quand on s'en va – pour toujours ? – après une accolade et une caresse dans le dos. Elle n'oubliera pas Jules. Il lui a offert le tambour d'aisselle. « Avec, tu m'enverras des messages d'Angleterre. » Hier soir, quand l'idée du départ autant que l'alcool de canne au jus de citron prêtaient aux confidences, elle a enfin osé l'interroger sur la période de guerre. Il a surtout parlé de sa rencontre avec les musiciens noirs de Harlem. Et d'une certaine femme dans un village au nom impossible. En allant se coucher, elle s'est dit que ce qui avait été si troublant pour une blonde Alsacienne aurait aussi bien pu l'être pour une Anglaise de la *gentry*.

Sigrid ne le sait pas, mais Graham a tenu sa promesse. Il n'a pas parlé à Jules de sa seconde visite à Strasbourg. Ils n'ont fait qu'évoquer la première quand Jules lui a dit son inquiétude pour son fils, seul mouton noir dans un troupeau bêlant de plus en plus fort les slogans des suprémacistes aryens. Jules ne lui a pas demandé si ce voyage sans cartes avait répondu à ses attentes. Quelles attentes ? Il y en avait tant. Certaines qu'il ne veut pas dire, d'autres qu'il ne peut pas. Graham aime cette amitié qui n'est pas faite de confidences mais de respect des secrets. Rares sont les amis de silence.

Graham est à l'avant. Il regarde vers le large, quelque part en direction des falaises de Douvres où, peut-être, il a enfin cessé de pleuvoir alors que derrière lui les nuages d'un nouvel orage montent au ciel comme des lampions noirs éclairés au-dedans par une bougie vacillante. Le cargo franchit la barre à grandes éclaboussures. Il ne va pas rester en Afrique, comme Jules a décidé de le faire. Il croit profondément que l'origine, l'*essence*, de l'humain se trouve dans les villages qu'il a traversés et que la civilisation ne fera que pervertir. Pourtant, qu'il le veuille ou non, si la société à laquelle il appartient est perdue, c'est quand même la sienne. Il n'a encore que des notes pour son livre, mais il en a déjà la chute, inspirée par le cri d'un bébé entendu lors de l'embarquement. Il y a senti la terreur ancestrale, primale, inspirée par les monstres qui hantent le sommeil des humains de tous les pays, de toutes les époques. Il a noté dans son carnet, pour se le rappeler : *Ce cri était l'Afrique : l'innocence, la virginité, les tombeaux que nul n'a encore violés.*

L'*Octopus* disparaît. Jules remonte la rue vers Mamba Point. C'est sur cette hauteur du cap Mesurado, là où les Noirs d'Amérique ont commencé à bâtir une ville, là où son arrière-grand-père avait sa maison, là où son épouse, Diana, est morte, là où ont vécu Paul, son grand-père parti pour la France, et sa grand-tante Ruth, pour l'Amérique. Deux destins séparés par trois générations que lui et son arrière-cousine germaine Diane ont pu à nouveau réunir. Là-haut, il respire. L'océan ! Plus vif, plus fort encore qu'à Gorée. Monrovia n'a pas la belle ordonnance de la capitale coloniale française. Malgré son plan au cordeau, c'est un capharnaüm, territoire de toutes les ostentations, champ de foire des vanités, architectural aveu de l'avidité et de la corruption. Jules ne s'en offusque pas. Il éprouve même de la compassion pour ces gens si pathétiques qui s'enivrent de l'idée qu'ils se renvoient d'eux-mêmes, eux, devenus maîtres d'un pays rien qu'à eux ! *Miroir, mon beau miroir, dis-moi que je suis la plus belle !* Et chacun tend le miroir à l'autre pour qu'il y voie sa maison plus somptueuse, ses habits plus beaux, ses parfums de France, sa voiture d'Amérique, ses tissus de Londres, ses domestiques nombreux, son titre ronflant ! Il a demandé audience au président Barclay. Un rendez-vous aussitôt accordé pour la semaine prochaine. La magie Joséphine !

Le navire n'est plus qu'un point sur la mer. Barbara est partie. Il a aimé cette femme. Amoureux ? Non. Trop semblables. Une même propension à transgresser leur éducation, leurs bonnes lectures, leurs belles manières, mais, aussi, à aimer en avoir été gratifiés. Une sœur ? Non plus. Une amante du dernier soir ? Cela ne s'est pas fait. C'est bien ainsi. Barbara a voulu savoir. Il a parlé de Sigrid, de la semaine à Bitschwiller, pas de l'expédition à Strasbourg avec Graham. Il ne sait si cette évocation a éveillé chez elle le désir qu'il y ait entre eux autre chose que leur amitié, ou bien si le récit résumé de la semaine à Bitschwiller a rendu la chose impossible. Peu importe. Ils partageront désormais ce délicieux *peut-être*, avec pour trait d'union un lieu de rencontre possible, la maison de Gorée.

L'*Octopus* est loin, invisible dans la nuit, en approche de Freetown, honnie par Graham. Ces derniers jours à Monrovia, il a été très peu présent. Il avait des rendez-vous. On lui avait parlé d'un missionnaire américo-libérien qui avait fait une carte assez précise du pays. La seule existante, une référence pour les militaires, le gouvernement, les prospecteurs, les missionnaires, et pour tous ceux qui, de plus en plus nombreux, s'intéressent à l'intérieur du pays pour de bonnes ou de mauvaises raisons. Il est revenu tout excité de cette visite. Il a pu la photographier. En même temps, il avait l'air un peu déçu. Comme s'il avait fait tout ce voyage, dépensé tout cet argent, y avait mis tant d'énergie, avait risqué sa vie, tout cela pour rien.

La mer et le ciel ne sont plus qu'un trou noir indistinct. Seuls quelques éclairs lointains laissent, le temps d'une ou deux secondes, deviner l'horizon. Jules s'est installé à la terrasse du restaurant du Mamba Point Hotel où il a posé ses bagages. Fini le Majestic. C'était une autre histoire, avec Barbara et Graham. Il a demandé à son ami de ne pas le mentionner dans son récit de voyage, s'il venait à le publier. Dans le marigot à sycophantes qu'est Monrovia, l'anonymat est un luxe à préserver le plus longtemps possible.

Il demande une bière sierraléonaise, du papier, de l'encre et un stylo.

Diane, ma très chère cousine,

Me voici enfin à Monrovia après cet incroyable voyage. Je t'ai promis de te le raconter, je le ferai. Ce que je veux partager avec toi ce premier soir après le départ de Barbara et de Graham, c'est ce sentiment qui est le mien quand je me sens à la fois comme un Noir et comme un double descendant de colonisateurs : américain au Liberia, français au Sénégal.

Comme je l'avais pressenti, cette longue circonvolution à travers le pays avant d'arriver à l'épicentre historique de notre famille était une folie nécessaire. Le vieux Julius avait attendu la fin de sa vie pour remonter sur quelques dizaines de kilomètres un fleuve côtier vers les terres inexplorées de l'intérieur. Quatre-vingts ans après lui, qui avait vu des pionniers devenir fous, perdus, absorbés, digérés par l'Afrique qu'ils avaient crue familière parce qu'ils avaient aussi la peau noire, j'y ai rencontré la sauvagerie inverse, celle de ces mêmes colons devenus forts et conquérants. Des armées puissantes en éradiquent la civilisation autochtone, imposent des lois incompréhensibles pour les indigènes, tuent les récalcitrants. Le chef de ces opérations, qui se fait appeler colonel *Davis, est… devine… un disciple de Marcus Garvey ! Tu vois, la bête rôde toujours.*

Comme le pensait Julius, je crois que ce sont les prémices d'une guerre civile sans fin. Car, même si ces gens parvenaient à raser jusqu'au dernier arbre et à tout brûler, jusqu'au dernier brin d'herbe, ils ne viendraient pas à bout de l'incroyable force de l'Afrique. Ils en seront un jour chassés. Je le crois aussi pour les terres conquises par les Français, les Anglais, les Espagnols, les Belges, les Portugais.

Salue pour moi les esprits de Chappaquiddick.

Ton cousin Jules, pessimiste heureux

C'est vrai, Jules est heureux. Il savoure maintenant une épaisse darne de thon avec une bouteille de vin blanc californien. Il va rester quelque temps à Monrovia avant de retourner à Gorée. Infidèle à son île ? S'il avait une maison comme celle de Julius, il pourrait peut-être vivre ici. La National Bank of Liberia transférerait ses économies, le reste de ses gains de Paris et quinze ans de pension de blessé de guerre accumulés sur son compte à Dakar. Au cours parallèle du dollar libérien sans cesse dévalué, acheté aux changeurs à la sauvette qui fleurissent au coin des rues, il pourrait tenir trois fois plus longtemps qu'au Sénégal. Finis, les repas de brousse, les bouillies de tubercules, la viande de singe, les bananes vertes, les sauces de feuilles gluantes, le riz collant, le corned-beef et les biscuits secs embarqués d'Angleterre. Cook a fait des miracles quotidiens, mais Jules se dit que la civilisation pervertie à laquelle il appartient a du bon. Il dîne en pensant à Barbara. Que va-t-elle faire, rendue à sa sage Angleterre ? Goût ou dégoût de l'aventure après ce voyage hautement initiatique ? Il parierait qu'elle est définitivement sortie des rails.

A bord de l'*Octopus*, Barbara dîne avec Graham dans la salle à manger du capitaine. Il y a deux autres couples, embarqués à Freetown, anglais et mariés. Ils regardent avec suspicion cette paire de compatriotes au teint hâlé, aux tenues défraîchies, au regard un peu absent et à la relation pour le moins indéfinissable. Le voyage est fini.

Quatre jours plus tard, à l'escale de Bordeaux, Barbara descend jeter dans la boîte à lettres du port le courrier de Jules pour Joséphine. Quand le bateau bat en arrière pour s'écarter du quai, elle se tourne vers son cousin.

— Jules m'a parlé de cette femme, en Alsace. Sigrid. Tu la connais, n'est-ce pas ? Raconte. Tu peux me faire confiance. Il avait l'air un peu bizarre en m'en parlant, pour le peu qu'il m'en a dit. Comment dire, ce n'était pas seulement comme évoquer un amour passé. Nous, les filles, il paraît qu'on sent ces choses-là. Il y a autre chose.

Est-ce l'atmosphère feutrée de la salle à manger, le vin français, le relâchement après l'aventure ? Graham raconte tout. La première visite. La seconde. Les lettres. La promesse de ne pas en parler à Jules, de laisser Sigrid décider si, quand, comment, où. L'inquiétude de Jules pour cet enfant crépu au pays des blonds. Barbara écoute, chiffonnant sa serviette, autant bouleversée par cette belle et triste histoire d'amour que par la confidence inattendue que son si impénétrable cousin lui fait comme un cadeau.

— J'aimerais connaître cette femme.

— Peut-être, un jour. C'est une de mes lectrices enthousiastes.

— Je veux dire, maintenant que je suis devenue à cause de toi autre chose qu'une gosse de riche qui dit n'importe quoi à la troisième coupe de champagne, je veux aider cette femme. J'ai tué un homme-léopard, n'oublie pas.

Les autres initiés ont retrouvé Kimeh dans la boue. Nu. Profané. Il avait trois trous, un dans le ventre, le second dans la poitrine, le troisième dans la gorge. L'orage avait lavé tout le sang, son corps était blême, mais les animaux de la forêt n'avaient pas osé dévorer sa chair. Mais Kimeh-le-mort n'est pas mort. Ils ont transporté sa dépouille jusqu'à la grotte. Ils ont arraché le cœur, où il restait encore du sang, la peau de l'intérieur des mains, le scalp du front. Les lieux saints du corps pour le repas d'initiation de Kimeh-le-vivant qui va prendre sa place dans la lignée des immortels.

Il y a des feux, des tambours, des paroles sacrées. Kimeh prend la chair de Kimeh à pleines mains, y mord en y enfouissant toute la figure. Autour, les hommes-léopards ne peuvent retenir leur impatience. Ils grognent. Le maître de cérémonie les fait taire. Qu'ils se contentent des restes des deux soldats de la Frontier Force qui leur sont jetés à même le sol. On n'entend plus que le bruit mouillé de la viande crue déchirée par les crocs.

Le repas fini, le maître de cérémonie lève la main, lance un ordre. L'assistant arrache les yeux du mort, les roule dans la cendre, les enferme dans une petite bourse de cuir qu'il noue autour du cou du nouveau Kimeh, ainsi élevé au rang de Grand Initié. Le maître, avec une griffe acérée, trace deux obliques sur ses joues, prononce une parole, la répète, la répète encore. A chaque fois, l'assistance gronde plus fort, puis tape des mains, des pieds. Commence la danse avec les tambours, les grattoirs, les grelots, les calebasses. Le sorcier distribue des plantes que les hommes mâchent lentement, fait circuler une calebasse où ils boivent. Alors, ils tournent tous comme des toupies hallucinées à la lueur des flambeaux. Avec la fumée, les cris des danseurs et le battement des percussions montent jusqu'à la canopée. Les dents rouges de son festin, l'initié reste immobile, bras levés, devant le feu où le sorcier jette des feuilles. La fumée est âcre, il est ivre. Dans les volutes, Kimeh-le-mort parle à Kimeh-le-vivant. Vengeance.

A quelques kilomètres de là, dans le village de Tappita détruit, la patrouille de garde entend la pulsation, le cœur menaçant de la forêt qui se réveille. Les soldats se regroupent, s'assoient en rond sous le grand arbre, arme pointée entre les genoux. Le colonel Davis est reparti. Ils ont peur. Ils ne dormiront pas. Les paysans sont rentrés dans les cases comme des fantômes. Dans les cages, les prisonniers tirent sur leurs chaînes.

Thomas Elwood « Colonel » Davis

1

Eté 1936. Graham Greene revient d'un nouveau voyage *on ne sait où*, comme d'habitude. Entre deux séjours en Amérique latine et au Moyen-Orient, il est à Londres pour la sortie de *A Gun for Sale*, sombre histoire d'un tueur à gages au bec-de-lièvre. Il trouve le temps de passer à Berkhamsted, le village du Hertfordshire où les frères Greene, Edward et Charles, ont élevé avec Eva et Marion, leurs épouses respectives, douze enfants au total dans deux propriétés proches. L'une, Hall, est l'imposant manoir de ceux qu'on appelle les Hall Greenes, branche riche et industrieuse de la famille à laquelle appartient Barbara. L'autre, non moins impressionnante, est un ensemble de bâtiments austères autour d'une école et d'une chapelle, demeure des School House Greenes, partie plus intellectuelle et moins argentée du clan. Celle de Graham. Il passe à Hall voir sa cousine. Elle tient un exemplaire de *Journey without Maps*, qui vient de sortir lui aussi. Elle sourit largement, ce qui aggrave le reproche dans les codes des gens bien élevés.

— Cher cousin, j'ai apprécié ton livre qui raconte notre voyage, écrit avec talent, comme toujours. J'admire ta manière de rendre les atmosphères et ton souci du détail vrai. Pourtant, ta recherche d'exactitude n'est pas allée jusqu'à signaler ma présence autrement que par deux ou trois mentions de « ma cousine », une touriste superflue, presque encombrante. J'en ai été un peu chagrinée, je l'avoue.

Graham Greene arrête le geste amorcé pour dédicacer son ouvrage à Barbara, la regarde, prend la mesure de la critique, improvise maladroitement :

— Je comprends ta déception. Mais, tu sais, les éditeurs n'aiment pas qu'il y ait trop de personnages Ils pensent que cela met de la confusion dans l'esprit du lecteur, que cela éloigne du propos principal. Des choses aussi bêtes que cela.

— Ah bon ? Ils disent cela ? Etrange. Pourtant, l'épisode de l'attaque de l'homme-léopard ne manquait pas de sel pour une aventure au pays des cannibales. Ton éditeur aurait adoré. Il est vrai que tu étais alors hors service, porté endormi et ivre dans un hamac, même pas témoin passif. Tu aurais été obligé d'introduire un autre personnage, celle qui t'a sauvé la vie deux fois. Et aussi Jules.

— Jules m'a demandé de ne pas apparaître.

— Pas moi. Etre juste à ma place dans ton récit m'aurait fait plaisir. Sans moi tu serais enterré dans la boue, mangé par les bêtes sauvages. Et mon père aurait aimé qu'une de ses filles, qui a osé prendre un jour une initiative, ne soit pas simplement effacée.

Graham baisse les yeux devant l'attaque et va pour rédiger une dédicace expiatoire. Barbara, qui ne fait plus dans la litote bien élevée, s'empare du livre.

— Non, pas besoin.

— Je suis désolé, Barbara…

— Pas désolé pour moi. Tu l'es pour toi d'être pris en flagrant délit d'égoïsme. Alors, pour expier, tu vas m'aider à exfiltrer le grand amour de Jules, son mari et son fils. Donne-moi son adresse et assez d'argent pour aller en France, le moment venu, revenir avec ces trois personnes et les héberger avant de trouver une autre idée. De toute manière, je sais que tu vas repartir. La cousine va assurer pendant tes absences, comme d'habitude.

Graham est vaincu. L'à-valoir de l'éditeur va y passer.

— On se retrouve chez toi demain après-midi, Graham.

Barbara se lève et s'éclipse juste à temps pour qu'il ne voie pas son sourire. Jouer la femme blessée par l'ingratitude masculine a payé. Elle commençait à s'ennuyer. Les immenses cèdres de Hall sont trop sages, comme elle l'était avant la folle aventure libérienne. Plus jamais elle ne le sera. *Merci, cousin, de m'avoir révélé cette part de moi.*

Le lendemain, Barbara retrouve Graham dans la sombre bibliothèque de la School House. Elle réclame son dû. Graham tente sans y croire une dernière manœuvre :

— C'est vous, les riches de la famille. Ton père pourrait…

— Non, Graham. Je ne veux pas qu'il sache. Pour l'instant. Je n'ai pas besoin de son avis pour tout dans ma vie. Il me faut une cagnotte secrète pour une opération secrète.

Graham lui tend une enveloppe. Elle n'ouvre pas, ne compte pas. Elle la glisse dans son sac, dépose un baiser sur le front déjà dégarni de son cousin.

— Fais au mieux, Barbara. C'est tout l'argent gagné avec ce livre que tu n'aimes pas. Tu peux te dire cela pour te sentir un peu vengée de mon ingratitude.

— J'ai une meilleure idée pour ça, Graham. La maison d'édition Geoffrey Bles est d'accord pour publier ma propre version de ce voyage.

Devant la porte de son petit immeuble de la rue du Vieil-Hôpital, Sigrid reste, le regard vague, à contempler sans le voir vraiment le petit café d'où, un jour de froid, avait surgi un écrivain anglais pour bouleverser sa vie. Ce séisme vient d'avoir une réplique, trois ans, huit mois, onze jours après qu'elle a lu pour la première fois les courriers de Jules. Elle peut les réciter par cœur. En marchant, en faisant les devoirs avec son fils, à la bibliothèque entre deux visiteurs, le soir pour s'endormir, le matin pour voler cinq minutes de plus sous l'édredon, comme si elle cherchait encore son odeur dans les plumes du lit de la maison Zacher, elle en choisit des passages dans sa tête. Elle se demande ce qu'il fait, où il est, ce qu'il pense depuis qu'il sait qu'il a un fils, qu'il croit qu'elle est mariée. Depuis dix-neuf ans, il ne veut pas *interviendre* dans sa vie, comme disait Graham Greene. Depuis ce 2 janvier gravé dans la glace de l'hiver 1934, c'est à son tour de ne pas vouloir troubler la sienne. Il est au Sénégal, au Liberia, aux Etats-Unis, à Paris, en tournée en Europe, avec des Joséphine, des Diane, des gangsters et des artistes, avec une nouvelle famille retrouvée en Amérique. Il peut être n'importe où, il n'appartient à personne. Que ferait-il d'une bibliothécaire alsacienne et d'un fils qui ne sait rien de lui sauf qu'il fut un valeureux soldat mort de la grippe espagnole et enterré au Sénégal ?

Ce lundi 13 septembre 1937, Julian parti pour son premier jour à l'université, Sigrid allait comme chaque matin reprendre son travail à la bibliothèque municipale. Au rez-de-chaussée de son petit immeuble, elle a trouvé dans la boîte la grosse enveloppe timbrée de Grande-Bretagne. Dedans, un livre dédicacé de Graham Greene, *Journey without Maps*, et, glissée dedans, une longue missive d'une belle écriture anglaise. La femme qui signe *Barbara* se présente comme une cousine de l'auteur et une amie de Jules Canot. Elle dit avoir fait un long voyage au Liberia avec les deux hommes. Elle décrit Jules comme *courageux et sûr, joyeux compagnon de voyage, interlocuteur attentif et profond, musicien d'un autre monde*, et ajoute : *Si vous l'avez aimé, je peux comprendre pourquoi.* Il s'agit bien du même. Barbara confirme la proposition de Graham de faire sortir Sigrid et sa famille de France. Elle propose de les héberger le temps qu'il faudra dans le grand manoir familial, près de Londres. Elle a les moyens pour cela, mentionne-t-elle au détour d'une phrase. Ce serait facile à condition que Sigrid ne se décide pas trop tard. *Comment savoir quand il est trop tard ?* se demande-t-elle en rangeant le livre et l'enveloppe dans son sac.

Arrivée à la bibliothèque municipale, elle passe par la salle de lecture. Les journaux du jour y sont déjà. On y commente deux attentats, appelés « de l'Etoile » tant ils étaient proches de l'Arc de Triomphe, dans les immeubles des deux plus puissants syndicats patronaux. Qui ? Les communistes, comme le suggère *L'Action française* ? Les anarchistes, dont *Le Figaro* croit reconnaître la manière ? Les milices fascisantes, visées par *L'Humanité* et *Le Populaire* ? Sigrid est plus attentive aux nouvelles qui viennent d'Allemagne, plus ou moins filtrées, minimisées ou exagérées par la propagande. Ouvertement ou entre les lignes, il est question des camps où on interne des Juifs, des témoins de Jéhovah, des protestants opposés au nazisme, des objecteurs de conscience, des *asociaux*, des mendiants, des prostituées, des citoyens lambda pour atteinte aux bonnes mœurs, alcoolisme ou propagation de maladies, des déficients mentaux, des handicapés. On s'y glorifie des expulsions et de la confiscation des biens des « sous-hommes », de la stérilisation des impurs, on étale à la une les autodafés, la destruction en public des œuvres de « l'art dégénéré ».

Quand s'aperçoit-on qu'il est trop tard ? Ce soir, elle va parler de cette lettre à Julian et Antoine. Lui aussi est menacé. Un autre genre de dégénéré pour les nazis et ceux parmi les Alsaciens qui commencent à emboucher de vilaines trompettes sur ces terres incertaines comme le bassin d'un fleuve, libéré ou submergé au gré des crues de l'orgueil allemand.

Peu avant midi elle reçoit un appel de la police. Julian a été victime d'un « incident », dit la voix. Il est à l'hôpital. Elle laisse tout, attrape un taxi. Elle trouve son fils un bras en écharpe, un œil fermé par un bandeau, les lèvres éclatées, la douleur partout.

— Viens, on rentre. Tu m'expliqueras quand tu pourras parler.

Le taxi les dépose devant leur immeuble. Sur la façade, en allemand : *Pute à Nègres + Pédé = Mort.* Mère et fils restent figés. Julian bafouille entre ses lèvres tuméfiées :

— P… putain, ils ont osé !

Et le chauffeur de taxi, tendant la main pour le prix de sa course :
— Faut pas les provoquer, non plus.
— Tu dis quoi, connard ?
— Je dis ce que je dis. On n'a pas besoin de gens comme vous.
Julian arme son poing valide. Sigrid l'enferme dans ses bras.
— Non, Julian, ne réponds pas, je t'en prie. Viens. On appelle Antoine.
Elle sort un billet, crache dedans, le claque sur le pare-brise.

Le soir, conseil de famille. Antoine Strasser a donné un coup de peinture sur les inscriptions. Les insultes de Bitschwiller, *Nèèger mèèrder !*... La peste brune montrait déjà son sale museau de rat d'égout alors que la guerre était finie depuis à peine une semaine. Elle s'est répandue partout, arrogante, sûre de son impunité. Elle est devenue un système politique en Allemagne, ici elle attend, la bave aux lèvres, que la horde arrive. Le droit de haïr, le droit de tuer et, si on n'en a pas le courage, le droit de montrer du doigt son voisin, d'écrire des menaces de mort sur son mur. Julian, parce qu'il est noir, a été battu sur le campus par cinq types en chemise beige et foulard de scout noir, à la mode *Hitlerjugend*, sauvé de justesse par l'intervention de professeurs courageux.

Le patriarche Peter Müllbach s'est joint au trio. Personne n'a envie de manger, Sigrid prépare le thé, ouvre une boîte de *lebkuchen*, les petits pains d'épices que le caporal aimait tant et qu'elle n'a plus jamais fait sans penser aux jours heureux de Bitschwiller. Le notaire prend les choses en main :

— Partez d'ici. Tous. Cela devient trop dangereux. Le petit ne va pas commencer des études dans ces conditions. Je vais vendre l'appartement. Vous vous partagerez les sous. Plus la peine de jouer la comédie. Antoine, vis ta vie le plus loin possible d'ici, pour ta sécurité. Sigrid, toi et ton fils, vous partez demain chez ma sœur à Toul. J'ai pris la liberté de la prévenir. Pour l'argent, je vous fais une avance sur l'appartement. Faites-vous discrets, le temps d'aviser.

Pas la peine d'en dire plus. Le vieux Müllbach n'est pas porté sur les effusions. Antoine hoche la tête. Julian, éberlué par la vitesse à laquelle vont les choses, ne sait pas quoi faire, alors il caresse sa lèvre enflée. Sigrid pose la main sur le bras de son père.

— Papa, ne t'en fais pas, je sais quoi faire. A Toul, j'écrirai à une personne qui m'a proposé de nous héberger près de Londres en cas de danger.

— Tu connais des gens en Angleterre ?

C'est le moment. Sigrid raconte. Tout. De l'armistice à Bitschwiller à la visite de Graham Greene et la lettre de Barbara. Pendant qu'elle parle, elle ne lâche pas la main de Julian qui la regarde, immobile, traversé par des émotions qui viennent le bousculer comme des rafales, chaudes, froides. Ce matin, il découvre sa nouvelle vie d'étudiant, deux heures après il se fait lyncher par des apprentis nazis ; puis il voit sa maison, sa famille désignées à la haine populaire ; le soir, il apprend qu'il va partir pour Toul, puis la campagne anglaise ; qu'il a un père vivant, héros de la guerre, amoureux de sa mère depuis bientôt vingt ans, qui ne savait pas qu'elle avait un enfant de lui, qui lui a écrit des lettres magnifiques à chaque événement important de son existence aventureuse, qui joue avec Joséphine Baker, qui a pour ami le célèbre Graham Greene, chez la cousine de qui il va aller, que ce père, Jules (!) vit tantôt en Amérique, tantôt dans une île au Sénégal, tantôt dans un autre pays où il y a des cannibales et où il est peut-être en ce moment, ou ailleurs, sans rien savoir de ce que sa mère sait. Cela fait beaucoup en une fois. Il en oublie qu'il a mal. Il pose la tête sur l'épaule de Sigrid, les vannes s'ouvrent. Personne n'ose bouger. Mère et fils pleurent l'un sur l'autre, serrés, tous deux fiers du courage de l'autre, tous deux sûrs de l'amour de l'autre.

Par la fenêtre, Antoine regarde sa ville devenue menaçante. Partir. Où ? Pas l'Italie de Mussolini, pas l'Espagne – sûrement bientôt – de Franco, pas le Portugal de Salazar. Il ne suivra pas Sigrid à Londres. Londres ! Association de mots. Albert Londres ! *Marseille, porte du*

Sud, déjà lu dix fois. Ce sera Marseille. Pour fuir s'il le faut en bateau vers l'Algérie, le Brésil, les Antilles, n'importe où. Il va regretter Julian et Sigrid. Il les aime. Deux appartements dans le même immeuble, des vies séparées, chacun des aventures passagères et secrètes, une petite famille connue en ville. On jasait, discrètement. Et ceux qui n'avaient rien dit tout ce temps sur cet enfant « bâtard », ce mari « inverti », ce couple « immoral », maintenant, le clament, l'écrivent. La haine est permise. La haine est glorifiée.

Peter Müllbach est soulagé et triste. Il aura bientôt quatre-vingts ans. Il sait la guerre inévitable. Il va la connaître pour la troisième fois de sa vie. Il mourra dans sa ville à nouveau allemande, il en est sûr. Les gesticulations et les tartarinades françaises ne tiendront pas face à la mise en ordre militaire de l'Allemagne. Il finira sans sa fille chérie, sans ce petit-fils que feu Mme Müllbach avait tout de suite aimé. Lui, il a mis un peu plus de temps, comme pour ce pseudo-gendre choquant mais tellement formidable avec sa fille, mère d'un bâtard de Noir.

Quand ils se retrouvent seuls, Julian s'approche de sa mère.

— Maman, tu l'aimes… mon père ?

Sigrid lève la tête vers son fils, grand comme Jules, pose la main sur sa joue.

— Après Hermann, il a été mon seul vrai amour.

— Je veux dire… tu l'aimes… là, maintenant ?

— Oui. C'est curieux, pour la première fois ce soir, je peux dire oui. Pas seulement à toi. A moi. Il n'y a plus de secret qui pèse sur ce mot-là. Tu comprends ? Comment t'expliquer… Quand un sentiment est interdit ou pourrait faire trop mal, on le cache si profond qu'il finit par disparaître pour de vrai. Pour ne pas souffrir, le cerveau bloque quelque chose dans les souvenirs. Si tu n'avais pas été là pour me le rappeler tous les matins, mon soldat musicien aurait fini par n'avoir jamais existé. Et avec toi dans ma vie, j'avais presque oublié que tu avais un père.

— Et quand Graham Greene t'a donné les lettres ?

— Tout est revenu d'un coup, le moindre détail de la seule petite semaine que nous avons passée ensemble. Ses lettres me parlaient de sa vie, de choses pour moi inconnues, pourtant, chaque mot de lui me faisait revivre cette folle semaine. J'entendais sa voix, son accent…

— Et tu as pu garder ça secret ! Je ne me suis aperçu de rien.

— Quand je les ai lues, j'ai beaucoup pleuré. Comme nous ce soir. Puis je me suis dit que j'avais été aimée par un homme qui méritait que je l'aime en retour. D'un seul coup, ces sept lettres ont rempli dix-neuf années d'absence. Il avait juste un peu plus que ton âge quand je l'ai connu. Mais, comme il disait, un jour dans les tranchées fait vieillir d'un an. Il va vers ses quarante ans. Et moi je commence à être une vieille femme.

— Tu cherches des excuses pour ne pas le revoir ? Il ne faut pas. Cet homme pourrait aussi devenir mon père, pourquoi pas ? Comme Noir, je me sentirais moins seul. Et alors mon prénom… Je comprends pourquoi.

— Tu portes le nom d'un singulier souvenir.

— Alors, on part ?

— D'abord à Toul, et j'écris à Barbara Greene pour la remercier.

— Et lui dire qu'on vient ? Toul, c'est pas… c'est moins…

— Patience. On ira. Promis.

— J'aimerais rencontrer Joséphine Baker, Graham Greene, connaître les Etats-Unis, l'Afrique. Si c'est possible, alors je dirai merci aux salopards qui m'ont tabassé.

Un mois plus tard, ils sont installés à Toul. Sigrid cherche du travail dans les bibliothèques et les librairies ; Julian s'exerce à l'anglais en lisant les œuvres de Graham Greene et écoute les chansons de Joséphine Baker.

Graham est reparti quelque part, offrant à Barbara le tacot français jaune et noir. « Un taxi-léopard, juste pour toi », a-t-il dit en guise de réconciliation avec sa cousine. Quant à Joséphine, ses spectacles sont moins d'actualité en France, plus du tout en Amérique. La star de toute l'Europe, revenue triomphante au pays, a été boudée par le public, par la critique, par Broadway, par les Noirs, par les Blancs. Ici, elle est une ni-ni. Elle chante en français. En anglais, elle a pris ce drôle d'accent italo-parisien. L'Amérique la rejette. Elle avait pourtant un beau contrat avec les Ziegfeld Follies pour jouer au Winter Garden Theatre. Un flop. Elle a abandonné.

C'en est fini aussi avec son mari et imprésario Giuseppe « Pepito » Abatino, qui vient de mourir à Paris d'un cancer, à l'âge de trente-huit ans. Joséphine se défend d'y voir un lien avec leur rupture. Alors, pour chercher un peu de Jules, confident, consolateur et amant de toujours, elle a eu envie de faire un crochet par Dartmouth avant de rentrer à Paris.

Les deux femmes ne se connaissaient que par les récits que Jules leur avait faits d'elles. Diane a donné rendez-vous à Joséphine au restaurant du Paquachuck Inn à Westport Point. Un peu cachées de la salle par le grand poêle de fonte noire, par-dessus la table de pin blanchi et poli comme les bois flottés de la plage par deux siècles de lavages à l'eau chlorée, elles se regardent. Elles se demandent si la Grenouille noire avec qui elles ont partagé des morceaux de vie si différents est bien le même, ici, dans la douceur de la Nouvelle-Angleterre maritime, là-bas, dans l'effervescence artistique parisienne. Jules est leur dénominateur commun, comme elles ont en partage d'être deux femmes mi-noires, mi-indiennes. Leur combat est celui de leur moitié noire, leur fierté celle de leur part indienne. Elles s'accordent à penser que les femmes de leurs familles ont épousé des Indiens quand leur fraction noire faisait trop mal. Joséphine, avec un peu de sang espagnol en plus, voit dans ce minestrone génétique l'origine de son amour de la différence. Elle ne se revendique d'aucun groupe. L'Amérique, où il faut *appartenir* à une communauté pour exister, le lui a fait payer.

Diane aussi est en deuil. Liberty a été enterrée à la fin de l'hiver, à côté de Granma Ruth. Après la mort de Georgia, Dartmouth a été à nouveau un lieu de chagrin et de consolation grâce à la mer, aux forêts, aux enfants de l'école, aux beaux souvenirs et aux esprits de Chappaquiddick. Et aussi Nuttah – « mon cœur », en langue algonquienne –, la petite fille que Jeremiah a laissée à Diane avant de partir travailler – oh, ironie ! – à Akron, chez Firestone. Elle est d'un joli brun cuivré, avec les yeux bridés. Diane guette la transformation de son nez de bébé. Une naissance, une mort. La vie. Elle a écrit à Leslie. Leslie a répondu. Elle a fini par fermer la vilaine boîte pleine de chagrin et de rancœur ouverte à la mort de Georgia. Harlem est de plus en plus difficile à vivre. Le New Deal de Roosevelt n'a pas encore atteint les pauvres, les seuls deals qui rapportent sont à Wall Street ou au coin des rues sombres. Elle en a assez de tous ces cadavres à découper, même si elle est devenue l'adjointe du chef. Elle va un jour passer à Dartmouth. Diane entend cela comme autre chose qu'un projet de week-end à la mer.

Nuttah dort dans le couffin au pied de la table. Les coquilles Saint-Jacques sentent l'iode et le beurre chaud. Joséphine est émue par cette atmosphère… si exotique. La campagne et l'océan qui préparent l'hiver, le Paquachuck Inn et ses poutres culottées par deux siècles de fumées de la cheminée et des pipes des marins, les pêcheurs au comptoir qui boivent des pintes et rient fort entre de longs silences, le bébé traversé par ses rêves, Diane, émue aussi, qui ne sait trop quoi dire. Alors, Joséphine improvise :

— Diane, tu ne connais pas l'Europe ?

— Un peu, par Jules, par des livres. Mais je n'y suis jamais allée.

— Cela te plairait ?

— Bien sûr… à part que Nuttah…

— J'ai une idée. Je t'explique.

Une heure plus tard, les deux femmes sont à la maison de la Cuffee School. Pendant que Diane s'occupe de sa fille en rêvant à la proposition de Joséphine, celle-ci, devant la malle ouverte du vieux Julius, rêve du Liberia, les *Mémoires* à la main. Elle a reçu la lettre de Jules, elle va accepter sa proposition. Après tout, que faire de mieux ?

2

Jules a tenu parole. Edwin James Barclay se souviendra de ce 18 décembre 1937, quand il a baisé les deux mains serrées de l'artiste tant aimée. Un peu en retrait à côté d'un militaire au garde-à-vous qui croule sous les médailles, les épingles et les fourragères, ne sachant ni comment ni quand intervenir, une jeune fille en costume *à la manière* de la brousse tient un énorme bouquet d'hibiscus. Euphemia Barclay fait semblant d'applaudir comme les autres, puis détourne son regard de la scène révoltante d'une chanteuse aux seins nus à la table présidentielle. Au moins, les *natives* ont appris la pudeur. Jules s'approche, demande la permission de s'asseoir à côté de la First Lady bafouée, ose un baisemain pour sauver son honneur. La jeune fille trouve enfin le courage de venir s'agenouiller devant la diva, qui la fait se relever et l'embrasse. La transgression de l'étiquette est prise à la rigolade par le président, ce qui déclenche une vague d'hilarité nerveuse parmi les ministres, militaires, hauts fonctionnaires, courtisans, et un peu moins chez les quelques ecclésiastiques qui n'ont pas pu refuser la convocation au concert de la scandaleuse Parisienne. Paris excuse tout. Ses déhanchements, les mouvements sauvages de son bassin, sa poitrine offerte aux regards et les fausses bananes sur ses fesses. Pour son unique concert en Afrique, elle a voulu retourner aux sources. Même si son répertoire a été celui des dernières rengaines populaires, elle a offert un spectacle comme aux débuts de la Revue nègre, ne revêtant qu'épisodiquement une peau de léopard et, pour l'apothéose, un châle de plumes blanches : « J'ai deux amours », chanté sans quitter des yeux le chef de l'Etat médusé.

Pour faire moderne, Jules avait installé sur la scène un nombre imposant de percussions confectionnées par les sculpteurs et ferronniers du coin. Pour faire traditionnel, il avait ajouté cinq danseuses gola *semi-civilisées* avec des clochettes aux pieds. Joséphine a adoré revenir au temps où elle unissait son art à celui de Jules. Les six autres musiciens, venus de France, ont sagement joué leurs partitions, mais Joséphine, Jules et les danseuses se sont livrés à de belles joutes rythmiques. Que des femmes indigènes en robes de raphia viennent s'exhiber devant les Blancs en redingote au cours de spectacles folkloriques donnés à l'occasion de déplacements officiels dans la brousse de proche banlieue, cela n'étonne plus personne. Mais jouer d'égal à égal dans un show à l'occidentale, c'est du jamais vu. Certains auraient bien quitté la salle si leur président n'avait pas semblé à ce point aux anges, applaudissant tout seul au milieu des morceaux comme au Chat-qui-Pêche. Un seul assistant ne participe pas à l'hommage hypocrite : le colonel Davis serre les accoudoirs de ses fines mains d'étrangleur.

Champagne et espadon fumé. Serveurs en livrée. Toasts à l'art, à la beauté, à la paix, au Liberia. Et là, Edwin Barclay, sans doute un peu ivre de tant d'émotions, ose :

— Savez-vous, madame Baker…

— Joséphine.

— Savez-vous, Joséphine, que j'ai composé moi-même notre hymne national ?

Euphemia regarde au plafond. *Il a osé !*

— Non, incroyable ! Comment s'appelle…

— « The Lone Star Forever. »

— L'éternelle étoile solitaire ! Splendide. Vous avez…

Barclay fait un signe de la main. L'aide de camp figé derrière lui tend soudain une feuille de papier. Joséphine éclate de rire.

— Ah, monsieur le président…

— Edwin.

— Ah, Edwin, vous aviez tout prévu ! Voilà pourquoi vous êtes le chef !

Elle prend la feuille. Paroles et musique. Le message est clair. Un grand sourire à Barclay, elle se lève, retourne sur scène, où les musiciens s'apprêtent à ranger leurs instruments. Palabres. Elle revient à la table.

— A une condition, Edwin. Vous chantez avec moi sur la scène.

Oh, vanité ! Le temps de déchiffrer la partition et de jouer quelques mesures d'essai, main dans la main, le président de la République du Liberia et la coqueluche de Paris chantent en chœur : « *All hail, Liberia, hail ! This glorious land of liberty shall long be ours…* »

Toute la salle reprend, debout. Même la Première dame, de plus en plus courroucée, se lève et murmure le poème de son mari. Vieux principe diplomatique inculqué à Dakar par feu Paul Jr., Jules, veillant au parallélisme des formes et à la réciprocité des actes, la tient aussi par la main. Immense succès.

Quand, tard dans la nuit, exténuée et un peu soûle, Joséphine se fait raccompagner par Jules jusqu'à la suite réservée pour elle dans l'annexe de la résidence, elle lui dit :

— Mon chéri, c'était vraiment très drôle. Un peu fou, un peu ridicule, mais c'était rigolo de voir la tête de tous ces gens. Si leur chef n'était pas si visiblement fou amoureux de moi, je crois qu'ils m'auraient jetée dans la mare aux crocodiles. Tu ne crois pas ?

— Surtout sa femme, Euphemia. Tu as vu comment elle l'a récupéré au moment des adieux ? Il chantait « J'ai deux amours » ! En voyant son petit sourire poli alors qu'elle était absolument furieuse, je me suis dit qu'elle portait bien son nom, Euphemia. Euphémisme ! Les Anglais disent *pas mal* quand c'est *formidable*. Ce qui est pour eux un *understatement* est en français un euphémisme. Comme si je disais que tu n'es pas vilaine. Tu vois ?

— Tu es un grand professeur, Jules ! Et tu sais parler aux filles.

— Tu es toujours irrésistible, Joséphine. Les femmes sont jalouses de toi.

— Alors faisons l'amour tout de suite, vite, après, tu rentres chez toi. Edwin ne doit pas savoir. S'il était jaloux de toi, tu perdrais le bénéfice de ma venue. C'est bien ça, non ?

— D'accord, c'est un peu vrai. Ta venue va me faciliter la vie ici.

— Tu me devras ça. Un jour, je te présenterai la note. Allez, viens, je repars demain.

Dans la cour de l'Executive Mansion, le colonel Davis n'a plus besoin de s'attarder. Il regagne ses quartiers avec la certitude que Joséphine et Jules ne sont pas que des partenaires de scène. Et aussi que ce garçon, il l'a déjà vu… Où, quand ? Mais oui, bien sûr ! Avec une autre jolie femme. Une Anglaise. Et un autre Anglais, malade. Ils traversaient le pays. Pour quoi faire ? Jules comment, déjà ? Demain il cherchera.

L'effet Joséphine a payé. Barclay était prêt à tout accorder à celui qui a fait venir la Baker à sa table. Il l'aurait préférée dans son lit, mais Monrovia est trop puritaine, Euphemia trop jalouse, les mouchards trop nombreux, Joséphine trop courtisée pour se laisser séduire en un soir par un roitelet quand les princes d'Europe se jettent à ses pieds. Consolation, on lui a rapporté que Jules était resté moins de trente minutes avec elle dans sa suite. Il ne peut être son amant. Qui passerait si peu de temps avec une telle femme ?

Jules n'a pas abusé de la situation. De service rendu en faveur accordée, on finit par ne plus savoir qui doit quoi à qui. Il n'a demandé qu'une petite chose pour un chef d'Etat, immense pour lui : la maison de Mamba Point, qu'il avait fini par repérer, cachée par deux villas pompeuses, couverte de mousses, accrochée aux rochers comme une bernique. Pourquoi abandonnée ? Pourquoi les voisins n'ont-ils pas annexé le terrain ? Personne dans le quartier ne semble savoir. Par une sorte d'agent immobilier mandaté par la présidence, il a eu l'acte de propriété pour un dollar symbolique. Hors honoraires, bien sûr. En ville comme au fond de la brousse, pourquoi perdre du temps à faire transiter de l'argent par l'administration quand on peut se faire payer directement ?

Sa maison obtenue moins de quatre mois après le foudroyant passage de Joséphine à l'Executive Mansion, restait à retrouver la trace de Julius. Le registre des naturalisations ? Trop risqué. Quel prétexte pour se renseigner sur ce Julius Washington supposé ne pas être de sa famille ? Quand il est mort, il y a eu un début d'incendie. Un régime autoritaire tient ses archives de police. Recommandé au shérif par le cabinet de Barclay, il a eu accès au procès-verbal. Facile à trouver, Jules connaissait la date :

Le 15 septembre 1865, à vingt-deux heures, dans le quartier de Mamba Point, nous avons constaté le décès de M. Julius Washington, citoyen libérien, soixante-seize ans. L'examen du défunt n'a rien révélé de suspect. Nous concluons à une mort naturelle. Nous pensons qu'il se tenait à sa table de travail, qu'il a allumé une Barton à pétrole et fait tomber la mèche de son briquet sur les papiers. Pris de panique, il est sorti sur la galerie avec la lampe. Là, commotionné, il est tombé. La lampe s'est brisée, provoquant un second début d'incendie et des brûlures non létales aux jambes.

Jules a relu dix fois le rapport, chaînon manquant de l'histoire familiale. Il l'a recopié puis a continué à lire, tournant les pages avec précaution. Et là, à peine quelques feuillets plus loin, même pas un mois après la mort de Julius, une nouvelle mention de Mamba Point :

Le 11 octobre 1865, un pêcheur a signalé un corps dans les rochers sous Mamba Point. Rendus sur place, nous avons trouvé un cadavre en contrebas de la terrasse d'une villa. Avec des cordes, les hommes ont remonté le corps. Après investigation, il s'est avéré être M. Ebenezer Shilton, trente-six ans, installé depuis peu dans la villa, à en croire les meubles et les affaires entassés dans la pièce principale, les autres pièces étant vides. L'homme ne présentait aucune autre blessure que celle que l'on peut attribuer à une chute. Les voisins ont dit n'avoir ni vu ni entendu personne. Nous concluons que, pour une raison inconnue, ledit M. Shilton a basculé par-dessus la rambarde.

Maison maudite ? C'est ce qu'ont dû penser les gens. Voilà la cause de son abandon et ce qui la lui rendait encore plus désirable. Merci, monsieur Barclay, pour ce cadeau ! Chacun a donné à l'autre ce qu'il désirait le plus, nous sommes quittes.

Le 1er mars 1938, soixante-treize ans après la mort de Julius, il entre dans sa maison. Vide, bancale, craquant comme le Vaisseau fantôme, habitée de chauves-souris, de rats, d'araignées, de créatures bruyantes et invisibles, elle sent le moisi de la forêt et le sel de l'Atlantique. Il pousse un volet grinçant. Le grand balcon sur l'océan. En face, l'Amérique comme l'imaginait Julius quand le mal du pays le prenait. Comme lui, à l'envers, sur le môle de Westport Point. Westport Point, Mamba Point, deux pointes qui s'avancent sur l'eau, deux points sur la carte réunis par une tragique route maritime, traite dans un sens, colonisation dans l'autre. Deux visages de Janus.

Arrive une charrette avec son premier mobilier : une paillasse, une petite table, une chaise, une lampe à pétrole et les quelques affaires qu'il avait à l'hôtel. Il dormira à la belle étoile sur la terrasse. Il prend une feuille de papier, l'abrite de la brise de mer avec sa main gauche, raconte à Diane les derniers événements, son émotion d'être dans la maison historique de la famille Washington, ses impressions de néo-Monroviais.

Moi qui me moquais des bourgeois de Dakar ! Si tu voyais ceux d'ici ! Leur arrogance inculte atteint de tels sommets que c'en est drôle.

Heureusement, je me suis lié d'amitié avec le consul de France, un nommé Le Goff. Commerçant de Nantes, il a échoué ici pour des raisons assez vagues. Il est souvent joyeusement soûl, mais plus raffiné qu'il n'en a l'air. Il aime « causer français entre diplomates » parce que je lui ai dit un jour que mon père avait représenté la France en Gambie ! Il connaît tout de monde, collecte tous les ragots. Il affecte de ne rien comprendre à la politique. Hitler, Mussolini, Franco, Staline ont l'air de ne pas l'intéresser et, là aussi, je le soupçonne de se faire passer pour plus idiot qu'il n'est. Son plus grand plaisir est de partir en avion pour Abidjan, en Côte-d'Ivoire française, où, dit-il, « on boit entre gens civilisés ». Il me laisse alors les clés du consulat, c'est-à-dire de son appartement. En partant, il signe un papier m'adoubant consul ad interim. Je n'en garantirais pas la valeur juridique, mais cela m'amuse au plus haut point. La guerre m'a fait espion, la paix m'intronise plénipotentiaire. Mon père en avalerait ses palmes académiques !

J'ai aussi ouvert une école. La Black Frog Drums & Dance School. Avec Josh, un Américain autrefois danseur de claquettes à Detroit, j'ai trouvé un entrepôt du côté du port. On y fait danser et jouer ensemble des garçons et des filles, des percussionnistes, tous indigènes. Pour l'instant, c'est encore la pagaille, mais ce mélange pourrait donner quelque chose d'intéressant.

Mercredi matin, exploration intérieure. Jules marche avec précaution sur le plancher pourri par des fuites du toit. Il essaie de se représenter la famille Washington dans la maison pleine de meubles, de tapis, de photos et d'aquarelles, de livres, de bibelots, de vases et de fleurs, de napperons en dentelle, toutes choses vendues, pillées, mangées par les souris, dans la grande pièce qui ouvre sur l'océan, dans la cuisine où il ne reste que l'évier et un placard sans portes, dans les chambres, deux petites, une grande. Il essaie d'imaginer son arrière-grand-mère Diana, la jeune femme lumineuse du portrait de Bremo ; Ruth, jeune fille énergique comme les photographies vues à Dartmouth le laissent penser. Paul était-il ce petit garçon au regard rêveur esquissé au fusain qu'il a vu dans la malle ? Julius, qui a peint et photographié tant de notables, pensait-il qu'il y avait trop de vanité dans l'art du portrait pour s'y livrer avec les siens ? De lui, rien. Alors Jules s'imagine lui-même dans l'aile sud, dans le laboratoire photographique dont le matériel a disparu et où il ne reste qu'une boîte de plaques sensibles brisées et, dans les débris, quatre négatifs presque intacts. Il les met de côté. Il se voit aussi dans le bureau de Julius, une pièce tout en longueur, presque aveugle, sauf un fenestron carré, qui n'a plus que quelques rayonnages effondrés, des lambeaux de livres épargnés par les rongeurs. Ce qui était important a été mis dans la fameuse malle de marin. Jusqu'à la fin, le vieux bonhomme a travaillé là, à écrire l'histoire interdite du Liberia. En Amérique, personne ne veut en entendre parler et s'il le faisait ici aujourd'hui, il serait expulsé, jeté en prison ou discrètement liquidé par les hommes du colonel Davis. Julius Washington était protégé par son gendre et ami, le président Stephen Allen Benson. Tant qu'il était vivant.

L'après-midi sera consacré à la liste des travaux à faire pour que la maison hantée ne le précipite pas lui aussi dans les brisants de l'océan, et à l'aménagement de son campement provisoire car il n'est plus question d'aller à l'hôtel.

L'orage a frappé dur au petit matin. Après trois mois de restauration, la maison est étanche, solide, lumineuse, aérée, électrifiée. Le ciel et l'océan sont un spectacle permanent. Jules s'y sent bien. Finis, les restaurants en ville. Il va cuisiner, comme à Gorée. Il a fait fabriquer l'essentiel du mobilier avec les essences de la forêt mais a gardé en le rafistolant tout ce qui pouvait encore témoigner du temps de Julius. Dans la cuisine, il entreprend de ranger dans l'ancien vaisselier son minimum domestique, bien loin des richesses ménagères de la maison Zacher. Une étagère est de travers. Quelque chose coince au fond du placard. Il fouille. Il trouve. C'est une sorte de porte-monnaie de cuir racorni avec une fermeture vert-de-gris. L'objet a dû être beau. Il gratte le cuivre avec l'ongle. Des initiales : *J.W.* Julius Washington ! Le fermoir résiste peu. Dedans, pas d'argent. C'est une tabatière. Ce que fumait l'ancêtre, sec et noir comme du thé, a une drôle d'odeur. Fumer son tabac serait comme lever son verre à un ami mort. Il sort une cigarette de son propre paquet, la vide de quelques millimètres de son Virginia Blend qu'il remplace par une pincée de ce tabac historique dont il faut user avec la plus grande parcimonie. Il allume, tire une bouffée à la mémoire de Julius. C'est fort. Il tousse, recrache la fumée. La tête lui tourne. Il transpire, son corps se remplit de fourmis, sa bouche est paralysée, il étouffe. La lumière se voile de noir. Il tombe.

Quand il se réveille, le soleil est haut sur l'océan. Combien de temps est-il resté à terre ? Trois, quatre heures ? Son cœur bat lentement et fort. *Dun-dum-ba.* Il se relève, titube, va s'asseoir à l'air frais, respire à grandes goulées. Que s'est-il passé ? Il se souvient d'avoir trouvé une blague à tabac. D'en avoir fumé une pincée. D'avoir rêvé. Joséphine en peau de léopard se jetait sur lui avec des gants de fer. Elle rugissait « J'ai deux amours » d'une voix monstrueuse. Autour du cou, un boa de plumes blanches tachées de sang et un collier de mains coupées. Une femme-léopard avec les dents rouges.

Dès qu'il se sent assez ferme sur ses jambes, Jules va cacher la tabatière là où il a déjà mis les quatre plaques de verre, dans le laboratoire, nettoyé et fermé à clé. Dans cette ville où tout se colporte, ce Français qui restaure une vieille bicoque en bois au lieu de s'en faire construire une neuve en dur, qui semble ne rien faire pour gagner sa vie, qui joue de la musique avec les sauvages mais exerce des fonctions diplomatiques, qui a les grâces du président mais auquel des agents du colonel Davis s'intéressent parfois en passant, l'air de rien, ce type est un *original.* Synonyme de suspect.

Il boit beaucoup d'eau, mange un peu, mais c'est respirer profondément qui lui fait le plus de bien. Sur sa chaise à bascule, il résiste à l'envie de dormir, de peur de mourir. Les fourmis ont presque disparu, il peut parler. Ventiler, ventiler, comme les gazés de 14. Il ne sait quoi penser de ce qui lui est arrivé.

En fin d'après-midi, quand il se sent assez fort, il descend Mamba Point Drive jusqu'au centre-ville. Il n'y a qu'un magasin de photographie en ville, en face du Majestic. Il achète du papier sensible, le révélateur, le fixateur, l'ampoule rouge, les bacs, et un petit livre avec les rudiments techniques. Pas besoin d'agrandisseur, les plaques sont de la taille d'une main. De retour à Mamba Point, il installe son laboratoire rudimentaire, pose une lame de verre sur le papier sensible, allume, compte une minute, éteint. Sous l'ampoule rouge, il fait les trempages. Il rallume. Trop clair. Au bout d'une heure, il a réussi quatre épreuves malgré les rayures et les brisures des négatifs. Première photo : une rivière, des arbres, deux pirogues sur la berge. Seconde photo : une place de village avec des enfants et une femme, floue, qui passe trop vite dans le champ pour le temps de pose. Troisième photo : devant une case, trois femmes debout entourent un homme assis portant une couronne, le regard fou, hilare, sans dents. La dernière photo est incroyable : même scène plus large, avec un autre homme assis, de profil, carton à dessin sur les genoux et crayon à la main, dessinant le groupe. Julius ! L'unique photo existante de lui, réalisée par son assistant. Jules prend la loupe. Un visage un peu creusé, les yeux baissés vers le papier où il dessine. Les cheveux sont blancs, comme ses joues pas rasées.

Barbara a emporté son exemplaire des *Mémoires*, mais Jules se souvient de tout. Comment a-t-il pu ne pas faire de parallèle entre hier et aujourd'hui ? Il sort du réduit, les photos encore humides à la main. Il n'a pas fumé le tabac de Julius, pourtant sa tête tourne à nouveau. Il va s'asseoir devant la mer. Pour se calmer, il essaie de mettre de l'ordre dans l'histoire. Dans les deux histoires. Sont-elles distinctes ?

1856. Expédition de Julius Washington. Agé, il part avec son assistant photographe, Didho, et une petite équipe en remontant un fleuve côtier en pirogue. Ils arrivent à un village dont le chef, un ancien colon rendu fou par la vie en brousse et qui se fait appeler Kin'Amarica, les reçoit en grande pompe. Julius dessine, Didho prend des photos dont celle de Julius devant ce *roi Amérique* et ses femmes. Pendant la fête, Didho s'absente. Il ne revient pas. On le cherche. Il est retrouvé au bord de l'eau, égorgé, le corps comme griffé par un fauve. Une silhouette fuit vers la forêt. Le guide tire. Le fuyard tombe. C'est un homme, habillé en léopard, avec un gant de griffes de fer.

1935. Expédition de Graham Greene. Après avoir quitté Tappita, dont la population, soupçonnée de connivence avec une société secrète, avait été massacrée par le colonel Davis, deux de ses soldats supposés protéger les voyageurs sont retrouvés morts, exactement comme l'avait été Didho. Comme une signature de ces meurtres destinée à entretenir la terreur chez les intrus, surgit une sorte de bête dans la colonne de marcheurs. Barbara le tue. C'est un homme vêtu d'une peau de léopard, avec des griffes de fer.

1865. Julius meurt brutalement dans sa maison en provoquant un début d'incendie. Sa fille Ruth, veuve depuis huit mois, vend la maison de Mamba Point et part en Amérique. A peine un mois plus tard, le nouveau propriétaire va sur la terrasse, bascule dans le vide *pour une raison inconnue*, comme l'a écrit le shérif.

1938. Installation dans la maison de Mamba Point. Découverte de la blague à tabac de Julius. Une petite bouffée et c'est l'évanouissement. Coïncidence ? A l'époque, la rambarde devait être en bon état et l'homme jeune. Aurait-il fumé le tabac de Julius ?

Pour le savoir, Jules imagine une expérience cruelle. Il mélange une pincée du contenu de la tabatière à un reste de nourriture qu'il dépose devant la maison, côté rue. Pas besoin d'attendre longtemps. Un chien errant passe, renifle, hésite, engloutit la pâtée. Il lèche la gamelle, lentement. De plus en plus lentement, puis s'arrête, la tête baissée, le dos voûté, la queue sous le ventre. Il se balance d'avant en arrière. Ses pattes ne le portent plus, il tombe sur le flanc. Jules s'approche. Il ne respire plus. Le pire est prouvé, aucun mauvais sort n'a été jeté sur la maison, il n'y a qu'un poison puissant, qui résiste au temps. Le vieux Julius, fumeur de pipe, en a inhalé une grande quantité. Son cœur fatigué n'a pas tenu.

Jules tient sa tête dans ses mains. Les bourdonnements couvrent les brisants sur les rochers. Il est là depuis une journée et l'histoire de sa famille lui saute à la figure. Et tout prend soudain un autre sens. Le cartographe reconnu, le portraitiste adoré des puissants, l'aquarelliste admiré, l'écrivain respecté, le commentateur redouté, protégé comme le fou du roi qui peut impunément dire la vérité, a été *assassiné*. Une petite voix lui souffle : « aurait été ». Il ne se souvient pas d'avoir lu quoi que ce soit dans les archives qui accréditerait cette thèse. Il faut une preuve réelle et directe. La pipe ! Il la revoit, dans le coffre à Dartmouth. Une belle bouffarde de marin à tuyau coudé, avec un couvercle pour fumer contre le vent. Y a-t-il encore du tabac dedans ? Une petite chance. Qui aurait songé à soulever le couvercle, à la vider ? Cette pipe est une pièce à conviction. Et un danger. Oncle West ou Jeremiah pourraient être tentés, comme il l'a été. Prévenir Diane. Ni courrier, ni télégramme. Le télétype du consulat !

Jules dévale le Drive jusqu'à Center Street. Le consul se fait de plus en plus rare à Monrovia. Jules prépare un message pour faire part à Diane de ses doutes :

Peux-tu voir s'il reste du tabac dans la pipe de Julius ? Si oui, extrais-le avec des gants et teste-le. Tu es infirmière, tu sauras faire. Ne panique pas, ce n'est qu'une supposition. Mais cela peut être très dangereux. Réponds-moi par la même voie, en passant par l'adresse à Abidjan indiquée sur ce message. Jules.

Il espère se souvenir de la manière de crypter les messages sur l'appareil relié à la représentation de l'A-OF en Côte-d'Ivoire. Le Goff transmettra en clair à Diane. Il tâtonne, ça marche. Reste à attendre l'accusé de réception.

Il se sert un whisky de la cave du consul et tente un point de la situation. Il y a des répétitions, des coïncidences, certes, et pourtant une invraisemblance de taille. Jules peut comprendre que « faire des images, c'est voler l'âme ». Il a déjà entendu ça dans *son* Afrique. L'assassin de Didho a vu les portraits faits par Julius. Il les a détruits, sans distinction, avec le reste. Dix ans plus tard, un autre homme-léopard serait-il venu de la brousse en pleine ville, à l'autre bout du pays, pour finir le travail et tuer Julius ? Et pourquoi du poison, cette fois ? Cela ne tient pas debout.

Alors, qui élimine les gêneurs avec un poison aussi radical ? Un Africain ou un Blanc, qui se le serait procuré auprès d'un « spécialiste » ?

Le lendemain, Le Goff, à peine revenu de Côte-d'Ivoire, vient sonner à Mamba Point.

— Jules, j'ai reçu un message pour vous. Lisez et faites-moi un café.

Jules, il restait du tabac tassé au fond de la pipe. J'en ai fait brûler une petite pincée dans un saladier retourné où j'avais enfermé une souris. Morte en une minute. J'ai aussi fait une décoction dans laquelle j'ai fait macérer des graines dont les oiseaux raffolent. J'ai retrouvé un pigeon mort à moins de vingt mètres. Tant d'années après, ce poison reste violent. J'ai mis la pipe et le reste du tabac dans une boîte fermée et aussitôt enterrée. Tu te rends compte, si on avait voulu fumer, si on avait été curieux, comme toi ? Je n'arrive pas à croire que notre arrière-grand-père a été assassiné. Mon Dieu, fais attention à toi ! Diane.

— Canot, c'est quoi cette histoire d'arrière-grand-père assassiné ? Vous aviez un ancêtre à Monrovia ? Dites-moi. Il faut que je sache, vous êtes sous ma juridiction et je vous confie trop souvent la maison pour que vous ayez des secrets pour moi.

Le Goff prend un air paternel, sévère. En préparant le café, Jules raconte. Washington-Canot, Sénégal-Amérique, le livre des *Mémoires* rejeté aux Etats-Unis, Garvey-Davis et Du Bois-Firestone, Didho dépecé, la maison maudite de Mamba Point, le voyage avec Graham Greene, la rencontre avec Davis, Barbara et l'homme-léopard.

A la fin, Le Goff hoche la tête.

— Vous êtes entouré de drôles de types et de sacrées bonnes femmes. Bon, donnez-moi cette tabatière, elle restera dans le coffre-fort du consulat. Brûlez le message. Quelle histoire ! Faut écrire un roman, mon vieux.

— Il y a déjà le livre de Julius Washington. Cela nous vaut assez d'ennuis.

— Ainsi, son ami et gendre était le président Benson ? Belles fréquentations…

Une nouvelle pensée explose dans la tête de Jules. *Benson !*

— Qu'est-ce qui se passe, Canot ?

— Je viens de penser à un truc encore plus fou…

— Vous êtes plein de surprises ! Servez-nous deux scotchs, je vous écoute.

Jules ne sert que Le Goff, reprend du café.

— Je pense à Benson, pas seulement ami et gendre mais complice politique de Washington. Huit mois avant que Julius meure, on l'a retrouvé sans vie dans sa plantation, inexplicablement, à quarante-huit ans. Ses ennemis politiques étaient des types comme Davis.

— Vous pensez qu'il a été assassiné ? Le président Lincoln aussi, deux mois plus tard.

— Ne vous moquez pas. Je fais peut-être un accès de paranoïa, mais quand même…

Et Jules se lance dans un nouveau monologue que Le Goff écoute verre et bouteille à la main : Benson jeune, en pleine santé, populaire mais détesté par l'élite parce qu'il remettait en cause « la République des taxes », parce qu'il voulait que les anciens serfs des plantations se remettent à l'agriculture au lieu de piquer dans la caisse. Il reprenait les idées de Paul Cuffee : produire sur place de l'huile de palme, du café, du coton, de quoi exporter vers l'Amérique, l'Europe. Il voyait la République partir sur de mauvais chemins, il donnait l'exemple d'une autre voie possible.

— Alors, avec ça, vous voyez un mobile pour un double crime parfait ? Quel ennemi commun les aurait empoisonnés à huit mois d'intervalle ? Ils ne faisaient pas le même métier. A l'un l'action politique, à l'autre la peinture, la littérature…

— Pas la littérature, le témoignage. L'un dérangeait par ce qu'il faisait, l'autre par ce qu'il révélait. Le lien entre les deux, c'est la trilogie de Julius. Les deux premiers volumes, *La Terre promise de Paul Cuffee* et *En quête d'un pays rêvé*, sont parus dans des éditions universitaires confidentielles. C'est passé inaperçu en Amérique, encore plus ici, où on avait mieux à faire que lire. Quand on savait lire. Mais le troisième opus, *Les Oreilles du loup*, publié bien plus tard – deux ans avant sa mort –, critiquait la manière dont la bourgeoisie coloniale menait le pays. Julius y rapportait les propos pour le moins dubitatifs de Benson le soir de la proclamation de l'Indépendance et en bien d'autres occasions, défendant la position de ce jeune politicien à contre-courant de la paresse, de la gabegie et de la cruauté ambiantes. Subversifs tous les deux.

— Un livre, mobile d'un double meurtre ?

— Julius n'était pas seulement critique mais visionnaire. Deux ans avant qu'éclate la guerre civile aux Etats-Unis, il prédisait que la même chose finirait par se passer ici.

— Une guerre civile, ici ?

— Pour l'Amérique, il disait que l'esclavage était un piège, comme l'était ici la brutale domination des Blancs sur leurs frères africains. Il citait Jefferson : « Maintenir l'esclavage, c'est comme être face à un loup qu'on tiendrait par les oreilles. On n'aime pas cela, mais on ne peut le lâcher. » Il disait que les colons, en répétant ici le modèle de société appris chez leurs anciens maîtres, nourrissaient un louveteau qui, un jour, les dévorerait.

— En effet, cela n'a pas dû plaire, ici. Mais qui l'a lu ?

— Justement, le livre a eu du succès. *Les Oreilles du loup* a été remarqué par un journaliste du *New York Times*. Il a reçu des prix, s'est bien vendu, il a fait polémique aux Etats-Unis et a fini par arriver ici. Pour Benson, ce livre exprimait ce que lui, président, pensait sans pouvoir le dire.

— Ce que vous dites est fou, mais ça se tient. Dans le passé, d'autres ont été liquidés, on a même retrouvé mort dans le port un candidat aux élections.

Le Goff fixe le fond de son verre, déjà bien ivre. Jules ne dit rien, il attend. Puis, comme s'il se parlait à lui-même, le consul murmure une sorte de poème lyrique :

— Dans ce pays habité de tant de rêves et de mensonges, où le rempart est si fragile entre ce qu'il croit être et ce qu'il est, où les maîtres, les courtisans et la population des colons tout entière s'accrochent au mirage car c'est l'illusion ou la mort, il faut être un enfant innocent ou un adulte inconscient pour s'écrier « Le roi est nu ! ».

Cela ressemble au mot de la fin. D'habitude, Jules s'éclipse discrètement quand l'alcool commence à emporter François Le Goff dans son monde parallèle.

— Je vous raccompagne avec la voiture. Je reviendrai à pied.

— OK, mais donnez-moi cette maudite blague à tabac.

Puis il ajoute, pensif :

— Pour votre tranquillité, il vaut mieux que personne ne fasse le lien entre Washington et Canot, vous comme le négrier français. Je vais lire leurs Mémoires à tous les deux, mais à Abidjan. Au revoir, Jules.

3

A côté de son hangar réservé aux répétitions, la Drums & Dance School a ouvert début octobre 1938 un petit bar musical en bord de mer, le Black Frog Club. Entre la plage et la route de corniche qui sépare les quartiers hauts et la presqu'île de West Point où il n'y a plus qu'un labyrinthe insalubre entre des maisons bancales, c'est devenu un lieu à la mode. Les moins pauvres des *townships* de West Point et de Clara Town, de l'autre côté du pont, y côtoient les domestiques des riches, des petits commerçants, des artisans, des bonnes qui ont fini leur travail dans la ville haute, quelques « natifs civilisés » éduqués dans les écoles confessionnelles, de téméraires

Blancs qui viennent s'encanailler. Josh dirige la boîte. Pas d'alcools forts. Bière et jus de fruits, un peu de vin blanc de France quand des riches commandent la spécialité du bar qui commence à faire fureur, les huîtres. Jules en avait trouvé en allant se baigner. Il a donné le tuyau à Josh, qui paie des gamins pour en cueillir sur les rochers. Josh a aussi dégoté deux musiciens américains, guitare et saxo, un bassiste sierraléonais, aussi discrets que lui sur les raisons de leur exil au Liberia. Jules fait le batteur, Josh quelques numéros de claquettes pour garder la forme. Le Black Frog est le plus grand club de jazz de Monrovia. Le seul du Liberia.

Jules se charge de l'école. Plus atelier qu'école. En deux ans, plus de cent percussionnistes, danseurs et danseuses sont venus travailler avec lui. Ils ont monté de petits spectacles testés dans les fêtes de quartier, sur la plage devant le Club. Mais Jules voyait plus loin, imaginait un vrai show. Aujourd'hui, il se dit que bientôt, après quelques réglages, le spectacle va être au point. Trente Africains, des Vai, des Gola, des Gio, des Kru, ont été entraînés. Dix percussionnistes avec un petit tambour traditionnel en bandoulière et un fût de fer récupéré au dépôt de pétrole, douze femmes avec des tambourins, grelots et clochettes aux pieds, sur les bras et autour des hanches, six danseurs de claquettes, deux balafons. Danse et percussions. *Du mouvement naît la musique.* Même les percussionnistes sont dans la chorégraphie. Ils se déplacent avec leurs tambours sur le ventre, font rouler les fûts dans un grondement de métal. Josh a mis les musiciens en mouvement dans tout l'espace de la scène. Il a réparti les instruments de Jules, moitié sur le devant, moitié sur l'arrière, l'obligeant à courir sur dix mètres. Trente-deux Noirs, un groupe afro-euro-américain produisant un spectacle qui dépasse le jazz autant que les musiques africaines rituelles, et, comme le pense Jules, totalement cubiste si on ajoute les costumes. Il a fait venir plus de cent mètres de wax de Côte-d'Ivoire, aux teintes vives, tranchées, géométriques. Il se souvenait de Picasso, Derain, Juan Gris, de tous les maîtres de la couleur et de la géométrie. Aujourd'hui, première répétition en costumes. C'est un kaléidoscope. La chorégraphie crée une peinture, sans cesse mouvante, parfois immobile, figée dans des silences après le tumulte.

Jules fait signe au groupe et à l'interprète de se rapprocher.

— C'est presque parfait. Nous allons quand même répéter encore et encore pour que même en dehors de cette salle, sur une grande scène avec plein de lumières, avec des centaines de personnes, dans une ville que vous ne connaissez pas, dans un pays où il fait froid, dans des villes qui ne ressemblent en rien à Monrovia, après un long voyage, tout soit tellement automatique que rien de tout cela ne vous perturbe. Vous serez tellement sûrs de vous que vous ne réfléchirez plus, vous serez dans le plaisir de jouer et de danser, vous pourrez avoir le sourire dans l'effort et vous transmettrez votre joie à toute la salle. Il nous reste trois mois avant le baptême du feu. Je vous confirme notre programme : la veille de Noël, nous nous produirons ici, dans la grande salle des fêtes de la présidence de la République, ensuite, nous irons jouer à Abidjan. Puis, on reviendra ici pour améliorer encore le show et, en mai, on prendra le bateau pour Paris et Londres.

Jules a entraîné Josh à Mamba Point. Ils se balancent sur des rocking-chairs en regardant, au loin, des rideaux de pluie bleue sur la houle verte. Un coup de sirène. Un cargo entre dans le port. Les bateaux sont plus lointains qu'à Gorée, mais le ciel est plus grand, l'océan plus large.

— Tu penses à quoi, Josh ?

— A Detroit. On pense forcément à l'Amérique quand on est là. Non ?

— Tu sais, l'Amérique, c'est pas chez moi. Enfin, pas complètement. J'ai un pied en Afrique. Pas tout à fait celle-là, peu importe. Il y a aussi la France, Paris. J'ai aimé sa liberté, sa folie. Tout a bien changé. J'appréhende un peu d'y retourner. J'ai reçu une lettre de

Joséphine. Pas de problème pour le concert à Londres, on aura la moitié du spectacle qu'elle donne les quatre samedis de juin au Royal Albert Hall. Mais elle me dit que le concert du Cirque d'Hiver à Paris pourrait être compromis. Il y a des pressions sur les organisateurs, des menaces d'attentat. La merveilleuse Noire américaine est devenue la négresse enjuivée.

— Enjuivée ?

— Elle a épousé un Juif.

— Putain, elle collectionne les raisons d'avoir des emmerdes…

Les deux hommes restent encore à regarder les nuages. La pluie va-t-elle passer à côté ? Jules fait un thé rhum-citron, ils fument. Il n'y a que le grincement des chaises à bascule et le bruit du vent qui se lève, apportant un parfum acre de feuilles mouillées. Les premières grosses gouttes tièdes mitraillent le plancher de la terrasse. L'orage, qui avait tourné autour de la ville, fond maintenant sur elle.

— Je te raccompagne.

Dans la voiture qui navigue entre les flaques, Jules demande :

— Et toi, Josh, ta compagne danseuse… Musuleng. C'est bien son nom ?

— Musu pour les intimes. Tu lui veux quoi, à ma danseuse ?

— Comment ça se passe pour toi, avec sa famille ?

— Compliqué. D'un côté, ils sont contents que leur fille fréquente un vrai Afro-Américain, un étranger, plutôt qu'un Blanc d'ici, je veux dire un type de l'élite ex-coloniale ; mais, d'un autre, ils craignent qu'avec moi elle ne prenne des goûts de luxe et qu'après, comme elle ne pourra pas s'en passer, elle ne devienne, comme on dit ici, une « épouse à louer » qui se met en ménage avec les étrangers seuls qui viennent en mission. Pour les chanceuses, ça peut durer un an. Le conte de fées, c'est de repartir avec le type, tombé sous le charme. Mais ça peut aussi être pour une semaine, une nuit. Les parents de Musu ont peur qu'elle fasse la pute, quoi. Ils vivent à Clara Town, dans une cabane plus qu'une maison. Ce que leur fille leur refile sur ce que je laisse pour les frais du ménage et son salaire de barmaid, c'est un vrai bonus. Alors, ils sont très contents, moyennement fiers et pas trop rassurés.

— Et ton avenir, Josh, tu le vois comment ?

— Ecoute, je crois que je vais rester ici. De toute manière, vaut mieux pour moi ne pas revenir à Detroit. En cas de guerre, on va trouver que j'ai l'âge, et avec mon pedigree et ma couleur, ils me feront pas de cadeau. Et puis j'y crois, moi, merde, à notre spectacle. C'est un vrai show, original, pas cher à monter. Même si on ne pourra pas souvent donner des spectacles en Europe, dès qu'on sort du Liberia – je compte sur toi pour ça – on sera payés en monnaies plus fortes que ce foutu dollar libérien qui vaut rien et se dévalue à toute vitesse.

— Pas d'autre raison ?

— C'est vrai, elle est chouette, Musu.

Jules n'obtiendra rien de plus comme déclaration d'amour de Josh à sa concubine. Il le dépose devant leur petite maison d'Ashmun Street.

— Un soir prochain, je voudrais vous inviter à dîner tous les deux. Au Majestic ?

— Tu crois que Musu… Une Gio dans l'hôtel des Blancs ?

— Et alors ? On s'en fout.

De retour de l'un de ses séjours de plus en plus fréquents à Abidjan, Le Goff a téléphoné avec un air mystérieux : « Jules, invitez-moi pour le réveillon du Nouvel An, j'apporte le vin, un courrier d'Amérique et une proposition que vous ne pourrez refuser. D'accord ? » Ce n'était pas une question. Jules a préparé son rituel riz au poisson à la sénégalaise, dressé la table sur la véranda éclairée par des ampoules de couleur qui rappellent le 14 juillet place des Abbesses. Tout est prêt quand Le Goff arrive dans la voiture officielle du consulat, avec une caisse de muscadet et une lettre de Diane que Jules lit aussitôt pendant que le Breton remplit les verres.

Dartmouth, le 28 décembre 1938

Mon très, très cher cousin,

Il y a tellement de choses nouvelles depuis ma dernière lettre que je ne sais par où commencer. D'abord, la meilleure : on va se revoir ! Grâce à Joséphine, qui m'invite à venir aux concerts qu'elle organise avec toi à Londres et à Paris, je vais prendre l'avion pour la première fois, connaître l'Europe. Jeremiah gardera la petite, il a été licencié de Firestone pour son activisme syndical pendant les grandes grèves.

A propos de Firestone, sais-tu que mon ex-ami W.E.B. Du Bois est venu ici me faire ses excuses ? Bien qu'il combatte toujours le projet de Garvey, il a reconnu que les conséquences d'un Etat Firestone dans la République du Liberia étaient désastreuses. Les ouvriers, prolétariat sans défense, sont gardés par une milice qui a sa propre prison ! W.E.B. est consterné d'avoir été à ce point utilisé comme caution pour ce projet, même s'il se console en se disant qu'il a empêché la folie de Garvey.

J'ai profité que cet homme était dans la repentance pour l'interroger sur Davis. Il a fait quelques recherches qui ont abouti à peu de choses : il est parti pour le Liberia en 1919 dans la mouvance de Garvey, qui recrutait les soldats noirs déçus et sans travail à leur retour de la guerre. Garvey avait besoin d'infiltrer les instances dirigeantes du Liberia pour préparer le Grand Retour. Davis est donc un opportuniste, mais surtout un usurpateur. Il n'a été qu'un instructeur sanitaire dans l'armée américaine. Devenu colonel, comme par magie ! W.E.B. m'a promis de faire des investigations plus approfondies.

Voilà, je ne t'en dis pas plus, on se voit bientôt. Prends garde à toi !

Diane, ta cousine qui t'affectionne

— Vous faites bien de passer par le cryptage pour de telles lettres, mon ami ! Pour compléter les informations que votre cousine vous donne – pardon, il a bien fallu que je lise –, le poste diplomatique d'Abidjan soupçonne que Davis a eu recours à des pressions sur l'ex-président King pour devenir son aide de camp et gagner aussi vite du galon.

— Du chantage ?

— Une histoire de diamants.

— De diamants ?

— On en a trouvé avant-guerre dans la Moa, le fleuve côtier qui est aujourd'hui en territoire sierraléonais après qu'il a été repris au Liberia dans les années 1860. Ce qui pourrait expliquer que la ferme de l'ami de votre famille, le capitaine Canot, ait été détruite à titre préventif, pour déblayer le terrain de témoins gênants avant d'annexer la partie la plus diamantifère du Liberia.

— C'est plausible. Je vois bien Canot ajouter les diamants à ses trafics.

— Il ne parle de rien de tel dans son livre. Mais on pourrait comprendre qu'il ait voulu être discret. Il y a d'autres diamants, dans la rivière Mano, qui fait aujourd'hui la frontière. A qui appartiennent les cailloux du fond ? Voici un inépuisable sujet de litige.

— C'est pour ça que j'ai vu des prospecteurs en amont de la Lofa ?

— Certains ont eu de grands espoirs ici. Vous imaginez, des diamants ! Quelle aubaine pour continuer à ne rien faire ! Hélas pour ces rapaces, les plus beaux sont en Sierra Leone, dans la Moa, précisément. Il n'y a donc pas eu de *diamond rush*. Les sociétés de prospection comme la De Beers n'ont pas jugé bon d'y investir, mais certains individus sont, eux, très, très intéressés même par de petites pierres.

— King aurait été parmi ces… intéressés ?

— Je n'en sais rien. Le petit peuple a été évidemment tenu à l'écart par les armées des deux Etats, qui se regardent en chiens de faïence d'une rive à l'autre. Et devinez qui était à cette époque chef de la police du comté de Grand Cape Mount où coule la Mano ?

— Davis ? Merde ! Je comprends qu'il ait eu l'amitié de King. Et Barclay ?

— Celui-là est plus honnête. Ou plus prudent. King avait démissionné à cause du blâme de la SDN. Il ne fallait pas ajouter un nouveau scandale. Barclay, qui veut redorer le blason international du pays, a nommé un autre chef de la police…

— Et, comme lot de consolation, Davis a été propulsé à la tête de la Frontier Force pour aller casser du Kru et du Grebo. Je me trompe ?

— Un peu lapidaire, mais c'est l'idée. A la vôtre !

Le muscadet est encore vif et presque frais, que demander de plus ? Avec les coquillages, dont Jules s'est fait une spécialité, le Nantais est aux anges. Jules regarde ce grand type fatigué, dans la phase où un Européen alcoolique tropical, après avoir d'abord rougi et grossi, se met à maigrir, à jaunir. Il en a connu des centaines comme lui. Des dignes et bien élevés, à la cuite drôle et élégante, parfois brillante, qui restent droits, jusqu'à ce qu'ils tombent raides, parfois définitivement. Des éructants vulgaires qu'on retrouve un jour morts dans un fossé, dépouillés par les filles – ou les garçons – dont la misère avait fait leurs concubines – ou leurs gitons –, souffre-douleur domestique, et qui, perdant leur protecteur, prennent sur la bête morte un petit héritage. François Le Goff n'est pas de ceux-là. Une certaine idée de la diplomatie. Quelle diplomatie ? Il n'y a pas d'ambassade, les relations avec la France sont traitées à Abidjan qui sous-traite pour Dakar, capitale de l'A-OF. En allant chercher le *tiebou dieune* dans la cuisine, Jules s'amuse du contraste entre son père et Le Goff.

— Délicieux, mon cher Canot. Vous savez recevoir. Moi, depuis que madame m'a planté là, il n'y a plus personne à ma table.

— Est-ce bien nécessaire ? La vie diplomatique n'est pas très…

— Ecoutez, mon ami, servez-moi encore de cette belle piquette de chez moi, j'ai quelque chose de sérieux à vous dire avant d'être pompette.

Jules s'exécute.

— Bien. Passons aux choses sérieuses. A Abidjan, j'ai eu une longue discussion avec le gouverneur Mondon. Il m'a aimablement rappelé qu'allait bientôt sonner pour moi l'heure de la retraite, comme on dit. Bref, je vais être remplacé.

— C'est bien dommage, je m'étais habitué.

— Ne pleurez pas, vous connaissez très bien celui qui sera mon successeur. Je vous ai proposé. Je lui ai parlé de vos antécédents, de votre famille, de votre total bilinguisme, de vos bonnes manières. Il sait que vous avez plusieurs fois assuré l'intérim sans semer la chienlit. Il s'est renseigné sur vous, vos états de service pendant la guerre. La gouvernance de Dakar a dit du bien de vous. Normalement, les diplomates ne sont pas des saltimbanques. Là, il a un peu tiqué. J'ai fait valoir que c'est une excellente couverture pour rencontrer du monde, les locaux autant que les colons, pour voyager, pour faire des choses bizarres qu'un commerçant comme moi ne peut se permettre de faire sans attirer l'attention. Votre petit bistrot est un meilleur lieu de rencontres que le Majestic, trop connu. Et de toute manière, sur les huit Français qui vivent à Monrovia, il n'y a que des crétins en plus mauvais état que moi. Et qui, parmi ces messieurs du Quai d'Orsay, accepterait ce poste pourri ? Le gouverneur est d'accord. Voilà. Si vous voulez, à la date du 1er octobre 1939, jour de ma retraite, vous serez consul de France au Liberia. Je vous laisserai la bagnole, le coffre-fort, les archives, le télétype, les tampons et tout le tintouin. Vous pourrez installer tout ça chez vous. Vous collerez au fronton le médaillon *Consulat de France* et hisserez tous les matins le drapeau de la République, vous jouirez d'un statut vous assurant une certaine protection. Dans des limites raisonnables. Pour le salaire, c'est vite fait, y en a pas. C'est honorifique. Cependant, la France est généreuse pour les frais de loyer, de représentation, de déplacement et tout ce qui se paie de la main à la main. Egalement dans des limites raisonnables. On tope là ? On trinque ?

L'écoutant, Jules est resté la main en l'air avec sa boule de riz-poisson-légumes-pili-pili. Comme on ne remet pas la nourriture dans le plat, il profite du temps nécessaire pour la manger, faire usage du rince-doigts, servir le vin et réfléchir à la proposition. En fait, il l'avait acceptée avant même la fin de la tirade de Le Goff.

— A Abidjan, ils savent que je suis noir ?

— Elle est bonne, celle-là ! Bon, alors tu es d'accord. A ta santé, Jules ! On se tutoie.

— Santé ! A la nouvelle année. Et v… toi, tu vas retourner en France, pour ta retraite ?

— Jamais ! Nous, les vieux d'Afrique, on ne peut plus se réacclimater. Et ma femme me foutrait dehors. Je vais à Abidjan. Ils me donneront un vague boulot administratif pour compléter mes rentes. Je serai ton contact et ton instructeur à distance. Ça va les rassurer et on continuera à correspondre. Et tu auras peut-être besoin de la complicité du vieux pour certaines affaires délicates.

La nuit est sans lune, l'océan noir, le ciel masqué par les ampoules de la guirlande qui mettent de la couleur sur les joues de Le Goff. Quatre bouteilles sur les six trouvent une fin conforme à leur destinée et les deux consuls, l'ancien et le nouveau, à minuit pile, s'embrassent. Il est temps de dormir. Le Goff ronfle sur le canapé, Jules débarrasse et trouve que l'année commence bien. Davis n'est pas moins menaçant, mais avec l'immunité consulaire… *Dans des limites raisonnables.* Il est heureux, il est un peu ivre. Dans sa chambre, il se déshabille et, recouvert du drap de lit porté en toge romaine, il lève le bras devant le miroir de l'armoire : « *Ave, Iulius consul, libris sua fata habent, sed me futurum pertinet ad me.* » Autrement dit, fort à propos pour ce qui concerne les *Mémoires de Julius Washington*, « Salut, consul Jules, les livres ont leur propre destin mais mon avenir m'appartient. »

Trois mois ont passé depuis le fameux réveillon. Pour s'entraîner à ses futures fonctions diplomatiques, Jules s'astreint à se montrer en ville et à fréquenter au moins deux fois par semaine la tour de guet de la vie monroviaise. Ce premier jour d'avril 1939, il trouve le bar du Majestic en grande effervescence. Le quotidien national le plus lu à Monrovia, le *Chronicle*, titre sur cinq colonnes *LA FILLE D'UN DIPLOMATE LIBÉRIEN STÉRILISÉE DE FORCE EN ALLEMAGNE.* L'article est signé d'un correspondant à Washington : *Des rafles de Noirs ont lieu en Allemagne depuis 1937. Dans leur obsession de la pureté de la race blanche, les nazis stérilisent de force des femmes et des hommes noirs dans des conditions médicales inhumaines, sous la houlette du Doktor Eugen Fisher, déjà responsable du massacre des Hereros dans la colonie allemande de Namibie.* Parmi quelque quatre cents Noirs ainsi raflés se trouvait la fille d'un diplomate libérien dont le nom n'est pas révélé.

Jules repose le journal sur le comptoir. Il pense à Sigrid, à son fils, à la guerre inévitable. S'ils quittent l'Alsace, ce qui est souhaitable, il perdra leur trace. Il commande un manhattan. Assis au bar, perdu dans la contemplation des lumières mouvantes à la surface du cocktail, il se demande qui est ce correspondant à Washington qui fait un scoop avec un événement connu depuis au moins un an. Aucun canard libérien n'a les moyens d'entretenir un correspondant aux Etats-Unis. L'info est téléguidée. Certains doivent craindre que le Liberia, entraîné par une oligarchie raciste, totalitaire, massacreuse de *non-civilisés* depuis la première heure de son histoire, ne se range du côté de Hitler, homme à poigne qui sait comment traiter les sous-hommes. Ceux-là qui se font ici appeler Blancs sont tellement persuadés d'être vraiment blancs qu'ils n'imaginent pas que les nazis pourraient les traiter comme des nègres ordinaires. En sortant maintenant cette information qui touche au cœur de sa fierté un pays chatouilleux, l'auteur sait ce qu'il fait. Qui veut pousser le Liberia dans le camp des ennemis du Reich ? Que ferait le président Barclay si la guerre éclatait ? Quand elle éclatera.

— Bonsoir, monsieur le futur consul !

Jules sursaute. L'homme qui le sort de ses pensées est celui de ses cauchemars.

— Bonsoir, colonel Davis.

En costume-cravate civil, il a encore plus l'air de ce qu'il est. Un Joseph Goebbels noir. Les lèvres fines, le nez étroit, le regard fixe.

— Appelez-moi Elwood.

Il ne tend pas la main à Jules, il prend le *Chronicle* sur le zinc.

— Vous avez lu les nouvelles, je vois. Sale histoire.

— Cette histoire va pousser le Liberia dans le camp américain. Non, colonel ?

— L'Amérique est neutre et entend le rester. Roosevelt a bloqué les livraisons d'armes à tous les belligérants potentiels, y compris pour des guerres civiles, je rappelle.

— Peut-on dire neutre ? J'ai lu que le sénateur Harry Truman, proche de Roosevelt, souhaitait que l'Amérique prenne le parti du vainqueur entre l'URSS et le Reich afin, je cite, *qu'ils s'entre-tuent au maximum*. Neutralité ? Opportunisme ? J'y vois plutôt du cynisme.

— Vous êtes bien critique, je trouve, avec ce pays qui est votre seconde mère patrie.

Davis a lâché sa bombe, l'air de rien. Jules doit répliquer :

— Et vous, colonel, vous irez réintégrer le 10e de cavalerie US quand les Etats-Unis auront choisi leur camp ? Comme instructeur infirmier ?

Davis part d'un grand rire.

— Je vois que M. le consul s'est renseigné sur le colonel, grade libérien décerné par le président King. Alors jouons cartes sur table. Je reviens des Etats-Unis. J'étais là-bas pour assister à une séance du Congrès au cours de laquelle le sénateur Bilbo, un ségrégationniste du Mississippi, essayait de réunir des sommes colossales pour financer la migration de douze millions de Noirs vers l'Afrique.

— Votre ami Garvey joue petit pied, avec ses deux cent mille…

— Peu importe. Son Greater Liberia Act n'a pas été voté. Mais je ne suis pas rentré bredouille. Un militant m'a remis là-bas un livre passionnant que j'ai eu tout le temps de lire sur le bateau. Cet ouvrage est inconnu ici. On se demande pourquoi…

Elwood Davis plonge la main dans une poche à soufflet de son uniforme et sort le gros volume des *Mémoires de Julius Washington* siglé de Harvard. *Ah, non, pas ça !* Jules sait qu'il trahit son trouble en faisant cela, pourtant il se tourne vers le barman et fait le signe « Un autre ».

— Vous buvez quelque chose, Davis ?

— Un whisky sans glace, merci. Vous permettez ? Je fume le cigare.

— Je vous en prie. Vous disiez ?

— Que j'ai lu ce livre. Vous le connaissez ?

— Bien sûr. Toute personne s'intéressant au Liberia devrait le lire. C'est de littérature dont vous vouliez me parler « cartes sur table » ?

— Non, de vos liens avec cet ouvrage.

— Que je n'ai ni écrit, ni préfacé, ni édité, ni diffusé.

— Il m'a pourtant conduit à vous. Dans le corps du texte comme dans les notes ajoutées par votre grand-tante Liberty, née Benson, à Monrovia, il est question d'un ami de votre arrière-grand-père Washington, un certain Théodore Canot. Canot. Voilà, j'ai fait le lien. C'était facile. Au pays des esclaves libérés, vous portez le nom d'un célèbre négrier, monsieur le représentant du pays des droits de l'homme.

— Etes-vous redevable des actes passés de tous les Davis d'Amérique ? Le président des Etats esclavagistes confédérés s'appelait Davis. En revendiquez-vous la lignée ?

— Canot est beaucoup moins courant que Davis et le lien bien plus étroit.

— Alors, puisque vous avez fait des recherches sur moi, sachez, pour les compléter, que le nom de Canot ne résulte pas d'une filiation mais d'une adoption en vue d'une naturalisation. Arrivé en France, Paul Washington, le fils de Julius, mon grand-oncle, a pris la nationalité française et s'est engagé dans la marine avec un nom à consonance française. Et alors ?

— Rien. Je m'étonne juste que vous l'ayez caché.

— Ne pas claironner n'est pas dissimuler. Je n'ai pas besoin de raconter l'histoire de ma famille en remontant quatre générations à un militaire libérien avec qui je n'ai pas de relation particulière. Puisque vous avez lu ce livre, vous devez savoir que le père de Julius Washington, donc mon aïeul, était un marin Kru du Liberia, Sinoe Kruman, pendu à Richmond en 1820 pour avoir passé des armes à des militants Noirs aux fins d'éliminer les Blancs d'Amérique. Cela devrait vous plaire. En suis-je honoré ?

— Quand vous avez sollicité Barclay pour acquérir la ruine de Mamba Point, pourquoi ne lui avez-vous pas dit que vous vouliez récupérer la maison de votre ancêtre ?

— Parce que je suis un individu indépendant de ses ascendants, lesquels ont mené leurs vies comme ils l'entendaient et me laissent mener la mienne. Retrouver les traces des anciens, mettre le pied sur une de leurs empreintes n'est pas approuver, ni choisir un camp. Lequel aurais-je dû choisir ? Le Français marchand d'esclaves, le Noir tueur de Blancs, le soldat des conquêtes coloniales, le diplomate recteur d'université ? J'avais une aquarelle de cette maison, je l'ai retrouvée, le président m'a permis de l'acheter. Est-il interdit de s'intéresser à ses racines quand on a été élevé dans l'ignorance ? Barclay connaît-il vos origines, votre famille, vos ancêtres, vos hauts faits militaires ? Seul compte ce que vous faites ici, maintenant. Et pour moi, l'important est que j'essaie de faire découvrir des talents autochtones et d'inventer la nouvelle musique du Liberia, même si dans les salons on préfère les valses de Vienne. L'interrogatoire est-il terminé ?

— Ce n'est pas un interrogatoire, juste...

— Juste que vous connaissez toutes les réponses. Les policiers font cela très bien pour voir si on ment. Je n'ai menti sur rien, vous avez pu le constater. Vous avez d'autres questions ? Mes amis ne vont pas tarder.

Sur le haut tabouret du comptoir du Majestic, Jules se tourne vers le mur de bouteilles qui entoure le miroir dans lequel il guette l'arrivée de Josh et Musu.

— J'ai appris que vous alliez donner un spectacle dans la grande salle des fêtes de la présidence. Mme Baker y sera ?

— Non. Elle ne vient pas sur un claquement de doigts. Elle a fait cela une fois par amitié pour moi. J'ai dit « amitié » pour devancer vos sous-entendus.

Davis sait qu'il ment, cette fois. Il les a vus. Il n'a rien dit à Barclay. Il le regrette. Le président ne lui aurait pas accordé ces faveurs.

— Encore un spectacle avec des indigènes, comme au Nouvel An ?

— En effet. Je ne vois pas comment faire venir ici trente Américains pendant six mois de répétitions. Quant aux Américo-Libériens… pas la peine d'y songer. Vous les voyez danser au son des tam-tams ? Déjà que pour eux le jazz est une musique de dégénérés ! Désolé, mes amis arrivent, je dois vous laisser. Bonsoir, colonel.

Jules saute de son tabouret, va à leur rencontre. Musu porte un costume de scène, un de ces boubous chatoyants. Elle est au bras de Josh, chemise à boutons de nacre, cravate-ficelle et bottes texanes. Le couple ne passe pas inaperçu dans ce repaire d'hommes en redingotes et de rares femmes boutonnées jusqu'au cou dans des soieries beiges, rose pâle pour les plus délurées. Jules arrive à temps pour mettre fin à l'hésitation du maître d'hôtel. Identifié par le microcosme comme le potentiel remplaçant de Le Goff, l'accolade dont il gratifie les arrivants met fin à toute velléité de renvoyer sur le trottoir ces deux extravagants. Le trio s'installe à table. Davis allume un nouveau cigare, passe devant eux en allant au salon.

— A bientôt, monsieur Canot. Cette causerie était très intéressante.

Musu est couleur d'ardoise.

— Qu'est-ce qu'il y a, Musu ?

Elle met un petit moment à pouvoir articuler :

— Jules, tu connais cet homme ?

— Oui, c'est le colonel Davis.
— C'est un ami à toi ?
— Non, c'est le pire des salauds. Je l'ai vu pour la première fois à Tappita. Il y avait tué cinquante personnes.

Musu baisse la tête, Josh pose son bras sur ses épaules, Jules se penche vers elle, pose sa main sur la sienne, glacée.

— Toi, tu le connais aussi ? Tu es une Gio. Tu étais là-bas ?

Musu relève un visage sans larmes. Dans ses yeux, il n'y a que la haine.

— Oui. Cet homme a tué mon oncle et ses deux fils, devant nous.
— Ta famille a fui pour venir à Monrovia. C'est ça ? Bon, on s'en va. Allons sur Mamba Point Drive, il y a des restaurants mieux fréquentés.

4

Le lendemain de Pâques, 11 avril 1939, Sigrid et Julian quittent Toul, où ils seront finalement restés un an et demi. Sigrid dit sans regret adieu à cette ville de garnison qui lui rappelle sans cesse que Julian approche de l'âge de la conscription. Julian ayant renoncé aux études de droit et Sigrid à trouver du travail, ils ont perfectionné leur anglais en suivant des cours privés. Leur séjour pouvant s'interrompre à tout moment, ils n'ont rien entrepris qui les engage. Ils ont beaucoup lu, beaucoup marché dans la ville et parcouru à bicyclette la campagne proche et les chemins le long de la Moselle. A l'automne précédent, Peter Müllbach est mort sans avoir connu l'invasion allemande qu'il redoutait. Sigrid n'a pas voulu que Julian retourne à Strasbourg. Elle est allée avec sa tante aux obsèques de son père. Antoine est venu. Ils ont eu plaisir à se revoir. Il est finalement installé à Sanary-sur-Mer, le Montparnasse de la Méditerranée, où se regroupent la plupart des artistes allemands en exil. Il sert d'interprète à ce petit monde, notamment pour un peintre dont il est l'amant. *Pourvu que ça dure*. Le temps de régler la succession, de mettre en vente l'étude, chacun est reparti de son côté.

Gare de l'Est, gare du Nord, hôtel des Deux Gares. Première nuit à Paris, insomnie pleine de bruits de ferraille, de sifflets et d'émotions. Mercredi 12 avril, traversée nord-sud de Paris sur la plate-forme arrière de l'autobus 38 vers Notre-Dame, flânerie le long des quais, du Marché aux fleurs à la tour Eiffel, puis Trocadéro, Etoile. Retour par la ligne 2, souterraine et aérienne, du métropolitain. Dîner à Barbès la cosmopolite. Beau temps, jour heureux. Sigrid trouve l'atmosphère plutôt insouciante, sauf sur les kiosques à journaux où un monde de plus en plus féroce s'affiche en gros titres.

Londres. Jeudi 13 avril, après le train pour Dunkerque, le ferry vers Douvres, puis la Southern Railway, terminus gare Saint Pancras. Au bout du quai, dans la vapeur jusqu'à la taille, une grande femme brune tient une ardoise *Sigrid & Julian*. Embrassades émues et gauches. Bentley bleu nuit et chauffeur en guêtres lustrées. Peu de mots. Assise devant, Barbara Greene laisse les voyageurs s'émerveiller de tout. Julian chuchote ses remarques à l'oreille de sa mère. Une heure plus tard, entrée dans Berkhamsted, le manoir de Hall. Toute la littérature anglaise du dix-neuvième siècle surgit dans ce parc dont les cèdres immenses cachent une bâtisse sobre qui fut d'avant-garde sous la reine Victoria, haute de trois étages, large de douze doubles fenêtres, flanquée d'une orangeraie de verre et de fer. Un « Vous êtes chez vous » ajoute à l'irréalité de la scène lorsque les deux transfuges alsaciens sont introduits dans un appartement de l'aile réservée aux invités. Barbara leur présente le personnel qui leur est assigné, une femme de chambre qui prend leur bagage léger et une cuisinière qui a déjà préparé un *light supper*. Pour la suite, ils n'auront qu'à donner des ordres. Celui qu'on appelle Eppy, son père, leur fait remettre un bristol qui les convie pour dîner à la table familiale le lendemain puis chaque jeudi à dix-neuf heures.

— Pardonnez mon père, il est un peu sauvage et très… anglais. N'y faites pas attention. Je suis certaine que vous le séduirez et que ses invitations seront de moins en moins formelles.

— Oh, mais…

— Et moi, si vous permettez, je viendrai bavarder avec vous le plus souvent possible. Je vous laisse vous reposer. En attendant que le reste de vos bagages soit livré, nous verrons demain matin pour vos garde-robes. On trouvera. J'ai eu deux sœurs et trois frères, tous plutôt coquets et tous partis. S'il le faut, on fera des retouches. Je vous expliquerai les codes un peu baroques de la maison Greene.

Barbara embrasse Sigrid avant qu'elle ait le temps de formuler le moindre remerciement et disparaît. Puis passe à nouveau la tête dans l'ouverture :

— Ah, j'oubliais. Je vous ai laissé un exemplaire de mon livre sorti il y a peu, *Land Benighted,* en français « pays de ténèbres », je crois, qui raconte la traversée que nous avons faite du Liberia avec Graham et Jules. Pas plus que dans le récit de mon cousin il n'est question de Jules. Il n'a pas voulu que l'on parle de lui. Mais je suis sûre que vous le reconnaîtrez, caché entre chaque ligne. Il a été formidable. La version de ce voyage racontée par le grand Graham Greene est certainement de plus grande valeur littéraire mais plus… elliptique concernant certains personnages qui étaient aussi du voyage. A demain !

Le fils et la mère se regardent comme on se pince pour y croire. Dans ce roman qu'est la vie de Jules, entre le caporal blessé recueilli à Bitschwiller et l'homme qui, dans son pays de légende, est à l'origine de tout ce qui leur arrive, il manque tant de chapitres qu'il faut renoncer aux questions. Alors, après dîner, comme le soldat fourbu dans les édredons de la maison Zacher, Sigrid se laisse tomber en arrière sur le lin brodé du lit de la maison Greene.

Avant de s'endormir, elle attrape sur le chevet le livre de Barbara, dédicacé *A Sigrid, mon amie inconnue.* Un large marque-page. Non, deux tickets, deux places pour un concert au Royal Albert Hall le samedi 3 juin : *JOSÉPHINE BAKER de Paris et son orchestre* / Première partie : *The Black Frog Drums & Dance, de Monrovia, Liberia.*

— Julian !

Pour ce premier concert à Londres, dire que Joséphine a fait les choses en grand est un euphémisme, mot qu'elle adore depuis la soirée avec l'épouse du président Barclay. Elle a voulu offrir à Jules quelque chose que, de toutes ses forces, elle voulait pour elle quand elle était une petite fille fantasque, mariée à treize ans avec un ouvrier, boniche pour survivre en se jurant d'être un jour une *dancing star* sous les vivats dans un music-hall immense. Pas comme ses parents, musiciens ambulants, enfants de la balle sans le sou. Quand on a eu des rêves comme ceux-là, qu'ils se sont réalisés au-delà de toute imagination, quand on a le cœur partageux et un ami comme Jules, on veut lui offrir cette chance, à lui aussi. Pas le succès sur scène, il l'a déjà eu. Quelque chose de plus personnel, un de ces vœux secrets qu'on formule en voyant passer une étoile filante. Alors, en *showwoman* accomplie et avec son sens de la démesure, elle lui a préparé une surprise avec de nombreuses et discrètes complicités.

De ce premier concert à Londres, on pourrait ne garder que le tableau final mis en scène par elle pour être le bouquet d'un feu d'artifice, et, pour l'émotion, la *note bleue* à la fin d'un chorus de jazz. Cela se passe après deux heures et demie de spectacle, la salle du Royal Albert Hall est debout pour un sixième rappel. Rideau fermé, la Baker revient seule devant la rampe, lève un bras, demande le silence. Sa voix est enrouée.

— Cher public, merci pour votre accueil. A Paris, quand certains nous applaudissent, d'autres nous jettent des bananes, nous insultent ou nous menacent de mort. Nous avons dû y annuler nos concerts. Alors, s'il vous plaît, les Anglais, restez comme vous êtes.

Joséphine ne laisse pas les applaudissements reprendre. Elle lève à nouveau la main.

— En première partie, vous avez découvert ce groupe ab-so-lument incroyable qu'est le Black Frog Drums & Dance, du Liberia. Je voudrais vous présenter son leader, celui que ses compagnons soldats de Harlem appelaient la Grenouille noire dans les tranchées en 1918. C'est non seulement un héros décoré de la Croix de guerre, mais avant tout un extraordinaire percussionniste, inspiré par les musiques traditionnelles africaines, le jazz d'Amérique et sa propre imagination. Je l'ai découvert à New York, il m'a accompagnée plusieurs années à Paris et dans mes tournées en Europe. Je lui dois énormément. Maintenant, il est retourné en Afrique, dont il s'inspire à nouveau pour créer ce que vous avez entendu, et vu, ce soir. Il s'appelle Jules Canot. Jules Canot !

La lumière s'éteint, il ne reste qu'un spot, une tache de lumière dans laquelle Jules est poussé par Josh à travers la fente du rideau. Ebloui comme un lapin dans les phares, embarrassé, il salue le parterre invisible. Rires, cris et applaudissements, la salle à nouveau debout. Joséphine, restée dans l'ombre, reprend le micro.

— Je voudrais maintenant faire un cadeau à cet incroyable artiste et fidèle ami. Un cadeau qu'il attend depuis vingt ans. Silence, s'il vous plaît.

La salle, toujours debout dans l'obscurité, n'est plus qu'un grand murmure.

— Maintenant, Jules, regarde !

Joséphine fait un signe du doigt à l'éclairagiste. Une seconde poursuite vient éclairer une loge à droite de la scène. Dans le nouveau rond de lumière, les mains sur le visage, une femme, debout, croit que mille cinq cents personnes ne la voient pas pleurer. Dans l'autre cercle, Jules se tient la gorge. *Mbëng-mbëng*. Plus personne ne respire dans le théâtre. Il n'y a qu'eux, Roméo-Othello sous le balcon de Juliette-Desdémone, immobiles, séparés par les ténèbres de la fosse d'orchestre. Puis, cassée, la voix de Joséphine.

— Jules, Sigrid, nous étions quelques-uns à savoir que vous vous aimiez encore après que la vie vous a séparés en 1919. Alors que la guerre menace à nouveau, nous avons pensé qu'il fallait vous réunir pour y faire face ensemble et rattraper ce temps perdu. Pardonnez-nous d'avoir été les petites mains du destin. Venez vous retrouver !

Elle dit cela en s'approchant de Jules, paralysé, qu'elle embrasse et emporte de l'autre côté du velours rouge. Dans la loge encore éclairée, les spectateurs voient un grand jeune homme à la peau caramel entrer dans le cercle de lumière, prendre contre lui la femme blonde en sanglots. Puis tout s'éteint. Seules les lampes de sécurité guident le public qui sort sans un mot, pour ne pas déranger.

Jules est ivre. Joséphine lui fait traverser le plateau technique où tout le groupe fait la haie, applaudit, l'étreint, le félicite. Quand il reprend ses esprits, il articule :

— Joséphine, tu es folle ! Tu sais… je pourrais t'en vouloir de nous avoir jetés, comme ça, face au public… Mais c'est formidable ! Où est-elle ? Où est Sigrid ?

Dans la loge de la star, il y a des fleurs partout, des seaux à glace avec du champagne. Au milieu, flanqués de Diane et Barbara, Sigrid et Julian. Chacun fait deux pas en avant et voilà la boucle qui se referme depuis qu'un jour d'hiver un side-car glacé est venu arracher le *Schwàrtze saldààt* à la maison Zacher. *Potato-potato.*

Deux heures plus tard, grande fête à Berkhamsted. Le groupe des Black Frogs est à Londres. Josh a voulu y rester dîner avec Musu et la troupe et faire la nouba aux frais de la République française. Le pavillon des invités héberge Diane et Joséphine, qui ne lâchent pas Julian d'une semelle depuis qu'elles sont arrivées trois jours plus tôt, le harcèlent de questions, cherchent en le regardant à imaginer le Jules jeune homme dont sa mère est tombée amoureuse. La grande suite d'honneur avait été préparée « en cas de nécessité » pour Sigrid et Jules. Plus de doute sur la nécessité. Seuls avec le chauffeur dans la Bentley, ils sont restés serrés, incapables de se dire autre chose que des bouts de phrases incohérents, des bêtises comme « Tu te débrouilles bien sans mes casseroles ! – Non, jamais aussi bien. Qu'il est beau, ton fils… mon fils. Mais… ton mari ? – Pas de mari, je te raconterai. – Ah, si je tenais Graham, le traître ! – Il a eu raison, non ? – Tu as coupé ta natte ? – Oui, le coiffeur de Barbara… J'aurais tant aimé recevoir tes lettres ! » Et ainsi de suite, entre des baisers où l'émotion ne laissait pas encore de place au désir.

Dans le salon du manoir vient le temps des explications. Jules veut tout savoir sur les auteurs et les arcanes du complot. Barbara, Joséphine, Diane, Sigrid font chacune leur part d'aveux, Jules rit d'avoir été joué par, comme il dit, « les quatre femmes de ma vie ». Chacune prend le compliment à la hauteur de ce qu'elle a partagé avec lui : l'aventure, la musique, la fraternité, l'amour. L'amour, toutes un peu quand même, dans des tons assortis aux vies multiples de Jules. Quatre pièces d'un puzzle mal découpé qui laisse des blancs, le portrait pointilliste de son père que Julian essaie de reconstituer. A un moment, quand le groupe, qui a trop parlé, trop bu, trop fumé, se disloque pour prendre l'air dans le parc, Jules prend Julian par le bras.

— Tu sais, Julian – quel joli nom ! –, j'aurais tellement aimé que tu grandisses à côté de moi. Celui qui t'a élevé a eu de la chance.

— C'est un type bien, vraiment. J'espère qu'il va être heureux.

— Je ne sais pas trop… comment faire… comme père. C'est la première fois, je n'ai guère eu le temps de m'habituer. Depuis que je t'ai vu, à Strasbourg, je n'ai cessé de penser à toi. Tu parles d'une surprise ! J'ai failli m'évanouir. Le choc passé, j'ai commencé à avoir peur pour toi. Je sais ce que c'est que d'être un Noir en milieu hostile. A ton âge, quand je vivais au Sénégal, je savais que j'étais noir de peau, il suffisait de me regarder, mais je n'avais pas réalisé que j'étais *un Noir*, que j'avais cette identité. Noir. Ta mère est-elle *une Blonde* en Alsace ? Cela était tellement étrange ! Il n'y avait pas de différence de traitement entre moi et les gens qui m'entouraient. Mes amis étaient noirs, blancs, mauresques, levantins, asiatiques, et les colons blancs me considéraient parce que j'étais d'une famille connue et respectée. Je voudrais t'épargner le sort qu'on réserve le plus souvent à des gens comme nous, ceux que l'on ne voit que comme des Noirs.

— J'ai beaucoup parlé avec Diane. Je l'adore. C'est intéressant, quand elle parle de sa moitié indienne. Mais c'est pas facile pour elle quand même. Tu sais qu'elle nous invite tous chez elle, si on veut ?

— Cela ne m'étonne pas, c'est quelqu'un de bien, ma cousine. Et c'est beau, là-bas.

— On ne pourra pas toujours rester ici. Remarque, j'irais faire des études à Oxford. Ou bien, si on allait chez Diane, j'irais à Harvard. On peut rêver. Et toi, c'est quoi, ton projet ?

— C'est un peu tôt… je viens juste…

— Pardon, c'est idiot. C'était juste pour dire que je suis partant. Avec toi.

Jules le prend dans ses bras. Julius, Jules, Julian, la grande chaîne, Washington, Canot, Müllbach, peu importe, pour tous les *Djioul* l'histoire a commencé en 1820 à Bremo, un manoir de Virginie un peu comme Hall, avec un coup de foudre entre un Noir libre et une esclave domestique.

— Bienvenue dans la grande saga familiale, mon fils. Tu dois lire les Mémoires de ton ancêtre pour entrer vraiment au club.

— J'ai commencé, Diane me l'a donné. Je ne suis pas totalement bilingue comme toi, mais ça va. Sacré bonhomme, Julius. J'aimerais bien m'appeler Washington, c'est chic.

— Ha ! Si tu demandes la nationalité américaine…

— Bon, on verra. Vas-y, maman t'attend.

Sous son cèdre préféré, Sigrid les a regardés de loin. Elle est heureuse, elle a peur. Si parfois elle croit encore sentir la peau de Jules couché contre elle en chien de fusil, son odeur en embrassant ce fils né de cette coulée brûlante contre sa cuisse, sortie de son ventre qu'elle croyait stérile, ce ne sont plus depuis longtemps que des mirages. Elle a cinquante-deux ans. Ce grand lit à baldaquin fait pour les jeunes mariés l'intimide.

Jules arrive, silencieux sur le gazon, la prend par la main, l'enlève comme on s'éclipse avant la fin d'une noce. Il fait doux. Par les fenêtres ouvertes de la chambre, les flambeaux du jardin dessinent des fantômes sur les tapisseries. Sigrid est assise au bord du matelas, un peu raide. Alors, c'est lui qui la pousse doucement en arrière, du bout des doigts. Elle a trente-deux ans, elle est belle, elle est effrontée, elle découvre la peau de cet amant tombé du ciel, le reste du monde s'efface comme s'effaçait le corps en charpie de Hermann quand elle faisait l'amour avec le timide caporal. Dans le jardin, il y a les rires de tous ces gens, familiers inconnus, comme il y avait ceux des filles de Bitschwiller au bras des Hellfighters pendant qu'elle jouissait pour la première fois du corps de Jules.

5

La troupe est rentrée. Elle a eu les honneurs de la presse. Le président Barclay a envoyé une lettre de remerciements pour avoir porté « l'image d'un Liberia riche du mélange des cultures américaine et autochtone ». Josh l'a trouvée en allant relever le courrier de la boîte postale de Jules. Il en a bien ri. Pour l'instant, c'est relâche. Avec les cachets en livres sterling des soirées à Londres, ils ont de quoi vivre, eux et leurs familles, pour au moins deux ans.

Musu a loué un taxi-brousse et est retournée à Tappita par la nouvelle route. Seule. C'est son affaire. Le village a été reconstruit, la prison rasée. Pourtant, quatre ans après le raid de la Frontier Force, il y flotte encore un parfum de désolation. C'est un village de veuves, de vieux, d'orphelins, de morts et d'exilés. Les champs des familles anéanties ont été repris par la forêt. Le taxi-brousse était plein de victuailles, de boissons, d'ustensiles, d'outils, de tissus et de vaisselle de la ville. Musu a donné de l'argent à la femme qui tient lieu de chef administratif, pour la tontine collective. Elle a voulu faire une petite fête, tout le monde était bien content, mais le cœur n'y était pas.

La nuit, sans sommeil, Musu réalise que sans vengeance la tristesse de Tappita serait sans fin. Tôt le matin, elle va trouver l'homme sage, un vieillard qui a échappé au massacre. Il n'est pas un Grand Initié, mais il fera passer le message. Elle prend son temps pour expliquer. Il approuve de la tête, comme autant de « Oui, bien reçu ». Elle parle de ce qui se passe sur le territoire de Firestone, les terres volées, les fétiches détruits, les hommes battus, emprisonnés, tués par l'épuisement, les conditions de vie, les rixes, les miliciens. Les hommes ont commencé à se révolter. Ils ont tué des gardiens, ils ont été violemment réprimés, la colère gronde encore plus, ils vont recommencer, l'armée va intervenir. Le vieux écoute, sans expression, toujours balançant la tête. Est-ce qu'il comprend ? Elle continue. Sa maîtresse carte : quand la Frontier Force va intervenir, elle aura à sa tête cet homme, là, sur la photo découpée dans le journal. Le colonel Davis.

Le vieux plisse les yeux et approche la photo de son visage. Il reste longtemps à regarder le bout de papier journal. Est-ce qu'il le reconnaît ? Puis l'homme relève la tête, enfouit la photo dans les plis de son vêtement.

— Merci, ma fille. Nous nous souvenons de cet homme. Tu peux rentrer chez toi.

Après le passage de Musu à Tappita, il y a de grands conseils dans les clairières des Grands initiés. Kimeh pense tenir sa revanche. La plantation est loin, mais les hommes de la forêt sont résistants, rapides. Ils sont d'abord venus à trois. Ils sont entrés sans difficulté dans le périmètre. Ils ont attendu une ronde de nuit de la milice pour agir. Le matin, six morts, égorgés, lacérés. La signature des léopards. Un appât pour faire intervenir la Frontier Force avec son chef. Puis Kimeh est retourné à Tappita chercher les autres. Ils sont maintenant vingt, invisibles, pour chasser les Blancs de leurs terres volées. Et, pour Kimeh, tuer Davis, « Blanc-la-mort ».

Une heure avant le coucher du soleil, dans la poussière rouge de la piste, arrivent deux camions. Un chauffeur et dix soldats dans chaque. Presque à un contre un par une nuit qui sera sans lune, Kimeh n'est pas inquiet.

Erreur tactique, la Frontier Force divise ses effectifs, croyant que couvrir un terrain plus large est la bonne option. Un groupe va en lisière de forêt, l'autre reste à l'entrée de la plantation. Assis sur les bancs contre la planche étroite des dossiers, les soldats attendent, se croyant protégés dans le véhicule. Ils sont frappés derrière la tête et aux reins, à la machette. Un seul coup de feu, parti tout seul, onze morts en deux minutes, pêle-mêle dans le camion. Alerté par la détonation, l'équipage du second camion se met en position assiégée, à terre, arme pointée, cinq de chaque côté, dos aux ridelles pour protéger leurs arrières. Les vingt initiés attendent la nuit. Les hommes de Davis n'osent pas bouger. Les heures passent. Dans le noir, les fauves silencieux s'approchent, si près qu'ils entendent la respiration des soldats. Quand ils doivent pisser, ils le font sur place. L'attente les rend fous de peur. Ils ne comprennent pas. A quoi sert un fusil si on ne voit ni n'entend rien, s'il n'y a pas d'ennemi ? Le chauffeur est le premier à tomber. Il n'y a que le bruit sourd de son corps qui bascule de la cabine sur le sol. Paniqués, sans ennemi visible, les autres tirent à l'aveuglette, devant eux. C'est la curée. Les léopards rampent au sol, frappent derrière les jambes comme on coupe les jarrets d'un buffle en fuite. Les hommes tombent à genoux, ils ont la nuque tranchée. Un seul est épargné. Les léopards le laissent courir, épouvanté, vers les bâtiments de la plantation ajouter un nouveau chapitre à la légende des hommes de la forêt. Mais Kimeh n'est pas content. Parmi les cadavres, il n'a pas reconnu « Blanc-la-mort ». Lâche !

Le colonel Davis avait mieux à faire que se battre contre des sauvages aux costumes grotesques. Cela, c'était avant, quand il pensait que Barclay donnerait assez de moyens à la Frontier Force pour organiser en grand le ratissage du pays ; que Barclay aurait assez d'énergie pour conquérir l'intérieur du Liberia au lieu de s'acharner à en restaurer l'image internationale ; que Barclay cesserait de se laisser influencer par ces Noirs-dehors-Blancs-dedans qui croient que les Juifs d'Amérique comme celui qui ne veut plus se faire appeler Feuerstein et ses amis banquiers vont sortir le pays du Moyen Age avec leurs plantations, leurs machines et leurs routes. Alors, puisqu'il ne peut mettre le pays en ordre, il va y semer le désordre. Saboter Firestone, fomenter des grèves, des violences, provoquer la chute de la production et faire perdre toute crédibilité au gouvernement Barclay, à tous les politiciens du True Whig Party, la coterie qui tient le pouvoir, se gave depuis le début et voit encore l'Amérique comme la mère patrie. Davis se souvient d'une discussion avec Barclay dans le petit salon de la présidence. Ils prenaient le thé tranquillement et puis Davis s'est emporté quand la grande question est venue sur le tapis : quel camp choisir si la guerre éclate ? Pour Barclay il ne faisait aucun doute qu'on pourrait toujours compter sur l'Amérique et qu'il faudrait se ranger dans son camp. C'en était trop pour le colonel ; abandonnant sa raideur militaire pour de grands gestes et un ton qui n'avait plus rien de protocolaire, il a lancé :

« L'Amérique sait à peine que nous existons ! Le Liberia n'a été qu'une tentative pour créer un *Negroland.* Expédier quelques milliers de pauvres bougres en Afrique n'a rien résolu. Après l'abolition, *Mother America* a abandonné ici son enfant au pied bot. Quand je pense que les Libériens croient que maman les aime encore, je trouve ça fou !

— Non, colonel, les Etats-Unis interviennent ici quand on a besoin d'eux.

— Seulement quand c'est leur intérêt ! Ouvrez les yeux ! Le gouvernement des Etats-Unis n'a jamais mis un sou au Liberia. Ce sont des fondations privées qui ont payé les tickets pour la traversée. L'Amérique envoie un navire pour tirer trois coups de canon quand trop de révoltes menacent son port stratégique, et son approvisionnement en caoutchouc. Elle reviendra pour avoir un point d'appui militaire en Afrique si Roosevelt entre dans la guerre. Elle repartira ensuite. J'en fais le pari. *Bye bye, Liberia !* »

Julian « Schrupper » Müllbach

1

Le président Albert Lebrun a fini son discours. La musique du 8e régiment de Zouaves envoie une « Marseillaise » martiale comme il faut. 14 juillet 1939, c'est le cent cinquantième anniversaire de la Révolution.

— Tu te souviens, Jules, de la « Marseillaise » des Rattlers à Bitschwiller ?

Jules ne répond pas. Dans la foule qui applaudit, il serre Sigrid contre lui. Il n'aime pas cette fête, il n'aime plus Paris. Le défilé militaire, les avions qui passent en rase-mottes plus bas que la tour Eiffel afin de justifier l'augmentation de vingt pour cent des impôts pour l'effort d'armement, les défilés civils avec les syndicats et des partis politiques désunis, déjà ennemis, l'insulte à la bouche ; les groupes folkloriques qui magnifient la France éternelle et patriotique des villages, labourages et pâturages ; et pour s'étourdir les flonflons sur les places, les bals des pompiers. Tout cela lui fait peur. S'il disait « Ça pue la mort » il serait plus près de ses pensées qu'en répondant « Je préfère les fêtes de fin de guerre à celles des commencements ».

Elle le regarde un peu tristement et prend la main de son fils.

— Viens, on s'en va d'ici. Je n'aurais jamais dû te demander à passer par Paris après ces merveilleuses vacances chez Barbara.

Deux mois et demi dans une Angleterre de roman victorien ! Quatre concerts au Royal Albert Hall, quatre triomphes. La presse avait adoré le final du premier. Julian a découpé les articles. « Quand vous vous disputerez, je vous les montrerai. » Comme l'avait prédit Barbara, « Eppy », son père, s'est vite montré charmant. Elle est partie avec une amie en Allemagne, en Estonie, sur les bords de la Baltique, puis à Berlin. Etrange idée, ont-ils tous pensé, Jules le premier.

« Tu es folle ou tu as pris goût aux voyages chez les sauvages ?

— Non, Jules, ceux que je fréquente là-bas sont des opposants au nazisme, des artistes, des diplomates, des gens qui ont fait leurs études à Oxford, des anglophiles. Berlin est une ville incroyable, nazie mais follement créative, décadente, bouillonnante.

— Là-bas, les hommes-léopards ont des chemises brunes. Tu ne pourras pas les tuer. »

Elle est partie. Amoureuse, dit-on, du comte Rudi, autrement nommé Graf Rudolf von Stachwitz pour son titre et son nom complet en allemand, un bel Aryen plus âgé qu'elle, d'une vieille famille catholique de Silésie, dont elle a parlé un peu trop souvent pour qu'il n'y ait pas anguille sous roche. Au moins, elle n'est ni juive, ni noire, ni homosexuelle, ni artiste dégénérée, ni communiste. Si la nasse se refermait sur elle, elle pourrait peut-être y survivre. Quand elle est partie, Jules l'a félicitée pour son livre, plus drôle et percutant que celui de son cousin, avec un délicieux parfum de revanche. Cependant, il en a critiqué le titre, *Un pays dans les ténèbres*.

— Il s'agit de toi, de ton aventure. Dans une réédition, tu devrais creuser l'idée que tu as été entraînée là-dedans par un irresponsable et que, à un moment, tu n'as plus pu reculer. *Point de non-retour* serait mieux. Cela ressemble à ton destin, non ?

Barbara n'a pas relevé, l'a embrassé sur le front et est allée boucler ses valises.

Après son départ, Edward Eppy Greene a changé. Son flegme de bonne éducation n'a plus suffi à dissimuler son inquiétude. Lui qui avait mis Barbara au défi de partir pour le Liberia pense maintenant avoir joué ce jour-là à l'apprenti sorcier. La présence de Jules à Berkhamsted le lui rappelait chaque jour. Jules a compris ce qu'il pouvait y avoir pour lui de douloureux à héberger des réfugiés fuyant l'ombre planante de l'aigle nazi quand sa fille allait s'exposer à ses serres.

Fin juin, après le dernier concert à Londres, Jules est venu le trouver.

« Sir Edward, j'ai écrit au Sénégal pour que l'on prépare ma maison de Dakar. Si vous voulez bien nous héberger encore le temps de quelques petits travaux, nous pourrons partir vers la fin juillet. Jamais nous ne saurons assez vous remercier. »

Eppy a souri. « Restez autant qu'il vous plaira. » Mais Jules a lu dans ses yeux qu'il était soulagé. Eva, son épouse, l'a raccompagné jusqu'au seuil.

« Monsieur Canot, ce fut vraiment une joie de vous avoir eus tous ici. Votre… Sigrid est charmante. Hall va être un peu triste quand toute la jeunesse en sera partie. »

A peine reçu les nouvelles de Gorée, le trio a organisé son départ. Les bagages de Sigrid et Julian, alourdis par les élégants fouille-greniers de Barbara limités aux vêtements d'été habilement retouchés, ont pris en avance le train pour Bordeaux. Adieux aux Greene. Sigrid n'aura pas revu Graham, invisible depuis plusieurs mois dans la propriété de la branche School House des Greene. Une discrète rumeur court dans la tribu que sa petite sœur Elizabeth serait entrée au MI6, le service de contre-espionnage, et qu'elle chercherait à y entraîner son aîné. Jules se dit qu'elle n'aura pas grand mal à recruter celui qui a toujours considéré le journalisme et la littérature comme des métiers de renseignement.

Joséphine aussi est devenue mystérieuse. Entre chaque représentation au Royal Albert Hall, elle est retournée à Paris. Pourquoi ?

Elle a aussi voyagé en Italie, au Portugal. Elle a passé un brevet de pilote. Revenant de Paris pour la dernière représentation de Londres, quand Jules l'a remerciée pour tout ce qu'elle avait fait pour lui, elle lui a répondu :

« Cela te fait maintenant deux dettes de cœur. Un jour, je te demanderai quelque chose à mon tour. On en parlera avant que tu ne repartes. »

Ce Bastille Day est le jour pour cela. Joséphine a donné rendez-vous à Jules dans le square de la place des Vosges. Sigrid et Julian sont allés visiter Montmartre. Ils voulaient connaître le 16, place des Abbesses, le Pigeon-Vert. Et Montparnasse, la Closerie des Lilas. Et le quartier de la Huchette, les Halles. Et tous les lieux où Jules a joué sa drôle de musique, écrit ces lettres d'amour pendant ces années d'absence. Sigrid a laissé Jules retrouver Joséphine, sans poser de questions.

Sur le banc, parmi les enfants qui jouent dans le parfait carré des arcades de la place, Joséphine commence par une profession de foi, l'air grave.

— Tu sais Jules, je vois bien que la France, la douce France accueillante que j'aime, est habitée par des démons malfaisants. Tout cela, tu le sais. Je te le dis parce que je dois tout à ce pays et que je suis prête à le défendre, même à risquer ma vie pour lui. J'ai pris des dispositions pour cela. Je n'entre pas dans les détails, tu es trop malin pour ne pas comprendre. Voilà : veux-tu travailler avec moi ?

Jules s'y attendait tellement qu'il ne feint même pas l'étonnement.

— *Pour* toi, pas *avec*. C'est comme ça qu'on dit et que ça se passe, non ?

— Tu es fâché ? Peut-être que je n'aurais pas dû…

— Tu as bien fait. Tu peux être cachottière et même menteuse, mais tu n'es pas hypocrite. Je veux que les choses soient claires dès le début. J'ai totalement confiance en toi, je n'irai pas vérifier si tu travailles vraiment pour la France, ou l'Amérique, ou la

Grande-Bretagne. Les nazis, les fascistes et leurs amis, je suis sûr que non. Les communistes je ne crois pas.

— La France, seulement la France, celle que j'aime.

— OK. Il y a longtemps, tu m'as dit qu'on verrait un jour que tu n'es pas la Négresse à bananes que l'on croit. Je m'attendais à quelque chose de ta part. Et puis j'ai compris. Voyager sans orchestre, cela ne te ressemble guère. Attention, si je l'ai pensé, d'autres…

— Il fallait que cela se mette en place, que je fasse mes preuves. Alors ?

Jules saisit le bras de Joséphine, le serre fort, la regarde avec une intensité qu'elle ne lui connaissait pas. Il parle doucement, détachant ses mots :

— Alors, c'est simple. D'abord, je ne serai plus jamais un soldat d'active en uniforme, avec des armes. Plus jamais je ne participerai aux boucheries, de près ou de loin. Si j'y étais contraint, je me laisserais tuer tout de suite. Crois-moi. Je n'irai pas non plus en civil liquider des types, faire sauter des trains, des ponts ou des dépôts de munitions. Je n'irai même pas jouer de la musique « pour le moral des troupes », comme les chansonniers dans les bases arrière en 14-18…

— Il ne s'agit pas de cela.

Il desserre l'étreinte de sa main mais continue sur le même ton :

— Alors, s'il ne s'agit pas de cela, je suis prêt à marcher avec toi – toi seule –, à condition que Sigrid et Julian soient à l'abri. Barbara les a sortis de France, tu as organisé nos retrouvailles et la découverte d'un fils que je connais encore mal mais que j'aime déjà, alors, ça, on ne touche pas. On-ne-tou-che-pas. J'ai besoin de ta promesse.

— Tu l'as. Je te promets que je ferai tout pour que…

Jules lève l'index tout près du visage de Joséphine pour la faire taire.

— Ne dis pas que tu feras *tout pour*. TU LE FERAS. Je ne parle pas d'intention ou de moyens, mais de résultat. Pardon de parler ainsi, mais je ne laisserai pas la bêtise des hommes briser encore ma vie à peine recollée. Tu comprends ?

Ce n'est pas une question, Joséphine ne répond pas. Elle le laisse finir.

— J'ai fait ma part pendant la première guerre, la der des der… Sigrid aussi. Hermann aussi. Et les milliers de camarades noirs de Harlem. Et les dix-huit millions de morts de toute la guerre. Moi, je ne sais même pas combien j'en ai tué. Des gamins comme moi, de l'âge de mon fils. En fait, je crois que je suis devenu objecteur de conscience. Antimilitariste.

Joséphine ne répond pas tout de suite. Ses yeux s'égarent le long des arcades et des façades, glissant sur les pierres, les briques, les ardoises, toutes choses encore étranges pour la saltimbanque américaine qui s'apprête à entrer, pour y prendre sa petite part, dans l'histoire de la France qui la regarde à travers les centaines de vitres de ces fenêtres toutes semblables.

— Je n'étais pas dans les tranchées, Jules, c'est vrai. Mais tu n'as pas pensé qu'en d'autres temps j'aurais pu y aller aussi pour faire ma part ?

— J'en suis certain. Je ne te demande pas d'en faire autant. Je te demande de me comprendre. Si les politiciens n'ont pas été capables de tirer profit de notre sacrifice pour le bien de ce pays, s'ils sont assez pitoyables pour ne pas empêcher qu'une nouvelle guerre éclate vingt ans après, juste au moment où je retrouve les années qui m'ont été volées, ce n'est pas ma faute. Ce n'est pas la faute de toutes ces mères si elles ne veulent pas voir mourir leurs fils demain après avoir vu leurs pères mourir en 1870 et leurs maris en 1914. Toi, tu considères que tu as une dette envers la France généreuse et accueillante, je le conçois. Pas moi, pas elles. Je préfère être un lâche pour mes amis, un traître à ma patrie, un salaud de pacifiste à fusiller…

Jules s'arrête. Il allume une cigarette, ses mains tremblent. Elle ne dit toujours rien.

— Joséphine, on en a déjà parlé, la France n'est pas ma grande cause, pas plus que les Noirs d'Amérique. J'ai pris ma part des combats des autres, souvent au péril de ma vie. Après avoir été lynché dans le cimetière d'Arlington, j'ai découvert que je n'avais qu'une seule grande cause, ma musique. Mon ami Barney m'a aidé à le comprendre. C'est pour cela que j'ai quitté l'Amérique pour te suivre, du temps où ta cause à toi était ton corps en mouvement. Maintenant, j'ai une autre cause à défendre : ma famille. Je pourrais même renoncer à la musique pour elle, c'est dire.

Jules, coudes sur les genoux, tient sa tête dans ses mains, reprend son souffle. Joséphine pose sa main sur son épaule.

— Jules, ce serait quoi, le deal ?

— Que Julian ne soit jamais soldat, même pas une minute. Il doit normalement passer devant le conseil de révision dans quelques semaines. Je ferai tout ce que tu me demanderas – dans les limites de ce que j'ai dit tout à l'heure –, mais mon fils n'ira pas faire la guerre, ni lui ni sa mère ne doivent jamais être inquiétés. Débrouille-toi.

— Tu peux me faire confiance.

— En toi, j'ai confiance. Pas en tes supérieurs, ceux qui peuvent exercer des pressions, un chantage sur toi, car tu as aussi des points faibles, un mari juif, par exemple. Tu vas donc dire à ton officier traitant – qui le fera remonter aussi loin que nécessaire – que tu m'as *recruté*, comme on dit, mais que si mes conditions ne sont pas respectées je balancerai à la presse tout ce que je sais, y compris sur toi, Mata Hari. Tu vois les gros titres ?

Elle retire la main de son épaule, se recule un peu, le considère avec étonnement.

— Je ne t'ai jamais vu aussi dur, Jules. Cela me rend triste.

— Je suis comme une mère qui défend ses petits. Tous les coups sont permis. Surtout dans la guerre secrète où tu m'entraînes, Joséphine. J'ai beaucoup appris, tu sais, en fréquentant les gangsters à Harlem. Un bon deal est un deal où chacun sait à quoi s'en tenir, où chacun sait ce qu'il a à perdre s'il ne le respecte pas. A ces conditions, je marche.

Elle le regarde la regarder, lointain, déjà parti, avec un pauvre sourire qui dit « Je ne t'en veux pas, je te resterai fidèle mais, au moins le temps de cette guerre, ne me demande pas d'être le Jules d'avant ». Elle avait cherché un complice, elle a gagné un agent. Et perdu son ami de toujours. Elle trouve que c'est injuste, elle sait que ce n'est que le début des sacrifices. Demain, elle va parler au capitaine Jacques Abtey, son chef immédiat, qui en parlera peut-être au maillon supérieur, qu'elle ne connaît pas.

— Ah, Joséphine, peux-tu faire porter à mon hôtel ton dernier disque dédicacé au président Barclay ? Dans ce nouvel emploi, il faut que j'aie des moyens d'échange.

— Bien sûr.

— Et je suppose que tu sais déjà que je vais être le représentant officiel de la France au Liberia à compter du 1er octobre. C'est pour cela que j'intéresse tes services, n'est-ce pas ? Non, ne réponds pas, ce n'est pas la peine. A bientôt, je suppose, agent Baker.

Il se lève, marche jusqu'au portillon vert du square et s'engage dans la rue de Birague vers la rue Saint-Antoine. Une fanfare militaire répète tout près, place de la Bastille. Jules, le maître des rythmes, ne marche pas au pas.

A Monrovia, Le Goff a assuré ses dernières semaines de service avant de passer le relais. Il avait demandé à Jules de procéder à l'installation du consulat dans la maison de Mamba Point, de faire venir un technicien assermenté d'Abidjan pour mettre le télex chiffré en service, déplacer le coffre, installer deux rayons pour les paperasses, planter un mât pour le drapeau, poser le panonceau de cuivre pour que tout soit prêt à son retour. En fait, il a vendu son appartement mal fichu de Center Street, s'est installé à Mamba Point et fait faire lui-même les transformations. Cela laisse du champ à son successeur et il peut profiter de la villa avant de quitter le grand océan pour la lagune grise d'Abidjan et ses îles flottantes de jacinthes d'eau. Il aime ce perchoir. Il s'endort souvent dans le rocking-chair sur le balcon, après avoir bu les whiskies du soir au Majestic, lu la presse locale, pris des notes et, de retour au nouveau consulat, rédigé une énième insipide dépêche avec un dernier verre. Une exception à l'ennui : des incidents dont la violence n'a jamais été aussi grande dans la plantation d'hévéas. La production chute alors que les usines d'armement ont un besoin accru de caoutchouc. Voilà du grain à moudre pour le Quai d'Orsay.

2

L'homme arrive par la première navette, celle de sept heures trente. Il se presse pour livrer son pli avant qu'elle ne reparte. Il frappe à la porte. Jules met du temps à comprendre, descend, voit le coursier en uniforme qui lui tend l'enveloppe et repart presque en courant.

— C'est quoi ?

La voix de Sigrid, en haut.

— Un courrier de l'état-major.

— Qui dit quoi ?

Jules remonte l'étroit escalier vers la chambre.

— Une convocation au commandement militaire.

Sigrid se redresse dans le lit, pâle.

— Tu crois que…

— J'en sais rien. C'est moi qui suis convoqué, pas Julian. Je prends la prochaine chaloupe. Ne t'en fais pas. Je vais faire le café.

Quand elle entend la porte claquer, Sigrid ferme les yeux, cherche sa respiration.

Tout allait pourtant bien. Ils avaient quitté Paris le 16 juillet et embarqué le 18 à bord du *Neptune III* pour Dakar via Lisbonne, Casablanca, Nouadhibou. Avec Julian, elle n'avait pas quitté le pont supérieur bâbord, pour regarder défiler la côte, Jules faisait le guide, des hauteurs du Portugal au banc d'Arguin en Mauritanie, où *La Méduse* est venue s'échouer.

Le 27 juillet, la navette Dakar-Gorée les déposait dans l'île secrète de Jules. Quatre semaines à découvrir son univers, ces maisons de terre rouges, ocre, jaunes, blanches, ces arbres étranges, ces grosses pluies chaudes de l'hivernage, les parfums de fleurs inconnues, de poussière, de terre, de mer, d'épices, de grillades de poissons dans la petite anse, les fortins, les canons rouillés, le bruit lancinant de la mer, les barrissements des cargos invisibles dans la brume du matin, les djembés sur les remparts, conservatoire de musique de Jules. Julian, un peu sur la réserve en Angleterre, s'est trouvé chez lui dans la maison, dans l'île, dans Dakar, petit à petit apprivoisée. Il a éprouvé le réconfort qu'il y a à être un Noir parmi les Noirs, métis parmi toutes les nuances de couleur, à se perdre, indistinct, dans la foule. Un jour qu'ils étaient allés dans le Sud voir les forêts de baobabs, il a ri des enfants effrontés qui osaient toucher la peau si laiteuse de sa mère, ses cheveux de paille douce, s'effrayer de ses yeux bleus que leurs mères, pour leur faire peur, disent être ceux du diable qui va les emporter s'ils ne sont pas sages. Ils sont allés à M'Bour voir les immenses pirogues franchir la barre, ils ont joué de la musique avec des amis d'autrefois et quelques anciens flirts de Jules dont certaines avaient des enfants de l'âge de Julian. En voyant les filles minauder et son fils se tortiller gauchement devant ces papillons rieurs, les récits de jeunesse du petit caporal de Bitschwiller sont revenus. Les belles Sénégalaises, reines couronnées de tissus fous comme en avaient les danseuses du Black Frog Show, leurs cheveux tressés serré, leurs nattes de coquillages, leurs bijoux, chapelets de grosses boules rouges et jaunes qui tournent comme des planètes autour de leurs poignets, leurs chevilles nerveuses, leurs longs cous, la liberté de leurs corps, leurs gestes amples et leurs pas comme ceux des cigognes, l'eau qui ne les mouille pas quand elles vont nager dans les rouleaux, leurs dents qu'elles blanchissent avec un petit bâton, leurs yeux si noirs.

Sigrid, fascinée, presque honteuse de sa fadeur, s'arrange toujours pour se glisser entre ses deux hommes, *mes Nègres à moi*, qui la relient aux habitants de cette planète où elle vient tout juste de mettre le pied. Souvent, elle les a surpris assis en train de parler, de rire, de se bagarrer dans le sable. Julian s'est essayé au tambour, au balafon, à la cora. Il a appris trois mots de wolof, « bonjour », « merci », « ça va ? ». Elle en pleurait. De joie et d'inquiétude. Ce serait trop demander qu'un autre homme ne parte pas à la guerre ? La mobilisation a été décrétée le 24 août. Comme Jules en 1918, Julian peut être appelé. Pourquoi sont-ils venus ici ? Le Sénégal, c'est comme la France. Il l'a dit, l'administration coloniale est efficace. Même lui, fils d'un père influent, n'y a pas échappé.

Julian se glisse à côté d'elle, la serre un moment contre lui puis attrape le beurre de zébu et la confiture d'hibiscus qu'il étale sur la galette de mil.

— T'en fais pas, maman. Papa va trouver la solution. En attendant qu'il revienne, je te fais une tartine, comme je faisais avant qu'on prenne des habitudes oisives et luxueuses chez Barbara et qu'il reprenne ce rôle depuis qu'on est là.

A l'heure dite, un planton fait entrer Jules dans le bureau du lieutenant-colonel Andrieux, commandant la place de Dakar. Debout à côté de lui, un autre homme, inconnu de Jules, se présente comme étant le capitaine Jacques Abtey. Militaire en civil. Facile à comprendre, Joséphine n'est pas loin.

— Canot, à Paris une personne qui vous a en haute estime m'a parlé de vous. De l'offensive d'Argonne à votre traversée du Liberia, je vous fais grâce de la lecture de votre biographie. Vous allez prendre le poste de consul de France à Monrovia, dont l'actuel titulaire vous recommande tout aussi chaudement. Vous êtes introduit auprès du président du Liberia et vous avez le contact avec la population indigène. Vous êtes bilingue.

— Et noir, vous ont sûrement dit les informateurs qui ont rempli ma fiche.

Abtey ne se laisse pas perturber. L'aplomb de la repartie lui plaît bien.

— Alors, j'en viens au fait. La tension n'a jamais été aussi vive, Hitler est en Pologne. Nous avons besoin d'un homme au Liberia.

Le pays pourrait avoir une position stratégique dans un conflit élargi. Il ne s'agit pas d'être un agent secret *action* mais de préparer des notes diplomatiques. Vous l'avez déjà fait pendant les absences de Le Goff. Vous saurez plus tard sur quoi porter votre attention en particulier. Vous devez retourner à Monrovia.

— Est-ce un ordre ?

— Vous n'êtes plus militaire, cela ne peut pas en être un.

Jules laisse passer quelques secondes, puis joue son atout. Le seul.

— Vous savez que j'ai passé un accord avec la personne qui vous a fait tous ces compliments sur moi. Je demande qu'à aucun moment mon fils et sa mère ne soient exposés. J'ai dit à cette personne que si mes conditions…

— Je connais la force de vos… arguments, disons-le comme cela.

— Alors, que proposez-vous en échange de mon retour au Liberia ?

Abtey, comme dans un numéro bien répété, se tourne vers le commandant militaire.

Deux heures après, Jules est de retour dans le petit salon de la maison de Gorée. A Monrovia, tout est en bois rouge, ici c'est du pisé enduit de chaux blanche. Là-bas, il y a des meubles, des placards, des fauteuils, ici, des niches, des loges, des alvéoles creusées dans les murs pour ranger le minimum d'objets pour vivre. Il trouve Sigrid et Julian mi-assis mi-couchés dans l'amoncellement de coussins qui tient lieu de canapés. Le garçon est en train de lire les Mémoires de Théodore Canot.

— Voilà. Tout va aller bien. J'ai dû accepter un compromis, mais c'était ça ou partir en catimini et faire de Julian un déserteur. Vous restez ici tous les deux. Moi, je fais des allers-retours entre ici et le Liberia. Il y a maintenant des vols réguliers. Le 1er octobre, je dois prendre mes fonctions à Monrovia. Service minimum. Je me débrouillerai.

— Et moi, papa ?

— Tu restes à Gorée. Ce que j'ai dû accepter, c'est que tu sois engagé dans la marine, affecté à l'entretien des deux canons sur la hauteur de l'île. Quartier-maître première classe. Si cette batterie devait servir, tu n'interviendrais pas, tu n'es pas artilleur.

— Pourquoi la marine ?

— Tu n'iras pas ramper dans la boue avec un fusil. Tu seras le seul marin de l'île, qui sera ton navire de pierre, bien amarré au continent. Tu peux aussi refuser, partir vite en Amérique, chez Diane.

— Je ne serai pas un déserteur. Merci, papa, de vouloir m'épargner, mais ce ne serait pas juste et j'en serais marqué à vie. Je ne pourrais jamais retourner en France. Tu as trouvé le bon compromis. Quartier-maître de première classe me va bien. Astiquer des canons ne me vaudra pas la Croix de guerre, mais je préfère. Et, surtout, rester là avec maman. Je veillerai sur elle.

Il serre Sigrid contre lui avec son bras gauche et, de l'autre, montre son père du doigt.

— Toi, reviens le plus souvent possible. Je vais signer mon engagement.

Sigrid a fini par s'endormir, Jules reste éveillé. Combien de temps cette nouvelle guerre va-t-elle durer ? Qui va la gagner ? Pourra-t-il voyager facilement de Monrovia à Dakar ? Les colonies françaises d'Afrique seront-elles épargnées par un conflit ? Julian a raison, ce compromis est le meilleur possible. Surtout s'il le pense vraiment. Si Sigrid le pense aussi. Avant de s'endormir, elle lui a dit : « C'était ça, ton rendez-vous à Paris avec Joséphine ? » Il n'a évidemment pas répondu, ce qui lui a paru suffisant.

La Quasi-nue de Paris a quasi tenu sa promesse. Jules pense qu'il a eu raison d'être un peu dur. Il va continuer à l'être. Il faut qu'elle soit de parole jusqu'au bout. Quant à son retour vers le métier de renseignement, depuis ses exploits à Bitschwiller-lès-Thann il a une idée sur la manière dont il va s'y prendre et quel genre d'agent secret il sera.

Dimanche, la France et la Grande-Bretagne ont déclaré la guerre à l'Allemagne. La radio de l'A-OF l'a fait entendre dans les quelques maisons équipées, radio-palabres l'a propagé dans toute l'île, de voisin à voisin. La France en guerre, les Tirailleurs sénégalais vont partir. Dîner sombre dans la maison Canot. Julian a commencé son instruction, on lui a remis un uniforme bleu avec ses galons rouges, son bâchi à pompon, une sacoche avec son matériel pour l'entretien des canons. « Quartier-maître *Schrupper*, balai-brosse », dit-il de lui-même en patois alsacien. Sa mère le trouve beau en uniforme, mais ils sont tous beaux avant d'aller se faire tuer.

Lundi matin, le coursier revient par la navette avec un nouveau message pour Jules. Rendez-vous à l'aérodrome de Dakar.

Joséphine l'attend dans le salon de l'aérogare. Officiellement, elle est en tournée en Afrique du Nord et au Moyen-Orient, avec quelques incursions sur la côte subsaharienne. Pour sa couverture, elle est à Dakar pour un concert. Le succès ne se dément pas, même si l'orchestre a été réduit pour entrer dans un Dewoitine équipé pour douze passagers et le matériel de scène. Elle vient à la rencontre de Jules. Elle sourit avec exagération, l'embrasse exagérément, désigne l'avion sur la piste d'un geste exagéré et, peut-être involontairement, reprend l'accent de leur époque amoureuse :

— Monnn chérri, tu vois, je suis copilote sur ce gros avion ! Tu me croyais capable de cela ? Cela pourra être utile.

Message reçu. « Je tiendrai ma promesse et exfiltrerai ta famille s'il le faut. » Jules doute qu'elle le puisse en cas de guerre. Mais l'intention y est.

— Viens, je te présente mon secrétaire, qui m'accompagne dans mes tournées.

Elle l'entraîne vers le bar au fond du hangar, où les as de l'aéropostale avaient peut-être bu un dernier verre avant de s'élancer vers Natal. Il n'y a personne à part un homme.

— Bonjour, monsieur Canot.

Le « secrétaire » de la diva, c'est Jacques Abtey. Jules joue le jeu, pour s'amuser.

— Enchanté de faire votre connaissance, monsieur… comment, déjà ?

— Abtey. Appelez-moi Jacques.

— Bon, Jacques, vous vouliez me dire quoi ?

— D'abord, les modalités de nos échanges. Les codes. Ils changent chaque premier lundi d'une semaine paire à zéro heure. Vous savez lire la musique. L'idée vient de Joséphine. Joséphine, les partitions, s'il vous plaît.

Elle tend deux feuillets. « J'ai deux amours », « Ma petite Tonkinoise », paroles et musique.

— Pour l'émission des messages, continuez comme vous avez toujours fait. Un technicien est déjà passé chez vous poser une bretelle de dérivation sur le télex du consulat. Vous aurez une voie normale, comme avant, pour correspondre avec Le Goff ; et une autre, exclusivement pour Joséphine. Nous aurons des pseudos. Joséphine a choisi Clochette et Peter Pan. Clochette, c'est vous. Peter, c'est moi, Pan, c'est elle. Des questions ?

— Pas sur les pseudos, quoique… Quelles informations sont prioritaires ?

— Les noms des Allemands, Italiens, Japonais et tous ceux qui pourraient vouloir faire tomber le Liberia dans le camp de l'Axe. Un carnet d'adresses commenté. Pour les infos générales, celles que vous enverrez à Le Goff, vous nous faites copie. Questions ?

— Non. Je reviendrai à Gorée au moins une semaine par mois. Je vous avertirai.

— D'accord. Nous avons terminé. Au revoir, monsieur le consul.

— Au revoir et bonne tournée, monsieur le secrétaire particulier.

Joséphine prend le bras de Jules pour quelques pas avec lui en bord de piste. Elle lui explique le fonctionnement des codes musicaux.

La correspondance des lettres avec les notes, les changements fréquents, selon les paroles des chansons. C'est astucieux.

— Il y a aussi quelques disques de moi et des photos dédicacées.

— Pas de message secret dedans ?

— Ne te moque pas. On fait un travail vraiment utile, Jacques et moi.

— J'admire ton courage et ton ingéniosité. Mais prends garde à tes passions. Pour Pepito, tu es passée de la danse à la chanson de variété ; pour Jean Lion, tu es devenue juive ; pour la France, tu deviens espionne. Méfie-toi toujours des gens comme Abtey, ils te sacrifieront si ça les arrange ou s'ils doivent sauver leurs fesses. Garde toujours un plan B qui ne dépende pas d'eux, un parachute de secours.

A Gorée, la joie, l'empressement, les baisers de Sigrid n'effacent pas l'impression de Jules que tout cela est fragile, que l'île est peut-être une impasse. Ils vont être quand même séparés. Peut-être 'en danger. *La France, première armée d'Europe ! La ligne Maginot, imprenable !* Foutaises. *On ira pendre notre linge sur la ligne Siegfried !* Conneries. La *fleur au fusil* en 14, la *der des der* en 18. Sornettes. Ce n'est pas la vue de Julian en uniforme qui le rassure. Pourtant, le garçon a l'air fier. Sigrid aussi. C'est ce qu'elle montre, en tout cas. Quand le dîner est fini, quand ils se retrouvent dans la chambre, les fenêtres ouvertes, quand ils ont épuisé les caresses, quand ils ont compris qu'ils ne dormiraient pas, Jules regarde monter la fumée de sa cigarette et dit :

— Je commence à échafauder un plan pour vous faire partir d'ici si ça tourne mal.

— Tu n'es pas un peu pessimiste sur les chances des Alliés ?

— Mon premier vœu est que la guerre n'ait pas lieu. Le second est qu'on la gagne. Le troisième est que si on la perd ou si ça barde je vous sorte de là. Je dois envisager le pire, le scénario numéro trois, pour ne pas être pris de court. L'avantage d'être au Sénégal plutôt qu'en Alsace, c'est que si la France est battue on aura une marge de temps pour filer. Et Julian ne sera pas un déserteur.

— Tu as raison, l'avantage du pire, c'est qu'il n'y a plus que des bonnes nouvelles.

— Dans les semaines qui viennent, remplissez chacun un sac avec ce que vous avez de précieux et d'utile. Vous serez prêts. Je t'aime, Sigrid. Et notre fils aussi.

3

Comme chaque matin, Jules hisse le drapeau français en haut du mât planté entre la rue et la maison. Il fait le salut aux couleurs puis rentre préparer son petit déjeuner. Il trouve cela formidable. Il en rit encore, deux mois et demi après que Le Goff lui a passé le relais. Courriers officiels des Affaires étrangères, du ministère des Colonies, passeport consulaire, présentation des lettres de créances – des vraies, cette fois – au ministre libérien des Relations internationales, tournée des délégations étrangères pour se faire connaître, cocktails et dîners protocolaires. Puis plus rien. Tout le monde s'en fiche, en fait. Dans la société monroviaise, on *joue* à être ministre, secrétaire d'Etat, diplomate, magistrat, cardinal, général, amiral, professeur *honoris causa*, et toutes sortes de fonctions avec médailles, galons, uniformes, robes, képis, casquettes, perruques et énormément de majuscules, bref, tout ce qui peut rapporter respectabilité et prébendes. La machine fonctionne grâce aux compagnies étrangères, dont Firestone est le fleuron, qui font tourner le commerce et le port, les affaires, les banques, alimentent trafics et dessous-de-table. En revanche, on ne plaisante ni avec l'hôpital ni avec la Monserrat Brewery, la brasserie nationale. Il faut soigner et abreuver les Blancs. L'université du Liberia, fondée par feu le président Benson, fabrique le nombre nécessaire de diplômés, reçus en toge noire et mortier à gland sur la tête. L'illusion est parfaite.

Le lien avec Julius Washington éventé, il peut s'autoriser un moment de recueillement. Pour la première fois, il va au cimetière. Contre toute attente, l'endroit est bien tenu. Le préposé le renseigne : « Tombes anciennes, carré nord. » Diana et Julius sont côte à côte. Deux petites stèles, modestes comme chez les quakers. Il ne cherche pas la tombe de Stephen Benson, elle est à Buchanan, sa ville d'origine, à cent kilomètres à vol de goéland le long de la côte. Il repart, songeur. Julius et Stephen empoisonnés ? L'idée se tient. Mais quelle preuve ? Le Goff a fait faire discrètement des recherches aux archives. Aucune trace de mort suspecte pour l'ancien président.

« Jules, cela ne veut pas dire que Benson n'a pas été empoisonné lui aussi. J'ai essayé de me mettre à la place des Américo-Libériens de l'époque qui, presque simultanément, entendaient les discours de Benson et lisaient les Mémoires de ton arrière-grand-père. Ils voyaient la connivence entre l'écrivain et le président. C'était inacceptable pour eux. Il y a matière à un solide mobile. Presque une haute trahison. Mais on n'a rien. »

C'est tout ce que Le Goff a dit. C'était le soir de son départ définitif pour Abidjan. Il a souhaité chaleureusement bonne chance à Jules.

Le travail consulaire n'occupe Jules qu'une heure ou deux par jour pour des « notes de situation » sans aucun intérêt. Il imagine des milliers de types comme lui qui, de la Mongolie à la Patagonie, envoient des dépêches tout aussi ultra-secrètes et vaines que les siennes. Il voit les bandes de papier crachées par des télex du monde entier, fleuves de nouvelles se jetant directement dans une immense poubelle à Paris. Pour paralyser la France, il suffirait que tous ces honorables correspondants l'inondent d'informations inutiles, fantaisistes, invérifiables. Pour sa part, il s'y emploie avec zèle sans même avoir à inventer des mensonges puisque toutes les sources nationales sont fausses : notes de synthèse sur le rapport annuel des Douanes bidonné ; statistiques trafiquées des entrées et sorties de navires dans le *freeport* ; bilans arrangés du shérif sur la diminution constante de la criminalité dans la capitale. De toute manière, les informations réellement intéressantes, comme les vrais comptes de la nation, les vrais bilans des « missions de pacification » menées par le sinistre colonel, les vraies statistiques de production de latex, si elles existent quelque part, rien n'en sera jamais communiqué. Jules n'est pas du tout motivé pour aller nuitamment forcer des serrures et photographier des secrets d'Etat. Lire la presse et faire quelques visites dans les ministères suffit pour des informations sur la réparation du môle vraquier, la réunion du Lions Club, la visite du ministre sierraléonais de la Pêche, les résultats du championnat de cricket, l'inauguration du premier feu rouge électrique du Liberia. Ce matin, il crypte un message stratégique : *Evolution des prix alimentaires à Monrovia au cours des six derniers mois.* Sa source, un indic on ne peut plus fiable : la femme qui fait chaque jour les courses pour lui, éminente analyste à la bourse des matières premières agricoles.

Son message envoyé, il l'archive dans le coffre qui trône maintenant dans l'ancien laboratoire photographique. Dedans, toujours la blague à tabac, dans un petit tiroir métallique. Pourquoi Le Goff l'a-t-il gardée ? Que cache ce faux tabac ?

Le travail de renseignement est plus varié. Il faut rencontrer un tas de gens. Il s'est inscrit dans tous les cercles, clubs sportifs, associations caritatives, culturelles et philosophiques. S'il ne participe pas encore aux ateliers de dentelle et de poésie, il envisage d'approcher les francs-maçons qui fleurissent à Monrovia, principalement dans le parti du pouvoir, le True Whig Party. Clochette peut ainsi envoyer régulièrement à Pan des notes biographiques sur ces gens-là. Et aussi sur certains clients du Black Frog Club, du Majestic et des boîtes borgnes du quartier des prostituées près du port. Sans oublier les boutiquiers libanais, les tailleurs et blanchisseurs chinois, et n'importe quel étranger exotique. En réalité, ce qu'il fait est une sorte de *Bottin mondain* de la société monroviaise, sans aucune mention des opinions politiques supposées subversives ou des activités présumées louches. Il n'est pas un délateur. Il pourrait même le publier, son *Who's Who*. Cela lui prend du temps et le danger est grand pour sa santé car le budget du consulat permet d'inviter généreusement. Effet positif collatéral, sur la cagnotte consulaire Jules organise des soirées au club, qui prospère ainsi grâce au contribuable français. Gros succès. Josh et Musu sont débordés. Il va falloir embaucher. Tout cela est parfois drôle, le plus souvent prodigieusement ennuyeux. C'est ainsi que passe le temps entre deux séjours à Gorée et en attendant que les cours de danse et de musique reprennent. Le groupe s'est un peu dispersé dans la nature. Trop d'argent d'un coup. Un peu de jazz insouciant en bord de plage empêche de se rouiller complètement.

Bientôt Noël, il a réservé l'avion, une place dans le petit Caudron six places qui fait des sauts de puce le long de la côte, de Casablanca à Brazzaville. Télégramme non crypté à Gorée : *Arrive vendredi 22 soirée. Stop. Baisers. Stop. Jules.* En attendant, il veut peaufiner son plan B, avoir quelque chose de rassurant à partager avec Sigrid, d'autant plus inquiète de cette guerre qu'il ne se passe rien. Qu'est-ce qu'on attend pour envahir l'Allemagne ? Jules, lui, peut agir. Il ferme la maison, descend vers le port franc avec la voiture au fanion tricolore, la Vivaquatre Renault héritée de Le Goff, toujours vaillante.

De son observatoire, il a vu rentrer hier le petit caboteur du capitaine Podeur, compatriote breton et compagnon de l'ex-consul pour des virées à terre quand il faisait escale. Assurant avec son cargo-à-tout-faire la ligne Abidjan-Monrovia-Freetown-Conakry-Dakar, Podeur retrouve désormais son compatriote en tête de ligne dans le quartier portuaire interlope de Treichville. Pourquoi Jules ne remplacerait-il pas Le Goff à l'escale de Monrovia ? Il trouve sans mal le cargo *Marie-Rozenn*.

Une heure plus tard, les deux hommes sont attablés au Black Frog Club devant deux douzaines d'huîtres et une bouteille de muscadet de la collection Le Goff. Comment corrompre un marin breton sous les tropiques, leçon 1. Jules sait pourtant que cela ne suffira pas pour convaincre Podeur de lui rendre un « petit service ». En fait, c'est Podeur qui en a un à lui demander. Il s'inquiète. La France est en guerre. Son bateau arbore les couleurs de la France. Il est en danger si les choses s'enveniment. Réquisitionné par les uns, coulé par les autres. En bon marin, il veut anticiper le coup de vent. Après quelques circonvolutions, il en vient au fait :

— T'es pote avec le président ? Tu crois que je pourrais avoir le pavillon libérien ?

Le plan B de Jules est en train de gagner des points sur son plan A.

Ce furent de bien maussades fêtes de fin d'année à Gorée. Noël, réveillon à trois. Ni neige, ni vin chaud à la cannelle, ni pain d'épices, ni sapin. Des petits cadeaux, comme ça, pour dire. Beau temps, comme toujours. L'harmattan faisait flotter les couleurs et les parfums du désert. Julian avait une permission. Jules avait apporté du champagne consulaire. Rien n'y a fait, le moral de Sigrid était à marée basse. Jules l'a emmenée marcher sur les remparts de pierre volcanique que le couchant rend acajou.

« Ici, c'est très beau, les gens sont très gentils avec nous, je me suis bien habituée à y vivre, mais je me sens enfermée, tu comprends ? Personne ne sait ce qui va se passer. Certainement pas la paix. Ce faux calme, c'est oppressant. Quand je vois Julian partir le matin avec sa besace pour enlever le sable et les fientes des goélands sur les canons, donner trois coups de burette d'huile sur les roulements de la tourelle, puis ne rien faire, fumer des Gauloises Troupe avec les artilleurs encore plus désœuvrés que lui, cela devrait me réjouir. Il ne court aucun danger. Pas comme s'il était en caserne à Toul ou Strasbourg ou dans une casemate de la ligne Maginot. En même temps cela me rend folle, j'ai peur que ce soit juste une guerre des nerfs, que lorsque l'exaspération sera à son comble tout explose, comme un accès de folie après cette attente. Oh, Jules, j'ai tellement peur ! Pendant la guerre d'avant, on s'attendait à ce que le front arrive jusqu'à nous et nous dévore. Eh bien non, ici, dans cette guerre, il n'y a même pas de front. On dit que les soldats français et anglais jouent aux cartes dans les fortins pour passer le temps. Hitler prend le sien. Il nous mange la tête. Jules, quand vas-tu nous emmener ? Pardon. Je sais que tu seras là s'il le faut, quand il le faudra. »

Le lendemain, ils sont allés sur la petite côte faire griller un énorme poisson sur la braise dans le sable. Ils ont pu croire à des vacances. Un autre jour, ils sont allés reconstituer un stock de livres à Dakar. Sigrid a voulu connaître les sœurs de Jules. Elles étaient très occupées. Comme à chaque fois. Ils ont marché, nagé, pêché, joué de la musique jusqu'au réveillon du Nouvel An. Toute la population du bourg était sortie sur la place de l'ancien palais du gouverneur quand Gorée était la capitale, sur les remparts de l'ancienne place-forte disputée entre Anglais et Français, sur la petite esplanade de la baie, épicentre de la vie îlienne. Après les embrassades de minuit, ils sont rentrés seuls pendant que la fête continuait et que Julian était… quelque part. Sigrid s'est accrochée à Jules comme elle l'avait fait la dernière nuit à Bitschwiller, quand elle savait qu'il allait partir pour toujours. Elle avait découvert cette nuit-là qu'on pouvait faire l'amour désespérément. C'était il y a vingt et un ans. Jules n'avait pas oublié non plus. Il a reconnu cette manière de chercher l'oubli.

« Je ne pars pas pour vingt ans. Je serai là dans trois semaines.

— Je sais, pardon. Ça doit être ce Noël… Je n'ai pas l'habitude que ce soit l'été.

— C'est l'hiver, je t'assure.

— Menteur. »

Jules est parti deux jours après. Sur la navette, il y avait ce vieil ami qui s'occupe de sa maison quand il s'absente, pêcheur le reste du temps.

« Dis voir, Souleymane, si je t'offrais une barque neuve, cinq mètres, avec un petit moteur. Tu ferais quoi, pour moi ?

— Tout ce que tu veux. Pareil sans la barque neuve. Sans le moteur aussi.

— Je sais. Mais la barque neuve, c'est parce que j'en ai besoin.

— Tu veux pêcher ?

— Non, c'est pour transporter deux personnes, un jour. Je t'explique. »

Dès qu'il met les pieds à Monrovia, Jules passe à la présidence déposer une demande d'audience. Arrivé à Mamba Point, un homme est assis sur le perron adossé à la barrière, endormi. Habits en piteux état, pieds nus, crâne squameux, pas douché de la veille. Il le secoue doucement.

— Monsieur…

L'homme sursaute, le regarde comme on regarde un sauveur. Ce visage…

— Monsieur Jules, tu me reconnais pas ?

— Heu… Cook ! C'est toi, Cook ?

— Oui, c'est moi ! La traversée du pays avec ton ami anglais et la femme !

— Bien sûr, je me souviens de toi. Entre, tu vas me raconter.

Lavé, changé, nourri et abreuvé, Cook raconte. La prime de fin de voyage vite dépensée, les mois à vivre de petits travaux contre de la nourriture, le mépris et la violence des Blancs, le mépris et la violence des frères, les semi-civilisés déjà installés qui, pour survivre, exploitent et maltraitent les plus faibles qu'eux, les nouveaux migrants de l'intérieur qui peuvent travailler pour une cuillère de riz et qu'on laisse dormir dans la rue. Une échelle sociale où chaque barreau est un autre homme courbé sur lequel on marche. Avant d'être trop mal habillé, trop abîmé, il a été cuisinier chez des Blancs qui l'ont foutu dehors sans salaire, puis plongeur dans des restaurants, puis nettoyeur d'entrepôts et, pour finir, docker sur le port.

Dos cassé, reste la misère. Une fois, au port, il a vu la voiture, il a reconnu monsieur Jules, il a demandé, cherché, trouvé, attendu qu'il revienne.

— C'est le ciel qui t'envoie, Cook. Va te coucher, on en parle demain.

4

Jules rentre du Sénégal. La vie est redevenue plus douce dans la maison Canot-Müllbach. Le quartier-maître Julian « Schrupper » Müllbach poursuit sa mission en prenant des cours de balafon. La dalle de béton autour de la tourelle est devenue une petite école de musique. Un des aides-artilleurs, sénégalais, apprend l'art difficile de la kora avec un vieux du village. Quelques mourides se joignent à eux. De toute manière, quand il vient à un officier l'envie de faire une inspection, il arrive par la navette, on a le temps de voir venir. Sigrid donne bénévolcment des cours de littérature française à des jeunes qui vont au lycée à Dakar. Ils en reviennent en masse par la chaloupe de seize heures trente. Dès qu'elle entre dans la baie, des dizaines de garçons plongent par-dessus le bastingage. Le temps des manœuvres, ils ont regagné la plagette à la nage, couru vers le débarcadère, sont retournés à bord récupérer habits et cartables avant qu'elle ne reparte. A la maison, thé et petits pains d'épices, travail sur les textes du programme ou pris dans la bibliothèque de Jules. Sigrid en semble heureuse. Le cocktail ennui-angoisse n'est plus servi à l'heure du goûter.

En arrivant chez lui, deux messages l'attendent. Le premier vient de la présidence en réponse à sa demande d'audience. Il a rendez-vous dans deux heures. Le second, transmis par le consulat de Grande-Bretagne, est pour le moins surprenant : *Hello, mon vieil ami, je serai de passage à Monrovia dans trois jours. J'ai réservé au*

Majestic et je compte bien te voir. G.G. D'après la date, dans trois jours, c'est aujourd'hui. Que vient faire Graham dans les parages ? Jules n'a guère le temps d'y penser, avant sa visite à Barclay il doit faire un crochet par le Black Frog Club.

Un mois après l'embauche de Cook, c'est devenu un vrai restaurant. L'ancien cuistot de l'expédition fait les plats chauds, Musu assure l'accueil et le service, à Josh les coquillages et la caisse. Un samedi par semaine, dîner-concert avec langoustes de la rade. C'est l'endroit à la mode. En semaine, c'est toujours le bar populaire des débuts.

C'est la fin du service, Jules raccompagne Cook à sa chambre aménagée dans le hangar de l'école de danse.

— Ça va bien, tu te plais, ici ?

— Oui, oui, merci ! Je savais que…

— Pas de merci, d'accord ? Ecoute, je dois te dire quelque chose, et après, tu vois ce que tu peux faire. Si c'est non, c'est pas grave, mais promets-moi de garder le secret.

Jules raconte tout, la tabatière, son long évanouissement.

— Tu l'as ici, ce tabac ?

Jules déplie la feuille de papier dans laquelle il en a déposé un peu. Cook, regarde sans toucher, le renifle, se recule en écartant la main de Jules.

— Pas toucher, non, non. Lave tes mains. Jette ça !

— Pourquoi ? C'est quoi ?… Dis-moi.

— Les hommes-serpents de chez moi font des fléchettes empoisonnées avec. C'est du venin de mamba noir. Ils ajoutent des plantes, des écorces, je ne sais pas quoi. C'est une arme très puissante. Terrible. On n'en parle plus. J'ai déjà oublié. Toi aussi.

En repartant vers son rendez-vous, Jules se demande pourquoi le quartier de Mamba Point où il vit porte le nom du plus redoutable serpent d'Afrique.

A l'heure dite, le planton lui ouvre la double porte du sanctuaire. Barclay n'est pas seul. Davis a été convié. Ou s'est invité. Sur le bureau tarabiscoté, grand comme une table de ping-pong, à part des accessoires d'écriture dorés il n'y a qu'un objet, un gros livre, face au président : les *Mémoires de Julius Washington*. Un coup tordu du colonel.

Echange de politesses, remerciements pour les disques et le portrait dédicacés de Joséphine que Jules avait fait porter en d'autres temps. Davis se tient à l'écart, comme s'il n'était que témoin de l'entretien, sûr de ce que va dire Barclay qui fait asseoir Jules de l'autre côté du no-man's land de cuir rouge qui lui tient lieu de table de travail.

— Monsieur le consul de France, qu'est-ce qui motive votre demande d'audience ?

Les conditions ne sont pas idéales pour l'échange complice qu'il espérait et la faveur qu'il comptait obtenir pour le *Marie-Rozenn*. Il change de tactique. Ne pas demander un service personnel, faire au contraire une offre globale.

— Monsieur le président. C'est bien le consul qui vient vous voir.

Il explique son projet. L'argument est simple. Dans le port de Monrovia, une grande partie des navires sont immatriculés dans des pays parties prenantes au conflit. Leurs armateurs sont inquiets. Puisque le Liberia a opté pour la non-belligérance, il devrait leur proposer de profiter de cette… neutralité commerciale. En deux mots, leur permettre de naviguer sous pavillon libérien. Leur vendre le pavillon. Triple avantage : des rentrées immédiates, un trafic qui se maintient, le port franc qui devient un refuge en ces temps incertains. Même les exportations de latex pourraient se faire sous pavillon national.

Barclay a écouté, d'abord poliment puis attentivement. Pendant l'exposé, il s'est même penché en avant dans son fauteuil papal, a posé les avant-bras sur le bureau, écartant le livre. Bon signe. Quand Jules a terminé, il reste un moment à réfléchir. On pourrait presque voir le cheminement de sa pensée. Finalement, entre chercher des ennuis à un Français dont un ancêtre a osé critiquer les Américo-Libériens du siècle dernier et repousser l'idée somme toute géniale du consul d'un pays ami, il fait vite son choix :

— Cher ami, cela peut être envisagé. Je vais demander à mon ministre du Commerce d'approfondir la question.

— Une suggestion, monsieur le président, le temps presse, la guerre est déjà déclarée. Par mes fonctions, je suis amené à avoir des relations avec tous les armateurs de navires battant pavillon français. Je peux peut-être en convaincre certains. Si j'y arrivais, cela pourrait inciter d'autres nationalités à en faire autant.

— Qu'en pensez-vous, Davis ?

Davis, pris de court par la pirouette de Jules, essaie de cacher le vilain pli de ses lèvres par un sourire diplomatique.

— Heu… cela ne relève pas de mon domaine, je suis un soldat. Mais peut-être peut-on demander au consul ce qu'il attend en échange ?

Là, Jules, qui avait été pris à contre-pied en arrivant, s'amuse vraiment.

— J'étais venu vous demander de m'autoriser l'accès à la collection nationale des portraits des fondateurs du Liberia, parmi lesquels doivent se trouver des œuvres de mon arrière-grand-père Julius Washington. Sa parole libre ne faisait pas l'unanimité, ici comme en Amérique, mais c'était un grand artiste, peintre et photographe. D'ailleurs, je vois que vous vous intéressez à lui. Vous lisez ses *Mémoires* ?

Quand Jules repart, il sait que Davis, après la défaite qu'il vient de subir devant le grand patron, va devenir plus dangereux. De chez lui, il envoie un message à Le Goff :

Prévenir capitaine Podeur que président Barclay d'accord pour pavillon libérien. Besoin budget.

Le message à peine parti, on frappe à sa porte. C'est Graham. Depuis cinq ans qu'ils ne s'étaient plus revus, il n'a guère changé.

Toujours son air d'aristocrate désespéré, dans un visage plus rond et un corps un peu voûté, ventre en creux, épaules et bassin en avant, une main dans la poche d'un pantalon accroché aux hanches comme sur un cintre. Brève accolade. Ne pas exagérer les effusions. Pendant une heure, ils échangent les nouvelles. Jules fait semblant d'être fâché qu'il soit retourné voir Sigrid à Strasbourg. Ils rient, boivent, commentent plus gravement l'actualité, la *phoney war*, cette drôle de guerre, calme avant la tempête. Le sujet central approche.

— Graham, tu n'es pas venu ici en vacances, ni pour le cognac sur glace de la République française. Laisse-moi deviner. Ta chère petite sœur Elizabeth n'a pas eu de mal à t'entraîner. Tu ne viens pas d'Angleterre pour un *hello* amical, juste amical.

— Je ne viens pas de Londres. Je suis en poste à Freetown.

— La ville que tu détestes !

— Je crois que je vais m'habituer.

— Bon, alors, je sais ce que tu vas me demander. Je réponds, donc. Je marche avec toi si tu es du côté des Alliés et si je ne dois pas séduire des rombières pour obtenir des confidences sur l'oreiller ou tirer sur des fascistes à travers ma poche…

— Il ne s'agit pas de ça ! Juste des infos. Tu sais faire. Il y a un télex dans ton bureau.

— Ah, non ! Je ne m'en servirai pas au profit d'une puissance étrangère, fût-elle alliée. Une erreur d'aiguillage et c'est la cour martiale.

— *Keep cool !* J'en ai un autre pour toi. Plus moderne, plus sûr, plus discret, sans fil. Sa portée suffit jusqu'à Freetown, avec un relais à la frontière. Tu vas voir, il est planqué dans un gramophone. Tu peux même écouter de la musique avec.

— Pour t'envoyer quoi ?

Jules connaît d'avance ce que veut Graham. La même chose qu'Abtey et Joséphine.

— Alors, si tu as mes garanties pour les rombières et les trous dans les vêtements ?

— Quand reviens-tu à Monrovia m'installer ce tourne-disque magique ?

— Il est à la représentation de Grande-Bretagne, Benson Street.

— Il n'y a personne pour ça, là-bas ?

— Non. C'était les mêmes en 1935, quand on est revenus de notre balade. Fainéants et corrompus. Leur façon vulgaire d'être ivres n'est plus digne d'un sujet de Sa Majesté. On les laisse ici comme des faux canards sur une mare. Des leurres. Freetown assure.

— Va chercher ta merveille technique, je fais à dîner. Prends ma voiture. Sans le fanion.

Graham descend vers Benson Street, passe devant le Majestic. Il ne voit pas l'homme attablé devant l'hôtel. La Vivaquatre est connue à Monrovia. L'homme note qu'elle n'a pas le drapeau sur l'aile. Le conducteur n'est pas Canot. Ce visage… Les connexions se font : Canot, son ami malade de Tappita. Graham Greene, l'écrivain, de retour à Monrovia. Celui qui l'a décrit dans *Voyage sans cartes* comme « le mercenaire noir » et l'a ridiculisé avec son goût pour l'Ovomaltine. Que fait-il ici ? Puis la voiture repasse, direction Mamba Point. Il hèle son factotum assis sous un arbre.

En une heure, une discrète antenne est installée, le télex-tourne-disque fonctionne. Le dîner est servi. Graham, pourtant si négligent pendant le voyage et si oublieux dans son récit, s'inquiète de Barbara en Allemagne avec son Rudi dépouillé de ses biens, qui survit grâce à des petits boulots et la protection d'un certain Paul Schmidt, l'interprète de Hitler. Silence inquiet. Quand ils retournent sur le balcon pour le café, le moment est venu pour Jules de montrer qu'il a des tuyaux. Sujet : révoltes chez Firestone, répression, massacres de soldats par de mystérieux hommes de la forêt.

— Cela ne te rappelle pas quelque chose, Graham ?

— L'Afrique se rebiffe.

— Gros enjeu de crédibilité pour Barclay. Il a mené les négociations avec Firestone du temps de King. Il doit assurer la sécurité de la plantation. Protéger la vache à lait.

— Surtout que le Japon vient de bloquer les exportations de latex d'Asie du Sud-Est. Oncle Sam se souvient de sa bonne vieille colonie ! Il va l'investir avec des Blancs, des vrais, en uniforme, avec des armes, des moyens logistiques, du fric. Plein de fric. Barclay va adorer. Reconnaissance internationale, protection de Mama America et bons gros dollars, ceux de la Bank of America ! Il sera du côté des Alliés, j'en fais le pari.

— Tant qu'il est président. Certains aimeraient le voir déguerpir. Ou plus.

— Sers à boire et explique-moi. Tu deviens intéressant.

En rapportant la bouteille nostalgique de pinot d'Alsace, Jules sourit. Ce job d'agent de renseignement commence à peine qu'il sert déjà ses intérêts. Il revient sur la terrasse. Graham a retiré ses chaussures et posé ses pieds sur la rambarde. On dirait qu'il dort.

— *My God*, on est bien, chez toi ! Je veux la même à Freetown. Vas-y, je t'écoute.

— La population des Blancs augmente. Tôt ou tard, la bande côtière ne va plus suffire. On a découvert des gisements ferrugineux dans les monts Nimba, loin à l'intérieur. Une belle route, un chemin de fer et un port minéralier, une cité ouvrière sordide, des patrons dans des villas à colonnes et toutes ces royalties qui tombent sans rien faire ! Firestone *bis*. Retour à l'esclavage massif déguisé. En temps de guerre, comme le caoutchouc, le fer est un atout majeur. D'aucuns trouvent que Barclay est trop mou, ne va pas assez vite, pensent que les Allemands prendraient moins de gants avec les indigènes pour les faire bosser dans la mine.

— Je sais à qui tu penses.

— Davis est capable de tout. Il fréquente les cercles allemands de Monrovia. Les armateurs, les affréteurs. Il faut se concentrer sur lui.

— Alors, garde-le à l'œil. Tiens-nous au courant. Cela dit… je suis comme toi, un marchand de tuyaux, je ne suis pas au service action.

— Sauf dans les jardins publics parisiens.

Greene se lève, lisse son pantalon, ramasse sa veste sur le canapé.

— Ça, c'était au temps encore insouciant de la Closerie des Lilas. Maintenant, si on tue un type, il faut écrire un rapport en trois exemplaires. Alors, je préfère m'abstenir.

Peu après minuit, Jules dépose son ami devant le Majestic. Un dernier verre au bar et Graham remonte le grand escalier où il croise une élégante un peu défaite. Il se dit que Julius est un petit malin. Le *Marie-Rozenn* a une intention cachée. Blonde ? En arrivant dans sa chambre, il ouvre la fenêtre. Il préfère les moustiques et les bruits de la rue à cette odeur de cigare froid qui flotte dans l'air. La personne qui a visité sa chambre n'est pas assez bête pour y fumer, mais la plupart des amateurs de havanes ne savent pas que leurs vêtements, leurs cheveux, leur haleine en conservent les relents.

Graham reparti à Freetown, la poste apporte deux lettres au consulat : Barney et Diane. Barney joue toujours dans l'orchestre de Duke Ellington, de plus en plus *big-big band*. Depuis que Gershwin est mort, le Duke veut être le plus symphonique des compositeurs jazzy. Diane raconte qu'elle travaille avec Leslie dans l'ancienne école transformée en un dispensaire où elles laissent place aux médecines traditionnelles indiennes. On les regarde un peu comme des communistes parce que ceux qui ont de l'argent paient pour les autres. Mais les gens se souviennent de cette école, pionnière elle aussi. Jules répond presque la même chose à tous les deux. *Sigrid et Julian sont à Gorée. Avec cette guerre comme une maladie dont on sait qu'on l'a attrapée mais qui ne se déclare pas, le moral était très bas au début. Et puis ils se sont habitués, Maintenant ça va, on se voit régulièrement.* A Barney il propose d'évoquer avec le président la venue du Duke à Monrovia, à Diane il dit qu'ils espèrent venir la voir, et rester plus longtemps.

Il y a aussi un message de Sigrid, comme deux ou trois fois par semaine. *Sème des petits cailloux sur le chemin de ton absence pour que je ne te perde pas*, avait-elle demandé. A Gorée, les cours redoublent avant les contrôles de fin d'année, Julian commence à faire des phrases en wolof. Jules répond qu'à Monrovia les ateliers de danse ont repris au ralenti. Josh et Musu travaillent beaucoup au club, c'est fatigant, ils ont moins d'énergie à partager. Et cela rapporte bien plus que la scène. Il faut bien vivre.

Pour finir une journée sous le signe des Postes, Télégraphes & Transmissions, Clochette prépare une dépêche cryptée pour Pan sur l'air de « Ma Tonkiki » : la naissance d'une nouvelle combine d'Etat, la vente du pavillon maritime national. Abtey va être intéressé. Même texte pour Le Goff, déjà au courant, mais qui transmettra. Et pour Graham, qui va bien s'amuser, lui qui sait la motivation réelle de tout cela. *So romantic !* Puis Jules descend au port. Podeur lui serre longuement les deux mains avant de monter sur l'échelle.

— Mon vieux, t'es fort. Je veux pas savoir où t'as trouvé le fric, mais que ce pur Morbihannais de *Marie-Rozenn* ait un passeport libérien, ça me fait quelque chose. Et merci pour l'arrangement avec ton pote à Freetown. Ça paiera les extras du capitaine.

— Tu n'oublieras pas de faire ce que je t'ai demandé à l'escale de Dakar ?

— Non, mon vieux, j'oublierai pas. A la semaine prochaine.

Trois coups de sirène et le caboteur fait route.

Le soir venu, satisfait du travail accompli, Jules va voir au Black Frog Club si les huîtres et le vin blanc sont toujours aussi frais. La journée était trop belle. A peine assis sur l'un des hauts tabourets du bar, il entend :

— Vous permettez, monsieur le consul ?

Non, pas lui !

— Je vous en prie, colonel. Quel vent vous amène en ces lieux de perdition ? Encore le livre de ce vieux Julius Washington ?

— Ha ! Non. Mais il s'agit quand même de littérature. Je viens de terminer le récit de votre ami Graham Greene, *Voyage sans cartes*. Intéressant. Un peu vexant pour moi, mais bon, un écrivain est libre. Je me demande pourquoi il ne parle pas de vous. Il ne dit rien non plus sur la mort de mes deux soldats, massacrés par les gens de ces sectes que je combats.

— J'ai demandé à ne pas y figurer. Mes fonctions de consul… Pour le reste, je ne sais pas… Demandez-le-lui.

— Je n'ai pas eu l'honneur de sa visite quand il est passé, le 16 mars dernier. Dites-lui de venir me voir la prochaine fois qu'il sera dans les parages. Freetown n'est pas aussi loin que Londres. Bonsoir, monsieur le consul, votre club est un endroit charmant.

Jules reste interdit. Comment ce salopard a-t-il su ? Il rentre à Mamba Point, fait un résumé de la soirée à Graham sur le gramophone. Graham répond aussitôt :

Ce type a un point faible, c'est un fanfaron. Il veut t'intimider, montrer sa supériorité en te faisant croire qu'il sait tout de toi. Ce faisant, il te révèle qu'il t'espionne. Pas malin, il te rend méfiant. A propos, fume-t-il le cigare ? Si oui, il est venu fouiller ma chambre au Majestic, la dernière fois. Cela dépasse de beaucoup ses fonctions de chef de la Frontier Force.

5

La Sitzkrieg est finie, la Blitzkrieg est en marche. A Gorée, à Monrovia et partout dans le monde, la radio annonce qu'après la guerre assise les armées du Führer mènent désormais leur guerre éclair en France. Percée de Sedan, un rang de dominos qui tombe.

Jules n'a jamais été aussi furieux d'avoir eu raison. Mourir pour Gamelin, quelle tristesse ! Pour parachever sa colère, Jules entend que Pétain, le héros de Verdun, est nommé vice-président du Conseil.

Tous les jours, il envoie un télégramme à Sigrid. Les petits cailloux. Dans le dernier, il dit *J'arrive après-demain.* Il est temps d'exposer les derniers détails de son plan B.

Jules retrouve Sigrid dans l'état de désespoir où elle était quand Julian a été enrôlé.

— Ici, on est loin du front, la guerre ne va pas si vite… tente-t-il.

Cela, elle le sait déjà.

— Elle tient toujours, ton idée pour nous faire partir ?

Jules détaille les derniers arrangements.

— Quel sera le bon moment ? Trop tôt, Julian sera un déserteur, trop tard, il pourra se faire embarquer sur un bateau de guerre. Car c'est bien de cela qu'il s'agit ?

— Il ne sera pas embarqué. J'ai des assurances et un moyen de pression pour les faire respecter. Je ne peux pas te dire. Ce qui pourrait se passer, dans l'option *trop tard*, c'est qu'il y ait des combats ici. Le Sénégal a une position stratégique. Gorée aussi, dans le cas d'une attaque navale. C'est pour cela qu'il y a deux canons.

— Si ça bombarde, que fait-on ?

— Les Goréens connaissent parfaitement les souterrains des anciennes fortifications. Julian et toi pourrez vous y réfugier en attendant une éclaircie pour filer. On peut évacuer par l'intérieur du pays, il suffit d'arriver en barque jusqu'à la côte. C'est pas loin.

Julian, qui était resté silencieux jusque-là, dit, sans élever le ton :

— Et si je ne voulais pas être un planqué ? Avez-vous pensé que je pourrais ne pas me défiler si la marine me demandait d'embarquer pour défendre mon pays ? Pourquoi je laisserais les autres jeunes se battre, comme les deux artilleurs qui sont avec moi, alors que je me mettrais dans un terrier, ou que j'irais dormir sous les cocotiers, loin du conflit ? Maman, tu peux partir avec papa, je suis grand, je reste.

Comment ont-ils échafaudé leurs plans sans imaginer qu'il ne voudrait pas commencer sa vie par une fuite, lui qui n'a connu ni les tranchées, ni la mutilation et la mort tragique d'un amour, ni celle de mille trois cents amis ?

Ils vont tous les deux s'asseoir sur la banquette à côté de lui. Jules passe son bras sur ses épaules. Sigrid, plus petite, se serre contre lui. Ils ne disent rien, comme s'ils priaient. D'ailleurs, sans le savoir, ils prient. Puis Jules se tourne, les regarde tous les deux.

— Je respecte ton point de vue, Julian. Je te demande pardon de t'avoir considéré comme un enfant. Imagine, j'ai un fils qui me dit *papa* depuis même pas un an et il faut déjà que je comprenne qu'il a grandi sans moi, que c'est... un vieux !

— Soyez tranquilles, je ne vais pas aller au commandement militaire demander à partir en mer. Je vais rester là le plus longtemps possible à faire le Schrupper. Et toi, papa, je ne sais pas quel marché tu as passé, ni avec qui. Mais tu ne dois pas prendre de risques pour que je n'aie jamais d'autre arme que mon balai-brosse, mes chiffons et ma burette. Alors, si on disait simplement qu'on va attendre et voir, prêts à agir comme il faudra le moment venu ? S'il faut d'abord évacuer maman, on le fait.

— Mais, Julian...

— Maman, je t'assure, je ne veux ni me faire condamner à mort, ni aller jouer les héros. J'ai beaucoup écouté papa. Comme lui, je ferai mon devoir, c'est tout. Où sera mon devoir ? Quand ce sera le moment ? Ce sont d'autres questions. Bon, on va dîner ?

Ils l'avaient décidé, ils le font. Le 11 juin 1940, le *Marie-Rozenn* en provenance d'Abidjan fait une courte halte au port de Monrovia. Podeur rassure Jules : « Tout va bien se passer, t'en fais pas. » En abrégeant l'escale de Conakry, il arrive à Dakar le 15 au matin. Le temps de décharger en vitesse l'okoumé et le teck de Côte-d'Ivoire, puis de recharger le ciment du Sénégal, il appareille le 16 à la nuit tombée. Le Breton a envoyé un gamin porter le message à Souleymane.

Ils se séparent pour la première fois. Sigrid est perdue. Souleymane prend son sac. « Tout va bien madame, il faut y aller. » Julian l'accompagne jusqu'à la Maison des esclaves, une bâtisse un peu plus grande que ses voisines. Au fond de la cour, sur le flanc d'un bel escalier double, un couloir entre deux pièces vides mène à une porte qui ouvre sur la passe. C'est par là, dit-on, qu'on faisait sortir les captifs pour les embarquer. Sigrid ne pense pas aux esclaves. Elle n'a en tête que ses deux hommes, presque homonymes, presque identiques, à vingt ans et une nuance de brun près. Pourquoi faut-il toujours en quitter un pour retrouver l'autre ? Elle n'oubliera jamais ce boyau sombre qui la conduit d'un monde à l'autre. Julian marche derrière elle, souffle court. Au bout du tunnel, des rochers et un peu de béton font une sorte de quai. La barque de Souleymane tire sur ses amarres. Encore une fois, ne pas parler pour ne pas pleurer, poser une main sur la joue, sourire. « Madame, le bateau arrive. » Souleymane soulève une bâche. « Allongez-vous, madame. » Des gens pourraient voir et parler. « Mauvais pour le capitaine. » Jules avait prévenu, ne pas mettre Podeur en danger. Souleymane, dès qu'il a eu sa nouvelle barque et compris la mission, a poussé le détail jusqu'à sortir pêcher de nuit, avec un petit lamparo et son moteur qui pétarade. Personne ne s'étonnera de cette nouvelle sortie nocturne. La bâche qui recouvre Sigrid sent le sel et le poisson. Elle ne voit pas Julian, qui disparaît dans le couloir. Le *Marie-Rozenn,* presque à l'arrêt, n'est qu'une grande ombre chinoise sur fond d'étoiles. Souleymane voit son feu vert de tribord. Il le contourne pour être invisible de la côte habitée. L'échelle de pilote est déployée. « Madame, sortez ! » Il tient l'embarcation en s'agrippant à l'échelle. Un matelot descend, prend la main de Sigrid, la tire sur les premières marches mouillées vers le sabord ouvert dans le flanc du navire. « Que Dieu vous garde, Souleymane. Veillez sur mon fils ! » Le sac est lancé. Adieu, Gorée.

Le bateau s'éloigne. Le lamparo oscille encore sur l'eau noire, les lumières du bourg se perdent dans la brume qui flotte au ras de la berge. Des voix et des rires courent encore un peu sur l'eau, puis il n'y a plus que le bruit des machines et de l'étrave dans la houle. Elle part seule, passagère sans billet. Quelle autre option ? Depuis les premiers jours de juin, de peur de voir ses appareils réquisitionnés, la compagnie qu'empruntait Jules a remisé ses deux Caudron en Guinée portugaise, non belligérante, espérant des jours meilleurs. Ils attendront.

Dans trois jours, le 19 juin, Sigrid arrivera à Monrovia. Hier, la Wehrmacht est entrée dans Paris. Il aura suffi d'un mois. Hitler écrase tout sur son passage. La Belgique s'est rendue. Maigre consolation, sa colonie du Congo a décidé de poursuivre la guerre. Un exemple pour les autres ? Que feront l'A-OF, l'A-EF ?

En mer, l'air est humide, le pont brille, les agrès gouttent. Sigrid a froid, elle monte vers la passerelle. Les lumières sont baissées pour la veille de nuit. Les deux hommes de quart ont pris place devant les écrans verts, la table à cartes, la radio. Podeur fait du café.

— Vous voyez, madame Canot, tout s'est bien passé. J'en étais sûr.

« Madame Canot »... Müllbach, Zacher, Müllbach... Canot. Cela la fait sourire. Elle regarde la carte marine. Podeur lui montre le cap Mesurado, le rocher de Monrovia qui avait été dessiné autrefois par Julius Washington et si souvent décrit par Jules Canot, avec la maison sur pilotis, en haut, à Mamba Point. Patience.

Le *Marie-Rozenn* va bientôt doubler Conakry, où il ne fera pas escale. La matinée du 17 juin est bien avancée. Sigrid, qui n'a pas pu s'endormir avant trois heures du matin, s'est levée tard, réveillée par la chaleur sur les tôles du bateau. Podeur l'a attendue pour partager une sorte de brunch à sa table. A Gorée, Julian écoute les radios française, anglaise, allemande. Il n'est pas inquiet, seulement aux aguets pour ne pas rater « le bon moment ». A Monrovia, Jules range la maison pour accueillir la voyageuse. Au club, Cook prépare un menu de fête. A l'Executive Mansion, le colonel Davis a demandé une nouvelle audience au président Barclay. Il ne peut pas rester sur l'échec de l'opération *Mémoires*. Il attaque par une autre voie :

— Canot n'est pas clair, son ami Greene non plus, monsieur le président.

— Vous allez me servir encore une fois votre discours sur son arrière-grand-père ? Laissez dire. C'est la marque des grandes nations d'être critiquées. Essayons de faire mieux que nos prédécesseurs pour notre pays imparfait qui doit changer à son rythme, pas à celui des conseillers extérieurs.

— Ces deux-là jouent un jeu…

— Vous voulez dire qu'ils souhaitent que le Liberia se range du côté des Alliés ? C'est leur travail, non ? Il y en a bien parmi nous qui pencheraient pour Hitler.

— Que voulez-vous dire ?

— Que les suprémacistes blancs qui veulent éradiquer la race noire, comme les nationalistes noirs qui veulent nous recoloniser, ces deux-là veulent nous éliminer. Ils pourraient accueillir la synthèse des deux, un national-suprémaciste comme Hitler. Ne jouez pas au naïf, Davis, vous savez pourquoi j'ai rejeté l'offre de votre ami Garvey.

— Vous pouvez dormir tranquille, président, Garvey vient de mourir à Londres.

— Dieu ait son âme. La Jamaïque lui voue déjà un culte, il y aura son mausolée.

Davis ne comprend pas ce qui se passe. Tout se dérègle. Pourquoi Barclay lui rappelle-t-il l'époque de King, quand les deux projets, plantation contre recolonisation, s'affrontaient ? Pourquoi parle-t-il des nazis ? Il tente autre chose :

— Monsieur le président, cette histoire de pavillon libérien…

— Excellente idée qui commence à nous rapporter de l'argent.

— D'où l'argent est-il venu, pour le *Marie-Rozenn* ? N'ont-ils pas un plan avec ce navire qui fait escale dans les ports où sont basés l'ancien consul, le nouveau consul et ce soi-disant journaliste, Graham Greene ? Je rappelle que Greene et Canot traversaient le pays ensemble il y a cinq ans. Dans quel but ? Vous n'avez jamais rien soupçonné, vous qui les avez rencontrés ?

— A Zorzor, nous avons passé une agréable soirée à parler de musique !

— Sauf votre respect, monsieur le président, il s'est attiré vos bonnes grâces avec sa Joséphine Baker. Ils couchent ensemble, savez-vous ?

Trop tard, Davis comprend son erreur. Le monde est en guerre, le Liberia, entouré des colonies de puissants pays engagés dans un conflit mondial, va devoir faire des choix cruciaux. Son économie va mal parce que les royalties de Firestone s'évaporent aussi mystérieusement que les autres recettes de l'Etat. Les ethnies irrédentistes de l'est du pays ne sont toujours pas soumises malgré la répression. Tout va mal, et lui, le colonel Thomas Elwood Davis, responsable des forces armées et jusque-là conseiller écouté du président, balance sournoisement le plus bas, le plus mesquin, le plus indigne des commérages.

Barclay se lève, raide, glacial, mains à plat sur son bureau.

— Cela suffit, Davis ! Etes-vous devenu un mouchard de palais ? Chef du contre-espionnage ? De la police des mœurs ? Je vous paie pour protéger le pays, pas pour fouiller les bidets de la présidence ou les chambres des Anglais qui descendent au Majestic. Il me semble que le pays s'agite pas mal, en ce moment. Si les Etats-Unis nous demandent de les aider, s'ils s'engagent dans cette guerre en apportant les moyens qui nous font tant défaut, vous ne voudriez tout de même pas qu'ils aient en plus à faire le ménage à notre place ? A *votre* place ? Occupez-vous de vos affaires, Davis.

— Bien, monsieur le président.

— Alors, assurez-vous que nos exportations de latex ne sont pas gênées par les mouvements ouvriers, ou par ces sortes de guerriers grotesques mais plus efficaces, semble-t-il, que vos troupes d'élite ! Allez en brousse au lieu d'y envoyer des pauvres types se faire massacrer pendant que vous vous acharnez sur vos deux dangereux comploteurs. Si l'ordre ne revenait pas vite dans la plantation de Harbel, je penserais que vous voulez saboter ce que vous n'avez pas pu empêcher il y a quinze ans. Je parle bien sûr de l'accord avec Firestone signé avec W.E.B. Du Bois contre le projet de recolonisation de Marcus Garvey, dont vous partagez les idées. J'espère pour vous que ce n'est pas le cas. Bonsoir.

Davis parti plus raide que jamais dans son uniforme, Edwin James Barclay se rassied en soupirant. Il se demande si ce coup de semonce suffira pour remettre cet homme à sa place. Craint et respecté par ses troupes, près du pouvoir depuis trop longtemps, « le pacificateur » se croit tout permis. Que les USA se décident vite ! Si Hitler débarquait ici avec une armada, la Sierra Leone, la Guinée, la Côte-d'Ivoire s'effondreraient en une semaine. Quel point d'appui pour conquérir le monde ! Des types comme Davis pourraient lui préparer le terrain.

En quelques jours, il a reçu plusieurs alertes, comme si certains craignaient que les pressions des pro-Hitler ne soient trop fortes. Comme si on avait peur que des conseillers influents fassent pencher la balance du mauvais côté. On a vu Davis en compagnie de puissants armateurs allemands au siège de la représentation du Reich. On dit qu'il fréquente le club-house du Sportklub, lieu de rencontre de toute la communauté germanique de Monrovia. On a rapporté à Nathaniel Cassell, grand maître de la loge maçonnique du Liberia – venu en personne le lui confirmer –, que le frère Davis communiquait des listes de membres à une puissance étrangère. Non-belligérance ne veut pas dire neutralité. Il invitera dès cet après-midi Lester Algar Walton, ministre plénipotentiaire, envoyé extraordinaire des USA, pour lui faire savoir que son pays sera fidèle aux Etats-Unis, défenseurs du monde libre. En espérant qu'ils seront du côté des Alliés.

En revanche, Barclay trouve Greene et Canot plutôt amusants. Et utiles. Le Français prend sa tâche tellement au sérieux qu'on le voit partout. Que Canot sous-traite à Monrovia pour son ami anglais à Freetown et inversement, où est le mal ? Avec un total de mille kilomètres de frontières avec le Liberia, les empires coloniaux britannique et français veulent s'assurer que les nazis n'y mettront pas les pieds. On les comprend et c'est tant mieux.

Sorti en trombe du palais présidentiel, Davis s'engouffre dans sa voiture de service avec un goût de sang dans la bouche. Soupçon. Disgrâce. Pour une salope qui tortille du cul sous le nez de ce crétin de Barclay ! Il ne va pas se laisser humilier par deux snobinards d'artistes dilettantes qui, il le sait, magouillent avec ce bateau. Il va prouver à ce président sans *balls* qu'il faut mettre fin à ces manœuvres. Il crie au chauffeur :

— On va au port !

Pour se calmer, il cherche un cigare à allumer. *Shit !* Oubliés dans le bureau de Barclay. Aurait-il été affecté par son sermon au point de partir sans son étui fétiche ?

Il n'a pas décoléré quand il entre dans le bureau du port. L'employé n'aime pas voir des militaires dans la zone franche, mais le colonel hurle qu'il vient à la demande du président en personne et que ce n'est pas un sous-fifre qui va l'empêcher de consulter les registres. Trois minutes plus tard, Davis sait que le *Marie-Rozenn* est parti du quai numéro 3 le 11 juin, destination Freetown. Il remonte en voiture.

— Quai numéro 3 !

Il arrive sur le wharf au moment où une grue charge des grumes sur le pont d'un petit cargo. Il hèle un docker qui pourrait être le chef d'équipe.

— Tu sais quand ce bateau va partir ?

— Demain midi au plus tard.

— Tu sais quel bateau va arriver ?

— Pourquoi vous me demandez ça ?

Davis pose la main sur l'étui de son arme à la ceinture. Il éructe :

— Je t'ai posé une question, crétin !

— Le *Marie-Rozenn*, le 19, sur ce quai.

S'il n'était pas dans un tel état d'énervement, Davis se réjouirait de son pouvoir de persuasion. Il repart vers son QG, il a un plan de bataille à préparer.

Quand il a fini son chargement, le chef docker va se faire offrir une bière au Black Frog Club en échange d'un tuyau qui va intéresser Cook. Il le trouve occupé à la cuisine. Il raconte. Sans lever la tête du plat qu'il prépare, le cuistot dit simplement :

— Si tu veux plus qu'une bière, va dire ça tout de suite à l'adresse que je te donne.

Vingt minutes plus tard, le portefaix ressort du consulat de France avec en poche le salaire d'une semaine, et Jules s'installe devant le gramophone.

Urgent : Davis venu au port prendre renseignements sur retour Marie-Rozenn. *Attention, capable de tout. Pourrait l'attendre à l'atterrissage. Prévenir Podeur de prendre dispositions passagère.*

Le 18 juin, à la brève escale nocturne de Freetown, l'ami anglais de Jules est monté à bord. Podeur l'a conduit vers Sigrid et les a laissés, les regardant à distance. Le capitaine du *Marie-Rozenn* a l'habitude de comprendre les gens sans entendre ce qu'ils disent, à cause de la rumeur de la mer, du vent, des machines. Trop loin pour lire sur leurs lèvres, il observe leurs gestes. Sous la lumière des sodiums qui éclairaient le travail des grutiers, elle avait l'air très heureuse de le voir. L'Anglais, bien plus grand qu'elle, gardait la main droite dans sa poche, économe de ses mouvements alors qu'elle était agitée comme une gamine impatiente. Puis, s'aidant cette fois de ses deux mains, hochant la tête, il lui a transmis le message de Jules. Elle s'est d'abord penchée en avant, attentive, puis s'est redressée, incrédule, puis elle a porté la main à son front, accablée. Il a essayé de la rassurer, les paumes à plat devant lui, doigts écartés. Cela a semblé marcher. Pas complètement. En la quittant, il a posé fraternellement son bras sur son épaule. « Ne vous en faites pas, ça va aller. » Sigrid est restée immobile dans un halo de brume orangée, l'Anglais est allé vers Podeur, lui a remis une petite boîte assez lourde.

« Capitaine, à vous de jouer. Prenez soin d'elle. Merci pour tout. Donnez ça à Jules, cela lui rappellera de bons souvenirs. Peut-être en aura-t-il besoin. A la prochaine fois ! J'aurai aussi des gens à faire passer. Il y a aussi une avance dans la boîte. »

Une enveloppe avec des livres sterling, quelques mots manuscrits sur une demi-feuille : *J'ai l'impression que ça chauffe un peu, chez toi. Voici un petit souvenir. Je ne suis plus d'humeur pour la roulette russe. Attention à toi.* Et, comme le laissait présager le poids, un revolver argenté à crosse de bakélite brune. Il le soupèse, le retourne. Un 38 Enfield à canon court. Pas une arme de précision, quand même efficace pour tuer de pas trop loin. Et une boîte de cartouches 38/200. Monsieur le consul aurait-il une vie plus mouvementée qu'il n'y paraît ? Sans réfléchir, il charge le revolver et le glisse dans sa ceinture.

Sigrid fait souvent ce cauchemar, ni violent ni triste, pénible : elle va quelque part, seule ou avec d'autres, et voilà que surgissent des complications, des obstacles. Les distances s'allongent, il y a des portes, des couloirs, des rues, des escaliers, cela n'en finit pas, des gens disparaissent, d'autres la détournent de son but, les lieux deviennent méconnaissables, elle ne retrouve pas son chemin, elle est en retard, elle va rater quelque chose sans savoir quoi. Elle se réveille épuisée, frustrée. Doit-il en être ainsi dans la vraie vie ? Elle regarde Graham descendre l'échelle. L'homme qui disparaît.

Le *Marie-Rozenn* a quitté Freetown il y a bientôt dix-huit heures. Dès l'appareillage, elle est allée sur la plage arrière. L'air était vif. Elle aurait pu être heureuse. C'était l'ultime étape, les derniers deux cents milles nautiques avant Monrovia. Et voilà que tout devient encore comme dans son rêve. Gorée, Freetown, Monrovia, c'était si simple, une route directe, droite comme la ligne blanche du sillage derrière le bateau. Non, à nouveau un écueil, une complication, un délai, une attente, une inquiétude.

La température a monté rapidement, séchant l'acier du pont et le drapeau libérien tout neuf sur sa hampe. Elle se cale à l'ombre du château contre un tas de cordages lovés et regarde défiler le littoral. Jules n'est pas là pour faire le guide mais elle reconnaît les paysages, cette morne côte basse décrite et dessinée par Julius Washington. Elle a le cœur serré quand ils doublent l'île de Sherbro, où la première tentative de débarquement de colons a eu lieu en 1820. Presque tous sont morts à cause de l'impréparation de ce premier envoi de pionniers par la Société de colonisation, dans sa hâte à « purger le pus noir de l'abcès qui gangrène le Sud ».

Il fait presque nuit quand ils passent devant l'embouchure de la Moa, où Théodore Canot avait créé sa ferme, une plantation et une distillerie de citronnelle. Son produit faisait fureur à Monrovia, où les moustiques règnent en maîtres. Trop beau. Des gens y avaient mis le feu et tout détruit. Seulement pour cela ?

Le capitaine Podeur prend soin de Mme Canot, comme il l'appelle. Ce ne sont pas ses affaires, mais il est triste de la voir triste. Après le déjeuner, il lui a fait visiter l'endroit où elle devra aller « quand ce sera le moment ». La journée passe, morose.

Quand tombe la fraîcheur mouillée du soir, Sigrid retourne sur la passerelle. Elle aperçoit, de temps en temps, des lumières éparses sur le noir profond de la côte. Des villages de pêcheurs, des poissons qui grillent sur des feux de bois, comme sur la plage de M'Bour. Dîner dans le carré puis retour dans le poste de barre, où les appareils crachotent des bruits et des voix étranges. Vers vingt-trois heures, le capitaine tend le bras vers l'avant.

— On va bientôt voir les lumières de Monrovia. On arrive dans deux heures. A minuit et demi, allez vous installer là où je vous ai montré, le temps qu'on soit tranquilles.

Par radio, Podeur confirme à la capitainerie de Monrovia l'heure prévue d'arrivée. Puis il vérifie qu'il ne restera plus aucune trace de la présence de sa passagère quand elle aura pris ses quartiers secrets. Ce n'est pas la première fois qu'il fait ça, mais une jolie femme avec des yeux à ce point égarés, cela peut bien chambouler un vieux baroudeur et en faire un héros.

A l'heure dite, Sigrid prend son sac, descend deux étages d'échelles de fer jusqu'à la salle des machines étouffante, bruyante, puant le fioul, ouvre une sorte de réduit encombré de pièces mécaniques et de bidons, et, comme le lui a montré Podeur, fait pivoter une étroite porte sans poignée qui ressemble à une plaque de tôle soudée, comme les autres. Elle entre dans la minuscule mais confortable cabine avec tout ce qu'il faut pour y tenir plusieurs jours. Elle allume la veilleuse, verrouille le battant de l'intérieur, va s'allonger sur la couchette qui vibre au rythme des machines. Une coque de bateau est comme une cloche, tous les bruits y résonnent, amplifiés. L'eau qui glisse dessus est un torrent de montagne. Elle avait rêvé descendre à quai en courant sur la coupée pour se jeter dans les bras de Jules. Non, encore du danger. Elle est consignée à fond de cale. Combien de temps, la quarantaine ? Comme dans son cauchemar.

Jules pourrait voir les feux du *Marie-Rozenn* dans le secteur nord-ouest s'il n'était pas assis presque au ras du sol sur un tas de planches entre des fûts d'huile de palme. Un navire est attendu, les projecteurs sont allumés. En se tenant en dehors des faisceaux qui éblouissent, on est invisible. Depuis trois quarts d'heure, il n'ose ni fumer ni bouger. Il imagine Sigrid, quelque part dans le ventre du *Marie-Rozenn*. Un bateau ne manque pas de compartiments faciles à aménager. Podeur et son cargo sont de vieux complices. Jules ne s'inquiète pas. Il n'a pas été repéré. Il a laissé la Vivaquatre au Black Frog. Le consul ne peut transporter une clandestine dans son véhicule officiel. Le musicien n'a pas de voiture, l'espion non plus.

Alors, il est allé à pied jusqu'au port en traversant le bidonville de Westpoint. Facile d'entrer. Dans la guérite, les gardes-côtes jouent aux cartes. Avec leurs rires à chaque bon coup, les seuls bruits sont ceux, plus loin dans le bassin de flottage, d'un engin qui sort les troncs de l'eau et les empile sur le quai. Un groupe de dockers arrive, appelé pour décharger le navire annoncé. Très sombres, très musclés, brillants dans la lumière verticale, ils s'assoient, jambes ballantes, sur le bord du quai et fument. Des anciens collègues de Cook avant que sa carcasse ne le lâche sous les charges. Le bar du club reste le point de contact. Quelques bières contre quelques informations pour M. Canot.

A une heure dix, le *Marie-Rozenn* entre dans le bassin. Il connaît la manœuvre. Ni pilote ni remorqueur. Les amarres sont lancées aux lamaneurs qui en passent les grandes boucles autour des bittes. Les treuils font le reste. Le bateau vient se coller doucement à son point d'amarrage. Podeur, sur le pont, fait déployer l'échelle de coupée et, une main sur chacune des rambardes, s'apprête à descendre. C'est là que tout s'accélère.

Dans sa cachette, Sigrid sent les machines ralentir, puis la secousse de la coque contre le dock, si près qu'elle pourrait le toucher s'il y avait un hublot. Elle colle son oreille à la paroi. Tout ce qui la touche est amplifié. Il y a des grincements, des chocs contre le métal. Le déploiement de la coupée. Cela, elle l'a déjà entendu. Puis il y a des grondements de moteurs qui se rapprochent, s'arrêtent tout près. Des portes claquent. Des cris, venant du quai et du pont. Des bruits de pas sur la coupée qui vibre. Encore un cri, en haut. Un coup de feu. Une voix forte. Un autre coup de feu, suivi d'une salve assourdissante quand des balles frappent l'acier, presque dans son oreille. Elle se recule, étourdie, titube jusqu'à la porte secrète, vérifie le verrouillage, éteint la lumière, retourne sur sa couchette. Attendre. Ne pas faire de bruit. Ne pas avoir peur.

Elle n'en a eu que les sons, pourtant la scène imaginée par Sigrid est juste. Quand elle entend le palan descendre la coupée, Jules sort de sa cachette. Podeur s'approche du portillon pour descendre. Pas de danger en vue. Soudain, deux petits camions de la Frontier Force arrivent à toute vitesse, bloquent toute sortie du bateau. Jules se recule dans l'ombre. Il voit le colonel Davis marcher jusqu'au bord du quai, prendre une pose symétrique à celle du capitaine, un pied sur le bord de l'échelle, mains sur les rampes, comme s'il allait monter. Un duel d'homme à homme, comme il les aime.

— Capitaine Podeur, nous allons monter perquisitionner ce navire ! Veuillez vous écarter et dire à vos hommes de nous laisser passer.

— De quel droit allez-vous monter à bord de mon bateau ? C'est contraire à toute…

Podeur s'arrête là, réalisant l'énormité de sa bévue. Le *Marie-Rozenn* est désormais un navire libérien. Il n'est plus territoire français. Il s'est protégé des obus et des torpilles, pas des Libériens, pas de cet homme qui sait quelque chose, qui vient *chercher* quelque chose. Mme Canot. Un mouchard dans son équipage ? Un message décrypté ? A Freetown, Graham Greene lui a dit « Prenez soin de Sigrid », en lui donnant une belle enveloppe et un revolver. Il va résister. Il lance à Davis :

— L'armée de terre n'est pas habilitée à se mêler des affaires maritimes civiles ! Je ne répondrai qu'aux injonctions des autorités compétentes ! Allez les chercher.

Tout va alors très vite. Pendant que Jules court en pleine lumière, Davis dégaine son automatique et tend le bras vers le capitaine pendant que, de sa main gauche, il fait signe à un groupe de cinq hommes de monter. Une seconde caché par les soldats en file indienne sur l'étroite passerelle, Podeur sort le 38 de sa ceinture, menace le premier de la colonne. Les soldats refluent de quelques pas. Podeur tire en l'air. Davis hurle :

— *Shoot him !*

Le temps que les soldats épaulent, Davis fait feu. Podeur part en avant contre la rampe et bascule lentement. Les tirailleurs suivent sa chute, criblant inutilement la coque. Du reste de la scène, Sigrid, les oreilles bourdonnantes, n'entend rien.

Jules arrive trop tard. Il s'accroupit à côté du corps. Podeur est mort. Davis a levé la main : « *Cease fire !* » Jules se redresse, fait trois pas vers lui.

— Colonel, que signifie cette fusillade ?

— Cet homme a tiré sur mes soldats qui montaient à bord opérer une perquisition.

— Vous mentez ! Je suis témoin. J'ai tout vu. Cet homme a tiré en l'air. Vous avez donné l'ordre de l'abattre et vous l'avez fait vous-même, sans sommation.

— Il menaçait mes hommes.

— Vous le teniez en joue et il était seul contre dix. En tant que consul de France, je vous interdis de toucher au corps de cet homme, ressortissant français.

— Il est en territoire libérien, il est tombé d'un bateau libérien. Juridiquement…

— Juridiquement, montrez-moi un document autorisant la Frontier Force à perquisitionner un navire civil sur les terrains du port franc.

— Un port est une frontière.

— Cet homme était un civil, pas une menace pour l'intégrité du Liberia.

Jules s'approche encore, presque poitrine contre poitrine avec Davis.

— Maintenant, tirez sur le consul de France désarmé. Ou bien saisissez-vous-en par la force. Il y aura des témoins, regardez !

Arrive un groupe d'hommes. Les gardes-côtes, les douaniers. Jules écarte Davis, toujours son arme à la main, va au-devant du plus gradé des arrivants, tend son passeport.

— Je suis le consul de France. Cet homme vient d'abattre un marin français qui lui interdisait de perquisitionner son navire. Je vous prie de lui demander sur quel soupçon il voulait agir de la sorte, quel mandat l'y autorisait. Bien sûr, les douaniers et les gardes-côtes sont légitimes pour opérer toute inspection qui leur semblerait utile.

Le lieutenant des Douanes se tourne vers Davis. Ils se toisent un moment. Il n'y a évidemment pas de document. Davis, en rage, remet son pistolet dans son holster, fait signe à ses hommes, qui remontent dans les voitures, et ils s'en vont.

— Nous allons quand même inspecter ce navire.

Les gardes-côtes restent en bas, arme au pied, deux douaniers montent à bord. Sur le pont, l'équipage a réapparu. Le commandant en second apporte le connaissement :

— Huit cents tonnes de ciment, cent tonnes d'huile d'arachide, cinq tonnes de gomme arabique, deux automobiles, cent bouteilles de vin de France. Vérifiez.

— Nous verrons cela demain. On ne touche à rien d'ici là.

Tout le monde s'en va. Deux hommes d'équipage du *Marie-Rozenn* descendent avec une civière et emportent le corps de leur capitaine vers la chambre frigorifique. Jules a reconnu l'Enfield. Il le récupère, puis la boîte de cartouches dans la cabine du capitaine, où il s'est rendu avec le second. Il y trouve aussi le petit mot de Graham et l'enveloppe. Il sait d'où elle vient. Il la donne au second.

— Prenez ceci. Partagez avec l'équipage. Savez-vous où est…

— Oui. Je vous y conduis. Voulez-vous que l'infirmier de bord extraie la balle du corps du capitaine Podeur ?

Jules acquiesce et frappe à la porte de la cabine secrète. Serré contre Sigrid, il lui raconte la scène qui s'est déroulée dehors.

— Cet homme a voulu me protéger, merde, quoi, c'est pas juste ! Pourquoi est-ce que je ne peux pas être, une fois, simplement heureuse, sans menaces, sans dangers, sans blessés, sans morts ?

Jules ne dit rien. Une main dans ses cheveux, il tient sa tête contre son épaule.

— Oh, pardon, Jules, je n'oublie pas le Royal Albert Hall.

Le matin, l'inspection n'est qu'une tournée de pure forme. Dès que le lieutenant des Douanes part rédiger son rapport, Sigrid peut sortir de sa cachette, pas du bateau.

— Je vais voir si tout est calme dehors. Le commandant en second va s'occuper de toi. Ne te montre pas encore. Il faut organiser ton arrivée légale. Je ne serai pas long.

Jules retourne à pied au club récupérer sa voiture. Cook l'intercepte :

— Je sais ce qui s'est passé. Davis est une ordure. Il faut l'éliminer.

— Tu veux dire quoi ?

— J'ai fait une infusion très concentrée avec ton tabac. Encore plus forte.

— Tu l'avais pas jeté ?

— J'ai imprégné une fléchette de bois, comme les hommes-serpents de chez moi.

— Et tu as quoi pour lancer ta fléchette ? Une sarbacane ? Un arc ?

— Il suffirait de le piquer, comme ça, en passant… une écharde…

— Non, Cook, ne fais rien. Ce type est trop malin. Tu ne peux pas l'approcher comme ça et le piquer à travers son uniforme. Tu ne gagneras qu'à te faire arrêter. Et moi avec. On va trouver d'autres moyens. Je te le promets.

En repartant, Jules se demande combien de temps il faudra pour que la nouvelle de la fusillade du port arrive aux oreilles du président et quelle sera sa réaction. Pile ou face. Une tête va tomber. Celle de Davis ou la sienne.

Barclay est heureux. Il a reçu un télégramme de Marseille. Quelle nouvelle ! Il n'a pas eu à mûrir longtemps la réponse qu'il dicte à sa secrétaire :

Madame Baker, très chère Joséphine, c'est avec un immense plaisir que j'ai pris connaissance de votre projet d'escale à Monrovia le 21 juin. Heureux Abidjanais qui auront le plaisir de vous entendre ! Je donnerai bien entendu les consignes pour l'accueil de votre appareil. Mais devrai-je me contenter d'une courte entrevue à l'aéroport alors que le souvenir de votre spectacle est encore si vif ici ? Je vous en supplie, consacrez-nous votre soirée pour un petit récital privé, quelques chansons seulement ! Votre très affectionné Edwin.

Le président trouve que la vie est finalement pleine de bonnes surprises. En ces jours sombres, une étoile annonce sa venue. Il serait tenté de remercier le ciel, mais on ne loue pas le Seigneur pour l'envoi d'une femme qui danse presque à poil. Il ne sait pas que son bon ange est un général français qui, passé en Angleterre depuis deux jours, a lancé la veille un appel à organiser la résistance contre l'Allemagne. Le message de Charles de Gaulle, diffusé sur Radio-Londres, a été repris dans les colonies. Pétain, Weygand, Laval et Darlan ne sont plus les seuls à représenter la France. Entre ceux qui négocient l'armistice avec l'Allemagne et de Gaulle qui appelle à poursuivre la guerre, le choix de la diva et de son « secrétaire » a été facile. Joséphine a une promesse à tenir. C'est le moment. Jacques Abtey est facile à convaincre, heureux que sa partenaire se délie du petit chantage de Canot. Ils ont donc inventé une tournée à Abidjan avec une escale monroviaise. Pari sans risque. Barclay ne refusera pas.

Jules n'a pas pu écouter la radio, mais, alors qu'il arrive à Mamba Point, le télex crache du papier. La grande nouvelle est là, rédigée par Le Goff en termes neutres, mais le message est clair : fuir la France pour rejoindre la Résistance n'est plus une honteuse désertion, c'est un acte de bravoure. Jules cherche le moyen le plus rapide pour joindre Souleymane quand un second télex de Le Goff crépite :

Dakar signale départ avion de Dakar pour tournée musicale Joséphine Baker destination Abidjan avec escale Monrovia le 21. Il y a à bord un marin qui va rejoindre la France libre.

Victoire du plan A ! La promesse de Joséphine sera donc tenue. Jules se précipite vers sa voiture pour annoncer la nouvelle à Sigrid quand arrive un coursier de la présidence. On l'y attend. Immédiatement. Barclay patientera quand même un quart d'heure. Jules glisse le message dans une enveloppe, fait un crochet par le quai numéro 3, confie le pli en bas de la coupée à un marin du *Marie-Rozenn* et repart chez le président qui, loin de le sermonner, est à deux doigts de l'embrasser.

— Savez-vous, Canot ? Joséphine nous fait l'amitié d'un concert privé demain soir ! Quelle merveilleuse nouvelle ! Vous serez des nôtres, bien sûr !

— Avec mon épouse et notre fils, qui viennent nous rejoindre de Dakar par le même avion, monsieur le président.

— Ah bon ! Cachottier ! Je ne savais pas ! Je pensais que vous…

— Moi et Joséphine ? Toujours les mêmes racontars ! Depuis des années…

— C'est bien ce que je pensais. Je suis heureux que vous ayez une famille, Canot.

— Monsieur le président, il y a autre chose…

— Je sais. Je vous présente mes condoléances. C'est une très regrettable affaire. J'ai lu les rapports. Il semble que les torts soient partagés.

— Monsieur le président, j'ai fait extraire la balle du corps du capitaine Podeur qui n'a fait que tirer en l'air. Je pense qu'il sera facile de voir qu'il a été abattu par…

— Je sais, je sais. S'il vous plaît, la situation est très compliquée en ce moment. Je connais les mauvais penchants de cet homme. La guerre éveille en lui de curieux instincts. Je vais m'en occuper, soyez sans crainte. Réjouissons-nous plutôt de cette belle fête qui s'annonce.

— Bien, monsieur le président.

— Ah, avant que vous ne partiez, je voulais vous dire que j'ai informé le représentant américain que le Liberia prendra le parti des USA au cas où ils entreraient dans cette guerre du côté des Alliés. Vous pouvez en informer qui de droit, monsieur le consul. A demain. Le colonel Davis sera des nôtres. Il n'est pas possible de ne pas l'inviter. Personne ne doit voir qu'il y a un différend entre nous. La guerre, vous comprenez ?

Jules comprend surtout que Davis a de forts moyens de pression sur Barclay. La peur d'un soulèvement de l'armée ? D'un coup d'Etat pro-Axe ? D'un assassinat ?

Il va pour sortir quand il voit, au coin du bureau, un étui à cigares qu'il connaît bien.

— Ceci appartient à Davis, n'est-ce pas ?

— Oh oui, il l'a oublié, l'autre jour. C'est son gri-gri. Je le lui rendrai à la fête, ce sera l'occasion de lui dire deux mots. Je vous réserve des places à ma table, bien sûr.

En quittant l'Executive Mansion, Jules se souvient d'avoir averti Joséphine et Graham qu'il ne serait jamais un exécuteur des basses œuvres pour le compte du 2e Bureau comme du MI6. Ce principe ne s'applique pas aux affaires personnelles.

Une demi-heure plus tard, en pantalon et vareuse, cheveux tirés sous une casquette de marin au milieu d'un petit groupe d'hommes d'équipage, Sigrid sort enfin du *Marie-Rozenn*, monte dans la limousine consulaire qui part aussitôt. Elle n'a pas lâché le message de Le Goff, comme si ne plus tenir dans sa main cette preuve matérielle du retour de Julian renverrait son fils dans les labyrinthes de ses cauchemars.

En conduisant à petite vitesse vers les sommets de Mamba Point, Jules observe Sigrid. Comme Barbara dans le train de Sierra Leone, vitre ouverte, elle regarde, écoute, respire, sent sur sa peau cette nouvelle Afrique, si différente de celle de sa première initiation.

Elle ne dit rien jusqu'à la maison, quand Jules lui ouvre la porte et s'efface pour la laisser passer.

— C'est donc là ?

Elle entre, traverse sans s'arrêter toute la pièce comme si elle était aspirée par l'ouverture, à l'autre extrémité, vers la terrasse, la mer, le vide, l'explosion de la houle sur les rochers. C'est seulement après, alors que Jules s'est collé à son dos, le menton sur ses cheveux, qu'elle dira « J'aime déjà notre maison », s'écartera et commencera la visite, lentement, touchant les objets, effleurant le petit bouquet sur la table, examinant la photo encadrée de Julius Washington et une copie du portrait de Diana, passant la main sur la table, les chaises, et, finalement, dans la chambre, tâtant le matelas du bout des doigts avant de plonger dessus.

Ils se réveillent à la nuit tombée, juste à temps pour redescendre au club, où Cook, Josh et Musu les attendent pour un festin. S'il n'y avait pas, à un moment de la soirée, ce court conciliabule entre Cook et Jules, on pourrait croire que l'histoire est finie.

Le lendemain matin, Jules se lève le premier. Un télex de Pan est arrivé.

Ton ami S. a conduit J. à l'aéroport. Nous l'embarquons.

Il le découpe, le laisse sur la table de nuit à côté de Sigrid, qui dort encore. La suite des opérations exige quelques préparatifs et un minutage précis. Il a rendez-vous avec Cook, qui a dressé une table ronde avec une grande nappe qui touche presque par terre, des assiettes et des verres, un seau à glace, six chaises.

— Ça sera tout pareil au palais, affirme-t-il.

Jules l'espère.

Quand il revient, Sigrid est levée, elle est sur la terrasse avec un bol de thé.

— J'ai fait comme chez moi. C'est chez moi maintenant, non ?

— Chez Julian aussi. Dis, il faut régler un problème. Tu es toujours une clandestine qui n'est pas passée par l'Immigration. Il te faut une entrée officielle. J'ai pensé que tu pourrais arriver par le même vol que lui.

— Hôtesse de l'air ?

— Viens, on va voir Musu, elle est bonne couturière.

Le Dewoitine D338 copiloté par Joséphine atterrit à quinze heures. Le véhicule consulaire est autorisé à rouler jusqu'au pied de l'appareil. Cachée sur la banquette arrière dans un costume imaginé par Musu et supposé évoquer une stewardess, Sigrid sort de la voiture du côté invisible du bâtiment de l'aéroport et se mêle au petit groupe qui descend les marches, résiste à l'envie de sauter au cou de son fils, de Joséphine, de tout le monde, passe les formalités, réduites grâce à l'introduction présidentielle, et avec un visa diplomatique madame la consule entre finalement au Liberia en toute légalité.

Pendant qu'Abtey, dans son rôle de parfait secrétaire, prépare le concert avec les musiciens, Joséphine et la famille Canot-Müllbach se retrouvent à Mamba Point. Un toast au *vinho verde* portugais arrivé de Dakar. Le plan A l'a emporté haut la main sur le plan B. Chacun pense au capitaine Podeur, dans le frigo de son bateau.

— J'ai eu tort de ne pas t'avoir fait confiance, Joséphine.

— Non, ton idée était la bonne. Si de Gaulle n'avait pas lancé d'appel à poursuivre les combats, on ne m'aurait jamais autorisée à décoller. Il fallait faire vite, l'A-OF va se ranger du côté de Pétain. Si c'est ça, le gouverneur, le commandant militaire et des tas de gens jugés gaullistes vont sauter. Demain, nous partons pour Alger.

— Tu es courageuse.

— Fidèle en amitié, mon p'tit *Djioul* ! Ne parlons plus de cela.

Comme sa mère la veille, Julian trouve la maison formidable, même si, à première vue, il aime moins Monrovia que Dakar. Après une heure d'effusions et d'exclamations, Jules décrète qu'il faut maintenant partir faire des courses dans les boutiques de la ville pour la soirée à la table du président. Il conduit Joséphine, Sigrid et Julian sur Center Street, va retrouver Abtey dans la petite salle des fêtes du palais. Les serveuses et les valets ont dû commencer à dresser les tables. Un repérage s'impose. Régler des choses matérielles le calme. Abtey l'observe du coin de l'œil.

Le soir, une cinquantaine d'invités triés sur le volet sont répartis sur une douzaine de tables richement garnies. Pas de scène, un espace libre où seuls cinq parmi les musiciens de la « tournée de guerre » s'apprêtent à accompagner la Baker dans son show dont tout le monde doit croire qu'il est improvisé.

Peu avant vingt heures, tout est prêt, tout le public est là. Sigrid, au premier rang des invités, a choisi un chemisier noir et une jupe rouge. Souvenirs. Julian, qui n'est plus le quartier-maître *balai-brosse* a dégoté sur Centre Street un smoking du plus bel effet. Davis arrive et, discrètement, reste debout au fond, près de la baie vitrée grande ouverte qui donne sur un patio où gargouille une fontaine. Jules prend Abtey à part.

— Merci, Abtey, d'avoir permis ces retrouvailles. Votre partie du contrat a été respectée.

— Remerciez Joséphine. Vous avez fait votre part. Même si vos fiches sont, disons, plus quantitatives que qualitatives, parfois un peu romancées, mais vous nous avez permis de recouper utilement des informations venant d'autres sources. Je parle de Davis.

— Pourriez-vous parler un peu avec lui avant que ne débute le concert ?

Puis, dans la sorte de loge où Joséphine se maquille, il lui fait une demande :

— Quand tu verras Abtey parler avec Davis, peux-tu inviter Barclay à danser ?

Joséphine le regarde en biais mais ne dit rien.

La soirée commence comme prévu. Après le silence qui a accompagné l'installation du couple présidentiel à côté du couple consulaire, de Julian et de Joséphine, la salle a repris ses conversations et ses tintements de verres. Comme prévu, Abtey entreprend Davis, qui s'ennuie prodigieusement au récit des tournées orientales de la star. Sigrid et Julian charment Euphemia Barclay, de meilleure humeur que la première fois. Joséphine est dans une tenue décente, elle peut bien ouvrir le bal avec son mari pendant que les musiciens chauffent la salle avec les premières rengaines. Barclay se lève, fait signe de servir le champagne et, avant de suivre Joséphine vers la petite piste devant l'orchestre, pose l'étui à cigares de Davis sur la table. On ne fait pas danser une dame avec une telle chose dans la poche.

C'est le moment. Il faut faire de la place pour le seau à champagne et le plateau des coupes. Jules pousse un peu les petits sacs des dames, l'étui à cigares tombe. Jules se met à quatre pattes en s'excusant et, les mains dissimulées dans les replis de la longue nappe, fait rapidement les gestes pour lesquels il s'est entraîné les yeux fermés avec Cook.

Quand Joséphine rend Edwin à son Euphemia, le trio Canot tourne ses chaises vers la scène. « J'ai deux amours » pour commencer, et vingt autres titres en une version plus sobre qu'avec la grande formation. Jules aime cette interprétation. Puis Joséphine annonce :

— Si je suis là ce soir, c'est aussi grâce à un très vieil ami et complice musical, celui que vous connaissez comme le consul de France, certains comme fondateur de l'école de danse et de percussions de Monrovia. J'ai nommé Jules Canot ! Jules, viens !

Impossible de refuser. Jules prend place derrière la batterie, attaque aussitôt le mambo tonitruant du final de « Princesse Tam-Tam ». Les musiciens suivent. Comme dans le film, Joséphine jette son étole, ses boas de plumes, envoie balader ses chaussures, relève sa robe-fourreau jusqu'à mi-cuisse et se met à danser comme aux belles années jusqu'au moment où Jules se lance dans un chorus absolument indansable, même par elle. Il y met toute sa colère, toute sa haine, toute sa peur. Jamais il n'avait joué avec de tels sentiments. Les musiciens s'arrêtent, Joséphine ne bouge plus, ne respire plus,

Sigrid est au bord des larmes. Julian, emporté, frappe ses cuisses avec les mains, tape du pied, sans comprendre ce qui se joue dans la petite arène où, dans les lumières réfractées par la sueur qui lui pique les yeux, dans la fumée des cigarettes, Jules voit une ombre s'approcher de la table des VIP. Alors, pour être sûr que l'attention de Barclay, d'Euphemia et de toute la salle se concentre sur lui seul, il jette en l'air les baguettes et redevient le percussionniste fou à mains nues, le *crazy bare-hands drummer*, comme disaient les Hellfighters. Entre les cymbales et la rangée de cloches de la batterie qu'il cogne de ses poings, derrière Julian, il voit Davis se pencher, s'emparer de son étui à cigares et retourner à sa place discrète. Alors, ralentissant peu à peu le train d'enfer, Jules reprend le rythme et l'orchestre la mélodie. Quand, sous les vivats, il revient épuisé à la table présidentielle, Sigrid le regarde et prend sa main qui tremble.

Joséphine appelle alors Barclay pour le duo chanté sur « Lone Star Forever », l'hymne national écrit par lui à dix-neuf ans. Sa fierté. Tous aux anges. Davis furieux. Cette salope tient toujours le président par la queue. Pour se calmer, il allume un cigare. Au moins, il a récupéré son porte-bonheur. La chance va revenir.

Dans la salle qui reprend debout « All hail, Liberia ! », personne ne le voit gratter les fourmis sur ses mains, dans sa gorge, sa poitrine, défaire le col de son uniforme, tituber vers le patio, chercher l'air frais qui n'arrive plus à ses poumons. Aucun cri ne sort de sa bouche paralysée. Il tombe à genoux puis de tout son long dans le bassin de la fontaine.

C'est seulement quand tout le monde est à nouveau assis et se congratule en remplissant les verres qu'un serveur ose s'approcher du président, chuchote quelque chose à son oreille. Barclay se lève, demande le silence. Il se fait conduire au jardin, s'approche de la fontaine, voit l'homme, la face dans l'eau, sous le jet d'un dauphin de bronze qui crache sur les poissons rouges, les nénuphars et le soldat en grand uniforme.

— Mesdames, messieurs, le colonel Davis a fait un malaise. La fête est terminée.

Les gens sortent en murmurant. Barclay prie Sigrid de tenir compagnie à Euphemia et retourne vers le bassin, suivi par le chef du protocole, un ecclésiastique, un officier de la Garde présidentielle, Jules, Abtey et Joséphine. Le militaire met les pieds dans l'eau, retourne le corps. Une langue démesurée sort d'entre les lèvres du mort, ses yeux expriment surprise et désespoir. Le prêtre se signe. Le garde salue. Le cadavre est sorti, emporté dans une nappe blanche. Abtey observe Jules qui regarde les eaux du bassin. Parmi les plantes aquatiques flotte un cigare à peine entamé. Est-ce une illusion, ou bien les poissons curieux venus goûter cette herbe étrange nagent-ils bizarrement ?

Le lendemain, samedi 22 juin, tout est rangé, le Dewoitine va repartir. Jules raccompagne Joséphine et Abtey à l'aéroport. Aucun ne parle de la mort de Davis. Seule Joséphine balance sournoisement en étreignant Jules :

— Dis voir, Jules, ce cher président Barclay ne badine pas avec ceux en qui il n'a plus confiance ! Je ne l'imaginais pas en assassin. Comme on peut se tromper sur les gens !

Jules accuse réception du message par un rire qui se résume à un petit jet d'air par les narines.

Sur le tarmac, alors que la copilote est dans le cockpit et les moteurs en route, Abtey serre longuement la main de Jules.

— Nous sommes largement quittes. Vous pouvez arrêter si vous voulez. Depuis le malheureux accident survenu au colonel, nous avons la certitude que le Liberia se tiendra à son choix d'alliances. En revanche, une mauvaise nouvelle vient de tomber. Pétain a signé l'armistice avec Hitler. Savez-vous où ? Dans le wagon de Rethondes, là même où fut signé celui du 11 novembre 1918. Nous n'allons pas rester sur cette humiliation.

— Et l'A-OF ?

— Pétainiste, c'est certain. En revanche, l'A-EF semble pencher pour de Gaulle. On s'attend à un appel de Philippe Pétain en réponse à celui de Charles de Gaulle.
— Et moi, si je veux continuer ?
— A envoyer des dépêches, vous voulez dire ? Rassurez-moi.
— Oui, je parlais de ça. Uniquement de ça.
— Alors, restez un consul neutre. N'envoyez que des choses inintéressantes, rien de secret, rien de stratégique, quoi que décide l'A-OF. Profil bas. N'attirez aucun soupçon. On vous dira si on a besoin d'autre chose. Profitez de votre famille. Adieu.
Agent dormant, consul discret. Voilà un beau métier.

Le lendemain à Mamba Point, au milieu du déjeuner, arrive un télex de Le Goff. Jules le parcourt, puis revient à la table et le lit à haute voix :
— « L'opération Menace, tentative franco-britannique de conquérir la place de Dakar par la mer et de la faire passer dans le camp des Alliés, a échoué. Les canons de Gorée ont coulé un croiseur de la France libre et endommagé gravement le cuirassé britannique *Resolution*. Charles de Gaulle, à bord de l'un des trois bâtiments français, et John Cunningham, qui commandait la flotte britannique, ont dû renoncer. »
Sigrid prend la main de Julian.
— Quartier-maître Schrupper, tu te vois en train de tirer sur les bateaux des Forces françaises libres ? Mon Dieu, merci pour cette chance !
Le repas se termine en silence, chacun imaginant les pires scénarios, chacun pensant aux deux gamins artilleurs qui apprenaient la musique avec Julian pendant la drôle de guerre. *Quand s'aperçoit-on qu'il est trop tard ?* Merci, Joséphine.

Vers vingt-deux heures, au bar du Black Frog Club, le service est terminé. Musu, Josh et Cook se servent le verre de la fermeture. Ils trinquent aussi à la bonne fortune de leur patron, sa femme et leur fils. Ils ne savent pas ce que va devenir l'école de danse, mais pour le restaurant ils sont tranquilles. Le consul veille.

La soirée est un peu avancée et la bouteille un peu plus vide quand Musu, qui avait jusque-là réussi à ne pas poser la question, n'y tient plus et demande :

— Cook, tu sais quelque chose sur la mort de Davis ?

— Il est mort. C'est tout. Que l'enfer l'accueille.

— On dit en ville qu'il est mort en fumant un cigare. Bizarre, non ?

— D'autres meurent en mangeant, en buvant… Il avait le cœur fragile, peut-être.

— On dit aussi qu'une grosse langue bleue sortait de sa bouche.

— C'est son âme pourrie qui s'échappait.

— Te fiche pas de moi. Je sais que tu sais quelque chose.

— Tu en sais déjà pas mal. Pourquoi j'en saurais plus ?

— Jules est passé plusieurs fois, hier. Je suis sûre que vous mijotiez…

— Et alors, c'est mon métier de mijoter, non ?

Et Cook se met à essuyer avec soin un verre déjà sec.

— OK, j'ai ma réponse.

Cook sert une dernière tournée avec un minuscule sourire. Josh réalise qu'il n'avait rien compris et se tourne vers sa compagne, plus maligne que lui, qui lui demande :

— Josh, tu me donnes un congé ? Il faut que j'aille rendre visite aux gens de Tappita, ils seront contents. Ils sont enfin vengés.

ÉPILOGUE

1980

Samuel « Sergent Personne » Doe

1

Kimeh-le-vivant ne porte ni la peau du fauve ni le masque aux dents acérées de sa caste. Comme il sait partout se dissimuler, il s'est fondu dans le corps des Forces armées. Sous sa tenue de camouflage – tenue léopard, disent les chefs ! – il cache ses scarifications d'initié, le scalp des sourcils dans la pochette de cuir qu'il porte au cou depuis le jour de son premier sacrifice, quand Kimeh-le-mort est venu prendre possession de son corps comme le fait depuis la nuit des temps chaque Kimeh de sa lignée. Immortels. Il n'a pas enfilé le gant aux griffes de fer, mais il a caché dans son dos la dague à deux tranchants qui traverse la nuque de l'ennemi comme les crocs d'un fauve. Il sait tuer en silence, comme le félin qu'il devient quand il boit la médecine et revêt les attributs sacrés.

Lourd est le fusil d'assaut AK47. Les Blancs font la guerre comme on leur a montré, de l'autre côté de la mer. Revenus ici, ils n'ont pas voulu apprendre à chasser comme on doit le faire, à l'affût, en silence, sous le vent. Ils tirent de loin. Leurs balles se perdent dans les troncs, l'écho des coups de feu court dans la forêt, comme un cri d'alerte. Ils tuent une gazelle, les autres s'enfuient. Ils ont besoin de routes pour leurs véhicules, ils s'attaquent aux villages démunis. Hors des villes, ils ont peur.

Kimeh n'aime pas marcher dans le sable. Le bord de mer, la plage, l'espace découvert ne sont pas ses terrains habituels. Au début, avec les rangers aux pieds, il trébuchait. Les autres se moquaient. Le chef lui interdisait de rester pieds nus. Alors, il a appris à marcher comme les civilisés. Il court maintenant plus vite qu'eux avec ce barda ridicule, cet uniforme grotesque, ces souliers inutiles. Il est un bon soldat. Dans la forêt, à lui seul, il pourrait exterminer les dix-neuf autres qui cheminent avec lui en file indienne entre les rouleaux de l'océan et la falaise du cap Mesurado.

Quant aux treize hommes qu'ils poussent devant eux, ils sont patauds, ils sont gras, ils sont pitoyables. Ils titubent, ils tombent, ils se relèvent sous les coups. Du bétail. Quand ils ont été extraits de leurs cellules, Kimeh a vu dans leurs yeux une lueur d'espoir, vite éteinte quand on les a fait monter dans le camion militaire sans leur avoir rendu leurs vêtements. Sur le chemin de la plage qui ne mène à aucun tribunal, à aucune instance où ils auraient pu être jugés selon les lois édictées par eux, il n'y avait plus que la terreur. Maintenant, il n'y a que la mort. Ils savent. Ils ont vu les treize poteaux plantés à la limite de l'écume. Ils vont essayer de mourir dignement.

On les attache aux pieux. Inutile. Ils sont déjà dans l'autre monde, ils ne courraient même pas jusqu'à la mer pour s'y noyer. Kimeh regarde leurs corps. Il sait que certains portent de petites scarifications, cachées sous l'aisselle, à la cuisse. Des sorciers corrompus ont accueilli ces gens dans de fausses *écoles de la forêt*. Pour de l'argent, ils ont accompli quelques rites bâclés, prononcé trois paroles, fait de la fumée, joué des tambours, leur ont fait boire une potion et, à leur réveil qu'ils croyaient être la sortie d'une transe initiatique, leurs clients trouvaient sur leur corps des coupures cautérisées au feu. La cérémonie pouvait aussi bien avoir lieu en ville, expédiée en une demi-heure, entre une visite à leur maîtresse et un cocktail au Rotary. Ces Blancs qui pensaient ainsi gagner les pouvoirs des hommes-léopards pour supplanter leurs concurrents et se protéger d'eux souhaitaient rester discrets sur leur allégeance aux croyances indigènes car, pour conserver leur réputation et la protection de leur Dieu venu d'Amérique, ils allaient à l'église des chrétiens et au temple des francs-maçons.

A peine arrêtés, ils avaient été déshabillés pour s'assurer qu'ils ne portaient sur eux aucun gri-gri grâce auquel ils auraient pu s'envoler, disparaître, devenir invisibles, passer à travers les murs, se transformer en oiseaux, en rats, en serpents. Foutaises. Ils n'ont aucun pouvoir magique, ils vont mourir. Même Kimeh, Grand Initié, sait que si on parvenait à le capturer et à l'attacher les balles des fusils le tueraient. Les hommes-léopards sont des combattants redoutables et sans peur, mais leur immortalité n'est pas celle de leurs personnes, c'est celle de leur caste, sans cesse renouvelée. Les colons et leurs descendants n'ont jamais découvert leurs clairières et leurs grottes clandestines, jamais dispersé les sociétés secrètes, jamais interrompu la chaîne de transmission des savoirs ancestraux. Et ce soir, si les vrais hommes-léopards, hommes-serpents et hommes-crocodiles se mêlent à la révolte des Africains contre ceux qui ont débarqué autrefois d'Amérique, ceux qui sont revenus de l'esclavage plein de l'arrogance de ceux qui les avaient asservis, c'est qu'ils espèrent que leurs frères indigènes mettront fin à ces humiliations, ces persécutions.

Prêts ? En joue. Feu.

2

Le grondement atlantique a couvert le bruit des lourdes masses qui enfonçaient les pilots dans le sable. Même les claquements secs des sporadiques rafales tirées par les putschistes depuis dix jours ne le réveillent plus. Ce sont les cris qui le font se lever et sortir sur le balcon. Des vociférations, des mots comme des fouets qui sifflent et déchirent. D'habitude, de la plage en contrebas du rocher de Mamba Point ne montent que des rires d'enfants qui courent comme des oiseaux d'estran, suivant le va-et-vient de la ligne d'écume. Pas d'enfants. Des soldats en treillis. Une petite colonne, vingt hommes tout au plus, avance d'un pas alourdi de sable. Ils tiennent leur Kalachnikov par le canon. Avec la crosse, ils poussent devant eux des hommes nus, certains en slip. Ils sont treize. De la hauteur du cap Mesurado, Julian Washington peut voir qu'on les pousse vers treize piquets plantés dans la frange mouillée de la plage. Là attend un autre groupe de cinq hommes devant lequel se tient ce qui semble être un gradé. Il fait face à deux caméras, cinq ou six micros, une petite troupe de journalistes auxquels il parle en faisant de grands gestes énervés. Quand la garde arrive avec les condamnés, le chef fait reculer la presse derrière un cordon d'hommes qui se forme, arme au pied. Les captifs sont amenés devant les piquets auxquels ils sont sommairement attachés d'un tour de corde à la taille. Le gradé s'assure que les caméras sont prêtes, donne les ordres.

Prêts ? En joue. Feu.

Certains tombent droit, le menton sur le torse, d'autres pivotent sur le côté en regardant le ciel, d'autres se plient en deux, tête sur les genoux. Treize hommes sur la plage et le président William Richard Tolbert Jr. dans son palais, les quatorze premiers morts du libérateur du peuple, le sergent-chef Samuel Kanyon Doe, fomentateur du premier coup d'Etat réussi de l'histoire du Liberia.

Avant le soir il n'y a plus de soldats, de journalistes, de morts, de poteaux. Même le sang a été lavé par les brisants des hautes eaux. La télévision a retransmis l'exécution et l'interview du caporal qui l'a commandée : « Nous avons débarrassé le pays de ces parasites qui se sont livrés à la corruption et ont mal dirigé le pays. Le Conseil pour la rédemption du peuple peut être fier et va désormais gouverner pour le bonheur de tous les Libériens. » A suivi la liste des condamnés : cinq ministres, huit hauts fonctionnaires. Sujet en boucle.

Julian a coupé avant la fin. Il regarde au loin le soleil rouge qui s'aplatit sur l'horizon comme s'il fondait au contact de l'eau. Il a écrit un article pour le *Boston Globe*. Il signe J.W. Paul avait adopté le nom de Canot pour être français, Julian a pris celui de Washington en devenant américain. Le fil est renoué avec le passé lointain. Maintenant, il prend une feuille de papier sur la pile, comme trois générations d'hommes l'ont fait ici.

Papa,

Quand tu recevras cette lettre, tu auras appris et peut-être même vu ce qui vient de se passer ici et dont j'ai été témoin ce matin depuis notre maison de Mamba Point. Il n'est pas nécessaire que je cherche les mots pour te décrire mon émotion, tu peux l'imaginer identique à la tienne. Mais ce soir, alors que je t'écris tourné vers l'Amérique, ainsi que les autres Jules *de la famille l'ont fait au moins une fois dans les moments cruciaux de leur vie, je me sens curieusement apaisé. Bien sûr, je ne crois pas que ce pays qui porte comme une indélébile marque de mensonge le si joli nom de* Liberté *va soudain devenir un havre de fraternité et de tolérance pour tous les Noirs qui s'y trouvent, descendants des colons venus d'Amérique ou peuples autochtones. Mais* la Bastille est prise, *comme on a dit un jour dans le nôtre quand le peuple en colère a fait tomber le symbole de son oppression. Et ici, quel symbole ! Ils tuent maintenant ces intrus, ces usurpateurs, mais c'est il y a cent cinquante-huit ans qu'ils auraient dû les rejeter à la mer, ne jamais les laisser fouler la terre africaine. Ils ne savaient pas que ces pauvres types, malades, rendus idiots par l'esclavage, effarés par ce qu'ils découvraient de leur « Terre promise », allaient devenir leurs tyrans. Il aura fallu tout ce temps d'injustice et de cruauté pour que, sur cette même plage où les premiers colons avaient débarqué, les natifs réparent cette terrible négligence en fusillant ces treize-là tombés par malchance entre leurs mains. L'image était si frappante ce matin qu'au lieu de détourner les yeux j'ai regardé ces hommes rabaissés à leur originelle indignité d'esclaves, fixes comme des statues, pantins tenus par des pieux, allégories de l'échec d'une conquête coloniale, dos à la mer d'où ils semblaient surgir, se faire ainsi mortellement refouler dans une mise en scène d'autant plus grandiose que je la crois totalement involontaire.*

Et si je vais plus loin dans cette voie, que dis-tu du patronyme de ce sous-officier de vingt-huit ans qui se revendique d'ethnie Krahn et vient de prendre le pouvoir au nom des « vrais » Africains à qui la citoyenneté a toujours été refusée, des sans-nom ? Il s'appelle Doe. Doe ! Monsieur-Tout-le-monde. Sergent-chef Untel. Président Tartempion. Et son prénom, Samuel ! Le fameux juge et chef de guerre biblique. Sait-il que s'appeler Samuel Doe pourrait être un trésor politique pour celui qui tient le glaive de la justice enfin rendue à ceux qui n'ont jamais eu d'identité, qui ont toujours été jugés selon la loi de ceux qui se sont proclamés leurs maîtres ? Non, il est presque illettré. Il ne connaît que les mots utiles pour commander d'autres analphabètes. Mon Dieu !

En revenant m'installer dans la maison de Mamba Point, je voulais voir si la « Prophétie du Loup » du vieux Julius allait se réaliser comme tu le prévoyais toi-même. Pour moi qui ai vécu cette époque fertile de l'Histoire où les Etats colonisés d'Afrique se sont émancipés – cela aussi tu l'avais souhaité et prédit –, il fallait que je vérifie que le monstre fabriqué et nourri dans sa cage par la colonisation américo-libérienne allait un jour dévorer son maître. C'est fait. Les hommes-léopards de la forêt ont retiré leurs peaux de bêtes pour revêtir l'uniforme militaire, celui des soldats sans grade que l'oligarchie des « Blancs » leur donnait pour les envoyer se faire tuer dans la brousse où ils avaient peur d'aller eux-mêmes pour mater les indigènes, leurs frères. Et puis il a suffi que le président, tentant de sauver encore une fois le pays de la banqueroute, décide d'augmenter le prix du riz pour qu'ils trouvent dans un surplus de colère la force de se rebeller. Et encore, la rébellion n'avait rien d'un complot ourdi en grand secret. Sais-tu que le sergent-chef Doe et un groupe de soldats sont venus le matin du 12 avril à la présidence simplement pour réclamer leur solde non payée ? Le président Tolbert dormait avec sa femme, sans aucun garde pour sa sécurité ! Ils l'ont poignardé. C'est tout. De la haine pure.

Maintenant que toutes les prophéties des Jules *se sont réalisées, moi, troisième du nom, que vais-je faire ? Comme eux, partir sans regarder en arrière. Je vais quitter le Liberia. Le fils de Josh et Musu gardera la maison comme les enfants de Souleymane à Gorée. L'histoire des Washington & fils peut s'arrêter là, au-dessus de cette plage, au bout du cap Mesurado où le Liberia a commencé. Mais le Liberia, c'est notre aventure, pas nos racines. Vers lesquelles vais-je me tourner maintenant ? La France, ma patrie que j'ai fuie parce qu'elle me voulait du mal ? Le Sénégal, ton berceau, ma toute première Afrique, où j'ai été adopté ? Les Etats-Unis, ma légende, mes toutes premières origines ? J'ai compris ce matin – à soixante ans ! – que ce qui compte le plus est ce village le plus doux du monde où toutes les générations issues d'Elizabeth Washington et Sinoe Kruman ont pu trouver l'apaisement, là où tu as vécu les plus belles années de ta vie avec maman et Diane. Dartmouth. Je vais me rendre dès demain matin à l'aéroport confier cette lettre au premier pilote qui part pour l'Amérique. Et acheter mon billet d'avion. Destination toi et ta musique, moi et mes mots, pour partager nos passions, pour passer, sans nos femmes aimées et envolées, la fin de nos vies à l'autre bout de la ligne transatlantique qui relie Mamba Point à Westport Point. Il faut bien un Point pour finir une histoire.*

Ton fils, Julian

De la terrasse de la maison où il boit le dernier verre, Julian entend les échos de la ville en liesse et en terreur. Des tirs, en l'air pour la joie des uns, mortels pour les autres. La chasse aux Blancs. *Samuel Doe, un Toussaint Louverture libérateur des esclaves, pourfendeur des anciens maîtres ?* C'est la dernière phrase du papier qu'il vient d'écrire pour le *Boston Globe*. La dernière phrase de son dernier article. Adieu le Liberia, adieu le journalisme. Vingt-cinq ans bénis. Toutes les décolonisations, toutes les guerres de libération, tous les soulèvements d'opprimés, toutes les foules portées par l'espoir de jours meilleurs. Et toutes les désillusions, les répressions, les violences, les changements de mains de la corruption et de l'absolutisme. Et aussi les retours par la fenêtre de ceux qu'on avait mis à la porte, exploiteurs, pilleurs de matières premières, corrupteurs et marchands d'armes, sous prétexte de guerre froide ou de développement, mais sans autre motif que l'argent.

A cause de sa double culture, de son expérience, de son histoire familiale et – sans l'avouer – de sa couleur passe-partout, le journal auquel sa carrière entière aura été fidèle ne l'a jamais envoyé en Asie pour couvrir la guerre du Vietnam ou le génocide du Cambodge, ni dans les pays d'Amérique latine pour leurs guérillas et leurs révolutions. L'Afrique, toute l'Afrique, rien que l'Afrique pour assister à la chute des empires coloniaux, aux guerres civiles, aux famines, aux invasions de sauterelles et de virus épouvantables. Et, aujourd'hui, le coup d'Etat du Liberia dont le peuple fête les *combattants de la liberté*. Encore une fois, la liberté de qui ?

Il ne va pas attendre. Il ne veut pas laisser une seule journée au putschiste pour prouver qu'il sera le prochain tyran. Il ne sera cette fois ni le prophète ni le témoin de ce qui va survenir. Il se souvient des mots de Diane : « Les colons venus d'Amérique ne connaissaient que l'esclavage. Comment bâtir une nation quand on n'a pas d'autre modèle ? » Il transpose : Les libérateurs d'aujourd'hui n'ont connu que la violence, la domination, le mépris des autres et la haine d'eux-mêmes, comment pourraient-ils réconcilier un pays à ce point déchiré ? Il se lève, retourne à son bureau, ajoute une ultime phrase à son article : *Comment peut-on imaginer que le balancier, lancé de si haut, puisse s'arrêter doucement, en bas de la courbe, au lieu de repartir vers l'extrême opposé ?* Puis il l'efface. Il ne faut pas condamner d'avance.

3

Jules ne répondra pas à la lettre de son fils. Julian est arrivé à New York. Peut-être est-il déjà dans le train du soir vers Providence. Ou le dernier bus pour Dartmouth. Courrier et télégramme sont arrivés en même temps. *Je vais partir. Je suis arrivé.* Il tient les trois feuillets de la lettre de Monrovia au bout des doigts, les avant-bras posés sur les accoudoirs, les pieds sur les patins du rocking-chair que la brise du soir fait grincer. Son fils revient ! Il est temps. A part le revoir, plus grand-chose ne l'intéresse. Tous les désirs s'usent avec l'âge. A lire sa lettre, la lassitude a gagné aussi Julian, lui, l'enthousiaste reporter qui croyait comme son ancêtre Julius que témoigner de la marche du monde pouvait en modifier le cours, alors qu'elle revient sans cesse sur ses pas, remettant en scène à l'envi les mêmes scènes dans des décors et des costumes différents.

Samuel Doe ! Jules se répète le nom du nouveau maître du Liberia. Doe. *Personne.* Doe. *N'importe qui !* Du Julian tout craché. Il faut toujours que ses mots l'emmènent ailleurs. Le réel lui est devenu trop plat, trop terne, trop mou. Il faut aller en chercher les sens cachés, donner à imaginer ce qui n'est pas dit, à lire ce qui n'est pas écrit. Comment pourrait-il l'en blâmer, lui qui n'a jamais rien fait d'autre qu'interpréter la vie en donnant des caresses, des gifles, des coups de poing sur des peaux de chèvre ?

Aujourd'hui, c'est le 1er mai. Jules a vu à la télévision les défilés des travailleurs. Noirs, Blancs, Asiatiques, Hispanos ensemble, prolétaires de tous les… Il aime employer les mots démodés de Diane, la Noire-Rouge, quand elle défilait pour les droits civiques, pour les salaires, pour les femmes, pour le logement, pour l'enseignement, pour la santé, pour l'accès aux bus, pour un banc au square, pour une borne-fontaine au carrefour, quand elle prenait des coups de matraque et se faisait embarquer parce qu'elle était activiste noire, féministe, syndicaliste, communiste, pacifiste, hippie, anti-américaine… Tout était bon. Westport était devenu trop calme. Oublié l'incendie du *garage*. Elle n'a pu se passer de la fraternité qui naît sous les pancartes et les banderoles, dans le chœur des slogans, le face-à-face avec la force publique jusqu'à l'envolée de moineaux devant la charge des boucliers et des bâtons, avant celle des canons à eau et des fusils car la lutte est devenue de plus en plus âpre et la répression de plus en plus violente. Jusqu'à ce jour où W.E.B. Du Bois lui a demandé de témoigner de l'expérience familiale libérienne dans un grand meeting avec Angela Davis et le gratin militant. Elle a dit que le Liberia resterait une tache dans l'histoire des Noirs tant que les descendants des esclaves n'auraient pas mis fin à l'oppression qu'ils font subir à leurs frères d'Afrique. Elle n'a pas pu finir. Elle a dû quitter l'estrade sous les huées. Ils n'ont pas voulu de son petit bout de vérité. Rien n'avait changé, il fallait toujours choisir un camp et le défendre sans faille, cacher, déformer, mentir, coûte que coûte, pour *la cause*. Comme au temps où tous les éditeurs refusaient le manuscrit des *Mémoires de Julius Washington*. Cette parole toujours rejetée par ceux à qui il voudrait juste dire une chose très simple et très belle : « Mes frères et mes sœurs, Noirs et Noires d'Amérique, d'Afrique ou de n'importe où, si je vous aime ou si je vous blâme, ce n'est ni pour votre couleur ni à cause d'elle, mais parce que vous êtes des humains comme les autres, merveilleux et méchants. »

Aujourd'hui, 1er mai, c'est aussi l'anniversaire du jour où ils ont quitté Monrovia, Sigrid, Julian et lui. Le 24 avril 1947, le grand concert de Duke Ellington avait lancé les festivités du centenaire de l'indépendance du Liberia. Le plus grand orchestre de jazz du monde à Monrovia, le plus grand compositeur américain qui dédiait un magnifique morceau à ce pays exemplaire ! Pas un petit air de musique, une chansonnette, même pas un hymne national comme l'avait fait Edwin Barclay en son temps, non, une symphonie en six mouvements, trente minutes enregistrées par la Columbia, et jouée ici avec cent musiciens, un par année ! La *Liberian Suite*, un nom solennel pour « une œuvre de grande musique classique, pour les générations futures, jusqu'au deux centième anniversaire, et au-delà ». C'est par ces mots que le président Tubman introduisit devant le tout-Monrovia cette œuvre grandiose que Jules trouvait désespérante et que, dans son for intérieur, il appelait *Mamba Point Blues*. Lui seul savait pourquoi.

Après tant d'années de séparation, pour ce concert unique, Jules avait retrouvé Barney Hodges, son complice musical de toujours, devenu première trompette solo du grand ensemble. Et, pour la première et la dernière fois, après une courte répétition, il avait joué dans l'orchestre du Duke, simple *conga-man*. Il n'avait pas demandé à exécuter un de ces solos de percussions qui avaient fait sa légende, pas plus qu'il n'avait voulu faire danser les élèves de ce qu'il restait de la Black Frog Drums & Dance School. Et puis, Joséphine n'était pas là. Elle venait de se marier encore une fois et d'acheter un château pour y adopter des enfants de toutes les couleurs. Une fausse couche en 1941 avait failli la tuer et l'avait privée de tout espoir d'être mère. Il se souvient de sa lettre très triste. La Croix de guerre à peine reçue pour ses actes héroïques lors du débarquement dans le sud de la France, il lui fallait une autre passion, un autre homme pour l'accompagner dans un nouveau rêve, un jardin multicolore, cette fois. Un peu comme la Paul Cuffee School.

Edwin Barclay, son indéfectible admirateur, n'a pas été réélu en 1943. A l'hommage de la Quasi-nue de Paris en peau de léopard, son successeur a préféré celui de l'Amérique en smoking à paillettes et chaussures vernies. Jules a boudé les dîners officiels en l'honneur du Duke et de l'Indépendance. L'Indépendance ! Le vieux Julius avait raconté la soirée de sa proclamation : pendant qu'un chef indigène rebelle pendait au bout d'une corde sur la place, des politiciens copiaient la Constitution, le drapeau et la monnaie des Etats-Unis… pour rompre avec la mère patrie ! Un trompe-l'œil parmi les mensonges fondateurs de ce pays.

Mama America est revenue. Puis repartie. Comme toujours. Un premier pied-à-terre avec Firestone, puis une arrivée en masse en 1942. Barclay a tenu sa promesse. *US Welcome.* Des milliers de soldats et d'ouvriers du génie, des engins et des véhicules à profusion, des routes, des hangars, un port en eau profonde pour les navires de guerre, le plus grand aéroport d'Afrique pour les Forteresses volantes, des restaurants, des hôtels, des bordels et du jazz comme à Storyville. Grande époque pour le Black Frog Club. Et des dollars ! En pluie sur le pays. Et la gloire ! Roosevelt a passé trois heures à Monrovia, traversant la ville dans sa Jeep sous les acclamations. Le Liberia, un pays recolonisé, un territoire mis en location, un gouvernement dépassé, des Libériens effacés, sortis du jeu des Grands. Le rêve de Marcus Garvey finalement réalisé par des Blancs, des vrais, des visages pâles, ceux de l'Oncle Sam. Sauf que, après la victoire des Alliés, tous sont repartis. « Au revoir, et merci pour tout ! » Dur lendemain de fête. En guise de lampions éteints restaient des infrastructures démesurées pour une économie plus que jamais sous goutte-à-goutte. Alors, Jules a compris qu'il n'avait plus rien à y faire.

« Sigrid, le consul de France va prendre sa retraite. Cinquante ans, c'est trop vieux pour jouer à l'espion, même dormant, tu ne crois pas ? Si nous allions dormir ailleurs ? »

Sigrid a ri. Depuis l'affaire Davis, elle avait exigé de tout savoir sur les activités secrètes de Jules. Il avait raconté, avoué. Le tragique, le comique, le sombre. Restait un point mystérieux : le président Stephen Allen Benson – qui ne fumait pas le cigare – a-t-il été empoisonné par une écharde de bois trempée dans le venin d'un mamba noir ? Peu importe, en fait. Certains points d'interrogation ne résistent pas au temps.

En 1958, Graham Greene « en voyage par là » est passé à Dartmouth offrir à Jules et Sigrid un exemplaire dédicacé de son nouveau roman à succès, *Notre agent à La Havane.*

« Jules, je ne parlais pas de toi dans *Voyage sans cartes*. Dans celui-là, j'ai changé le nom, le pays, les détails, les motivations du héros, mais tu es l'inspirateur, le personnage principal de toute cette histoire. Tu reconnaîtras aussi le colonel Davis dans le rôle du salaud.

— Et c'est quoi, mon rôle ?

— Celui d'un agent secret qui envoie des informations éminemment stratégiques et formidablement intéressantes. Mais totalement fausses. Inventées. Ce sont des photos en gros plans d'éléments d'aspirateur pour faire croire à la mise au point par l'ennemi d'un armement ultrasophistiqué, totalement nouveau, dans une base secrète. Je ne te dirai pas le dénouement.

— Tu parles de…

— Oui. Au MI6, on a beaucoup ri du feuilleton que tu nous servais par épisodes sur la station d'écoute des sous-marins soi-disant en construction dans le port de Buchanan…

— J'ai adoré faire ça. Ça aurait pu être vrai, non ?

— C'est pour ça que c'était génial. Il y avait eu cette histoire du *U-Boot* allemand venu en 1917 devant Monrovia, alors c'était plausible. Et utile ! On en a même rajouté dans la désinformation. Cela a dû emmerder les analystes du monde entier à qui on a laissé fuiter ce tuyau crevé !

Sigrid a fait les gros yeux à Jules.

— Tu me l'avais cachée, celle-là !

— Normal, mon amour, c'est classifié secret d'Etat. Graham vient de le dire.

— Tu parles ! Tu as honte de tes blagues de potache.

— Il y a prescription.

— Graham, comment va Barbara ? Elle me manque souvent.

— La comtesse Barbara von Strachwitz vit en Angleterre avec son aristocratique mari qui a retrouvé son honneur et ses biens. Elle est un peu plus sage qu'avant, elle se consacre à des œuvres humanitaires. Elle ne porte plus de revolver depuis qu'elle a cessé toute relation avec les cannibales. Et un peu aussi avec la famille Greene, les Hall comme les School House. Il faut dire que la guerre a été un peu dure avec elle et qu'elle s'est sentie bien peu soutenue à son retour au bercail… »

Quand Graham est venu voir Jules à Dartmouth, la famille Canot avait quitté Monrovia depuis onze ans. Le Liberia était retombé dans l'oubli. Plus personne n'en parlait. Cela ne passionnait plus Jules non plus. Son intérêt était usé par tant d'années à lire sur ce pays, à parler de ce pays, à y vivre et risquer de mourir pour lui. Si Julian, après ses études à Harvard, n'avait pas fini par tenir la rubrique Afrique du *Boston Globe*, avec Gorée et Mamba Point comme bases logistiques et sentimentales, il aurait pu ne jamais plus entendre parler de l'Afrique qu'il avait tant aimée. Un jour, Sigrid lui a demandé pourquoi. Il a répondu par une autre question :

« Et toi, tu voudrais retourner en Alsace, à Bitschwiller, à Strasbourg, en France ? »

La Nouvelle-Angleterre a tenu ses promesses. La vie a coulé, très douce, entre le dispensaire pour Diane, les cours de français pour Sigrid, la réussite de Julian, d'autant plus enclin à voyager qu'à peine épousée sa femme Ethel est partie sans explication. Alors que le jazz poursuivait sa voie vers le be-bop lancé par les gamins prometteurs devenus monstres sacrés que Barney voulait lui présenter en 1925, Dizzie Gillespie, Thelonius Monk, Charlie Parker, Jules ne suivait pas le mouvement. Il était désormais classé *musique contemporaine* par les critiques. A part quelques concerts solo à Boston, Chicago ou New York, il se consacrait à l'invention d'une écriture pour percussionnistes.

Puis il a cessé de jouer quand son ami est mort. A la fin d'un morceau, Barney faisait un concours de suraigus avec un trompettiste cubain, familier de ces joutes qui demandent un souffle et une aorte de vingt ans. Barney en avait cinquante de plus. Il y avait près de mille personnes à son enterrement. Les jazzeux de Duke Ellington ont rejoint les stompers de Louisiane et plein d'autres pour une longue marche à travers Storyville.

En 1960, on ne parlait que d'Elvis Presley, qui venait d'enregistrer *Elvis Is Back* à son retour du service militaire. Plus discrètement, Joséphine Baker chantait pour Fidel Castro à Cuba et Graham Greene publiait *La Saison des pluies*, son dix-huitième roman, pendant que Kim Philby, son ancien superviseur du temps où il faisait l'espion à Freetown, se faisait exclure du MI6 pour soupçons de collusion avec l'URSS – l'immense scandale des Cinq de Cambridge – et se recyclait comme journaliste correspondant à Beyrouth avant de rejoindre Moscou en héros.

Pour Jules et la fraternité de Dartmouth, les *sixties* ont été une décennie maudite. Au milieu de beaux discours et de quelques lois protectrices des Noirs a commencé une interminable suite de morts. Des célèbres, John Kennedy, Malcolm X, Martin Luther King, Robert Kennedy. Assassinés. Des centaines d'inconnus tués au cours de marches pacifiques ou liquidés discrètement par le FBI. Des émeutes violentes, des arrestations en masse de militants parmi lesquels Angela Davis, l'égérie noire communiste. A Dartmouth, les rumeurs en étaient lointaines, sauf quand un gars du coin revenait du Vietnam enveloppé dans un drapeau américain.

Depuis Georgia, brûlée dans l'incendie du *garage*, on croyait pourtant bien que la mort avait perdu l'adresse de ce bout du monde. Il y a d'abord eu Leslie. Septembre 1961. Renversée par un camion alors qu'elle revenait à pied de Westport Point. Peut-être était-elle en train de rêver d'avoir un jour marché sur cette route, quand elle et Jules… Puis il y a eu Diane. Août 1963. Elle avait écouté le discours de Luther King, « *I have a dream* ». Trop d'émotion, de pleurs d'espoir, de toasts portés ce soir-là à la cause des Noirs ? Elle est allée se coucher. Au matin, Jeremiah s'est réveillé à côté d'elle, morte.

Quand les autres sont montés dans la chambre, il a dit : « Heureuses les femmes de cette famille qui meurent comme s'éteignent les étoiles à l'aube. » Après les funérailles indiennes de Diane, Jeremiah a vendu la ferme des fantômes, est retourné vivre dans l'île de Martha's Vineyard auprès de sa fille Nuttah, mariée, deux fois mère de petites Algonquiennes. Presque plus de sang noir, des nez très *aigle*, des yeux de plus en plus bridés. Sigrid et Jules sont restés les seuls de la tribu de Dartmouth, serrés l'un contre l'autre pour ne pas penser que pour eux aussi les années passaient.

Décembre 1964, Martin Luther King venait de recevoir le prix Nobel de la Paix. ils regardaient la télévision. Sigrid a eu un premier éblouissement. Un éclair blanc, comme sur une photo surexposée. C'est passé. On disait alors que les tubes cathodiques étaient mauvais pour les yeux. Mais c'est revenu, de plus en plus souvent, de plus en plus fort, sans télévision. Médecins, hôpitaux, guérisseurs indiens, rien n'y a fait. De mois en mois, Sigrid a peu à peu perdu la vue. Ses iris bleus se sont voilés, sont devenus presque blancs. Jules revoyait ces vieux Africains frappés de la « cécité des rivières », qui marchent une main posée sur l'épaule d'un enfant, les yeux ouverts, le visage tourné vers le ciel, semblant chercher la lumière d'un soleil disparu. Jules a tenu sa main jour et nuit. Elle voulait rester digne et belle. Elle lui demandait de la coiffer, de lui mettre de beaux habits. Elle n'essayait pas d'apprendre à se déplacer toute seule dans la maison, comme si c'était trop tard, que cela n'en valait plus la peine. Elle se serrait tout le temps contre lui, ils marchaient enlacés, hanche contre hanche, cuisse contre cuisse, comme s'ils avaient trois jambes pour deux. Quand ils allaient se coucher, elle le déshabillait pour retrouver la peau du petit caporal. Elle s'endormait dans la position qu'ils avaient dans la chambre de la maison Zacher. Elle n'avait plus ni jour ni nuit, seulement la douceur d'un rayon de soleil, la fraîcheur du crépuscule. Jules vivait au gré de ses insomnies et de ses sommeils erratiques. Puis le mal a gagné d'autres parties de son cerveau. L'ouïe, la mémoire, la parole. Une tumeur foudroyante, ont dit les médecins. Au printemps, cinq mois après le premier signe, elle avait abandonné toute conscience du monde, tout contrôle de son corps. Elle est morte au début de l'été 1965.

Pour rester près de son père, Julian a demandé au *Boston Globe* de couvrir le comté de New Bedford, mais ça n'a pas marché. Jules lui a dit : « Finis ce que tu as à faire en Afrique, tu reviendras plus tard. Je n'ai besoin de rien, sauf de te savoir libre et heureux autant que tu peux l'être. »

Qu'aurait fait Julian à Dartmouth ? Depuis Julius Washington, les garçons sont toujours emportés là-bas, en Afrique. Il aime ce fils sincère, courageux et curieux, qui, depuis qu'il a un jour quitté Strasbourg avec un œil poché, a découvert que le monde était vaste et les humains pas tous ni tout le temps mauvais. Jules a conservé tous les articles signés *Julian Washington*, voyageant par procuration.

C'était il y a quinze ans. Quinze ans que Jules est amputé d'une partie de lui, à droite, là où se tenait Sigrid dont il était les yeux, collée à lui pendant des mois. Eté comme hiver, en plein soleil, devant le poêle ou sous l'édredon de plume, il a froid du côté de ce qui lui a été enlevé. Son membre fantôme est une brique glacée.

Il s'est habitué à marcher dans la forêt, le long du rivage. Il sort parfois pêcher le homard ou les coquilles Saint-Jacques avec quelques habitués du Paquachuck Inn. Les petits-enfants de Diane viennent de temps en temps pour jouer du tam-tam, comme Liberty et Weston venaient à Mamba Point faire des dessins avec grand-père Julius, lui aussi bien vieux, bien fatigué, juste avant de fumer le calumet de la paix avec la mort.

Jules s'astreint aussi deux heures par jour à écrire la suite des *Mémoires de Julius Washington*. Il faut raconter les vies de Paul et Paul Jr., de *Mother* et de ses sœurs, l'histoire de sa musique qui traverse la guerre, le racisme, la guerre encore, avec les mourides de Gorée, les gangsters de Harlem, les poètes de Montparnasse, les diables et les espions du Liberia. L'écriture n'est pas son talent, il peine souvent, mais il veut témoigner, ne pas rompre le fil de l'histoire. Il a bien avancé. Il en est arrivé au concert de Londres, à l'incroyable moment des retrouvailles devant la foule du Royal Albert Hall, Sigrid et lui, chacun dans un rond de lumière. Parvenu à cet épisode, il est tranquille. Même s'il ne pouvait pas aller plus loin, Julian connaît la suite. Il l'écrirait. Tout cela tient dans une grosse chemise en carton où les feuilles s'empilent jour après jour. Il a écrit le titre, en gros, *Mamba Point Blues*. Toujours le jazz. Toujours le Liberia.

Cet après-midi du premier jour de mai 1980, Jules se rappelle que Liberty le comparait à Pangloss. Elle avait raison. Il était ici, le jardin à cultiver. C'est ici qu'elle existait, la société sans races dont il rêvait et que seuls les enfants et les innocents sont capables d'imaginer, dans cette ancienne cour d'école, dans ce petit coin de Nouvelle-Angleterre *so british*, au bord de l'océan, derrière les dunes qui, avec le printemps, se couvrent de fleurs épicées. Le vent qui pousse doucement son rocking-chair apporte leurs parfums. Il ferme les yeux. Il n'entend plus que son cœur. *Dundumba*… Il rêvasse. *Dundumba*… Il s'endort. *Dun-dum-ba.* Il est enseveli sous les souvenirs. Sa main s'ouvre. Les pages de la lettre s'éparpillent.

Un esprit de Chappaquiddick vient de s'envoler.

Remerciements

Que soient remerciés les historiens libériens et étasuniens qui ont ouvert si aimablement leur porte au néophyte étranger : Marie Tyler-McGraw, Lamont D. Thomas, Randall M. Miller, Wilson J. Moses, Patrick Seyon, Bill Frank Enoanyi, et, en France, Elikia M'Bokolo, mon directeur d'études à l'EHESS, pour qui l'histoire de l'Afrique doit inspirer mille romans.

Prolongez votre lecture avec le blog de Christophe Naigeon.
https://mamba-point.over-blog.com/

① **Téléchargez** l'appli gratuite lisez!	② **Scannez** cette page	③ **Découvrez tous les articles que l'auteur vous propose**

Retrouvez l'univers musical du roman

« Oh, How I Hate to Get up in the Morning » : parodie du réveil militaire par Irving Berlin, 1918

« Over There » : morceau patriotique composé en 1917 par George Michael Cohan

« Tiger Rag » : morceau composé en 1917 par l'Original Dixieland Jass Band

« At the Darktown Strutter's Ball » : morceau composé en 1917 par Shelton Brooks

« Clarinet Marmalade » : morceau de Larry Shields qui deviendra un standard de Jim Europe

« Down Where the Swanee River Flows » : romance par Albert Von Tilzer et Charles McCarron, 1916

« Bill Bailey, Won't You Please Come Home ? » : classique dixieland écrit par Hughie Cannon en 1902

« Memphis Blues » : la version originale, de William Christopher Handy, « Father of the blues », date de 1912

« Saint James Infirmary » : chanson populaire du dix-huitième siècle rendue célèbre par Louis Armstrong en 1928

« Hesitation Blues » : Billy Smythe, Scott Middleton, Art Gilham, 1914

« The Entertainer » : Scott Joplin, 1902. Le célèbre morceau du film *L'Arnaque*.

« Mapple Leaf Rag », « Sunflower Slow Drag », « Ragtime Dance » : classiques de Scott Joplin

« Dinah » : chanson populaire qu'Ethel Waters rendra célèbre au Plantation Club de Broadway

« Saint Louis Blues » : par le même auteur que « Memphis Blues », William Christopher Handy

« Sweet Georgia Brown » : par Maceo Pinkard et Ken Casey, 1920

« J'ai deux amours » : paroles de Géo Koger et d'Henri Varna, musique de Vincent Scotto, 1930

« La petite Tonkinoise » : écrite en 1905 par Georges Villard sous le titre « Le navigatore », mise en musique par Vincent Scotto. Texte repris par Vincent Scotto et Henri Christiné, chantée par Polin. Interprétée par de très nombreux chanteurs, c'est Mistinguett et surtout Joséphine Baker qui vont la rendre célèbre.

« Liberian Suite » : composition de Duke Ellington commandée pour les cent ans de la République du Liberia en 1947, éditée en 1948 par Columbia Records. Après une introduction intitulée « I like the Sunrise », le morceau comporte cinq danses. C'est l'une des premières grandes compositions symphoniques d'Ellington.